16	3	2	13
5	10	11	8
9	6	7	12
4	15	14	1

J. W. GOETHE

FAUSTO

Segunda parte

Tradução de Jenny Klabin Segall
Apresentação, comentários e notas de Marcus Vinicius Mazzari
Edição de bolso com texto integral

editora■34

EDITORA 34

Editora 34 Ltda.
Rua Hungria, 592 Jardim Europa CEP 01455-000
São Paulo - SP Brasil Tel/Fax (11) 3811-6777 www.editora34.com.br

Copyright © Editora 34 Ltda., 2011
Tradução © Herdeiros de Jenny Klabin Segall, 1967, 2007
Apresentação, comentários e notas © Marcus Vinicius Mazzari, 2007

A FOTOCÓPIA DE QUALQUER FOLHA DESTE LIVRO É ILEGAL e configura uma
apropriação indevida dos direitos intelectuais e patrimoniais do autor.

Edição conforme o Acordo Ortográfico da Língua Portuguesa.

Capa, projeto gráfico e editoração eletrônica:
Bracher & Malta Produção Gráfica

Revisão:
Alexandre Barbosa de Souza, Cide Piquet

1ª Edição - 2011 (1 Reimpressão), 2ª Edição - 2019, 3ª Edição - 2022

CIP - Brasil. Catalogação-na-Fonte
(Sindicato Nacional dos Editores de Livros, RJ, Brasil)

<blockquote>
Goethe, Johann Wolfgang von, 1749-1832

G217f   Fausto: uma tragédia — segunda parte /
Johann Wolfgang von Goethe; tradução de Jenny
Klabin Segall; apresentação, comentários e notas de
Marcus Vinicius Mazzari. — São Paulo: Editora 34,
2019 (2ª Edição).
672 p.

Tradução de: Faust: eine Tragödie — Zweiter Teil

ISBN 978-85-7326-480-7

1. Literatura alemã - Séculos XVIII e XIX.
I. Segall, Jenny Klabin (1899-1967). II. Mazzari,
Marcus Vinicius. III. Título.
</blockquote>

CDD - 831

SUMÁRIO

A segunda parte do *Fausto*:
"esses gracejos muito sérios" do velho Goethe
Marcus Vinicius Mazzari 7

FAUSTO: SEGUNDA PARTE DA TRAGÉDIA

Primeiro ato
Região amena 35
Palatinado Imperial
    Sala do trono 45
    Sala vasta com aposentos contíguos 69
    Parque de recreio 125
    Galeria obscura 143
    Salas brilhantemente iluminadas 155
    Sala feudal de cerimônias 161

Segundo ato
Quarto gótico, acanhado, de abóbadas altas 183
Laboratório 203
Noite de Valpúrgis clássica 221

Terceiro ato
Diante do palácio de Menelau em Esparta 341
Pátio interior de uma fortaleza 389
Bosque frondoso 419

Quarto ato

Alta região montanhosa 461

Nas montanhas do primeiro plano 487

Tenda do Anti-Imperador 521

Quinto ato

Região aberta 545

Palácio 555

Noite profunda 569

Meia-noite 577

Grande átrio do palácio 591

Inumação 605

Furnas montanhosas, floresta, rochedo 625

Bibliografia de referência 654

Sobre o autor 664

Sobre a tradutora 668

Sobre o organizador 670

A segunda parte do *Fausto*:
"esses gracejos muito sérios" do velho Goethe

Marcus Vinicius Mazzari

> "Como matemático ético-estético tenho de avançar sempre, em meus anos provectos, até àquelas últimas fórmulas, mediante as quais o mundo ainda se me torna apreensível e suportável."
>
> Goethe em carta de 3 de novembro de 1826
> a Johann Sulpiz Boisserée

> "Como muita coisa em nossa experiência não pode ser pronunciada de forma acabada e nem comunicada diretamente, há muito tempo elegi o procedimento de revelar o sentido mais profundo ao leitor atento por meio de configurações que se contrapõem umas às outras e ao mesmo tempo se espelham umas nas outras."
>
> Goethe em carta de 27 de setembro de 1827
> a Carl J. L. Iken

Do "reflexo colorido" ao "Eterno-Feminino": a trajetória de Fausto na segunda parte da tragédia

Na segunda cena "Quarto de trabalho" do *Fausto I*, presenciamos o atormentado doutor assinar com sangue — "extrato muito especial" — o insólito pacto cuja letra o obrigava a entregar-se a Mefistófeles caso viesse a dizer perante um momento de felicidade plena: "Oh, para! és tão formoso!" (v. 1.700). Tais palavras embutiram no pacto uma aposta e esta começa a ser colocada à prova nas cenas subsequentes. Para isso, Mefisto retira Fausto dos estreitos, embolorados limites do quarto gótico ("maldito, abafador covil") e, em seu manto mágico, leva-o ao encontro das aventuras desenroladas no *piccolo mondo* da primeira parte da tragédia — aventuras comprimidas, a partir de então, entre o ambiente tacanho e inconsequente da Taberna de Auerbach, em Leipzig, e as grades do cárcere de Margarida. Abrindo-se agora o primeiro dos cinco atos do *Fausto II*, chega o momento de transpor o limiar do grande mundo que Mefistófeles prometera igualmente ao doutor pactuário no início das peregrinações: "Ver o pequeno mundo, e o grande, eis o mister".

Numa das inúmeras e sempre extraordinárias *Conversas com Goethe*, Johann Peter Eckermann (1792-1854) registra, sob a data de 17 de fevereiro de 1831, as seguintes palavras do poeta sobre os dois mundos configurados na tragédia: "A primeira parte é quase inteiramente subjetiva. Tudo adveio aí de um indivíduo mais perturbado e apaixonado, num estado de semiobscuridade que até pode fazer bem aos homens. Mas, na segunda parte, quase nada é subjetivo, aqui aparece um mundo mais elevado, mais largo e luminoso, menos apaixonado, e quem não tenha se movimentado um pouco por conta própria e vivenciado alguma coisa, não saberá o que fazer com ela".

Este mundo superior aparece inicialmente sob a forma de "Região amena", tradução goethiana do antigo *locus amoenus* com raízes na poesia pastoril, e logo nos deparamos com um Fausto estendido sobre a relva florida, absorvendo os influxos regeneradores da Natureza. Banhado por novas forças vitais, fortalecido sobretudo pela intuição de que o sentido mais elevado da

Vida se revela ao homem no "reflexo colorido" dos fenômenos terrenos, ele mostra-se pronto a reassumir sua trajetória ao lado do diabólico companheiro, e o primeiro passo será adentrar os vastos domínios do Palatinado Imperial.

Em dezembro de 1816, quando não mais acreditava na possibilidade de concluir a tragédia, Goethe ditou um resumo do que deveria ser o enredo do *Fausto II*. Nesse esboço, destinado originalmente ao livro XVIII da autobiografia *Poesia e verdade*, a passagem da "Região amena" ao Palatinado é motivada de maneira explícita pela ação de Mefistófeles, e o Imperador surge sob a figura histórica de Maximiliano I (1459-1519), que de 1493 até sua morte governou o Sacro Império Romano Germânico. Ao lançar-se mais de dez anos depois, estimulado principalmente por seu colaborador Eckermann, à redação definitiva do primeiro ato, Goethe esfuma os traços individualizados do Imperador e eleva sua figura a uma dimensão mais geral e abstrata, substituindo ao mesmo tempo o contexto histórico do reinado de Maximiliano I pela mera sugestão de um ambiente de transição do feudalismo para a moderna era burguesa — ou, em termos mais precisos, da Baixa Idade Média para o incipiente Renascimento. O poeta abandona também a intenção original de outorgar a Mefistófeles a missão de introduzir Fausto na corte imperial, preferindo deixar a cargo do leitor ou espectador suprir, por assim dizer no "palco de sua imaginação", a lacuna entre as duas primeiras cenas do ato de abertura.

Manifestam-se assim, de imediato, dois princípios estéticos que atravessam e modulam todos os cinco atos do *Fausto II*: diluir referências históricas mais precisas num plano genérico, que dificulte identificações concretas, e deixar ao processo de recepção a tarefa de criar imaginariamente as passagens entre determinadas etapas do enredo dramático — "suplementar as transições" (*an Übergängen zu supplieren*), conforme se expressou numa carta de 1º de dezembro de 1831 a seu velho amigo Wilhelm von Humboldt (1767-1835).

Nas seis cenas que transcorrem no Paço Imperial do ato de abertura o leitor se verá confrontado com verdadeira profusão de temas e motivos. Estes, contudo, são enfeixados por dois "projetos mágicos" que se apoiam no elemento abstrato, ilusório, virtual: a criação do papel-moeda e a invocação do espectro de Helena no "reino das mães". O primeiro projeto consiste no plano econômico que Mefistófeles elabora e põe em prática para sanear as finanças do país arruinado. Uma avalanche de dinheiro (o "papel-moeda mágico") revoluciona a mentalidade e as estruturas feudais do Império, mas por trás da euforia generalizada se delineia uma crise inflacionária que, como o quarto ato nos revela retrospectivamente, irá agravar o caos econômico e desencadear a guerra civil. Já o projeto de oferecer em espetáculo a figura fantasmal da mais bela das mulheres decorre da ânsia da sociedade da corte — uma elite que se compraz numa verdadeira dança sobre o vulcão — por infindável entretenimento e, desse modo, por sensações que se atropelam umas às outras. Mas, apesar da advertência de Mefistófeles, o próprio Fausto acaba sucumbindo ao fascínio erótico que emana da imagem resgatada no misterioso reino das divindades maternas e materializada, agora numa dimensão tecnológica, com o recurso ilusionista da *laterna magica*.

Mergulhado em profundo desmaio, o herói é levado de volta ao conhecido quarto gótico, onde o ex-fâmulo Wagner, agora uma sumidade no mundo da ciência, está a um passo de seu maior feito: a criação de um ser humano nas retortas do laboratório adjacente. Trata-se da alegoria genial do Homúnculo, cujo processo de cristalização é favorecido pela presença de Mefisto e, logo que adquire consciência e voz, prescreve para a cura de Fausto uma incursão pelo mundo cultural e mitológico da Antiguidade grega. Assim, está dado o ensejo para a mais longa cena não apenas do ato subsequente, mas de todo o *Fausto II*: a "Noite de Valpúrgis clássica", notável criação mito-poética que brotou da fantasia do poeta octogenário.

À passagem de espaços limitados e sombrios do *Fausto I* (Taberna de Auerbach, cozinha da bruxa) para o Palatinado Imperial do *Fausto II* corresponde agora a transição da Noite de Valpúrgis nórdica, assembleia orgiástica e demoníaca no provinciano monte Brocken, para o seu *pendant* clássico, a celebração da beleza, de Eros e da gênese da Vida desdobrada nas amplas regiões da Hélade, sob o brilho encantatório de uma "lua estacionária no zênite": as planícies da Tessália, as margens do rio Peneu e, em sua última etapa, as baías rochosas do mar Egeu.

Também em solo grego (Esparta e a mítica Arcádia) estão ambientadas as cenas do terceiro ato da tragédia, a "fantasmagoria clássico-romântica" em que se configura plasticamente a aproximação entre o cavaleiro Fausto, representante da Idade Média e do Romantismo nórdico, e Helena, encarnação aurática da Antiguidade clássica. Mais uma vez, portanto, encontraremos o movimento ampliatório da primeira parte da tragédia (o quarto de Margarida) para a segunda (os amplos aposentos do castelo em que a antiga esposa de Menelau é exortada a assumir a dignidade de rainha). Todavia, a tragédia que se desenrola no pequeno mundo da jovem alemã repete-se em escala ampliada nessa grande fantasmagoria alegórica que, segundo palavras de Goethe, abarcaria três milênios de cultura, "desde a derrocada de Troia até a tomada de Missolungui", cidade em que Lord Byron veio a falecer em 1824, engajado na luta pela libertação do povo grego.

Embora efêmero e envolto num halo irreal, o encontro de Fausto com Helena — para o historiador suíço Jacob Burckhardt

(1818-1897) uma peça com "poucos paralelos na poesia de todos os tempos" — constitui um momento fundamental no conjunto do *Fausto II*, e entre os seus muitos significados está a sugestão, no desfecho trágico do ato, do término de um período da história cultural europeia marcado pela predominância da dimensão estética — o chamado "período artístico ou da arte" (*Kunstperiode*), que segundo um prognóstico feito por Heinrich Heine em 1831 se encerraria com a morte de Goethe.

Esvaecido o idílio com Helena (momento de felicidade plena, mas situado em paragens por assim dizer extraterritoriais), o quarto ato nos reconduz de maneira consequente à alta esfera dos assuntos de Estado. Do caos econômico, que o mirabolante plano mefistofélico da moeda sem lastro não fez senão acirrar, surgiu a figura desafiadora do Anti-Imperador, e o país encontra-se engolfado em encarniçadas disputas internas — batalhas que ilustram alegoricamente o conceito goethiano de "vulcanismo", transplantado da ciência contemporânea para a esfera política.

Nos desdobramentos da guerra civil, o poeta irá inserir ainda uma série de alusões que condensam a história militar europeia desde o final da Idade Média até a Restauração, com ênfase nas inovações introduzidas por Napoleão Bonaparte. E assim reitera-se, nesse quarto ato, o movimento ampliatório da primeira para a segunda parte da tragédia: da estreita rua em que a espada de Fausto trespassa Valentim, o irmão de Margarida (cena "Noite", v. 3.711), para o "banco de açougue" (*Schlachtbank*) e "campo de caveiras" (*Schädelstätte*) da História universal, para citar as célebres expressões de Hegel.

Representantes alegóricos do progresso bélico (assim como, no primeiro ato, da modernidade econômica), Mefisto e Fausto munem as forças imperiais não apenas com inovações tecnológicas da indústria militar, mas também com as mais avançadas táticas e estratégias (também no terreno da guerra psicológica). Consequentemente a vitória cabe ao Imperador e, como recompensa, Fausto recebe, num episódio de doação feudal recheado de sugestões de corrupção e suborno, toda a região costeira do reino. Com o poder político que então adquire estão lançados os pressupostos para a última etapa de sua trajetória terrena: a tragédia do colonizador.

Todavia, esses pressupostos não desincumbem o leitor da tarefa de suprir as lacunas do enredo dramático na passagem do quarto para o quinto ato, pois num espaço temporal que se deve estimar em décadas (e que Goethe faz transcorrer como que "atrás do palco"), Fausto conquistou ao mar extensões de terra em que se desenvolve agora um titânico projeto colonizatório, com marcas simbólicas e alegóricas da Era Industrial. Somos introduzidos então no suntuoso palácio senhorial, no qual se pode vislumbrar o contraponto ao atravancado "quarto gótico" em que assistimos, no *Fausto I*, à tragédia do erudito. Ainda no âmbito desse quinto ato, o poeta contrasta a residência do colonizador em idade bíblica com os miseráveis alojamentos de seu exército de operários e, sobretudo, com a humilde cabana do casal de anciãos Filemon e Baucis, ensombrada por duas tílias ancestrais.

O avanço do novo projeto colonizatório, sob supervisão cínica e brutal de Mefisto ("Que cerimônia, ora! E até quando?/ Pois não estás colonizando?", vv. 11.273-4), impõe a destruição da Natureza e de um mundo de vida enraizado em antigas tradições. Com clarividência que poucos artistas terão atingido, Goethe expõe, nas cenas agrupadas em torno do palácio, as contradições e ambivalências do moderno progresso industrial, o corromper-se das utopias sociais pela prática, a inextricável imbricação entre o Bem e o Mal. O leitor se verá frente a frente com o mais alto conceito de "ironia trágica", sem que o poeta lhe ofereça qualquer orientação segura quanto às questões colocadas. — "Não espere elucidação" — escrevia, aliás, Goethe a respeito do *Fausto II* numa carta de setembro de 1831 — "como a história do mundo e do homem, o último problema solucionado sempre desvela um novo problema a ser solucionado".

A profunda ambivalência, a ironia amarga com que o velho Goethe impregnou os últimos momentos da trajetória terrena de Fausto — em especial o grandioso monólogo final no átrio do palácio, com a visão utópica de um povo livre trabalhando livremente numa terra livre —, sequer permitem resposta inequívoca sobre o desfecho do pacto e da aposta. No entanto, as palavras fatídicas acordadas com Mefistófeles são pronunciadas e, se não pelo espírito ao menos pela letra, Fausto deveria ser o perdedor. Contudo, no momento decisivo Goethe faz intervir não a justiça divina, mas sim a graça, entregando a redenção do herói ao "amor do alto": um passo que, de certo modo, já se insinuara no final do *Fausto I* com a exclamação "Está salva!". Como sabemos, estas palavras referiam-se a Margarida, e na cena final do *Fausto II* presenciaremos o seu retorno como penitente que intercede pelo amado. Ela retorna trazendo consigo a lembrança dos pungentes versos da oração à Mater Dolorosa que soara no opressivo nicho junto ao "muro fortificado da cidade" (vv. 3.587-3.619). Agora, porém, nos encontramos nos espaços infinitos das "Furnas montanhosas" que fecham essa obra de vida — espaços místicos, mas que ao mesmo tempo encenam, em outro plano de significado, uma espécie de coreografia "meteorológica" em que Goethe buscou vazar concepções científicas relativas às formações e metamorfoses das nuvens. E é sobretudo na cena final que se descortina, sob o influxo do Eterno-Feminino, o mundo cada vez "mais elevado, mais amplo, mais luminoso" que, nas palavras do poeta, caracterizaria o *Fausto II* — e a Mater Dolorosa converte-se então na Mater Gloriosa que preludia a manifestação do Chorus Mysticus, assim como os antigos versos de angústia e morte transmutam-se em oração de bem-aventurança: "Inclina, inclina/ Ó Mãe Divina,/ À luz que me ilumina,/ O dom de teu perdão infindo./ O outrora-amado/ Já bem fadado,/ Voltou, vem vindo". Intensa é a felicidade despertada por esses versos, tão mais intensa por recuperarem uma prece sepultada no esquecimento de longínquo passado — ou, como diz Adorno em seu ensaio "Sobre a cena final do *Fausto*": "Esperança não é a lembrança fixada, mas sim o retorno do esquecido".

Suma métrica e poética

Ciência e história, economia e política, filosofia e teologia, arte e mitologia: aventurar-se pela segunda parte do *Fausto* significa empreender uma travessia pelos mais variados âmbitos do espírito humano. Universal e enciclopédico como a *Divina Comédia*, o poema alemão foi construído, entretanto, sob a apropriação genial de toda a riqueza de gêneros, metros e formas poéticas da literatura ocidental. Se, desse modo, o *Fausto* se constitui não apenas como síntese do conhecimento, mas também como *summa metrica et poetica* sem paralelo na literatura mundial, cumpre lembrar que as formas de que Goethe se apodera, muito mais do que promover um multifacetado e cambiante jogo artístico, são sempre mobilizadas no sentido de adensar o nível dos significados, convertendo-se assim metros, ritmos, rimas, sonoridades em componente intrínseco da mensagem poética.

À semelhança do que já ocorrera na primeira parte da tragédia, também a segunda é amplamente dominada pelo chamado "madrigal", verso oriundo das operetas italianas e que se caracteriza por grande liberdade no número de sílabas acentuadas (em geral, de duas a seis tônicas) e na disposição de rimas. Perfazendo cerca de um terço dos 12.111 versos do *Fausto*, o madrigal constitui o seu tecido fundamental: na variedade e ductilidade que lhe são próprias, oferece a base de apoio para as partes dialogadas e, principalmente, mostra-se como que talhado para revestir a cintilante irreverência de Mefistófeles.

Sobre essa espécie de "talagarça" métrica, assenta-se toda a exuberância de formas poéticas que Goethe incorporou à obra, começando com a "oitava rima" (evocativa, na "Dedicatória" de abertura, das epopeias de Tasso, Ariosto e Camões) e fechando-se nos versos breves e melodiosos do Chorus Mysticus, semelhantes em suas rimas cruzadas a estrofes litúrgicas da Idade Média (*"Salve sancta facies/ nostri redemptoris/ In qua nitet species/ divini splendoris"*, para citar apenas um dos exemplos arrolados por Erich Trunz).

Pelo umbral da "Dedicatória" desfilaram diante de nós as "trêmulas visões de outrora", que o poeta estabilizou nas personagens da tragédia; pelo portal de saída do Chorus Mysticus a "enteléquia" de Fausto irá furtar-se aos nossos olhos ingressando nos espaços infinitos da escatologia concebida pelo velho Goethe: e entre esses dois extremos desdobra-se o profuso labirinto de formas jamais usadas por mero virtuosismo. Assim, o doutor de extração medieval-renascentista que se apresenta no quarto gótico da cena "Noite", no *Fausto I*, exprime a sua profunda frustração não mediante os ritmos livres do discurso em que expõe depois a Margarida o seu panteísmo, ou o decassílabo com o qual marcha ao encontro de Helena no terceiro ato, mas sim com o típico verso germânico de quatro acentos cambiantes, conhecido como *Knittelvers*. É um verso oriundo de obras épicas e dramáticas alemãs dos séculos XV e XVI e brotará dos lábios do doutor contemporâneo de Lutero e Paracelso com a mesma naturalidade com que o envolve a embolorada "livralhada" de seu gabinete de estudo, todos os "trastes e miuçalhas" amaldiçoados em seu monólogo inicial.

Essa função de intensificar a caracterização das personagens, adensar os significados mais profundos, exercem-na todas as demais formas poéticas do *Fausto*, sejam os tercetos dantescos da "Região amena", os ritmos livres aperfeiçoados na Alemanha por F. G. Klopstock (1724-1803), os versos brancos shakespearianos que, como a lírica amorosa medieval (*Minnedichtung*), soam na "fantasmagoria clássico-romântica", ou ainda — para mencionar apenas dois outros exemplos — o verso alexandrino característico do teatro clássico francês e do drama barroco alemão, assim como o trímetro jâmbico da antiga tragédia ática, que o poeta alemão absorveu sobretudo a partir do intenso estudo que fez da obra de Eurípides.

Quando Helena pisa o palco da tragédia goethiana ("Muito admirada e odiada muito, eu, Helena", v. 8.488), o seu esplendor vem reforçado pela beleza daquele verso grego, traduzido por Jenny Klabin Segall em dodecassílabos brancos que preservam os traços essenciais do original, em particular a dicção arcaizante e intencionalmente artificial. Com inexcedível maestria formal, Goethe irá plasmar o enlace amoroso entre a bela representante da Antiguidade clássica e o cavaleiro nórdico mediante a aliança dos sons, isto é, a rima, desconhecida dos antigos gregos. É quando o trímetro jâmbico se dissolve no moderno verso alemão rimado e com cinco acentos; e só volta a soar nos lábios de Helena, em tom de despedida, no final do ato, após a trágica morte de Eufórion — a quem os versos do coro atribuem então, num dos mais belos necrológios já dispensados a um poeta, os traços de Lord Byron, considerado por Goethe o maior talento do século XIX.

Apresentação

Já no ato subsequente, quando o Imperador toma solenemente a palavra ("Esteja ele onde for! Vencemos a batalha", v. 10.849) para introduzir uma dieta que visa à restauração de estruturas políticas ultrapassadas (sob o modelo histórico da Restauração pós-napoleônica), é com um verso igualmente obsoleto que ele o faz: um pomposo alexandrino no qual Goethe insere propositadamente alguns tropeços e escorregões métricos para indiciar o caráter não apenas obsoleto, mas também pusilânime e canhestro desse Imperador.

Tradução e comentário

Não seria improcedente supor que a longa convivência de Jenny Klabin Segall com o teatro clássico francês tenha sido fecundamente propícia à tradução dos alexandrinos goethianos. A fidelidade ao texto francês — este o argumento central dos elogios feitos a sua transposição para a nossa língua de comédias de Molière e tragédias de Racine e Corneille — teria possibilitado à tradutora, como observa por exemplo Guilherme de Almeida, a apreensão do "precioso sabor original", o qual "se mantém intacto na versão, intacto no fundo e na forma. No fundo: pela identidade do espírito, das mínimas intenções, dos mais sutis propósitos. Na forma: pelo condimento estimulante da linguagem, leve e deliciosamente arcaizada, e pela técnica do verso, conservado, quanto possível, igual no seu corte, ritmo e rima".

No entanto, mesmo em face dos comprovados recursos da tradutora, seria temeroso querer estender ao *Fausto* a ousada afirmação feita por outro admirador de sua versão dos clássicos franceses: "E essa tradução é tal que a crítica poderia, se quisesse, estudar através dela os caracteres próprios do estilo de Molière ou de Racine e mesmo os processos gerais de versificação". Estas palavras entusiastas são de Roger Bastide, e seria temeroso estendê-las ao *Fausto* dado que princípios fundamentais da versificação praticada por Goethe — trocadilhos ou infrações e irregularidades demasiado entranhadas na língua alemã, também o estabelecimento de rima entre pronúncia erudita (alto-alemão) e dialetal (a de sua terra natal, Frankfurt, ou o modo de falar nas regiões da Turíngia e Saxônia) — perdem-se necessariamente nesta tradução, como de resto nas outras transposições integrais da tragédia para a língua portuguesa, seja a mais antiga — e vincadamente prosaica — de Agostinho D'Ornellas (Lisboa, 1867 e 1873), ou a excelente versão de João Barrento (Lisboa, 1999), ou ainda as duas cenas finais do quinto ato do *Fausto II* transcriadas por Haroldo de Campos, com grande virtuosidade, em seu *Deus e o Diabo no* Fausto *de Goethe* (São Paulo, 1981).

São limites que se colocam a todo tradutor e que o próprio Goethe comentou, em perspectiva generosa e construtiva, na passagem reproduzida na Apresentação ao *Fausto I*: "Pois não importa o que se possa dizer das insuficiências da tradução...". E, assim, esses limites não nos impedem de lembrar ao leitor brasileiro que ele tem novamente em mãos uma versão em que o princípio de fidelidade, mantido ao longo dos milhares de versos, irá proporcionar-lhe aproximação sensível e consistente ao original alemão. Evidentemente, não só em relação às passagens em versos alexandrinos do quarto ato, mas em toda a vasta floresta de formas métricas, rítmicas, rímicas e sonoras desta obra máxima da literatura mundial. Continuam vigentes, portanto, tanto as observações com que Augusto Meyer expressou o seu "pasmo" diante da "energia intorcível" que presidiu a este extraordinário exercício de "rigor de fidelidade", como as palavras de Sérgio Buarque de Holanda sobre a concepção "admiravelmente absolutista e intolerante" que a versão de Jenny Segall deixa entrever: "E como a aproximação entre qualquer tradução e o texto nunca poderá ser definitiva e sempre há de comportar várias gradações, note-se que é um autêntico prodígio a soma de trabalho que ela desenvolveu para alcançar essa proximidade ideal a que deve tender qualquer tradução".

Tais comentários de Augusto Meyer e Sérgio Buarque de Holanda referiam-se, como sabemos, apenas à primeira parte da tragédia, mas o seu propósito era justamente incentivar Jenny Segall na empreitada de levar a cabo a tradução integral também do *Fausto II*. Tendo concluído a tarefa apenas no ano de sua morte (1967), a tradutora não pôde acompanhar o trabalho final de revisão e edição. Com isso, já nos dois volumes publicados em 1970 pela editora Martins numa divisão inteiramente arbitrária (no primeiro, o *Fausto I* vem seguido dos dois primeiros atos da segunda parte; o segundo volume traz os três atos restantes do *Fausto II*), e, mais ainda, na edição integral de 1981 (editora Itatiaia), o texto foi entregue ao leitor brasileiro eivado por toda sorte de erros: palavras que absolutamente não provêm da tradutora (inúmeros seriam aqui os exemplos); versos suprimidos ou em posição trocada; indicações cênicas que aparecem no texto como versos e vice-versa; pontuação arbitrária, que coloca dificuldades suplementares à leitura; segmentação frequentemente equivocada de estrofes etc. Entre os erros mais graves que se podem observar nas duas edições referidas está a localização do início do *Fausto II* no seu terceiro ato — o qual, por seu turno, divide-se em três cenas que não são indicadas como tais nessas mesmas edições.

O cotejo minucioso com os originais da tradução, gentilmente cedidos pelo Museu Lasar Segall, foi de grande valia para o trabalho de correção e, consequentemente, para a reconstituição do texto visado por Jenny Segall. Em momento algum se tomou a liberdade de intervir nas soluções encontradas pela tradutora, mas apenas corrigir tacitamente uma ou outra distração, como troca evidente na posição de versos ou ainda a ausência de padronização para determinados termos ou personagens. Cumpre lembrar ainda que alterações na estruturação das estrofes, na entrada de indicações cênicas e em outros detalhes da configuração gráfica dos atos pautaram-se, como também todo o procedimento de correção, pelo cotejo com o texto estabelecido em duas das mais autorizadas edições alemãs: a de Hamburgo, preparada por Erich Trunz (edição ampliada de 1996; a primeira é de 1949), e a organizada por Albrecht Schöne para a Editora dos Clássicos Alemães de Frankfurt (Deutscher Klassiker Verlag, 1999).

Como já se dera em relação ao *Fausto I*, essas duas edições constituíram mais uma vez a principal fonte para a elaboração dos comentários e textos que acompanham a presente tradução, cabendo especial destaque ao trabalho de Albrecht Schöne, notável marco na filologia fáustica e nos estudos goethianos. Amplamente consultadas foram ainda outras relevantes edições alemãs do *Fausto*: os dois volumes organizados por Erich Schmidt no contexto da vasta edição de Weimar (143 volumes, publicados entre 1887 e 1919); o volume preparado por Ernst Beutler para a edição das obras de Goethe comemorativa do segundo centenário de seu nascimento (Artemis Gedenkausgabe, 1949); também os comentários de Dorothea Hölscher-Lohmeyer para a edição de Munique (1997). Recorreu-se com frequência a duas publicações de Ulrich Gaier: o volume dedicado ao *Fausto II* de seu comentário *Goethes Faust-Dichtungen. Ein Kommentar* (Reclam, Stuttgart, 1999) e, ainda, os "Esclarecimentos e documentos" relativos à segunda parte da tragédia: *Erläuterungen und Dokumente — Faust: Der Tragödie Zweiter Teil* (Reclam, Stuttgart, 2004). De imensa valia, mais uma vez, foram também duas obras mencionadas na Apresentação ao *Fausto I*: o estudo de Jochen Schmidt sobre as duas partes da tragédia (*Goethes Faust. Erster und Zweiter Teil. Grundlagen. Werk. Wirkung*, Munique, 2001) e o *Goethe. Lexikon*, de Gero von Wilpert (1999).

A enciclopédia de mitologia *Gründliches Lexikon mythologicum* (1724) de Benjamin Hederich (1675-1748), principal fonte das incontáveis referências e alusões mitológicas no *Fausto*, e as *Conversas com Goethe* (*Gespräche mit Goethe*, volumes I e II, 1836; volume III, 1848) de Eckermann, que Nietzsche considerava um dos livros mais belos de toda a literatura alemã, foram igualmente objeto de frequentes consultas na elaboração dos comentários e textos.

TRAMA E URDIDURA
DE UM LEGADO INCOMENSURÁVEL

Iniciado em 1938 e concluído no ano de sua morte, o projeto de tradução do *Fausto* a que Jenny Klabin Segall se lançou "intermitente mas obsessivamente", como entre nós já havia observado Antônio Houaiss, estendeu-se ao longo de quase três décadas. Um esforço, portanto, de fôlego sobremaneira longo, correlato em seu plano aos sessenta anos abarcados pela gênese do texto alemão em que Goethe, alternando períodos de trabalho intenso com outros de distanciamento, deixou impressas as marcas do movimento pré-romântico "Tempestade e Ímpeto", do Classicismo de Weimar, do depurado estilo da velhice.

E se o poeta octogenário reservou o *Fausto II*, de plena consciência, como presente à posteridade ("O meu consolo" dizia ele em dezembro de 1831 ao seu jovem amigo Boisserée, "é que as pessoas que realmente me importam são todas mais novas do que eu e irão a seu tempo desfrutar em minha memória o que foi preparado e reservado para elas"), esta tradução pode ser vista — traçando outro paralelo com o original — na condição de legado goethiano de Jenny Segall. Livre de tantos erros e equívocos que se infiltraram nas edições de 1970 e 1981, é como texto em larga medida inédito que chega agora às mãos do leitor brasileiro a tradução desse *opus magnum* da literatura mundial, a que não obstante o poeta chamou, do alto de seus anos provectos, "esses gracejos muito sérios".

Esta expressão assoma na derradeira carta de Goethe, ditada aos 17 de março de 1832, portanto cinco dias antes da morte. Dirigida a Wilhelm von Humboldt, a carta respondia a uma pergunta sobre as fases de concepção e redação do *Fausto II* e se posicionava ainda perante a tentativa do amigo de persuadi-lo a publicar a obra ainda em vida. A resposta de Goethe — coroamento das belíssimas cartas que escreveu na velhice — recorre em determinado momento a imagens tomadas à esfera do trabalho artesanal (já em vias de extinção) para delinear plasticamente a interação de estados conscientes e inconscientes em seu processo de criação artística: entrelaçando-se de maneira complexa e multifacetada, consciente e inconsciente se relacionariam entre si como "trama e urdidura" sob as mãos do tecelão.

Largos trechos do *Fausto*, diz o poeta numa linguagem que parece igualmente entretecer a força imagética da juventude à profunda sabedoria da velhice, teriam brotado da pura inspiração (ou de fontes inconscientes e inatas), mas imprescindível para a conclusão da obra foi, antes de tudo, a autoimposição da mais rigorosa disciplina intelectual — como se voltassem a adquirir atualidade aqueles antigos versos pronunciados pelo diretor do "Prólogo no teatro": "Já que dizeis que poetas sois,/ Deveis reger a poesia" (*Fausto I*, v. 220). Quanto ao esforço de Humboldt no sentido de reverter a decisão de não publicar em vida o *Fausto II*, o velho Goethe permanece inamovível, mas envereda pelos motivos que o levavam a agir desse modo:

> "Há mais de sessenta anos que a concepção do 'Fausto' estava clara, desde o início, em meu jovem espírito, mas a sequência completa menos desenvolvida. Bem, fiz com que a intenção sempre caminhasse lentamente ao meu lado e só elaborava, de maneira isolada, as passagens que se me iam afigurando como as mais interessantes, de tal modo que na segunda parte restaram lacunas, a serem relacionadas ao restante por meio de um interesse homogêneo. Mas aqui veio à tona a imensa dificuldade de alcançar, mediante propósito e caráter, aquilo que no fundo deveria caber tão somente à Natureza ativa e espontânea. Não seria bom, porém, se isso não tivesse sido possível após uma vida tão longa, tão plena de reflexão ativa; e não me deixo dominar pelo temor de que se venha a distinguir o elemento mais antigo do elemento mais novo, o mais recente do mais primitivo — coisa, aliás, que entregamos aos futuros leitores para verificação propícia.
>
> Sem dúvida alguma me daria alegria infinita comunicar e dedicar esses gracejos muito sérios aos meus queridos amigos, gratamente reconhecidos e dispersos pelo mundo, acolhendo também o seu retorno. Mas o dia presente é de fato tão absurdo e confuso que me convenço de que os meus esforços sinceros, despendidos por tão longo tempo em prol desta construção insólita, viriam a ser mal recompensados e por fim ar-

rastados à praia, onde ficariam como destroços de naufrágio para logo serem soterrados pelas dunas das horas. Doutrina desorientadora aliada a ação desorientadora é o que reina no mundo, e eu não tenho nada de mais imperioso a fazer do que intensificar aquilo que existe e restou em mim e depurar as minhas particularidades — coisa que o senhor, meu digno amigo, também vai realizando em sua fortaleza."

Às vésperas da morte, Goethe não acalentava, como se vê, nenhuma ilusão quanto à acolhida que a sua obra de vida — ou "ocupação principal" (*Hauptgeschäft*), como costumava então dizer — teria junto ao público contemporâneo; contudo, eventuais ressaibos de amargura vêm atenuados pela serenidade da experiência octogenária. O poeta quis, sobretudo, poupar-se de ouvir o juízo daqueles que de imediato elevariam a voz sobre uma obra que em nenhum ponto correspondia às concepções estéticas vigentes — poupar-se, em suas próprias imagens, de vê-la jazer como "destroços de naufrágio" expostos a "doutrina" e "ação" desnorteantes. O quanto esteve certo com tal decisão ilustram-no, por exemplo, as reações desencadeadas pela cena final, que se desfralda num céu católico pontilhado de sugestões do barroco espanhol. Aos leitores protestantes desagradou a coreografia apoteótica que cerca a aparição da Mater Gloriosa, enquanto que aos católicos causaram espécie o epíteto pagão de "Deusa-Rainha" e os evidentes paralelos com a apoteose da deusa Galateia no final da "Noite de Valpúrgis clássica". Já os livre-pensadores não perdoaram ao velho panteísta o assomo de laivos místico-cristãos; assim, o influente crítico Wolfgang Menzel (1795-1873) — formado, além de tudo, num ambiente luterano — escrevia indignado logo após a publicação do *Fausto II*: "Goethe apresenta-nos o céu cristão como a corte de uma alegre rainha, por exemplo a sociável Maria Antonieta. Vemos ao seu redor apenas damas da corte e pajens como anjos mais e menos graduados; na entrada, alguns místicos em adoração como porteiros devotos. E então o velho pecador é introduzido [...], é bonito, uma jovem dama da corte intercede por ele, a rainha celestial sorri e — a sinecura no céu é toda sua. — Onde fica Deus? Será que não há mais homem nenhum no céu?".

No entanto, aquela mesma carta que falava de "doutrina desorientadora aliada a ação desorientadora" exprimia também confiança na "verificação propícia" por parte de outros futuros leitores, mais sensíveis às imagens irisadas de sua criação, ao ritmo dos versos, à integridade da palavra poética, a sentidos só levemente insinuados — coisas, enfim, que logo encontrariam também os seus admiradores e amantes e repercutiriam mais tarde na *Oitava Sinfonia* de Gustav Mahler, nos desenhos a bico de pena de Max Beckmann ("Mater Gloriosa" e "Chorus Mysticus"), ou ainda no já mencionado ensaio de Adorno sobre a cena final do *Fausto*.

Mas o capítulo seguramente mais controverso na filologia fáustica (e porventura de toda a história da literatura alemã) foi deflagrado pelas cenas do quinto ato, no qual se desenrola a tragédia do colonizador. São-nos oferecidas então, mais uma vez, imagens "magnificamente poetizadas" (na formulação de Thomas Mann), e sobre elas manifestaram-se críticos de todos os matizes ideológicos — os chamados "perfectibilistas", que veem na trajetória de Fausto uma ascensão contínua a simbolizar o aperfeiçoamento do gênero humano e, no campo oposto, aqueles que vislumbram na inquebrantável, frenética aspiração fáustica, em particular nos feitos do colonizador em idade bíblica, a expressão acabada do horror nutrido pelo poeta, contemporâneo das revoluções industriais e políticas, em relação a todas as ideologias que impulsionavam a incipiente civilização "velocífera".

A título de exemplificação sumária desse controverso capítulo que extrapolou em muito os limites da crítica literária, lembremos apenas que entre os leitores perfectibilistas estão proeminentes marxistas como Georg Lukács (*Estudos sobre o "Fausto"*, 1940) ou Ernst Bloch ("Figuras da transgressão de limites", ensaio de 1956 incorporado depois ao capítulo 49 de sua obra *O princípio esperança*, 1959). Enquanto o pensador húngaro interpreta a carreira de Fausto, desde a aspiração de ampliar e fundir o seu próprio Ser ao Ser de toda a humanidade (v. 1.774) até a utópica visão final do colonizador cego, enquanto decidido avanço (e com as inevitáveis vítimas de sempre, como Filemon e Baucis) na direção de concepções que apontariam para o futuro socialista da humanidade, Bloch, o teórico da "esperança", vislumbra no ativismo "prometeico" do herói goethiano atos contínuos de extrapolação de fronteiras, que configurariam disposição antropológica própria do *homus utopicus*: "Ele [Fausto] é, por excelência, o transgressor de limites, mas sempre enriquecido por novas experiências ao transgredi-los, e por fim salvo em sua aspiração. Desse modo, ele representa o mais elevado exemplo do Homem utópico".

Desnecessário explicitar de que modo a crítica nacional-socialista apropriou-se do derradeiro sonho fáustico de um povo livre em terra livre; mas valeria mencionar que Paul Celan — cujo célebre poema "Fuga sobre a morte" (1952) traz alusões inequívocas ao *Fausto* ("Teu cabelo de ouro, Margarida") e, em particular, a imagens desse quinto ato — enxergou prefigurado no massacre ao "Peregrino" e a Filemon e Baucis aquilo que os nazistas infligiriam mais tarde aos judeus. Em chave semelhante, mas por assim dizer no "calor da hora" — pois já em março de

1932, por ocasião de um discurso proferido em Frankfurt durante as comemorações do centenário da morte de Goethe —, Albert Schweitzer reconhecia em seu legado poético um vigoroso e clarividente potencial de advertência aos pósteros — no caso, os contemporâneos que se deixavam emaranhar cada vez mais pela sedução dos totalitarismos: "E, de modo geral, que outra coisa é isso que está acontecendo nestes tempos tenebrosos senão uma repetição gigantesca do drama de Fausto sobre o palco do mundo? Em mil chamas está ardendo a cabana de Filemon e Baucis! Em violências multiplicadas mil vezes, em milhares de assassínios uma mentalidade desumanizada põe em prática os seus negócios criminosos! Em mil caretas Mefistófeles nos dirige o seu sorriso cínico!".

Procedentes ou improcedentes, com fundamentos sólidos ou frágeis, as leituras e interpretações suscitadas por esta obra de sentido inesgotável vêm se processando até os dias de hoje, embora não mais com a virulência ideológica atingida nos anos 30 e 40 do século passado. De elevada magnitude são, porém, os questionamentos que o *Fausto* atualiza para o nosso tempo, as indagações que coloca a um mundo mais do que nunca "velocífero" e globalizado, talvez em excesso, a gosto de Mefistófeles: "Que cerimônia, ora! E até quando?/ Pois não estás colonizando?".

Os primeiros anos do novo milênio já trouxeram importantes perspectivas críticas orientadas por tais questões, entre as quais citem-se apenas o livro de Manfred Osten *Alles veloziferisch: oder Goethes Entdeckung der Langsamkeit* [Tudo velocífero: ou a descoberta da lentidão por Goethe, 2003] e o alentado estudo de Michael Jaeger *Fausts Kolonie: Goethes kritische Phänomenologie der Moderne* [A colônia de Fausto: a fenomenologia crítica da modernidade empreendida por Goethe, 2004]. E concomitantemente à finalização desta edição o eminente sociólogo Oskar Negt publica na Alemanha uma interpretação da tragédia goethiana à luz da própria experiência de vida, isto é, reconstituindo a sua relação com a obra ao longo das décadas e sob diferentes condições históricas: *Die Faust-Karriere: vom verzweifelten Intellektuellen zum gescheiterten Unternehmer* [A carreira de Fausto: do intelectual desesperado ao empreendedor fracassado, 2006]. Trata-se de uma leitura marxista e, curiosamente, não perfectibilista; contudo, em sua pronunciada perspectiva autobiográfica não atinge o rigor filológico que distingue o livro de Jaeger ou a fundamentação teórica que se observa num estudo mais antigo também de inspiração marxista: *Faust Zweiter Teil: die Allegorie des 19 Jahrhunderts* [A segunda parte do *Fausto*: a alegoria do século XIX, 1981], no qual Heinz Schlaffer estabelece múltiplas relações entre a obra de Goethe e *O capital*, de Karl Marx.

De qualquer modo, cumpre mencionar aqui o livro de Negt como elo mais recente numa cadeia exegética que jamais cessará de desdobrar-se, já que os leitores com os quais contava Goethe — atentos a "gestos, acenos e leves alusões" — sempre encontrarão nessas imagens contrapostas e ao mesmo tempo mutuamente especulares muito mais do que a consciência artística do poeta foi capaz de conceber.

A tradução de Jenny Klabin Segall, tal como se apresenta agora em cuidadosa edição desses "gracejos muito sérios" que tanto enriqueceram a literatura mundial, descortinará certamente novos horizontes ao leitor brasileiro — na medida em que também "tenha se movimentado um pouco por conta própria e vivenciado alguma coisa" — para pôr à prova a confiança do velho mestre de Weimar na força inexaurível e sempre ativa das grandes criações artísticas.

FAUSTO

Segunda parte da tragédia

Primeiro ato

Primária

Região amena

A primeira parte da tragédia fechou-se com os esforços frustrados de Fausto para libertar Margarida do cárcere e, por conseguinte, da execução iminente. A recusa da moça a submeter-se ao plano de fuga, engendrado por Mefistófeles, levou o pactuário à exclamação: "Ah, nunca tivesse eu nascido!".

Quanto tempo terá transcorrido entre o sombrio desfecho da história amorosa na cena "Cárcere" e o despertar do novo Fausto na abertura da segunda parte da tragédia? A questão não parece passível de resposta precisa, uma vez que Goethe evoca os acontecimentos em torno de Margarida apenas com a sucinta referência a um Fausto "lasso, agitado, tentando adormecer". Na sequência, abre-se o quadro grandioso de uma paisagem em que o "infortunado" irá vivenciar a superação dos sofrimentos anteriores, assim como a renovação de suas forças físicas e espirituais. Em seguida o veremos na corte do Imperador e incursionando depois pela antiga Hélade povoada de seres mitológicos, até envolver-se fantasmagoricamente com a bela Helena: acontecimentos que Goethe subtrai ao decurso do tempo cronológico e objetivo, do mesmo modo como os desdobramentos militares no quarto ato da tragédia e os subsequentes empreendimentos do velho Fausto no último ato, quando teria então, segundo uma indicação do poeta, cem anos.

Contudo, para que possa ingressar no "grande mundo" dos negócios de Estado, da Grécia clássica e de seu titânico projeto colonizatório, é necessário, em primeiro lugar, recuperar-se da experiência traumática vivenciada no "pequeno mundo" do seu gabinete de estudos e, sobretudo, da relação amorosa com Margarida. A abertura da segunda parte da tragédia conduz então o herói a um processo de regeneração biológica e psíquica, graças ao *esquecimento*, simbolizado aqui pela referência ao mitológico rio Letes, em cujas águas os mortos deixavam as lembranças da vida terrena. É uma dádiva da Natureza e, consequentemente, Goethe coloca em cena entidades ligadas à força misteriosa de florestas e bosques: pequeninos elfos comandados por Ariel, o espírito etéreo que atua na última peça de Shakespeare, *A tempestade*.

Como na cena "Noite", que abre o *Fausto I*, também aqui o herói apresenta-se sozinho (isto é, ainda sem Mefistófeles) e pronuncia um monólogo em que logo desponta o motivo da "aspiração" (*Streben*, em alemão): "Já, com vigor pões minha alma alentada,/ Para que aspire à máxima existência". Porém, enquanto o Fausto da primeira parte encontra-se encerrado num sufocante quarto apostrofado como "antro vil" e "maldito, abafador covil", agora ele se vê em meio a uma paisagem majestosa, cercada por montanhas e águas: "região amena", como Goethe traduz e exprime o velho *topos* literário *locus amoenus*.

Esta cena de abertura impressiona não apenas pela beleza das sugestões visuais (as sombras do anoitecer e as cores da alvorada, presença de montanhas, cascata e arco-íris), mas também pelo aspecto sonoro, rítmico e musical, compondo tudo isso uma grandiosidade que Emil Staiger, no terceiro volume de seu estudo *Goethe* (Zurique e Friburgo, 1959), comenta com as seguintes palavras: "Ouvimos um dos mais maravilhosos poemas de Goethe sobre a Natureza. O seu encanto se revela plenamente quando relacionamos cada estrofe à hora noturna em questão. [...] Esses versos, que ao final desembocam no sonoro nascer do sol, estão à altura do canto dos anjos no 'Prólogo no céu'; são menos majestosos, mas inteiramente impregnados da misteriosa serenidade goethiana".

E, voltando-se em seguida para o significado do sono e do esquecimento a que Goethe submete o seu herói neste início do *Fausto II*, continua Staiger: "Todo sono não significa apenas um apagamento da consciência, mas também o ingresso na vontade benéfica, voltada sempre para a vida, da Natureza. [...] O sinal da graça é a transformação. Em que medida Fausto se transforma? Ele já não almeja ser igual a Deus. Ele toma para si o destino humano. Reconhece a finitude, o conhecimento que é possível ao homem, que só consegue contemplar o eterno no espelho do efêmero. Com isso, ele se mostra transformado, purificado. Extinguiram-se exatamente aqueles traços de seu ser que haviam desencadeado a tragédia de Margarida".

Contudo, se tais considerações de Emil Staiger têm validade para o Fausto que desperta na "região amena" desta cena de abertura, revelar-se-ão discutíveis (ou já improcedentes) à luz de suas empresas e aspirações subsequentes, que cessam apenas com a morte e a sua silenciosa ascensão pelo céu católico da última cena. [M.V.M.]

(Fausto, acamado num prado florido,
lasso, agitado, tentando adormecer.)

(Crepúsculo)

(Ronda de gênios em flutuante animação, vultozinhos graciosos)

ARIEL *(canto, acompanhado por harpas eólicas)*[1]

Quando a primavera em flor
Pétalas ao solo espraia,
E dos campos o esplendor
A todo ente térreo raia,
Elfos miúdos, vosso encanto
A prestar auxílio é dado;
Seja mau, ou seja santo,
Dó sentis do infortunado.   4.620

Sílfides,[2] vós, que o envolveis em cerco aéreo,
Lidai agora a vosso modo etéreo!

---

[1] Tomado à última peça de Shakespeare (*A tempestade*), o nome desse espírito etéreo e benfazejo já assomara na cena "Sonho da Noite de Valpúrgis", na primeira parte da tragédia. Agora, porém, a aparição de Ariel possui um significado inteiramente diferente, como se se tratasse de outra personagem: regendo o coro dos "elfos" e com acompanhamento de "harpas eólicas" (cujos sons delicados são produzidos pelo vento), Ariel está empenhado aqui em levar auxílio ao "infortunado" Fausto (*Unglücksmann*, no original: *infausto*, como se poderia dizer no sentido etimológico visado por Goethe).

[2] No original, Goethe escreve "elfos", os pequeninos espíritos aéreos que na mitologia nórdica são associados a danças e cantos noturnos, em prados e flores-

Da alma extraí-lhe o dardo de amargura;
Do remorso abafai a voz tenaz;
Livrai-lhe o ser das visões de negrura! 4.625
São quatro as pausas da noturna paz,[3]
Desde já preenchei-as com brandura.
Pousai-lhe a fronte em fresco, verde leito,
Do Letes[4] banhe-o a límpida onda fria;
Relaxe o corpo rígido, e refeito 4.630
Aguarde no repouso o alvor do dia.
Das sílfides cumpri o anseio pio,
À luz sagrada restituí-o.

---

tas. A tradutora opta aqui por "sílfides", entidades mitológicas ligadas igualmente ao elemento "ar": silfos e sílfides já estavam entre os espíritos elementares invocados por Fausto na primeira cena "Quarto de trabalho" (*Fausto I*), para enfrentar o ente desconhecido (Mefistófeles) que se desprendia da figura do "perro".

[3] O transcurso da noite compreende quatro "pausas" a serem observadas. Essas fases noturnas correspondem às vigílias outrora mantidas pelas legiões romanas e depois incorporadas no culto cristão, com suas quatro *vigiliae* de três horas cada uma. Em um manuscrito que se perdeu, Goethe teria dado a essas "pausas da noturna paz", segundo Eckermann, designações musicais: *Serenade, Notturno, Matutino, Reveille*.

[4] Na mitologia grega, Letes é um dos cinco rios que correm nas regiões infernais: bebendo de sua água, os mortos se esqueceriam das alegrias e tormentos da vida terrena. Como Fausto ainda deve continuar entre os vivos, o esquecimento provocado por essas águas não pode ser absoluto: no original, Ariel determina que ele seja banhado apenas pelo "orvalho" do Letes. Na *Divina Comédia* de Dante, cuja influência se faz sentir em alguns momentos do *Fausto II* (como nesta cena de abertura), o Letes corre não mais no Inferno, mas sim no Paraíso, e nele se banham as almas em busca de purificação (*Purgatório*, XXVIII).

CORO *(individualmente, em duas e várias vozes,
alternadas e reunidas)*[5]

Quando do ar o eflúvio morno
Se difunde e à terra ruma,   4.635
Baixa o anoitecer em torno
Suave aroma e véus de bruma.
A sorver-lhe o brando hausto
Que a alma afaga e à paz exorta,
Ao olhar deste ente exausto,   4.640
Cerra-se do dia a porta.

Já se esparzem trevas mudas,
Veem-se estrelas que o céu trilham;
Luzes miúdas e graúdas
Perto e no infinito brilham;   4.645
Na água espelham-se; cintila
No alto o seu clarão sereno;
E selando a paz tranquila,
Do luar raia o brilho pleno.

Somem-se dita e pesar!   4.650
Aplacou-se a dor de outrora;

---

[5] Estruturando-se em quatro estrofes, o canto dos elfos corresponde a cada
uma das quatro "pausas da noturna paz" a que se referiu Ariel. Em seu livro dedicado a Goethe, Emil Staiger escreveu as seguintes palavras sobre este canto: "Os
versos vão fluindo de maneira tão infinitamente suave e tranquila, tamanha plenitude de aparições se volatiliza em melodia tão leve, que nós fechamos os olhos
como Fausto, não pensamos em nada e nos deixamos envolver por uma felicidade sem nome".

Sente-o na alma! vais sarar;
Fia-te na nova aurora!
No val verde, nas colinas,
A noturna calma para,   4.655
E entre vagas argentinas
Flui a semeadura à seara.

Nada anelos teus entrave,
Vê o céu que o alvor colora!
Só te envolve um torpor suave,   4.660
Põe do sono o manto fora!
Que a hesitar outrem se dobre,
Teu ser à obra se encoraje!
Tudo pode uma alma nobre,
Que o alvo entende e ao repto reage.   4.665

(Estrondo tremendo proclama a aproximação do Sol)

ARIEL

Dai ouvido ao troar das Horas![6]
Colhe a mente ondas sonoras,
Dia novo, à terra alvoras.
Portas de rocha crepitam,
Rodas de Febo estrepitam;   4.670

---

[6] As três deusas associadas, na mitologia grega, às estações do ano e às horas do dia. Na *Ilíada*, são as guardiãs dos portões celestes, que se abrem com estrondo para que Febo Apolo saia com seu carro solar. Como no "Prólogo no céu", a harmoniosa música das esferas só pode ser ouvida pelos anjos; Ariel diz aqui que apenas a "mente" (os "ouvidos do espírito") colhe as "ondas sonoras" produzidas pela ação das Horas.

Da trompa o som repercuta.
Traz a luz toante estampido!
Pisca o olhar, ribomba o ouvido.
O inaudito não se escuta.[7]
Recolhei-vos, à ramagem!   4.675
Em recôndita paragem,
Correi a vos abrigar;
Ensurdece, a quem pegar.

FAUSTO

Pulsa da vida o ritmo palpitante,[8]
Saudando a etérea, pálida alvorada;   4.680
Foste, ó terra, esta noite ainda constante,
Respiras a meus pés, revigorada.
Já, do deleite estou haurindo a essência,
Já, com vigor, pões minha alma alentada,
Para que aspire à máxima existência. —   4.685

---

[7] Ariel sugere com estes versos que o som "inaudito" que acompanha o nascer do sol é insuportável para os elfos, os pequeninos seres noturnos.

[8] Alça-se aqui o primeiro grande monólogo de Fausto nesta segunda parte da tragédia. Goethe o configurou em versos iâmbicos de cinco pés (que na tradução de Jenny Klabin Segall aparecem adequadamente como decassilábicos), enfeixados na estrutura rímica da tercina (o encadeamento aba bcb cdc ded... que desemboca, porém, na rima yzyz). Somente nesta passagem do *Fausto*, vale-se Goethe da forma da tercina, evocando assim a *Divina Comédia*, embora renunciando às estrofes de três versos em que Dante narra a sua peregrinação do Inferno ao Céu, passando pelo Purgatório. Numa carta ao chanceler von Müller, Goethe dizia que "tercinas precisam ter como fundamento um assunto grandioso e rico"; e assim manifestam-se, no ritmo solene e vigoroso deste monólogo, as forças que animam o "novo" Fausto, brotadas da Natureza e do seu próprio íntimo.

No clarão da alva se revela o mundo,
De mil sons se ouve na floresta a afluência;
Do val sobe ainda a névoa, mas, ao fundo,
Clarão dos céus aos poucos vai baixando;
Brota dos ramos verdor fresco, oriundo   4.690
Da noite em que o envolvia sono brando;
Cor após cor surge do térreo piso,[9]
Vês pérolas de orvalho gotejando,
Torna-se em volta o mundo um paraíso.

Olha para o alto! — Os cumes da montanha   4.695
Da soleníssima hora dão o aviso;
O pico cedo a luz eterna ganha,
Que mais abaixo se aproxima lenta.
Dos Alpes já viçosos prados banha,
Cujo verdor com nitidez salienta;   4.700
Gradualmente ilumina a extensa pista.
Surge o astro! — e eu me desvio, ah não o aguenta,[10]
Já deslumbrada, a dolorida vista.

---

[9] Exprimindo as suas grandiosas impressões do amanhecer, Fausto vê os primeiros raios solares alcançarem as profundezas ainda escuras do vale, e desse encontro entre luz e sombra se desprenderia então "cor após cor". Desse modo, Goethe atribui a Fausto as próprias concepções (contrárias às de Isaac Newton) sobre o surgimento das cores, expostas em seu alentado estudo *Zur Farbenlehre* (*Sobre a teoria das cores*), desenvolvido ao longo de 43 anos e publicado finalmente em 1810.

[10] Tal como os "ouvidos" dos elfos não suportam o "estrondo tremendo" que acompanha o crepúsculo matutino, aqui são os olhos humanos que não aguentam a contemplação direta do astro solar, indiciado no original apenas pelo pronome feminino *sie*.

É assim, pois, quando à férvida esperança,
Do anelo máximo que na alma exista,   4.705
Se abrem portais da bem-aventurança.
Mas jorra então, de páramos extremos,
Um mar de chamas que em temor nos lança.
Da vida o facho incandescer quisemos,
E nos envolve um fogo que nos traga.   4.710
É ódio, é amor, em cuja chama ardemos,[11]
Do prazer e da dor mutuando, a vaga?
Retorna à terra o olhar, que em suave manto[12]
De infância nos envolve, e o peito afaga.

Que fique atrás de mim, o sol, portanto!   4.715
A catarata que entre pedras ruma,
Contemplo agora com crescente encanto.
De queda em queda se despenha e escuma,
Mil turbilhões espúmeos derramando,
Enche o ar de nuvens de escumosa bruma.   4.720
Que esplêndido, do turbilhão brotando,
Surge, magnífico, o arco multicor!

---

[11] Fausto indaga nesta passagem se o que nos envolve de maneira ardente, alternando com desmesura sofrimento e alegria, seria manifestação de ódio ou de amor. Nos termos da tradução: a vaga que em chamas nos envolve, mutuando prazer e dor, provém do ódio ou do amor?

[12] *in jugendlichstem Schleier*, no original: literalmente, "no véu mais jovem". Fausto refere-se às faixas de névoa em meio à claridade dos primeiros momentos matinais.

Nítido ora, ora no éter se espalhando,
Imbuindo-o de aromático frescor.
Vês a ânsia humana nele refletida; 4.725
Medita, e hás de perceber-lhe o teor:
Temos, no espelho colorido, a vida.[13]

---

[13] Este grandioso quadro do amanhecer que abre o *Fausto II* culmina por fim na visão do arco-íris como símbolo de toda a existência humana. Uma vez que o olho humano não foi feito para mirar diretamente o sol, Fausto teve de desviar a vista para a "terra" (a amena paisagem que se coloria ao seu redor) e, agora, para as águas que despencam de penhasco em penhasco, refletindo os raios solares e formando assim o "arco multicor", cambiante e constante ao mesmo tempo (*Wechsel-Dauer*): "Nítido ora, ora no éter se espalhando".

Como estudioso das cores, Goethe contestava a teoria newtoniana de que partículas de água fragmentam a luz branca nas cores espectrais, defendendo antes uma reflexividade que possibilitaria o surgimento do arco-íris. Este é visto então, em seu "reflexo colorido" (*am farbigen Abglanz*, no original), como símbolo de um conhecimento ou de uma percepção indireta da vida. Vislumbrando no mundo sensível um símbolo ou símile (*Gleichnis*) ou reflexo (*Abglanz*) do infinito, esta concepção atravessa toda a obra de Goethe e num estudo publicado em 1825, *Versuch einer Witterungslehre* (*Ensaio de uma teoria meteorológica*), encontrou a seguinte formulação: "O verdadeiro, idêntico ao divino, jamais se deixa apreender por nós de maneira direta. Nós o contemplamos apenas como reflexo, como exemplo, símbolo, em fenômenos particulares e afins. Nós o percebemos como vida incompreensível e, contudo, não podemos renunciar ao desejo de compreendê-lo. Isto vale para todos os fenômenos do mundo apreensível".

Palatinado Imperial — Sala do trono

Atendendo a uma solicitação dos altos dignatários do reino, o Imperador convocou uma reunião do Conselho. Entram em cena: o Chanceler (posto que, no Sacro Império Romano Germânico, era tradicionalmente ocupado pelo arcebispo da Mogúncia), o Chefe do Exército, o Tesoureiro e o Intendente-mor (ou o mordomo geral da corte). Os relatos que estes apresentam ao Imperador compõem um quadro sombrio da situação do país: corrupção generalizada, justiça arbitrária e venal, prevalência dos interesses particulares, dilapidação dos recursos públicos e outras mazelas. O caos tomou conta do país e o poder do Chefe do Exército vai minguando a cada dia: desordens e motins espocam num ritmo que acompanha a crescente insatisfação da população. (No quarto ato virá à tona que o recrudescimento dessa situação levou à guerra civil.)

Eliminando astutamente o Bobo da Corte, Mefistófeles assume o posto vacante e penetra assim no centro do poder imperial com a proposta de um plano econômico, baseado na invenção do papel-moeda, para o saneamento das finanças públicas e a implementação de uma sociedade rica e afluente. É a sua tática para introduzir Fausto no Palatinado Imperial e, por extensão, no "grande mundo" que lhe prometera no início de suas aventuras. Do mesmo modo como, no "pequeno mundo" da Taverna de Auerbach, Mefisto manipulara os estudantes como títeres, também na corte ele sabe, desde o início, subjugar e manter sob controle os conselheiros, o astrólogo (a quem "assopra" as palavras convenientes aos seus desígnios) e o Imperador, que logo estará ansioso pelo início da "mascarada" carnavalesca, a se desenrolar na cena seguinte.

Em contraponto ao tom lírico da "região amena" em que Fausto renova as suas forças físicas e espirituais, prevalece nesta primeira cena localizada no Palatinado Imperial a linguagem da alta política, da economia, do cerimonial da Corte.

Entre as fontes utilizadas por Goethe para a redação desta cena impregnada de detalhes realistas está a chamada Bula de Ouro (ou Bula Áurea, *Goldene Bulle*), um documento promulgado em 1356 (durante o reinado de Carlos IV) que, entre outros pontos, estipulava em sete o número de príncipes-eleitores do Imperador e atribuía ao arcebispo da Mogúncia o posto de Chanceler. Conforme o depoimento de *Poesia e verdade*, Goethe familiarizou-se já na adolescência com a Bula de Ouro, graças ao contato estreito com Johann Daniel Olenschlager (1711--1778), que em 1766 publicou uma edição comentada do documento. No quarto livro de *Poesia e verdade*, o poeta relembra o seu gosto, desde a infância, em aprender de cor o início de livros como o Pentateuco, a *Eneida*, as *Metamorfoses*: "Fiz então o mesmo com a Bula de Ouro e, com frequência, levava o meu benfeitor [isto é, Olenschlager] ao riso quando exclamava de repente e com toda seriedade: '*Omne regnum in se divisum desolabitur: nam principes ejus facti sunt socii furum*' [Todo reino dividido em si mesmo sucumbirá, pois os seus príncipes tornaram-se companheiros de patifes]. O sábio homem sacudia a cabeça rindo e dizia de maneira pensativa: 'Que tempos devem ter sido aqueles em que o Imperador, durante uma grande assembleia do reino, mandava anunciar tais palavras na cara de seus príncipes'". [M.V.M.]

(O Conselho de Estado espera o imperador. Trompetas)

(Entra pessoal variado da corte em trajes suntuosos.
O imperador chega ao trono; à sua direita o astrólogo)

IMPERADOR

De meu império os fiéis saúdo,[1]
Vindos daqui e dacolá;
O sábio vejo aqui. Contudo[2]   4.730
Falta meu bobo, onde é que está?

---

[1] Goethe emprega nesta fala de abertura (*Ich grüße die Getreuen, Lieben*: "Saúdo os fiéis, os caros") a fórmula cerimoniosa com que os imperadores costumavam dirigir-se aos seus súditos (e, assim, também aos membros do conselho).

[2] Referência ao astrólogo que se encontra postado, conforme a indicação cênica, à sua direita. Como conselheiro ou consultor do soberano, o astrólogo era uma presença frequente em cortes dos séculos XVI e XVII.

UM FIDALGO

Tão logo atrás do manto teu,
Subindo a escada se abateu.
Levaram o tonel pra fora,
Bêbado ou morto? é o que se ignora. 4.735

OUTRO FIDALGO

Logo, com rapidez sem-par,
Surgiu um outro em seu lugar;[3]
Com muita pompa engalanado,
Grotesco de deixar pasmado;
Impedem-no de entrar os guardas, 4.740
Nele assestando as alabardas —
Ei-lo, ainda assim, palhaço ousado!

MEFISTÓFELES *(ajoelhando-se ao pé do trono)*

Que é que é maldito, mas bem-vindo?
Que é que se almeja e é rejeitado?
Que é que sustento anda usufruindo? 4.745
Que é que se acusa e é condenado?
Que é que a chamar ninguém se anima?
De quem o nome prazer trouxe?

---

[3] Como se verá na sequência, trata-se de Mefistófeles, que, atordoando o
bufão, tomou o seu lugar, para em seguida poder introduzir Fausto na corte do
Imperador.

Palatinado Imperial — Sala do trono

Quem de teu trono se aproxima?
Quem a si mesmo desterrou-se?[4]   4.750

IMPERADOR

Por ora poupa-nos tais temas!
Não é ocasião para problemas.
De sábios meus é ofício aquilo. —
Solve-os tu! dar-me-ia gosto ouvi-lo.
Meu bobo, temo, foi-se para o Além;   4.755
Toma o lugar, para meu lado vem.

(Mefistófeles sobe ao trono e coloca-se à esquerda)

MURMÚRIOS DA MULTIDÃO[5]

Um bobo novo — É de amargar!
De onde vem? Como pôde entrar?
O outro caiu — É um desabafo.
Era um barril — Este é um sarrafo.   4.760

---

[4] Esses versos enigmáticos e paradoxais com que Mefistófeles irrompe na corte parecem encerrar uma referência à sua nova condição de demônio e bufão, reunindo ao mesmo tempo em sua pessoa o "dinheiro" e a "razão", termos que irão despontar algumas vezes em sua fala.

[5] Tanto nesta estrofe quanto nas quatro outras intituladas "murmúrios", fazem-se ouvir, segundo observação de Albrecht Schöne, as vozes de pessoas enfastiadas com a situação política do reino. Não se trataria, portanto, de intervenções de um eventual coro e nem de manifestações críticas do "pessoal variado da corte", mencionado no início da cena.

IMPERADOR

A aura imperial, vós, meus fiéis, hoje reúna,
Que de perto e de longe viestes
Sob a égide de astros celestes
Que auguram bens, paz e fortuna.
Mas, dizei, nestes ledos dias,   4.765
Livres de inquietações sombrias,
Dados a máscaras e fantasias,[6]
Do gozo e da alegria espelho,[7]
Por que enfadarmo-nos com um Conselho?
Mas o quisestes: foi vossa opinião;   4.770
Aconteceu, pois seja, então!

CHANCELER

O sumo bem circunda, como um halo,
Do imperador a fronte; praticá-lo

---

[6] No original Goethe emprega aqui o substantivo *Schönbärte* (no plural),
derivado da antiga palavra alemã *Schembart*, "máscara". *Mummenschanz*, empregado neste verso em função adverbial (*mummenschänzlich*), é a palavra alemã
para "carnaval" (literalmente, "mascarada").

[7] Literalmente: "E queríamos apenas gozar coisas alegres". O Imperador manifesta assim o seu desgosto com a convocação de uma reunião do Conselho "nestes ledos dias" de carnaval, o que lança uma luz dúbia sobre sua capacidade de
governo e liderança. Sob a data de 1º de outubro de 1827, Eckermann registra as
seguintes palavras de Goethe: "Na figura deste Imperador procurei apresentar um
príncipe com todas as propriedades para perder o seu país, o que por fim ele acaba conseguindo. O bem-estar do reino e de seus súditos não lhe causa preocupação; ele pensa apenas em si mesmo e na maneira como pode divertir-se a cada dia
com novidades. [...] Está dado aqui o verdadeiro elemento para Mefistófeles".

Só a ele cabe: ele o proclama.
Justiça! Aquilo que todo homem ama,   4.775
O que cada um exige, almeja, quer,
Outorgá-la a seu povo, é o seu mister.
Mas, ah! de que serve a imperial razão,
Bondade da alma, prontidão da mão?
Quando, febril, se tumultua o Estado,   4.780
De multidão de males infestado?
Quem contemplar, deste imperial degrau,
O vasto reino, julga-o um sonho mau
Em que o monstruoso dúbios monstros gera,[8]
Onde o ilegal em legal forma impera,   4.785
E em volta um mundo de erros prolifera.

Um rapta o gado, outro a donzela,
Outro no altar cruz, taça e vela,
E disso anos a fio se jacta,
O corpo ileso, a pele intacta.   4.790
Por justiça o queixoso clama;
Na sala o juiz trona imponente,
Enquanto em vaga troante brama
Do motim o clangor crescente.
Dos bens do crime há quem se louve,   4.795
Visto que em cúmplices se esteia;
Mas: condenado! aterrado ouve

---

[8] Abrindo a série de críticas a um Estado infestado por uma "multidão de males", o Chanceler (representado, segundo a constituição do antigo Império alemão, pelo arcebispo da Mogúncia) alude neste verso às deformações "monstruosas" de um corpo estatal doente, em que "o ilegal em legal forma impera".

Quem na inocência se baseia.[9]
Assim tudo se desintegra:
Se da honra e lei some o preceito,   4.800
Como há de estar o senso em regra
Que nos conduz ao que é direito?
No fim até o homem de bem
À adulação cede, ao suborno;
Se de punir poder não tem,   4.805
Ao réu o juiz se une em retorno.
De preto pinto, e é justo, entanto,
Ao quadro apor mais denso manto.[10]

(Pausa)

Medidas já não se protelam;
A ordem e a lei se desmantelam   4.810
E atinge o próprio trono o mal.

O CHEFE DO EXÉRCITO

Tremendo é da época o desmando!
Ninguém dá ouvido ao comando,
Golpear, ser golpeado, é geral.
Entre seus muros o burguês,   4.815

---

[9] O Chanceler diz aqui, literalmente, que se ouve a sentença "condenado!" quando "a inocência apenas se protege a si mesma", isto é, não pode contar com a proteção da Lei ou de qualquer outra instância social.

[10] Verso de difícil compreensão: o Chanceler diz ter carregado, em sua descrição do quadro estatal, nas cores negras, mas preferia que esse quadro estivesse coberto por um "véu mais denso" para se ocultar à vista.

O nobre em seu rochoso ninho,
Guardam, na inércia e na surdez,
Suas forças sob o seu domínio.
Os mercenários, com acréscimos,
Exigem paga e soldo logo,   4.820
E se mais nada lhes devêssemos,
Dariam já às de vila-diogo.[11]
É num vespeiro se mexer,
Proibir algo que lhes praz.
O reino devem proteger,   4.825
E saqueado e arrasado jaz.
Lidam qual réprobos, rebéis,
Em se salvar, o império é omisso,
Lá fora existem ainda reis,[12]
Mas ninguém julga ter que ver com isso.   4.830

O TESOUREIRO

Como, em aliados e promessas,
Fiar-se! ajudas e remessas
Como água em cano roto estancam;

---

[11] No original, o Chefe do Exército diz neste verso que o mercenário já teria há muito ido embora se estivesse com o soldo em dia. A tradutora opta aqui pela antiga locução de origem espanhola (a qual remonta, pelo menos, ao início do século XVI, época do Fausto histórico — ver a Apresentação ao *Fausto I*) "dar às de vila-diogo", isto é, fugir precipitadamente.

[12] Por julgarem não ter nada "que ver com isso", esses reis "lá fora" não intervêm na caótica situação do reino. Atrás desses dois versos estaria, segundo Albrecht Schöne, a discussão contemporânea em torno da intervenção das potências europeias na França revolucionária.

Senhor, em teus Estados, que declínio!
Parou em que mãos o domínio?   4.835
Aonde olhes, novos o amo bancam
Agindo à sua guisa os vemos,
Cada um a insubmissão redobra.
Tantos direitos nossos já cedemos,
Direito algum sobre algo ainda nos sobra.   4.840
Como quer que eles se rubriquem,
Não se dê aos Partidos fé:
Seja que louvem ou critiquem,
Indiferente o ódio, o amor é.
Os Guelfos se retraem no exílio,   4.845
Os Gibelinos folgam no ócio;[13]
Quem presta ainda ao vizinho auxílio?
Zelar por si mesmo, é o negócio.
As portas do ouro se atravancam;
Amontoam todos, cavam, trancam,   4.850
E nossa caixa está vazia.

INTENDENTE-MOR[14]

Que não sofro eu também na crise!

---

[13] A referência a Guelfos e Gibelinos, os partidos antagônicos surgidos na Itália do século XIII, tem função tipificadora, como se expressa no título "Modernos Guelfos e Gibelinos", que Goethe deu a uma resenha escrita em 1826 sobre a disputa entre clássicos e românticos. O tesoureiro sugere nessa estrofe que também os Guelfos e Gibelinos contemporâneos não são dignos de confiança.

[14] *Marschalk*, no original, forma antiga de *Hofmarschall* (literalmente, "marechal da corte"), que designava a pessoa encarregada da intendência geral da corte (portanto, do seu funcionamento, abastecimento etc.).

Palatinado Imperial — Sala do trono

Por mais que poupe, economize,
Mais precisamos cada dia.
Surge a toda hora novo azar. 4.855
Não é que mínguem as cozinhas;
Perdizes, javalis, galinhas,
Perus, carneiros e faisões,
Tributos e contribuições
Dão ainda entrada regular. 4.860
Mas vinho está já a faltar.
Quando barril sobre barril a cava
Antigamente abarrotava,
Dos nobres hoje sede brava[15]
Tudo sorveu, até o último gole. 4.865
O estoque a Câmara trasfega;
Pichel em mão, cada um a goela rega,
Até que sob a mesa role.
Remunerar, pagar, devo eu,
Não me vai dar folga o judeu,[16] 4.870
Tanta antecipação já deu,

---

[15] *Gesäufte*, no original, empregado aqui no sentido de "bebedeira". Goethe tomou essa expressão à autobiografia de Hans von Schweinichen (1552-1616), cavaleiro e intendente-mor (*Hofmarschall*) no ducado de Liegnitz, na Silésia. Publicada apenas em 1820-27 sob o título *Fatos do cavaleiro silesiano Hans von Schweinichen*, essa autobiografia tornou-se a fonte de muitos detalhes realistas e expressões linguísticas do *Fausto II*.

[16] Assim como na primeira parte da tragédia (ver nota ao verso 2.842) o "judeu" é mencionado como agiota, ele aparece agora na condição de credor do Império, algo não raro em cortes dos séculos XVI e XVII (como, por exemplo, o banqueiro da corte Mordechaj Meisel em relação ao Imperador Rodolfo II, da dinastia dos Habsburgo).

De anos a fio a renda engole.
Não chegam porcos à gordura,
Vês penhorada a cama dura,
Comido o pão na mesa de antemão. 4.875

IMPERADOR *(depois de alguma meditação, a Mefistófeles)*

Sabes também de uma miséria, meu bufão?

MEFISTÓFELES

De forma alguma! Ao contemplar, de Ti,
Dos Teus, o brilho — a fé faltar aqui?
Onde, suprema, a Majestade manda,
Força treinada a oposição desbanda? 4.880
Onde reina a razão, boa vontade,
Onde há à mão múltipla atividade?
Como crer que desgraças se contraiam,
Que haja negrura onde tais astros raiam?

MURMÚRIOS

Malandro ele é — quão bem se sai — 4.885
Mente à vontade — enquanto vai —
Que há por detrás? — já sei do objeto
Que vem depois? — algum projeto —[17]

---

[17] Goethe emprega aqui o termo "projeto" com intenção irônica, exprimindo a sua desconfiança perante modernos projetos econômicos (a que corresponde, no contexto da tragédia, a moeda sem lastro de Mefistófeles) e tecnológicos (a gigantesca drenagem de regiões costeiras no último ato).

MEFISTÓFELES

A quem não falta algo? No mundo inteiro,
Isto a um, isso a outro. Aqui é o dinheiro.   4.890
De fato, do ladrilho não o apanhas,
Mas cabe achá-lo ao sábio: nas entranhas
Da terra, em rochas, num reduto,
Ouro cunhado há lá; lá há ouro bruto.
Usa o homem, para erguê-lo à luz do dia,   4.895
Do espírito e da natureza a energia.

CHANCELER

A natureza, o espírito — a cristãos de Deus
Não soa bem. Por tal, queimam-se ateus.[18]
Essas palavras são perigo enorme.
Natureza é pecado, espírito é o demônio,   4.900
Geram a dúvida, monstro medonho,
Que é sua prole híbrida, disforme.
Não é pra nós! — nestas paragens
Sempre houve só duas linhagens
Que apoiam dignamente o trono.   4.905
Dos nobres e do clero é a classe;
Fazem a toda tempestade face,
E são a Igreja e o Estado o seu abono.
Na confusão mental da plebe,
A oposição cria raiz;   4.910

---

[18] Para o "arcebispo" (e adepto da Inquisição) que se oculta no Chanceler, "natureza" e "espírito" são conceitos altamente suspeitos, pois que "geram a dúvida", "perigo enorme" para a Igreja: "Por tal, queimam-se ateus".

O bruxo, o herege a concebe.[19]
E o povo estragam e o país.
Vens cá, com descabidas troças,
Para que à Corte impô-las possas;
Almas corruptas ficam vossas, 4.915
E como bobo, bobos atraís.

MEFISTÓFELES

Pois sim, com doutor erudito trato!
O que ele próprio não apalpa, é abstrato;
O que não pega em mãos, é cousa nula;
Será mentira o que ele não calcula; 4.920
O que não pesa, jamais será válido;
O que não cunha, tem por traste esquálido.

IMPERADOR

Nada isso solve, está tudo na mesma;
Por que nos vens com o sermão de quaresma?[20]

---

[19] O discurso do Chanceler vai se configurando como uma defesa limitada e intransigente de posições da Igreja; no entanto, ele demonstra um faro apurado para o elemento demoníaco que se esconde atrás das palavras e ações do novo Bobo da Corte: "É ardil dourado, obra de Satanás,/ Por modo certo é que isso não se faz" (vv. 4.941-2). Baseando-se numa carta escrita por Goethe em 1829, A. Schöne observa que os conceitos de "herege" e "cristão" (este no início da estrofe) estariam representando respectivamente, na visão do Chanceler-arcebispo, o protestantismo e a Igreja romana.

[20] *Fastenpredigt*, no original, que neste contexto significa os vários discursos sobre as carências e as mazelas do Império.

Farto estou já do eterno Como e Quando;   4.925
Falta dinheiro, bem, vai o arrumando!

MEFISTÓFELES

Arrumo-o, e mais do que quereis até;
Porém difícil ainda o fácil é.
O ouro lá jaz: como se há de extraí-lo?
E de que forma começar-se aquilo?   4.930
Quando inundavam desumanas hordas
Povo e país dentro de suas bordas,
Quanta gente houve que, no horror da maré brava,[21]
Cá e lá seus tesouros enterrava.
Foi sempre assim, desde a era dos Romanos,   4.935
De ontem e de hoje história dos humanos.
Tudo isso, silencioso, o solo encerra.
O imperador que o pegue, é dele a terra.[22]

TESOUREIRO

É o bobo, mas não fala nada mal.
Do trono isso é direito imemorial.   4.940

---

[21] *Schreckensläuften*, no original: algo como "períodos de horror" — alusão às torrentes humanas ("desumanas hordas") que inundavam "povo e país" e, por extensão, a épocas de guerras, saques, expulsões etc.

[22] Entre as prerrogativas do Imperador constava a posse de metais preciosos e tesouros situados abaixo da profundidade alcançada pelo arado. Também essa determinação fora fixada pela Bula de Ouro, que Goethe conheceu na edição comentada (1766) de Olenschlager.

CHANCELER

É ardil dourado, obra de Satanás,
Por modo certo é que isso não se faz.

INTENDENTE-MOR

Se algo nos traz, ora, seja bem-vindo!
De unir a um errozinho não prescindo.

O CHEFE DO EXÉRCITO

É esperto o truão; aquilo soa bem.   4.945
Não indaga o soldado donde vem.

MEFISTÓFELES

Se ludibriados vos julgais com o prólogo,
Eis o homem cá; interrogai o astrólogo!
De ciclos e épocas desvenda o véu.[23]
Dize, pois, como estão as coisas lá no céu?   4.950

---

[23] A divisão astrológica do globo celeste em "círculos" concêntricos (*Kreise*, traduzido aqui por "ciclos") atribuía ao Sol e a cada um dos seis antigos planetas mencionados na sequência a "casa" (*Haus*) sob sua regência; além disso estabelecia a influência dos astros sobre cada "hora" (*Stund'*) do dia. Do exame da constelação planetária, os astrólogos buscavam estabelecer o momento adequado para a execução de um "projeto" (como o que Mefistófeles tem em mente: a criação do papel-moeda).

MURMÚRIOS

Malandros são — os dois à vista
Se dão — o bobo e o fantasista
É um poema insosso — a gente o sabe
O bobo é o ponto — fala o sábio —

O ASTRÓLOGO *(fala, Mefistófeles vai soprando)*[24]

O próprio Sol é de ouro verdadeiro;[25]   4.955
Mercúrio é dele servo interesseiro,
A dama Vênus é quem vos seduz:
A vosso olhar cedo e tarde reluz.
Caprichos são da casta Luna a arte;
Guerreia e ameaça o belicoso Marte.   4.960
Júpiter é o astro máximo noturno,
Minúsculo arde ao longe o grã Saturno.
Como metal, não é muito apreciado;
Valor não tem, mas no peso é pesado.

---

[24] Com esta indicação cênica, Goethe incorpora à própria ação do drama o antigo recurso teatral do "ponto" (ou *Souffleur*) que, invisível e inaudível ao público, "assopra" ao ator ou atriz o texto não decorado.

[25] A pretensa ciência da astrologia, envolta então numa aura de profunda sabedoria, era de difícil compreensão aos leigos. O que o astrólogo, manipulado por Mefistófeles, diz nesta estrofe soa de maneira hermética e misteriosa, mas se baseia nos dados mais elementares da doutrina cosmológico-alquímica da correspondência entre astros e metais: Sol/ouro; Mercúrio/mercúrio (ou azougue, na designação vulgar); Vênus/cobre; Lua/prata; Marte/ferro; Júpiter/estanho; Saturno/chumbo. Todo esse mistifório astrológico conflui então, em consonância com o plano mefistofélico da invenção do papel-moeda, para o tema da riqueza: "Prata com ouro, o mundo é de fortuna!".

Primeiro ato

Mas quando ao Sol se junta a argêntea Luna,[26]   4.965
Prata com ouro, o mundo é de fortuna!
Conseguem-se sem mais os outros fins:
Palácios, faces róseas, mãos, jardins.[27]
O homem doutíssimo com tal te acode,
Consegue o que de nós ninguém mais pode.[28]   4.970

IMPERADOR

A fala soa em dobro para mim,
Mas não me convence, ainda assim.

MURMÚRIOS

É burla grossa — mera troça —
Almanacalha — Alquimicalha —
Já ouvi tal — saiu-me mal —   4.975
Vem com farfalho — é um paspalho —[29]

---

[26] A edição do *Fausto* organizada por Albrecht Schöne traz neste verso, no lugar de *Luna*, o planeta "Júpiter". A divergência baseia-se numa correção feita por Goethe em um de seus manuscritos e apoia-se no fato de que também Júpiter era por vezes associado à prata.

[27] No original, o astrólogo fala também em "peitinhos" (*Brüstlein*), ao passo que a tradutora optou, em razão da métrica, por "mãos", enfraquecendo-se assim a associação entre riqueza e erotismo — ou o ouro e o sexo, tão central no discurso de Mefistófeles.

[28] Mefistófeles leva o astrólogo a anunciar a iminente entrada em cena de Fausto, o "homem doutíssimo" (*der hochgelahrte Mann*) que "consegue o que de nós ninguém mais pode", isto é, produzir ouro e riqueza.

[29] Os murmúrios da multidão desconfiada com toda a "almanacalha" e "al-

MEFISTÓFELES

A turba aí pasma e se admira.
Não têm fé na áurea descoberta,
Sobre a mandrágora um delira,
Sobre o cão negro,[30] outro disserta.   4.980
Que adianta um deles fazer troça
E se outro a mágica achincalha,
Se a ele também um dia a sola coça[31]
E a tropeçar o pé lhe falha?

Todos sentis reações oriundas   4.985
Da eterna natureza ativa,
E das paragens mais profundas,
Se amolda ao alto força viva.
Quando algo a pele vos belisca
E tropeçais no logradouro,   4.990
Cavai tão já no ponto, à risca,
Lá o menestrel jaz, lá o tesouro![32]

---

quimicalha" salmodiada pelo astrólogo dizem, literalmente, no fecho desta estrofe: "E se também ele vier — então é ele um paspalho", isto é, trata-se igualmente de um bufão.

[30] Alusão à crença popular de que a mandrágora (*Alraune*), planta dotada de poderes mágicos (e que conferia especial habilidade para se encontrarem tesouros), devia ser extraída do solo com a ajuda de um cão negro.

[31] No início de século XIX entrou novamente em moda a crença, ligada à rabdomancia, de que pessoas especialmente sensíveis acusavam a existência, sob o solo, de metais preciosos, lençóis freáticos, depósitos de carvão etc. mediante determinadas sensações corpóreas, como coceira na sola dos pés.

[32] Nova alusão de Mefistófeles ao vasto arsenal das superstições populares,

MURMÚRIOS

Pesa-me como chumbo o pé —
Cãibra em meu braço — artrite é —
Coceira o meu artelho rói —   4.995
O corpo todo é o que me dói —
Seria, sendo isto o prescrito,
Aqui riquíssimo o distrito.

IMPERADOR

Avante! nada de ir-se a retro!
Comprova embustes cheios de fumo,   5.000
Dos porões de ouro mostra o rumo!
Deponho eu mesmo espada e cetro,
E com as próprias mãos na obra hei de tomar parte,
Concluir, se tu não mentes, a arte,
Se mentes, para o inferno enviar-te!   5.005

MEFISTÓFELES

Bem, o caminho ainda acho para lá —[33]
Mas demais nunca aqui se clamará,
Tudo o que jaz embaixo abandonado.
O aldeão, sulcando o solo com o arado,

---

desta vez à expressão que diz jazer um "menestrel" (*Spielmann*) onde alguém tropeça — e também, complementa ele, um tesouro enterrado.

[33] No original, a ironia de Mefistófeles deixa mais explícita a sua ligação com o elemento infernal: "De todo modo saberia encontrar o caminho para lá".

Um vaso de ouro ergue do chão;   5.010
Buscando nitre em paredão de barro,
Com rolo de ouro dá o esbarro,
A que se agarra a descarnada mão.
Quanta arrombada o explorador perpetra,
Em quanta racha e fisga tetra   5.015
À cata do ouro não penetra,
Próximo ao reino já de Pluto![34]
Salvas, gomis, ouro aos montões,
Vês em vastíssimos porões,
Riquezas tais! não as computo.   5.020
Taças e copas de rubis,
Com que à vontade lá bulis,
Vinho serôdio[35] ao lado dorme;
Diz-se, até, que das pipas e odres,
Sumiram couro e aduelas podres,   5.025
Do vinho é o próprio sarro o casco informe!

---

[34] Literalmente, no original: "Na vizinhança do mundo subterrâneo". Em seu elogio das riquezas ocultas sob o solo (ou em "paredão de barro", de onde o camponês extrai salitre para a ração do gado), Mefistófeles fala da incursão do explorador de tesouros — arrombando câmaras (*Gewölbe*), penetrando em escuras (ou tetras) fendas e passagens (*in welchen Klüften, welchen Gängen*): na tradução, em "racha e fisga tetra" — até às proximidades do "mundo subterrâneo" (*Unterwelt*), isto é, o reino dos mortos. A opção da tradutora por "Pluto" justifica-se plenamente pelo fato de tratar-se, na mitologia grega, do deus das riquezas subterrâneas (sob cuja fantasia Fausto aparecerá na subsequente cena carnavalesca) e estar associado também ao Hades (no *Inferno* de Dante, Pluto é o nome do guardião do quarto círculo: "*quivi trovammo Pluto, il gran nemico*").

[35] No original, Mefisto refere-se apenas ao "antiquíssimo líquido" (*uraltes Nass*) que jaz nas trevas subterrâneas ao lado das "taças e copas de rubis", mas fica subentendido que se trata do vinho.

Não só gemas e ouro descobres,
Essências de licores nobres
Em treva envolvem-se e em pavor.
Quem anda e à luz do sol pesquisa,   5.030
Em meras ninharias pisa,
Mistérios vivem no negror.

IMPERADOR

Deixo-os contigo! A treva a que faz jus?
O que valor tem, surja logo à luz.
No escuro a vista o malfeitor destaca?   5.035
É pardo todo gato, é preta a vaca.
Pega no arado, e da profunda base,
As jarras de ouro à luz do dia traze.

MEFISTÓFELES

Cava tu! pega em pá e enxada![36]
Do aldeão a faina te engrandece,   5.040
E dos bezerros de ouro[37] uma manada
Ao teu olhar do solo cresce.

---

[36] Mefistófeles não tem propriamente a intenção de trazer à luz os tesouros subterrâneos que deverão dar lastro ao seu plano econômico. Ele apenas retorna à presumível disposição do Imperador em depor "espada e cetro" e participar das escavações "com as próprias mãos"; ao mesmo tempo, repete a alusão jocosa, feita na cena "A cozinha da bruxa", no *Fausto I*, ao "sistema natural" de rejuvenescimento do Dr. Hufeland (ver nota ao v. 2.349).

[37] Lançando uma provocação ao Chanceler, Mefistófeles alude ao "bezerro de ouro" em torno do qual o povo de Israel se congrega para uma dança de adoração, o que leva Moisés a quebrar as tábuas da Lei (*Êxodo*: 32).

Com o rico espólio te deleitas:
A ti e a tua amada enfeitas;
Fúlgidas gemas a beldade   5.045
Realçam, como a Majestade.

IMPERADOR

Mas já! tão já! que tempo ainda há de espera?

O ASTRÓLOGO *(como anteriormente)*[38]

Senhor, tão intensivo afã modera.
Primeiro finde o entrudo[39] alegre, e a salvo
Das distrações, hás de atingir teu alvo.   5.050
Na calma e contrição o ser se banhe,
Pelo alto, o que no fundo está, se ganhe;
Quem quer o bom, no bom rumo ande;
Quem alegria, que seu sangue abrande;
Se vinho, uvas maduras pise ao pé;   5.055
Se algum milagre, fortaleça a fé.

IMPERADOR

Folguemos, pois! não vamos ser ranzinzas.
Mas mais me valha a quarta-feira, enfim, de cinzas!

---

[38] Esta rubrica cênica indica que Mefistófeles continua "assoprando" ao Astrólogo as palavras que convêm às suas intenções (agora no sentido, uma vez que necessita ganhar tempo, de moderação e refreamento da ansiedade despertada pelo esboço do plano econômico).

[39] Como se verá na sequência, Mefisto precisa do iminente folguedo carnavalesco para executar seu plano.

Que até lá se celebre com carnal
Folia e brilho, o louco carnaval! 5.060

(Trompetas. Exeunt)[40]

MEFISTÓFELES

Que o mérito e a fortuna se entretecem,
Em tontos desses é ideia que não medra;
E se a pedra filosofal tivessem,
Ainda o filósofo faltava à pedra.[41]

---

[40] Rubrica cênica em latim ("eles saem"), empregada por Goethe (assim como "solus", "ad spectatores", "finis") como imitação de peças medievais e também shakespearianas. A expressão latina, associada ao toque de clarins, parece reforçar a contradição irônica entre a pomposa cerimônia da Corte e a decadência social, política e econômica do reino.

[41] Alusão ao *lapis philosophorum* (ver nota ao v. 1.041, na cena "Diante da porta da cidade", *Fausto I*), a almejada receita alquímica para a conquista de saúde e longevidade e também para a produção de ouro. Nestes dois versos construídos em forma de quiasmo e dirigidos ao público, Mefistófeles zomba da estultícia do Imperador e dos conselheiros: mesmo se possuíssem a "pedra filosofal" (a "pedra dos sábios", em alemão), a pedra careceria do "filósofo" (ou seja, dos "sábios").

Sala vasta com aposentos contíguos

Aguardada ansiosamente pelo Imperador, abre-se aqui na voz do arauto a "mascarada" carnavalesca (*Mummenschanz*) que se desdobra, ao longo de 922 versos (aos quais devem se somar passagens a serem improvisadas), pelo vasto palco de uma corte que, sob o pano de fundo de corrupção desenfreada, insolvência financeira e crescente insatisfação popular, encena a proverbial "dança sobre o vulcão". Perfazendo quase um oitavo de todo o *Fausto II*, é esta a sua segunda cena mais longa, atrás apenas da "Noite de Valpúrgis clássica", que com seus 1.483 versos se estende por várias regiões da antiga Grécia.

Entre as fontes utilizadas na elaboração desta cena destaca-se uma obra que Goethe retirou da Biblioteca de Weimar no dia 11 de agosto de 1827: *Tutti i trionfi, carri, mascherate o Canti carnascialeschi andati per Firenze dal tempo del Magnifico Lorenzo de' Medici fino all' anno 1559*, publicada por Antonio Francesco Grazzini em 1750. Nesse mesmo dia o poeta fez a seguinte anotação em seu diário: "*Canti carnascialeschi* novamente sob os olhos depois de muito tempo. Magnífico monumento da época florentina sob Lourenço Medici".

Uma vez que essa mascarada alemã no grande salão da corte imperial configura-se em grande parte, segundo a intenção do poeta, como imitação do carnaval florentino, muitas de suas personagens foram tomadas à obra de Grazzini: jardineiras e jardineiros, mãe e filha, pescadores e passarinheiros, lenhadores e parasitas, o bêbado e mesmo as figuras mitológicas.

Já para a entrada em cena do elefante, guiado pela alegoria da "sagacidade" (a "mulher mimosa" sobre a sua nuca), e da "rica carruagem", conduzida pelo "mancebo-guia", a filologia goethiana aponta outras fontes de inspiração, entre as quais uma sequência de nove imagens pintadas por Andrea Mantegna em 1490 sob o título *O triunfo de Júlio César* (Goethe possuía reproduções desse ciclo em xilogravura) e o *Cortejo triunfal do Imperador Maximiliano*, de Albrecht Dürer.

A essas influências oriundas da literatura e das artes plásticas somam-se ainda as experiências pessoais do poeta com as festas que por longo tempo ajudou a organizar na corte ducal de Weimar (já em fevereiro de 1781, o *maître de plaisir* Goethe escrevia a Lavater: "Com mascaradas e outras invenções brilhantes se entorpecem com frequência carências próprias e alheias"), assim como as suas vivências nas ruas de Roma em fevereiro de 1787 e 1788, descritas plasticamente no texto "O carnaval romano".

Após o cortejo festivo dos grupos e personagens individuais que constituem a primeira etapa desta longa cena (vv. 5.065-5.456), surge Mefistófeles e, em seguida, Fausto, também devidamente fantasiado e conduzido, no alto da carruagem, pela figura alegórica do "mancebo-guia". Logo entra em ação a magia mefistofélica, dando um toque algo sinistro à atmosfera carnavalesca. Conotações eróticas, manifestas já com a aparição das "Jardineiras" que se oferecem junto com os seus produtos, adensam-se nessa segunda etapa da mascarada (vv. 5.457-5.800) e se entrelaçam com o motivo da riqueza, alegorizada por Pluto-Fausto.

Nesse contexto, Mefistófeles começa então, sob a fantasia do "avarento", a moldar um falo com o ouro dúctil ("Já que é metal que se transforma em tudo"), sugerindo assim, "pela pantomima", os interesses que movem cortesãos e cortesãs, explicitados de maneira tão direta quanto drástica no sermão de Satã sobre o sexo e o ouro que integra o chamado "Saco de Valpúrgis" — fragmentos de caráter obsceno expurgados por Goethe da versão final do *Fausto I*.

Abrindo por fim a terceira fase da mascarada carnavalesca, que irá terminar em chamas, entra em cena o Imperador, sob a fantasia do "grande Pã", acompanhado de todo o seu séquito. Uma acurada interpretação marxista desta cena no grande salão do Palatinado Imperial é empreendida por Heinz Schlaffer em seu livro *Faust Zweiter Teil — Die Allegorie des 19. Jahrhunderts* [*A segunda parte do Fausto: a alegoria do século XIX*] (Stuttgart, 1981). Momento-chave na exegese de Schlaffer localiza-se no verso com que o arauto, aflito diante da multidão tresloucada que avança sobre as ilusórias riquezas distribuídas pelo mancebo-guia, solicita a ajuda do "mágico" (Fausto), chamando-o "Pluto embuçado, herói mascarado". Assim se delineia, no estudo de Schlaffer, uma ponte com a análise da moderna sociedade capitalista desenvolvida por Karl Marx no *Capital*, em que as "máscaras de caráter" (*Charaktermasken*) das pessoas seriam apenas "personificações de relações econômicas". O elemento que possibilita a Schlaffer tal aproximação é a forma literária da "alegoria", cujas estruturas significativas corresponderiam, na perspectiva do velho Goethe, às "determinações essenciais da moderna sociedade burguesa": suspensão do concreto-sensual, dissolução de contextos e fenômenos naturais, criação de um mundo artificial, conversão de objetos em meros atributos, incongruência entre forma aparente e significado, enfraquecimento da individualidade, primazia de abstrações.

Schlaffer desenvolve a sua abordagem marxista prioritariamente à luz da mascarada carnavalesca; mas vislumbrando nessa cena, *in nuce*, os "principais temas" da tragédia goethiana, empenha-se em expandir suas conclusões para o conjunto da obra: "Se Marx ilustra a relação entre economia e sujeito com expressões e imagens alegóricas, e se as alegorias de Goethe tematizam por seu turno as condições econômicas dos papéis cênicos (*Rollenspiel*) – então o *Capital* e o *Fausto II* começam a comentar-se mutuamente". [M.V.M.]

(decorada e ornamentada para a mascarada carnavalesca)

ARAUTO[1]

Em terras alemãs, não julgueis que abro   5.065
De loucos, demos, um balé macabro:
Em festa leda a grei se integre!
No rumo a Roma, como ao trono é imposto,
O imperador os Alpes tem transposto,
E pra seu bem e vosso gosto,   5.070
Lá conquistou um reino alegre.
Aos pés sagrados,[2] como sói,
De seu poder granjeou primeiro o jus,
E quando em busca da coroa foi,
Também nos trouxe ele o capuz.[3]   5.075

---

[1] Desde a Idade Média a figura do "arauto" (*Herold*) integrava a corte do Imperador e dos príncipes. O seu atributo principal, como mostra Goethe nesta cena, era o bastão, com o qual dirigia o andamento das festas e dos torneios.

[2] Alusão ao beijo nos pés do Papa, gesto que fazia parte da cerimônia de coroação do Imperador.

[3] Isto é, o capuz carnavalesco, as "máscaras" dos foliões, trazidas da Itália para as cortes alemãs nos séculos XVI e XVII.

Palatinado Imperial — Sala vasta com aposentos contíguos

E renascemos da era velha;
Cada um que tem do mundo a bossa,
O ajusta sobre crânio e orelha;
A um bufão louco se assemelha,
Debaixo é sábio o quanto possa.   5.080
Vejo-os; saem, entram, andam, param.
Juntam-se em grupos, se separam,
Reduz-se o alegre flux, se expande;
Afora! adentro! às trapalhadas!
Fica no fim, como quer que ande,   5.085
Com suas cem mil palhaçadas,
O mundo um só palhaço grande.

JARDINEIRAS *(canto acompanhado de bandolins)*

Por nos aplaudirdes, vós,
Nos ornamos com afã,
Jovens Florentinas, nós,   5.090
Na imperial Corte alemã.[4]

Orna mais de uma flor leda
Nossa cabeleira escura;
Flocos, fios, laços de seda,
Realçam a gentil figura.   5.095

Jus fazemos a louvores,
Nossas artes os merecem;
Sendo artificiais, são flores
Que em toda estação florescem.

---

[4] As damas da corte que se apresentam aqui como "jardineiras" dão a entender que estão imitando as "jovens florentinas" em seus desfiles carnavalescos.

A variada simetria   5.100
Do adereço nos enfeita;
De alguma invenção se ria,
Mas o todo vos deleita.

Jardineiras de ar gentil
Somos, e é galante o ofício;   5.105
Sempre o gênio feminil
Se aparenta com o artifício.

ARAUTO

Levais cestas na cabeça
De ramagens, flores, folhas,
Tudo o que vos favoreça;   5.110
O que te agradar, escolhas.
Entre a fronde abrindo alas,
Súbito um jardim se cria;
Vale a pena circundá-las,
Quem vende, e a mercadoria.   5.115

JARDINEIRAS

Regateai na leda base,
Sem que venda haja, porém![5]
Com clara e concisa frase
Cada qual diga o que tem.

---

[5] As jardineiras sugerem nesses versos que o "regatear" (*feilschen*) é lícito, mas recomendam que o assédio à mercadoria e às "vendedoras" não degenere em mero mercadejar.

Palatinado Imperial — Sala vasta com aposentos contíguos

RAMO DE OLIVEIRAS COM FRUTAS

Não me enciúma flor nenhuma,   5.120
Não me meto em briga alguma;
À minha índole despraz:
Sou a medula dos países,[6]
Garantindo a entes felizes,
À campina e ao lar a paz.   5.125
A sorte a coroar me ajude
A beleza, hoje, e a virtude.

GRINALDA DE ESPIGAS DE TRIGO *(douradas)*

Para enfeite lindo e fútil,
Ceres[7] com seus dons vos brinda;
O que mais se almeja de útil,   5.130
Deixe cada qual mais linda!

GRINALDA-FANTASIA

De flor, ramo, musgo, o enleio
Tece uma coroa profusa;
Isso à natureza é alheio,
Mas a moda que o produza.   5.135

---

[6] Provavelmente dos "países" (ou dos "estados") italianos, dada a importância dos frutos das oliveiras — sobretudo o azeite de oliva — na Itália.

[7] Ceres, divindade romana da fertilidade, deusa da lavoura e dos "cereais" (corresponde à deusa grega Deméter).

BUQUÊ-FANTASIA

A dar nome a esta folia,
Teofrasto[8] negar-se-ia.
Mas me dessem azo as belas
De agradar a alguma delas,
Ah! seria o meu anelo   5.140
Trançar-me ela em seu cabelo,
Outorgar-me com afeição
Um lugar ao coração.[9]

BOTÕES DE ROSA *(desafio)*[10]

Pode rica fantasia
À moda agradar do dia;   5.145

---

[8] Filósofo e naturalista grego (372-287 a.C. aproximadamente), discípulo de Aristóteles. O "buquê-fantasia" sugere que mesmo Teofrasto, autor de obras botânicas de fundamental importância na Antiguidade (*Historia plantarum, De causis plantarum*), não saberia nomear e classificar as flores artificiais oriundas da fantasia humana. Em um dos manuscritos de Goethe o nome de Teofrasto aparece substituído pelo de Humboldt, uma homenagem anacrônica ao grande naturalista contemporâneo Alexander von Humboldt (1769-1859), autor da monumental obra *Cosmos: esboço de uma descrição física do mundo*.

[9] Isto é, o buquê-fantasia exprime o desejo (ou o "anelo") de ser entrelaçado ao cabelo de uma das beldades presentes na mascarada ou preso na blusa, à altura do peito ou do "coração". Albrecht Schöne lembra que essas flores artificiais, muito em moda na Alemanha do final do século XVIII, também encontraram de certo modo "um lugar no coração" de Goethe, já que Christiane Vulpius, antes de tornar-se sua mulher, trabalhou como costureira na manufatura weimariana de Bertuch, que fabricava flores de renda, veludo e seda colorida.

[10] Divergências em manuscritos deixados por Goethe fazem as edições ale-

Formas raras de cultura,
Que jamais cria a natura,
Sino de ouro, asa graciosa,
Que em anéis negros se entrosa! —
Mas de nós — ocultou-se a graça rubra.   5.150
Feliz mais, quem nos descubra.
Ao brotar o ar de verão,
Da rosa abre-se o botão.
Dita tal é o que se inveje!
No âmbito de Flora[11] rege   5.155
A promessa, a concessão,
Mente, olhar, e coração.

(Em aleias frondosas, as jardineiras
dispõem graciosamente sua mercadoria)

---

mãs do *Fausto* (como as de Weimar, Hamburgo, Munique e a de Frankfurt, preparada por Schöne) apresentarem diferentes versões dessa disputa (ou "desafio", *Ausforderung*) entre flores artificiais e naturais. Nesta última edição o desafio, que vai do verso 5.144 ("Pode rica fantasia") ao 5.149 ("Que em anéis negros se entrosa!"), é atribuído ao buquê-fantasia, enquanto os versos subsequentes, pronunciados pelos botões de rosa (sendo que os versos 5.150 e 5.151, "Mas de nós — [...] quem nos descubra", foram acrescentados posteriormente por Goethe), são interpretados por Schöne como a réplica ao desafio das flores artificiais. Nos originais da tradução de Jenny Klabin Segall, que se baseia possivelmente na edição de Weimar, o "desafio" é também atribuído ao buquê-fantasia e estende-se até as palavras "Mas de nós —", sendo que o restante do verso já aparece pronunciado pelos botões de rosa, configurando-se assim, como prescreve a edição de Weimar, uma repentina mudança de fala.

[11] Deusa romana das flores — e de toda a natureza florescente. Em sua homenagem foram instituídos no ano de 238 a.C. os "jogos florais" (*ludi Florales*), uma ampla festa popular com conotações eróticas.

JARDINEIROS *(canto acompanhado de teorbas)*

Vemos de formosas flores
Vossas testas circundadas;
Mas às frutas multicores,   5.160
Vale o serem saboreadas.

Pêssego, cereja, ameixa,
Nossa mão rude oferece,
Não tereis do gosto queixa,
Comprai, pois, o que apetece.   5.165

Das delícias saborosas
A abundância não transborde!
Versos dedicai às rosas,
Nas maçãs a gente morde.

Acedei a que ladeemos   5.170
Vossa jovem formosura
E da seara ornamentemos
Madureza e gostosura.

Sob a hera e o cipó,
Transformando em fronde as grutas,   5.175
Achareis, a um tempo só,
Botão, folhas, flor e frutas.

*(Entre cantos alternados, acompanhados de guitarras
e teorbas, ambos os coros continuam armando as flores
e frutas em montões decorativos e oferecendo-os à venda)*

(Mãe e Filha)[12]

MÃE

Quando vieste à luz, menina,
Enfeitei-te com a touquinha;
Tão rosada eras, tão fina,   5.180
Tua figura uma gracinha.
Noiva já te imaginava
Que o mais rico desposava,
Já te via mulherzinha.

Tantos anos subsequentes   5.185
Ah, passaram já em vão!
Rápido, dos pretendentes,
Esvoaçou-se a multidão.
A dançar com pé ligeiro,
A piscar olhar faceiro,   5.190
A acenar a outro parceiro,

Danças, músicas, merendas,
Tudo foi em vão tentado,
Busca-pés, jogos de prendas,
Nada deu um resultado.   5.195
Hoje às soltas vês palhaços,
Abre, filha, o seio, os braços,
Um, talvez, fique agarrado.

---

[12] Personagens também mencionadas na obra de Grazzini (*Tutti i trionfi*) amplamente utilizada por Goethe na redação dessa cena. Em Grazzini fala-se de várias viúvas que levam suas filhas à exposição para encontrarem marido: *Canto di vedove, che menano le figliuole a mostra, per trovar loro marito.*

*(Companheiras de folguedos, jovens e bonitas, acercam-se,
surge um burburinho de conversas confidenciais. Pescadores e
passarinheiros com redes, anzóis, varas viscosas e outros utensílios
misturam-se entre as jovens beldades. Tentativas mútuas de namoros,
pega-pegas e abraços dão azo a diálogos vivos e alegres)*[13]

LENHADORES *(entram arremessados e brutos)*

> Espaço, lugar!
> Somos toscos, broncos,   5.200
> Rachamos os troncos,
> Que ao chão caem a atroar;
> Por matas, barrancos,
> Levamos aos trancos,
> Lenha e achas em montes;   5.205
> Ao rir ponde xeque,
> Sem nós, brutamontes,
> A suar no trabalho,
> Os finos, como é que
> Quebravam o galho,   5.210
> Por mais que brilhassem?
> Ficai avisados,
> Morríeis gelados
> Se os brutos não suassem.

---

[13] Entre os rascunhos deixados por Goethe (*Paralipomenon 108b*) encontram-se versos que deveriam ser pronunciados pelos "pescadores". Originalmente, portanto, o poeta pretendia integrar ao texto a fala versificada das personagens aqui indicadas, mas sob pressão do prazo para a entrega do manuscrito dessa cena (publicada em 1828) renunciou à intenção original e supriu a lacuna com essa passagem narrativa, que abre espaço para eventual improvisação dos atores.

PULCINELLE *(acanhados, quase bobos)*[14]

Sois os cafajestes,	5.215
Curvados nascestes;	
Espertos nós somos,	
De tempo dispomos:	
Pois capas e boinas	
São trapos de estroinas	5.220
Que não pesam nada;	
Correr nos agrada,	
Chinelo no pé,	
Na folga e ao laré,	
Ruidosos, espertos,	5.225
Pasmar boquiabertos,	
Grasnar que nem gralha,	
Por feira e gentalha,	
Em meio ao barulho,	
Entre o aperto e o entulho,	5.230
Entre a mó nos coando,	
Pularmos em bando,	
Conforme nos praz.	
Podeis elogiar-nos,	
Podeis censurar-nos,	5.235
Pra nós tanto faz.	

---

[14] Forma plural da palavra italiana *Pulcinella* ("pintinho" ou "frango"), personagem da *Commedia dell' Arte* com voz esganiçada e que anda aos pulos, muito comum também no carnaval italiano ("polichinelo", em português). Em fevereiro de 1830, Goethe escrevia a seu amigo Soret: "O Polichinelo é normalmente a gazeta de notícias de tudo o que se passou em Nápoles ao longo do dia".

PARASITAS *(em tons de bajulação e de cobiça)*[15]

Valentes lenheiros,
E os vossos parceiros,
Poeirentos carvoeiros,
Eh, sois homens nossos!   5.240
Fazer reverências,
Fingir aquiescências,
Com frase tortuosa
Soprando na prosa
O frio e o calor   5.245
Do agrado que for,[16]
Valeria a momice,
Inda que do céu
Um monstruoso véu
De fogo caísse,   5.250
Não fosse o montão
De lenha, carvão,
Que em forno da casa,
Fomentam a brasa?
Lá se assa e se frita,   5.255
Borbulha e crepita!

---

[15] Personagens da comédia antiga (como em Plauto e Terêncio) que ingressaram na *Commedia dell' Arte* e também encontraram menção na obra de Grazzini (*parassiti*): pessoas que se autoconvidam à mesa dos ricos e são toleradas porque os adulam e prestam-lhes pequenos serviços.

[16] Típico comportamento dos bajuladores e oportunistas: a mesma boca "soprando na prosa o frio e o calor", isto é, falando conforme a conveniência. Essa expressão do "sopro duplo" (*Doppelblasen*) surge na língua alemã no século XVI a partir da fábula de Esopo sobre "o homem e o sátiro".

Palatinado Imperial — Sala vasta com aposentos contíguos

O lambe-manjares,
O papa-jantares,
O cheiro calcula,
Do assado é já dono; 5.260
Na gula bajula
À mesa o patrono.

BÊBADO *(inconsciente)*[17]

Nada um desprazer me imponha!
Livre estou, gozando a esmo;
Ar fresco e canção risonha 5.265
Ando os inventando eu mesmo.
Bebo, bebo, os copos trinco!
Toque os copos, tlim-tilinco!
Lá detrás, tu, vem pra cá!
Toque os copos, feito está. 5.270

Minha mulher gritou, brava,
De meu traje ela caçoou;
Enquanto eu me empertigava,
De palhaço me xingou.[18]
Mas eu bebo, bebo e brinco, 5.275
Todos brindo, tlim-tilinco!
Eh, saúde, tra-lá-lá!
Ao tinir, já feito está.

---

[17] O adjetivo "inconsciente" (*unbewusst*) é empregado aqui, evidentemente, como sinônimo de "atordoado", com os sentidos embotados pela bebida.

[18] No lugar de "palhaço", o original diz *Maskenstock*: espécie de cabide para se pendurarem as máscaras carnavalescas.

Pois dizei se é vida boa!
Se não fia o impertinente   5.280
Do patrão, fia a patroa,
E no fim, fia a servente.
Fia, e bebo que nem cinco,
Bebo a todos! tlim-tilinco!
Cada um a outro! adiante vá!   5.285
Ao que vejo, feito está.

Onde há riso e diversão,
Valha a farra do momento;
Deixai-me caído ao chão,
Pois em pé já não me aguento.   5.290

CORO

Cada um beba com afinco!
Todos bebam, tlim-tilinco!
Sentai firmes! quem jaz lá,
Sob a mesa, fora está!

(O Arauto introduz vários tipos de poetas, como sejam os da Natureza, os da Corte e os menestréis, uns líricos, outros exaltados.
Na tropelia da competição, cada qual impede que um dos outros se exiba. Um deles passa às furtadelas com umas poucas palavras)[19]

---

[19] Entre os *paralipomena* deixados por Goethe, encontram-se versos esboçados para os poetas aqui mencionados. Nesta passagem narrativa (e que novamente abre espaço para improvisações), Goethe alude a tendências românticas da época. Enquanto os poetas representativos da moda contemporânea impedem-se uns aos outros de declamar seus versos, o "satírico" esgueira-se "às furtadelas" para dizer o que "ninguém gostaria de ouvir".

SATÍRICO

Que é que iria, a mim, poeta,   5.295
Dar satisfação completa?
Que eu cantar, falar, pudesse,
O que ouvir ninguém quisesse.

*(Os poetas noturnos e macabros pedem desculpas por estarem
metidos numa conversa interessantíssima com um Vampiro
recentemente criado, na qual veem a possibilidade do surgimento
de uma nova forma poética; o Arauto se conforma e convoca
entrementes a Mitologia grega, a qual não perde o seu caráter
e o seu encanto apesar das máscaras modernas)*[20]

AS GRAÇAS[21]

AGLAIA

À existência graça influímos;
Ponde em doar, da graça os mimos.   5.300

---

[20] Nova alusão irônica do velho Goethe a poetas românticos "que se ocupam com o abominável", como anota em seu diário em março de 1830, enumerando os motivos literários que tanto o incomodavam: "Igrejas noturnas, cemitérios, encruzilhadas [...] o vampirismo horroroso com todo o seu séquito [...]; enfim, os assuntos mais repugnantes que se possam imaginar". Sob a data de 14 de março de 1830, Eckermann registra novas críticas de Goethe a tendências "ultrarromânticas" da literatura francesa: "Em lugar do belo conteúdo da mitologia grega surgem demônios, bruxas e vampiros, e os sublimes heróis dos tempos antigos têm de ceder lugar a trapaceiros e galeotes".

[21] Abrindo o desfile das figuras mitológicas, entram em cena as Graças

HEGEMONE

Doce é obter o que se almeja,
Receber gracioso seja.

EUFROSINA

E na graça do lazer,
Tenha encanto o agradecer.

AS PARCAS[22]

ÁTROPOS

Hoje à festa, para fiar,   5.305
A mais velha se convida;

(correspondentes romanas das Cárites gregas), divindades associadas à felicidade, gratidão, graciosidade. A principal fonte de Goethe para referências e alusões mitológicas no *Fausto* é a obra de Benjamin Hederich (1675-1748) *Gründliches mythologisches Lexikon*, publicada em 1724 e, em segunda edição (da qual advinha o exemplar de Goethe), 1770. Na enciclopédia de Hederich as Graças têm os nomes de Aglaia, Eufrosina e — em vez de Talia (como aparece em Hesíodo) — Hegemone, sendo que uma "doa o benefício, a outra o recebe e a terceira agradece ou retribui", uma divisão de papéis que Goethe segue à risca nesta passagem.

[22] Divindades romanas do destino, identificadas com as Moiras gregas. Sobre as Parcas, Hederich registra: "as deusas em cujas mãos estava o destino e, portanto, também a vida de cada ser humano. [...] Cloto segurava uma roca diante delas, Láquesis ia tecendo um fio e quando este atingia o comprimento que lhe estava destinado, Átropos o cortava com uma tesoura". Goethe adapta seus papéis (como damas da corte) à atmosfera carnavalesca e inverte as funções de Átropos, a mais velha das Parcas, e Cloto: enquanto aquela passa a tecer o "fio da vida", esta recebe a fatídica tesoura, mas a deixa guardada em sua caixa ou estojo.

Muito dá que meditar
Em frágil fio da vida.

Por ser dócil e macio
Joeiro o cânhamo mais fino;   5.310
Tece-o liso, igual e esguio,
O ágil dedo feminino.

De prazeres, danças, quem
Goze demais febrilmente,
Atenção! limites tem   5.315
Este fio: talvez rebente.

CLOTO

Há uns dias, já, que a mim
Entregaram a tesoura;
Da velhinha a ação, no fim,
Aprovada já não fora.   5.320

Deixa inúteis tecelagens
Longo tempo ao ar e à luz;
E o que augura altas vantagens,
Corta e ao túmulo reduz.

Também eu, jovem, outrora   5.325
Muitas vezes me enganara;
Para refrear-me agora,
A tesoura em caixa para.

Impedida[23] e satisfeita,

---

[23] Isto é, "impedida" de usar a tesoura e, assim, cortar o fio da vida.

O festivo ambiente miro;   5.330
A hora livre vos deleita,
Continuai no alegre giro.

LÁQUESIS

Da ordem salvaguardo o trilho;
A única capaz sou eu;
Sempre ativo, meu sarilho   5.335
Jamais ainda se excedeu.

Fios dobram, vêm, dão voltas,
A cada um seu rumo marco;
Nenhum deixo andar às soltas,
Tem de se integrar no arco.   5.340

Que seria, ai, dos humanos,
Se eu desviasse algo a atenção;
Conto as horas, meço os anos;
Leva a meada o tecelão.[24]

ARAUTO

As que lá vêm, não reconhecereis,   5.345
Ainda que instruídos das velhas escritas;
Vendo-as autoras de cem mil desditas,
Por hóspedes bem-vindas as tereis.

---

[24] Tais imagens da fiação manual (bastante correntes na época de Goethe) também aparecem no *Fausto I*. Já na cena de abertura ("Noite"), o Espírito ou Gênio da Terra apresenta-se igualmente como espécie de "tecelão" (vv. 508-9): "Do Tempo assim movo o tear milenário,/ E da Divindade urdo o vivo vestuário".

Nem vos fiareis em advertências minhas,
Jovens, gentis, bonitas, são as Fúrias;   5.350
Logo vereis com que arte influem injúrias,
Que ferem quais serpentes tais pombinhas.

Pérfidas são; mas nesta hodierna vaga,
Em que ostenta os defeitos cada louco,
De anjos a fama querem ter tampouco,   5.355
Confessam ser da espécie humana a praga.

AS FÚRIAS[25]

ALECTO

Tanto faz: sempre em nós tereis confiança,
Bonitas, jovens, a emanar carinho,
Eis-nos aqui. Se alguém tem um benzinho,
De bajulá-lo a gente não se cansa,   5.360

---

[25] Deusas da vingança e da punição, correspondentes romanas das Erínias gregas. Teriam recebido os nomes de Alecto, Megera e Tisífone do escritor grego Apolodoro (180-120, ou 110, a.C., aproximadamente). Na enciclopédia de Hederich, Alecto é responsável pela guerra, Tisífone pelas epidemias contagiosas, ao passo que Megera entra em ação quando alguém deve ser levado à morte. Como em relação às Parcas, também aqui Goethe adapta as atividades dessas divindades ao clima carnavalesco, apresentando-as como "jovens, gentis, bonitas" e comprometidas com a volúvel ciranda amorosa da corte. Conforme observa Erich Trunz, as Fúrias aparecem em duas passagens da obra *Tutti i trionfi*, de Grazzini: "Trionfi delle furie", em que, como deusas da vingança, conduzem os criminosos ao reino dos mortos, e "Canto in Risposta delle Furie", que caracteriza credores e esbirros como fúrias e a prisão como inferno.

Até que um dia à face se lhe atesta
Que também a esse, e àquele, ela dá corda,
De espírito ser fraca, que é calhorda,
Se for sua prometida, que não presta.

Da noiva, aposta idêntica se cobra: 5.365
De seu bem conta-se que, com aquela,
Há tempos foi fazendo pouco dela!
Reconciliando-se, do ódio algo sobra.

MEGERA

Não é nada ainda! consumada a união,
Conheço o jeito com que se envenena   5.370
Com vãos caprichos a hora mais serena;
Mudam as horas, o homem, a ocasião.

Findo o êxtase, depois de conhecê-lo,
Já ninguém cinge ao peito o que deseja,
Que de almejar outro alvo isento seja;   5.375
Foge do sol, quer aquecer o gelo.

Sei como em tudo aquilo me imiscuo;
Trago o fiel Asmodeu;[26] com sutil teia

---

[26] No livro apócrifo de Tobias (3: 8), o demônio que mata, antes da noite nupcial, os sete maridos de Sara: "Ela fora dada sete vezes em casamento, e Asmodeu, o pior dos demônios, matara os seus maridos um após o outro, antes que se tivessem unido a ela como esposos". Albrecht Schöne observa ainda que Asmodeu, originariamente, era um espírito maligno da mitologia persa, o qual incutia nos homens "o fogo do amor incasto" e cujo poder se anulava com a superação da luxúria. — De qualquer modo, portanto, um demônio que ajuda a semear "desgraças" e a destruir a grei humana "aos pares".

Desgraças na hora certa ele semeia.
E aos pares, pois, a humana grei destruo.   5.380

TISÍFONE

Mas de mim, outra arma aguarde
O traidor: ferro e veneno!
Se amas a outras, cedo ou tarde,
Atingir-te-á o raio em pleno.

Transformar-se-á em febre e em fel   5.385
O que na hora delicia;
Nada de resgate! o infiel
O que cometeu, expia.

Do perdão perca a esperança!
Clamo às rochas a invectiva;   5.390
Ouço a rocha a ecoar: Vingança!
E quem muda, já não viva.[27]

ARAUTO

Que o vosso grupo se retraia,
Os que ora vêm, não são da vossa laia.[28]

---

[27] Isto é, quem muda de parceiro, sendo que Tisífone assume os sentimentos de ciúme e vingança da mulher abandonada pelo "traidor".

[28] Compondo o terceiro "bloco" carnavalesco, após os representantes da mitologia e das corporações de ofícios (lenhadores, jardineiros...), entram em cena agora as figuras propriamente alegóricas, cujo mistério, como anuncia o arauto, logo irá se definir. O "elefante", apresentado perifrasticamente como "monte vivo" de cujos flancos pendem "panos brancos e fitas rubras", alegoriza o poder estatal, guiado pela "sagacidade" ou "prudência" (*Klugheit*), que traz aguilhoados os

Um monte vivo abre alas, panos brancos[29]   5.395
E fitas rubras pendem de seus flancos,
Tem presas longas, trompa serpentina,
Mas o mistério logo se defina.[30]
Mulher mimosa, sobre a nuca assente,
Com vara fina guia-o habilmente.   5.400
Outra em pé, no alto, tudo obumbra,
Banha-a um fulgor que todo olhar deslumbra.
Dois vultos agrilhoados vão ao lado,[31]
Sereno um deles, o outro apavorado.
Livre, um se sente; sê-lo, o outro almeja;   5.405
Cada um proclame, ora, quem seja.

MEDO

   Luz de archotes, de lampiões,
   Algo a confusão clareia;

---

vultos alegóricos do "medo", assediado por mania persecutória, e a "esperança", inteiramente voltada a um futuro ilusório.

[29] Conforme registra Eckermann numa conversa sob a data de 20 de dezembro de 1829, Goethe cogitava seriamente da possibilidade de um elefante adentrar o palco no teatro de Weimar: "Não seria o primeiro elefante sobre o palco, disse Goethe. Em Paris há um que desempenha todo um papel. [...] O senhor vê, portanto, que no nosso carnaval se poderia contar com um elefante. Mas tudo isso é muito grandioso e exige um diretor teatral que não se achará tão facilmente assim".

[30] No original lê-se neste verso: "Misterioso, mas eu vos mostro a chave", isto é, a "chave" para a interpretação dessa alegoria política.

[31] No original, literalmente: "Ao lado vão agrilhoadas nobres mulheres", já que em alemão não só "esperança", *Hoffnung*, mas também "medo", *Furcht*, são substantivos femininos.

Palatinado Imperial — Sala vasta com aposentos contíguos

Entre as teatricais visões,
A mim prende-me a cadeia.   5.410

Afastai-vos, vis ridentes,
Máscaras suspeitas criam;
Todos os meus oponentes
Esta noite me assediam.

Vê o infame, amigo era ele!   5.415
Disfarçado, outro se ri;
Quis me assassinar aquele,
Foge porque o descobri.

Ah, em qualquer direção
Fugiria, mundo afora,   5.420
Mas lá ameaça a destruição,
Entre a treva e o horror me ancora.

ESPERANÇA

Companheiras, vos saúdo!
Se ontem e hoje, a vós, do entrudo,
Divertiu a mascarada,   5.425
Sei que a todas vos agrada
Revelar-vos amanhã.
E já que se dá que a nós
Pouco encantem tais folias,
Vamos em serenos dias,   5.430
Como o instar o próprio afã,
Ou sociáveis, ou a sós,
Andar livres pelo prado,
Ir, pousar a nosso agrado,
E na vida livre e amena,   5.435

Aspirar à dita plena.
Recebidas com prazer,
Entre-se, onde for, de pronto:
De certo o melhor que houver
Há de achar-se em algum ponto.   5.440

SAGACIDADE

De inimigos do homem, dois
Agrilhoei, medo e esperança:
São dos piores: folgai, pois,
Já estais em segurança.

O colosso-mor dirijo,   5.445
Sustenta em seu lombo a torre:[32]
Passo a passo, calmo e rijo,
Sendas ásperas percorre.

Mas lá, no alto da coluna,
Com o par de asas desfraldado,   5.450
Vede a deusa: à fortuna[33]
Seu percurso é sempre aliado.

---

[32] A exemplo dos elefantes que desfilavam em cortejos triunfais, especialmente na Itália, trazendo sobre o dorso uma "torre de defesa".

[33] Anunciada pelo arauto como a mulher que, sobre o elefante, "tudo obumbra" no fulgor que a banha, revela-se aqui tratar-se de "Vitória", caracterizada como "deusa do êxito e da ação". Heinz Schlaffer, em seu estudo mencionado no comentário introdutório a esta cena, vê na imagem dessa figura (com o seu "par de asas desfraldado" e aliada à "fortuna") a transformação da antiga deusa da vitória militar na "alegoria do lucro comercial" e, assim, do ascendente "poderio capitalista".

Banha-a em volta brilho e glória,
Fulge ao longe a irradiação;
Denomina-se Vitória,   5.455
Deusa do êxito e da ação.

ZOILO-TERSITES[34]

Hi! Hi! Então em tempo vim,
Ruins todas vós sois para mim!
Porém, quem mais viso na história,
É no alto a tal Dona Vitória.   5.460
Com as asas largas, toda branca,
Emproa-se, e ser águia banca.
Crê que onde mete seu nariz,
Pertencem-lhe povo e país.
Mas, se alguém leva algo a bom fim,   5.465
Isso me põe fora de mim.
O alto baixo, o torto reto,[35]
O branco preto, o sábio inepto!

---

[34] Goethe associa o nome do retor e gramático ateniense Zoilo (século III a.C.), autor de uma crítica mesquinha das epopeias homéricas, com o de Tersites, que no canto II da *Ilíada* aparece como o homem mais feio e maledicente do exército grego. Os comentadores do Fausto supõem que atrás dessa dupla máscara ("do anão a dupla forma", como dirá o arauto) está Mefistófeles, que mais tarde aparecerá ainda sob a máscara da "avareza".

[35] Após desferir um ataque mesquinho à deusa Vitória, acusando-a de usurpar o símbolo imperial da "águia" (*Aar*) e presumir que lhe pertencem todo "povo e país", Zoilo-Tersites exprime o seu apego ao *topos* do "mundo às avessas", em alusão herética à profecia de Isaías (40: 4): "Seja entulhado todo vale,/ todo monte e toda colina sejam nivelados;/ transformem-se os lugares escarpados em planície,/ e as elevações, em largos vales".

Assim me curo por inteiro,
Da bola térrea é o que requeiro.[36]

5.470

ARAUTO

Fira-te pois, cão desordeiro,
Com golpe mestre o meu bastão![37]
Vai! rola, e estorce-te no chão. —
Mas quê! do anão a dupla forma[38]
Num amontoado se transforma! —

5.475

Vira ovo a massa peçonhenta,
Incha-se, estoura e em dois rebenta.
Afora um par de gêmeos cai,
Morcego e víbora é o que sai.
No chão rasteja o bicho infecto,

5.480

Voa o outro cego e negro ao teto.
Corre pra fora o parto gêmeo;
Não quisera eu ser desse grêmio!

---

[36] Literalmente: "E assim o quero neste globo".

[37] No original, "bastão" vem acompanhado pelo adjetivo *fromm*, "devoto", "pio" — isto é, o "bastão" que vela pelo bom andamento das coisas, pela ordem e justiça. No canto II da *Ilíada*, Tersites é golpeado nas costas pelo bastão ou cetro dourado de Odisseu.

[38] Com essa cena de metamorfose entra em ação a magia, subvertendo a mascarada que, conforme o programa, deveria prosseguir com a música que começa a soar ao lado. A "víbora" e o "morcego", em que se divide essa mesquinha "dupla forma" mefistofélica, parecem simbolizar o veneno e o mundo noturno.

MURMÚRIOS

Vamos! lá já estão dançando —
Não! quisera eu ir-me andando — 5.485
Sentes como nos circunda
A corja espectral imunda? —
Roçou-me o cabelo, até —
Sibilou rente ao meu pé —
A nenhum de nós feriu — 5.490
Mas a todos medo influiu —
Estragaram a folia —
E a bicharada isso queria.

ARAUTO

Já que em mascaradas pauto
Os deveres, eu, de Arauto, 5.495
Velo atento no portal,
Para que de nenhum mal
Cá se infiltre o lance tredo;
Firme, o passo não arredo.
Mas — o vento adentro traz-mas; 5.500
Temo chusmas de fantasmas;
De avejões, de assombração,
Eu não sei livrar-vos, não.
Do anão já desconfiara, mas
Vêm afluindo outros detrás. 5.505
Quisera anunciar os vultos
E seus símbolos ocultos.
Mas o que é incompreensível,
Também explicar não posso.

96   Primeiro ato

Que me ajude alvitre vosso! — 5.510
Vede, plana, irresistível,
Entre a mó rica carruagem
Com quadríjuga atrelagem;
Mas não corta a multidão,
Não se vê um apertão. 5.515
Seu fulgor de longe externa,
Cor com brilho lá se alterna
Como em mágica lanterna;[39]
Entra em tempestuoso assalto.
Dai lugar! que abalo!

MANCEBO-GUIA[40]

Alto! 5.520
Dobrai asas, meus corcéis,
Sede às rédeas do amo fiéis.

---

[39] Entra em cena agora uma aparição fantasmagórica: uma "carruagem" puxada por quatro animais alados e que avança sem "cortar a multidão", como se não ocupasse espaço. Perplexo diante de tal fenômeno não previsto na mascarada, o arauto não consegue detê-lo nem explicá-lo, mas já menciona o *medium* que está por trás dessa "assombração" (e por cujo intermédio Fausto e Mefistófeles encenarão mais adiante, na cena "Sala feudal de cerimônias", a fantasmagoria em torno de Helena): a lanterna mágica.

[40] Guiando o carro alegórico em que se encontram o deus da riqueza (Fausto) e a *Avaritia* (Mefistófeles) está o "mancebo" ou "rapaz" (*Knabe*, no original) que de imediato desafia o arauto a descrever e desvendar a essência desse insólito grupo: "Já que alegorias somos". Como se revela adiante, o "mancebo-guia" é a alegoria da Poesia, e numa conversa com Eckermann (20 de dezembro de 1829) Goethe o identificou com a figura de Eufórion, que só aparecerá no terceiro ato. Ao espanto de Eckermann diante dessa incongruência lógica, Goethe respondeu

Refreai-vos, quando o mando,
Saí, quando o incito, voando! —
Honrem-se ora esses recintos! 5.525
Público dos mais distintos
Nos aplaude e admira à roda!
Anda, arauto! à tua moda,
Pois de tempo não dispomos,
Trata de nos descrever, 5.530
Já que alegorias somos,
E nos deves conhecer.

ARAUTO

Não sei dar nome ao teu ser,
Mas podia descrever-te.

MANCEBO-GUIA

Tenta-o, pois!

ARAUTO

Nada revelo 5.535
Ao dizer que és moço e belo.
Adolescente em flor, mas pelo jeito
Há quem quisera já ver-te homem feito.
Ao galanteio hás de levar a barca,
E um sedutor serás, de marca. 5.540

---

enfatizando tratar-se apenas de um ser "alegórico", e não "humano": "Nele encontra-se personificada a *Poesia*, a qual não está presa a nenhum tempo, a nenhum lugar e a nenhuma pessoa".

MANCEBO-GUIA

Prossegue! a introdução me agrada.
Desvenda o termo da charada.

ARAUTO

Cabelo negro, olhar brilhante e lindo,
Diadema ornando o teu semblante,
Traje alvo, com graça ondulante   5.545
Dos ombros aos coturnos fluindo,
E orla purpúrea cintilante!
Podiam ter-te por menina;
Bem que ficavas à mercê
Da jovem flora feminina.   5.550
Ensinar-te-ia o ABC.

MANCEBO-GUIA

E esse que trona em fulgor pleno
Sobre o carro, e a quem tudo mira?

ARAUTO

Parece um rei, rico e sereno,
Feliz de quem favor lhe aufira!   5.555
De nada mais ande à procura;[41]

---

[41] No original, Goethe emprega aqui o verbo "aspirar" (*erstreben*), tão central para a figura de Fausto ("Ele não tem nada mais a aspirar"), mas o verso se refere àquele que aufere os favores do suposto rei "rico e sereno", e não a este próprio (isto é, Pluto–Fausto).

O que faltar, logo ele espia,
E o doar, nele, alegria pura
Maior que bens e gozos cria.

MANCEBO-GUIA

Parar no quadro ainda não deves. 5.560
Exato sê, quando o descreves.

ARAUTO

Não se descreve o halo augusto,
Porém o rosto cheio, robusto,
Lábios em flor, face abundante
Sob as alfaias do turbante, 5.565
Do traje esplêndido o amplo corte!
A dignidade, o nobre porte,
Um soberano eu o reputo.

MANCEBO-GUIA

Chamam-no o Deus do Ouro, é Pluto![42]
Chega aqui em seu resplendor. 5.570
Deseja vê-lo o Imperador.

---

[42] No original, Goethe usa a designação latina *Plutus* para o deus da riqueza e da abastança (*Plutos*, na mitologia grega). Personificado desde a Antiguidade, aqui ele é contemplado por Goethe com alguns traços que evocam a riqueza
de soberanos orientais: o "turbante" e o "rosto cheio" — literalmente, "rosto lunar"
(*Mondgesicht*), expressão frequente em traduções alemãs do poeta persa Hafiz.

ARAUTO

E a ti, como é que se anuncia?

MANCEBO-GUIA

Eu sou o Pródigo, a Poesia,[43]
Meus bens esbanjo; sou o Poeta,
Que em derramar dons se completa.   5.575
Tesouro infindo é, absoluto;
Tenho-me por igual de Pluto.
Às festas, danças, vida influo,
O que lhe falta, eu distribuo.

ARAUTO

Encantos tens ao vangloriar-te;   5.580
Mas dá-nos mostras de tua arte.[44]

---

[43] Nascida também da rica fantasia humana, da plenitude e da inesgotabilidade, a Poesia irá distribuir prodigamente as suas dádivas entre cortesãos e cortesãs. Nas mãos destes, porém, as riquezas poéticas se desfazem em nada, o que levará Fausto-Pluto a enviar esse seu "filho" alegórico à verdadeira esfera da poesia: a "solidão".

[44] Isto é, as dádivas alegóricas e mágicas que correspondem à essência dessa figura. As riquezas que, "em vez de dádivas concretas", lança à multidão provêm da força da imaginação, do caráter ficcional da poesia. Já no "Prólogo no teatro", que antecede a primeira parte da tragédia, o poeta diz da própria atividade (vv. 192-3): "Nada tinha e o bastante me era,/ O anelo da verdade e o gosto da quimera".

MANCEBO-GUIA

Vês-me a estalar o dedo agora,
Logo cintila o carro afora.
Ricos colares desenrolo!

(continuando a estalar os dedos à roda)

Pérolas para a orelha e o colo, 5.585
Espelhos de ouro, diademas,
Ricos anéis, preciosas gemas.
Também doo uma ou outra chama,
A aguardar onde ela algo inflama.

ARAUTO

A turba como pega e agarra! 5.590
Quase que no doador esbarra.
Como num sonho as gemas solta,
E tudo a safra apanha em volta.
Mas ora um novo truque observo:
Por mais que alguém pegue no acervo, 5.595
O prêmio não é muito bom!
Vai voando embora o rico dom,
Em pó desfazem-se os tesouros,
Formigam-lhe na mão besouros.
Com asco ao longe lança o monte, 5.600
E zunem-lhe ao redor da fronte.
Em vez de dádivas concretas,
Colhem supérfluas borboletas.
Reduz-se da promessa o realço
A doar o que reluz em falso. 5.605

MANCEBO-GUIA

Anunciar máscaras sabes, como, e onde.
Mas, a que a essência das criaturas sonde,
Da Corte o arauto jus não faz;
Requer visão mais perspicaz.
Porém da discussão me alijo;   5.610
Meu amo, a ti a indagação dirijo.

(Dirige-se para Pluto)

Não me confiaste a tempestuosa alagem
De tua quadríjuga atrelagem?
Não guio eu bem, conforme o orientas?
Não estou lá, onde mo assentas?   5.615
E não soube eu, sobre asas da alma,
Conquistar para ti a palma?[45]
Quando por ti hei combatido,
Não me tem sido o êxito fiel?
Quando à tua fronte orna o laurel,   5.620
Não foi por mim, por minha mão tecido?

PLUTO

Testemunho eu por ti, resvés:
Espírito de meu espírito és.[46]

---

[45] A "palma", e em seguida o "laurel" (ou "coroa de louros"), como símbolo do êxito e da glória.

[46] Impregnada de *pathos* bíblico, esta primeira estrofe de Pluto faz ressoar a exclamação do homem perante a criação da mulher ("é osso de meus ossos/ e

Em meu sentido age teu gênio;
Por rico mais do que eu te tenho.   5.625
Mais prezo, onde serviços doas,
O verde ramo que minhas coroas,[47]
E a verdade alta voz proclamo:
Em ti comprazo-me, e és filho que amo.

MANCEBO-GUIA *(à multidão)*

Supremos dons de minha mão   5.630
À roda enviei. Na multidão
Já numa e noutra fronte luz
Um vislumbre em que a chama pus.[48]
Saltita de um a outro e deriva;
A esse se atém, de outros se esquiva;   5.635
Mas raro é um flamejante surto;
Floresce num chamejo curto;
E antes que em ser notado vingue,
Quanta vez, triste, já se extingue.

---

carne de minha carne", *Gênesis*, 2: 23) e, em seguida, a voz dos céus durante o batismo de Jesus (*Marcos*, 1: 11): "Tu és o meu Filho amado, em ti me comprazo".

[47] Isto é, o "verde ramo" dos louros com que desde a Antiguidade (e na Alemanha desde o século XV) se distinguia o *poeta laureatus*.

[48] Acolhendo o *pathos* bíblico de Pluto, o "mancebo-guia" alude ao milagre de Pentecostes, em que "línguas de fogo" emanadas do Espírito Santo vêm pousar sobre os discípulos. As pequenas chamas que luzem aqui em algumas frontes se apresentariam assim como emanações do "Espírito Santo da Poesia".

VOZERIO DE MULHERES

Sobre a quadriga, aquele, então,   5.640
É com certeza um charlatão.
Atrás dele o fantoche vede,
Agachado, a morrer de fome e sede,
Coisa igual nunca viu a gente;
Se o beliscarem, nem o sente.[49]   5.645

O FAMÉLICO

Longe de mim, vil mulherada!
Sei que meu jeito não te agrada. —
Quando ainda a fêmea a casa olhava,
De Avareza é que eu me chamava.[50]
Era abastado o nosso lar,   5.650
Nada a sair, e muito a entrar.
Amontoava eu cofres, baús;
Que é vício o mulherio deduz.
Pois na época de hoje, a mulher
Poupar já não sabe e não quer.   5.655
Qual pagador mau, por inteiro,
Mais gana tem do que dinheiro.
Muito aguenta o homem, oh lá, lá!
Para onde olhar, dívidas há.

---

[49] Em virtude da esqualidez dessa terceira figura alegórica no alto da quadriga, reduzida a pele e osso.

[50] No original, Goethe usa a palavra latina *Avaritia*, chamada de "vício" pela mulher a que se refere o "famélico".

Palatinado Imperial — Sala vasta com aposentos contíguos

Se com seu fuso um lucro arranja, 5.660
No amante ou no adereço o esbanja.
Come também, bebe a talante,
Com vil tropel dado a galante;[51]
Com mais amor, pois, o ouro encaro,
Sou masculino, sou o Avaro! 5.665

MULHER PRINCIPAL

Mentira, logro é, é baldroca,
Lese os dragões quem é dragão.[52]
Cá vem, e os homens nos provoca.
Bastante incômodos já são.

MULHERES EM MASSA

Bufão de palha! arreda! basta! 5.670
Grita ele, e o pau de mártir banca;[53]
Não nos assusta sua carranca;
São os dragões madeira e pasta.
Zus! da carroça a gente o arranca.

---

[51] No original, este verso (construído com o recurso do hipérbato) diz literalmente: "Com o maçante exército dos galanteadores".

[52] Isto é, Mefistófeles como o "dragão avaro" conduzido pelos dragões (tradicionais guardiães de tesouros) atrelados à quadriga. Enquanto os animais são caracterizados aqui como dragões, anteriormente (v. 5.521) o mancebo-guia falara em "corcéis": desse modo, esboça-se também a sugestão do fabuloso "hipogrifo", cavalo alado com cabeça de grifo.

[53] Isto é, a Cruz, uma metáfora para associar uma pessoa aos sofrimentos de Cristo.

Primeiro ato

ARAUTO

Por meu bastão, mulheres! sobram   5.675
Pancadas! mas é de uso escasso;
Vede os dragões, como manobram,
E por reconquistar o espaço,
O duplo par de asas desdobram!
Soltam as feras furibundas   5.680
Chamas da fauce ardente oriundas.
Recua o povo; a área recobram.

(Pluto desce do carro)

ARAUTO

Desce com dignidade real;
Move os dragões o seu sinal.
Com jeito o seu esforço baixa   5.685
Com o ouro e o avaro ao solo a caixa.[54]
Agora está já a seus pés,
Milagre é, como isso se fez.

PLUTO *(ao guia)*

Liberto estás do peso, do atravanco,
Retorna a tua esfera, livre e franco!   5.690

---

[54] Num dos manuscritos deixados por Goethe, essa caixa de tesouros é baixada ao solo mediante elevação e descida mágicas.

Não é ela aqui! Confusa, vil, selvagem,
Preme-nos cá uma grotesca imagem.
Vai aonde a clara luz miras às claras,
Onde és teu próprio amo, em ti te amparas,
Lá onde o Belo e o Bom, só, alegria dá.   5.695
À solidão! — Teu mundo cria lá!

MANCEBO-GUIA

Honro-me então de eu ser teu delegado,
Amo-te qual parente mais chegado.
Onde estás, há abundância; onde eu presente,
Cada um num cume esplêndido se sente.   5.700
Na vida hesita, às vezes ainda assim,
Se deve a ti votar-se, ou a mim.
Os teus têm folga para o ócio e o gozo,
Mas quem me segue, nunca tem repouso.
Criando a minha obra, não a velo;   5.705
Ao respirar é que já me revelo.[55]
Adeus! Ver-me feliz te agrada, sei;
Porém murmura, e ao teu lado estarei.

(Sai como veio)[56]

---

[55] Isto é, ao poeta seria impossível ocultar-se; já pelo simples ato de respirar ele se trai enquanto tal.

[56] Isto é, o mancebo-guia deixa a "sala vasta" do Palatinado com a quadriga puxada pelos fabulosos animais alados. A partir desse momento a trama irá se encaminhar para a associação de Fausto com o Imperador e a criação do papel-moeda.

Primeiro ato

PLUTO

Desencadeie-se o tesouro lauto!
Cadeados quebro com o bastão do arauto![57]   5.710
Abre-se, olhai! turge no fervedouro
Dos caldeirões de bronze sangue de ouro;
De brincos, tiara, anéis se enfuna a massa;
Fundi-la, a incandescência já ameaça.

GRITARIA ALTERNADA DA MULTIDÃO

Oh vede, como isso borbulha,   5.715
E a arca até a beirada entulha! —
Vasilhas de ouro se dissolvem,
Rolos de moedas se revolvem. —
Florins estão pulando a rodo.
Oh, isso me enlouquece todo —   5.720
Demais minha cobiça atiça!
Rola no chão e se esperdiça. —
Que oferta! é aproveitá-la, pois,
Se vos curvardes, ricos sois! —
De chofre, qual raio veloz,   5.725
Tomamos posse da arca nós.

---

[57] Sob a máscara do Pluto que irá sanear as finanças do país, Fausto toma em mãos, pela primeira vez, o bastão do arauto e, usando-o como varinha de condão, "desencadeia" os tesouros ilusórios.

Palatinado Imperial — Sala vasta com aposentos contíguos

ARAUTO

Que há, que quereis, boçais, com tal?
Brincadeira é de carnaval.
Nada mais hoje se requeira:
Julgais que do ouro haja aqui feira?   5.730
Nem tereis, nesta jogatina,
De meras fichas a propina.
Bobões, vós! o que algo aparenta,
Pra vós logo o real representa.
Pra quê? — do erro, ilusão, capricho,   5.735
Logo agarrais todo rabicho. —
Pluto embuçado, num relampo,[58]
Dessa cambada limpa o campo.

PLUTO

Dá-me o bastão! já se acha prestes,
Por um tempinho só mo emprestes. —   5.740
Em caldo férvido o mergulho. —
Cuidado, vós, com o garabulho![59]
Estoura e raia, voam faíscas!
No cetro correm ígneas riscas.
Quem paira aqui perto encostado,   5.745

---

[58] Neste verso, de fundamental importância na mencionada interpretação de Heinz Schlaffer, o arauto dirige-se ao "Pluto embuçado" acrescentando também o epíteto "herói mascarado" ou "herói da máscara" (*Maskenheld*).

[59] No original, o "vós" a que se dirige Pluto vem designado como "máscaras": "Agora, máscaras, estai alertas!".

Logo sem dó deixo tostado —
Começa a ronda, ai! explode!

GRITARIA E CONFUSÃO

Ai de nós! ai! quem nos acode! —
Fuja quem ainda fugir pode! —
Sai daqui, tudo se açode! —   5.750
No rosto roja-me ar fervente. —
Pra trás, pra trás, montão de gente! —
Roça-nos o bastão atroz. —
Acuda! é o fim de todos nós. —
Pra trás, está chovendo brasas —   5.755
Pra voar daqui, tivesse eu asas! —

PLUTO

A mó vês repelida, já,
Ninguém, creio eu, queimado está.
Recuou pasmada,
Em debandada. —   5.760
Garantindo a ordem neste paço,
Um limite invisível traço.

ARAUTO

Teu feito é digno de alto apreço,
Como a arte e o gênio te agradeço!

PLUTO

Paciência, amigo, ainda, de vulto,   5.765
Ameaça-nos mais de um tumulto.

Palatinado Imperial — Sala vasta com aposentos contíguos

O AVARENTO

Podes com gosto, se o quiseres,
Aquela roda contemplar;[60]
Na ponta estão sempre as mulheres,
Onde há algo para ver ou lambiscar.   5.770
Não se me enferrujou de todo a crusta!
Mulheres belas continuam belas;
E já que nada hoje nos custa,
Como galã vou eu indo atrás delas.
Mas num local tão concorrido,   5.775
Não chega minha voz a todo ouvido.
Jeitoso assaz sou para que me exprima
De forma clara pela pantomima.
A mímica, no entanto, é insuficiente,
Convém que aí uma comédia invente.   5.780
Qual barro aguado molho o ouro e o transmudo,
Já que é metal que se transforma em tudo.[61]

ARAUTO

Que está fazendo o unha de fome?
Quer que a sério esse humor se tome?

---

[60] Isto é, a "roda" dos curiosos, mantida afastada pelo "limite invisível" traçado por Pluto.

[61] Assim Mefistófeles vai transformando esse "metal" num falo, já que em sua concepção a outra força que rege o mundo, além do ouro, é a sexualidade. Esta passagem compreende também uma dimensão metafórica, no sentido da venalidade capitalista do mundo (ver comentário ao v. 1.820).

Todo o ouro amolga e amassa a fio,   5.785
Até torná-lo bem macio.
Mas quanto mais o amolda e estica,
Tanto mais ele informe fica.
Dirige-se ora à mulherada,
Que grita e foge alvoroçada.   5.790
Tem de exibir o nojo o ensejo;
É que o malandro é malfazejo;
Parece-me que se deleita
Porque a decência desrespeita.
Sabendo disso, não me calo;   5.795
Dá-me o bastão, vou enxotá-lo.

PLUTO

De fora não pressente ameaças;
Deixa-lhe as distrações triviais![62]

---

[62] O termo alemão que Jenny Klabin Segall traduz por "distrações triviais" é *Narrenteidung*, já inteiramente antiquado no tempo de Goethe, mas em cujo estranhamento — conforme observa Albrecht Schöne — ressoa uma passagem da Epístola de Paulo aos Efésios (5: 3-7) que abre uma significativa dimensão para o discurso de Mefisto sob a máscara da *Avaritia*, para a sua pantomima sexual e mesmo para a iminente entrada em cena do deus Pã: "Fornicação e qualquer impureza ou avareza nem sequer se nomeiem entre vós [...] Nem ditos indecentes, picantes ou maliciosos [*narrentheidinge*, na tradução de Lutero], que não convém [...] Pois é bom que saibais que nenhum fornicário ou impuro ou avarento — que é um idólatra — tem herança no Reino de Cristo e de Deus. [...] Não vos torneis, pois, coparticipantes das suas ações".

Não há de ter ensejo para graças;
Possante é a lei, necessidade o é mais.[63]

5.800

ALGAZARRA E CANTO

Lá vem chegando a tribo estranha
Do vale e do alto da montanha;
Com indômita força pagã:
Festejam o seu grande Pã.
O que ninguém sabe, eles sabem,[64]
No círculo vazio cabem.

5.805

PLUTO

Eu vos conheço e o vosso grande Pã!
Juntos tivestes desta proeza o afã.
Nem todos sabem do que eu sei, o efeito,
E já que o devo, abro-lhes o arco estreito.
Que um bom destino os acompanhe!
Pode dar-se algo que se estranhe;
Não sabem para onde eles vão,
Faltou-lhes toda previsão.

5.810

---

[63] Fausto-Pluto sabe que o Imperador está chegando com o seu séquito. Assim, a sua presença implicará certamente a "necessidade" de pôr termo à picante e maliciosa pantomina praticada por Mefistófeles, sendo portanto mais "possante" do que os esforços do arauto em fazer valer a "lei" da decência.

[64] Isto é, os membros da "tribo estranha" — literalmente "exército selvagem" (*das wilde Heer*) — sabem que por trás da máscara do "grande Pã" está o Imperador.

CANTO SELVAGEM

Povo enfeitado, tu, de entrudo![65]   5.815
Vem vindo o tropel tosco e rudo,
Com salto alto e ímpeto veloz,
Vem bruto e violento a vós.

FAUNOS

A mó faunesca[66]
Dança com zelo,   5.820
Folhagem fresca
Em seu cabelo,
Dos cachos sai, pontuda, a orelha,
Trama rugosa a face engelha,
Nariz boto e cara achatada,   5.825
Tudo isso ao belo sexo agrada:
E quando o fauno a mão lhe estende,
À dança a mais bela se rende.

SÁTIRO

Com perna e pé de bode salta
Amiúde o sátiro entre a malta.   5.830

---

[65] Estes versos do "canto selvagem" dirigem-se à fantasiada sociedade da Corte (o "povo enfeitado"), em cujo meio irrompe agora o bloco comandado pelo "grande Pã": Faunos, Sátiros, Gnomos, Ninfas e outros seres de lendas e sagas.

[66] Faunos, divindades da Natureza na mitologia romana, associadas ao deus *Faunus*, protetor dos bosques, da agricultura e da criação de gado (*Fauna* chamava-se sua mulher ou irmã). Como o Sátiro que em seguida entra em cena, os Faunos se caracterizavam por extrema lascívia.

Palatinado Imperial — Sala vasta com aposentos contíguos

Em galgar píncaros é mestre;
Dos picos, qual cabra silvestre,
Contempla embaixo a área terrestre.
Ébrio de ar que do alto emana,
Ele escarnece a espécie humana,   5.835
Que em fumo e emanações do vale,
Julga isso ser vida que vale,
Sendo o único, ele, a fruir na altura
Do mundo a posse livre e pura.

GNOMOS[67]

Tripudiante entra a grei miudinha,   5.840
Aos pares ela não se alinha;
De luzes e de musgo é o traje,
Cada um às pressas por si age,
E afana-se o lucífluo bando,
Qual pirilampos formigando;   5.845
Sem que algum pare e do outro indague,
Tudo corre e obra em zigue-zague.

Afins dos bons duendes e anões,
Da rocha são os cirurgiões;
Talhamos da montanha o seio,   5.850
A haurir da veia o extrato cheio;
Metal aos montes despencamos,
Com "Salve acima!" é que o saudamos;

---

[67] Apresentando-se a si mesmos como "cirurgiões" das rochas, esses pequenos duendes das sagas nórdicas ocupam-se em extrair metais das profundezas da
terra; mas como se explicita nos versos finais, esses metais são utilizados pelos
homens para roubar, seduzir e matar.

Primeiro ato

Sincero é, já que nós, os gnomos,
Do homem bom, amigos somos.   5.855
Trazemos-lhe o ouro, nós, à luz;
Com seu poder rouba e seduz;
Nem sem ferro o ente altivo passa,
Que inventou o assassínio em massa.[68]
E quem três mandamentos trai,   5.860
Ligar aos outros já não vai.
Não temos culpa, nós, porém;
Tende paciência, pois, também.

GIGANTES

Chamam-nos de homens barbarescos,[69]
Da serra do Harz, gigantescos,   5.865
Vêm vindo; à fama fazem jus
Com musculares torsos nus,
Tronco em mão, que óbices destroça,
O lombo envolto em faixa grossa,

---

[68] Isto é, a guerra, com o que se completa a transgressão dos três mandamentos bíblicos que os gnomos relacionam ao "ouro" (com cujo poder se "rouba e seduz": "Não roubarás"; "Não cometerás adultério"), e ao "ferro" ("Não matarás").

[69] Literalmente, "os homens selvagens" (*die wilden Männer*): segundo sagas populares e narrativas medievais, gigantescos homens que viviam nas florestas (também nas montanhas do Harz), trajando apenas uma espécie de avental de folhas e ramos. Motivo frequente na heráldica medieval e barroca, assim como na decoração de tapetes, esculturas etc. Como o brasão do Reino da Prússia era flanqueado por dois "homens selvagens" ostentando escudos, Katharina Mommsen ("*Fausto II* como testamento político do estadista Goethe", 1989) vislumbra aqui uma possível alusão do poeta às ambições prussiano-militares de seu duque.

Palatinado Imperial — Sala vasta com aposentos contíguos

Tanga de rama verde e parda,   5.870
Nem o Papa há de ter tal guarda.

NINFAS EM CORO *(circundam o grande Pã)*

O grande Pã
Vem vindo ali.
Do mundo o Todo
Encarna em si.[70]   5.875
Das mais joviais o cerque a escolta,
Dancem voejantes à sua volta![71]
Sendo ele austero além de bom,
Quer que haja da alegria o tom.
Nem sob a abóbada cerúlea   5.880
No reino de Morfeu mergulha;
Mas riachos múrmuros resvalam,
E zéfiros no sono o embalam.[72]
Para que ao meio-dia o colha,
No galho não se move a folha;   5.885
Das plantas o balsâmeo aroma
Satura o ar brando e ao alto assoma.

---

[70] Na enciclopédia mitológica de Hederich, obra de consulta frequente para Goethe, o nome desse deus árcade dos pastores é associado, numa etimologia não comprovada, à palavra grega *pan* (tudo). De qualquer modo, este canto de louvor das Ninfas vale também para o Imperador, que "encarna em si o todo".

[71] Na tradição mitológica, as Ninfas costumavam dançar ao redor de Pã enquanto este tocava a sua flauta.

[72] Literalmente: "Mesmo sob a abóboda azul/ Ele se manteria desperto" — mas os riachos murmurantes e os suaves ventos (ou "zéfiros") o embalam no sono.

A ninfa ativa já não é,
Adormece onde está, em pé.
Mas quando de imprevisto, em tromba,   5.890
De Pã a troante voz ribomba
Com toar do mar, do raio o estalo,
Tudo se aterra nesse abalo.[73]
Fugir do campo à tropa sói,
E no tumulto freme o herói.   5.895
Honrai, pois, quem à honra faz jus!
E, Salve! ao que aí nos conduz.

DEPUTAÇÃO DOS GNOMOS *(ao grande Pã)*

Quando o metal rico e nobre[74]
Traça em rochas seu filão,
Labirintos seus descobre   5.900
Só à vara de condão;

Troglodítica existência[75]
Temos em cava atra e fria;
Mas riquezas com clemência
Distribuis à luz do dia.   5.905

---

[73] Alusão ao "pânico" que o exército do grande Pã provocava à noite com gritaria, trompetes e outros instrumentos: um barulho ensurdecedor que, duplicado ainda pelo eco das montanhas, lançava os inimigos em fuga pânica.

[74] Como na descrição das montanhas do Harz iluminadas para a Noite de Valpúrgis (ver comentário ao v. 3.916), também nestes versos pronunciados pela "Deputação dos Gnomos" Goethe se vale de seus conhecimentos de mineralogia e engenharia de minas.

[75] Derivado do grego *troglodytes* pelo latim *troglodytae*; etimologicamente, pessoa que vive sob a terra, ou em cavernas.

Uma fonte descobrimos,[76]
Milagroso é o seu encanto,
Sem mais, cede os áureos mimos,
O que antes custava tanto.

Senhor, leva a termo o agouro,   5.910
Sê do manancial padroeiro!
Em tuas mãos todo tesouro
Traz proveito ao reino inteiro.

PLUTO *(ao Arauto)*

Firmemos ora em nível alto o ser,
E que aconteça o que há de acontecer.   5.915
Sempre provastes o ser bravo e brioso,
Logo há de dar-se algo de pavoroso.
Os pósteros hão de negar o visto;
Dele em teu protocolo inclui o fiel registro.[77]

ARAUTO *(tocando no bastão que Pluto conserva na mão)*

À fonte ardente a turba anã   5.920
Conduz agora o grande Pã.
Jorra alto da sombria furna,
Submerge como em negra urna
Que boca hiante expõe soturna.

---

[76] Isto é, a "fonte" trazida por Pluto: a fabulosa caixa de tesouros.

[77] Além de anunciar as figuras e grupos participantes da festa e de organizar a sequência de seus desdobramentos, o arauto tinha também a tarefa de redigir posteriormente uma descrição (ou um "protocolo") da mascarada.

De novo, após, irrompe e ferve.   5.925
O grande Pã ali se observe,
Com a estranha espuma se deleita,
À esquerda esparge-se e à direita.
Como é que em seres tais confia?
Mais se debruça, e o fundo espia. —   5.930
Mas cai sua barba adentro, lá! —
A face lisa, quem será?[78]
Ao nosso olhar sua mão o oculta. —
Mas que desastre aí resulta!
A barba em fogo catapulta,   5.935
Seu peito e sua coroa inflama,
O entrudo transformou-se em drama. —
Foliões aos gritos vêm correndo,
Mas não os poupa o fogo horrendo;
Jogar água, abafá-lo tentam,   5.940
E as labaredas mais fomentam.
Na atroz fogueira é o holocausto[79]
De todo esse cordão infausto!

---

[78] No original, essa formulação metonímica (*pars pro toto*) do arauto se refere ao queixo da pessoa atrás da máscara de Pan, cuja barba foi consumida pelo fogo: "Quem pode ser este queixo liso?".

[79] Conforme observa Albrecht Schöne, ao "holocausto" descrito pelo arauto — na verdade, a prestidigitação chamejante que se origina da arca de Pluto — subjaz uma *Crônica histórica* (1642) de Johann Ludwig Gottfried, a qual estava entre as leituras prediletas do menino Goethe. Durante uma festa de máscaras na corte de Carlos VI da França, cortesãos fantasiados de "sátiros" e "homens selvagens" se incendiaram ao aproximar suas vestes, untadas com pez e resina, de uma tocha. As chamas logo passam também para o rei, mas este, ao contrário de quatro fidalgos que sucumbem ao fogo, consegue salvar-se sem maiores ferimentos.

Mas que ouço! corre aos gritos, rouca,
Notícia atroz de boca em boca! 5.945
Oh noite trágica, nefasta!
A que infortúnio nos arrasta!
Proclamará o dia seguinte
O que aterrar vai todo ouvinte;
Mil gritos já ressoam de dor: 5.950
"Quem sofre o transe é o Imperador".
Oh, pudesse isso ser mentira!
Ele e os demais ardem na pira.
Maldito quem ideou a trama,
E, envolto em resinosa rama, 5.955
Levou aos cantos e berreiro
O grupo ao fado derradeiro!
Oh, nunca, nunca, Mocidade,
Terás medida no prazer?
Oh, nunca, nunca, Majestade, 5.960
Terás razão quanto poder?[80]

Consome o fogo já a floresta,[81]
Sobe a conflagração funesta
E as traves de madeira abrasa;
O incêndio em breve tudo arrasa. 5.965
Transborda a taça da aflição,

---

[80] Para além do caso particular do Imperador ao qual Fausto e Mefistófeles estão se associando, esses versos podem ser lidos como uma alusão crítica de Goethe a todo poder absolutista que nunca saberá reinar de maneira "racional" (*vernünftig*).

[81] O arauto diz "floresta" em alusão aos troncos de árvores portados pelos "gigantes" (ou "homens barbarescos") envoltos em tangas de folhas e ramas.

Não sei onde haja salvação.
Jaz amanhã num montão vasto
De cinzas, todo o imperial fasto.

PLUTO

O pavor foi suficiente, 5.970
Intervenha auxílio urgente! —
Cetro santo, a ti incumbe!
Trema o solo, arfe, retumbe,
Flua o ar vasto da atmosfera.
Já um fresco eflúvio gera. 5.975
Circulai, camadas baixas,
Núbleas brumas, prenhes faixas,[82]
Cobrindo o montão purpúreo!
Murmurantes, sussurrantes,
Tudo de leve abrandando, 5.980
Ao redor tudo apagando!
Focos úmidos do ar,
Transformai em relampear
O chamejamento espúrio! —
Se nos causam gênios dano, 5.985
Entre a mágica no plano!

---

[82] Isto é, nuvens carregadas de chuvas. Na história do Doutor Fausto redigida em 1647 por Johann Nikolaus Pfitzer (ver a Apresentação ao *Fausto I*), narra-se um temporal mágico armado na corte de Maximiliano durante um banquete: de início o Imperador fica aterrorizado com a sinistra ameaça, mas ao saber
que o temporal havia se dissipado sem consequências e que, além disso, fora provocado pela arte do doutor Fausto, "teve um prazer especial nessa diversão".

Parque de recreio

Com o sol matinal que abre esta terceira cena ambientada no Palatinado, dissipam-se as últimas sombras do sinistro que ameaçara transformar em cinzas "todo o imperial fasto". A ação se desloca para os amplos espaços do jardim imperial e retoma-se, agora de uma perspectiva alvissareira, o assunto desdobrado na "sala do trono", só aparentemente interrompido pela longa festa carnavalesca — na verdade, como se fica sabendo nesta cena, Mefistófeles aproveitou-se da agitação da mascarada para conseguir a assinatura do Imperador e, com isso, dar o passo decisivo em seu projeto econômico de sanear as finanças do reino.

Assim como a exposição da calamitosa situação financeira do país se configurou, na sala do trono, mediante diversos relatos, Goethe vale-se agora também de múltiplas falas (Intendente-Mor, Chefe do Exército, Tesoureiro, Chanceler) para expor os primeiros efeitos do "plano econômico" mefistofélico. Trata-se da "invenção" e implementação do papel-moeda, que acarreta profundo abalo nas estruturas feudais vigentes até então.

Conforme registra o catálogo organizado por Hans Ruppert (*Goethes Bibliothek. Katalog*, 1958), a biblioteca de Goethe reunia 46 volumes sobre economia política — na época um número considerável para uma biblioteca particular, assim como os 59 títulos sobre assuntos estatais e políticos e os 38 sobre agronomia e silvicultura. O empenho de Goethe em familiarizar-se com questões econômicas decorria também de sua condição de alto funcionário do ducado de Weimar. No plano mais teórico, vale mencionar ainda a sua extensa resenha, publicada em 1804, do livro *The Paper Credit of Great Britain*, de Henry Thornton.

A importância que o velho poeta atribuía a questões financeiras, ao impacto político e mesmo ético-moral de medidas econômicas (assim como das inevitáveis crises) sobre as sociedades modernas encontrou expressão literária no *Fausto II* e no romance *Os anos de peregrinação de Wilhelm Meister*, onde se lê, por exemplo, numa das "Considerações no sentido dos migrantes" (*Betrachtungen im Sinne der Wanderer*): "Querer abafar (*dämpfen*) as forças éticas é hoje tão impossível quanto abafar a máquina a vapor (*Dampfmaschine*); a vitalidade do comércio, o farfalhar veloz do papel-moeda, o engrossar das dívidas para saldar dívidas, tudo isso são os elementos descomunais com que atualmente um jovem se vê confrontado".

Os intérpretes do *Fausto* apontam como possível referência histórica para esta cena a introdução do papel-moeda na França em 1716, por obra do banqueiro e financista escocês John Law. Recebendo permissão para fundar um banco particular e emitir notas pagáveis à vista em ouro e prata, Law conseguiu de início saldar as dívidas da coroa, baixar os juros e revitalizar consideravelmente a economia francesa. Contudo, como se tratava — a exemplo da invenção mefistofélica — de uma moeda sem lastro (Law acreditara erroneamente que, uma vez em circulação, as notas raramente seriam apresentadas para resgate em metal), o processo logo desembocou num surto inflacionário e, por fim, em caos generalizado e derrocada financeira, obrigando o financista a fugir precipitadamente da França.

Também experiências pessoais com surtos inflacionários reforçaram em Goethe a desconfiança em relação à estabilidade do papel-moeda e aos fundamentos abstratos do sistema de crédito: em 1792, durante a Campanha da França, ele conheceu de perto o declínio vertiginoso das notas (*Assignaten*) emitidas pela Revolução Francesa (em grande parte devido a falsificações) e, duas décadas depois, a desvalorização das cédulas austríacas, reduzidas a um quinto do seu valor nominal. Em maio de 1811 escrevia de uma estação balneária a um amigo: "A confusão com as cédulas bancárias e com o dinheiro é enorme [...] Somente os negociantes, e particularmente os banqueiros, sabem o que querem e se enriquecem com a situação".

Tais experiências terão oferecido subsídios realistas para a concepção desta cena em que já se delineia, por detrás da euforia decorrente da quantidade vertiginosa (e, no fundo, ilimitada) de dinheiro em circulação, a ameaça inflacionária e o caos econômico. Ironicamente, apenas o antigo bobo da corte, ao lado do castelão, irá agir de maneira sábia e prudente, empregando o efêmero poder de compra dos "papéis-mágicos" engendrados por Mefistófeles na aquisição de "casa, gado, sítio". [M.V.M.]

(Sol matinal)

*(Imperador com sua corte de damas e cavalheiros.
Fausto, Mefistófeles convencionalmente trajados,
sem ostentação, ambos de joelhos)*

FAUSTO

Perdoas, senhor, da flâmea cena a ilusão?

IMPERADOR *(acenando para os dois se erguerem)*

Quisera amiúde eu ver tal diversão.
Vi-me de súbito numa ígnea esfera,
A dar-me a ilusão que eu Pluto era.[1]   5.990
O abismo vi: rocha e carvão nas trevas
Lá ardiam. De uma e outra furna, em levas,
O surto de mil chamas linguajava,
Numa alta abóbada se amalgamava,
E até a extrema cúpula se erguia,   5.995
Que se formava e logo se perdia.[2]
Em longa aleia de flâmeos pilares,
Filas de povo via, que aos milhares
Vinham, tal qual o haviam sempre feito,

---

[1] Pluto é mencionado agora pelo Imperador não como o deus da riqueza (papel representado por Fausto na cena anterior), mas antes como o deus do "flâmeo" mundo ínfero, o Inferno ou Hades (ver nota ao v. 5.017).

[2] A imagem da "alta abóbada" e da "extrema cúpula" referem-se a uma catedral (*Dom*) de luz, a qual "se formava e logo se perdia" em virtude do movimento irregular das labaredas, do "surto de mil chamas".

Da submissão, do amor, render-me o preito.   6.000
De minha corte um e outro lá notei,
Cria ser de mil salamandras rei.[3]

MEFISTÓFELES

Senhor, é o que és. Rende cada elemento
A César preito e reconhecimento.
Puseste à prova o fogo, é teu escravo;   6.005
Lança-te ao mar, no vórtice mais bravo;
Assim que em chão de perlas teu pé funda,
Forma-se ondeante, esplêndida rotunda;
Vagas de verde-mar iridescência,
Abaúlam-se em soberba residência   6.010
De que o centro és; andas, e os muros banham;[4]

---

[3] Ainda no século XVI persistia a crença popular, corroborada por uma passagem da *Historia animalium* (552b) de Aristóteles, de que salamandras tinham no fogo o elemento ideal. Por isso, a salamandra aparece como o "espírito do fogo" na fórmula mágica mobilizada por Fausto para enfrentar a aparição de Mefistófeles (ver comentário ao v. 1.272).

[4] Após o elemento do "fogo", é agora o da "água" que, nas palavras adulatórias de Mefistófeles, irá prestar homenagem à Majestade (ou a "César", na tradução de Jenny Klabin Segall). Schöne aponta nesta colorida fantasia marítima que Mefisto oferece ao Imperador reverberações de pesquisas cromáticas desenvolvidas por Goethe em sua *Teoria das cores*, mais precisamente nos parágrafos referentes à psicologia dos sentidos. Aquilo que o Imperador poderia ver a partir da "esplêndida rotunda" que se formaria ao seu redor no fundo do mar corresponde assim à seguinte formulação no parágrafo 78 da "Parte didática": "Quando mergulhadores se encontram sob o mar e a luz do sol incide em sua máscara, então tudo o que é iluminado ao seu redor mostra-se purpúreo (a causa disso será apresentada depois); as sombras, ao contrário, parecem verdes".

Palácios, aonde fores, te acompanham.
Até as paredes dom da vida têm:
Fervilha tudo em célere vaivém.[5]
À luz do clarão novo e suave, acodem   6.015
Monstros marinhos, mas entrar não podem.
Auriescamosos, folgam os dragões;
E tu, na fauce ris, dos tubarões;
Sempre a rodear-te a corte se extasia,
Mas nunca viste tanta tropelia.   6.020
Para que a graça e o encanto não se percam,
Do rico paço líquido se acercam
Nereides[6] curiosíssimas, em feixes,
Tímidas e lascivas como peixes.
Conta do evento, Tétis já se deu;   6.025
Lábios e mão estende a outro Peleu.[7]
E, então, no Olimpo o assento por ti chama...

---

[5] Já que, através dessas paredes transparentes (como as de um gigantesco aquário), se poderia ver a movimentação dos peixes.

[6] Divindades gregas do mar, filhas de Nereu, o deus dos mares que, contrariamente a Posidão, empenha-se na proteção dos mortais. Das cinquenta divindades que compõem o grupo das Nereides, apenas três surgem individualizadas: Anfitrite, Galateia e Tétis, sendo que estas duas últimas aparecerão, assim como o próprio Nereu, nas "Baías rochosas do mar Egeu", na cena "Noite de Valpúrgis clássica" do ato subsequente.

[7] Segundo uma antiga tradição de glorificar os soberanos conferindo-lhes papéis mitológicos, Mefisto compara o Imperador a Peleu, que gerou com a bela Tétis o menino Aquiles. O Imperador, contudo, a quem Tétis oferece espontaneamente "lábios e mão", seria superior ao primeiro Peleu, que somente pela força conseguiu a união com a deusa.

Palatinado Imperial — Parque de recreio

IMPERADOR

Fique contigo o etéreo panorama!
Sempre é cedo ascender àquele trono.[8]

MEFISTÓFELES

Da terra, Altíssimo, és já dono. 6.030

IMPERADOR

Favor da sorte hoje aqui perpetrou-se!
Quem, das Mil e Uma Noites, cá te trouxe?
Se igualas na arte fértil Scheherazade,
Hei de elevar-te à suma dignidade;[9]
Fica-me ao pé, quando o correr do dia, 6.035
Como é frequente, a fundo me enfastia.[10]

---

[8] Esta ressalva do Imperador dá a entender que apenas mediante a "indesejada" morte se pode ascender à altura dos deuses olímpicos (e ao trono de Zeus).

[9] O Imperador promete elevar Mefisto "à suma dignidade" se este continuar a diverti-lo e entretê-lo como fazia Sherazade (ou Scheherazade), com seu estoque inesgotável de narrativas, em relação ao Sultão. A coletânea árabe das *Mil e uma noites* tornou-se conhecida na Alemanha somente no século XVIII (mediante a tradução francesa de Antoine Galland) e estava entre os livros prediletos de Goethe. A presença de motivos e sugestões das narrativas de Sherazade no *Fausto II* (e em particular no seu primeiro ato) foi estudada por Katharina Mommsen: *Goethe und 1001 Nacht* (1960 e, em 2ª edição, 1981).

[10] Terminava neste verso o conjunto do *Fausto I* e *II*, publicado por Goethe em 1828-29, a última edição da tragédia durante a vida do autor (*Ausgabe letzter Hand*).

INTENDENTE-MOR *(entra com precipitação)*

Jamais, Altíssimo, cri dar-te parte
De sorte como a que venho anunciar-te.
Ventura que, com alegria imensa,
Me exalta em tua magna presença.　　　　6.040
Saldadas vês contas e notas,
Neutralizadas garras dos agiotas.
Livre estou do infernal tormento;
Nem no céu há maior contento.

CHEFE DO EXÉRCITO *(segue apressadamente)*

Foi pago até o último soldado,　　　　6.045
O exército recontratado.
O mercenário[11] novo ardor desfruta;
Lucra o hospedeiro e a prostituta.

IMPERADOR

Como respira vosso peito à larga!
Quão serenada a face amarga!　　　　6.050
Entrais com que ânimo e aceleração!

TESOUREIRO *(entrando)*

Desses indaga: da obra autores são.

---

[11] No original, *Landsknecht,* que no século XV designava um mercenário da infantaria imperial. Em português há o termo "lansquenê", por intermédio do francês *lansquenet.*

FAUSTO

O prestar contas, cabe ao chanceler.

CHANCELER *(aproximando-se lentamente)*[12]

Que em sua velhice outro dom não requer. —
Ouvi, vede o fatídico folheto,   6.055
Que todo o mal transforma em bem concreto.

(Lê)

"Saiba o país para os devidos fins:
Este bilhete vale mil florins.[13]
Garante a sua soma real o vulto
Do tesouro imperial no solo oculto.   6.060
Dele se extrai logo a riqueza imensa
Com que o valor do papel se compensa."

IMPERADOR

Fraude tremenda! atrevem-se a exibir-ma!
Quem alterou a nossa imperial firma?
Como é que impune crime tal ficou?   6.065

---

[12] Ao contrário do Intendente-Mor e do Chefe do Exército, que entram apressadamente, o Chanceler aproxima-se "lentamente" para expressar a satisfação experimentada em sua velhice. Na cena "Sala do trono", ele fora o único a intuir nos planos financeiros de Mefistófeles "ardil dourado, obra de Satanás".

[13] Reproduzido em todas as cédulas postas em circulação por Mefistófeles, é este texto do documento assinado pelo Imperador que as transforma em "notas bancárias", cujo valor estaria garantido pelos tesouros e riquezas, pretensamente ilimitados, ocultos no solo.

TESOUREIRO

Lembra-te! foste tu quem o assinou;[14]
Eras o grande Pã. De noite foi;
O chanceler te interpelou:
"Constrói, Altíssimo, estreando um prazer novo,
Com uma penada o bem-estar do povo".   6.070
Firmaste-o. Logo após foi rubricado,
Por magos[15] aos milhões multiplicado.
Para que a todos valha o benefício,
Estampar toda a série foi o ofício;
Vês prontas notas de dez, vinte, cem,   6.075
Surpreende como ao povo isso fez bem.
A cidade, antes triste, meio defunta,
Ri, vive; o povo eufórico se ajunta.
De há muito, já, teu brilho o mundo encanta,
Mas nunca o olharam com ternura tanta.   6.080

---

[14] Contudo, o ato não é explicitado na cena da mascarada. Sob a data de 27 de dezembro de 1829, Eckermann registra as seguintes palavras de Goethe: "O senhor se lembra, disse ele, que durante a assembleia do Império o fim da ladainha é que falta o dinheiro que Mefistófeles promete levantar. Esse assunto atravessa toda a mascarada e Mefistófeles sabe arranjar as coisas de modo a que o Imperador, na máscara do grande Pã, assine um papel que, elevado a valor monetário, é multiplicado aos milhares e difundido".

[15] *Tausendkünstler*, no original; conforme indica a etimologia, significa uma pessoa versada em milhares de artes e artimanhas. No dicionário de Adelung, utilizado por Goethe, o termo é também associado ao Diabo que, em virtude das "múltiplas tentativas e artimanhas para a sedução dos seres humanos, era chamado já pelos patriarcas da Igreja de *Tausendkünstler*".

Do alfabeto o uso agora é superado,[16]
Cada qual neste signo é bem-fadado.

IMPERADOR

Como ouro os vis papéis à tropa valem?
Do soldo julgam que o valor igualem?
Admito-o, pois, ainda que o ache incrível.   6.085

INTENDENTE-MOR

Recuperá-los, seria impossível;
Do raio os espalhou a rapidez,
Casas de câmbio à roda abertas vês.[17]
Todo papel é pago lá de pronto,
Com ouro e prata, ainda que com desconto.   6.090
De carne e vinho faz-se após o gasto;
Meio mundo pensa só num bom repasto,

---

[16] No original, o verso significa algo como: "O alfabeto está agora mais do que completo". Mais importante do que as letras do alfabeto seriam agora as iniciais, multiplicadas aos milhares, do nome do Imperador. Na sequência, a ideologia econômica do Tesoureiro adapta ao recém-criado papel-moeda as palavras que, segundo a lenda, teriam aparecido numa visão ao Imperador romano Constantino no ano 312 junto com a cruz cristã: *In hoc signo vinces* ("Com este sinal vencerás").

[17] O Intendente-Mor parece aludir neste verso à mobilidade extrema do papel-moeda, para cujos riscos, como observa Albrecht Schöne, já advertira Adam Smith ao falar, em *A riqueza das nações*, das "asas de Dédalo" do dinheiro. Nos *Anos de peregrinação*, como apontado no comentário a esta cena, o próprio Goethe refere-se ao "farfalhar veloz do papel-moeda".

Faz o outro, em traje novo, espalhafato.
Talha o merceeiro, o mestre cose o fato.
Vinho em tabernas flui, aos: "Viva o Imperador!", 6.095
Fritura e assado imbuem o ar de fumo e clangor.

MEFISTÓFELES

Quem perambula a sós pela esplanada,
Vê lá a beldade, toda engalanada.
Sorri, com o leque a ocultar meio rosto,
E nos papéis sentido atento posto. 6.100
Mais rápido do que a eloquência e ardores,
Sabem granjear do amor ricos favores.[18]
Carteira e bolsa são supérfluo luxo;
Cômodo é enfiar no seio o papelucho.
Com os "billets-doux" dá-se que lá se enquadre;[19] 6.105
Guarda-o, devoto, no breviário o padre.
E por mover-se rápido, o soldado
Do peso vão vê seu cinto aliviado.[20]
Senhor, perdoai-me se ao trivial pareço
Do magno evento rebaixar o apreço.[21] 6.110

---

[18] O verbo no plural refere-se aos "papéis" que a "beldade" tem em mira —
no original, Goethe escreve *Schedel*, a partir do latim *schedula* (cédula).

[19] "Bilhetes amorosos" (*Liebesbrieflein*) no original, exatamente no sentido da expressão francesa pela qual optou a tradutora.

[20] Isto é, o peso das moedas de ouro ou prata, substituídas agora pelas notas bancárias.

[21] Mefistófeles desculpa-se perante o Imperador caso tenha passado a impressão de "rebaixar", com seus comentários triviais, o significado do "magno
evento" financeiro (ou "elevada obra", como diz o original).

FAUSTO

O excesso congelado da riqueza
Que em fundo chão de teu reino jaz presa,
Jamais se usou. Até o pensar mais largo[22]
A essa visão opõe fútil embargo,
E a fantasia, em seu voo supremo,   6.115
Se esforça, e nunca chega àquele extremo;
Gênios, porém, aos quais nada limita,
Têm no infinito confiança infinita.

MEFISTÓFELES

Papel, em vez de ouro e de prata, é um bem;
Tão cômodo é, sabe-se o que se tem;   6.120
Não há da troca e regatear a praga,[23]
Com vinho e amor cada qual se embriaga.
Pra quem quiser metal, tem-se um cambista,
E se faltar, cava-se em nova pista;
Colares, cálices, vendem-se em hasta,   6.125
Com que o papel logo se salda. Basta[24]

---

[22] Isto é, mesmo o pensamento mais "largo" e ousado é incapaz de imaginar todas as potencialidades que jazem nos tesouros subterrâneos.

[23] No original este verso sugere que, com o papel-moeda, não é mais necessário como antes regatear o valor da mercadoria durante o processo de troca.

[24] Se faltar um "cambista" ou se este negar-se a realizar a operação, o novo papel-moeda habilita o seu proprietário a escavar o solo imperial em busca do tesouro que "salda" (*amortisiert*, no original) o valor estampado na cédula.

Para que ao cético de asno se tache;
Nada mais se requer: vingou a praxe.
No império, assim, para sempre perdura,
De ouro, papel e gemas a fartura. 6.130

IMPERADOR

O nosso reino o insigne bem vos deve;
O prêmio a par do préstimo se eleve.
Confio-vos do império o subsolo,
O acervo custodiai de polo a polo;
Sabeis onde o tesouro-mor se esconde, 6.135
E quando se escavar, direis vós, onde.
Mestres, vós, do tesouro, atuai com gosto,
Preenchendo a dignidade do alto posto
Para que ao mundo superior se una
Do subterrâneo o estouro de fortuna.[25] 6.140

TESOUREIRO

Jamais surja entre nós a mínima refrega,
Apraz-me o mágico ser meu colega.

(Sai com Fausto)

---

[25] Aos "mestres do tesouro" (Fausto e o próprio Tesoureiro) cabe então a função, nas palavras do Imperador, de promover a união do "mundo superior", onde passou a vigorar o papel-moeda, com o mundo inferior ou "subterrâneo", onde pretensamente estariam ocultas as riquezas pressupostas no novo plano econômico.

IMPERADOR

Membros da Corte ora com dons contemplo.
Dê-me cada um de seu emprego o exemplo.[26]

PAJEM *(recebendo)*

Dia e noite andarei me divertindo.   6.145

UM OUTRO *(na mesma)*

Com broche e anel logo o benzinho brindo.

CAMAREIRO *(recebendo)*

Do melhor vinho bebo e os goles dobro.

UM OUTRO *(igualmente)*

Dos dados na algibeira a sorte cobro.

CASTELÃO *(comedido)*[27]

Livro das dívidas terra e castelo.

---

[26] O Imperador solicita que cada um de seus súditos lhe confesse como empregará o dinheiro.

[27] No original, *Bannerherr*, um nobre que dispõe de feudos e mantém soldados sob estandarte (*Banner*) ou bandeira própria, o que também constitui prerrogativas de um "castelão". No dicionário de Adelung, obra de consulta para Goethe, *Bannerherr* aparece como "uma espécie de barão".

UM OUTRO *(igualmente)*

É um capital; com meu ouro o congelo. 6.150

IMPERADOR

Julguei ver de altos feitos novo afã;
Mas vos conheço: era esperança vã.
Vê-se que com o tesouro todo, pois,
Sempre continuareis sendo o que sois.

BOBO *(chegando)*

Distribuis dons: neles inclui-me, rogo. 6.155

IMPERADOR

Vives de novo? vais bebê-los logo!

BOBO

Com os papéis mágicos ando confuso.

IMPERADOR

Sem dúvida! não sabes dar-lhes uso.

BOBO

Caem outros lá. Agora, que é que faço?[28]

---

[28] Isto é, "caem" outros dos "papéis mágicos" que o Imperador faz chover
sobre os seus súditos.

IMPERADOR

Caíram de teu lado, apanha o maço! 6.160

(Sai)

BOBO

Dez mil coroas! Golpe de sorte, este!

MEFISTÓFELES

Bípede odre de vinho, reviveste?

BOBO

Já quanta vez, porém esta é a maior.

MEFISTÓFELES

De tão alegre, banha-te o suor.

BOBO

Mas no papel há o que o valor garanta? 6.165

MEFISTÓFELES

Regas com ele à vontade a garganta.

BOBO

Da casa, gado, sítio, a posse acerta?[29]

MEFISTÓFELES

É claro. Basta entrar com boa oferta.

BOBO

Compra um castelo, bosque e lago?

MEFISTÓFELES

Paspalhão!
Quisera eu ver-te feito castelão.   6.170

BOBO

Senhor de terras já amanhã desperto! —

(Sai)

MEFISTÓFELES *(solus)*

Duvide-se ainda o bobo ser esperto!

---

[29] Literalmente, no original: "E posso comprar campo, casa e gado?".

Galeria obscura

Esta quarta cena no Palatinado Imperial consiste numa conversa entre Fausto e Mefistófeles no corredor que circunda as várias alas do castelo, delimitando a área do pátio interno. A referência às sombras que envolvem esse corredor (ou "galeria") sugere um contraste tanto com a cena anterior, banhada pelo sol matinal, como com os salões profusamente iluminados da cena seguinte.

O Imperador manifestou o desejo de presenciar um fenômeno ocultista: contemplar, "em vultos nítidos", Helena, a mais bela mulher de todos os tempos, e o formoso príncipe troiano Páris que, raptando-a do seu esposo grego Menelau, desencadeou a lendária guerra cantada por Homero na *Ilíada*.

Do mesmo modo como Goethe deixou implícito, na cena da mascarada, o ato da assinatura imperial para a produção das novas cédulas monetárias (ver nota ao v. 6.066), também aqui ele situa como que "atrás do palco" o momento em que o Imperador ordena a Fausto a invocação dos "espíritos" de Helena e Páris — apenas um mero reflexo dessa conversa (esboçada porém em alguns *paralipomena*) delineia-se nas palavras de Fausto: "Rico tornamo-lo primeiro,/ Temos de agora diverti-lo". Depois, portanto, da criação do "papel-moeda fantasma", coloca-se a tarefa de trazer à corte os "fantasmas" desse célebre casal da Antiguidade helênica.

Em anotações redigidas sob a data de 10 de janeiro de 1830, Eckermann expressa sua perplexidade ao ouvir, em leitura do próprio poeta, esta cena "em que Fausto vai até as Mães": "O novo, o inesperado do assunto, assim como a maneira com que Goethe me apresentou a cena, tocaram-me de forma maravilhosa, de tal modo que me senti transportado à situação de Fausto, que também se arrepia ao ouvir a comunicação de Mefistófeles". Mas, em vez de elucidar os mistérios desta cena, Goethe mirou o seu interlocutor "com os olhos arregalados e repetiu as palavras: *'Die Mütter! Die Mütter! — 's klingt so wunderlich!'* (literalmente, "As Mães! As Mães! — soa tão esquisito!)".

O que Goethe tinha em mente com o reino das Mães permanece até hoje um enigma para os leitores da tragédia — o máximo que Eckermann conseguiu extrair do velho poeta foram as palavras: "Eu não posso revelar-lhe nada além de ter encontrado em *Plutarco* a observação de que, na Antiguidade grega, faziam--se referências às *Mães* como divindades. Isso é tudo o que devo à tradição, o resto é minha própria invenção".

Conforme apontam comentadores do *Fausto*, no capítulo 20 de sua *Descrição da vida de Marcellus*, Plutarco refere-se a um antigo culto a "deusas que se chamam Mães". Além disso, no capítulo 22 de seu texto *Sobre a decadência dos oráculos* encontra-se a indicação de que existem 183 mundos diferentes, ordenados segundo a configuração de um triângulo cósmico cujo espaço interno, designado como o "campo da verdade", poderia ser visto como o silencioso reino dessas "Mães goethianas", guardiãs e mantenedoras de todo o existente: "Neste campo ficam, imóveis, os fundamentos, formas e imagens primordiais de todas as coisas que já existiram ou ainda existirão. Tudo envolto pela eternidade, a partir da qual o tempo, como uma emanação, adentra esses mundos".

Nesta cena que antecede a incursão de Fausto ao reino das Mães, vêm à tona concepções fundamentais da visão goethiana do mundo e da Natureza: é o que ocorre quando aquele exprime a sua recusa a tudo o que leva ao "enrijecimento" (*Erstarren*) espiritual e proclama o "estremecer" (*Schaudern*) – o espanto ou assombro que para os antigos gregos constituía o início de toda filosofia – como "o bem supremo" da humanidade. Ou, ainda, quando Mefistófeles fala da "formação" e "transformação" como "eterna atuação" do "eterno princípio", em correspondência íntima com o conceito de "metamorfose", que Goethe vislumbrava em todos os fenômenos da Natureza, formando-os e transformando-os. Contudo, o tom solene e sublime de passagens como essas é refratado ironicamente em outros momentos do diálogo: por exemplo, quando Fausto compara o seu interlocutor ao "mistagogo" perito em ludibriar os "neófitos" ou, pouco antes, afirma que todo o mistifório mefistofélico cheira à "cozinha da bruxa".

Como apontado na Apresentação ao *Fausto I*, a figura de Helena já aparece no livro anônimo *Historia von D. Johann Fausten* publicado em 1587 (assim como na peça de Marlowe e nas versões do Teatro de Marionetes) e desde o início fazia parte dos planos de Goethe para a concepção de sua tragédia. Na *Historia*, porém, é "Mephostophiles" que invoca e materializa a esplendorosa Helena para tornar-se a amante de Fausto (capítulo 59: "Da bela Helena da Grécia/ que dormiu com Fausto em seu último ano"). Mas já no capítulo 33 ("Uma história do doutor Fausto e do Imperador Carlos V"), o próprio pactuário faz os vultos fantasmagóricos de Alexandre Magno e sua mulher aparecerem na corte imperial, enquanto que no capítulo 49 ("Sobre a formosa Helena no primeiro domingo após

144 Primeiro ato

a Páscoa") o mesmo Fausto, valendo-se da magia, apresenta a seus alunos o "belo vulto da rainha Helena". Aproveitando esses motivos legados pela tradição e fundindo-os todos nesta cena, Goethe envia seu herói, munido apenas da "chave" mágica que recebe de Mefistófeles, ao reino das Mães para buscar o espírito da mais bela mulher de todos os tempos. Enquanto Fausto torna-se ativo e passa para o primeiro plano, Mefistófeles irá recuar para uma posição mais passiva, delineando-se assim a tendência que se reforçará no segundo e terceiro atos da tragédia. [M.V.M.]

(Fausto, Mefistófeles)

MEFISTÓFELES

> Por que me arrastas a esta ala sombria?
> Lá dentro, então, não dá para compor-te
> Com a tropelia e a multidão da corte?   6.175
> Ensejo dão para o logro e a folia.

FAUSTO

> Não digas! tempo houve em que não poupaste
> À sola de teus pés algum desgaste.[1]
> Mas quando andas de cá por lá, agora,
> Pensas só em tirar o corpo fora.   6.180
> A mim, porém, ninguém em paz me deixa,
> O Intendente, o Camareiro-Mor se queixa.

---

[1] Fausto vale-se neste verso da expressão "desgastar as solas" para lembrar a Mefistófeles que em tempos passados (nas cenas "Na Taberna de Auerbach em Leipzig" ou "A cozinha da bruxa" do *Fausto I*, por exemplo) este não poupara esforços para realizar as suas façanhas ilusionistas e jocosas.

Exige o Imperador ver logo em cena,
Em mágica visão, Páris e Helena —
Da mulher, do homem, máximos modelos,   6.185
Em vultos nítidos pretende vê-los.
À obra! a palavra dei ao soberano.

MEFISTÓFELES

Que insano prometer tal! quão leviano!

FAUSTO

Não refletiste, companheiro,
Aonde nos leva o teu estilo.   6.190
Rico tornamo-lo primeiro,
Temos de agora diverti-lo.

MEFISTÓFELES

Julgas que isso sem mais se arruma;
Levam degraus íngremes a essas bases.
A um reino subterrâneo ali se ruma.   6.195
Só novas dívidas avoado fazes!
Crês que de Helena a evocação se plasma
Sem mais, como o papel-moeda fantasma. —
Com bruxas, trasgos, monstros de feitiço,
Sempre e tão logo estou a teu serviço.   6.200
Mas em que pesem diabas femininas,
Não poderão passar por Heroínas.[2]

---

[2] Mefistófeles já anuncia aqui as suas limitações em relação ao antigo
mundo da mitologia grega: com bruxarias e fantasmagorias (*Mit Hexen-Fexen,*

FAUSTO

Bom, temos cá o velho realejo!
Contigo a coisa sempre incerta sai;
Sabes de todo obstáculo ser pai   6.205
E buscas só de lucro novo o ensejo.
Num piscar de olhos é que isso se apronta;
Sem mais os trazes para o mundo hodierno.

MEFISTÓFELES

O clã pagão não é de minha conta,
Reside ele em seu próprio inferno;   6.210
Mas um meio há.

FAUSTO

                    Pois bem, qual é o plano?

MEFISTÓFELES

Reluto em revelar um magno arcano.
Tronam deidades em augusta solidão,
Sítio não há, tempo ainda menos, onde estão;
É um embaraço falar delas. São   6.215
As Mães.

---

mit Gespenst-Gespinsten, na brincadeira linguística do original), com anões disformes (*kielkröpfigen Zwergen*, isto é, seres nanicos gerados pelo demônio em bruxas), ele saberia entender-se, mas não com "Heroínas" (como a própria Helena será designada mais tarde), as quais não podem ser imitadas pelas "diabas femininas", ainda que estas, segundo Mefisto, não sejam desprezíveis.

FAUSTO *(num sobressalto)*

Mães!

MEFISTÓFELES

Estremeces ao ouvi-lo?

FAUSTO

As Mães! Mães! — que esquisito soa aquilo!

MEFISTÓFELES

Estranho é mesmo. Deusas ignoradas
De vós mortais. Por nós, jamais nomeadas.
Vai, pois, buscá-las nos mais fundos ermos; 6.220
É tua culpa o delas carecermos.[3]

FAUSTO

Que caminho é?

MEFISTÓFELES

Nenhum! É o Inexplorável,
Que não se explora. É o Inexorável,
Que não se exora. Estás, pois, preparado? —
Não há trinco a correr, nenhum cadeado. 6.225

---

[3] Isto é, em virtude da "palavra" que Fausto deu ao Imperador, como explicitado no v. 6.187.

148   Primeiro ato

Em solidões ficas vagueando em vão.
Noção terás do que é o ermo, a solidão?

FAUSTO

Poupa-nos essa faladeira,
Ao antro ainda da bruxa cheira,[4]
Dos tempos que já longe vão.   6.230
Não tive eu de enfrentar o mundo a fio?
De digerir, professar o vazio? —
Quando, ao falar, vislumbrava a razão,
Em dobro já soava a contradição.
Para me pôr de seu ódio a coberto,   6.235
Tive que refugiar-me num deserto,
E na solidão que de mim dava cabo,
De me entregar enfim ao próprio diabo.

MEFISTÓFELES

Ainda que o mar teu braço transpusesse,
Teu olho a vastidão visualizasse,   6.240
Verias onda que após onda cresce;
Ainda que a morte te aterrorizasse,
Verias algo. Em confins do sem-fim,
Talvez, brincando em mar verde, um delfim;
Verias lua e sol, no céu o arco suspenso —   6.245

---

[4] Nesta estrofe, Fausto traz à lembrança episódios das cenas "A cozinha da bruxa" e "Floresta e gruta" ("Tive que refugiar-me num deserto"), que ocorreram na primeira parte da tragédia, embora as suas recordações não pareçam coincidir exatamente com os acontecimentos então narrados.

Nada verás no vácuo eterno, imenso,
Não ouvirás teu passo ao avançares,
Não sentirás firmeza onde parares.

FAUSTO

Estás falando como Mestre-Mistagogo,
De quem lograr neófitos é o jogo,[5]   6.250
Mas ao avesso. Envias-me ao Vazio
Para que eu nele amplie a ciência e o brio.
Qual gato de Esopo crês que me apanhas,
Que te extraia, eu, da fogueira as castanhas.[6]
Pois bem! eu vou sondar o teu engodo,   6.255
Nesse teu Nada aspiro a achar o Todo.

MEFISTÓFELES

Sinceramente, antes que vás, te gabo;
Vejo quão bem conheces já o diabo.
Vês esta chave? Toma-a![7]

---

[5] No original, "como o primeiro de todos os mistagogos", isto é, os sacerdotes que presidiam à iniciação dos neófitos nos mistérios dos antigos cultos gregos.

[6] Alusão à fábula em que o macaco convence o gato a tirar das brasas as castanhas que depois devora sozinho. Esta fábula surge no século XVI (não provém portanto, como quer a tradutora, de Esopo) e tornou-se conhecida graças sobretudo a La Fontaine ("Le singe et le chat", *Fables*, IX, 17). Fausto suspeita que as misteriosas palavras de Mefisto estejam encobrindo interesses pessoais e, assim, que a incursão pelo "reino das Mães" encerre uma manipulação comparável àquela a que o macaco submete o gato.

[7] Na obra de Goethe, a palavra "chave" é empregada frequentemente em

FAUSTO

Essa coisinha?

MEFISTÓFELES

Pega-a: hás de ver que não é tão mesquinha.   6.260

FAUSTO

Cresce ela em minha mão, reluz, cintila!

MEFISTÓFELES

Agora vês de que vale o possuí-la?
Marca o lugar exato a sua luz;
Segue-a aos baixos: ela às Mães te conduz.

FAUSTO *(estremecendo)*

As Mães! é como um golpe que me abala!   6.265
Que palavra é, que em mim tão fundo cala?

MEFISTÓFELES

Limitado és? Com dito novo fremes?
Ouvir o que ainda não ouviste, temes?
Nada te abale no alvo que palmilhas;
Afeito estás de há muito a maravilhas.   6.270

---

sentido imagético e metafórico, como símbolo para a abertura e exploração de um
âmbito espiritual. No contexto desta cena, a "chave" parece ter também conotação de símbolo fálico.

FAUSTO

Não viso a enrijecer! Sentir não temo,
É estremecer do homem o bem supremo;
Por alto que lhe cobre o preço o mundo,
Estremecendo, o Imensurável sente a fundo.[8]

MEFISTÓFELES

Soçobra, pois! Podia eu dizer: sobe!   6.275
Tanto faz. Foge ao que houve, ao que já viste.[9]
Entre as visões de espaços livres, soltos,
Te encante o que de há muito não existe.
Lá a massa núblea ondeia em seu vaivém;
Aponta a chave: ao longe ela a mantém!   6.280

FAUSTO (arrebatado)

Ao apertá-la sinto força nova,
Peito expandido, sigo à grande prova.

---

[8] Como observado no comentário a esta cena, exprime-se aqui um traço fundamental das concepções goethianas. Numa conversa sobre fenômenos cromáticos, que Eckermann registra sob a data de 18 de fevereiro de 1829, dizia o velho poeta: "O mais elevado a que o ser humano pode chegar é o assombro; e se o fenômeno primordial (*Urphänomen*) o faz assombrar-se, então ele deve considerar-se feliz; algo mais elevado não lhe é dado experimentar e ele também não deve buscar por detrás desse fenômeno algo mais amplo; aqui está dado o limite".

[9] Mefisto exorta Fausto a fugir ao que "houve", isto é, ao que já se originou e constituiu (*dem Entstandenen*), para os "espaços livres, soltos" (*losgebundne*: em alemão, tradução literal da palavra latina *absolutus*) das "visões" — ou das "formas" (*Gebilde*) idealmente concebidas e, portanto, livres de toda materialidade.

MEFISTÓFELES

Comunicar-te-á um tripé ardente
Que no mais fundo estás profundamente.[10]
Poderás ver as Mães em seu clarão,   6.285
Umas sentadas, outras vêm e vão.
Transformação com formação se alterna,
Do eterno espírito atuação eterna.
Fluem lá visões de todas criaturas;
Não te veem. Veem só espectrais figuras.   6.290
Ânimo, ai! o perigo é ingente;
Dirige-te ao tripé diretamente,
Toca-o com a chave!

FAUSTO *(assume atitude dominante com a chave)*

MEFISTÓFELES *(contemplando-o)*

É certo assim! Prossegue;
A ti se atém: qual servo fiel te segue.   6.295
Subindo vens: teu êxtase te traz,
E antes que o notem, de regresso estás.
E quando aqui de novo desembocas,
Das trevas a heroína e o herói evocas.

---

[10] Na mitologia grega o "tripé" (ou trípode) aparece como instrumento de poderes mágicos, símbolo de profecias e oráculos. O mais famoso encontrava-se no interior do templo de Apolo em Delfos e sobre ele a sacerdotisa Pítia anunciava, em estado de êxtase, os seus oráculos. Foi roubado por Hércules, após a recusa de Apolo (seu meio-irmão) em profetizar-lhe o futuro.

Primeiro tu, que à proeza se atreveu;
Realizada está! e o feito é teu.   6.300
Da mágica acatando após a norma,
Vapor do incenso em deuses se transforma.[11]

FAUSTO

Que faço?

MEFISTÓFELES

O ser impele: abaixo o soltas
Batendo o pé; batendo-o, ao alto voltas.

FAUSTO *(bate o pé e afunda)*

MEFISTÓFELES

Não vá pregar-lhe a chave alguma peça!   6.305
Curioso estou, por saber se regressa.

---

[11] Como dá a entender este verso, não é imediatamente a imagem de Páris e Helena que Fausto, munido da "chave", irá buscar no reino das Mães, mas sim o "tripé ardente", de cujo "vapor de incenso" se desprenderão então, mediante operação mágica (*nach magischem Behandeln*), os vultos dos "deuses" — ou, como dito quatro versos antes, "a heroína e o herói" evocados das trevas.

Salas brilhantemente iluminadas

Estabelecendo uma ponte entre a descida de Fausto ao "reino das Mães" e o seu retorno à corte para promover o fantasmagórico espetáculo com Helena e Páris, abre-se aqui a mais breve das cenas localizadas no Palatinado Imperial. Às palavras do Camareiro e do Intendente-Mor lembrando a expectativa do Imperador em relação à "cena dos fantasmas", segue-se a atuação de Mefistófeles como médico (ou antes "curandeiro") da corte, que se estende até o final desta passagem.

Planos esboçados por Goethe em 1797 e 98 já evidenciavam a intenção de apresentar Mefistófeles como *Phisicien de la cour*, conforme a antiga expressão francesa mobilizada pelo poeta. E em 1816, no esboço em prosa mencionado na Apresentação a este volume, Goethe projetava encaminhar do seguinte modo esta cena que viria a ser redigida, com algumas modificações (mas sobretudo com a inserção do mito das "Mães"), apenas no final de 1829: "O Imperador exige aparições e estas são prometidas. Fausto se afasta em virtude dos preparativos. Nesse momento, Mefistófeles assume a aparência de Fausto para entreter mulheres e moças, passando a ser considerado por fim um homem de valor inestimável, já que com um leve toque cura uma verruga, com um chute algo ríspido de seu pé de cavalo disfarçado cura um calo e uma moça loira não se recusa a deixar que seu rostinho seja apalpado pelos dedos magros e pontudos de Mefistófeles, enquanto o espelho a consola mostrando como as suas sardas vão desaparecendo uma a uma".

Em seus comentários, Erich Trunz chama a atenção para o jogo de contrastes entre esta cena, em que a sociedade da corte, sob ofuscante iluminação, se apresenta em toda sua frivolidade, e a anterior, em que se discorre, com penumbrosa seriedade, sobre o "reino das Mães" — como dois temas musicais que primeiro soam separadamente e depois (na última cena deste ato) são conduzidos a uma harmoniosa integração. Já Albrecht Schöne enfatiza o que julga ser a função específica desta cena vazada pela dicção debochada e espirituosa de Mefistófeles: ironizar e desmitologizar "tanto o discurso oracular do *mistagogo* na *galeria obscura* quanto as revelações que serão anunciadas, em meio às sombras da *sala feudal de cerimônias*, pelo Fausto envolto em *sacerdotal traje*". [M.V.M.]

(O Imperador e Príncipes, corte movimentada)

CAMAREIRO *(a Mefistófeles)*

Sois da cena ainda dos fantasmas devedor;
É andar! já se impacienta o Imperador.

INTENDENTE-MOR

Dela indagou o Altíssimo ainda agora;
É ofensa à Majestade essa demora. 6.310

MEFISTÓFELES

Por isso é que se foi o meu consócio,
Lidar sabe ele com o negócio;
Exige esforço especial a pesquisa.
Labuta em área silenciosa e obscura;
Trazer à tona a suma Formosura, 6.315
Da máxima arte mágica precisa.

INTENDENTE-MOR

Que truques empregais não interessa;
O Sereníssimo está com pressa.

UMA LOIRA *(a Mefistófeles)*

Perdão, senhor! Vedes-me uma tez clara,
Mas no verão é outra a minha cara! 6.320
Cem manchas pardacentas nela brotam
Que infelizmente a cútis branca lotam.
Um meio!

MEFISTÓFELES

É pena! Tanta alvura delicada,
Em maio qual pantera salpicada!
Línguas de sapo e ovas de rã procura,   6.325
Na lua cheia as destila e mistura,
E no minguante a face unta, ainda que arda;
Na primavera não vês uma sarda.[1]

UMA MORENA

Já chega a vós a multidão em cheio.
Dai-me um remédio! inerte está meu pé;   6.330
Entrava-me na dança e no passeio,
Sem jeito estou na reverência, até.[2]

MEFISTÓFELES

Dai vênia a uma pisada de meu pé.

A MORENA

Sim, pode dar-se isso entre namorados.

---

[1] Os ingredientes aqui prescritos para a loira (sobretudo "ovas de rã") aparecem com frequência em antigas fórmulas para a estética facial. No original, Goethe emprega o verbo *kohobieren*, corrente na linguagem alquímica da época do Fausto histórico (como nos escritos de Paracelsus) e que significa a purificação dos ingredientes mediante repetidas destilações.

[2] Uma vez que, como observa Albrecht Schöne, a reverência executada na corte pelas mulheres consistia sobretudo em dobrar os joelhos, o que sobrecarregava a ponta dos pés.

MEFISTÓFELES

São, filha, pontapés meus mais cotados.   6.335
Cré com cré, lé com lé, o ai esconjura.[3]
Pé cura o pé: aos membros todos vale aquilo.
Atenta, aqui! Não deveis retribuí-lo.

A MORENA *(gritando)*

Ai! ai! isso arde! que pisada dura!
Qual casco de cavalo.   6.340

MEFISTÓFELES

É inteira a cura.
Podes dançar agora horas sem fim,
Trançar os pés com o teu bem no festim.[4]

DAMA *(abrindo caminho)*

Deixai que eu passe! A dor já não aguento,
Meu coração se parte com o tormento;
Até ontem tinha em mim as vistas postas,   6.345
Namora uma outra, hoje, e me vira as costas.

---

[3] "Ao igual o igual", no original (*Zum Gleichen Gleiches*), em alusão irônica ao método homeopático desenvolvido, no tempo de Goethe, por Samuel Hahnemann (1755-1843), em especial ao princípio "o semelhante é curado pelo semelhante" (*Similia similibus curantur*).

[4] Refere-se ao jogo erótico dos pés sob a mesa em que se realiza o "festim" (no original, *Tafel*, távola).

MEFISTÓFELES

De fato é sério, mas escuta atenta:
Chegas quietinha ao homem de que gostas;
Com este carvão um traço nele assenta
Na espádua ou manga, onde for, não importa.   6.350
No peito logo o remorso o atormenta.
Mas o carvão tão logo após engole,
Não tomes, de água ou vinho, nem um gole;
Bate hoje à noite, aos ais, na tua porta.

DAMA

Veneno não será?

MEFISTÓFELES *(indignado)*

Respeito, ora, a quem cabe!   6.355
Corre-se longe atrás de tal carvão.
Vem de um auto de fé, que, já se sabe,
Veloz mais se atiçou por nossa mão.[5]

PAJEM

Namoro, e por adulto, não me têm.[6]

---

[5] Ao prescrever o carvão para a cura do "mal de amor", Mefistófeles identifica-se com as fogueiras da Inquisição, atiçadas por "nossa mão" para a queima de bruxas e hereges. É como se o carvão oriundo do "auto de fé" extraísse as suas propriedades miraculosas do sofrimento da pessoa torturada.

[6] No original, literalmente: "Estou apaixonado, mas não me levam a sério".

MEFISTÓFELES

Já não sei o que ainda escute e a quem. 6.360

(Ao pajem)

Não dês a algum brotinho o coração.
Dar-te-ão valor as que maduras são. —

(Outros fazem força para chegar a ele)

Outros ainda! Isto é barbaridade!
Terei de recorrer logo à verdade;
O pior recurso! Mas me sinto exausto. — 6.365
Mães, por quem sois! ó Mães! largai do Fausto!

(Olhando em volta)

Estão baixando as luzes já na sala,
A corte inteira a um tempo só se abala.
Em fila ordeira andando já os notas,
Por galerias longas e remotas. 6.370
Agora! juntam-se na área vasta
Do velho átrio feudal: quase não basta.
Tapetes há nos muros a capricho,[7]
Arnês e escudo ornando cada nicho.
Não é preciso abracadabra aqui; 6.375
Hão de surgir fantasmas já por si.

---

[7] Isto é, tapetes para a decoração de paredes, os chamados "gobelinos" (*Gobelins*), apelativo derivado das célebres fábricas fundadas no início do século XVI por um tingidor e tapeceiro francês de nome Gobelin.

Sala feudal de cerimônias

"Sala dos cavaleiros" seria a tradução mais direta e literal para esta cena conclusiva do primeiro ato, a quarta localizada por Goethe em salas do Palatinado Imperial: *Rittersaal* no original, isto é, um salão em que nobres e cavaleiros costumavam se reunir por ocasião de cerimônias festivas ou solenes.

Em seus comentários, Erich Trunz aponta nesta cena o momento culminante de dois temas que atravessariam todo o primeiro ato da tragédia: o tema do "demoníaco" e o da "representação social". Enquanto Fausto, confrontado com a imagem da suprema beleza feminina, mostra-se extasiado em seu íntimo, a sociedade da corte exibe-se aqui em toda sua superficialidade. Contrapor-se-iam assim, na visão de Trunz, a "tragédia" do indivíduo solitário, criativo, apaixonado, e a "comédia" do mundo social, que se exprime em linguagem ligeira e maliciosa. Ambas as esferas "se mesclam maravilhosamente e ao final separam-se como num movimento oposto de duas vozes, uma delas ascendendo e a outra descendendo na escala tonal".

Como grande parte dos comentadores e intérpretes do *Fausto*, Trunz busca elucidar esta cena a partir de uma variante ao v. 6.436 ("De outros desvenda o mágico o mistério"), em que "mágico" se encontra substituído por "poeta" (*Dichter*). À luz dessa variante, a incursão pelo "reino das Mães" é entendida então como uma descida do "poeta" Fausto ao próprio inconsciente, ao íntimo ou às profundidades de seu espírito para liberar as potências criativas que ali jazem. Essa perspectiva crítica ocupa posição-chave no célebre e alentado estudo *Die Symbolik von "Faust II"* [*O simbolismo no "Fausto II"*], publicado por Wilhelm Emrich em 1943: a substituição operada por Goethe é vista então como "ocultamento do mistério evidente", isto é, do "duplo papel" que Fausto desempenha como "mágico e como poeta".

Ao contrário das interpretações voltadas às profundidades simbólicas e psicológicas do "reino das Mães" e desta cena subsequente, Albrecht Schöne destaca em seus comentários as marcações irônicas e satíricas com as quais "o arranjo cênico cerca a aparição do mágico-sacerdote-poeta". Anunciada de maneira altamente teatral pelo ressoar das "trompetas", tem início essa peça dentro da peça, à qual o volúvel astrólogo irá dar, por volta do final, o jocoso título de "Rapto de Helena". Mefistófeles na "caixa do ponto" sopra para o astrólogo e para o seu "cúmplice" (*Kumpan*, como diz no v. 6.311: "consócio", na tradução) palavras e expressões que novamente traem a dicção do "mistagogo" da cena "Galeria obscura" (ver nota ao v. 6.249). Já a rubrica cênica "grandioso", introduzindo Fausto ("o homem do milagre em sacerdotal traje"), constitui provável paródia, como observa Schöne, ao episódio bíblico da feiticeira de Endor (*I Samuel*, 28: 7), que a mando do rei Saul evoca e faz subir do reino dos mortos, envolto num manto de sacerdote, o espectro de Samuel.

Bem mais importante, nos comentários de Schöne, do que a ênfase sobre tais sinais irônicos e satíricos é a observação, ousada e original, de que Goethe teria estruturado esta cena de modo inteiramente realista, isto é, em torno dos recursos e possibilidades da *laterna magica*, instrumento óptico desenvolvido em meados do século XVII e que conheceu o seu apogeu entre o final do século XVIII e início do XIX, decaindo posteriormente à condição de brinquedo infantil.

Apoiando-se em cartas e anotações de Goethe contemporâneas à redação desta cena, as quais revelam o seu grande interesse pela lanterna mágica, Schöne observa que também episódios da primeira parte da tragédia, como a aparição do Gênio da Terra ou dos vultos que se levantam do caldeirão na "Cozinha da bruxa", deveriam ser encenados, segundo planos do poeta, com a ajuda desse aparelho, nomeado explicitamente na cena "Sala vasta" (ver nota ao v. 5.518).

O que todavia distingue os acontecimentos fantasmagóricos nesta "sala feudal de cerimônias" seria, na visão do intérprete, a intenção de Goethe de romper a ilusão cênica, já que a lanterna mágica entraria em ação apenas levemente camuflada, perceptível não para o público nobre do Palatinado, que presencia a aparente sessão "espiritista", mas para o leitor e o verdadeiro espectador diante do palco. Nesse sentido, o "tripé ardente" que Fausto traz do "reino das Mães" funcionaria como um aparelho complementar à lanterna mágica, e dele emanaria a fumaça (o "denso vapor" mencionado no v. 6.440) sobre a qual se materializam os espectros projetados de Páris e Helena. Se, porém, o próprio Fausto sucumbe à ilusão mágica e ao fascínio da formosa imagem feminina (o que leva Mefisto a adverti-lo repetidamente: "Controla-te, homem, do papel não saias!", "Psst! domina o rasgo!", "Mas a fazes tu mesmo, a espectral palhaçada!"), então ele assumiria assim o papel do mítico escultor Pigmaleão, o qual, segundo o relato de Ovídio nas *Metamorfoses*, apaixona-se tão perdidamente por uma estátua de mulher esculpida por ele mesmo que Afrodite, a deusa do amor, decide insuflar vida à obra de

162   Primeiro ato

arte. Fausto, ao contrário, ultrapassando a fronteira entre a realidade e a bela aparência artística produzida pela lanterna mágica, provoca a implosão de ambas as esferas, causando *tumulto, escuridão* e o esvaecimento dos espíritos *em vapor*.

Para um tal desfecho Goethe inspirou-se provavelmente, observa ainda Albrecht Schöne, numa história do escritor alemão Hans Sachs (1494-1576), intitulada *Uma visão maravilhosa do Imperador Maximiliano*, assim como na narrativa *L'enchanteur Faustus*, do escritor francês Anthony Hamilton (1646-1720), na qual aparições espectrais dissolvem-se em vapor, em meio a raios e trovões, no momento em que o espectador tenta abraçá-las. Ainda assim, o desfecho explosivo deste primeiro ato encontraria fundamento na realidade técnica da *laterna magica*, a qual, sob manejamento inadequado ou em função de um efeito visado (como o desaparecimento, acompanhado de estrondos, de um "espírito"), podia levar facilmente a tais explosões.

Evitando, porém, fixar a interpretação desta cena exclusivamente em torno dos recursos técnicos desse precursor dos modernos meios visuais, Albrecht Schöne faz por fim a seguinte observação: "Agora, tudo isso não quer dizer absolutamente que se deva entender o 'reino das Mães' como puro engodo, a aparição dos espíritos como mero truque ilusório, os versos correspondentes apenas como prestidigitação de dois *showmasters*. A alternância entre seriedade e brincadeira não se resolve de maneira assim tão rasa no opalizante reino mágico dessa poesia. É certo, porém, que Goethe, mediante a feitiçaria da lanterna mágica, refratou ironicamente o mito das *Mães* e o conduziu a uma dimensão alegre e de luminosidade cambiante. Na medida em que a poesia do *Fausto* leva ao palco esse meio visual de massa da época de Goethe e mostra os seus efeitos sobre a sociedade da corte, exibindo no final também a autossugestão do mágico, tal poesia espelha as manipulações ofuscantes que esse instrumento 'mágico' possibilitava, assim como a subjugação ilusionista que ele podia gerar. Isso tem certamente alguma validade também diante das telas dos nossos meios de comunicação de massa". [M.V.M.]

Palatinado Imperial — Sala feudal de cerimônias

(Iluminação crepuscular)

(O Imperador e a Corte já entraram)

ARAUTO

A meu ofício, o anúncio do espetáculo,
Espíritos opõem secreto obstáculo;
Ainda assim, procura a gente em vão
Algo que explique sua confusa ação.   6.380
À mão estão cadeiras, a poltrona;
O Imperador frente à parede trona.
Pode ele, nos tapetes das muralhas,
Contemplar da grande época as batalhas.[1]
Assente a Majestade, e a corte à roda,   6.385
No fundo o resto em bancos se acomoda;
O benzinho arranjou lugar vizinho,
Na hora espectral, encostada ao benzinho.
Todos na expectativa a mente empenham,
Tudo está pronto, espíritos que venham!   6.390

(Ressoam trompetas)

ASTRÓLOGO

Do drama surjam logo os objetivos,
Comanda o Mestre: muros, vós, abri-vos!

---

[1] Isto é, os "gobelinos" mencionados por Mefistófeles no final da cena anterior (ver nota ao v. 6.373), os quais estampam cenas de batalhas "da grande época" de antigos Imperadores.

Primeiro ato

Não há obstáculo: é da magia o jogo;
Tapetes somem, como à ação do fogo.[2]
O muro racha e num ai se revolve;   6.395
Surge, a montar-se, um fundo teatro. Um foco
De luz estranha a escuridão dissolve,
E no proscênio à vista me coloco.

MEFISTÓFELES *(surgindo da caixa de ponto)*

Conto com recepção satisfatória;
Soprar a ação, é do diabo a oratória.   6.400

(Ao astrólogo)

Sabes dos astros o compasso e augúrios,[3]
Hás de entender sem mais os meus murmúrios.

ASTRÓLOGO

Surgido do poder oculto, já contemplo
Maciço, edificado, um velho templo.
Qual Atlas, que arrimou o céu outrora,   6.405

---

[2] O astrólogo começa a descrever os preparativos cênicos para o espetáculo (espécie de "teatro dentro do teatro") que irá preencher esta última cena no Palatinado Imperial: para que o "velho templo maciço" (em estilo dórico) possa aparecer no palco (no "fundo teatro"), os tapetes são enrolados e também afastadas as demais armações dos bastidores (como paredes ou muros corrediços e giratórios).

[3] Como já observara o próprio Mefisto na cena "Sala do trono", quando diz do astrólogo que "de ciclos e épocas desvenda o véu" (ver nota ao v. 4.949).

Colunas veem-se em fila aí afora.[4]
Hão de bastar para cumprir o ofício;
Sustentaria um par grande edifício.

ARQUITETO

Clássico, antigo, isso é? Não vai conosco!
Chamem-no antes de primário, tosco;   6.410
Dizem que o bruto é nobre, o cru bonito.
Gosto eu de flechas, roçando o infinito.
Ao zênite ogival confiro a palma,
Tal edificação edifica a alma.[5]

ASTRÓLOGO

Reverenciai horas votadas a astros;   6.415
Cale a razão, e siga, livre, os rastros
Que se abrem com palavras de magia,
O arrojo esplêndido da fantasia.
O que almejais e que impossível é,
Olhai! por tal será digno de fé.[6]   6.420

---

[4] Filho do Titã Jápeto e irmão de Prometeu, Atlas tomou parte na luta dos doze Titãs (os filhos de Urano, o Céu, e Gaia, a Terra) contra os deuses olímpicos e, com a vitória destes, foi condenado a manter apoiada sobre os ombros a abóbada celeste.

[5] Com indisfarçável intenção irônica e polêmica, Goethe, partidário dos valores clássicos na arquitetura, introduz aqui, na figura do Arquiteto, um representante do romantismo alemão, entusiasmado pelas "flechas" (pilares esguios) e abóbodas pontiagudas (o "zênite ogival") características do estilo gótico.

[6] Alusão irônica do astrólogo (na verdade, soprada por Mefistófeles) a sen-

FAUSTO *(sobe pelo outro lado do proscênio)*

ASTRÓLOGO

Em sacerdotal traje, eis o homem do milagre,
O que iniciou o seu arrojo, ora consagre.
Com um tripé do vão da cripta se ala;
A taça já vapor de incenso exala.
Consagrar o alto feito é o que prepara.   6.425
Disso só pode advir obra preclara.

FAUSTO *(grandioso)*

Em vosso nome, Mães, vós que da imensidão
Povoais eternamente a eterna solidão,
Não estais sós. De vida desprovida, a onda
De formações da vida, a vossa fronte ronda.   6.430
O que brilhou, já, num clarão superno,
Move-se ali, porque quer ser eterno.
Onipotentes, o espalhais em levas,
À luz do dia, à abóbada das trevas.
Prende a uns, da vida, o fluido império,   6.435
De outros desvenda o mágico o mistério.[7]

---

tenças teológicas e filosóficas para a justificação da fé perante os questionamentos da razão, como, por exemplo, *credo quia absurdum* ("creio por ser absurdo"), provavelmente derivada de sentenças de Tertuliano: *credibile est quia ineptum est* ("É fidedigno por ser insensato") e, ainda, *certum est, quia impossibile* ("é certo por ser impossível").

[7] No original, esses dois versos dizem literalmente: "A uns, aprende-os o curso propício da vida,/ A outros, busca-os o mágico audacioso". Como os prono-

Seu rico dom faz com que cada um veja
A maravilha que seu sonho almeja.

ASTRÓLOGO

A chave ardente mal toca a tigela,
Denso vapor logo o recinto vela.   6.440
Qual nuvem flui, adentro se insinua,
Em formas múltiplas voga e flutua,[8]
Surge da mágica, ora, uma obra-mestra.
Ouve-se a soar música, sons de orquestra.
Num não-sei-como, o aéreo som se amplia,   6.445
Vai fluindo, e tudo fica melodia.
A colunata, o tríglifo ressoa,
Cantares, creio, o templo inteiro entoa.[9]

---

mes *die einen* e *die anderen* podem representar tanto o gênero masculino quanto o feminino, é possível que os mesmos se refiram às acima mencionadas "formações da vida" (literalmente, "imagens da vida"). De todo modo, os versos proferidos nesta estrofe pelo Fausto "em sacerdotal traje" mostram-se solenes e obscuros, começando com a invocação inicial ao poder das "Mães". Como já observado no comentário a esta cena, num esboço desses versos lê-se "poeta" em lugar de "mágico", o que ensejou a intérpretes e comentadores da tragédia extensas considerações sobre os vínculos, pretensamente sugeridos por Goethe, entre mágico, poeta e, ainda, sacerdote.

[8] As formações que a tradutora sintetiza aqui como "formas múltiplas" são especificadas por Goethe como: "dispersas, compactas, entrelaçadas, divididas, aos pares". Albrecht Schöne observa que as duas primeiras correspondem às formas de nuvem "estrato" e "cúmulo", designações estabelecidas pelo cientista inglês Luke Howard (1772-1864), com quem Goethe se correspondia e cujas pesquisas meteorológicas acompanhava com grande interesse.

[9] Na sentença 776 (segundo a numeração de Max Hecker) do volume *Má-*

Baixa o vapor; surge dos véus, do espaço,
Belo mancebo em rítmico compasso.   6.450
Calo-me aí. Não há com que o compares.
Quem não conhece o fabuloso Páris!

(Surge Páris)

DAMA

Visão sem-par de juventude em flor!

SEGUNDA DAMA

Qual pêssego é! prenhe de sumo e cor.

TERCEIRA DAMA

Que suave linha o doce lábio traça!   6.455

QUARTA

Bem que os teus embebias em tal taça!

QUINTA

Bonito ele é, porém não é distinto.

---

ximas e reflexões, Goethe caracterizou a arquitetura como "música emudecida"
(*verstummte Tonkunst*). Aqui, porém, a magia impõe a ilusão de ressoarem não
apenas a "colunata" e o "tríglifo" dos frisos dóricos, mas todo o maciço templo no
"fundo teatro".

Palatinado Imperial — Sala feudal de cerimônias

SEXTA

Do *savoir-faire* falta-lhe a arte, sinto.[10]

CAVALEIRO

Vê-se que de pastor rural se trata,
Nada tem da aura real, do aristocrata.[11]

6.460

UM OUTRO

Formoso, o admito, é assim, meio desnudo;
Mas o quisera ver de arnês e escudo!

DAMA

Com garbo suave e natural se senta.

CAVALEIRO

Seus joelhos são assento que vos tenta?

---

[10] No original: "Mas ele poderia ser um pouco mais desenvolto".

[11] Segundo a lenda, Páris (filho do rei troiano Príamo) foi abandonado quando criança e acolhido por pastores; cresceu apascentando rebanhos no monte Ida. Sob a data de 30 de dezembro de 1829, Eckermann registra as seguintes palavras de Goethe sobre Páris: "Ele é o enlevo das mulheres, que expressam os encantos de sua plenitude juvenil; é o alvo do ódio dos homens, nos quais se revolvem inveja e ciúme, e procuram rebaixá-lo tanto quanto podem". Helena exerceria o efeito contrário: "Ela causa sobre os homens a mesma impressão que Páris às mulheres. Os homens ardendo em amor e elogios, as mulheres em inveja, ódio e críticas".

OUTRA DAMA

Lânguido, apoia em mãos cabeça e colo. 6.465

CAMAREIRO

Que malcriadez! é contra o protocolo.

DAMA

Sim, homens, vós! criticar nada custa.

O MESMO

Espreguiçar-se na presença augusta!

DAMA

De conta faz! Crê deserto o lugar.

O MESMO

Nem o teatro aqui deve ser vulgar.[12] 6.470

DAMA

É encantador! Caiu num sono brando.

---

[12] Albrecht Schöne aponta neste verso uma alusão a regras do teatro classicista francês que prescreviam aos atores que representavam na corte uma postura condizente com a distinção do público: espreguiçar-se ou roncar de maneira mais naturalista significaria assim incorrer no "vulgar".

O MESMO

Perfeito é, natural: logo estará roncando.

JOVEM DAMA *(extasiada)*

Que eflúvio suave a se infiltrar no incenso,
Ao coração me traz deleite intenso?

UMA MAIS VELHA

Sim! nos penetra a alma esse suave olor.　　6.475
Dele provém!

A MAIS IDOSA

De crescimento é a flor,
Do mancebo a inerente aura ambrosiana,
Que de sua atmosfera à roda emana.

(Surge Helena)

MEFISTÓFELES

Ei-la, pois! Bem, com essa estou tranquilo:
Bonita é, mas, não é de meu estilo.　　6.480

ASTRÓLOGO

Que digo agora? Admito-o, a voz me falta,
Da Formosura ei-la, a visão mais alta.

E inda que houvesse eu língua em fogo acesa! —[13]
Cantou-se em todos tempos a Beleza. —
Quem a conhece fica alucinado.   6.485
Quem a possuiu, demais foi contemplado.

FAUSTO

Tenho olhos ainda? Esparze-se em meu peito
Da fonte de beleza o jato a fundo?
Traz-me êxtases meu espantoso feito!
Como era um vácuo inexistente o mundo!   6.490
E após meu sacerdócio, de repente,
Como é estável, desejável, permanente!
Ah, que eu jamais de tua luz me isente,
Ou que da vida o hálito se me suma! —
A aparição que outrora me encantara,[14]   6.495
No mágico reflexo deslumbrara,
De tal beleza efígie era, de espuma. —
É a ti que voto o Todo da existência,
Do amor, paixão, da idolatria a essência!
Delírio que da insânia toca as raias!   6.500

---

[13] Alusão às "línguas como de fogo" que desceram sobre os apóstolos potencializando-lhes o poder do discurso (*Atos dos Apóstolos*, 2: 3). Mesmo que um tal dom lhe fosse concedido, o astrólogo confessa-se incapaz de enaltecer a contento a formosura de Helena.

[14] Fausto lembra aqui a imagem feminina que lhe aparecera em "A cozinha da bruxa" (ver notas aos vv. 2.430 e 2.604, no *Fausto I*). O enlevo que então sentira ao contemplar aquela imagem especular não se compara com os sentimentos que agora, em escala ascendente, o acometem diante do espectro de Helena: amor, paixão, idolatria, delírio, insânia.

Palatinado Imperial — Sala feudal de cerimônias

MEFISTÓFELES *(da caixa do ponto)*

Controla-te, homem, do papel não saias!

UMA DAMA MAIS IDOSA

Benfeita é, mas demais longo é o pescoço.[15]

UMA MAIS MOÇA

Onde é que já se viu um pé tão grosso?

DIPLOMATA

Princesas vi dessa categoria:
Beleza do alto até o solo irradia.   6.505

CORTESÃO

Sutil chega ao dorminte, sem que a ouça.

DAMA

Quão feia é junto à estátua esbelta e moça!

---

[15] No original, o remoque dessa "dama mais velha" diz literalmente: "Grande, bem proporcionada, apenas a cabeça demasiado pequena". Conforme Albrecht Schöne, Goethe faz ressoar aqui observações de grandes arqueólogos de seu tempo (como Johann J. Winckelmann e Christian G. Heyne) sobre a *Vênus de Medici*, mármore grego que hoje se encontra na galeria dos Uffizi, em Florença. Estabelece-se assim, entre esses dois modelos máximos de beleza feminina, uma relação plenamente adequada tanto ao antigo mito de Helena como ao seu espelhamento na segunda parte do *Fausto*.

POETA

Nele projeta a sua formosura.

DAMA

Luna e Endimião! é um quadro, uma pintura![16]

MESMO

Vejo a vergar-se a aparição divina;   6.510
Sobre ele, a haurir-lhe o hálito, se inclina.
Um beijo! — É de invejar! — Transborda a taça.

DUENHA[17]

Diante de todos! Da medida passa!

FAUSTO

Favor tremendo ao jovem! —

---

[16] Segundo a lenda, a deusa Luna (identificada a Selene), apaixonada por Endimião, desce todas as noites ao leito desse jovem e belo pastor, imerso em sono eterno, para beijá-lo. O próprio Goethe possuía reproduções dessa cena mítica, um motivo frequente na pintura desde o século XVI. Nos versos seguintes, a "aparição divina" (Helena) se inclina sobre Páris para beijá-lo.

[17] Goethe introduz agora, entre os membros femininos da corte, o tipo de uma governanta ou preceptora severa e moralista (do espanhol, *dueña*). Já o último segmento do verso anterior ("transborda a taça", literalmente: "a medida está repleta") poderia constar de sua fala.

MEFISTÓFELES

Psst! domina o rasgo!
Deixa que faça o que quiser o trasgo.   6.515

CORTESÃO

De leve ela se afasta. Ele desperta.

DAMA

Olha pra trás! Disso eu estava certa.

CORTESÃO

Para ele, o que vê, é um milagre. Pasma!

DAMA

Não é milagre para ela o fantasma.

CORTESÃO

Retorna a ele, majestosa e ereta.   6.520

DAMA

Sob a sua égide o toma, já se vê.
Em caso tal, todo homem é um pateta.
Ser o primeiro, ainda decerto crê.

CAVALEIRO

Quanta elegância! Distinção sem-par! —

DAMA

Mulher à toa! É de se envergonhar. 6.525

PAJEM

Que sorte a dele! Dessem-me o lugar!

CORTESÃO

Cair-se-ia em tal rede com afinco!

DAMA

Passou por muitas mãos aquele brinco.[18]
O banho de ouro algo se desgastou.

OUTRA

Desde os dez anos nunca mais prestou.[19] 6.530

---

[18] Segundo as lendas, Helena foi raptada por Teseu ainda menina. Vieram depois o seu esposo Menelau (diante de cujo palácio em Esparta abre-se o terceiro ato da tragédia), Páris que a levou para Troia, o seu irmão Deífobos, que a desposou após a morte daquele, e novamente Menelau, recobrando-a depois da derrota dos troianos. Uma outra lenda acrescenta ainda o espectro de Aquiles, que após a morte teria vivido com Helena, igualmente egressa do "reino das sombras", na ilha de Leuce, nascendo dessa união o menino Eufórion.

[19] Segundo uma versão da lenda, a menina Helena contava dez anos de idade quando foi raptada; outras versões falam em sete ou treze anos (ver nota ao v. 7.426).

CAVALEIRO

A ocasião aproveito, sem protestos!
Satisfar-me-ia com tão lindos restos.

ERUDITO

Malgrado a formosura que revela,
Duvida-se ainda o ser de fato aquela.
Leva a exagero o que se vê. De modo estrito,   6.535
Antes do mais, atenho-me ao escrito.
Consciente está, quem no que leu se apoia,[20]
De que agradou aos velhos lá de Troia.
E aliás, confirma-se isto ainda assim:
Não sou moço, e também me agrada a mim.   6.540

ASTRÓLOGO

Já não é adolescente: homem se revela!
Viril a enlaça, mal se defende ela.
Possante, a ergue nos braços. É um rapto
O que pretende?

---

[20] O erudito alude aqui ao terceiro canto da *Ilíada* (vv. 153-8), em que os velhos troianos, pouco antes do duelo entre Páris e Menelau, fazem o elogio da beleza de Helena: "É compreensível que os Teucros e Aquivos de grevas benfeitas/ Por tal mulher tanto tempo suportem tão grandes canseiras!/ Tem-se, realmente, a impressão de a uma deusa imortal estar vendo" (tradução de Carlos Alberto Nunes).

FAUSTO

Ousado mentecapto!
Para! Ouve! isto é demais! passa da alçada!   6.545

MEFISTÓFELES

Mas a fazes tu mesmo, a espectral palhaçada!

ASTRÓLOGO

Mais um instante! A peça, após tal cena,
Há de se intitular: "Rapto de Helena".

FAUSTO

Quê! Rapto! Não sou nada aqui então?
E esta chave! Não está em minha mão?   6.550
Não me trouxe entre o flux, o horror e as vagas
Das solidões até estas firmes plagas?
Aqui eu tomo pé, na realidade!
De espíritos, o espírito a aura invade,
Do grande reino dual, prepara a Idade![21]   6.555
Remota é, mas jamais tê-la-ei mais rente?
Liberto-a eu! e é minha duplamente.
Seja! — outorgai-ma, ó Mães! tendes de concedê-la!
Quem a encontrou, não pode mais perdê-la!

---

[21] Nestes versos, Fausto diz literalmente que a partir de agora o Espírito pode disputar com espíritos (e, assim, enfrentar e derrotar o espectro de Páris) e pode preparar-se também o "grande reino dual", isto é, o reino da aparência mágica e o da realidade viva, em que possuirá "duplamente" a bela Helena.

ASTRÓLOGO

Que fazes, Fausto! Fausto! — Num tumulto   6.560
Ele a arrebata! já se nubla o vulto.
A chave vira para o jovem. Vai
Tocá-lo! — Ai dele! ai de nós! Num ai!

(Explosão, Fausto jaz no solo.
Os espíritos esvaem-se em vapor)[22]

MEFISTÓFELES *(carregando Fausto sobre os ombros)*

Meter-se com malucos dessa laia,
Faz com que ao próprio diabo errado saia.   6.565

(Escuridão, tumulto)

---

[22] Tratando da dimensão simbólica do *Fausto II*, observa Wilhelm Emrich em seu livro mencionado na abertura desta cena: "O golpe fulminante que atinge Fausto durante o abraço é a resposta à ousada decisão de apoderar-se da beleza florescente saltando sobre o abismo dos tempos".

Segundo ato

Quarto gótico, acanhado, de abóbodas altas

Após as aventuras no "grande mundo" do Palatinado Imperial, o segundo ato da tragédia se abre com um retorno ao velho gabinete de Fausto, palco de seus grandes monólogos iniciais de frustração e desespero (cena "Noite", *Fausto I*) e das disputas (que culminam no pacto ou aposta) com Mefistófeles, após o passeio de Páscoa, ao lado do fâmulo Wagner, nos campos "diante da porta da cidade".

Saindo inconsciente da sessão ocultista oferecida ao Imperador e à sua corte, Fausto é conduzido de volta ao seu quarto de trabalho, que o fiel Wagner manteve inalterado ao longo dos anos decorridos desde o desaparecimento do doutor. Assim se estabelece uma nítida relação retrospectiva com a primeira parte da tragédia, e isso graças à ação de Mefisto, que, com Fausto desmaiado, passa para o primeiro plano e alcança uma de suas grandes cenas, repleta de ironia, humor e tiradas espirituosas.

Ficamos sabendo agora como evoluiu o mundo da ciência no antigo "quarto de trabalho" de Fausto: Wagner, assistido agora por um novo fâmulo, transformou-se nesse meio-tempo num renomado alquimista e encontra-se a um passo de seu maior feito: a criação, em seu laboratório, de um ser humano artificial, o qual irá se "cristalizar" na cena seguinte. Antes, porém, de travarmos conhecimento com esse "homúnculo" de proveta, adentra o palco uma outra personagem da primeira parte da tragédia: o estudante novato a quem Mefisto, no final da segunda cena "Quarto de trabalho", atordoara com a sua impagável sátira ao ensino universitário da época.

Mas o ingênuo calouro de então acaba de obter o seu primeiro grau acadêmico e se apresenta, com ilimitada arrogância, na condição de *baccalaureus* — irônica e inesperada concretização das palavras bíblicas que Mefisto registrara como despedida em seu álbum de estudante: *Eritis sicut Deus, scientes bonum et malum* ("Sereis como Deus, versados no bem e no mal", ver nota ao v. 2.048).

Não poucos comentadores enxergam na figura do *baccalaureus* uma paródia a sistemas filosóficos do idealismo alemão, em especial à filosofia hegeliana e à doutrina de Fichte relativa ao "Eu absoluto". Essa tendência interpretativa começa na verdade com Eckermann, que no dia 6 de dezembro de 1829 registra as impressões que lhe causa a cena "Quarto gótico", em leitura do próprio poeta: "Conversamos sobre a personagem do *baccalaureus*. Não representa ele, disse eu, uma certa classe de filósofos idealistas? 'Não', disse Goethe, 'nele está personificada a prepotência que é própria sobretudo da juventude, da qual tivemos demonstrações tão ostensivas nos primeiros anos depois da nossa guerra de libertação. Na juventude cada um acredita que, no fundo, o mundo começou com a própria existência; que, no fundo, tudo existe apenas em função de si mesmo'".

Extrapolando as circunstâncias históricas e sociais da época de Goethe, a disputa entre Mefistófeles e o *baccalaureus* pode ser relacionada a todo conflito geracional, no qual a juventude procura emancipar-se, de maneira impetuosa e rebelde, da ascendência de uma geração mais velha. Experimentado nos dois lados do conflito, o velho poeta contempla Mefisto agora com uma sabedoria ironicamente generosa e condescendente: ainda que o mosto, durante o estágio inicial da fermentação, se comporte de maneira absurda, "no fim acaba dando um vinho". [M.V.M.]

(Outrora quarto de Fausto, inalterado)

MEFISTÓFELES *(saindo de trás do reposteiro.*
Enquanto ele o suspende e afasta,[1] *percebe-se Fausto*
estendido numa cama antiquada)

Prostrado estás, mísero, enfeitiçado,
Num nó de amor que não se solve!
Quem por Helena foi paralisado,
Tão cedo já à razão não volve.

---

[1] A maioria das edições alemãs do *Fausto* (como a de Weimar, que provavelmente serviu de base para esta tradução) trazem um pequeno erro nesta rubrica cênica (a troca do "z" pelo "s"), lendo-se *zurücksieht*, "olha para trás", em lugar do correto *zurückzieht*, "afasta", referindo-se ao reposteiro.

(Olha ao redor)

Por ali olho, ao alto, aonde for,   6.570
Nada mudou, nada se estranha;
Estão mais turvos os vitrôs de cor,
Pode haver teias mais de aranha,
Tinta seca e papel amarelado,
Mas tudo no lugar permaneceu;   6.575
Até a pena ainda vejo ao lado,
Com que Fausto ao demônio se vendeu.
Sim! fundo no canudo ainda para
De sangue um pingo, como eu lhe aliciara.
Com uma só peça desse teor   6.580
Triunfava um colecionador.
Pende também do gancho o tosão roto;
Recorda absurdos que, guindado e douto,
Outrora houvera ao garoto impingido,[2]
Com que talvez se nutre, ainda, crescido.   6.585
Pois do imprevisto afã me valho
De em ti meter-me, apre agasalho,
E inda uma vez me emproar como docente
Que cem por cento com a razão se sente.
Compraz-se com isso um qualquer erudito,   6.590
De há muito o diabo o tem proscrito.

---

[2] De volta ao velho gabinete de estudo de Fausto, Mefistófeles recorda-se das pilhérias que impingira ao calouro da segunda cena "Quarto de trabalho" (vv. 1.868-2.048). No original, Goethe emprega aqui o substantivo *Schnake*, no sentido de "pilhéria", "troça" (ou "absurdo"), mas que significa também — já anunciando os "insetos" que estão por vir — uma espécie de varejeira.

(Sacode a peliça que tirou do gancho; cigarras, besouros
e outros insetos[3] voam para fora)

CORO DOS INSETOS

> Bem-vindo! Bem-vindo,
> Velho amo de antanho![4]
> Voando, eis-nos, zunindo,
> Não nos és estranho.   6.595
> Sozinhos, e aos pares,
> Semeaste este bando.[5]
> Eis-nos aos milhares,
> À volta dançando.
> Malandros, os espinhos[6]   6.600
> Em seu peito encobrem,

---

[3] "Outros insetos" correspondem, no original, a *Farfarellen*, um neologismo criado a partir do italiano *farfalletta* ou *farfallina* (pequena borboleta) e da expressão popular *farfarello*, que significa um duende ou diabrete (na *Divina Comédia*, canto XXI do "Inferno", é o nome de um dos diabos comandados por Malacoda).

[4] *Patron*, no original, como Mefistófeles e seus ajudantes irão se referir ao "colonizador" Fausto na segunda cena do quinto ato ("Palácio"). No final da primeira cena "Quarto de trabalho" (vv. 1.516-7) o próprio Mefisto se apresentara como "rei" de ratos e camundongos, sapos e também insetos: moscas, percevejos, piolhos.

[5] Mefisto teria "semeado" alguns poucos insetos ("sozinhos e aos pares") na toga professoral de Fausto quando a vestiu pela primeira vez, na segunda cena "Quarto de trabalho". Agora estes se exibem multiplicados "aos milhares".

[6] O coro diz literalmente: "O malandro, no peito, oculta-se tão bem". Estabelece-se assim um contraste entre o "malandro" (ou "maganão": *Schalk*) Mefisto e os próprios insetos, que buscam antes desocultar-se do velo (ou peliça).

No velo os piolhinhos
Sem mais se descobrem.

MEFISTÓFELES

Jovem criação! como ela me deleita!
É só semear, vem com o tempo a colheita.   6.605
Mais uma vez sacudo o velho trapo,
Cai fora inda um ou outro vivo fiapo. —
Ao alto, em torno, em pisos, nichos,
Ide acampar, diletos bichos!
Lá nos caixotes, no cantinho,   6.610
Cá no tostado pergaminho,
Nos cacos de velhas chaleiras,
Na órbita oca das caveiras.
Num caos de trastes carcomidos,
Sempre haverá zum-zuns e zuídos.[7]   6.615

(Reveste a peliça)

Vem, uma vez ainda meus ombros cobre!
Eis-me de novo Reitor Nobre.[8]
Mas que uso há em que assim me chame,
Se não há quem aqui me aclame?

---

[7] No original, "zum-zuns e zuídos" correspondem a "grilos", que Goethe emprega aqui em seu duplo sentido: como insetos semelhantes aos besouros e cigarras sacudidos da antiga peliça de Fausto e também no sentido, que se estabelece a partir do século XVI, de ideias extravagantes — afim, de certo modo, ao uso de "grilo", em português, como "preocupação".

[8] No original, *Prinzipal*, que em alemão tem o sentido de dirigente de uma universidade, o primeiro (*principalis*) dos professores.

Quarto gótico, acanhado, de abóbadas altas

*(Ele puxa a sineta, que faz ressoar um som
estridente e penetrante, com o qual as salas estremecem
e as portas se abrem de par em par)*

FÂMULO *(titubeando pelo vestíbulo extenso e sombrio)*

Que troar! que arrepio! freme   6.620
A escadaria, o muro treme;
Pelos vidros tremulantes
Vejo raios trovejantes.
Racha o soalho, com barulho
Caem de cima cal e entulho;   6.625
Sempre a porta está trancada,
E ei-la, toda escancarada. —[9]
Lá, que horror! que augúrio infausto!
No velho tosão de Fausto
Um gigante! O olhar da fera,   6.630
Faz com que ir-me ao chão quisera.
Daqui fujo? fico eu cá?
Ah, que me acontecerá!

MEFISTÓFELES *(acenando)*

Amigo, alô! Chamais-vos Nicodemus.[10]

---

[9] No original, o novo fâmulo (assistente e ajudante de um professor ou erudito) sugere a ação de uma "força milagrosa" (*Wunderkraft*), conotando uma relação com o "grande terremoto" que abriu o sepulcro de Cristo, selado com uma pedra (*Mateus*, 28: 2).

[10] Em face do comportamento atemorizado do fâmulo, prestes a cair de joelhos, Mefistófeles o chama pelo nome do fariseu que à noite vem a Jesus e lhe

FÂMULO

Sim, Eminência! é este o nome — Oremus! 6.635

MEFISTÓFELES

Deixemos tal!

FÂMULO

Sabeis meu nome, é honra bastante!

MEFISTÓFELES

Sei, digno ancião, velhinho e ainda estudante.
É que ao musgoso homem letrado cabe[11]
Ir estudando, pois só isso sabe.
Assim constrói castelos de baralho,[12] 6.640
Mas douto algum leva ao fim o trabalho.
O vosso Mestre, esse, sim, é um colosso:
Quem não conhece o ilustre Doutor Wagner, poço

---

diz que "ninguém pode fazer os sinais que fazes, se Deus não estiver com ele" (*João*, 3: 2). Acontece, porém, que Nicodemus é de fato o nome desse novo fâmulo, o qual, aturdido, vale-se de um tratamento eclesiástico ("Eminência") e pronuncia a fórmula ritual latina para a oração comum, ensejando a fria resposta de Mefisto.

[11] "Musgoso" (*bemoost*), no jargão estudantil mobilizado por Goethe nesta cena, significa um estudante veterano, já no último semestre.

[12] Isto é, vai erigindo um conhecimento não propriamente amplo, mas sobretudo frágil como um castelo de cartas.

De erudição! no mundo o de mais fama,
Único a sustentar-lhe a trama,   6.645
Promotor diário da sabedoria!
Cercam-no ouvintes de categoria,
Vindos de cem regiões do mundo.
Na cátedra brilha em tons suaves,
E qual São Pedro opera as chaves,[13]   6.650
Abrindo o mais alto e o mais fundo.
A todos com o saber deslumbra,
Da glória haurindo o predomínio;
Até de Fausto o nome obumbra,
Tudo inventou ele sozinho.   6.655

FÂMULO

Perdoe Vossa Eminência, entretanto,
Se, temerário, uma objeção levanto:
Nada disso há, eu vos garanto.
Ele é modesto até em excesso.
Deixou-o o sumiço inexplicável   6.660
Do insigne Mestre, inconsolável.
Vive a sonhar com seu regresso.[14]

---

[13] O antigo fâmulo de Fausto, que ascendeu agora à condição de "doutor", é estilizado por Mefisto como "papa" do reino das ciências, que do alto da cátedra "opera" a autoridade de suas "chaves" como Pedro nas palavras de Jesus (*Mateus*, 16: 19): "Eu te darei as chaves do Reino dos Céus e o que ligares na terra será ligado nos céus, e o que desligares na terra será desligado nos céus".

[14] No original, o fâmulo diz neste verso que Wagner espera, do retorno de Fausto, "consolo e salvação", palavras que podem remeter à expectativa dos discípulos pelo regresso do Cristo ressuscitado.

Tal como em tempos de Fausto era,
O quarto ali permaneceu,
Intacto o seu velho amo espera. 6.665
A nele entrar, mal me atrevo eu.
Mas a hora astral, qual não será? —[15]
Paredes tremem, portas se abalaram;
Ferrolhos, trincos, estalaram;
Se não, nem vós entráveis cá. 6.670

MEFISTÓFELES

Mas o homem, onde está? que é dele?
Trazei-o, ou levai-me a ele.

FÂMULO

Ah! demais rija é a proibição,
Não sei se a tal me atrevo, não.
Há meses que em prol da grande obra 6.675
Em funda solidão manobra.
Tão sábio, ele, e tão fino cavalheiro,
Dir-se-ia um mísero carvoeiro,
Do nariz preto até as orelhas,
Soprando a brasa, as pálpebras vermelhas, 6.680
Na obra arquejando, a aviar-lhe as fases,
Sua música é o tinir, só, das tenazes.

---

[15] Isto é, que constelação planetária propiciou os extraordinários acontecimentos desta hora? Na cena seguinte, Wagner dará as boas-vindas a Mefisto no
"propício astro da hora".

MEFISTÓFELES

Ora, haveria de negar-me o acesso?
Seu homem sou, o resultado apresso.[16]

(O Fâmulo sai, Mefistófeles se senta com solenidade)

Mal reassumo o meu posto importante,   6.685
Já, lá detrás, se move um visitante;
Conheço-o, mas é atual, da hodierna leva,[17]
Nada haverá a que ele não se atreva.

BACCALAUREUS *(irrompendo pelo vestíbulo)*[18]

Livre a entrada, aberta a porta!
Bem, a ideia nos conforta   6.690
Que não mais na podridão,
Como um morto, o vivo e são

---

[16] Literalmente, no original: "Sou o homem para apressar-lhe a fortuna", palavras que se referem aos esforços que Wagner vem despendendo há meses no laboratório ao lado. Como espécie de catalisador num processo químico, a presença de Mefisto irá propiciar a "cristalização" do Homúnculo que Wagner vem tentando produzir artificialmente.

[17] Mefisto reconhece no visitante que se aproxima o ingênuo calouro da segunda cena "Quarto de trabalho", mas percebe ao mesmo tempo, pela sua aparência enfatuada, que se trata agora de um membro da "hodierna leva", provavelmente partidário da juventude universitária progressista formada no âmbito da resistência à ocupação napoleônica e nutrida pela filosofia do idealismo alemão.

[18] Ao título de *baccalaureus* tinham direito na Alemanha, desde o século XIII, os estudantes que já haviam passado pelos primeiros exames acadêmicos e estavam habilitados para ensinar calouros.

Se embolore na modorra
E da própria vida morra.

A parede, ao que se enxerga,   6.695
Com seus rachos ao chão verga;
É melhor que o campo ceda,
Ou me atinge o tombo e a queda.
Temerário eu sou bastante,
Mas não vou um passo adiante.   6.700

A esse ambiente, que me traz?
Fôra aqui que, anos atrás,
Garoto assustado e louro,
Viera como bom calouro,[19]
A confiar nalgum barbudo   6.705
Que me edificava em tudo?

Da banal crosta livresca
Os nutria a espúria pesca;[20]
Sem crer nela, a professavam,
Nossa vida esperdiçavam.   6.710
Quê! — Sentado ante a parede
No escuro ainda um deles vede!

---

[19] No jargão estudantil que Goethe faz ressoar nesta cena, "calouro" corresponde a "raposa" (*Fuchs*).

[20] O sentido da tradução aqui é "espúria pesca" advinda dos velhos livros (a "crosta livresca"): mentiras que o bacharel diz ter recebido então, ingênuo e indefeso calouro, como verdades. Acusa assim os velhos professores "barbudos" de mentir aos estudantes e roubar-lhes a vida.

Quarto gótico, acanhado, de abóbadas altas

Noto-o agora com espanto,
Ainda usando o velho manto,
Como aqui vira o paspalho, 6.715
Embrulhado no agasalho!
Sábio o achei naquele dia,
Quando não o compreendia;
Mas aquilo hoje não pega,
Zus! entremos na refrega. 6.720

Se do Letes, provecto ancião, ondas do olvido[21]
Não têm vossa calvície submergido,
Vede o discípulo, chegando perto,
Já do lastro acadêmico liberto.
Ainda vos acho, como então vos vi; 6.725
Mas diferente eu estou aqui.

MEFISTÓFELES

Foi bom que vos chamasse cá o sino.
Já outrora eu soube apreciar o menino;
Sabemos que a crisálida é que indica[22]
Da borboleta a vir, a trama rica. 6.730
Com os longos cachos e trajar gentil,
Sentíeis ainda vaidade infantil. —

---

[21] Referência ao mítico rio cujas águas traziam o esquecimento (ver nota ao v. 4.629).

[22] Emprego irônico, por parte de Mefisto, da imagem que, encarnando o estado intermediário da lagarta para a borboleta, era concebida por Goethe como símbolo central do fenômeno da "metamorfose". (Em "estado de crisálida" Fausto será acolhido, no final da tragédia, pelos "infantes bem-aventurados", v. 11.982.)

Nunca o cabelo usastes num rabicho? —
Eis-vos, raspado à sueca com capricho.[23]
Brioso e resoluto pareceis,   6.735
Mas absoluto à casa não torneis.[24]

BACCALAUREUS

É, digno Mestre, a mesma embolorada cova,
Porém vos cabe acatar a era nova:
Poupai-nos termos de duplo sentido.
Quem vos ouve hoje, anda mais entendido.   6.740
Fizestes do menino ingênuo troça
Sem precisão lá de grande arte vossa;
Ao que hoje já ninguém se atreve.

---

[23] Corte rente dos cabelos, que entra em moda a partir do final do século XVIII, substituindo a peruca militar ou estudantil com trança ou "rabicho".

[24] Como revida o bacharel em seguida, "absoluto" parece representar um "termo de duplo sentido". Enquanto "irrestrito, incondicional, completo", pode estar conotando o estágio final da sequência: "longos cachos", "rabicho", "à sueca" e, por fim, cabeça inteiramente raspada. Ao mesmo tempo, trata-se de um conceito central do sistema filosófico idealista, que cai aqui sob a fina ironia de Goethe. Erich Trunz observa a esse respeito: "Uma jovem geração [...] encontra uma filosofia que parece corresponder-lhe e apropria-se do seu vocabulário (se de maneira correta ou não, é outra coisa); assim a juventude por volta de 1820 em relação à filosofia idealista. Fichte havia falado do Eu absoluto; Schelling, do absoluto enquanto identidade do real e ideal; para Schopenhauer, tratava-se do mundo enquanto vontade e representação. Goethe tomou conhecimento desses pensamentos com interesse, mas permaneceu distanciado, por vezes com um sorriso, sobretudo quando se subestimava o significado da *experiência*, que lhe era importante não apenas nas ciências naturais".

MEFISTÓFELES

Nem que a verdade alguém aos jovens leve,
A que um fedelho desses não subscreve,[25]   6.745
Mas que, após anos, talvez se revele,
Quando a sente a arranhar-lhe a própria pele,
Julga que o próprio miolo a luz enceta.
Asserta então: "O Mestre era um pateta".

BACCALAUREUS

Talvez malandro! — que verdade clara   6.750
Mestre algum nos dirá jamais na cara?
Sabe cada um como a estenda ou restrinja,
E como à meninada crente a impinja.

MEFISTÓFELES

Para aprender, o tempo marca o ensejo;
Mas pronto estais vós para o ensino, vejo.   6.755
Pós muitas luas, vários sóis,
Já rico de experiências sois.

BACCALAUREUS

Ora, experiência! Fumo e espuma!
Só ao espírito a honra caiba!

---

[25] Literalmente: "A [verdade] que não apraz aos fedelhos". O sentido geral
da estrofe é que, mesmo após a experimentarem dolorosamente na própria pele,
continuarão a ignorar a advertência do "mestre" (já que para tais bacharéis tudo
parece nascer e advir da própria cabeça).

Confessai que o que é já sabido, em suma,   6.760
Não vale a pena que se saiba.

MEFISTÓFELES *(depois de um intervalo)*

Já o pressenti: fui toleirão de monta;
De parvo e inepto ora me tenho em conta.

BACCALAUREUS

Gostei de ouvir! Senso comum acato;
Vejo em vós o primeiro ancião sensato.   6.765

MEFISTÓFELES

Busquei de oculto-áureo tesouro a Meca,[26]
E carvão negro e horrível recolhi.

BACCALAUREUS

Pois que o admitais! vosso crânio e careca
Não valem mais que a caveira oca ali.

MEFISTÓFELES *(bonacheirão)*

O quanto és grosseirão, rapaz, não vês?   6.770

---

[26] No original, Mefistófeles apenas afirma ter andado em busca de "áureo tesouro oculto". Albrecht Schöne observa aqui tratar-se de versos crípticos, em que Mefisto assume o papel do Fausto que, no livro popular de 1674, de Johann Nikolaus Pfitzer (ver a Apresentação ao *Fausto I*), escava uma arca de tesouro para encontrar apenas carvão em seu interior — o qual, contudo, acaba por fim transformando-se em moedas.

Quarto gótico, acanhado, de abóbadas altas

BACCALAUREUS

Em alemão, mente quem é cortês.[27]

MEFISTÓFELES *(que em sua cadeira de rodas se aproxima sempre mais do proscênio, dirigindo-se à plateia)*

Faltam-me aos poucos aqui ar e luz;
Ao refúgio entre vós não farei jus?

BACCALAUREUS

É presunção da mais primária alçada,
Querer ser algo, quem não é mais nada.   6.775
A força humana é o sangue, e onde se movem
Seus fluxos mais do que em veias de um jovem?
É soro vivo em sua nova energia,
Que vida nova, em si, da vida cria.
Lá tudo flui potente, algo se faz.   6.780
Cai o que é fraco, medra o que é capaz.
Enquanto conquistamos universos,[28]
Que tendes feito? Cochilado, imersos
Em sonhos de velhice, febre fria
Que pesa, ideia inúteis planos,   6.785
Estéril geada: fadada ao aborto.

---

[27] Esta nova grosseria do bacharel apoia-se numa antiga sequência analógica "cortês = mentiroso = não alemão".

[28] Uma provável alusão do bacharel à participação da juventude alemã na "guerra de libertação", em 1813, contra a ocupação napoleônica (e não, como entendem alguns comentadores, à "marcha triunfal" da filosofia idealista).

Se alguém passou dos trinta anos,[29]
Podemos tê-lo já por morto.
Oxalá em tempo de vós dessem cabo.

MEFISTÓFELES

Nada aqui tem que acrescentar o diabo. 6.790

BACCALAUREUS

Diabo algum pode haver, caso eu não queira.

MEFISTÓFELES *(à parte)*

Passa-te, ainda assim, o diabo uma rasteira.

BACCALAUREUS

Da juventude, esse é o teor mais fecundo!
Antes de eu criá-lo, não havia o mundo;
Fui eu quem trouxe o sol que do mar brota; 6.795
Comigo a lua iniciou sua rota;

---

[29] Albrecht Schöne observa que esta sentença de morte em relação às pessoas com mais de trinta anos tem como pano de fundo formulações de Fichte que visavam, nos anos de 1806 e 1807, fortalecer a consciência nacional da juventude alemã durante a ocupação napoleônica. No *Episódio sobre a nossa época, de um escritor republicano*, diz o filósofo sobre aqueles que se adaptam com facilidade à sociedade vigente, recaindo precocemente na indolência e no embotamento: "E ao ultrapassarem os trinta anos, o melhor seria desejar-lhes, para a sua honra e o bem do mundo, que morressem, já que a partir de então vivem apenas para corromper cada vez mais a si mesmos e ao meio social".

Em meu caminho abrilhantou-se o dia,
A terra ao meu encontro florescia.
Na noite primordial, ao meu aceno,
Dos astros desfraldou-se o brilho ameno.   6.800
Quem, senão eu, vos livrou das barreiras,
Da compressão de ideias corriqueiras?
Livre, eu, tal como o espírito mo induz,
Sigo ditoso a minha íntima luz,
E, rápido, meu êxtase me leva,   6.805
Diante de mim a luz, detrás a treva.[30]

(Sai)

MEFISTÓFELES

Original, leva o esplendor contigo! —[31]
Como te humilharia o fato:

---

[30] As imagens de "luz" e "treva" que envolvem a enfática retirada do bacharel fazem lembrar metáforas utilizadas por Fausto em momentos de elevada exaltação emocional, como na cena "Diante da porta da cidade": "À frente a luz e atrás de mim a treva" (v. 1.087). Fausto, porém, tem em mente a luz do sol, enquanto o enfatuado e insolente bacharel fala de sua "íntima luz" — uma diferença significativa, que se estabelece já na cena "Região amena", quando Fausto deseja o sol atrás de si (v. 4.715).

[31] Uso depreciativo do termo "original", conceito central do movimento "Tempestade e Ímpeto" (*Sturm und Drang*), conhecido também como a "era do gênio" (*Geniezeit*). Em várias cartas escritas na maturidade e velhice, Goethe refere-se aos pretensos "originais" em termos igualmente críticos e irônicos. Numa de suas *Máximas e reflexões* lê-se: "Criar a partir de si mesmo costuma gerar apenas falsos originais e maneiristas".

Quem pensou de tolo, algo, ou de sensato,
Que já não tem pensado o mundo antigo? —   6.810
Mas também esse as noçõezinhas urda!
Transformá-lo-á o tempo em seu caminho:
Ainda que o mosto obre de forma absurda,
No fim acaba dando um vinho.[32]

(Dirige-se à plateia dos jovens, que não está aplaudindo)[33]

Deixa-vos frios o que digo,   6.815
Meus caros jovens, mas perdoo o gelo;
Lembrai que é velho o diabo antigo,
Velhos ficai, pois, para compreendê-lo.

---

[32] No original, esse verso termina com uma supressão de sons (espécie de elisão: e' *Wein* em vez de *einen Wein*) característica do dialeto frankfurtiano, em que se diz e' *Woi*. Com essa alusão linguística, Goethe parece prestar tributo, por intermédio do experiente Mefistófeles, aos vinhos de sua terra natal. (Mas caberia perguntar aqui se o "mosto" que se apresenta nessa cena com tamanha prepotência dará ainda um vinho de excelente qualidade ou se converterá antes num vinho ordinário...)

[33] Com esta rubrica cênica, os espectadores são orientados sobre como comportar-se perante os acontecimentos no palco: os mais jovens a reagir com frieza, os mais velhos a aplaudir.

Laboratório

Na cena anterior Mefistófeles fez ecoar a sineta que tanto atemorizou o novo fâmulo Nicodemus: "Que troar! Que arrepio! Freme/ A escadaria, o muro treme;/ Pelos vidros tremulantes/ Vejo raios trovejantes". Somente agora, deslocando-se a ação do quarto gótico para o laboratório contíguo, Wagner irá reagir ao estridente som com palavras que reiteram os indícios apocalípticos sugeridos nos versos de seu fâmulo. Prestes a criar um ser humano de proveta, o alquimista Wagner (ou, antes, um bioquímico *avant la lettre*) saúda a chegada de Mefisto no "propício astro da hora".

Adentra o palco agora a figura do *homunculus*, cuja concepção se baseia largamente em escritos alquímicos dos séculos XVI e XVII, sobretudo a obra de Paracelso *De natura rerum*, que Goethe conhecia de leitura própria ou pelos comentários feitos por Johannes Praetorius (1630-1680) em sua compilação *Anthropodemus plutonicus* (capítulo "Dos homens químicos"), uma importante fonte para a "Noite de Valpúrgis" da primeira parte.

Conforme registram vários comentadores do *Fausto*, Paracelso escreve naquela obra que, "entre os mais altos e grandiosos segredos que Deus permitiu aos homens mortais e pecadores conhecer" encontrava-se a fórmula alquímica para criar "um ser humano fora de um corpo feminino e de uma mãe natural". Tal fórmula apoiava-se numa teoria que vigorou até o século XVIII, chamada "animalculismo", segundo a qual "o espermatozoide conteria uma miniatura de um animal de sua respectiva espécie, cujo desenvolvimento daria origem ao embrião e posteriormente ao novo ser" (*Houaiss*).

Paracelso vinculava a sua receita ao processo de "putrefação", capaz de transmutar "todas as coisas de uma qualidade em outra"; assim se daria também com o sêmen humano, colocado para "putrefazer-se em recipiente fechado por quarenta dias ou pelo tempo necessário até tornar-se vivo e começar a mover-se, o que seria facilmente observável". Alimentado e aquecido por mais quarenta semanas, aquele ponto vivo se transformaria numa "criancinha viva, com todos os membros e como qualquer outra criança nascida de uma mulher, mas muito menor. Damos-lhe o nome de Homúnculo".

A primeira menção de Goethe à figura do Homúnculo encontra-se numa anotação de novembro de 1826 ("Laboratório de Wagner. Ele busca produzir um homenzinho químico"), e num esboço de 17 de dezembro deste mesmo ano pressupõe-se que o experimento alquímico de Wagner, baseado no método de Paracelso, terá pleno êxito (e não, como na cena definitiva, apenas parcial). Nesse esboço, Mefisto convence o seu amo, após a passagem pela corte do Imperador, a "visitar o professor e doutor Wagner, agora em posto acadêmico, a quem vão encontrar em seu laboratório rejubilando-se gloriosamente pelo fato de um homenzinho químico ter acabado de vir à luz. Este arrebenta de imediato a retorta brilhante e surge como anãozinho ágil e bem-formado. A receita para a sua gênese é indicada de modo místico e ele coloca à prova suas capacidades. [...] Para exemplificar, logo anuncia que a presente noite coincide com os preparativos para a batalha da Farsália e que tanto César como Pompeu a passaram sem dormir".

A redação final da cena "Laboratório", em dezembro de 1829, diverge em pontos essenciais do esboço de três anos antes: Fausto permanece inconsciente no quarto ao lado, sugere-se agora que a presença de Mefisto tenha propiciado o processo de "cristalização" (o que lança uma luz diabólica sobre o experimento) e o Homúnculo já não mais irá romper a redoma e surgir "como anãozinho ágil e bem-formado". Encerrado hermeticamente na retorta e vindo ao mundo apenas "pela metade", a sua aspiração daqui para a frente (e ao longo de toda a "Noite de Valpúrgis clássica") será adquirir substância corporal e nascer por inteiro.

O ensejo para essa mudança de concepção remonta, conforme as explanações de Albrecht Schöne, à célebre síntese da ureia alcançada pelo químico Friedrich Wöhler em 1828, no laboratório de uma escola profissional de Berlim. Goethe inteirou-se dessa conquista científica através de J. J. Berzelius, a grande autoridade da química contemporânea com quem Wöhler havia estudado em Estocolmo. Num encontro em agosto de 1828, Berzelius "saciou" a curiosidade científica do velho poeta esmiuçando-lhe todo o processo de cristalização da ureia sintética, comunicando-lhe ainda as suas reservas perante a possibilidade de produzir artificialmente substâncias orgânicas e, muito provavelmente, também as observações jocosas que fizera numa carta a Wöhler sobre a tentativa alquímica de "fazer uma criança assim tão pequenina no laboratório da escola profissional".

Teria sido, portanto, o experimento de Wöhler que levou Goethe a incorporar à gênese do Homúnculo, encerrado até então nos limites da alquimia de Paracelso, a "cristalização" contemporânea de formações orgânicas a partir de elementos inorgânicos. Uma vez que a tentativa de Wagner não alcança a meta de-

Segundo ato

sejada (falta ainda, como se dirá no final da cena, o "ponto sobre o i"), o empenho do Homúnculo em "vir a ser" por inteiro enveredará por outros caminhos e somente nas "Baías rochosas do mar Egeu", o último cenário da "Noite de Valpúrgis clássica", ingressará em sua etapa decisiva — isto é, no elemento que teria dado origem a toda a vida na Terra: "Tudo, tudo é da água oriundo!!" (v. 8.435). [M.V.M.]

(Com características da Idade Média, pesados aparelhos desajeitados, próprios para finalidades fantásticas)[1]

WAGNER *(diante do forno)*

> Ressoa estrídulo o sino horrendo,
> O muro enfarruscado abala.   6.820
> A espera do êxito estupendo,
> Não há mais como prolongá-la.
> As sombras vão se dissolvendo;
> No fundo vidro a luz se encasa,[2]
> Qual carvão vivo ela se abrasa.   6.825
> Sim, como esplêndido carbúnculo fulgura
> A se irradiar pela negrura.
> Surge um brilhante, alvo clarão!

---

[1] A indicação cênica sugere tratar-se do laboratório de um alquimista, tal como aquele utilizado pelo pai de Fausto em sua tentativa de produzir o "remédio" contra a peste mencionada na cena "Diante da porta da cidade" (ver notas aos vv. 1.038 e 1.041).

[2] "Vidro" (*Phiole*, no original, como no v. 690) significa, neste caso, a retorta, o tubo de ensaio do alquimista: uma redoma com gargalo estreito e recurvado, próprio para destilações.

Oh, desta vez que eu não o perca![3]
Ah, céus! da porta quem se acerca?   6.830

MEFISTÓFELES *(entrando)*

Bem-vindo! é boa a intenção.

WAGNER *(assustado)*

Salve ao propício astro da hora![4]

(Baixinho)

Mas sopro e voz sustai na boca agora,
Uma obra esplêndida vem vindo à luz.

MEFISTÓFELES *(mais baixo)*

Qual é?

WAGNER *(mais baixo)*

Um ser humano se produz.   6.835

MEFISTÓFELES

Um ser humano! E que casal de amantes
Fostes trancar no tubo da fornalha?

---

[3] Wagner parece falar neste verso como uma mulher grávida perante o risco de aborto.

[4] Neste momento em que saúda Mefisto, Wagner acredita encontrar-se sob uma conjunção planetária propícia para o êxito de seu experimento alquímico.

WAGNER

Livre-nos Deus! a procriação, como era antes,
Hoje qual vão folguedo valha.
O frágil núcleo gerador da vida,   6.840
A suave força, do íntimo surgida,
Tomando e dando para enfim formar-se,
Da essência própria e alheia apoderar-se,
Foi derrubada do alto pedestal.
Se a besta se contenta ainda com tal,   6.845
Os sumos dons do ser humano exigem
Ele provir já de mais nobre origem.[5]

(Virado para a fornalha)

Vede! reluz! — Séria esperança augura,
Se de substâncias mil, pela mistura,
A humana essência — a mistura é o jeito, —   6.850
Composta for e se unifique,
E destilada no alambique

---

[5] Albrecht Schöne enxerga nestes versos uma alusão jocosa a teorias concorrentes, no início do século XIX, na explicação do desenvolvimento dos seres vivos: de um lado, a teoria da "evolução" ou "pré-formação", segundo a qual os seres já estariam plenamente formados no minúsculo "núcleo" de um embrião, a partir do qual se desenvolveriam com a incorporação de substâncias nutritivas; de outro lado, a "epigênese" ou teoria da "pós-formação", que entendia o desenvolvimento dos seres como processo ao longo de uma cadeia de novas formações. De qualquer modo, Wagner prognostica aqui a substituição, ou antes, a derrubada da concepção "natural" da vida humana por um procedimento de proveta "mais nobre".

Se coalhe e se solidifique,
Eis realizado o grande feito.[6]

(De novo virado para a fornalha)

Mais clara, clara a massa se revolve!   6.855
Mais firme, firme, a fé no êxito evolve!
Da natureza o enigma que exaltamos,
Sujeitá-lo a experiência sábia ousamos.
E o que lhe coube outrora organizar,
Pomos nós a cristalizar.[7]   6.860

MEFISTÓFELES

Viu muito quem de há muito vive,
Nada de novo lhe é outorgado;
Em meus percursos a ocasião já tive
De ver o humano ser cristalizado.[8]

---

[6] No original, Wagner emprega expressões típicas da alquimia, como os verbos *verlutieren* (adensar ou engrossar uma substância líquida) e *kohobieren* (clarear, purificar por destilação ou decantação). A tradutora Jenny Klabin Segall captou o essencial desse procedimento alquímico de misturar centenas de substâncias inorgânicas para compor a "humana essência": "E destilada no alambique/ Se coalhe e se solidifique".

[7] Alusão a uma terminologia mais antiga, que diferenciava entre corpos "organizados" e "não organizados"; no final do século XVIII esses conceitos foram substituídos pelos de "orgânico" e "inorgânico". O fato de Wagner referir-se à produção da matéria humana com o termo "cristalizar" conota o caráter híbrido e moderno (isto é, contemporâneo da mencionada "cristalização" de Wöhler) do seu experimento, que projeta leis da formação inorgânica para o âmbito do orgânico.

[8] "Percursos" corresponde, no original, a "anos de andanças ou peregrina-

WAGNER *(sempre contemplando atento o vidro)*

Fermenta, se acumula, brilha a massa,   6.865
Faltam momentos, só, para que nasça!
Tacha-se um magno intento, antes, de insano;
Mas já não valha o acaso, nem de leve![9]
Um cérebro que pensa em alto plano,
Poderá criar um pensador em breve.[10]   6.870

(Contemplando o vidro com enlevo)

Vibra em sons lindos e possantes o cristal;
Turva-se, aclara-se, então tem que ser!
Vejo em mimosa forma corporal,
Um homenzinho se mover.

ção", colocando-se Mefisto na situação de um aprendiz volante. Erich Trunz vislumbra nesta passagem uma alusão à mulher de Ló, que se cristaliza em estátua de sal, durante a destruição de Sodoma e Gomorra, ao desobedecer à ordem de Deus e olhar para trás. Albrecht Schöne lembra também o episódio mitológico em que Perseu, trazendo consigo a cabeça da Medusa, converte o rei Polidectes e os seus amigos em estátuas de pedra. Também nas *Mil e uma noites*, uma das leituras prediletas de Goethe, encontram-se histórias de povos que são punidos com a petrificação.

[9] Isto é, o acaso que vigora na procriação humana estará eliminado no novo método de proveta.

[10] Na tradução há aqui uma certa ambiguidade quanto ao sujeito e ao objeto da oração: Wagner diz que no futuro um pensador poderá criar um tal "cérebro que pensa em alto plano" — prognóstico possivelmente inspirado pela obra de La Mettrie, *L'Homme machine* (1748), que se refere à criação futura de homens-máquinas pensantes e falantes.

Que pode o mundo exigir mais!   6.875
À luz do dia o enigma assoma:
Atento! esse som que escutais,
Torna-se voz, torna-se idioma.

HOMÚNCULO *(na redoma, a Wagner)*[11]

Não foi gracejo, então! como é, Paizinho?
Aperta-me ao teu peito com carinho!   6.880
Mas não demais, que o vidro não rebente.
Das coisas todas é o próprio inerente:
É à natureza ainda o infinito escasso,
O artificial requer restrito espaço.[12]

(A Mefistófeles)

Aqui te encontras! ai, Senhor meu primo,[13]   6.885
Na hora certa! ver-te estimo.

---

[11] Quanto a estas primeiras palavras do Homúnculo, Erich Trunz observa que o registro da voz deve ser alto e claro, as frases breves, de fôlego curto. Em conversa com Eckermann, a 20 de dezembro de 1829, Goethe fez o seguinte comentário: "Wagner não deve largar o tubo, e a voz deve soar como se viesse de dentro daquele". E o poeta acrescenta em seguida que o papel seria apropriado para um ventríloquo.

[12] Isto é: enquanto ao que é "natural" o universo todo mal basta, o "artificial", como o próprio Homúnculo, exige espaço fechado (no caso, a redoma).

[13] Enquanto o Homúnculo refere-se a Wagner como "paizinho", a Mefistófeles ele chama aqui "senhor primo": *Vetter*, no original, que pode designar também um parente distante e mesmo um "padrinho", o que conotaria a contribuição mefistofélica nesse processo de cristalização alquímica. No original, ainda neste mesmo verso, também o chama, com a mesma irreverência, de "pilantra" ou

Conduz-te a sorte a este objetivo;
Já que sou, devo ser ativo.
De ir tão logo ao trabalho não me furto;
Dize-me tu, como o caminho encurto. 6.890

WAGNER

Só um instante! até hoje eu me acanhava
Quando alguém com problemas me assediava.[14]
Ninguém entende, por exemplo, ainda,
Quando é, do corpo e da alma, a união tão linda,
Formando um só como que eternamente, 6.895
Que só existam em discórdia permanente.
Depois...

MEFISTÓFELES

Para, prefiro a indagação:
Por que homem e mulher tão mal se dão?
Mas nunca o ficarás sabendo em pleno.
Aqui há trabalho: é o que quer o pequeno. 6.900

"magano" (*Schalk*, o mesmo termo com que o Altíssimo se refere a Mefisto no "Prólogo no céu").

[14] O acanhamento de Wagner (ou, mais literalmente, o seu "envergonhar--se") deve-se ao fato de não poder responder, do alto da cátedra, a determinados "problemas" colocados pelos seus alunos, como a questão da conflitante "união" de corpo e alma, algo que toca de perto à existência do próprio Homúnculo. Já Mefisto desvia logo a indagação para o problema da incompatibilidade entre homem e mulher. Sendo insolúvel o problema, ele exorta então o Homúnculo a voltar-se de imediato para Fausto, inconsciente no quarto ao lado.

HOMÚNCULO

Que há por fazer?

MEFISTÓFELES *(indicando uma porta lateral)*

Cá vem teus dons expor!

WAGNER *(sempre olhando para dentro do vidro)*

Deveras, és menino encantador!

(A porta lateral se abre; vê-se Fausto estendido no leito)

HOMÚNCULO *(admirado)*

Notável!

*(O vidro escapa das mãos de Wagner,
paira acima de Fausto e o ilumina)*[15]

Vista amena! — águas puras,[16]
Um bosque denso — feminis figuras

---

[15] Flutuando sobre Fausto em estado de inconsciência (ver vv. 6.568-9), o Homúnculo irá penetrar agora em suas visões oníricas. Conforme observa Albrecht Schöne, essa faculdade telepática — assim como, na sequência, suas revelações sobre as origens de Mefisto, sobre a iminente "Noite de Valpúrgis clássica", a topografia dos campos da Farsália etc. — remonta à descrição que fez Paracelso dos homúnculos como "seres miraculosos" que podem ser usados como instrumentos, uma vez que "conhecem todas as coisas secretas e ocultas".

[16] O sonho de Fausto, conforme desvendado telepaticamente pelo Homúnculo, gira em torno da concepção mítica de Helena, quando Zeus, assumindo a

Despem-se! — que visão! são das mais belas;   6.905
Mas uma, esplêndida, realça-se entre elas,
De raça heroica ou até divina.
Pousa o pé na umidade cristalina;
Do corpo escultural a vital flama
Com o espelho liso da onda se amalgama. —   6.910
Mas de asas céleres surge o alarido:
Agita o espelho que sussurro, que zunido!
As jovens fogem, contudo a rainha
Contempla calma o abalo, e vê, sozinha,
Com orgulhoso, feminino agrado,   6.915
Aos pés o rei dos cisnes achegado,
Manso e insistente. Apraz-lhe a pose amena. —
Mas súbito um vapor se forma, avulta,
Se eleva, e com véu denso oculta
A mais encantadora cena.[17]   6.920

---

aparência de um cisne, aconchega-se a Leda (esposa do rei espartano Tíndaro) para a cópula na beira de um lago. Trata-se de um motivo mitológico bastante frequente nas artes plásticas e Goethe possuía uma reprodução da pintura de Correggio (1494-1534) *Leda e Júpiter como cisne.*

[17] Ao ocultar a consumação do ato amoroso ("a mais encantadora cena") com o "denso véu" do "vapor", Goethe lembra, segundo observa Albrecht Schöne, o episódio da *Ilíada* em que Zeus faz uma "nuvem dourada" envolver o seu conúbio com Hera: "Fica tranquila; não tenhas receio de que homens nem deuses/ te possam ver, pois farei que te envolva uma nuvem dourada,/ densa bastante, de forma que invisos fiquemos té, ainda,/ ao próprio Sol, cujos raios brilhantes por tudo penetram" (canto XIV, 341-45, tradução de Carlos Alberto Nunes).

MEFISTÓFELES

Que inventas! nada disso aqui se avista!
Pequeno és, mas um grande fantasista.
Nada há —

HOMÚNCULO

Sim! quem do Norte se origina
E cresceu na era da neblina,[18]
No caos da fidalguia, fradaria,   6.925
Visão livre ainda então teria?
Só na penumbra é que estás à vontade.

(Olhando ao redor)

Montão de pedras, sujo, embolorado,
Ogivas, espirais, tudo acanhado!
Despertando este, um novo azar ocorre.   6.930
Com o choque, na mesma hora morre.
Bosque, água, cisnes, lindos nus,
Seu pressagioso sonho isso era;
Como faria ao que aqui vemos jus?[19]

---

[18] Isto é, as origens de Mefisto localizam-se nas névoas e trevas da Idade Média nórdica; por isso, não tem o olhar livre para imagens como as que o Homúnculo acaba de descrever, oriundas da mitologia grega.

[19] Após descrever a atmosfera sufocante do "quarto gótico" ("montão de pedras..."), o Homúnculo pergunta como Fausto, despertando de suas belas visões mitológicas, poderia acostumar-se de novo a esse "antro vil", "maldito, abafador covil" (como se lê na cena "Noite").

Se mal suporto, eu, a atmosfera!   6.935
Levá-lo ao longe!

MEFISTÓFELES

Apraz-me a alternativa.

HOMÚNCULO

Comanda-se o guerreiro a uma batalha,
Leva-se a jovem a uma ronda viva,
Nos eixos logo tudo calha.
Ocorre-me neste momento   6.940
Que de Valpúrgis, ora, está em curso
A noite clássica; é o melhor recurso,[20]
Levá-lo-á ao seu elemento.

MEFISTÓFELES

Que dizes? nunca ouvi falar daquilo.

HOMÚNCULO

E como a vós seria dado ouvi-lo?[21]   6.945

---

[20] A tradutora segmenta aqui a expressão que anuncia a longa cena que
vem a seguir: "Noite de Valpúrgis clássica". Trata-se de uma livre invenção de Goethe, concebida porém em oposição à "Noite de Valpúrgis" nórdica, que se come-
mora no dia 1º de maio (ver o comentário à cena homônima no *Fausto I*).

[21] Mais uma vez o Homúnculo ressalta a incongruência entre as raízes nórdicas de Mefisto e o mundo meridional da mitologia grega. Ouvidos e olhos daquele estariam abertos, nas palavras do Homúnculo, apenas para espectros "românticos", mas há também os "clássicos". A oposição entre clássico (pagão e anti-

Só a românticos espectros vos ligais;
Devem ser clássicos, também, espectros reais.

MEFISTÓFELES

Para onde intentas que a viagem siga?
Repugnam-me os colegas da era antiga.

HOMÚNCULO

Teu campo de eleição, Satã, é noroestino;[22]   6.950
Mas desta vez é o Sudeste o teu destino.
Fluindo em vasto âmbito, o Peneu abriga
Enseadas, bosque, matas; o val banha,
Que se estende até as furnas da montanha,
E no alto Farsalo jaz, nova e antiga.   6.955

MEFISTÓFELES

Oh não! deixa de lado a eterna gritaria,
Brigas sem fim da escravidão e tirania.

---

go) e romântico (cristão-medieval), assim como o próprio oximoro que se delineia
na expressão "Noite de Valpúrgis clássica", já preludia também o terceiro ato da
tragédia, que Goethe publicou em 1828 sob o título "Helena. Fantasmagoria clássico-romântica".

[22] "Campo de eleição" corresponde, no original, a *Lustrevier*, algo como
"campo ou terreno dos prazeres": a noroeste situa-se o monte Brocken, onde se
reúnem anualmente, segundo a tradição popular, os feiticeiros, bruxas e espectros
nórdicos para o culto orgiástico a Satã. Desta vez, porém, o Homúnculo propõe o
Sudeste: a planície da Tessália cortada pelo rio Peneu. Aí fica também a cidade de
Farsalo ou Farsália, em cuja região travou-se no ano de 48 a.C. a batalha decisiva
entre César e Pompeu.

A mim me enfadam, pois apenas cessam,
Logo a partir de zero recomeçam.
E ninguém nota: é Asmodeu que as provoca,[23]   6.960
E que se esconde atrás dessa baldroca.
Dizem que a liberdade é a aspiração;[24]
E olhando, servos contra servos são.

HOMÚNCULO

Deixe-se aos homens seu rebelde ser.
Defenda-se cada um como puder   6.965
Desde menino, e homens se tornarão.
Como este sara, eis agora a questão.
Se um meio tens, logo à experiência o aponta.
Se não, deixa-o por minha conta.

MEFISTÓFELES

Truques do Brocken são de meu encargo,[25]   6.970
Mas lhes opõem trincos pagãos embargo.

---

[23] O demônio da discórdia e semeador de desgraças mencionado no livro apócrifo de Tobias (ver nota ao v. 5.378).

[24] Mefistófeles parece referir-se agora às lutas de libertação dos gregos contra o domínio turco, ocorridas entre 1821 e 1829. O centro das operações foi também a região da Farsália e Mefisto sugere tratar-se de uma repetição da batalha entre os tiranos César e Pompeu, empenhados ambos em "escravizar" a República romana: por isso, bem observadas as coisas, "servos contra servos são".

[25] Mefisto poderia pôr à prova "truques" praticados no monte Brocken, o palco da "Noite de Valpúrgis" nórdica, mas não tem acesso ao mundo da mitologia grega, com a sua "livre atração sensual" e "pecados de alegria".

Nunca à moral a mó grega fez jus,
Mas com livre atração sensual seduz.
Leva o homem a pecados de alegria;
Os nossos sempre têm feição sombria.   6.975
E o mais?

HOMÚNCULO

       Como é? a tua argúcia falha?
Mas se eu menciono bruxas da Tessália,[26]
Presumo que um palpite dei.

MEFISTÓFELES *(lúbrico)*

Bruxas tessálicas! bem, são pessoas
De que faz tempos indaguei.   6.980
Se haviam elas de ser boas
Noite após noite, é o que não sei;
Mas, a experiência, uma visita...

HOMÚNCULO

            O manto, cá!
Envolve nele o paladino![27]
Um e outro, como até hoje já,   6.985

---

[26] As bruxas ou feiticeiras da Tessália eram consideradas especialmente las-civas e mentoras insuperáveis na *ars amandi*. Goethe utilizou como fonte a *Far-sália* (ou *De bello civili*), o *epos* do escritor romano Lucano (35-69 d.C.) sobre a guerra civil entre César e Pompeu.

[27] Valendo-se da faculdade premonitória desses "seres miraculosos" que, segundo Paracelso, "conhecem todas as coisas secretas e ocultas", o Homúnculo

O trapo vos leva ao destino;
Ilumino.[28]

WAGNER *(ansioso)*

E eu?

HOMÚNCULO

Ficas aqui, meu caro,
Tens ainda da obra máxima o preparo.
Descerra os pergaminhos bolorentos,
Da vida ajunta os elementos,   6.990
Pela regra um no outro integrando.
O Como, mais que o Quê, medita em ti.
Enquanto um pouco pelo mundo ando,
Talvez descubra o ponto sobre o i.[29]

---

parece prever a aparição de Fausto, no terceiro ato da tragédia, como "paladino",
ou seja: "em traje de corte de cavaleiro da Idade Média" (ver rubrica cênica anterior ao v. 9.182).

[28] O Homúnculo se propõe a assumir a liderança da comitiva, iluminando
o caminho para a planície da Tessália; desempenhará assim a função que na "Noite
de Valpúrgis" da primeira parte coube ao "fogo-fátuo" (ver v. 3.860).

[29] A tradução é aqui inteiramente literal, e descobrir o "ponto sobre o i"
significa encontrar a pequena coisa, o detalhe que falta para a concretização de
algo. O Homúnculo parece estar se referindo àquilo que lhe falta para "vir a ser"
por inteiro, adquirir a corporeidade que Wagner não alcançou com o seu método. Erich Trunz, no entanto, acredita tratar-se de uma alusão à misteriosa "tintura" (*Tinktur*) que os alquimistas buscavam para a produção da pedra filosofal. Os
tratados de alquimia recomendavam, segundo Trunz, estudar primeiro os grandes
mestres ("Descerra os pergaminhos bolorentos", diz inicialmente o Homúnculo);
meditar depois sobre os ingredientes e, mais ainda, sobre a sua manipulação (daí

Ao supremo alvo então chegas de vez;   6.995
Merece o prêmio tão intenso afã:
Glória, ouro, fama, vida longa e sã,
E virtude e saber também — talvez!30
Adeus!

WAGNER *(entristecido)*

Adeus! o coração me preme.
Que eu jamais te reveja, teme.   7.000

MEFISTÓFELES

Bem, ao Peneu, ora, baixemos,
Não se despreze o primo! Vamos!

(Ad spectatores)

No fim tão sempre dependemos
Das criaturas que criamos.31

----

a recomendação de meditar mais sobre o "Como" do que sobre o "Que"). E quando, mesmo assim, não alcançavam a produção da pedra filosofal e a transubstanciação dos metais, os alquimistas do século XVI "costumavam dizer que lhes faltara um último ingrediente, a tintura" — justamente o pingo sobre o i.

30 Tanto no original como na tradução, estes versos trazem certa ambiguidade na relação entre sujeito e objeto. É mais provável que Goethe tenha designado aos termos "virtude e saber" a função não tanto de objeto, complementando "glória, ouro, fama, vida longa e sã", mas de sujeito posterior ou "retardatário" (ao lado, portanto, do "intenso afã" do alquimista).

31 Disse Goethe a Eckermann em 16 de dezembro de 1829: "Um pai que tenha seis filhos está perdido, faça ele o que quiser. Queiram também reis e ministros, que conduziram muitas pessoas a postos significativos, refletir sobre isso".

Noite de Valpúrgis clássica

No dia 21 de fevereiro de 1831, Johann Peter Eckermann registrava em seu caderno de conversações com Goethe as seguintes palavras do poeta octogenário: "A velha Noite de Valpúrgis é monárquica, uma vez que lá o diabo é respeitado por toda parte como soberano incontesse. A clássica, porém, é inteiramente republicana, na medida em que tudo e todos se colocam lado a lado, espraiando-se largamente em pé de igualdade, sem que ninguém se subordine ou se preocupe com o outro". Eckermann observa então quão viva a Antiguidade clássica não deveria ser para Goethe, a julgar pela liberdade e leveza com que lança mão de tantas figuras mitológicas. "Se eu não tivesse me ocupado durante a vida toda com artes plásticas, disse Goethe, isso não me teria sido possível. Entretanto, o mais difícil, diante de uma tal profusão, foi manter a moderação e recusar todas aquelas personagens que não se ajustavam cabalmente à minha intenção. Assim, não pude, por exemplo, fazer uso do Minotauro, das Harpias e de alguns outros monstros".

Apesar da alegada moderação, esta Noite de Valpúrgis clássica expandiu-se de tal modo na horizontalidade "republicana" que acabou por constituir-se na mais longa cena do *Fausto II*, ultrapassando com os seus 1.483 versos a também dilatada cena do carnaval na "Sala vasta" do Palatinado Imperial e quase alcançando a extensão total do subsequente ato de Helena.

Uma das criações mais originais da fantasia do velho poeta, esta cena mítico-fantasmagórica constitui talvez o trecho do *Fausto II* cuja redação mais prazer lhe proporcionou, recompensando-o plenamente, conforme assinala Ernst Beutler, do fato de a concepção da primeira parte da tragédia o ter levado a criar a Noite de Valpúrgis orgiástica e demoníaca, que se desencadeia no chamado Blocksberg. Já este seu *pendant* "clássico" está ambientado em paragens gregas, que Goethe jamais pisou, mas buscou intensamente com a "alma" — como se poderia dizer em alusão ao verso que colocou na boca de sua heroína Ifigênia, no monólogo inicial da peça homônima: "Procurando a terra dos gregos com a alma" (*Iphigenie auf Tauris*, v. 12).

A planície da Tessália, mais precisamente a região aos pés do monte Olimpo, representa o cenário inicial para a aventura mitológica que espera os três "viajantes aéreos" que tocam o solo sobre o manto mágico de Mefistófeles. A data é indicada pela primeira personagem a entrar em cena, a bruxa tessálica Ericto: 9 de agosto, o aniversário da batalha travada entre César e Pompeu nos campos da Farsália no ano 48 a.C. Esta mesma Ericto, que Goethe tomou ao poeta latino Lucano, apresenta-se a si mesma como "sombria" e chama a esta Noite de Valpúrgis "espectral festa". Vê-se assim, logo de início, que o adjetivo que aparece no título da cena não significa propriamente a Antiguidade "clássica" dos deuses olímpicos e heróis homéricos, dos quais absolutamente nenhum marcará presença nesta cena povoada antes por figuras pré-clássicas, arcaicas. Goethe, portanto, designa essa segunda Noite de Valpúrgis como "clássica" sobretudo em oposição à correspondente celebração nórdica no Blocksberg, dominada inteiramente pelo sexo, e à qual Fausto é conduzido por Mefisto para afastar-se da amada Gretchen (ao passo que aqui o objetivo é exatamente o contrário).

Em sua segunda etapa, a cena irá deslocar-se para as margens do rio Peneu, percorrendo-o de cima a baixo, ora mais próximo à nascente ("alto Peneu"), ora mais próximo à foz ("baixo Peneu"). E serão por fim as enseadas rochosas do mar Egeu o cenário para o momento culminante da festa: a celebração hínica e apoteótica do Belo, de Eros e também da gênese da Vida.

Conforme indicado acima, Goethe falou explicitamente de sua longa convivência com as artes plásticas como pressuposto fundamental para a redação desta cena, que se deu entre janeiro e julho de 1830 (depois retomada e complementada em dezembro do mesmo ano). Mas igualmente essencial foi a leitura, ao longo de toda a vida, de escritores da Antiguidade — para citar apenas algumas das influências que se fazem sentir aqui: Homero, Heródoto, os trágicos gregos (sobretudo Eurípides), mas também o comediógrafo Aristófanes, filósofos pré-socráticos, assim como o já mencionado Lucano. Goethe tinha constantemente sobre sua mesa de trabalho a enciclopédia mitológica de Benjamin Hederich (*Gründliches mythologisches Lexikon*), a principal fonte para as referências e alusões mitológicas no *Fausto*. Além disso, alguns versos aludem sub-repticiamente a mitólogos e filósofos de seu tempo, como Friedrich Creuzer e F. W. J. Schelling. A estes e outros contemporâneos parecem dirigir-se algumas alfinetadas irônicas e satíricas inseridas na cena; mas, como confidenciou a Eckermann, o poeta afastou tais "estocadas" de seus verdadeiros objetos, voltando-as ao geral, "de tal modo que não faltarão referências ao leitor, mas ninguém saberá o que realmente se visou".

Mesmo aos mais eruditos leitores contemporâneos (como filólogos próximos a Goethe), vários detalhes desta Noite de Valpúrgis permaneceram obscuros,

222   Segundo ato

enigmáticos ou apenas parcialmente compreensíveis. Isso, contudo, conforme observa Albrecht Schöne, parece corresponder plenamente à intenção da cena, que simula um mistério ou culto mítico celebrado sob o brilho noturno da lua — e não sob a luz do sol, símbolo do esclarecimento e do Iluminismo. E, assim, dominando toda essa fantasmagoria, a "mágica" Luna levanta-se sobre a escuridão das "campinas farsálicas" e no final, "estacionária no zênite", estará derramando a sua luz sobre as baías rochosas e as águas do mar Egeu.

A riqueza dos acontecimentos que se desdobram ao longo destas centenas de versos é organizada pela trajetória dos três visitantes nórdicos. Movido pela aspiração de encontrar o modelo máximo da beleza feminina, Fausto logo se depara com as antiquíssimas esfinges e é remetido por estas a Quíron, o mais sábio dos centauros. Este não apenas o informa a respeito dos heróis da Antiguidade, mas sobretudo o conduz até a célebre profetisa e sacerdotisa Manto, que compreende a sua aspiração e lhe faculta o caminho para o Hades.

Originalmente Goethe planejou a descida do herói ao mundo dos mortos e o resgate de Helena em uma extensa cena a que chamou, em um dos *paralipomena* da tragédia, "Fausto como segundo Orfeu". Nesses esboços seria a própria Manto que, assumindo o papel de intercessora, apresenta diante de Perséfone (ou Prosérpina, como anota o poeta) um discurso comovente, que a persuade a liberar Helena à luz do dia, para unir-se ao estrangeiro apaixonado. Goethe, contudo, acabou renunciando a inserir esse episódio com a soberana do Hades no texto definitivo da tragédia, o que tem como consequência a aparição abrupta — mas também, do ponto de vista estético, tão ousada quão eficaz — de Helena na abertura do terceiro ato: "Muito admirada e odiada muito, eu, Helena,/ Da praia venho, onde, pouco antes, abordáramos".

Se no ominoso monte Brocken da primeira parte da tragédia o demônio nórdico encontrava-se em seu verdadeiro elemento, nesta noite mitológica ele será zombado, rejeitado ou ludibriado a cada um de seus passos. No alto Peneu, Mefisto depara-se com esfinges, Grifos (com os quais entra num conflito que se estende também à dimensão filológico-linguística), Sereias e outras quimeras arcaicas. A sua lubricidade leva-o em seguida até as sedutoras e vampirescas Lâmias e, por fim, às três horrorosas Fórcides ou Forquíades. Sua trajetória nesta cena parece alcançar seu objetivo no momento em que assume a aparência de uma destas irmãs, personificações da velhice e da feiura. Desse modo, ele sai então de cena para só reaparecer no terceiro ato, no papel de Fórquias, enquanto antípoda da beleza helênica: o Mal, no contexto grego, identifica-se com o Feio e Mefistófeles-Fórquias promove assim — como observa Albrecht Schöne — a inversão do conceito de *Kaloskagathos*, que postula a identidade entre o Belo e o Bem.

Dos três viajantes nórdicos, o Homúnculo é o que mais tempo permanece em cena, passando, como os outros dois, pelos campos da Farsália e pelas margens do Peneu, mas adentrando também as enseadas rochosas e as águas do mar Egeu. Impelido pela aspiração de vir a ser, originar-se por inteiro, o Homúnculo associa--se aos filósofos pré-socráticos Tales e Anaxágoras, que confrontam suas respectivas teorias sobre a Natureza e a origem da vida. Excetuando-se os visitantes nórdicos, são as únicas personagens humanas que tomam parte nessa movimentação noturna de figuras míticas e fabulosas. Goethe as converte, de maneira anacrônica, em porta-vozes de duas correntes científicas que, na passagem do século XVIII para o XIX, concorriam entre si na explicação sobre o surgimento da crosta terrestre: o chamado "netunismo", que remontava os fenômenos geológicos a sedimentações de um oceano primordial que foi paulatinamente recuando, e, no lado oposto, o "vulcanismo" (ou "plutonismo"), relacionando a gênese das rochas à ação de um "fogo central" no interior da terra e de lavas primordiais. O netunista Tales ("Tudo, tudo é da água oriundo!!") e o vulcanista Anaxágoras ("Vapor de fogo engendrou essa rocha!") oferecem assim interpretações "científicas" divergentes para os acontecimentos que se dão na planície cortada pelo rio Peneu, isto é, o abalo sísmico e a queda do meteoro que modificam consideravelmente a paisagem tessálica.

Com esse segmento cênico da Noite de Valpúrgis clássica, Goethe preludia um aspecto central do quarto ato, o qual desdobra numa dimensão muito mais ampla a controvérsia em torno do netunismo e do vulcanismo, estendendo-a inclusive aos desdobramentos da guerra civil que lá se trava entre as forças do Imperador e do Anti-Imperador (ver o comentário à primeira cena do quarto ato, "Alta região montanhosa").

Oriundo dos experimentos de cristalização desenvolvidos pelo alquimista (ou já bioquímico) Wagner, o Homúnculo buscará complementar nesta cena a sua "semiexistência" de laboratório enveredando por um caminho novo e, por assim dizer, "orgânico". Ele encontra os seus mentores não só no filósofo netunista Tales, mas também nos deuses marítimos Nereu e Proteu, sendo que este último assume a forma de um golfinho para conduzi-lo ao encontro "erótico" com Galateia, momento culminante e apoteótico em que a redoma se choca contra a concha--carruagem da bela ninfa e o Homúnculo derrama-se flamejante (ou, antes, ejacula-se) nas águas doadoras de vida — nesse elemento, dissera Tales pouco antes, o seu pequeno pupilo iria percorrer desde o início todo o processo da criação, passaria por "eternas normas", por "mil e mais cem mil formas", pois: "Tempo até ao homem tens aos montes".

Na plasmação mítico-poética dessa última etapa da Noite de Valpúrgis clássica, Goethe ateve-se em larga medida, conforme aponta Albrecht Schöne, às concepções científicas de Lorenz Ocken (1779-1851), professor de medicina e de história e filosofia da natureza em Jena, cidade vizinha a Weimar. Em seu tratado sobre o *Aparecimento do primeiro homem* (1819) encontram-se formulações que podem ser reconhecidas em versos do netunista Tales: "O fato de que tudo o que é vivo proveio do mar é uma verdade que certamente não será refutada por ninguém que tenha se ocupado com história da natureza e com filosofia". Ou ainda: "tudo o que é orgânico deve originar-se na água".

O interesse de Goethe pela discussão científica em torno da gênese e do desenvolvimento da vida orgânica está copiosamente documentado em seus escritos, cartas e declarações anotadas por amigos e interlocutores. De especial importância para a concepção das imagens finais da Noite de Valpúrgis clássica (a fosforescente "morte de amor" do Homúnculo nas águas do mar) foi o congresso de médicos e biólogos ocorrido em setembro de 1830, que Goethe acompanhou atentamente, sobretudo os trabalhos sobre a relação entre micro-organismos e a "criação primordial" (*Urzeugung*). Contudo, já décadas antes o poeta, elaborando hipóteses científicas sobre morfologia e metamorfose, apresentava formulações como as seguintes: "Para chegar até o ser humano, a Natureza percorre um longo prelúdio de seres e formas, aos quais falta muito até o homem. Mas em cada estágio é visível uma tendência para um outro que lhe é superior" (1806). Ou: "A Natureza só pode chegar àquilo que ela quer fazer através de uma *sequência*. Ela não dá saltos. Ela não poderia, por exemplo, fazer um cavalo se antes não viessem todos os demais animais mediante os quais ela, como que percorrendo uma *escada*, chega até a estrutura do cavalo" (1807). Em 1810, o poeta falava de "uma formação, a partir da água, de moluscos, pólipos e coisas do tipo, até que finalmente se origine o homem".

Formulações como essas levaram Charles Darwin, na introdução que redigiu à 6ª edição de sua obra máxima, *The Origin of Species*, a referir-se ao poeta-cientista como um aliado, um *partisan* nas fileiras da teoria evolucionista: "*there is no doubt that Goethe was an extreme partisan of similar views*". Arrolando recentes posições da biologia molecular, Albrecht Schöne vislumbra um potencial antecipatório ainda mais ousado nas imagens finais desta cena, elaboradas por

Goethe a partir da tendência morfogenética de sua teoria da metamorfose e dos fundamentos científicos de seu tempo: seriam imagens capazes de circunscrever não só teorias atuais sobre uma fase pré-biótica e química na gênese de formas orgânicas, mas também concepções atuais de uma formação seletiva, baseada na autorreprodução e na mutagênese, de informação genética e de uma teleologia do processo evolucionário, a qual determinou o desenvolvimento da vida desde o sistema molecular até o surgimento do ser humano. [M.V.M.]

(Campinas farsálicas, escuridão)[1]

ERICTO[2]

Na espectral festa desta noite, eu, a sombria   7.005
Ericto, surjo como tantas vezes já.

---

[1] A primeira etapa da Noite de Valpúrgis clássica irá desdobrar-se na vasta planície da Tessália, onde se localiza Farsalo, "nova e antiga", conforme a indicação antecipatória do Homúnculo na cena anterior (v. 6.955). Nessas campinas farsálicas teve lugar a 9 de agosto de 48 a.C. a batalha decisiva entre César e Pompeu, que terminou com a derrota deste.

[2] Os versos de abertura da mais longa cena do *Fausto* são pronunciados por uma das bruxas da Tessália, cuja menção no v. 6.977 despertara a lubricidade de Mefisto. Ericto tornou-se conhecida sobretudo mediante a obra de Lucano sobre a guerra civil entre César e Pompeu, a *Farsália*, que Goethe leu atentamente em abril de 1826. No livro VI do *epos*, Ericto é caracterizada como um ser tenebroso e vampiresco, habituado a rondar túmulos. Lucano conta ainda que Sexto, filho de Pompeu, solicita a Ericto a predição do desfecho da batalha iminente; para isso ela revive um morto que faz a profecia e retorna em seguida para o túmulo. Também é mencionada no canto IX da *Divina Comédia*: a "crua Ericto" que ordenou a Virgílio, logo após a morte, descer ao círculo de Judas em busca de uma alma. São esses — Lucano, Dante e Virgílio — os "malfadados poetas" a que ela se refere no v. 7.007. No tocante ao estilo, Goethe coloca na boca de Ericto o antigo

Não tão sinistra como os malfadados poetas
Costumam difamar-me... Pois jamais põem termo
Às loas e censuras... Pálido já oscila
O vale entre a maré de tendas cor de chumbo,   7.010
Da angústia dessa noite tétrica o reflexo.[3]
Quanta vez repetiu-se! e ela há de ao infinito
Se repetir... Ninguém cede a outrem o poder,
Nem ao que à força o conquistou e pela força
O exerce. Sem que o próprio ser saibam reger,   7.015
Timbram em dominar do vizinho a vontade,
Conforme lhos impõe do orgulho o mandamento...
Mas houve aqui da luta insigne um grande exemplo:
Vimos violência opor-se a mais violência ainda,
Rasgar da liberdade a áurea coroa de flores,   7.020
Rijos lauréis cingir do vencedor a fronte.
Aqui Pompeu sonhou com a glória de horas findas;[4]

---

verso da tragédia ática (o chamado "trímetro jâmbico", não rimado) e a faz abrir o monólogo apresentando-se a si mesma ("eu, a sombria Ericto, surjo..."), segundo um procedimento utilizado com frequência por Eurípides.

[3] Associada a cadáveres e à invocação de mortos, Ericto parece elevar o "reflexo" fantasmagórico dessa noite (em que César e Pompeu se preparavam para a batalha da manhã seguinte) à condição de símbolo do retorno mítico dos eventos históricos fundamentais. Numa nota de Goethe a sua autobiografia *Poesia e verdade*, encontram-se, como observa Schöne, estas palavras que ajudam a elucidar a visão goethiana da história (e o recurso aqui à figura sinistra de Ericto): "A história, mesmo a melhor, sempre tem algo de cadavérico, o odor de jazigos".

[4] No original, Goethe escreve "Magnus", o cognome de Pompeu. No livro VII da *Farsália*, como lembram os comentadores, Pompeu sonha com repetir os mesmos triunfos que experimentara na juventude.

César vigiou, insone, o fiel, lá, da balança!
Vão se medir. Mas sabe o mundo quem triunfou.[5]

Fogos de guarda espalham rubras labaredas,   7.025
Reflexo que do sangue esparso o solo exala,
E pelo brilho estranho desta noite atraída,
Reúne-se da Saga helênica a legião.[6]
Vagueiam ao redor, quedam-se entre as fogueiras,
Imagens fabulosas de épocas de antanho...   7.030
Radiante, ainda que incompleta, a lua sobe
Ao alto, difundindo o clarão suave. Some
Das tendas a visão e o fogo arde azulado.

Eis que me sobrevoa um meteoro imprevisto,
Banha de luz fulgente um orbe corporal.[7]   7.035
Da vida sinto o hálito. Mas, não me é outorgado
Ao que é vivo chegar-me, sem lhe ser nociva.
Mais lesa a minha fama e em nada me aproveita.
Já baixa ao chão; com reflexão daqui me esquivo.[8]

---

[5] Vale notar que neste verso, tanto no original como na tradução, comparecem três tempos verbais: o futuro ("vão"), o presente ("sabe") e o passado ("venceu") — mescla temporal característica da recorrência mítica.

[6] Referência à profusão de seres mitológicos com que Fausto, Mefistófeles e o Homúnculo irão deparar-se nesta cena.

[7] Na retorta do Homúnculo, Ericto crê divisar o "meteoro imprevisto" que ilumina um "orbe corporal" (Fausto envolto no manto mágico de Mefisto).

[8] Após pintar a atmosfera inicial da Noite de Valpúrgis clássica, Ericto retira-se sensatamente ("com reflexão") para evitar o contato com os insólitos visitantes. Em sua fala, manifestou-se na condição de conhecedora do eterno retorno de todas as coisas — das batalhas assim como dos encontros de seres mitológicos; e

(Afasta-se)

(No alto, os viajantes aéreos)

HOMÚNCULO

Rondo, a sobrevoá-la, a trama   7.040
De flamejo e de horror. Do val
E do abismo, o panorama
Surge tétrico e espectral.

MEFISTÓFELES

Qual no caos do Norte, em miasmas,
Turbilhões de poeira e brasa,   7.045
Vejo horríferos fantasmas.
Cá e lá me sinto em casa.

HOMÚNCULO

Vede, aquela longa bruxa
A andar à frente, a largo passo.

---

apresentou-se não apenas como antiga feiticeira, mas também enquanto personagem "revivida" — conhecedora, portanto, de sua presença posterior em obras
literárias. Nesse sentido, conforme observa Erich Trunz, ao introduzir esta Noite de
Valpúrgis ela já prepara o leitor para o advento, no ato subsequente, de Helena,
que se apresentará (falando no mesmo verso trímetro jâmbico) como figura da
Antiguidade clássica, dotada porém da intuição de seu ser "revivificado" e da imagem que os poetas lhe pintaram: "Muito admirada e odiada muito, eu, Helena".

MEFISTÓFELES

Assustada ela estrebucha;   7.050
Viu-nos voando pelo espaço.

HOMÚNCULO

Baixa ao chão na nuvem fusca,
Nosso amigo. Recupera
Logo a vida, já que a busca
No reino, ele, da quimera.   7.055

FAUSTO *(tocando o solo)*

Que é dela? —[9]

HOMÚNCULO

                    Isto é o que se ignora,
Mas sai a pesquisar afora.
À pressa, antes que raie o dia,
Podes de chama em chama andar:
Quem de ir às Mães teve a ousadia,[10]   7.060
Nada mais tem que superar.

---

[9] Voltando a si em solo grego ("Onde está ela?" é literalmente sua primeira indagação), Fausto retoma de imediato o anelo por Helena, que ficara suspenso ao longo de quinhentos versos, desde o final do ato anterior (v. 6.559: "Quem a encontrou, não pode mais perdê-la!").

[10] Alusão à incursão de Fausto pelo misterioso reino das Mães, em busca do espectro de Helena (ver nota introdutória à cena "Galeria obscura").

MEFISTÓFELES

Por minha conta eu também vim;
Pois que cada um, para o seu fim,
Pelo fogo ande hoje à procura
De sua própria aventura.   7.065
Para que à união nos reconduza,
Teu fogo, Homúnculo, soe e reluza.

HOMÚNCULO

Há de raiar, soar retumbante.[11]

(O vidro ressoa e reluz possantemente)

Bem, há prodígio novo! Avante!

FAUSTO *(sozinho)*

Que é dela? — Disso aqui já não se indaga...   7.070
Se não é a gleba que pisou, a vaga
Que aos seus pés irrompeu — é o aroma
Que hauriu, é o ar que falou seu idioma.
Estou na Grécia, e senti logo, ó maravilha!
Tocando o solo que meu passo trilha,   7.075
Em mim, dormente, o espírito ardeu,
Aqui estou, sentindo-me um Anteu.[12]

---

[11] O Homúnculo demonstra aqui como a sua redoma irá brilhar e soar, sinalizando o local de reencontro para os dois outros viajantes.

[12] Revigorado ao pisar solo grego, Fausto compara-se à figura mítica de Anteu, o gigante filho de Posídão, deus dos mares, e Geia, deusa da Terra. A com-

Que hei de encontrar o mais raro, pressinto,
Das chamas explorando o labirinto.

(Afasta-se)

ÀS MARGENS DO ALTO PENEU[13]

MEFISTÓFELES *(farejando ao redor)*

De luz purpúrea o fogo o solo tinge,   7.080
Mas sinto-me demais desambientado,
Nu quase tudo, um ou outro encamisado:
Sem pejo o Grifo, descarada a Esfinge,[14]
E tudo mais que, alado e cabeludo,

---

paração deve-se ao fato de Anteu haurir força insuperável pelo contato de seus pés com a mãe-terra — por isso, só foi subjugado por Hércules quando este o ergueu sobre os ombros, afastando-o assim do chão.

[13] Peneu é o maior e mais belo rio da Tessália, que serpenteia pelo vale de Tempe, entre os montes Olimpo e Ossa, e desemboca no mar Egeu. Algumas edições do *Fausto*, como as de Erich Trunz e Ernst Beutler, trazem esta rubrica que designa uma mudança de cenário (das "campinas farsálicas" para as "margens do alto Peneu"). Já para Albrecht Schöne, tal indicação, inserida pelos primeiros editores da tragédia, interromperia o fluxo do segmento cênico que deve estender-se sem pausa até o v. 7.248.

[14] Grifos são animais fabulosos, com cabeça de pássaro, corpo de leão e ainda com asas e garras. As esfinges, oriundas do antigo Egito mas presentes também na mitologia grega (como na lenda de Édipo), apresentam-se como mulheres em forma de leão e com os seios nus — daí a designação, lançada por um Mefistófeles deslocado nesse mundo mitológico, de "descarada" ou, literalmente, "despudorada".

Se espelha em meu olhar, desnudo... 7.085
Também em nós, fundo a indecência priva,
Mas por demais a Antiguidade é viva;
Com senso novo deve-se amestrá-la,
E à moda atual dar jeito de emplastrá-la.[15]
Mas ainda que ache indigesto tal povo, 7.090
Saudá-lo deve como hóspede novo...
Às damas, salve! e aos sábios, velhos Grilos.[16]

GRIFO *(rosnando)*

Grilos, não! Grifos! — Ninguém quer que o chamem[17]
De velho e Grilo! inda que em todo termo tina

---

[15] Provavelmente uma alfinetada irônica do velho Goethe em pintores contemporâneos (como os chamados "Nazarenos") que evitavam ciosamente a representação de nus, "emplastrando", quando não era possível suprimi-las, as partes sexuais.

[16] Há aqui um trocadilho com os substantivos (no modo dativo) "grifos" (*Greifen*) e "anciãos" (*Greisen*). Literalmente este verso diz: "Salve às belas mulheres, aos sábios anciãos" (ou "sábios grisos", forçando um trocadilho afim). Por razões puramente fônicas, a tradutora valeu-se aqui de "grilos", mas buscando uma compensação semântica no adjetivo "velhos".

[17] No original: "Anciãos, não! Grifos!". Como observa Ernst Beutler, os Grifos são antiquíssimos guardiões de tesouros, podendo ter decorrido daí o trocadilho com "anciãos" (ou "grisalhos", "grisos"). Goethe parece ter reforçado ainda o equívoco fônico mediante a grafia de *Greisen* e *Greifen*, que na impressão em letra gótica (*Frakturschrift*) da época tornava os termos praticamente idênticos, já que mal se podia distinguir entre os arabescos do "s" e do "f". Em tradução inteiramente literal, esta estrofe diz: "Anciãos, não! Grifos! — Ninguém gosta de ouvir/ Ser chamado de ancião. Em cada palavra ressoa/ A origem da qual ela se condiciona:/ Gris, rabugento, macambúzio, horrível, túmulos, irado,/ Etimologicamente concertados,/ Desconcertam-nos".

O som de base de que se origina: 7.095
Grileira, grima, grife, gris, sangria,
Há concordância de etimologia,[18]
Mas soam mal pra nós.

MEFISTÓFELES

Sons não tarifo,
Mas vale o *grif* no honroso título de Grifo.[19]

GRIFO *(sempre rosnando)*

Na certa; a afinidade se comprova,   7.100
Censuram-na, mas vezes mais se aprova.
Que a grifa agarre virgens, ouro e trono,
Quem a usa, da Fortuna obtém o abono.[20]

---

[18] Ao contrário do que "rosna" aqui o Grifo, não há concordância etimológica entre essas palavras tomadas a um vocabulário da velhice; é tão somente a semelhança de som, a aliteração (*gr*) que dá consistência a tal "brincadeira linguística" (Albrecht Schöne) do velho Goethe. Haroldo de Campos "transcria" essa série do seguinte modo: "Grave, gralha, grasso, grosso, grés, gris". Na tradução portuguesa de João Barrento: "Gris, griséu, grifenho, gridelim, grifaria".

[19] Literalmente: "E, contudo, para não divagar,/ O grif (*Greif*) no nome-título agrada a Grifos (*Greifen*)".

[20] Literalmente: "Àquele que agarra, a Fortuna é quase sempre propícia" — isto é, àquele que, sem perda de tempo, agarra a ocasião pelo topete. *Occasio*, a deusa do momento propício, confundia-se frequentemente com Fortuna, a deusa da sorte, e era representada com um basto topete, que se devia agarrar sem demora, pois no instante seguinte mostrava a parte de trás da cabeça, inteiramente raspada. (Na mitologia grega é *Kairós* o deus do efêmero momento propício, e vem representado com os mesmos atributos da deusa latina *Occasio*.)

234   Segundo ato

FORMIGAS *(da espécie colossal)*[21]

Ouro, aos montões juntamos; em segredo
Ficou oculto em grutas de rochedo.   7.105
Os Arimaspas o desenterraram,
Riem-se de nós, de longe que o levaram.

OS GRIFOS

À confissão logo os obrigaremos.

ARIMASPAS

Na noite não, de livre jubileu.
Até amanhã tudo se despendeu,[22]   7.110
Sem dúvida o conseguiremos.

MEFISTÓFELES *(sentou-se entre as Esfinges)*[23]

Quão bem me ajeito aqui, sem mais!
Compreendo cada qual de vós.

---

[21] No terceiro livro de sua *História* (segmento 102), Heródoto refere-se à ocorrência, em zonas desérticas do norte da Índia, de formigas colossais (do tamanho de raposas ou pequenos cães), as quais revolvem uma areia com alta concentração de ouro. No segmento 116 do mesmo livro, Heródoto fala do povo dos Arimaspos, que segundo a lenda possuíam um só olho e estavam habituados a roubar o ouro guardado pelos Grifos. Goethe combina aqui essas duas passagens da *História*.

[22] Isto é, até o dia seguinte a esta noite de "livre jubileu", os Arimaspas (ou Arimaspos) terão conseguido pôr todo o ouro roubado a salvo.

[23] As Esfinges costumavam aparecer em dupla, uma voltada para o leste e a outra para o oeste.

Noite de Valpúrgis clássica

ESFINGE

Sopramos tons imateriais
Que incorporais tão logo após.[24]   7.115
Dá-nos teu nome, e hás de ser conhecido.

MEFISTÓFELES

Conhecem-me por mais de um apelido.
Há ingleses, cá? Sempre viajam tanto,
Aos campos de batalha, quedas-d'água, montes,
A ruínas clássicas, vetustas pontes;   7.120
Haviam de adorar este recanto.[25]
Em sua comédia antiga, aliás me vi
Tachado de old Iniquity.[26]

ESFINGE

Que ideia foi?

---

[24] Versos um tanto herméticos; podem sugerir que aqueles que ouvem os "tons imateriais" emitidos pelas Esfinges (enigmas, por exemplo) procuram em seguida interpretá-los e, assim, incorporá-los em seu próprio ser ou realidade.

[25] Alusão jocosa às viagens exploratórias e turísticas dos ingleses pelo mundo. Todavia, como observa Schöne, somente após a morte de Goethe, a Grécia se tornaria de fato uma meta para os *Globetrotters* britânicos.

[26] A Esfinge conclamara Mefistófeles a revelar o seu nome. Assim, diz ele agora que, houvesse ali britânicos, estes testemunhariam que em antigos autos ingleses (ou *morality plays*) o diabo era chamado *old Iniquity* (velha Iniquidade). Ernst Beutler lembra ainda uma passagem do demoníaco *Ricardo III*, de Shakespeare (ato III, cena I): "*Thus, like the formal vice, Iniquity, I moralize two meanings in one word*".

MEFISTÓFELES

Nem eu mesmo o entendi.

ESFINGE

Dos astros tens algum conhecimento?   7.125
Que achas da conjuntura do momento?

MEFISTÓFELES *(olhando para o alto)*

Do céu estrelas caem. Meia lua te ilumina,[27]
Sinto-me bem nesta íntima campina
A aquecer-me à tua pele leonina.
Seria um erro tentar a escalada;   7.130
Propõe enigmas teus, uma charada.

ESFINGE

Exprime-te como és, será o enigma.
Define-te sem mascarada fútil:
"Ao homem pio, como ao mau, sempre útil:
Plastrão de um, em que esgrime a fé de asceta,   7.135

---

[27] Literalmente: "Estrela atrás de estrela precipita-se". Mefisto relata a observação de estrelas cadentes, que na época da batalha da Farsália (9 de agosto) alcançavam a maior ocorrência do ano. A referência à lua (com o adjetivo derivado do particípio passado do verbo *beschneiden*, "podar", "reduzir") sugere tratar-se do quarto crescente ou minguante.

Do outro, assessor na loucura irrequieta,
E entreter Zeus, é de um e de outro a meta".[28]

PRIMEIRO GRIFO *(rosnando)*

Não gosto desse!

SEGUNDO GRIFO *(rosnando com mais força)*

Que é que aqui procura?

AMBOS

Não nos convém a horrenda criatura!

MEFISTÓFELES *(brutalmente)*

Crês que unhas do hóspede menos arranham   7.140
Que vossas garras, quando em vítimas se entranham?
Tentai-o!

ESFINGE *(brandamente)*

Fica aqui, se isso te apraz,
Logo a ti mesmo te afugentarás.
Em tua terra podes ser Alguém,
Mas aqui, creio, não te sentes bem.   7.145

---

[28] Se Mefisto solucionar o enigma lançado nestes versos, estará determinando o seu ser e a sua dupla função na ordem estabelecida por Zeus: ao "homem pio" ele aparece como o "plastrão" (almofada que protege o peito do esgrimista) em que aquele exercita o florete da ascese; ao "mau" ele atua como cúmplice de atos iníquos.

MEFISTÓFELES

Ao ver-te no alto, apetitosa te acho,
Mas fera horrenda és da cintura abaixo.[29]

ESFINGE

Hipócrita, entre nós te sentes roto,
Pois nossas garras são sadias;
Tu, com o pé de cavalo boto,   7.150
Pecados teus aqui expias.[30]

(Sereias preludiando no alto)

MEFISTÓFELES

Nos álamos ribeiros, que aves
Nos galhos se balançam suaves?[31]

---

[29] Mefisto refere-se à visão da parte de cima ("no alto") da esfinge, em que se exibiam formosos seios nus. Ao lado de rosto, mãos e busto de uma bela donzela havia, segundo o léxico mitológico de Hederich, os atributos de "fera horrenda": corpo de cachorro, rabo de dragão, garras de leão, asas de pássaro.

[30] No original, a esfinge ameaça Mefisto com as suas "patas", que afirma serem superiores ao "pé de cavalo boto" do demônio nórdico.

[31] No canto XII da *Odisseia*, as sereias aparecem como seres fabulosos que, sentadas na campina em meio a corpos em decomposição, atraem os marinheiros com o seu canto irresistível e os matam em seguida. Goethe segue aqui uma tradição posterior a Homero, que as representa com corpo de pássaro (por isso Mefisto as avista nos galhos dos álamos).

ESFINGE

Cuidado! dos valentes mais
Triunfaram já cantigas tais. 7.155

SEREIAS

Não te enredes, ah, em teias
Do monstruoso, execrando![32]
Viemos nós em bando, entoando
Canto suave em que te enleias,
Como é próprio das Sereias. 7.160

ESFINGES *(escarnecendo-as na mesma melodia)*

Que dos galhos desçam, onde
Seu traiçoeiro encanto esconde
Garras de gavião, perversas,
A atacar, da fronde emersas,
Quem parar, o canto ouvindo. 7.165

SEREIAS

Deixai do ódio! abaixo a inveja!
Alegria pura reja[33]
Todos sob o céu infindo!

---

[32] Para atrair Mefisto, as Sereias advertem-no das artimanhas das Esfinges, empenhadas em enredá-lo em seu elemento "monstruoso-maravilhoso".

[33] Para pôr fim à contenda com as Esfinges, conclamam aqui as Sereias, literalmente: "Reunamos as mais puras alegrias".

Seja sobre terra e mar,
Com alegre homenagear,   7.170
O novo hóspede bem-vindo.

MEFISTÓFELES

É a novidade, essa, que encanta,
Como das cordas, da garganta,
Um tom se enfia em outro tom?
A mim não pega. Qual de abelhas   7.175
O zum-zum coça-me as orelhas,
Ao coração não chega o som.[34]

ESFINGES

Coração, tu! é desaforo!
Saco de encarquilhado couro
De teu rosto é atributo bom.[35]   7.180

FAUSTO *(aproximando-se)*

Já com a visão aqui me satisfaço;
No repelente, até, possante o traço.
Fado auspicioso auguro, já me inflama;
Transpõe-me aonde o austero panorama?

---

[34] Para o demônio nórdico a antiga música grega, oriunda de "cordas" e da "garganta" das Sereias, aparece como "novidade". Alguns comentadores pretendem ouvir aqui uma estocada irônica do velho Goethe na "novidade" poética dos românticos alemães, cujos versos maviosos no fundo não chegariam "ao coração".

[35] Isto é, com o rosto de Mefistófeles combinaria antes um "saco de encarquilhado couro" do que um "coração".

(Indicando as Esfinges)

É como se Édipo ao pé delas visses;[36]   7.185

(Indicando as Sereias)

Torceu-se ante elas em seus nós Ulisses;[37]

(Indicando as Formigas)

Tesouro-mor por essas foi poupado;

(Indicando os Grifos)

Por esses com lealdade conservado.[38]
Em mim um novo espírito se expande;
Vultos, lembranças, tudo é nobre e grande.   7.190

MEFISTÓFELES

Outrora houveras desprezado essa cambada,
Mas hoje agrada-te a noção;
A quem procura a bem-amada,
Monstros até bem-vindos são.

---

[36] Ao pé da Esfinge assassina, segundo a saga grega, Édipo solucionou o enigma sobre o Homem (qual animal anda sobre quatro pés pela manhã, sobre dois ao meio-dia e três ao anoitecer?), o que a fez precipitar-se de seus rochedos diante de Tebas.

[37] Referência ao canto XII da *Odisseia*, em que Odisseu se faz amarrar pelos companheiros (aos quais vedara os ouvidos com cera derretida) ao pé da carlinga do barco.

[38] Isto é, o "tesouro-mor" poupado pelas colossais formigas foi fielmente "conservado" pelos Grifos.

Segundo ato

FAUSTO *(às Esfinges)*

Convosco, imagens de mulher, insisto: 7.195
Não tem uma de vós Helena visto?

ESFINGES

Não alcançamos tempo seu,
As últimas de nós Hércules abateu.[39]
Porém Quíron indaga: ao léu
Cavalga nesta noite fantasmal;   7.200
Se te atender, não te saíste mal.

SEREIAS

Não falhará! quando parou conosco
Ulisses não passou aos brados, tosco,
Com sua nave a acelerar
Pois tinha muito que contar;   7.205
Tudo iríamos confiar-te
Viesses conosco entrosar-te
Nas regiões do verde mar.

---

[39] Na realização de seus doze trabalhos, Hércules (para os gregos, Héracles) abateu vários monstros (entre os quais, a gigantesca serpente de Lerna e os pássaros do lago Estínfalo), mas a lenda não diz que ele tenha destruído também as esfinges. Em todo caso, estas não alcançaram, como monstros arcaicos, a era de Helena.

ESFINGE

Não te deixes enganar,
Nobre amigo! atou-se Ulisses,[40]   7.210
Nosso aviso amarre a ti!
Se encontrar Quíron conseguisses,
Saberás o que prometi.

(Fausto se afasta)

MEFISTÓFELES *(aborrecido)*

No ar, que bate asas, a grasnar,
Tão rápido que esquiva o olhar,   7.215
Um atrás de outro, sem parar?
Caça exaustiva!

ESFINGE

Diga-o Alcides![41]
Ao mais veloz vento igualáveis,

---

[40] No original, este verso apresenta uma estrutura sintática um tanto enigmática, mas o seu sentido provável é: "Diferentemente de Ulisses, que se deixou amarrar por cabos de cânhamo (v. 7.187), deixa-te amarrar pelo nosso bom conselho" (que protegerá Fausto das seduções das Sereias, remetendo-o a Quíron).

[41] Na tradução, este semiverso está completando a medida de "Caça exaustiva!", as últimas palavras pronunciadas por Mefisto (e rimando depois com "velozes Estinfalides"), num procedimento sem correspondência no original. Alcides foi o primeiro nome de Hércules, patronímico derivado do nome de seu avô paterno, Alceu.

Às flechas quase inalcançáveis,   7.220
São as velozes Estinfalides.[42]
Com bico de águia e pé de ganso,
De seu grasnido o intuito é manso.
De penetrar em nosso meio
Como parentes, têm o anseio.[43]

MEFISTÓFELES *(como que intimidado)*

Mais coisas no ar silvando estão.   7.225

ESFINGE

Não vás te apavorar com essas!
São da hidra de Lerna as cabeças.[44]

---

[42] Em seu léxico mitológico, Hederich define as Estinfalides como "grandes pássaros que teriam asas, bicos e garras de ferro; mantinham-se em grandes bandos no lago Estínfalo, na Arcádia". Para abatê-las com suas flechas, Hércules teve primeiro de afugentá-las com castanholas de bronze, que fabricou especialmente para essa finalidade.

[43] Embora também aladas, as Esfinges têm patas leoninas e, por isso, não querem aceitar os pássaros Estinfalides, dotados de "pé de ganso", em seu meio "como parentes".

[44] Serpente gigantesca que habitava os pântanos de Lerna, ao sul de Argos. Possuía inúmeras cabeças, cujo número variava, conforme os autores, de seis a cem. Hederich escreve em seu léxico que "possuía nove cabeças, entre as quais a do meio era imortal"; o monstro "era de tal modo venenoso que matava os homens com o simples hálito". Por isso, Hércules, orientado nessa empresa por Minerva, teve de abatê-la: cortou-lhe as cabeças e, para impedir que voltassem a crescer, queimou as feridas; quanto à do meio, que era imortal, enterrou-a e colocou por cima um enorme rochedo.

Noite de Valpúrgis clássica

Cortadas, creem que ainda algo são.
Mas que há contigo, não regulas?
Quão agitado gesticulas!   7.230
Vais aonde? Bem, podes ir já!
Vejo que aquele Coro lá
Te embelecou. Segue teu gosto.
Podes saudar lá mais de um belo rosto!
As Lâmias são, criaturas de má vida;[45]   7.235
Lábio a sorrir, fronte atrevida,
Atraem os Sátiros. A tudo pode
Lá se atrever um pé de bode.

MEFISTÓFELES

Tornando aqui, encontro-vos de novo?

ESFINGES

Sim, vai! Mistura-te ao aéreo povo.[46]   7.240
Pra nós, do Egito, é hábito milenar
O trono. Respeitai nosso lugar,

---

[45] Na antiga superstição popular grega, criaturas femininas de natureza vampiresca. Hederich caracteriza-as como "sequiosas de carne e sangue humanos, procurando por isso atrair jovens mediante toda espécie de sedução e assumindo então a aparência de moças formosas que exibiam aos passantes os seios níveos". Com seu "pé de bode", Mefisto é comparado aos lúbricos sátiros, que a tudo podiam atrever-se entre as Lâmias.

[46] As Esfinges continuam a referir-se às Lâmias, que mais tarde (v. 7.785) irão, em voo rasante, descrever "rondas negras, pavorosas" em torno de Mefisto, "filho intrujão de estranha maga".

Segundo ato

Do sol, da lua, a ordem pautamos.[47]
Ante as pirâmides, firmes, pousamos,
Vendo o que a era aos povos traz,   7.245
Do supremo juízo os termos;
Guerra, inundação e paz —
Sem boca ou nariz torcermos.[48]

ÀS MARGENS DO BAIXO PENEU[49]

(Peneu circundado por águas e ninfas)

PENEU[50]

Cana e juncos, sussurrai!
Sons murmúreos exalai;   7.250

---

[47] Albrecht Schöne lembra, quanto a este verso, a esfinge de Gizé ("ante as pirâmides"), representando o horizonte leste, e observa ainda que o leitor deve imaginar uma das esfinges voltada para este ponto astronômico e a outra, em inversão especular, para o oeste — posições mediante as quais se podiam determinar os movimentos calendáricos da lua e do sol.

[48] Isto é, "e não fazemos caretas", conotando a impassibilidade das esfinges perante os acontecimentos da história humana.

[49] Abre-se agora um novo cenário da Noite de Valpúrgis. As edições de Ulrich Gaier e Albrecht Schöne trazem como título deste segmento cênico apenas a rubrica que vem a seguir: "Peneu circundado por águas e ninfas". Ernst Beutler e Erich Trunz, entre vários outros, insistem porém no título "Às margens do baixo Peneu", e o último fundamenta a decisão editorial com o seguinte comentário: "A paisagem é diferente daquela da cena anterior, é mais amena, repleta de plantas; também as figuras são de outra espécie, não mais arcaico-fantasmagóricas, mas divindades da natureza. Fausto chega a um âmbito do natural e do belo e encontra o caminho que procura: daqui ele parte rumo a Helena, no reino dos mortos.

Ondulai, leves salgueiros,
De álamos ramos ligeiros!
Mas abala-me algo o sonho...[51]
Borbulhar, atroar medonho,
Tremor fundo e misterioso   7.255
Me despertam do repouso.

FAUSTO *(chegando-se às margens do rio)*

Se ouço bem, detrás da fronde,
Galhos e arvoredo, é de onde
Sussurrante ruído emana,
Como sons de voz humana.   7.260
Marulha a onda qual palrear,
Qual gracejo — o sopro do ar.

NINFAS *(a Fausto)*[52]

Melhor seria
Te reclinares,

Também a linguagem desta cena é, desde o início, diferente: nobre e grácil. O leitor sente estar mais próximo do reino de Helena".

[50] Com os líricos "sons murmúreos" dos juncos, caniços, salgueiros, álamos, é o próprio rio Peneu que se exprime nestes versos, personificado em deus fluvial.

[51] Literalmente o deus-rio exorta os murmúrios da natureza a embalarem de novo os seus "sonhos interrompidos", que giram em torno do encontro amoroso entre Leda e o cisne (retomado por Fausto a partir do v. 7.277, "Águas se escoam entre as ramagens").

[52] Ninfas são jovens deusas virginais da Natureza (na poesia homérica, fi-

Segundo ato

Em leito de folhas   7.265
Te refrescares.
Haurires paz fugidia
À sombra dos ramos.
Pra ti murmuramos,
Pra ti sopramos.   7.270

FAUSTO

Desperto estou! Oh! quedem-se, imutáveis,[53]
Aqueles vultos inefáveis
Que meu olhar envia pra lá!
Que extática penetração!
É uma memória? Sonhos são?   7.275
Tão feliz foste um dia já.
Águas se escoam entre a ramagem
Que agita uma ligeira aragem,
Murmura apenas seu flux manso;
De cá, de lá, de riachos fluentes,   7.280
Juntam-se límpidas correntes,
Formando um plácido remanso.

---

lhas de Zeus). Entre as mais importantes distinguem-se as ninfas das águas e fontes (Náiades), as ninfas do mar (Nereides), as ninfas dos montes (Oréades) e as das árvores (Dríades). São as Náiades que se dirigem aqui a Fausto; as outras ainda aparecerão ao longo desta Noite de Valpúrgis.

[53] Não fica realmente claro se Fausto participou dos "sonhos interrompidos" do rio Peneu ou se, diante de suas águas, retorna às próprias visões oníricas da concepção de Helena, verbalizadas telepaticamente pelo Homúnculo na cena "Laboratório".

Refletem águas cristalinas
No banho formas femininas,
Enchendo a vista de alegria!   7.285
Brincando, nadam, no recreio
Vadeiam, com pueril receio;
Batalha há, de água, e gritaria.
Devia com isso me alegrar,
Saboreá-lo o meu olhar,   7.290
Mas sempre a além meu ser aspira!
O alvo recôndito lá mira;
A fronde que o ar murmúreo abana
Abriga a augusta soberana.

Que encantador! cisnes também   7.295
Nadando das baías vêm,
Com movimento majestoso.
Serenos fluem com os companheiros,
A tudo alheios, sobranceiros,
Movendo o colo langoroso...   7.300
Um mais do que outros, arrojado,
Emproando-se em seu próprio agrado,
Célere as águas vem singrando.
Entufa-se sua plumagem,
E em vaga após vaga ondulando,   7.305
Penetra na íntima ancoragem...[54]
Os outros, em seu níveo brilho,
Num vaivém sulcam o áqueo trilho

---

[54] "Íntima ancoragem" corresponde no original a "lugar sagrado", onde a
fantasia de Fausto vê penetrar o cisne mais ousado para unir-se à "augusta soberana" (e gerar Helena).

E entram em formidáveis brigas
Para assustar as raparigas   7.310
Que na fuga o serviço olvidam,
E só de pôr-se a salvo cuidam.

NINFAS

À orla verde, irmãs, o ouvido
Ponde: se não erro, o abalo
Que ressoa em meu sentido   7.315
É de célere cavalo.
Quem, tão rápido, à paragem
Trouxe a noturnal mensagem?

FAUSTO

Parece o solo estar ressoando,
Sob um veloz ginete atroando.   7.320
Para, o olhar dirige lá!
Tão propício fado já
Poderia te alcançar?
Maravilha, ah, sem-par!
Vem a galope um cavaleiro,   7.325
Parece brioso ele e altaneiro,
Montado em níveo corcel branco...
Já o conheço, não me engano,
É de Fílira o filho ufano! —
Quíron, alto! Ouve! Freia o arranco...[55]   7.330

---

[55] O "cavaleiro" sobre "níveo corcel branco" revela-se agora a Fausto como
o célebre centauro "Quíron", que Fílira concebeu de Crono (ou Saturno) que as-

QUÍRON

Que há? Que é?

FAUSTO

Modera o passo, amigo!

QUÍRON

Jamais paro.

FAUSTO

Então, leva-me contigo!

QUÍRON

Monta! Assim à vontade indago:
O caminho é aonde? Abraça-te a mim rente!
Pelo rio aos teus fins te trago.

7.335

FAUSTO *(montando)*

Aonde for. Graças dou-te eternamente...
O pedagogo insigne, o homem sem-par,

---

sumira a forma de cavalo, resultando daí a mescla humano-equina daquele. Goethe tinha forte interesse pelo motivo dos centauros e num texto de 1822 caracterizou-os como "experientes na astrologia, que lhes confere orientação segura; além disso, conhecedores dos poderes de ervas e plantas, que lhes são dadas como alimento, lenitivo e cura".

Que uma legião de heróis soube criar,
O mundo mítico dos Argonautas,
E os mais que ao poeta inspiram visões lautas.[56]   7.340

QUÍRON

Deixemos disso, é brincadeira!
Mentor, nem Palas encarnando-o, viu-se honrado;[57]
Sempre o homem lida à sua maneira,
Como se não fosse educado.

FAUSTO

O físico, de toda planta e raiz ciente,[58]   7.345
A par do bálsamo que a dor acalma,
Que traz cura ao ferido, assiste o doente,
Abraço em seu vigor de corpo e de alma!

---

[56] O centauro Quíron também era considerado um grande preceptor de heróis; entre os seus pupilos encontram-se Aquiles, Orfeu, Hércules, os dioscuros Castor e Pólux, e vários dos argonautas: Jasão, Linceu, Zetas e Cálais (filhos de Bóreas), entre outros.

[57] Na *Odisseia*, Palas Atena assume frequentemente a aparência de Mentor, o fiel amigo de Ulisses, para orientar a este e ao seu jovem filho Telêmaco. Quíron argumenta aqui que até mesmo a deusa não foi honrada em seu papel pedagógico: no canto XXII da epopeia ela repreende duramente o seu protegido Ulisses.

[58] Neste verso, a tradutora emprega "físico" na antiga acepção de "médico" (*Arzt*, como aparece no original).

QUÍRON

Se se feria ao meu lado um herói,
Logo minha arte o acudia;   7.350
Mas no fim, ela entregue foi
Aos charlatães e à fradaria.[59]

FAUSTO

És o grande homem verdadeiro,
Foge a ouvir o que é lisonjeiro.
Só a modéstia é o que lhe vale,   7.355
Como se houvesse quem o iguale.

QUÍRON

Com jeito, vejo, dissimulas,
E príncipes e povo adulas.

FAUSTO

Porém admite-o: de tua era,
Os vultos mais grandiosos viste,   7.360
Com os mais heroicos competiste,
Em sua sobre-humana esfera.
Mas entre os magnos vultos que contemplo,
Quem tinhas por supremo exemplo?

---

[59] A passagem parece indicar que a alta ciência do médico e cirurgião Quíron acabou decaindo, após o período de apogeu, ao nível de medicina popular, praticada por curandeiros.

QUÍRON

Era cada um, na augusta roda 7.365
Dos Argonautas, grande à sua moda.[60]
Conforme a força que o inspirava,
Provia o que aos outros faltava.
Sempre os Dioscuros eram quem venciam[61]
Onde a beleza e o viço mais valiam. 7.370
Rápido arrojo para o bem alheio,
Foi dos Boréades o sublime anseio.[62]
Forte e sagaz, prudente em seus misteres,
Jasão reinava, amado das mulheres.
Depois, meditativo e meigo, Orfeu,[63] 7.375
Insuperável ao tocar a lira.

---

[60] O número dos argonautas oscila de acordo com diferentes versões (no geral, entre 44 e 68 membros). Foram arregimentados por Jasão, que organizou uma expedição à Cólquida em busca do Tosão de Ouro (o velo de um carneiro que havia transportado Frixo pelos ares e que estava então sob a guarda de um dragão). Cada um dos tripulantes da nau Argo era "grande à sua moda", isto é, distinguia-se pela habilidade especial com que servia ao coletivo.

[61] Os dioscuros ou dióscoros (em grego, "filhos de Zeus") são Castor e Pólux, que também nasceram da relação da rainha Leda, esposa de Tíndaro, com o deus que assumira a forma de cisne — são, portanto, irmãos de Helena. (Segundo outra versão, Castor e Clitemnestra seriam filhos de Tíndaro, com quem Leda se uniu no mesmo dia em que fora visitada pelo cisne: por isso, estes são mortais, ao contrário do outro casal de irmãos.)

[62] Os boréades ou boréadas são os gêmeos Cálais ("o que sopra docemente") e Zetas ("o que sopra com força"), filhos alados de Bóreas, o Vento do Norte.

[63] Filho da musa Calíope e do deus-rio Eagro (ou de Apolo, em outra versão), Orfeu participou da expedição dos argonautas cadenciando com sua lira o

De dia e noite perspicaz, Linceu,[64]
Que a santa nau por mil escolhos conduzira...
Só em comum põe-se à prova o perigo:
Onde um age, outros dão o apoio amigo.   7.380

FAUSTO

De teu rol Hércules está ausente?

QUÍRON

Oh! não me avives a saudade ardente...
Febo jamais chegara a avistar,
Nem Ares, Hermes, como eles se chamam,
Quando se revelou ao meu olhar,   7.385
Quem todos como um semideus aclamam.[65]
Um rei nato, ele, esplêndido no viço
Viril dos anos e da fortaleza;

---

movimento dos remadores e amainando ondas tempestuosas; conta-se também que a sua arte imobilizou dois rochedos no estreito do Bósforo, os quais costumavam esmagar as naus que por ali passavam.

[64] Na função de timoneiro, Linceu (o "olho de lince") servia ao coletivo dos argonautas com sua visão extraordinariamente aguçada, conduzindo a nau dia e noite "por mil escolhos". No terceiro e no quinto atos do *Fausto*, Linceu aparecerá como atalaia ou vigia de torre (*Turmwächter*).

[65] Filho de Alcmena e de Zeus (que assumira a aparência de seu marido, Anfitrião), Hércules era de fato um "semideus", mas este verso se refere a ele como "divino" (*göttlich*): se Quíron jamais chegou a ver Febo Apolo, Ares ou Hermes (o deus do sol, o da guerra e o deus-mensageiro), o "divino" surgiu-lhe diante dos olhos na figura de seu pupilo Hércules.

Por ser mais jovem, ao irmão submisso,
Como às mulheres de maior beleza.   7.390
Gea o segundo não concebe,
Não o leva ao Olimpo Hebe;[66]
Timbra em cantá-lo o poeta em vão,
Debalde a pedra atormentando estão.[67]

FAUSTO

Por mais que mármores à luz assomem,   7.395
Sublime assim, nunca ele se revela.
Falaste do mais belo homem,
Agora fala da mulher mais bela!

QUÍRON

Ora! nada é a beleza feminil,
Imagem rija que a si mesma ufana;   7.400
Louvar só posso o ente gentil,
Do qual profuso amor da vida emana.
A beldade a si mesma admira e adorna;

---

[66] Hebe ("juventude", em grego), filha de Zeus e de Hera, servia aos deuses no Olimpo e foi dada a Hércules como esposa quando este ingressou na imortalidade. Herói semelhante, diz Quíron, Hebe jamais levará ao Olimpo, assim como Gea (ou Geia, a Terra) nunca mais conceberá outro igual.

[67] Do mesmo modo como os poetas mobilizam em vão "canções" (*Lieder*) para enaltecer os feitos de Hércules, debalde "atormentam" os escultores a pedra, uma vez que essas realizações artísticas não se comparam ao sublime modelo real. Em seu "Ensaio sobre Schiller" (1955), Thomas Mann vê nessa caracterização de Hércules uma homenagem de Goethe a Friedrich Schiller (1759-1805).

Porém o encanto irresistível torna.[68]
Como o de Helena, quando me montou.   7.405

FAUSTO

Levaste-a tu?

QUÍRON

Neste meu lombo, sim.

FAUSTO

Bastante arrebatado não estou?
E esse assento me extasia, a mim!

QUÍRON

Trouxe-a agarrada à minha crina,
Como, hoje, a ti.

FAUSTO

Oh, quanto me alucina   7.410
A evocação! — fala, responde,
Ela é a minha aspiração suprema!
De onde a levavas, ah, para onde?

---

[68] Isto é, a mera beleza permanece fechada em si mesma ("Imagem rija que a si mesma ufana"), ao passo que a "graça" ou o "encanto" (*Anmut*) pode torná--la "irresistível". Ulrich Gaier lembra que Schiller, em seu tratado *Über Anmut und Würde* (Sobre a graça e a dignidade), distingue entre a beleza "fixa" ou "arquitetônica" e a graça como "beleza móvel", expressão íntima de uma "bela alma".

QUÍRON

Essa questão não é problema.
O arrojo dos Dioscuros salvo tinha   7.415
Da mão dos raptadores a irmãzinha,[69]
Mas pouco afeitos esses à derrota,
Os perseguiram na angustiosa rota.
Dos pântanos de Elêusis[70] a barreira
Obstou dos três a rápida carreira.   7.420
Vadearam os irmãos. Transpus a nado o rio,
Aí apeou-se, rápida, ligeira,
E a me afagar a úmida cabeleira,
Agradeceu com juvenil meiguice.
Que encanto ela era, nova, o enleio da velhice!   7.425

FAUSTO

Dez anos, só!...[71]

---

[69] Conta a lenda que Teseu, ao ver a menina Helena dançando no templo de Diana (ou Ártemis) em Esparta, raptou-a com a ajuda de Perítoo e a levou para o seu castelo de Afidno; os dioscuros Castor e Pólux, porém, foram ao seu encalço, libertaram a irmã (ou meia-irmã) do cativeiro e a trouxeram de volta a Esparta.

[70] Cidade a noroeste de Atenas, sede dos célebres mistérios eleusínios. O último trecho da chamada "rota sagrada" que levava de Atenas a Elêusis era, até a era romana, dominado por pântanos. O papel que Quíron se atribui aqui (ter transportado Helena sobre o dorso) é criação livre de Goethe.

[71] Algumas edições do *Fausto* — como a de Albrecht Schöne — trazem neste verso "sete anos": *Erst sieben Jahr!...* O próprio Goethe oscilou em seus manuscritos entre "sete anos" (v. 7.426), "dez anos" (v. 6.530) e "treze anos" (v. 8.850), mas permitiu a Eckermann (17/3/1830) padronizar, em edições futuras, as indicações de idade em "dez anos".

QUÍRON

Têm os filólogos aqui[72]
Enganado a si mesmos como a ti.
Se é mitológica, é única a mulher;
Recria-a o poeta como lhe prouver.
Não envelhece, nem fica madura,   7.430
Mais sedutora, sempre, sua figura.
Raptam-na, moça; idosa, ainda é do amor a meta;
Pois basta! não se atém ao tempo o poeta.[73]

FAUSTO

A ela também, tempo algum ligará!
Em Fera, Aquiles não a encontrara já[74]   7.435
Fora de qualquer tempo? Amor divino,
Triunfante contra injunções do destino!

---

[72] Também os filólogos divergiam quanto à idade de Helena ao ser raptada por Teseu. Goethe alude a essa controvérsia erudita de maneira irônica e jocosa, sugerindo ao mesmo tempo a atemporalidade do mito e a liberdade do poeta
em recriá-lo como lhe aprouver.

[73] Literalmente: "Basta, ao poeta nenhum tempo enleia", palavras que sugerem a liberdade daquele perante as personagens mitológicas, podendo desvin-
culá-las de coordenadas espaciais e temporais fixas.

[74] Fera ou Feras é uma cidade da Tessália, que Goethe transforma delibe-
radamente em ilha ou fortaleza (no original, mediante a preposição *auf*) e a substitui à ilha de Leuce, no Danúbio, onde segundo a lenda Aquiles e Helena, emersos
ambos do reino dos mortos, teriam vivido juntos e gerado o menino Eufórion. Segundo antigas concepções mitológicas, Feras possuía uma entrada para o mundo
dos mortos.

Como! e eu, no afã de meu fervente culto,
À vida não atraio o magno vulto?
O eterno ser, a deuses comparável,   7.440
Tão nobre quanto frágil e adorável?
Já a viras, hoje a vi, tão suave e bela,
Tão almejada, quão formosa ela.
Meu peito, meu ser todo está cativo.
Se não puder obtê-la, já não vivo.   7.445

QUÍRON

Como homem, forasteiro, te embeveces,
Mas entre espíritos, louco pareces.
Pois sorte tens em meu presente rumo;
Todo ano, por alguns instantes,
Saudar Manto em seu habitat costumo,[75]   7.450
A filha de Esculápio: em orações constantes
Insta o pai que, por sua glória e estima,
Aos médicos sentido claro imprima
Que do homicídio atrevido os redima...
Entre as Sibilas, é ela a quem prefiro,[76]   7.455
Mansa e benéfica é em seu retiro;

---

[75] Manto era uma profetisa e sacerdotisa no templo de Apolo, filha do célebre vidente cego Tirésias, com quem Odisseu e Eneias se entrevistaram no Hades. Goethe a converte aqui na filha de Esculápio (o grego Asclépio), deus dos médicos e da medicina. Igualmente versada na arte da medicina, Manto deverá contribuir, nos planos de Quíron, para a "cura esculápia" (v. 7.487) do apaixonado Fausto.

[76] Originalmente Sibila era o nome de uma sacerdotisa que anunciava os oráculos de Apolo, estendido depois às mulheres que prediziam o futuro (ver no-

Com essências naturais, se aqui parares,
Fará talvez com que de todo sares.

FAUSTO

Sarar não quero! o espírito me abrasa!
Como outros baixaria à terra rasa! 7.460

QUÍRON

Mas leva o bem da santa fonte em conta![77]
Chegamos. Rápido, é o lugar! desmonta!

FAUSTO

Trouxeste-me aonde, nesta noite aziaga,
Por pedras e águas, a esta estranha plaga?

QUÍRON

Aqui a Grécia e Roma têm guerreado,[78] 7.465
Peneu à destra, o Olimpo aqui ao lado,

---

ta ao v. 3.546). A certa altura, Goethe planejou (mas não levou a cabo) conduzir Fausto a uma reunião das Sibilas na entrada do Hades e caracterizar individualmente algumas delas: as Sibilas mais famosas eram as de Éritras, Cumas (guia de Eneias em sua descida aos Infernos), Delfos, Pérsia e Líbia.

[77] Insistindo na necessidade de curar Fausto de sua loucura amorosa, Quíron alude agora às miraculosas propriedades medicinais da fonte que, segundo a lenda, brotava no templo de Manto.

[78] Alusão à batalha de Pidna de 168 a.C., em que o cônsul romano Aemilius Paullus (o "cidadão") derrotou o rei macedônio Perseu, perdendo-se "na areia" o que sobrara do antigo império de Alexandre o Grande.

262 Segundo ato

O império mor que na areia se perdeu;
Fugiu o rei, o cidadão venceu.
Ao alto, ali perto, ergue o olhar!
O templo eterno, ei-lo, ao luar. 7.470

MANTO *(sonhando no interior)*[79]

De casco de cavalo
O átrio ecoa o abalo.
Semideuses vêm perto.

QUÍRON

Decerto!
Desperta! o olhar conserva aberto! 7.475

MANTO *(despertando)*

Bem-vindo! nunca falhas em tua fé.

QUÍRON

Também teu templo se ergue ainda em pé!

MANTO

Infatigável sempre errando estás?

---

[79] Mergulhada em visões oníricas, Manto ouve o reboar de "casco de cavalo" (o centauro Quíron) e designa os visitantes que se aproximam como "semideuses". Na sequência, ao dizer amar "quem almeja o Impossível", Manto expressa pleno reconhecimento da aspiração fáustica — que para Quíron é apenas uma doença a ser curada.

QUÍRON

Quedas-te sempre em tua beata paz,
Quando rodear ao léu é o que me enleia.   7.480

MANTO

Parada espero, o tempo me rodeia.
E este?

QUÍRON

              Trouxe-o a noite malfadada
Pelo remoinho da revolta estrada.
Quer, delirante, Helena achar,
Helena ele quer conquistar,   7.485
Sem saber como e onde começar;
Mais que outro à cura de Esculápio é elegível.

MANTO

Esse é a quem amo, quem almeja o Impossível.

QUÍRON (*já está muito longe*)

MANTO

Temerário, entra! Imbuir-te-ás de alegria.
Leva a Perséfone a atra galeria.[80]   7.490

---

[80] Perséfone (a Prosérpina dos latinos), filha de Zeus e Deméter, é a deusa dos Infernos, para onde foi arrebatada pelo seu tio Hades (ou Plutão). Passava par-

264   Segundo ato

No pé cavo do Olimpo, às escondidas,
Ouvido presta a homenagens proibidas.
Aqui outrora introduzira Orfeu;[81]
Melhor te saias! vai! o ensejo é teu!

(Descem abaixo)[82]

ÀS MARGENS DO ALTO PENEU[83]

(Como anteriormente)

SEREIAS

Ao Peneu vinde, acorrei!   7.495
Mergulhai e fluí, nadando,
Cantos de alegria entoando

---

te do ano no mundo subterrâneo, retida pelo seu raptor, e outra parte entre os vivos, quando trazia consigo a primavera. Essa entrada para o reino de Perséfone ao pé do monte Olimpo é livre acréscimo de Goethe ao mito.

[81] A concepção mitológica de Goethe atribui a Manto ter introduzido Orfeu (ou "contrabandeado", como conota o verbo *einschwärzen*) no mundo dos mortos, com o objetivo de resgatar Eurídice e levá-la de volta à vida. A exortação a Fausto para aproveitar melhor a chance pressupõe o fracasso do mítico cantor, que transgrediu a ordem de não olhar para trás durante a ascensão à luz do dia, perdendo assim a amada pela segunda vez. (Um dos *paralipomena* de Goethe traz a anotação: "Fausto como um segundo Orfeu".)

[82] Com esta rubrica, Fausto despede-se da Noite de Valpúrgis clássica, reaparecendo no ato seguinte.

[83] O ensejo para abrir aqui um novo segmento cênico (em edições como as de Trunz ou Beutler) é a rubrica "Às margens do alto Peneu, como anteriormen-

Para o bem da infausta grei.[84]
Salvação só na água há!
Leve-nos o influxo seu   7.500
Velozmente ao Mar Egeu,
Mil delícias medram lá.

(Terremoto)

SEREIAS

Espumante volta a vaga,
Foge ao leito e a riba alaga;
Freme o chão, ferve a água e escuma,   7.505
Racha a beira, estoura e fuma.
Fuja tudo! além! com o vento![85]
A ninguém vale o portento.

---

te", com que Goethe introduz esta fala das Sereias. Trunz: "A primeira parte da Noite de Valpúrgis clássica já passou. Fausto enveredou pelo seu caminho. À esfera do idílico, heroico e belo, segue-se mais uma vez a esfera do elemento ctônico, violento e feio. Mefistófeles encontra aqui a sua forma. Homúnculo ainda está a caminho, mas ganha em Tales um incentivador".

[84] A "infausta grei" (literalmente, "povo desventurado") são os seres ameaçados pelo terremoto iminente, que as Sereias exortam a fugir para o rio e o mar, pois: "Salvação só na água há!". Com esta fórmula, Goethe preludia um motivo que será desenvolvido no quarto ato: a controvérsia geológica (mas com implicações políticas) entre os partidários do "netunismo" e do "vulcanismo" (ver comentário introdutório à cena "Alta região montanhosa", na abertura do quarto ato).

[85] No original, esta exortação é dirigida às próprias Sereias: "Fujamos todas!". O verso seguinte diz literalmente: "A ninguém aproveita o portento", isto é, o terremoto.

Rumo ao mar, nobres convivas!
Onde em sagrações festivas, 7.510
A abaular-se, a onda cintila,
Espargindo a orla tranquila;
Dupla, a lua resplandece,[86]
Seu orvalho o ar umedece.
Vida livre e amena ali, 7.515
Terremoto angusto aqui.
Quem for sábio vá correndo!
Surge já pavor tremendo.

SEISMO *(resmungando e retumbando no fundo)*[87]

Outra vez! o empurrão prima;
Firme, ao peso o ombro se arrima! 7.520
Chega-se destarte em cima,
Onde tudo ante nós cede.

ESFINGES

Que intragável oscilar,
Pavoroso ronco e atroar!
Retumbar, recuo e avanço, 7.525
Convulsão, tremor, balanço!

---

[86] Dupla, isto é, a Lua no céu e o seu reflexo nas águas.

[87] Seismo, "terremoto", em grego antigo. Goethe possuía em sua coleção particular uma reprodução da tapeçaria de Rafael representando a libertação de Paulo de seu cárcere em Filipos, graças a um terremoto (*Atos dos Apóstolos*, 16: 23-26). Alguns detalhes da descrição subsequente do sismo — como o alçar-se de um monte ("cúpula") ou a figura do "ancião embranquecido" — orientam-se por aquela tapeçaria, exposta no Museu do Vaticano.

O desgosto não se mede!
Mas fincamos pé na zona,
Viesse o inferno inteiro à tona.[88]

Cúpula alta se alevanta;   7.530
Ser o mesmo ancião, espanta,
Que, de há muito embranquecido,
A ilha Delos tem construído,
E no amor a uma gestante,
Da onda a soergueu, triunfante.[89]   7.535
Vede-o, com tremendo esforço,
Braço teso, arqueado o torso,
Como um Atlas firma o colo,[90]
Ergue a terra, a grama, o solo,
Pedra, areia, cascalheira,   7.540
Da área da tranquila beira,

---

[88] Isto é, mesmo se o terremoto trouxer o inferno à superfície da terra, as Esfinges não arredarão pé do lugar em que estão há séculos. A cena "Alta região montanhosa", na abertura do quarto ato, irá mostrar Fausto e Mefisto no alto de uma montanha, e este diz então que se encontram no que fora outrora a "própria base" do inferno (v. 10.072).

[89] As Esfinges identificam aqui Seismo com Posídão, soberano dos mares e causador de terremotos. Diz a lenda que a ilha de Delos surgiu de um abalo sísmico provocado por Posídão, que criou assim um refúgio para a "gestante" Leto, perseguida implacavelmente por Hera: em Delos, pôde aquela então dar à luz o casal de gêmeos Apolo e Ártemis (ou Diana), concebidos de Zeus, marido da ciumenta perseguidora.

[90] Filho do titã Jápeto ou, segundo outra tradição, de Urano, Atlas participou da "titanomaquia", a luta entre os gigantes e titãs, liderados por Crono, e os deuses olímpicos, liderados por Zeus. Com a vitória destes, Atlas foi condenado a sustentar a abóbada celeste sobre os ombros.

E rasga através do val
Longo trecho diagonal.
Qual cariátide — colosso,[91]
No arremesso sempre moço,   7.545
Ergue um penhascal, robusto,
Enterrado ainda até o busto;
Mas não vai passar de ali,
Fincou pé a Esfinge aqui.

SEISMO

Só eu tudo empurrei do fundo!   7.550
Que em nuvem branca, então, não passe!
Não o empurrasse, eu, e o abalasse,
Seria tão belo este mundo?
No alto erguer-se-iam essas montanhas
No azul em que o éter se derrama,   7.555
Não extraísse eu das entranhas
Da terra o magno panorama?
Quando, ante os ancestrais primeiros,[92]

---

[91] O termo "cariátide" designava, originalmente, moças da aldeia de Cária, que nas procissões sustentavam, sobre a cabeça, cestos com objetos sagrados; depois, passou a nomear suportes arquitetônicos em forma de figuras femininas, empregados também em construções do Renascimento e do Classicismo.

[92] Caos e Noite são designados aqui como "ancestrais primeiros" porque, segundo o mito, reinavam quando a ordem ainda não havia sido imposta ao mundo e aos elementos. Na companhia dos demais titãs, Seismo teria dado origem aos montes Pelion e Ossa, na Tessália, como se brincasse com "balões" ou bolas. Também pretende ter colocado sobre o monte Parnaso, como um "par de gorros", o seu cume de duas pontas (uma das quais consagrada a Apolo e às musas) e ter erguido ainda a Júpiter ou Zeus o monte Olimpo como a "poltrona" do soberano.

A Noite e o Caos, na companhia
Dos mais Titãs, nos divertia, 7.560
No ardor da juventude nossa,
Lançar, como balões ligeiros,
No ar, um sobre outro, Pelion e Ossa,
E enfim pôr, como um par de gorros,
Sobre o Parnaso os seus dois morros... 7.565
Apolo alegre ora lá trona,
Das Musas o rodeia o coro.
Até, para o seu raio e estouro,
A Júpiter, ergui a poltrona.
Levando o esforço ao paroxismo, 7.570
Desvencilhei-me ora do abismo,
E chamo a vida e a esforço novo,
Agora alegre e ativo povo.

ESFINGES

Dir-se-ia imemorial ser isto,
Um píncaro a se erguer na serra; 7.575
Não fosse por nós mesmas visto,
Como hoje o vomitou a terra.
Moitas se expandem, e arvoredo,
Movem-se penha ainda, e rochedo;
Mas pouco importa isso a uma Esfinge, 7.580
O nosso assento nada atinge.[93]

---

[93] Nova manifestação da impassibilidade das Esfinges — literalmente: "Não nos deixamos perturbar no assento sagrado".

GRIFOS

Ouro em pó, em folhas, cachos,[94]
Vejo a tremular nos rachos.
É riqueza que lá raia,
Vós, Formigas, escavai-a! 7.585

CORO DAS FORMIGAS

Tem-na os gigantes
Erguido ao alto,
Vós! tripudiantes,
Sus! ao assalto!
Em cima, ao centro, 7.590
Na fenda adentro,
Não há migalha
Que não nos valha.
Sem mais, portanto,
O ínfimo ali 7.595
De todo canto
Tirai, extraí.
Surja o tesouro!
Valha a façanha;
Depressa, entre o ouro, 7.600
Deixai a montanha.[95]

---

[94] Originando-se a nova montanha, começa então a sua colonização por plantas, animais e outros seres. Pelas rachaduras vê-se ouro em seu interior, o que atrai Grifos e Formigas (ver nota anterior ao v. 7.104), assim como Pigmeus.

[95] Goethe tomou a frase "deixar a montanha" ao jargão dos mineiros: significa deixar de lado o cascalho (e concentrar-se no minério e pedras preciosas).

GRIFOS

Entre aos montões,[96] sem algazarras!
Cobrimo-lo com as nossas garras;
São trincos bons, é o que se alarda,
Ninguém melhor tesouros guarda.   7.605

PIGMEUS[97]

O lugar sem mais tomamos,
Como foi, não o sabemos.
Não se indague de onde viemos,
O fato é que aqui estamos!
A enfrentar da vida o enredo,   7.610
Vale-nos qualquer região.
Surge um racho num penedo,
Logo está o anão à mão.
Prestes à obra, ele e a anã,
No duplo exemplar afã.   7.615
Rapidez e suor não medem;
Talvez fosse assim já no Éden.
Salve o nosso astro celeste!
Sítio bom nos propicia;

---

[96] Isto é, que o ouro "entre aos montões", para que os Grifos possam guardá-lo com as suas garras (ferrolhos ou "trincos" da melhor espécie).

[97] Surge agora o "alegre e ativo povo" invocado por Seismo (v. 7.572) para habitar a nova montanha. Criados pelas leis do "vulcanismo", os violentos Pigmeus irão logo atacar as pacíficas garças para apoderar-se de suas penas. Na sequência virá a vingança dos Grous ou cegonhas: episódio lendário já mencionado por Homero na *Ilíada* (III, 1-7).

Com prazer, de Leste a Oeste,   7.620
Sempre a Terra-Mãe procria.

DÁCTILOS[98]

Se numa noite criado tem
O povo miúdo, ela há também
De criar os pequeninos mais;
Também terão os seus iguais.   7.625

OS PIGMEUS MAIS VELHOS

Tomai-a, à pressa!
Sede ótima essa!
À obra! sois frágeis,
Porém, sede ágeis.[99]
Paz ainda há aqui,   7.630
Vossa forja construí.
De armas provede
A armada. Sede,[100]

---

[98] Ainda menores do que os Pigmeus, os Dáctilos ou "polegares" (do grego *daktylos*: dedo) são hábeis artesãos e ferreiros. Obrigados, assim como as Formigas, a trabalhar para os Pigmeus, cogitarão logo em seguida sublevar-se contra tal escravização.

[99] Os Pigmeus são exortados aqui, pelos mais velhos, a correr para ocupar lugar ou assento (*Sitz*, v. 7.627: "sede", na tradução) confortável (pois ainda reina paz) e a compensar a pouca força física pela rapidez (*Schnelle für Stärke!*).

[100] A continuação deste verso na estrofe seguinte só se dá na tradução: "Sede,/ Formigas, leais". No original, a segunda estrofe consiste integralmente na ordem às Formigas (*Imsen*, alomorfia de *Ameisen*) e aos Dáctilos para que providenciem metais e carvão para a fabricação de armas.

Formigas, leais,
E ativas mais,   7.635
Trazei metais!
Dáctilos, bando
Miúdo, ide andando!
Lenha em montão
Trazei, juntai!   7.640
Nela atiçai
Secreta ignição,
Trazei carvão.

GENERALÍSSIMO[101]

Com arco e seta,
Ao lago! é a meta,   7.645
Na água atirais,
Nas garças reais,
Lá, aninhadas,
No orgulho emproadas.
Todas, de vez,   7.650
E num só tudo!
Orne o elmo e o arnês,
Penacho graúdo!

FORMIGAS E DÁCTILOS

Quem, ai, nos salva!
Ferro trazemos, forjam cadeias.   7.655

---

[101] O comandante do exército dos Pigmeus, que lhes ordena agora o ataque às garças — o objetivo é conseguir o enfeite (*Schmuck*) para o elmo.

Rompamos as peias!
Contudo, essa alva
Ainda não raia;
Suando, aguardai-a.[102]

OS GROUS DE ÍBICO[103]

Assassínio, morte e horror!   7.660
Bater de asas de pavor!
De que gritos, dores, e ais
No alto ecoam sons mortais!
Matou tudo cruenta sanha,
A lagoa em sangue banha.   7.665
A avidez dos vis comparsas
Rouba as penas reais das garças.
No elmo, as vemos, já, flutuantes,
Dos ventrudos, vis tratantes.

---

[102] Nesta estrofe, as Formigas e Dáctilos falam do trabalho escravo que realizam para os Pigmeus e exprimem ao mesmo tempo a sua aspiração por liberdade. Como, porém, ainda não chegou o momento certo para a sublevação, a estrofe fecha em tom resignado: "Por isso sede maleáveis" (na tradução: "Suando, aguardai-a", isto é, a "alva").

[103] Alusão à balada "Os grous de Íbico", escrita por Schiller em 1797. Fala da vingança levada a cabo por grous (*íbis*, em grego) que, em sua rota migratória, acompanham a viagem do poeta Íbico, consagrado a Apolo, e testemunham o seu covarde assassinato num bosque ermo, perto de Corinto. Goethe mescla aqui a saga em torno desse aedo grego do século VI a.C. com o assunto mítico da luta entre Pigmeus e grous. Como observa Ulrich Gaier, o fundamento para a aproximação é o motivo do assassínio do belo e pacífico pela "avidez disforme" dos "vis comparsas" (v. 7.666).

Companheiros, vós, dos ares,   7.670
Peregrinos grous dos mares,
Vinde todos à vingança!
Dever dos parentes é!
Sangue não poupeis! Matança,
Ódio eterno a essa ralé!   7.675

(Dispersam-se aos grasnidos pelos ares)

MEFISTÓFELES *(na planície)*

Amestro as bruxas nórdicas sem custo,
Mas com essas estrangeiras não me ajusto.
É o Blocksberg sítio em que conforto há;
Ande onde for, sabe a gente onde está.[104]
Dona Ilse nos contempla de sua Pedra,   7.680
Em sua Altura, Henrique alegre medra;
O Roncador da Miséria escarnece,
Mas por mil anos tudo permanece.
Quem sabe aqui onde anda e o pé assenta,
Se embaixo o solo não se incha e arrebenta?   7.685

---

[104] Reaparecendo após 437 versos, Mefisto sente-se pouco confortável nessa fantasmagoria das planícies tessálicas e anela assim pela Noite de Valpúrgis nórdica, que tem lugar na região do Harz, norte da Alemanha, na noite de 1º de maio (ver texto introdutório à cena homônima do *Fausto I*). O monte Brocken, ou Blocksberg, é onde se reúnem as bruxas e os feiticeiros; outros lugares lembrados aqui por Mefisto aparecem na Noite de Valpúrgis da primeira parte: a pedra Ilse (ver nota ao v. 3.967), os chamados "rochedos roncadores" diante da aldeia *Elend*, "Miséria" (ver nota ao v. 3.879), e ainda o "alto" ou a "elevação" de Henrique, *Heinrichshöhe*.

Tranquilo por um vale raso vim,
E de repente se ergue, atrás de mim,
Uma montanha. As nuvens não atinge,[105]
Mas para me apartar de minha Esfinge,
É alta assaz. — No vale ainda palpita   7.690
Uma e outra chama, e à aventura excita...
Foge ainda, esquivo, e a me atrair, flutuante,
Gaiato e brincalhão, coro galante.
Cuidado! Quem sempre o que atrai, lambisca,
Tenta, seja onde for, pegar a isca.[106]   7.695

LÂMIAS *(arrastando Mefistófeles com elas)*[107]

Rápido, avante,
E sempre além!
Ora hesitando,
Ora palrando;
Tem graça, tem,   7.700
Como o velho tratante

---

[105] No original, Mefistófeles diz que a nova montanha, cujo surgimento ele portanto presenciou, "mal pode ser chamada de montanha" — por isso, diz a tradução, "as nuvens não atinge".

[106] No original, Mefisto propõe-se a ir calmamente às lúbricas Lâmias (*Nur sachte drauf!*), pois quem está muito acostumado a "lambiscar" (com conotação sexual), sempre procura, onde quer que a ocasião se ofereça, abocanhar algo.

[107] Agora reaparecem também as Lâmias, as "criaturas de má vida" que haviam seduzido Mefisto com a promessa de uma dança obscena, tal como experimentara no Blocksberg (ver v. 4.136). Aqui, contudo, as Lâmias não farão senão zombar do "velho tratante" (ou "velho pecador", como diz o original).

Cá arrastamos,
A castigá-lo!
Pé de cavalo
E perna arrasta   7.705
Coxeando, a sós.
Vamos, fujamos!
O fôlego desgasta
Atrás de nós.[108]

MEFISTÓFELES *(parando)*

Homens, nós, sempre nessa maldição!   7.710
Trouxas burlados desde Adão![109]
Fica-se velho, mas sagaz?
Não foste já logrado assaz?

Da grei se sabe que não vale nada,[110]
Ventre enfaixado, cara maquilhada;   7.715
Pra retribuir, não tem nada de são;
Onde se pegue, é tudo podridão.

---

[108] Sempre troçando de Mefisto, dizem as Lâmias literalmente nestes três versos finais: "Ele arrasta a perna,/ À medida que lhe fugimos,/ Atrás de nós!".

[109] "Trouxas" corresponde no original a *Hansen*, plural de Hans. O dicionário de Adelung registra a respeito de *Hansen*: "em virtude do uso generalizado deste nome [Hans], tornou-se uma designação geral para qualquer homem". A mesma conotação pejorativa está presente em *Mannsen*, no verso anterior: pessoa do sexo masculino (*Mannsperson, Mannsbild*), um homem (*Mann*).

[110] Isto é, da "grei" ou do "povo" das mulheres, que desde Eva vêm burlando os homens.

Vemo-lo, ouvimo-lo, sabê-lo cansa,
Mas se a súcia assobia, a gente, ainda assim, dança!

LÂMIAS *(parando)*

Alto! medita, hesita, para ali;   7.720
Ide a encontrá-lo! que escape, impedi!

MEFISTÓFELES *(andando para a frente)*

Trata de às dúvidas pôr cabo!
Também não passam de quimera;
Se não houvesse bruxas, diabo
Algum ser diabo ainda quisera![111]   7.725

LÂMIAS *(com muito encanto)*

Circunde o herói a nossa ronda!
Do amor, a uma de nós, sonda,
Em seu peito a abrasadora onda.[112]

MEFISTÓFELES

Na luz incerta, raparigas
Bonitas sois. Dispenso brigas;   7.730
Que a vosso apelo eu corresponda!

---

[111] No original, literalmente: "Se não houvesse bruxas,/ Quem, diabo!, ia querer ser diabo!".

[112] Literalmente estes versos dizem: "Circundemos este herói!/ Amor em seu coração/ Irá manifestar-se por uma de nós".

EMPUSA *(intrujando-se)*

Também ao meu. Sendo eu a Empusa,[113]
Não me podeis ter por intrusa.

LÂMIAS

Em nossa roda, essa é uma praga,
A brincadeira sempre estraga.   7.735

EMPUSA *(a Mefistóleles)*

Saúda-te a Empusa, tua priminha;
Ter pé de burro, é glória minha!
Só um pé de cavalo tens,
Mesmo assim, primo, parabéns!

MEFISTÓFELES

Mundo de estranhos! e em seu meio   7.740
Parentes mais, ai, descobrimos;
Um livro velho aqui folheio:
Do Harz à Hélade, sempre primos!

---

[113] Espectro noturno que na mitologia grega tem apenas um pé. Em sua enciclopédia mitológica, Hederich registra que, em outra versão, ela possuía "dois pés, mas um deles era de ferro ou, segundo outros, de burro". A Empusa podia assumir formas variadas, entre as quais, a de uma bela moça. Nesta aventura erótica de Mefistófeles com as Lâmias e a Empusa os comentadores apontam elementos de duas comédias de Aristófanes: *Ekklesiazusas* (A assembleia das mulheres) e *As rãs*.

EMPUSA

Com hesitações, jamais me tolho:
Pra transformar-me o mapa é rico;   7.745
Mas em vossa honra agora escolho
A cabecinha de burrico.[114]

MEFISTÓFELES

Com essa gente, ao que reparo,
Tem parentesco um valor raro;
Contudo, haja o que houver! casmurro,[115]   7.750
Cabeças repudio, de burro.

LÂMIAS

Deixa a maldita! ela afugenta
O que graça e jeito aparenta,[116]

---

[114] A cabecinha de burro, que a superstição nórdica associa a feitiços eró-
ticos e a danças de bruxas, alude a um motivo da comédia shakesperiana *Sonhos
de uma noite de verão*, em que um feitiço de Oberon leva sua mulher Titânia a
apaixonar-se pelo artesão e ator Zettel, que recebe do duende Puck uma cabeça
de burro.

[115] Literalmente: "Mas aconteça o que acontecer,/ A cabeça de burro eu
quero negar". Divergindo da ortografia contemporânea, Goethe costumava grafar
o verbo reflexivo *sich ereignen* ("passar-se, acontecer, ocorrer") na forma mais
antiga *eräugnen*, para explicitar a sua derivação de *Auge* ("olho"): aquilo que se
mostra aos olhos, ao olhar.

[116] As Lâmias exortam Mefisto a afastar-se da Empusa porque esta, assumindo abertamente suas horrorosas metamorfoses, afugenta tudo o que é "belo
e gracioso", como diz o original.

O que de encanto se reveste —
Some tudo ao surgir a peste!

7.755

MEFISTÓFELES

Mas também vós, suaves priminhas,
Fazeis jus a suspeitas minhas.
Será que a face cor-de-rosa
Num ai não se metamorfosa?

LÂMIAS

Pois tenta-o! é múltipla a coorte!

7.760

Se te saíres bem no esporte,
Da sorte o melhor prêmio arrancas.
De que uso é a lúbrica cantiga?
És pretendente de uma figa,
Andas a emproar-te e o grandão bancas!

7.765

Conosco está já a misturar-se;
Mostrai a essência do disfarce,
Uma a uma, surjam visões francas.

MEFISTÓFELES

Escolho a mais abrasadora...[117]

(Abraçando-a)

Ui! que pau seco de vassoura!

7.770

---

[117] No original, "a mais bonita"; como porém as Lâmias se propuseram a arrancar o disfarce e mostrar o verdadeiro ser, Mefisto acaba abraçando um "pau seco de vassoura".

(Agarrando uma outra)

E essa?... oh! horrenda, entre as mais feias!

LÂMIAS

Melhor mereces? não o creias.

MEFISTÓFELES

Atrai-me essa pequena guapa...
Lagarta é o que das mãos me escapa![118]
As tranças cobras lisas são.   7.775
Com a compridona aqui esbarro...
Um pau de tirso é o que agarro,
E sua cabeça é um pinhão![119]
Que há mais?... Bem, ainda essa gorducha,
Talvez me satisfaça a bruxa;   7.780
Seja! uma vez ainda se tenta!
Obesa e mole, pagam mais
Por tal petisco os Orientais...[120]
Mas, ai! qual bola de ar rebenta!

---

[118] No original, Goethe emprega o substantivo italiano *lacerte* (lagartixa), que em seus "Epigramas venezianos" aparece como metáfora para as prostitutas.

[119] No original, "talo de tirso" (tipo de inflorescência). Como registra Hederich, trata-se de um atributo dos cultos dionisíacos, com a forma de falo e uma pinha na ponta. O dicionário Houaiss apresenta, como uma das definições de "tirso": "bastão enfeitado com hera e pâmpanos, e rematado em forma de pinha, atributo de Baco e das bacantes".

[120] Estas palavras de Mefistófeles sobre a "gorducha", conforme observou Momme Mommsen em 1951, remetem ao ideal de beleza feminina descrito no li-

LÂMIAS

Alas rompei! qual veloz raio,   7.785
Num voo sinistro circundai-o,
Filho intrujão de estranha maga!
Em rondas negras, pavorosas!
Morcegos de asas silenciosas!
É baixo o preço ainda que paga.[121]   7.790

MEFISTÓFELES *(sacudindo-se)*

Sagaz mais, não fiquei, mas não me aturdo:
Se absurdo é aqui, também no Norte é absurdo.
Cá e lá, disforme o espectro avulso;
Poetas, povo, tudo insulso.
É como alhures mero entrudo,[122]   7.795
E dança dos sentidos tudo.
Via máscaras bonitas, e agarrava

---

vro *Proben der arabischen Dichtkunst* [Amostras da arte poética árabe], publicado em 1765 por Jacob Reiske: "carne obesa e gorda, esponjosa, rechonchuda e macia na parte sobre a qual se senta. Neste ponto, os árabes pensam de maneira muito diferente de nós". No verso seguinte, tal traseiro gorducho, ao ser tocado, rebenta como "bola de ar" — *Bovist*, no original: espécie de cogumelo bojudo (também conhecido como "peido de bruxa"), que expele os seus esporos ao ser tocado.

[121] Isto é, Mefistófeles está se safando com muita facilidade dessa aventura erótica com as Lâmias.

[122] Queixando-se da superstição popular e das obras poéticas que inventam tais fantasmas, Mefisto traça um paralelo com a mascarada carnavalesca (o "entrudo", *Mummenschanz*) no Palatinado Imperial do primeiro ato (cena "Sala vasta com aposentos contíguos").

Horrores com que me arrepiava...
Até prouver-me-ia iludir-me, fora
Algo a ilusão mais duradoura.[123]   7.800

(Perdendo-se entre o pedregal)

Onde é que estou? Para onde isto anda?
Era um atalho, e em caos desanda.
Por senda lisa e aberta eu vinha,
E entulho ante meus pés se apinha.
Acima e abaixo trepo e desço em vão,   7.805
Minhas Esfinges, onde estão?
Não o crera eu tão infernal!
Numa só noite um monte tal!
Que é cavalgada mestra, digo;
Trazem as bruxas seu Blocksberg consigo.[124]   7.810

OREAS *(do penhasco natural)*[125]

Vem, sobe aqui, velho é meu penhascal,
Conserva sua forma primordial.
Honra a rocha íngreme em que estás subindo,

---

[123] Isto é, se a ilusão não se desfizesse tão rapidamente, a aventura enganosa com as lúbricas Lâmias lhe teria proporcionado mais prazer.

[124] Blocksberg refere-se aqui ao monte criado há pouco por Seismo; Mefisto atribui o seu surgimento às Lâmias, num golpe de mestre das feiticeiras ("cavalgada mestra").

[125] Na mitologia grega, Oreas (ou Oréade) é a ninfa dos montes e montanhas. Ela se dirige a Mefistófeles do alto de um penhasco "natural" e, subentende-se, de origem "netunista" (ao contrário do monte "vulcanista" recém-criado por Seismo).

Essas ramagens últimas do Pindo![126]
Inabalável já me erguia assim,   7.815
Quando Pompeu fugiu por sobre mim.[127]
Mas as visões, num mero abalo,
Somem com o canto, já, do galo.[128]
Fábulas vi surgir frequentemente,
E se esvaírem de repente.   7.820

MEFISTÓFELES

Saúdo-te, cabeça veneranda,
Que a copa dos carvalhos enguirlanda!
Da lua o mais vivo clarão
Não penetra essa escuridão. —
Mas junto às moitas bruxuleia   7.825
Uma modesta, íntima luz.
Como tudo isso se encadeia!
Quem o diria? é *Homunculus*![129]
Para onde vais, meu pequenino?

---

[126] Pindo é a cadeia de montanhas entre a Tessália e o Epiro; Oreas refere-se aos últimos prolongamentos dessa cadeia.

[127] Isto é, depois de ser derrotado por César na batalha da Farsália, mencionada por Ericto na abertura desta cena.

[128] Oreas concebe o recente monte "vulcanista" como mera "visão" e sugere que desaparecerá com o primeiro canto do galo (que na crença popular faz desaparecer os fantasmas noturnos).

[129] Entra de novo em cena o Homúnculo (a tradução usa agora a forma latina *homunculus*, para rimar com "luz"). Assim como as primeiras palavras de Fausto em solo grego exprimem o seu anelo por Helena ("que é dela?" ou "onde está ela?"), também o Homúnculo irá expressar a sua aspiração por "vir a ser".

Segundo ato

HOMÚNCULO

De ponto a ponto fluo, ilumino;   7.830
Quisera em alto nível vir a ser
No afã de quebrar meu cristal;
Mas tudo o que até agora pude ver,
Não me incita a ajustar-me a tal.
Apenas — é confidencial —   7.835
Sigo de dois filósofos a pista:[130]
Natura! Natureza! ouço dos Mestres;
Não os vou eu perder de vista,
Conhecem bem, suponho, entes terrestres;
No fim, talvez, se me confirme,   7.840
A quem convém eu dirigir-me.

MEFISTÓFELES

Faze-o por tua própria mão.
Pois onde espectros sua sede têm,[131]

---

[130] Trata-se, como se revela em seguida, de Tales de Mileto (c. 625-545 a.C.) e Anaxágoras (c. 500-428 a.C.). O primeiro teria afirmado ser a água a origem de todas as coisas e concebido a Terra como espécie de disco flutuante sobre águas primordiais. O segundo ensinava que o cosmo se constituía de minúsculas partículas elementares e que sol era uma massa de metal incandescente, da qual se desprendiam os meteoros e estrelas cadentes. Anaxágoras sistematizou a sua doutrina no livro (não conservado) *Sobre a Natureza*, que lhe valeu a acusação de ateísmo. Goethe os coloca em cena, de maneira anacrônica, como porta-vozes primordiais do netunismo e do vulcanismo contemporâneos.

[131] No original, "fantasmas" (*Gespenster*), no sentido de hipóteses e teorias inconsistentes. No entanto, como observa Albrecht Schöne, o próprio Goethe, em sua *Teoria das cores*, usava o substantivo "fantasma" como sinônimo polêmico

Acolhe-se o filósofo também.
Para que a seu favor e arte façam jus,   7.845
Logo uma dúzia nova ele produz.
Sem erros jamais chegas à razão.[132]
Se queres ser, sê por tua própria mão!

HOMÚNCULO

Conselho bom também útil será.

MEFISTÓFELES

Vai-te indo, pois; veremos em que dá.   7.850

(Separam-se)

ANAXÁGORAS *(a Tales)*

Em nada há de ceder tua mente rija?
Por convencer-te, há o que mais se exija?

TALES

Curva-se ao vento a onda em seu vaivém,
Da penha abrupta ao longe se mantém.[133]

---

para "espectro", a fim de contrapor-se à teoria newtoniana sobre a fragmentação prismática da luz.

[132] No original, Mefisto usa o verbo "errar" ("se não errares") provavelmente no sentido de ziguezaguear pra lá e pra cá (ou "de ponto a ponto", como acabou de dizer o Homúnculo).

[133] Isto é, a onda desvia-se dos rochedos ("penhas") próximos à costa.

ANAXÁGORAS

Vapor de fogo engendrou essa rocha. 7.855

TALES

No úmido o que é vivo desabrocha.

HOMÚNCULO *(entre ambos)*

De acompanhar-vos, dai-me o ensejo.
Formar-me e vir a ser, almejo!

ANAXÁGORAS

Tales, jamais, numa noite, hás, do lodo
Posto a surgir montanha tal, num todo?[134] 7.860

TALES

A horas, dia ou noite, a natureza
Jamais sujeita a viva correnteza.
Molda ordenada qualquer forma;
Nem no grandioso a violência é a norma.[135]

---

[134] Literalmente, o "vulcanista" Anaxágoras pergunta aqui a seu adversário se este, enquanto representante das forças "netunistas", criou alguma vez, numa única noite, uma tal montanha a partir da lama — ou do "lodo" do mar primordial, cujas sedimentações, segundo a teoria netunista, teriam dado origem às montanhas.

[135] No âmbito de sua filosofia netunista, Tales pondera agora que o "fluir" (*Fließen*) da Natureza (sua "viva correnteza") jamais dependeu de "horas, dia ou

ANAXÁGORAS

Mas deu-se aqui fogo titânico, horroroso,   7.865
Vapor eólico a explodir monstruoso,[136]
Rompeu do solo plano a velha crusta,
E serra nova ergueu na área vetusta.

TALES

E aí? disso prossegue algo, assim?[137]
Ei-la, pois, e isso é bom no fim.   7.870
Com briga tal, gasta-se o tempo em vão;
Serve só a inculcar no povo a confusão.

ANAXÁGORAS

De mirmidões o monte já formiga,[138]
Em vãos de rocha a multidão se abriga;

---

noite", mas está relacionado a ritmos lentos, suaves (sem qualquer forma de violência) e de longuíssima duração.

[136] Na mitologia grega, Éolo era o senhor dos ventos, e os mantinha encerrados em cavernas e frestas dos rochedos. (No canto X da *Odisseia*, Éolo presenteia Ulisses com um odre onde se encontram presos todos os ventos, exceto aquele que o deveria conduzir de volta a Ítaca.) O verso alude ainda a antigas concepções científicas segundo as quais no interior da terra se acumulavam água e ar, formando gases explosivos.

[137] Isto é, que consequências esses casos isolados têm para a controvérsia sobre as origens da superfície terrestre?

[138] Os mirmidões são um povo da Tessália que, segundo a lenda, teria se originado de Formigas (*myrmex*, em grego). A tradução reforça essa associação com o verbo "formigar", referido aos Pigmeus, Dáctilos e às próprias Formigas.

Formigas, dáctilos, pigmeus,   7.875
E outros parceiros miúdos seus.

(Ao Homúnculo)

Nunca a ambição da glória em ti nutriste,
Em solidão restrita só exististe;
Mas se ao poder o teu afã subscreve,[139]
Posso coroar-te como rei em breve.   7.880

HOMÚNCULO

Que diz, meu Tales?

TALES

Não o recomendo;
Vai-se no miúdo efeito miúdo obtendo.
Com os grandes, o pequeno altura cria.
Vê a negra nuvem lá, dos grous![140]
Terror no povo aflito induz;   7.885
O rei também ameaçaria.
Com bico adunco, garra afiada,
A grei miudinha é apunhalada;
Sangrento fado pressagia.

---

[139] Anaxágoras diz agora que poderá transformar Homúnculo em rei se ele acostumar-se ou habituar-se (*sich gewöhnen*) a exercer o poder sobre os violentos Pigmeus.

[140] Após desaconselhar o Homúnculo a envolver-se com o reino vulcanista dos Pigmeus, Tales vê sua postura netunista corroborada pela agora efetiva vingança dos grous (ver nota à rubrica anterior ao verso 7.660), à qual também sucumbiria o eventual rei.

Um crime exterminou as garças, 7.890
Em paz em seu viveiro esparsas.
Virou chuva assassina a frecha,[141]
Cruel vingança ora desfecha!
A fúria que os da espécie inflama,
Dos pigmeus o vil sangue clama. 7.895
Que lhes vale o elmo, a lança, o escudo?
Ajuda o penacho os anões?
Ocultam-se eles aos montões!
Pigmeus, dáctilos, foge tudo.

ANAXÁGORAS *(depois de uma pausa, solenemente)*

São os subtérreos a quem sempre exalto, 7.900
Mas neste caso apelo para o Alto...
Lá em cima, eternamente remoçada,
Tu, trinomeada, triformada,
Vê de meu povo a desfortuna,
É a ti que evoco, Hécate, Diana, Luna![142] 7.905
Meditativa, tu, profunda e grave,
Violenta e a um tempo calma e suave.

---

[141] Tales refere-se neste verso à "chuva daqueles projéteis assassinos", provavelmente as lanças e flechas ("frechas", na tradução) dos Pigmeus que massacraram as garças; tal "chuva", inflamando a "fúria" da "espécie" aparentada (*Nahverwandten*, isto é, os Grous), provoca agora a "vingança cruel e sangrenta".

[142] Anaxágoras invoca a deusa "trinomeada, triformada", sob os três nomes que a mitologia lhe atribuía: como deusa da lua no céu (Luna ou Selene, em grego), deusa da caça na terra (Diana ou Ártemis), deusa da fecundidade e dos feitiços no mundo ínfero dos mortos (Hécate ou Prosérpina). O epíteto dos "três nomes e três formas" refere-se também às três fases visíveis da lua: crescente, cheia e minguante.

Segundo ato

As trevas abre de teu vão sombrio!
Revela sem feitiço o antigo poderio![143]

(Pausa)

Cedo demais, na altura   7.910
Ter-me-ão ouvido dado?
Tem meu rogo turbado[144]
A ordem da natura?

E imenso, e imenso mais, de cima
O trono orbicular da deusa se aproxima.[145]   7.915
Monstruoso à vista, pavoroso cresce!
Em tenebrosos tons se empurpurece...
Mais perto, não! tremendo orbe de azar!
Tu nos arrasas e aniquilas terra e mar!

Verdade é pois? com noturnal magia   7.920
Bruxas tessálias te hão de tua via[146]

---

[143] O filósofo pede que se revele agora o "antigo poderio" (ou a antiga força) da lua, porém sem "feitiço" (os cantos invocatórios atribuídos às bruxas da Tessália, que teriam o poder de tirar a lua de sua órbita).

[144] Estes versos mais curtos exprimem a comoção de Anaxágoras, que acredita ter provocado com seu "rogo" a queda da lua. Em seguida, porém, revelar-se-á ter caído apenas um meteoro. (Em 1827 Goethe faz anotações sobre um relato de Diógenes Laércio segundo o qual Anaxágoras teria previsto a queda de um gigantesco meteoro em Aigos Potamoi.)

[145] Isto é, a própria lua, que em sua visão vai se aproximando cada vez mais da terra.

[146] Pelo seu próprio feito, Anaxágoras vê agora a comprovação da crença (relatada por Horácio, Lucano e Plutarco) que atribuía às bruxas da Tessália o poder de provocar a queda da lua.

Criminalmente aos baixos atraído?
De ti horrores extorquido?
Treva ao redor do orbe já se espraia,
De súbito arde, fulge, raia!   7.925
Que silvos! que estrondear, trovoada!
De ventania que rajada! —
Aos pés do trono estou prostrado! —
Perdoai! por mim foi provocado.

(Lança-se de rosto ao chão)

TALES

Esse homem, que não vê e ouve!   7.930
Não sei conosco, o que aqui houve;
Nada senti em seus extremos![147]
São horas loucas, confessemos,
E Luna embala-se, alva e complacente,
Na altura como anteriormente.   7.935

HOMÚNCULO

Olhai a sede dos pigmeus, contudo;
O morro era redondo, e ei-lo pontudo!
Monstruoso choque, ali, eu sentira,
Penha infernal da lua caíra;[148]

---

[147] Tales não compartilha das visões de seu exaltado colega vulcanista e, por isso, diz aqui não ter de modo algum sentido ou percebido como ele.

[148] O Homúnculo descreve a sua visão da queda do meteoro sobre a montanha recém-erguida por Seismo, esmagando "amigos e inimigos" (isto é, Pigmeus

Segundo ato

Sem indagar como nem quando,   7.940
Amigos e inimigos esmagando.
Mas no louvor tal arte enfaixo,
Que criou de noite, num momento,
A um tempo só, do alto e de baixo,
Dessa montanha o monumento.   7.945

TALES

Acalma-te! foi só em pensamento.[149]
Pereça aquela horrenda grei!
Foi bom não te tornares rei.
Avante, agora! à festa anual do Mar!
Hóspedes raros sabem lá honrar.   7.950

(Afastam-se)

---

e Grous). Ele sugere com este verso (literalmente: "O rochedo caiu da lua") uma
origem extraterrestre para os meteoros e as estrelas cadentes, em consonância
com hipóteses científicas da época.

[149] Tales busca acalmar agora o seu pequeno discípulo, dizendo tratar-se
de pura imaginação (indiretamente há aqui uma sugestão de que as teorias vulcanistas nada tinham a ver com a realidade da gênese da crosta terrestre). Como
observam Erich Trunz e Albrecht Schöne, o verso encerra uma alusão à posição
teórica do geólogo suíço Jean André de Luc, que num estudo de 1803 (*Abrégé des
principes des faits concernant la cosmologie et la géologie*) considerava fanta-
siosa a origem extraterrestre dos meteoros. Nesse estudo leem-se as seguintes palavras: "Se alguém me dissesse: 'mas eu vi quando aquela pedra caiu!', eu lhe res-
ponderia [...] 'eu acredito porque o senhor afirma ter visto, mas eu não acredita-
ria se eu o tivesse visto'".

MEFISTÓFELES *(galgando as rochas no lado oposto)*

Eis-me a galgar rochedos nas alturas,
A me arrastar entre raízes duras!
Tem em meu Harz da resina o vapor
Algo de pez: fala isso em seu favor
Também o enxofre... nesta bagunceira   7.955
Dos gregos, nem sinal disso se cheira.[150]
Saber quisera como atiçam, cá, do inferno
Penas e fogo expiatório eterno.

DRIAS[151]

Esperto indígena em teu país serás,[152]
Mas noutra terra, hábil não és assaz.   7.960
Afasta o espírito das pátrias bandas,
Dos robles honra aqui as ramas venerandas!

---

[150] Movendo-se na paisagem grega que lhe é estranha (em meio a "rígidas raízes de antigos carvalhos", como diz o v. 7.952), Mefisto sente saudade dos pinheirais do Harz, cenário da Noite de Valpúrgis nórdica. O "vapor" da resina exalada pelos pinheiros lembrava-lhe o odor de pez, associado (ao lado do enxofre) ao elemento infernal e demoníaco. (Em alemão, *Harz* significa também "resina", criando um trocadilho que se perde na tradução.)

[151] Ou *dríade*, ninfa das árvores (em grego, seu nome está associado a "carvalho" ou "roble", como diz a tradução).

[152] Advertindo Mefisto a não se aferrar a sua limitada perspectiva nórdica, a ninfa Drias diz aqui que ele até pode ser "esperto" em seu país, mas nesta terra estrangeira não se mostra assaz "hábil" ou desenvolto.

MEFISTÓFELES

O que se abandonou, na mente impera;
Tem-se por paraíso, o que hábito era.
Mas na luz fraca da caverna afora,   7.965
O que é que, em três, lá se acocora?

DRIAS

São as Forquíades! Vai ao lugar,
Fala com elas, se não te arrepiar.[153]

MEFISTÓFELES

E por que não! — Lá vejo algo e me espanto!
Conhecedor sou, e admito, entretanto,   7.970
Jamais ter visto algo de semelhante.
Piores são que a bruxa mais horripilante...[154]

---

[153] As Forquíades, ou Fórcides, são três irmãs que já nasceram velhas, personificando por isso a velhice e a feiura. Filhas de Fórquis ou Fórcis, divindade marítima da primeira geração (pré-olímpica), eram chamadas também de Graias e possuíam todas um único olho e um único dente, revezando-se as três em seu uso. Viviam reclusas em uma caverna na qual nunca chegava a luz do sol e da lua e eram as guardiãs das Górgonas, suas irmãs. As Forquíades desempenham um papel apenas no mito de Perseu: para executar seu plano de chegar à Medusa (a única Górgona mortal) e decapitá-la, ele primeiro as submete tirando-lhes o olho.

[154] No original: "São piores do que a mandrágora...". Para o imaginário popular, as raízes da mandrágora (*Alraune*, em alemão) lembram de maneira horripilante as formas humanas. A superstição dizia ainda que a mandrágora nascia do sêmen de um enforcado inocente e era dotada de poderes mágicos (ver nota ao v. 4.979).

Quem há de ver, nos pecados mortais,
Algo de feio ainda, havendo horrores tais,
Ao avistar o tríplice monstrengo?   7.975
Não vingariam nem no umbral externo
De nosso mais sinistro inferno.
Na terra aqui, do Belo, isso germina,
De antigo e clássico se denomina...
Parecem pressentir-me; vêm, aos giros,   7.980
Chilrando e a apitar, pacós-vampiros.[155]

UMA DAS FORQUÍADES

Dai-me o olho, irmãs, possa indagar
Quem, do templo, ousa assim se aproximar.

MEFISTÓFELES

Digníssimas, dai vênia a que achegar me possa
E receber a tripla bênção vossa;   7.985
Que, estranho para vós, eu me apresente,
Se engano não houver, como parente.[156]
Deusas arcaicas já avistei;
Ante Ops e Rea, fundo me inclinei;[157]

---

[155] "Pacó" designa-se a maior espécie de morcego conhecida, originária da Oceania. Literalmente Mefisto as chama de "morcegos-vampiros".

[156] Para aproximar-se das Fórcides, Mefisto apresenta-se como um "parente distante".

[157] Ops é o nome latino de Rea, ou Reia, esposa de Crono (Saturno) e mãe de Zeus (Júpiter) — pertencente portanto à mais antiga geração de deuses. Em seguida, Mefisto afirma ter visto as próprias Parcas, correspondentes latinas das Moiras gregas (divindades que decidiam sobre a vida e o destino dos humanos e

Irmãs vossas até, do Caos, as Parcas, ontem 7.990
As tenho visto — ou talvez anteontem;
Mas quem vos valha, nunca hei encontrado.
Calo-me agora, mudo e arrebatado.

FORQUÍADES

Sensato é esse espírito, ao que se ouve.

MEFISTÓFELES

Estranha-se que poeta algum vos louve. 7.995
Mas, dizei, como foi, como é possível isto?
Altíssimas, jamais efígie vossa hei visto!
Que vos encontre o cinzel, venerandas!
Não Juno, Vênus, Palas e quejandas.[158]

FORQUÍADES

Na noite imersas e na soledade, 8.000
Nisso jamais pensou nossa trindade!

às quais até os deuses estavam submetidos). As indicações de Mefisto não são claras (tanto no original como na tradução); muito provavelmente referem-se às Parcas como geradas por Caos (e não como suas irmãs). Contudo, referindo-se ainda às Parcas (geradas por Caos) como irmãs das Fórcides, ele reforça os seus vínculos de parentesco com estas, uma vez que também se apresenta como "o filho muito amado do Caos".

[158] Isto é, o cinzel do artista deveria modelar as Fórcides e não belezas como Juno, Vênus ou Palas (a Minerva latina): as três deusas olímpicas (Hera, Afrodite e Atena) das quais Páris deveria dizer qual era a mais bela (escolha que acabou recaindo sobre Afrodite).

MEFISTÓFELES

Como também, se ao mundo alheadas, na penumbra,
Viveis sem ver ninguém, e ninguém vos vislumbra?
Morar à luz devíeis, noutra parte,
Num sítio em que vigoram pompa e arte,   8.005
De dia em dia de um marmóreo bloco
Novo herói surge e é da glória o foco.[159]
Onde, ademais —

FORQUÍADES

                    Cala-te e não nos tentes!
Que adiantaria estarmos disso cientes?
Da noite oriundas, a ela aparentadas,   8.010
Por nós mesmas até, por todos ignoradas.

MEFISTÓFELES

Não há problema aí, é só querer;
Transfere-se para outro o próprio ser.
A vós três basta um olho, um dente: é lógico,
Pois, condensar, de jeito mitológico,   8.015
Em duas de vós, das três a essência,

---

[159] Isto é, as Fórcides deveriam viver num lugar onde vicejam a arte e o esplendor, em que a cada dia um herói surge esculpido de um bloco de mármore — e a "passo duplo" (*im Doppelschritt*), como diz o original em provável alusão irônica aos monumentos, bustos e estátuas de heróis prussianos, levantados em Berlim após a vitória sobre Napoleão.

Segundo ato

E me emprestar da terceira a aparência,[160]
Por prazo curto.

UMA DELAS

Então? anuís a que se tente?

AS OUTRAS

Tentemo-lo! — mas sem olho e sem dente.

MEFISTÓFELES

Mas o melhor dessarte se subtrai;   8.020
Perfeita, assim, a imagem já não sai!

UMA

Salienta à vista, é fácil, o incisivo,
Fecha apertado um olho, e logo, ao vivo,
O teu perfil conosco alcança
Fraterna e exata semelhança.   8.025

---

[160] Mefisto explanou às Fórcides a possibilidade de projetar-se ou transferir-se a outro ser e de condensar em duas, mitologicamente, a essência de três — pede-lhes agora que lhe emprestem, "por prazo curto", a aparência de uma das Fórcides. Pleiteia também o olho e o dente únicos, mas como não os consegue terá de valer-se de recursos mímicos para semelhar-se "fraternalmente" (*geschwisterlich*) àquelas.

MEFISTÓFELES

Seja! É honra!

FORQUÍADES

Seja!

MEFISTÓFELES *(de perfil como Fórquias)*[161]

Eis-me em meu brilho,
Do Caos o bem amado filho![162]

FORQUÍADES

Filhas do Caos somos, verdade estrita!

MEFISTÓFELES

Vergonha! tacham-me de hermafrodita.[163]

---

[161] Mefisto assume agora o papel de Fórquias, no qual atravessará todo o terceiro ato, como antípoda da beleza helênica (somente na rubrica que se segue ao v. 10.038 irá tirar esta máscara e surgir novamente como demônio nórdico). Albrecht Schöne: "O Mal, traduzido para o grego, apresenta-se como o abissalmente feio".

[162] Como se delineara pouco acima, reforça-se assim o laço de parentesco entre o filho e as filhas de Caos. No diálogo da primeira cena "Quarto de trabalho", Fausto já chamara a Mefisto "estranho filho de Caos" (v. 1.384).

[163] Em virtude, portanto, da mescla de seu ser com a aparência de uma das Fórcides. Assim despede-se ele desta Noite de Valpúrgis para ressurgir no ato seguinte como horrendo e velho macho-fêmea, desempenhando o papel de governanta de Helena.

FORQUÍADES

Do novo trio, que beleza, ó gentes!   8.030
Dois olhos temos nós, temos dois dentes!

MEFISTÓFELES

Que a todo olhar humano ora me esconda!
Diabos no inferno assuste a face hedionda![164]

(Sai)

BAÍAS ROCHOSAS DO MAR EGEU[165]

(Lua estacionária no Zênite)[166]

SEREIAS *(estendidas ao redor nos recifes, flautando e cantando)*

No negror de horas aziagas,
Se te hão da Tessália as magas   8.035

---

[164] Isto é, com tal aparência Mefisto seria capaz de assustar até mesmo os diabos no inferno — o que não significa que ele pretenda descer ao Hades para participar do resgate de Helena.

[165] Nessas enseadas rochosas que confinam com a planície da Tessália, a Noite de Valpúrgis clássica não apenas chega a sua última etapa, mas também alcança o seu ápice e verdadeira meta. Os variados acontecimentos que se alternam nesse cenário mitológico estão todos sob o signo de uma veneração cultual à Natureza, constituindo de antemão uma espécie de contrapartida antigo-pagã ao final da tragédia, com os elementos da mitologia católica que promovem a apoteose da Mater Gloriosa. Dos três "viajantes aéreos" que aterrissaram nas cam-

De tua altura, outrora, arreado,
Mira de teu cume arqueado
Ora as tremulantes vagas
Em que oscila teu clarão,
E ilumina a multidão   8.040
Que das ondas se alevanta!
A nós, servas da aura tua,
Sê propícia, gentil Lua.[167]

NEREIDES E TRITÕES *(como monstros marinhos)*[168]

Cantos vossos mais ressoem,
Pelo vasto oceano ecoem,   8.045

---

pinas farsálicas, apenas o Homúnculo continua em cena, movido sempre pela aspiração de vir a ser, originar-se por inteiro, e será recebido pelas criaturas e semi-
divindades que povoam essa paisagem marítima como um dos seus.

[166] Imobilizada no vértice de seu "cume arqueado", a lua conota a grandiosidade desse momento em que o culto pagão e mitológico atinge o seu ponto culminante, o tempo como que se detendo e o instante ganhando permanência. No
sexto canto de sua mencionada epopeia sobre a guerra civil entre César e Pompeu
(*Farsália* ou *De bello civili*), Lucano atribui também às bruxas da Tessália o poder
de paralisar a lua em sua rotação.

[167] Esta súplica à "bela Luna", como diz o original, encontrará correspondência no final da tragédia (na cena "Furnas montanhosas"), com a prece do Doctor Marianus: "Virgem, Mãe, Rainha eterna,/ Misericordiosa sê!" ("misericordiosa"
e "propícia" correspondem ao adjetivo *gnädig*, que Goethe emprega em ambas as
passagens).

[168] Nereides são ninfas marítimas, filhas do deus dos mares Nereu. Em sua
enciclopédia mitológica, Hederich escreve que as Nereides passavam todo o tempo brincando e dançando sobre as águas: "tinham também o poder de acalmar o
mar proceloso e acompanhavam os carros dos principais deuses marítimos, assim

De sua base a grei chamai![169]
Do tufão em paroxismo
A abrigou o fundo abismo,
Canto suave acima a atrai.

Com que júbilo e deleite   8.050
Arvoramos nós o enfeite
De anéis, brincos, ricas gemas,
Colar de ouro, diademas!
Tudo isso é colheita vossa.
Atraíram vossos coros   8.055
Ao naufrágio mil tesouros,[170]
Vós, demônios da angra nossa.

SEREIAS

Na úmida profundidade
Peixes movem-se à vontade,
Isso é o que sabemos, pois;   8.060

---

como rodeavam Vênus sempre que vinha à tona. Cavalgavam sobre delfins, cavalos marinhos e outros animais do oceano". Hederich também designa as Nereides, cujo número era estipulado em cinquenta, como Dórides, em conformidade com sua mãe, a ninfa Dóris. Os Tritões, que também aparecem como "monstros" (ou prodígios, portentos) do mar, são divindades masculinas, representados com frequência no séquito das Nereides (assim como em terra os sátiros costumavam acompanhar as ninfas).

[169] Literalmente, esses portentos marinhos referem-se à "grei" ou ao "povo das profundezas", que são chamados pelo canto das Sereias.

[170] Isto é, o canto mavioso das Sereias, seduzindo os marinheiros, levou os navios ao naufrágio, e de seus tesouros provêm os "anéis, brincos, ricas gemas" com que se enfeitam Nereides e Tritões.

Mas, festivos bandos, vós,
Hoje nos provai, a nós,
Que mais do que peixes sois.

NEREIDES E TRITÕES

Antes de chegarmos cá,
O deliberamos já;   8.065
Vinde, irmãos, celerementę!
Viagem curta é suficiente,[171]
Logo o testemunho impomos,
Que mais do que peixes somos.

(Afastam-se)

SEREIAS

Fluindo na ondeação violácea,   8.070
Rumam para a Samotrácia!
Longe já com o vento estão.
Grei dos mares, a que aspiras
No âmbito áureo dos Cabiras?[172]

---

[171] Como indica a fala das Sereias a seguir, trata-se da viagem até a ilha próxima de Samotrácia, onde se praticava em uma gruta o misterioso culto aos Cabiras (ou Cabiros).

[172] Os mistérios praticados na cidade de Elêusis (dedicados à deusa Deméter) e na ilha da Samotrácia estavam entre os mais célebres na Grécia dos séculos V e IV a.C. Os Cabiras, cultuados nessa ilha, eram divindades de origem fenícia, mais tarde incorporados a concepções gregas. Alexandre, o Grande, pertencia a esse culto secreto e erigiu altares aos Cabiras nas cidades que fundou durante o

Deuses de prodígio ali,   8.075
Multiplicam-se por si,
E não sabem o que são.

Paira em tua altura infinda,
Luna encantadora e linda.
Reine a noturnal magia,   8.080
Não nos afugente o dia!

TALES *(à beira-mar, a Homúnculo)*

Conduzir-te-ia à gruta de Nereu;
Não é distante esse refúgio seu.
Mas tem uma cabeça dura
A mozambúgia criatura.[173]   8.085
Com toda ação da espécie humana,
O velho resmungão se dana.
Mas, já que ele o porvir desvenda,
Faz com que tudo preito renda
A sua pessoa por dote tal;   8.090
Aliás, fez bem a muitos já.

---

seu império. Tudo o que se conhece do culto aos Cabiras é que vinculava de algum modo a morte à imortalidade e à metamorfose, o que teria ensejado a Goethe, como se esclarecerá no final da cena, fazê-los atuar nessa Noite de Valpúrgis clássica.

[173] A expressão com que Tales se refere ao velho Nereu é tão insólita quanto engraçada: *der widerwärtige* [o repulsivo] *Sauertopf* [rabugento ou casmurro, estraga-prazeres etc]. Nos manuscritos da tradução encontra-se esse adjetivo esdrúxulo, não dicionarizado, "mozambúgio", que desperta associações fonéticas e semânticas com "macambúzia" (e, portanto, adequado ao contexto).

HOMÚNCULO

Vamos tentá-lo, e bater lá!
Não vai custar tão já chama e cristal.[174]

NEREU[175]

São tons humanos, soando ao meu ouvido?
Demais me irrita isso o sentido!   8.095
Sombras que os deuses querem alcançar,
Mas só a si mesmas podem igualar.
Podendo eu fruir já milenar repouso,
Inda aos melhores quis ser prestimoso,
E em atos seus, sempre a insânia aparece,   8.100
Como se eu nada aconselhado houvesse.

TALES

Ancião do mar, há quem se fie em ti!
Sábio és, não vás nos expulsar daqui.
Essa chama, inda que a homem se assemelhe,
Há de acatar Nereu no que aconselhe.   8.105

---

[174] Isto é, "bater à porta" de Nereu não vai pôr em risco a reluzente redoma de vidro do Homúnculo.

[175] Também conhecido como "Velho do Mar", Nereu é filho de Ponto, personificação masculina do Mar, e Geia (a Terra) — portanto, uma divindade ainda mais antiga que Posidão, que já pertence à geração olímpica. Ao contrário deste, Nereu era tido por uma divindade que aconselhava e protegia os mortais. Nos versos a seguir, no entanto, Nereu se mostra contrariado com os humanos ("sombras que os deuses querem alcançar"), desconfiados do valor de seus conselhos.

NEREU

Conselhos, quê! Quando é que aos homens valem?
Morre o dizer sagaz na orelha dura.
Por mais que à ruína em feitos seus resvalem,
Da teimosia o erro fatal perdura.
Com zelo paternal, Páris não adverti,   8.110
Antes que cobiçasse a estranha para si?[176]
Na praia grega emproava o altivo porte;
Da visão do porvir lhe transmiti o augúrio:
Abrasado o ar, de fogo um mar purpúreo,
Telhados ruindo, assassinato e morte: 8.115
De Troia o dia do supremo juízo,
Que em ritmos por milênios subsistiu.[177]
Do ancião chasqueou o insolente o aviso,
Satisfez a luxúria, e Ílion sucumbiu —
Cadáver rijo, após tormentos mil, bem-vindo   8.120
Repasto colossal para as águias do Pindo![178]

---

[176] Segundo Hederich, Nereu profetizou a Páris todas as nefastas consequências que o rapto de Helena acarretaria a sua pátria, Troia. Albrecht Schöne lembra que essa profecia é mencionada por Horácio no livro I de suas "Odes" (*Carmina*, I, 15).

[177] Isto é, a destruição ("dia do supremo juízo") de Troia, ou Ílion, foi fixada ritmicamente nos versos hexâmetros de Homero (*Ilíada*) e Virgílio (*Eneida*).

[178] Não se trata de uma referência a aves de rapina ou carniceiras, mas sim de uma metáfora para os poetas vinculados à "montanha das musas", que também trazia o nome Pindo (ver nota ao v. 7.814). O assunto monstruoso da queda de Troia ("repasto colossal") sempre atraiu os poetas.

E não instei a Ulisses premunir-se
De horrores do Ciclope, ardis da Circe?[179]
Seu hesitar, dos seus o impulso, fosse
Que mais! Algum proveito isso lhe trouxe?   8.125
Até que, muito balouçado, um dia
A hóspita praia o trouxe onda tardia.

TALES

Com tal desmando, o sábio se apoquenta;
Mas sendo bom, inda uma vez o tenta.
Um quê de gratidão um prazer gera,   8.130
Que até quintais de ingratidão supera.[180]
Não é pouco o que vamos requerer:
Quer criar forma o pequenino, e vir a ser.

NEREU

Não me turbeis disposição que é rara!
Bem diferente é o que hoje se prepara: 8.135
Coube-me as filhas todas convocar,
As minhas Dórides, Graças do mar.[181]

---

[179] Essa advertência que Nereu teria feito a Ulisses no sentido de acautelar-se perante a feiticeira Circe e os monstruosos Ciclopes, que poderiam retardar o seu retorno a Ítaca, constitui livre invenção de Goethe.

[180] Isto é, o "nadinha" (*Quentchen*) de gratidão do pequenino Homúnculo compensará os "quintais" (medida de peso equivalente a quatro arrobas) de ingratidão que o rabugento Nereu alega ter recebido em troca de seus conselhos.

[181] Hederich escreve em seu léxico que as Dórides "são o mesmo que as Nereides" — apenas nomeadas segundo sua mãe, a ninfa Dóris.

O Olimpo, e o vosso solo não se louvam
De imagens que com graça tal se movam.
Dos dragões de água, em cuja volta dançam, 8.140
Nos corcéis de Netuno, ágeis, se lançam.[182]
E à onda incorporadas, como pluma
Parece que as levanta a própria espuma.

De Vênus já a concha iridescente ondeia,
Nela trona a mais bela, Galateia.[183] 8.145
Cípris nos tendo abandonado outrora,
Como deidade Pafos hoje a adora.
E como herdeira, há tempos, já, desfruta
O carro-trono e o rico templo-gruta.

Ide, pois! A hora paternal feliz 8.150
Com ódio no peito e injúrias não condiz.

---

[182] As graciosas Dórides, que, segundo o orgulhoso pai, não encontram iguais nem no Olimpo nem no "solo" em que pisam homens como Tales, costumam saltar dos dragões marítimos sobre os cavalos com que o atual deus reinante (Netuno ou, para os gregos, Posidão) percorre os mares.

[183] O nome da mais bela filha de Nereu evoca em grego (*Galateia*) a alvura do leite. Goethe a introduz na cena como herdeira ou representante de Vênus (correspondente à Afrodite grega), que teria nascido da espuma das ondas. O principal santuário de Vênus, a deusa da beleza, ficava em Pafos, na ilha de Chipre — daí o cognome Cípris. Conforme Hederich: "Quando Saturno decepou o membro viril de seu pai e o lançou ao mar, logo surgiu uma espuma branca, que por um certo tempo ficou vogando no mar até que finalmente Vênus originou-se dessa espuma". Em seguida, a deusa teria sido levada à ilha de Cítera (Chipre) numa concha — o símbolo arquetípico do sexo feminino, associado aqui a Galateia.

Indagai de Proteu, o mago do disfarce,[184]
Como é possível se formar e transformar-se.

(Afasta-se na direção do mar)

TALES

Nada essa tentativa nos rendeu;
Inda que o encontrem, dá-se que Proteu   8.155
Logo se esquiva, e se estacar, só conta
Algo de irreal que a mente deixa tonta.
Porém careces de maduro auxílio,
Vamos tentá-lo, e enveredar seu trilho![185]

(Afastam-se)

SEREIAS *(em cima, nos rochedos)*

Que vemos, lá, distante,   8.160
Singrando a onda espumante?
Como se ordens do vento
Movessem alvas velas,
Tão claras surgem elas,

---

[184] Proteu é igualmente um antigo deus do mar, capaz também de fazer profecias. Como possuía ainda o dom da metamorfose, transformava-se em tudo o que desejasse (não só em animais, mas também nos próprios elementos) para furtar-se àqueles que vinham consultá-lo sobre o futuro.

[185] No original, Tales refere-se ao "nosso trilho"; subentende-se, porém, que se trata do trilho ou caminho que leva a Proteu.

Donzelas do elemento.[186]   8.165
Abaixo ora desçamos,
As vozes lhes ouçamos.

NEREIDES E TRITÕES

O que trazemos cá,
Todos agradará.
É de Chelone a concha imensa.[187]   8.170
Adentro a imagem raia, intensa,
Desses seres divinos;
Entoai sagrados hinos.

SEREIAS

Pequeno o ser,
Grande o poder;   8.175
Salvam os naufragados,[188]
Deuses primevos consagrados!

---

[186] "Elemento" significa aqui o mar: as Sereias referem-se às Nereides que, acompanhadas pelos Tritões, retornam da Samotrácia com os Cabiras.

[187] Chelone ou Quelone é uma primordial e mítica tartaruga. Na mitologia grega, Quelone era originalmente uma Ninfa, transformada em tartaruga por Hermes como punição por ter reagido com menosprezo ao casamento de Zeus com Hera. Sobre a sua carapaça são transportados agora os Cabiras (na mitologia hindu todo o universo repousa sobre a carapaça de uma gigantesca tartaruga).

[188] Pequenos de estatura, mas dotados de grande poder, os Cabiras costumavam socorrer os náufragos, desempenhando portanto uma ação oposta à das Sereias.

NEREIDES E TRITÕES

Quem os Cabiras traz,
Da festa augura a paz;[189]
Onde seu santo eflúvio manda,   8.180
Netuno amigo a onda abranda.

SEREIAS

Sois do mais alto nível;
Pujança irresistível,
Quando uma nau afunda
Os naúfragos secunda.[190]   8.185

NEREIDES E TRITÕES

Trouxemos esses três,
Negou o quarto a vez.[191]

---

[189] Literalmente: "Trazemos os Cabiras/ Para conduzir uma festa de paz". Como assinalam os comentadores, Goethe tomou o motivo dos Cabiras — ídolos cultuais que permanecem mudos nesta cena — aos estudos dos mitólogos românticos, sobretudo Friedrich Creuzer (*Simbolismo e mitologia dos povos antigos, em especial dos gregos*, 1812) e Friedrich W. Schelling (*Sobre as divindades da Samotrácia*, 1815). Goethe via criticamente esses estudos altamente especulativos e, por isso, alguns desses versos encerram uma sutil ironia.

[190] No original, as Sereias continuam dirigindo-se aos Cabiras: quando uma nau afunda, vós ("pujança irresistível") "protegeis a tripulação".

[191] Literalmente: "O quarto não quis vir". Uma das alusões jocosas de Goethe às controvérsias entre os mitógrafos contemporâneos sobre o presumível número correto dos Cabiras.

Ser o único, alegava,
Que pelos mais pensava.

SEREIAS

Pode um deus outro deus   8.190
Provocar com labéus.
Vós, dons agradecei
E todo mal temei.[192]

NEREIDES E TRITÕES

De fato, sete são.

SEREIAS

Os três mais, onde estão?   8.195

NEREIDES E TRITÕES

Não há como dizê-lo,
No Olimpo hão de sabê-lo;
Lá o oitavo talvez para,[193]
Que ainda ninguém lembrara!

---

[192] Isto é, um deus (como o quarto Cabira) pode troçar de outros deuses
(ou, como quer a rima da tradução, provocá-los "com labéus"), mas "vós", Nereides
e Tritões, "venerai todas as mercês,/ temei todo dano".

[193] O verbo "parar" corresponde aqui a *wesen*, que Goethe emprega numa
conotação cultural: o possível oitavo Cabira, como os outros três, também para (ou
existe) no Olimpo. Segundo os comentadores, foi sobretudo Schelling que estabe-
leceu uma analogia entre essas divindades da Samotrácia e os deuses olímpicos.

Saúdam a nossa vinda,   8.200
Inacabados ainda.

Esses incomparáveis
Em sua ávida esperança,
Procuram, incansáveis,
O que jamais se alcança.   8.205

SEREIAS

À adoração se anua,
Onde algum deus atua,
No sol seja ou na lua;
Há quem seu lucro frua.[194]

NEREIDES E TRITÕES

De nossa glória o estouro   8.210
Louvai em alta voz![195]

O seu mencionado estudo, embora objeto da zombaria de Goethe, forneceu-lhe a concepção de que os poderosos Cabiras eram também — como dizem os versos seguintes — "inacabados ainda", movidos por "ávida esperança" e procurando, "incansáveis, o que jamais se alcança". Goethe pôde assim espelhar nos Cabiras (tal como concebidos por Schelling) não apenas os esforços do Homúnculo por vir a ser por inteiro mas também a aspiração fáustica pelo "inalcançável".

[194] A tradução destes quatro versos é um tanto arrevesada, mas corresponde ao sentido do original: dizem as Sereias estarem acostumadas a orar onde se ergue um trono, seja no sol ou na lua, pois compensa (isto é: "há quem seu lucro frua").

[195] Exclamação entusiástica dos Tritões e Nereides: "Como a nossa glória fulgura ao máximo/ Para conduzir essa festa!".

SEREIAS

De míticos heróis
Mirrou a fama, pois,
Por mais que a alcem em coro,
Têm conquistado o velo de ouro,   8.215
Mas os Cabiras, vós![196]

(Repetido como canto geral)

Têm conquistado o velo de ouro,
Os Cabiras, vós! nós!

(Nereides e Tritões vão passando)

HOMÚNCULO

Como informes potes de barro
Vejo essas monstruosas figuras,   8.220
Dão nelas sábios de hoje o esbarro,
E quebram as cabeças duras.[197]

---

[196] Isto é, a fama dos míticos heróis da Antiguidade que conquistaram o "velo de ouro" (os Argonautas que o trouxeram de Cólquida; ver nota ao v. 7.366) empalidece perante o feito de Tritões e Nereides, que trouxeram os Cabiras. Estes dois versos finais reverberam logo a seguir no "canto geral" que entoam Sereias ("Mas os Cabiras, vós [conquistastes]!") e Tritões e Nereides ("Os Cabiras, vós! nós [conquistamos]!").

[197] Aos olhos do Homúnculo esses ídolos da Samotrácia aparecem como figuras disformes, primitivos "potes de barro". Conforme observam os comentadores, essa imagem remonta à observação feita por Creuzer, em seu *Simbolismo e mitologia dos povos antigos,* de que os fenícios portavam os seus Cabiras como potes ou bilhas de barro.

TALES

É aspiração que não se veda:
Ferrugem dá valor à moeda.[198]

PROTEU *(despercebido)*[199]

Apraz-me a mim, velho contista!   8.225
Quanto mais singular, mais nos conquista.

TALES

Proteu, onde é que estás?

PROTEU *(ventríloquo, ora próximo ora distante)*

Aqui! e aqui!

TALES

Perdoo a graça, por provir de ti;

---

[198] Isto é, a ferrugem conota a antiguidade da moeda e muitas vezes a torna indecifrável (de certo modo, como os Cabiras).

[199] Em seu léxico mitológico, Hederich escreve que esse deus do mar podia assumir "todas as formas, transformar-se em fogo, água, árvores, leões, dragões etc. [...] Alguns interpretavam-no como a matéria das coisas, capaz de modificar-se de maneira tão vária como variadas são as espécies de animais, vegetais e outras criaturas". Ele surge aqui, portanto, como a personificação alegórica da metamorfose. Em sua *Viagem à Itália* (relato de julho de 1787), conforme lembra Albrecht Schöne, Goethe escreve "que naquele órgão da planta que costumamos chamar de folha encontra-se oculto o verdadeiro Proteu, que pode esconder-se e revelar-se nas mais variadas formas".

Mas a um amigo, a sério ora responde!
Falas do sítio errado, diz de onde. 8.230

PROTEU *(como de grande distância)*

Adeus!

TALES *(baixinho para Homúnculo)*

  Pertinho está! Solta da luz o feixe:
Ele é curioso como um peixe;
E onde quer que paire escondido,
Por tudo o que é fogo é atraído.[200]

HOMÚNCULO

Solto pois o clarão total, 8.235
Mas devagar, não se rompa o cristal!

PROTEU *(na forma de uma tartaruga gigante)*

Luz tão formosa de onde emana?

TALES *(velando Homúnculo à vista)*

Surge de pé como figura humana!
No esforçozinho não repares;
Verás de perto, se o almejares, 8.240

---

[200] Tales orienta o Homúnculo a fazer brilhar a redoma para atrair desse modo o curioso Proteu (assim como na pesca noturna procura-se atrair o peixe com luz artificial).

Mas só com nossa anuência e agrado,
O que aqui temos ocultado.

PROTEU *(em nobre estatura)*

Truques mundanos ainda são tua arte.[201]

TALES

Ainda tens gosto em transformar-te.

(Desvendou Homúnculo)

PROTEU *(espantado)*

Um luminoso anão! Nunca isso vira!   8.245

TALES

Pede um conselho: a criar forma, e a ser aspira.
Pelo que diz, de algum prodígio oriundo,
Tão só pela metade veio ao mundo.
Dotes intelectuais tem por completo,
Mas falta-lhe algo de táctil, concreto.   8.250
Só lhe dá peso até agora o cristal,
Porém quer ter substância corporal.

---

[201] Truques refinados ou, na acepção contemporânea da expressão utilizada por Goethe, truques "filosóficos".

PROTEU

És de donzela filho real, resvés,
Antes que devas ser, já és.

TALES *(baixinho)*

De melindroso ainda algo aqui se veja: 8.255
Julgo que hermafrodita seja.

PROTEU

Mais cedo, então, a coisa há de ser feita;
Assim que lá chegar, tudo se ajeita.
Mas não há muito aqui que cogitar:
Terá de principiar no vasto mar![202] 8.260
Que em pequenino se comece
E se devore o que é menor, é a norma,
Pouco a pouco é que assim se cresce,
E que a ente superior algo se forma.

HOMÚNCULO

Sopra aqui ar tão perfumado e brando, 8.265
Com o verdejante eflúvio o peito expando!

---

[202] Isto é, assim que ingressar, em "vasto mar", no processo de "vir a ser", de tornar-se plenamente humano, o hermafroditismo de Homúnculo irá resolver-se, "ajeitar-se" em um dos dois sexos.

PROTEU

Linda criança, é bom que isso te atraia!
Torna-se após ainda mais agradável,
Na estreita faixa dessa praia,
A emanação ainda mais inefável.   8.270
Da ponta, ali, miremos o cortejo
Que fluindo para cá já vejo.
Comigo vem!

TALES

Também vos acompanho.

HOMÚNCULO

De espíritos tríplice passo estranho![203]

*(Telquines de Rodes montados em hipocampos
e dragões marinhos, levando o tridente de Netuno)[204]*

---

[203] Isto é, a marcha insólita de Tales, do Homúnculo e de Proteu da "estreita faixa dessa praia" rumo à "emanação ainda mais inefável" da água doadora de vida.

[204] Habitantes primeiros da ilha de Rodes, os Telquines eram divindades marítimas, muito hábeis como artesãos e ferreiros. Teriam participado da educação de Posidão (Netuno) e inclusive forjado-lhe o tridente que agora portam ao entrar em cena. Hipocampos são cavalos marinhos, animais míticos constituídos de corpo equino e cauda de peixe.

CORO

Forjamos só nós de Netuno o tridente,   8.275
Que aplaina do mar o furor mais potente.
Se as nuvens Zeus rompe e desfecha a trovoada,[205]
Netuno responde à terrífica atroada;
E quando arde o raio, no ar ziguezagueando,
Jorra onda após onda de baixo espirrando;   8.280
E tudo o que em pânico entanto naufraga,
Pós longo arremesso ao abismo a onda traga.
Cedendo-nos hoje, ele, o cetro-tridente,
Flutuamos festivos e languidamente.

SEREIAS

Vós, que a Hélios sois votados,[206]   8.285
Por seus raios abençoados,
Salve a transcendente hora
Em que tudo Luna adora!

---

[205] No original, Goethe refere-se ao deus máximo do Olimpo, senhor da chuva e tempestade assim como dos raios e relâmpagos, mediante o seu cognome "Troante" (*Iuppiter Tonans*).

[206] A ilha de Rodes era tida na Antiguidade como consagrada a Hélio, deus do sol, pertencente à geração dos Titãs (e anterior, portanto, aos Olímpicos). Goethe poderá ter lido na obra de Hederich que os Telquines se haviam devotado a Hélio, erigindo-lhe ainda uma gigantesca estátua (o Colosso de Rodes, uma das maravilhas do mundo antigo).

TELQUINES

Argêntea deidade no célico plano![207]
Com júbilo vês o adorarem teu mano.   8.290
A Rodes ouvido dás do arco superno,
Eleva-se a Febus um peã, lá, eterno.[208]
Do início do dia até o instante em que expira,
Com olhar flamejante de raios nos mira.
Montanhas, cidades, as vagas, as searas,   8.295
Agradam ao Deus, são mimosas e claras.
Baixando uma névoa, um clarão logo brilha,
Um zéfiro sopra, e eis límpida a ilha!
Contempla-se lá em cem formas o Augusto,[209]
Mancebo, Colosso, o Magnânimo, o Justo.   8.300
Mas, nós, os primeiros que os deuses supremos
Em forma condigna de humanos erguemos.

PROTEU

Deixa-os cantar, fazer farol!
Aos raios criadores de vida do sol,
Obra morta é fumo de palha.   8.305

---

[207] Referência a Luna, irmã de Hélio e deusa da lua, a qual, "estacionária no Zênite", rege esta Noite de Valpúrgis e desperta veneração em todos os participantes da cena.

[208] Peã é originalmente um hino de louvor a Febo Apolo; aqui, porém, ele soa em honra a Hélio.

[209] As "cem formas" a que se referem aqui os Telquines são as inúmeras estátuas e estelas, assim como o Colosso de Rodes que construíram ao "augusto" Hélio.

Moldam em incessante lida,
E em bronze a efígie enfim fundida,
Convencem-se de que algo valha.
Com esse orgulho, que há contudo?
Gigante se ergue o deus imoto —   8.310
Bastou destruí-lo um terremoto;
Já foi rederretido tudo.[210]

Haja o que houver, a térrea lida
Sempre é tão só estafa e fráguas;
Propício mais é o oceano à vida;   8.315
Transporta-te a infindáveis águas
Proteu-Delfim.[211]

(Transforma-se)

Feito! De plano.
Êxito insigne traz o esforço:
Comigo levo-te em meu dorso,
Desposo-te com o vasto oceano.   8.320

TALES

Curva-te, pois, à nobre aspiração
De reencetar de início a Criação!
A rápida atuação te aprontes!

---

[210] Conta-se que um terremoto, ocorrido na ilha de Rodes entre 244 e 223 a.C., teria destruído a colossal estátua dedicada a Hélio.

[211] Proteu metamorfoseia-se no golfinho que conduzirá Homúnculo sobre o dorso, rumo às "infindáveis águas" e ao encontro da aventura erótica com Galateia, decisiva para a sua aspiração de vir a ser.

Passas segundo eternas normas,
Lá, por mil e mais cem mil formas;[212]   8.325
Tempo até ao homem tens aos montes.

(Homúnculo monta o Proteu-Delfim)

PROTEU

Vem, banha o espírito na área infinita!
A líquida amplidão ao longo e ao largo habita;
Em liberdade hás de mover-te aqui,
Mas sem a mais alta ordem aspirares: 8.330
Pois assim que homem te tornares,
Tudo estará perdido para ti.[213]

TALES

Mas, vindo a sê-lo, é bom também
Ser em seu tempo homem de bem.[214]

---

[212] No "vasto oceano" em que a vida principiou, diz aqui o netunista Tales, o Homúnculo irá mover-se de acordo com "eternas normas" e passar por "mil diferentes formas" até chegar à condição humana.

[213] Ao contrário de Tales, que enaltecera o longo processo pelo qual o Homúnculo poderá chegar à plena condição humana ("Tempo até ao homem tens aos montes"), Proteu expressa uma visão negativa do ser humano e aconselha aquele a adentrar e permanecer como "espírito" na "área infinita" ("vastidão úmida", no original).

[214] Tales objeta às palavras anteriores de Proteu: ser um "homem de bem", honrado e dinâmico, também tem o seu lado positivo.

PROTEU *(a Tales)*

Sim, diga-se um de tua casta!   8.335
Bons tempos isso ainda se arrasta;
Em lívido, espectral cortejo,
Faz séculos que já te vejo.[215]

SEREIAS *(sobre os rochedos)*

Que arco de nuvens formosas
À lua circunda a flux?[216]   8.340
São pombinhas amorosas,
Asas brancas como a luz.
Enviou Pafos para cá
Seu fervente enxame de aves;
Terminada a festa está   8.345
No auge de delícias suaves!

NEREU *(dirigindo-se a Tales)*

Diria andante noturnal
Ser miragem da atmosfera;[217]

---

[215] Goethe faz Proteu aludir, com certa ironia, à longa "vida" posterior dos filósofos antigos, aqui em especial dos pré-socráticos.

[216] O arco de nuvenzinhas que parecem formar um halo ou corona em torno da lua constitui-se, como dizem as Sereias em seguida, das pombas que vieram de Pafos, abrindo o cortejo de Galateia.

[217] Entrando novamente em cena, Nereu reforça a interpretação das Sereias: um viajante noturno reduziria esse halo em torno da lua a um fenômeno atmosférico, mas os espíritos têm, como diz o original, "opinião diferente e a única

Mas de espíritos, o real
E único critério impera: 8.350
Meigas pombas são, aladas,
Que em seu voo, de minha filha
Vão acompanhando a trilha,
Na lição de eras passadas.

TALES

Concordo eu com isso em pleno, 8.355
É do homem de bem agrado,
Em ninho íntimo e sereno,
Manter vivo o que é sagrado.[218]

PSILOS E MARSOS *(em touros, bodes e bezerros marinhos)*[219]

Em Chipre, em rudes cavernas
Que não cobre o Deus do mar, 8.360
Seismos não pode abalar,[220]

---

correta": são as pombas que desde tempos imemoriais acompanham a "viagem em concha" (*Muschelfahrt*) de sua filha.

[218] Também a Tales, como "homem de bem", é de pleno agrado que o "sagrado" (os velhos e pios mitos) seja mantido vivo "em ninho íntimo e sereno", incólume às concepções racionais e científicas.

[219] Psilos e Marsos são povos antigos, originários da África e Itália, e dotados com poderes mágicos e medicinais. Também eram considerados prodigiosos encantadores de serpentes. Os touros, bezerros e bodes (ou carneiros) marinhos, sobre os quais eles vêm montados, constituem motivos frequentes em antigas representações pictóricas.

[220] Isto é, em "cavernas" ou grutas invulneráveis tanto às forças vulcanistas (Seismos) como às netunistas (o Deus do mar).

Que afagam brisas eternas,
De eras haurindo a passagem,
Velamos em fiel homenagem
De Cípris a áurea carruagem,[221]   8.365
E guiamos por noites puras
E argênteas tessituras,
Oculta às novas criaturas,
A filha de insigne encanto.
Não tememos neste agrado,   8.370
Nem águia, nem leão alado,
Nem cruz, nem lua,[222]
O que alto trona e atua,
Se alterna e se mutua,
À morte e à ruína arrasta,   8.375
Cidades e searas devasta.
Nós, entretanto,
Trazemos a deusa de máximo encanto.

SEREIAS

Numa oscilação tranquila,
Círculos formando em volta   8.380
Da carruagem, fila em fila
Entremeando-se na escolta,

---

[221] A "carruagem" ou carro de conchas (*Muschelwagen*) de Vênus, venerada na cidade de Pafos na ilha de Chipre. (Como explicitado anteriormente, essa carruagem é usada agora por Galateia.)

[222] Psilos e Marsos aludem aqui aos símbolos dos quatro poderes que se revezaram no domínio sobre Chipre: a "águia" romana, o "leão alado" de Veneza, a "cruz" dos Cruzados e a "lua" do Império Otomano.

Das Nereides chega a grei,
Belas, de índole selvagem;
Meigas Dórides,[223] trazei   8.385
Galateia, da mãe a imagem:
Divindade áurea e serena,
De imortal brilho; no entanto,
Tendo da mulher terrena
Todo o sedutor encanto.   8.390

DÓRIDES *(todas montadas em delfins,*
desfilando em coro perante Nereu)

Banha, Lua, de raios claros,
Essa adolescente flora!
Hoje, em prol de esposos caros,
Nosso amor um pai implora.[224]

(A Nereu)

São mancebos que salvamos   8.395
Da tormenta e seu pavor,
Que em musgo e algas acamamos,
Revivendo a alma e o calor;
Ora, com ardentes beijos
Têm de agradecer ensejos;   8.400
Não lhes negues teu favor!

---

[223] Goethe reitera aqui a distinção entre as filhas de Nereu: de um lado as rústicas Nereides e, de outro, as delicadas, "meigas" Dórides, que conduzem a mais bela de todas: Galateia, imagem de sua mãe Dóris.

[224] As Dórides apresentam ao seu pai Nereu os belos jovens que salvaram da "tormenta", implorando-lhe a aquiescência para unirem-se a eles.

NEREU

É duplo o bem: poder ser caridoso
E ao mesmo tempo fruir do amor o gozo.

DÓRIDES

Se nos louva tua bondade,
Pai, concede-nos o enleio;   8.405
Prenda-os na imortalidade
Nosso eterno jovem seio![225]

NEREU

Possais, no amor à presa vossa,
O adolescente a homem formar;
Mas sem que eu outorgar vos possa   8.410
O que só Zeus pode outorgar.
Move-vos a onda em seu balanço,
E nem no amor constância encerra;
Ao esvair-se esse, de manso
Deponde-os novamente em terra.[226]   8.415

---

[225] Que Nereu, portanto, permita às filhas estreitar os mancebos para sempre, "na imortalidade", em seu "eterno jovem seio".

[226] Isto é, ao "esvair-se" o amor, no balanço inconstante das ondas, as Dórides devem devolver os jovens à terra firme. No original, Nereu responde aos suaves versos trocaicos das Dórides em iambos que oscilam agitados: como observa Schöne, em ritmo irregular e inconstante, próprio à agitação das ondas.

DÓRIDES

> Meigos jovens, vós, que amamos,
> Vem a hora dos tristes adeuses;
> Fieldade eterna almejamos,
> Não a permitem os deuses.

OS MANCEBOS

> Ao fruir vossas ternuras lautas,   8.420
> Melhor não passamos jamais;
> Em vossa aura, nós, jovens nautas,
> Nada almejamos mais.

(Galateia aproxima-se sobre a carruagem de conchas)[227]

NEREU

És tu, meu amor!

---

[227] A viagem marítima de Galateia constitui, assim como o encontro entre Leda e Zeus (de que resulta a concepção de Helena), um motivo frequente na pintura europeia, sobretudo durante o Renascimento. Conforme observam os comentadores, a apoteose final da Noite de Valpúrgis clássica é inspirada em larga medida no grandioso afresco de Rafael *O triunfo de Galateia*, que Goethe estudou atentamente, durante sua estada em Roma, na Villa Farnesina (também possuía, em sua coleção gráfica, reproduções da obra de Rafael feitas por importantes artistas). Uma comparação com o afresco revela a maestria do velho poeta em "traduzir", nesta passagem, a simultaneidade espacial das formas e cores para a sequência temporal de seus versos.

GALATEIA

Que ventura, meu pai!
A visão me extasia, Delfins meus, parai!   8.425

NEREU

Lá vão-se, vão passando já,
Na circular, veloz moção!
Não ligam à íntima, ardente emoção!
Pudessem, ah, levar-me lá!
Mas um olhar delícia traz   8.430
Que um ano inteiro satisfaz.

TALES

Salve, salve, novamente!
De júbilo imbui-me a mente,
O Real e o Belo fecundo...
Tudo, tudo é da água oriundo!![228]   8.435
Tudo pela água subsiste! Oceano,
Medre teu eterno influxo e arcano!
Se as nuvens não enviasses,
Ribeiros não criasses,

---

[228] Também Tales é arrebatado pela aproximação de Galateia, que desen-cadeia o final apoteótico dessa Noite de Valpúrgis. Literalmente o filósofo netu-nista afirma, após a dupla saudação inicial, estar florescendo de alegria, impreg-nado do Belo e do Verdadeiro; e, em seguida, vem o único verso da obra com dois pontos de exclamação, como que explicitando a fórmula fundamental da gênese da vida: "Tudo, tudo é da água oriundo!!".

Torrentes não desviasses, 8.440
Rios não engrossasses,
Que fora este mundo, a planície, a serra?[229]
É em ti que a frescura da vida se encerra.

ECO *(coro de todos os círculos)*

De ti é que jorra a frescura da terra.

NEREU

Refluem de longe, oscilantes, 8.445
Não trazem o olhar a olhar já, de antes;[230]
Em espirais serpenteia
O ledo cortejo;
Mas a concha-trono vejo,
Vejo ainda de Galateia, 8.450
Que irisada ao longe ondeia.
Brilha como um astro
Entre a turba. Na penumbra
Da adorada a luz vislumbra!
No longuínquo rastro 8.455
Raia clara e transluzente,
Sempre próxima e presente.

---

[229] A concepção netunista de Tales dá a entender que o elemento da água não apenas mantém toda a diversidade da vida: também todos os fenômenos geológicos deste mundo, planícies e cordilheiras, devem sua existência à ação das águas de um oceano primevo.

[230] Nereu refere-se aqui a um movimento circular que o cortejo de Galateia executa por um momento em alto-mar, voltando-se para trás (mas sem proporcionar mais, devido à distância, o encontro de olhares).

HOMÚNCULO

No úmido espelho frio,
Tudo o que eu alumio
É belo e encantador.   8.460

PROTEU

A líquida área fria
Teu clarão alumia
Com mais brilho e clangor.[231]

NEREU

Que novo mistério se quer revelar
Que em meio das hostes nos surge ao olhar?   8.465
Aos pés da concha arde, a rodear Galateia,
Já forte, já suave, já lindo flameia;
Dir-se-ia por pulsos do amor impelido.

TALES

Homúnculo é, por Proteu seduzido...[232]
Sintomas do ardor são, do anseio possante,   8.470

---

[231] Proteu parece avistar a retorta reluzente e soante do Homúnculo imergindo na "líquida área fria" — ou, como diz o original, na "umidade da vida". Uma sinestesia, observa Schöne, "que no zênite dos acontecimentos condensa de maneira festivo-solene o elemento táctil, óptico e acústico".

[232] O termo "seduzido" corresponde fielmente ao original *verführt*, que Goethe emprega porém no sentido mais antigo de "levado embora", sem conotação negativa.

Noite de Valpúrgis clássica

Pressinto os arquejos do choque angustiante;
No trono fulgente se destroçará;
Chameja, se ignita, derrama-se já.[233]

SEREIAS

Que flâmeo milagre no mar arde ali,
Com fúlgidas ondas atroando entre si?   8.475
Cintila oscilante e o clarão irradia:
Refulgem os corpos nas trevas da via,
E tudo ao redor já o fogo abraseou.
Reine Eros, portanto, que tudo iniciou![234]
   Salve o oceano! salve a chama   8.480
   Que nas ondas se esparrama!

---

[233] As expressões de Tales e Nereu descrevem sub-repticiamente o encontro erótico entre o Homúnculo e Galateia, de que resulta a "morte de amor" daquele: a "concha" de Galateia; "ardor" e "arquejos" do encontro; por fim chamejo, ignição e o derramar-se nas águas doadoras de vida.

[234] Com essas imagens das ondas transfiguradas pelo "flâmeo milagre", corpos refulgindo nas "trevas da via", as Sereias entoam um hino à gênese da vida, iniciada por Eros ou Amor. Albrecht Schöne lembra que no *Banquete* (178, b) de Platão, Eros é apresentado como o mais antigo dos deuses, desprovido portanto de genitores. Os quatro elementos celebrados na sequência eram considerados a origem de toda a vida terrena: água, fogo, ar (na tradução, "vento etéreo") e terra ("misteriosas grutas", no original: "a gruta e seu mistério", na bela solução da tradutora). Destes quatro elementos se originaram, segundo concepção de Empédocles de Agrigento (*Fragmentos*, 21, 9), "todas as coisas que eram, são e serão, árvores e homens assim como mulheres e animais, e pássaros e peixes criados na água e também os deuses [...]".

Salve o fogo! a água preclara!
Salve a aventura rara![235]

TUDO-TODOS![236]

Salve o brando vento etéreo!
Salve a gruta e seu mistério!   8.485
Glória aos quatro e seus portentos,
Consagrados elementos!

---

[235] No léxico de Goethe, o substantivo "aventura" (*Abenteuer*) tem com frequência, como aqui, o significado de vivência ou acontecimento extraordinário, incomum. O adjetivo "preclara", no verso anterior, não tem correspondente no original, mas foi inserido pela tradutora para rimar com "rara". Também por motivos de rima, a tradução não segue a ordem exata com que Goethe introduz os elementos nesse canto coral das Sereias: "Salve o oceano! salve as ondas,/ Envoltas pelo fogo sagrado!/ Salve a água! salve o fogo!/ Salve a aventura rara!".

[236] Em todo o *Fausto*, esta é a única indicação cênica acompanhada de ponto de exclamação. Como se representasse, segundo a observação de Albrecht Schöne, o gesto entusiástico do maestro arrebatando o grande coro para o *finale* hínico da peça.

Terceiro ato

Diante do palácio de Menelau em Esparta

Animada por profusa multidão de seres mitológicos, a "Noite de Valpúrgis clássica" confluiu para a dissolução erótica do Homúnculo no encontro de sua redoma com a concha-carruagem da ninfa Galateia, simbolizando a gênese da vida nas águas do mar Egeu. Oriunda do mar, entra em cena agora a mítica Helena, encarnação suprema da beleza e, portanto, "último produto da Natureza que se intensifica continuamente", conforme a expressão empregada por Goethe em seu ensaio sobre o grande nome do classicismo Johann Winckelmann (1717-1768).

A gênese deste terceiro ato do *Fausto II* remonta ao ano de 1800, quando Goethe — às voltas então com a primeira parte da tragédia — concebeu um fragmento constituído de 265 versos a que deu o título "Helena na Idade Média". Esse fragmento ainda não permitia entrever de que modo o complexo temático em torno da heroína grega se integraria à história do doutor alemão, mas era certamente intenção do poeta convertê-lo num ponto culminante da obra, como se depreende de uma carta de Friedrich Schiller datada de setembro de 1800: "Esse cume, como o senhor mesmo o chama, deve ser visto de todos os lados do conjunto e ao mesmo tempo mirar para todos os lados".

Somente 25 anos mais tarde é que Goethe irá retomar o fragmento, procedendo a pequenas alterações e acrescentando-lhe os demais versos que complementam esta cena "diante do palácio de Menelau". Lançando-se em seguida à redação das duas cenas subsequentes, o poeta conclui a versão definitiva do ato que ocupa posição central na segunda parte da tragédia e o publica em 1827, no quarto volume de suas obras completas (*Ausgabe letzter Hand*), sob o título "*Helena. Fantasmagoria clássico-romântica. Entreato para o Fausto*". Na linguagem da época, clássico equivale a "antigo", ao passo que romântico significa "medieval". Já o termo "fantasmagoria", derivado da antiga palavra grega *phantasma*, conota também o significado que adquirira na língua francesa no final do século XVIII: por *fantasmagorie* se designava a projeção de fenômenos e espectros sobre o palco, com o recurso de um aparelho ótico desenvolvido pelo físico Etienne-Gaspard Robertson a partir da *laterna magica* (ver o comentário à cena "Sala feudal de cerimônias").

O envolvimento de Helena, paradigma da beleza feminina na Antiguidade clássica, com a história do pactuário nórdico não é invenção livre de Goethe, mas já está presente no livro popular de 1587 e na adaptação posterior de Johann Pfitzer. Nesta obra de 1674, consultada várias vezes pelo poeta (ver a Apresentação à primeira parte da tragédia), narra-se como Fausto foi tomado pelo desejo de não apenas admirar "a bela Helena da Grécia", mas sobretudo de tê-la como concubina e amante. Desse modo, "Mephostophiles" é obrigado a proporcionar-lhe o gozo da mais formosa mulher de todos os tempos, a "esposa do rei Menelau, por cuja causa a bela cidade de Troia encontrou a sua ruína". Mesmo sabendo tratar-se de uma mulher fantasmagórica, o pactuário, dominado pela lascívia, gera com a "enfeitiçada Helena" um filho a que dá o nome de Justum Faustum. Ao fim, porém, este desaparece junto com a mãe, enquanto aquele vai ao encontro de sua "miserável morte".

Tematizado também por Christopher Marlowe na cena XIV de sua *Tragicall History* (1592), o relacionamento entre Fausto e Helena acabou entrando por essa via na peça de marionetes que tanto impressionou o menino Goethe. O velho poeta pôde assim, numa carta de outubro de 1826, dirigir ao seu amigo Wilhelm von Humboldt as seguintes palavras: "Esta é uma das minhas concepções mais antigas e baseia-se na tradição do teatro de marionetes o fato de que Fausto obriga Mefistófeles a conseguir-lhe Helena para o seu leito".

Mas, se na tradição popular a formosa mulher, graças à magia mefistofélica, insinua-se no quarto medieval de Fausto apenas para saciar o seu desejo sexual, Goethe a faz adentrar o palco como heroína que representa a Antiguidade clássica em sua forma mais nobre. Também ao contrário da tradição popular (e do próprio fragmento goethiano de 1800), ela não mais será deslocada para o contexto histórico do pactuário, mas permanecerá em terreno espartano, mais precisamente diante do palácio do rei Menelau. Em consonância com uma tendência da tragédia grega, a cena se inicia ao ar livre e Goethe reveste o monólogo inicial de Helena com um verso que procura transmitir a sugestão do chamado "trímetro jâmbico", característico desse gênero (e traduzido por Jenny Klabin Segall em versos de doze sílabas que preservam as características fundamentais do original goethiano, isto é, a dicção arcaizante e conscientemente artificial).

Como encarecem comentadores e críticos, todo o terceiro ato constitui verdadeira obra-prima do ponto de vista métrico e rítmico. Ao lado do trímetro jâmbico, o original alemão procura reproduzir ainda a sugestão do "tetrâmetro trocaico" grego (v. 8.909 e ss., traduzidos aqui numa métrica de quinze sílabas) assim como do verso breve que integra as estrofes cambiantes do coro grego. Além disso, Goethe empregará na segunda cena, com a entrada do cavaleiro medieval Fausto, o chamado "verso branco" da tradição alemã e inglesa (*blank verse*), não rimado e com cinco acentos (decassílabos na tradução de Jenny Klabin Segall), e ainda, indiciando na dimensão da forma poética a união entre Fausto e Helena, o verso rimado (começando com o verso característico da lírica amorosa medieval na Alemanha, a chamada *Minnedichtung* ou *Minnesang*). Por fim, toda a terceira cena estará dominada por reminiscências da poesia pastoral europeia, pelo sortilégio musical da canção romântica (*Lied*) e pela homenagem à figura do poeta inglês Lord Byron, para Goethe "o maior talento do século".

Os contemporâneos cultos de Goethe podiam vislumbrar por detrás do "ato de Helena", como o poeta costumava chamá-lo, a polêmica entre os partidários do Classicismo (que defendiam a imitação dos escritores da Antiguidade clássica) e os ferrenhos adeptos do Romantismo (e, portanto, da poesia então "moderna"). A intervenção mediadora de Goethe nesse antagonismo, semelhante em vários aspectos à famosa "Querela dos Antigos e dos Modernos" que agitou o panorama intelectual francês no século XVII, adquire maior nitidez na terceira e última cena do ato, justamente com o advento da figura alegórica de Eufórion, fruto da união entre Helena, nobre representante da Antiguidade clássica, e Fausto, que encarna o passado medieval alemão, tão cultuado pelos românticos.

Levando ao extremo ressalvas que o próprio Goethe nutria em relação à literatura romântica, Friedrich Wilhelm Riemer (1774-1845), amigo e conselheiro do poeta em questões de filologia clássica, anotava em seu diário, a 28 de agosto de 1808, palavras que, como assinala Albrecht Schöne, oferecem uma caracterização bastante expressiva dessa oposição: "O antigo é sóbrio, modesto, moderado; o moderno é inteiramente desenfreado, ébrio. O antigo aparece apenas como um real idealizado, um real modelado com grandeza e gosto; o romântico parece um irreal, um impossível ao qual se confere apenas uma aparência de real mediante a fantasia. O antigo é plástico, verdadeiro e efetivo; o romântico, ilusório como as imagens de uma lanterna mágica".

Ao pisar o palco "diante do palácio de Menelau", toda a fala de Helena, suas reações à ameaça que paira sobre si e as moças troianas do Coro (a vingança de morte que, segundo as insinuações de Mefisto-Fórquias, Menelau está premeditando em seu íntimo) — todos os seus gestos e atitudes mostram-se condicionados pela regra do decoro, da contenção, por aquilo, enfim, que é adequado à dignidade aristocrática: "como a uma esposa cabe" (v. 8.507); "Haja o que houver!

343   Diante do palácio de Menelau em Esparta

Seja o que for, a mim me cabe [...]" (v. 8.604); "Temor vulgar não cabe à filha real de Zeus" (v. 8.647).

Com essa postura resignada e altiva — lembrando não apenas a personagem de Eurípides (em *Helena* e *As troianas*), mas sobretudo a Helena estoica que atua na tragédia *As troianas* de Sêneca — a heroína introduz no *Fausto* uma linguagem e um estilo que Richard Alewyn comenta nos seguintes termos: "A amplitude incomum dos versos e a junção dura das frases, a ornamentação graciosa da imagética e a gnoma inflexível, a fluência solene do discurso e a parcimônia inaudita do sentimento, o ritual severo no movimento das personagens, no diálogo e na ação, o cálculo comedido na expressão linguística, no andamento e na gestualidade, tudo isso não é certamente alemão, ainda que criado com arte admirável e para ganho e glória imperecíveis da arte literária alemã". Goethe procurou apreender e transmitir o elemento grego, como revelam tais características, não por intermédio de uma imitação virtuose, mas sugerindo a distância temporal que separa a sua época da Antiguidade, de certo modo à maneira de uma tradução que deixa transparecer o original. A esse respeito observa ainda Alewyn nesse ensaio de 1932 ("Goethe e a Antiguidade"), citado tanto por Erich Trunz como por Albrecht Schöne: "É o velho Goethe, com seu sentido apurado para distâncias temporais, que desloca aqui o helenismo com o intuito de prevenir aquelas identificações ingênuas que simulavam uma intimidade enganosa que, na realidade, não era outra coisa senão um autoespelhamento ingênuo". [M.V.M.]

(Surge Helena e Coro de Prisioneiras Troianas)

(Pantalis, Corifeia)

HELENA

Muito admirada e odiada muito, eu, Helena,
Da praia venho, onde, pouco antes, abordáramos,
Entontecidas com o balanço ainda das vagas   8.490
Que das plainas da Frígia às pátrias enseadas,
Graças à força de Euro e ao favor de Posidão,

Sobre eriçadas, altas cristas nos trouxeram.[1]
Nos baixos, lá, celebra ora o rei Menelau
Com seus guerreiros mais valentes o regresso.   8.495
Mas dá-me as boas-vindas, tu, nobre palácio,
Que Tíndaro, meu pai, ao regressar do outeiro
De Palas, erigiu junto ao suave declive;[2]
Enquanto aqui, com Clitemnestra, eu crescia,
Com Pólux e Castor, em fraternais folguedos,   8.500
O ornou com esplendor inédito em Esparta.
Batentes do portal de bronze, eu vos saúdo!
Por vosso umbral aberto hospitaleiramente,
Outrora, Menelau, eleito ele entre muitos,[3]
Em nupciais trajes me surgiu, resplandecente.   8.505
Abri-vos, ora, a fim de que fielmente eu cumpra
Urgente ordem do rei, como a uma esposa cabe.
Deixai que eu entre! e permaneça atrás de mim
Tudo o que fatalmente até hoje me assediou.

---

[1] Helena descreve a viagem marítima, propiciada pelo vento do oriente (Euro), que a trouxe de Troia, a cidade arrasada pelos gregos que ficava nas planícies da Frígia, parte ocidental da Ásia Menor, atual Turquia.

[2] Embora ciente de ter sido gerada pelo próprio Zeus sob a aparência de um cisne, neste verso Helena apresenta Tíndaro, rei de Esparta e esposo de Leda, como seu genitor. Desse modo, ela reforça os seus vínculos com o "nobre palácio" construído pelo rei ao retornar da colina em que se encontrava o templo de Palas Atena (provavelmente, o local da cidade homônima, Atenas). Segundo a mitologia, Tíndaro teria mandado erigir o palácio real após o seu regresso da Etólia, onde desposara Leda, filha do rei Téstio.

[3] Cerca de quarenta varões (todos eles nomeados na enciclopédia mitológica de Hederich) pleitearam junto a Tíndaro a mão da formosa Helena.

Pois desde que eu daqui saíra, alegre, rumo   8.510
Ao templo de Citera, o uso sagrado honrando,
E que me capturou lá o assaltante frígio,[4]
Quanto não sucedeu que os homens mundo afora
Narram com gosto; mas que sem gosto ouve aquele
De quem surgiu o mito, e a fábula se urdiu.   8.515

CORO[5]

> Não negues, ó magnífica dama,
> Do dom mais alto a posse gloriosa!
> Pois só a ti coube a suprema ventura,
> Da formosura o triunfo sem-par.
> Precede o herói o som de seu nome,   8.520
> Ufano, anda, pois.[6]
> Mas verga o mais altivo varão
> Logo o espírito ante a invencível Beleza.

---

[4] Referência ao santuário de Afrodite na ilha de Citera, no golfo da Lacônia (ou Lacedemônia). O "assaltante frígio" que, segundo Helena, a teria capturado então é Páris, filho de Príamo e Hécuba, soberanos de Troia.

[5] Um modelo provável para o Coro que agora entra em cena é, conforme aponta Schöne, o coro das prisioneiras na tragédia As troianas, de Eurípides. Erich Trunz demonstra detalhadamente como a estrutura coral inserida por Goethe nesta cena apresenta semelhança com os coros nas tragédias de Ésquilo, Sófocles e Eurípides. As primeiras intervenções do Coro estruturam-se em estrofe (vv. 8.516--23), antístrofe (vv. 8.560-67) e epodo (vv. 8.591-603). Em seguida, Trunz procede à listagem e análise das demais partes corais.

[6] Literalmente: "Por isso ele [o herói] marcha orgulhoso".

HELENA

Basta! com meu esposo até aqui naveguei:
Mandou que à sua real cidade o precedesse;   8.525
Mas o que ele medita, adivinhar não posso.
Rainha venho? venho como esposa, ou venho
Expiar em sacrifício a amarga dor do príncipe,
E a adversidade imposta aos gregos longamente?
Fui conquistada; se cativa sou, ignoro!   8.530
Ambiguamente têm-me os Imortais imposto
O meu destino e a minha glória, ambos sequazes
Dúbios da formosura, e que até neste umbral
Me envolvem com a presença ameaçadora e lúgubre.
Na nau côncava, já, raro era o esposo olhar-me: 8.535
Via-o ante mim sentado, imóvel, em silêncio,
Como que a meditar algum negro infortúnio.
Mas ao chegar à curvilínea foz do Eurotas,[7]
Mal das primeiras naus saudava a proa a terra,
Eis que falou, como inspirado por um deus: 8.540
"Vão abordar aqui, em ordem, meus guerreiros,
Formando alas na praia, os passo eu em revista.
Mas tu, prossegue, e do sagrado Eurotas sobe
Sempre as fecundas margens, guiando os teus corcéis
Sobre a flórea, úmida campina, até alcançares   8.545

---

[7] O Eurotas é o principal rio da planície da Lacedemônia, junto ao qual se erigiu a cidade de Esparta. O hipérbato do verso seguinte é fiel à sintaxe do original: "mal a proa das primeiras naves penetrava na profunda foz do Eurotas, eis que falou...".

Diante do palácio de Menelau em Esparta

A planície formosa em que a Lacedemônia,[8]
Outrora um campo vasto e fértil estendido
Ao pé de austeros morros, se ergue, edificada.
Penetra, após, no real palácio de altas torres:
Passa em revista as servas, lá por mim deixadas,   8.550
Sob a égide da velha e sagaz governanta.
Exiba-te esta o rico acervo dos tesouros
Legados por teu pai, e que, na guerra e paz,
Também eu, em escala imensa acumulei.
Hás de encontrar em ordem tudo; é o privilégio   8.555
Do príncipe, ao tornar da ausência ao seu palácio,
Novamente encontrar tudo o que lá deixou,
E cada coisa em seu lugar, pois nada o servo
Pode modificar por gosto e arbítrio próprio".

CORO

Sacia agora no áureo tesouro,   8.560
O sempre ampliado, os olhos e o peito!
Da joia o fulgor, da tiara o adereço,
Lá quedam-se em seu repouso soberbo;
Mas entras tu, vens tu desafiá-los,[9]
Tão logo reagem.   8.565

---

[8] O nome dessa região de "planícies formosas" deriva de Lacedêmon, filho de Zeus que se casou com Esparta, filha do rei Eurotas. Lacedêmon deu, portanto, o seu nome à região e o de sua mulher à cidade construída como capital.

[9] Alusão a um antigo *topos* da lírica amorosa (presente ainda no período Barroco) em que a beleza feminina desafia e supera todo o "fulgor" de joias, tiaras, coroas etc.

Apraz-me ver em luta a Beleza
Com rubis, safiras e pérolas e ouro.

HELENA

Seguiu-se, logo após, novo comando do amo:
"Quando, pela ordem tudo houveres revistado,
Junta ânforas, tripés e os demais receptáculos,   8.570
Tudo o que, ao celebrar sagrados ritos, deve
O celebrante ter ao alcance da mão.[10]
Os caldeirões e as circulares taças rasas;
Puríssima água da sagrada fonte até o alto
Encha amplas urnas; lenha enxuta se ache pronta,   8.575
Que célere ao calor do fogo se incandesça;
Tampouco falte a faca, afiada com apuro;
O mais, que for preciso, ao teu critério entrego."
Assim falou, a despedida acelerando.
Mas nada designou de vivo o real mandante,[11]   8.580
Que em sacrifício intente aos Deuses imolar.
É inquietador, temor porém não sinto, e tudo
Às mãos dos Deuses deixo, os quais até o fim levam
O que no espírito lhes apraz determinar,
Achem-no os homens bom, ou tenham-no por mal;   8.585
Nós, mortais, temos que acatar sua vontade.

---

[10] Todos os utensílios elencados por Helena nesta estrofe integram o antigo ritual de sacrifício e oferenda frequentemente descrito por Homero em suas epopeias.

[11] No original, Helena diz que o "mandante" (o rei Menelau) não designou nada com "respiração viva" — isto é, nenhum animal sacrificável.

Quanto oficiante, já, sobre a prostrada nuca
Da vítima brandiu o aço sacrificial,
Sem consumar o rito, a que súbito o obstou
A intervenção de um Deus ou a do inimigo próximo.   8.590

CORO

O que pode advir, idear não consegues;
Para ali, Rainha, avança
Com ânimo alto!
Males e bens advêm
De imprevisto para o homem;   8.595
Neles, nem preditos, nós cremos.[12]
Não ardeu Troia, a morte não vimos
Ante os olhos, mísera morte?
E aqui não estamos,
Junto a ti, solícitas?   8.600
Vemos o fúlgido astro do céu
E o mais Belo na terra,
Que és tu! Oh, felizes somos!

HELENA

Haja o que houver! Seja o que for, a mim me cabe
Subir sem mora ao real palácio, tanto tempo   8.605
Chorado, desejado, e quase já perdido,
E que ante mim de novo se ergue, não sei como.

---

[12] Uma vez que "males e bens" advêm ao homem de maneira imprevista, as Coristas dizem não acreditar em "preditos", ou nos prognósticos dos adivinhos.

Não galgam já meus pés com ânimo os degraus
Que aos saltos infantis transpunha antigamente.

(Sai)

CORO

Oh, lançai, vós, irmãs,   8.610
Tristes cativas, vós,
Toda a lástima ao longe;
Fruí de vossa ama o júbilo,
Fruí, pois, de Helena o júbilo,
Que da paterna casa ela,   8.615
Num regresso embora tardio,
Mas com tanto mais firme passo
Já, alegre, se aproxima.

Salve os magnânimos
Deuses, que, amigos,   8.620
Reconduzem, restauram!
Plana o liberto
Como sobre asas
Sobre o mais rude, enquanto o cativo
Sobre as ameias do cárcere, ai,   8.625
Ergue debalde os braços nostálgicos,
E, de dor, se definha.

Mas dela, apossou-se um Deus,
Da expatriada;[13]

---

[13] O Coro refere-se a Helena como "a distante", ou seja, a que fora raptada para a longínqua Troia — portanto, também no sentido de "expatriada".

Diante do palácio de Menelau em Esparta

E das ruínas de Ílio   8.630
Trouxe-a aqui, trouxe-a de volta,
Para o velho, reornamentado
Pátrio lar,
Pós indizíveis
Gozos e mágoas,   8.635
Para que anos de infância,
Reavivada, recorde.

PANTALIS *(como corifeia)*[14]

Deixai do canto o rumo orlado de alegria
E aos batentes da porta o vosso olhar volvei!
Mas que estou vendo, irmãs? Não retorna a Rainha   8.640
A nós com impetuoso e acelerado passo?
Grande Rainha, que houve? em vez de saudação
Que foi que te surgiu, nos átrios de teu paço,
Que assim te perturbou? O que era? não o ocultas;
Pois vejo-te gravada a repulsão na fronte,   8.645
E nobre indignação, em luta com o espanto.

HELENA *(que deixou abertos os batentes da porta, agitada)*

Temor vulgar não cabe à filha real de Zeus,
E a fugaz-leve mão do medo não a toca;

---

[14] Conforme assinala Ernst Beutler, Goethe tomou o nome dessa Corifeia à descrição que Pausânias, escritor grego do século II d.C., fez de pinturas no pavilhão de Delfos. Trata-se, neste caso, de uma pintura de Polignoto que mostra as ruas fumegantes e destruídas de Troia, enquanto os gregos se reúnem em seus navios com os despojos do saque. Cada figura representada traz uma legenda com o seu nome e Pantalis aparece como a acompanhante de Helena.

Mas o Horroroso, oriundo em eras primordiais
Do seio da Mãe Noite, e que, qual flâmea nuvem   8.650
Inda o ígneo ventre da montanha em formas múltiplas[15]
Vomita, até do herói o viril peito abala.
Têm-me espantosamente, assim, hoje, os Estígios[16]
Da casa assinalado a entrada, a ponto que eu,
Da umbreira familiar, por mim tão almejada,   8.655
Qual hóspede importuno anelo despedir-me.
Mas não! à luz, aqui, recuei, e vós, Potências,
Já não me impelireis além, sejais quem fordes.
De uma consagração cogito, para que a flama
Do lar, purificada, a esposa acolha e o esposo.   8.660

CORIFEIA

Revela, nobre dama, a tuas servidoras,
Que com veneração te assistem, o que houve.

HELENA

Vereis vós, o que eu vi, com os vossos próprios olhos,
Se a velha Noite não tragou já novamente
Seu fruto adentro o seio prenhe de prodígios.   8.665
Mas, para que o saibais, palavras vo-lo digam:

---

[15] A figura horrorosa avistada por Helena, como que oriunda do ventre da velha Noite (filha do Caos na *Teogonia* de Hesíodo), é comparada com nuvens flâmeas e vapores vulcânicos para reforçar o seu aspecto informe e indefinido. Trata-se, como se mostra na sequência, de Mefistófeles-Fórquias.

[16] Os Estígios são as potências do mundo ínfero, dos mortos, assim chamadas em consonância com o rio que lá corre, o Estígio.

Quando do real palácio o austero átrio interior
Pisei solenemente, o urgente ofício em vista,
Pasmou-me a solidão calada dos vestíbulos.
Eco algum me ressoou de passos diligentes,   8.670
Sinal algum vi de labor atarefado,
Nem me surgiu à vista serva ou governanta,
Das que usam dispensar ao hóspede a acolhida.
Mas quando me acerquei do foco da lareira,
Junto aos montões de extintas, mornas cinzas vi,   8.675
No chão sentada, envolta em véus, que mulher grande!
Adormecida, não; como que meditando.
Com voz autoritária a chamo à atividade,
Nela a Intendente presumindo que, ao partir,
Estacionara ali a previsão do esposo.   8.680
Queda-se ela, ainda assim, imóvel e encoberta,
Mas como insisto, finalmente estende a destra,
Como que a repelir-me do átrio e da lareira.
Irada, dela me desvio e me dirijo
Sem mais para os degraus que o esplendecente tálamo[17]
Domina, junto à câmara alta dos tesouros.
Mas ergue-se a visão do solo,[18] com violência,
Barrando-me o caminho autoritariamente,
Alta, esquelética, de olhar vácuo e sanguíneo,
Figura estranha, a estarrecer o olhar e o espírito.   8.690

---

[17] "Tálamo" é o leito conjugal, palavra derivada, no português e no alemão, do grego *thálamos* (no caso, o antigo leito de Helena e Menelau).

[18] "Visão" corresponde no original a *Wunder*, o portento, prodígio ou, no sentido visado por Goethe, o "ser monstruoso".

Mas falo no ar, já que a palavra em vão se esforça
De conferir aos vultos forma material.[19]
Vede! ei-la! é ela mesma! ousa chegar-se à luz!
Mas governo eu aqui, até que chegue o Rei.
E os frutos tétricos da Noite, Febo,[20] o amigo   8.695
Do Belo, aos seus covis rejeita, ou os subjuga.

(Fórquias, surgindo na soleira, entre as alas da porta)[21]

CORO

> Já muito eu vi, por mais que ainda as tranças
> Me orlem a fronte juvenilmente![22]
> Lástimas vi e horrores inúmeros,
> Ais dos que tombam, de Ílion o ocaso   8.700
> Quando ruiu.
>
> Pelo pulvéreo, núbilo estrondo
> De hostes em fúria, ouvi tonitruantes

---

[19] Helena não consegue articular o seu assombro, dar "forma material" (isto é, palavras) à visão monstruosa que acaba de ter.

[20] Febo, o Brilhante, é um dos epítetos de Apolo, o deus solar.

[21] Entra em cena agora Mefisto, desempenhando a função de intendente do palácio (*Schaffnerin* em alemão, termo cunhado por J. H. Voss em sua tradução das epopeias homéricas) e sob a máscara de Fórquias, assumida no ato anterior (vv. 8.014-33).

[22] Como era praxe na antiga tragédia grega, o Coro se exprime agora no singular e algumas estrofes adiante volta ao plural. A despeito de suas "tranças" (no original, cachos) juvenis, as Coristas afirmam já terem presenciado muito horror e sofrimento — oriundo, no caso, da destruição de Troia ou Ílio.

Diante do palácio de Menelau em Esparta

Deuses bradando, ouvi da discórdia[23]
Brônzeo clangor a atroar pelo campo   8.705
Rumo aos muros.

Ali, erguiam-se inda as muralhas
De Ílion, mas flamejante ardência
Já de casa a casa corria,
A alastrar-se daqui, de lá,   8.710
Com a violência do próprio ímpeto
Sobre a cidade noturna.

Vi, fugindo entre fumo e brasas,
E o voraz linguajar do fogo,
Deuses surgirem em terrífica ira,   8.715
Torvos vultos de assombro, andando,
Colossais, por vapores lôbregos,
Que alumiava o clarão do fogo.

Se isso eu vi, ou se me influiu
A ânsia atroz do espírito enleado   8.720
Tal confusão, não o sei dizer;
Mas que estou vendo este vulto
Tétrico aqui com os próprios olhos,
É o que sei sem dúvida;
Tocá-lo-ia até com minhas mãos,   8.725
Não me impedisse o medo
De ao perigo atrever-me.

---

[23] O "brônzeo clangor da discórdia" alude à voz da deusa Éris, personificação da Discórdia (*Ilíada*, XI, 10). Também em Homero encontra-se, como motivo, o costume de os deuses bradarem durante os combates entre gregos e troianos (*Ilíada*, V, v. 784 e ss.; XIV, v. 147 e ss.).

Qual és das filhas
Tu, pois, de Fórquis?[24]
Pois eu comparo-te   8.730
A essa linhagem.
Acaso uma és das grisalhas natas,
Que um só olho e um dente único usam,
A alterná-los entre si?
Uma, acaso, és das Graias?   8.735

Monstro, ousas tu,
Junto à Beleza,
Exibir-te ante o olhar
Penetrante de Febo?[25]
Mas surge à vista ainda assim,   8.740
Já que ele o Feio não contempla,
Assim como o seu divo olhar
Nunca a Sombra avistou.

Mas a nós, ah mortais, obriga
Fado mísero, infelizmente,   8.745
À inexprimível dor visual
Que a imagem do hórrido, hediondo, há de sempre
Influir em quem amor tem ao Belo.

---

[24] O Coro avalia a Intendente do palácio de modo preciso, já que Mefistófeles assumiu no ato anterior a aparência de uma das Fórquias (também chamadas Forquíades, Fórcides ou Graias), filhas de Fórquis (ou Fórcis).

[25] O Coro exprobra Fórquias por ter esta ousado mostrar-se à luz do dia,
expor-se ao olhar de Febo Apolo. Albrecht Schöne assinala que na tragédia *Prometeu* (v. 793 e ss.), de Ésquilo, é dito que esse deus solar jamais lançou um único
olhar de seus raios sobre as Fórcides.

Sim, pois ouve, quando insolente
Nos confrontas, injúrias ouve,   8.750
Ouve ameaças e maldições
Que os lábios rogam dos afortunados
Cujo aspecto os Deuses moldaram.

FÓRQUIAS

É velho o dito, mas seu sentido elevado
Ainda se impõe. Nunca a Modéstia e a Formosura   8.755
De mãos dadas da terra o verde atalho trilham.[26]
Vive ódio antigo, fundamente enraizado,
No íntimo de ambas, e onde quer que elas se encontrem,
Tão logo uma à outra vira as costas e prossegue
Mais veemente e arrebatada o seu caminho.   8.760
A Modéstia húmil, mas, soberba a Formosura,
Até que do Orco enfim,[27] a vácua noite a absorva,
Se a idade, dantes, já, não lhe domara o orgulho.
Vejo-vos pois, vós, insolentes, cá chegadas
De longínquas regiões, gritantes como o bando   8.765

---

[26] "Modéstia" corresponde no original a *Scham*, cujo sentido seria traduzido mais apropriadamente por "pudor" ou, preservando a forma feminina, "pudicícia". Albrecht Schöne lembra que em suas *Epístolas* (XV, 290), Ovídio escreve: "Entre Beleza e Pudicícia impera grande contenda" (*Lis est cum forma magna pudicitiae*).

[27] Designação latina para o ínfero mundo dos mortos, o Hades nas epopeias homéricas.

Raucíssono dos grous, que, em longas nuvens voando[28]
Por sobre nós, e à terra enviando os seus crocitos,
Para o alto atrai o olhar do lento caminhante.
Contudo vão seguindo o seu caminho aqueles,
E este o dele segue. Assim será conosco.   8.770

Quem sois, para que ouseis, ao pé do real palácio,
Bramir qual ébrias, ou Ménades em fúria?[29]
Quem sois, para que assim, à face da Intendente
Da casa, uiveis como a canina malta à Lua?
Julgais que ignoro a vossa espécie? vós, ralé,   8.775
Incubação de guerra, cria de batalhas,
À cata de homens, subornadas, subornando,[30]
De ambos, guerreiro e cidadão, minando a força!
Julgo em vós ver um denso enxame de locustas,
Que a despencar sobre o verde agro, a seara arrasa.   8.780
Devoradoras do labor alheio, vós!
Do germinante bem-estar praga voraz,
Presa de guerra, oferta em troca, à venda posta!

---

[28] O grasnido rouco ("raucíssono") emitido pelos grous em sua rota migratória serve a Fórquias como termo de comparação para as ásperas palavras que as Coristas lhe lançam ao rosto. Em seguida, a Intendente as compara com um bando de "locustas" (espécie de gafanhoto) que se abate sobre uma plantação e a devora.

[29] Ménades (ou "Mênades", "mulheres possuídas") são as Bacantes que integravam o séquito orgiástico de Dioniso (o deus Baco dos latinos).

[30] Literalmente: "Lúbrica por homens, seduzida seduzindo". No original, Fórquias passa, neste e no verso anterior, a dirigir-se a um "tu", levada talvez pelo coletivo (singular) "incubação de guerra, cria de batalhas".

HELENA

Quem na presença da ama as servas desacata,
Dela audazmente infringe o senhorial direito;   8.785
Só a ela cumpre o que é louvável elogiar,
Como também punir o que acha repreensível.
Prezo, ademais, serviços que estas me prestaram,
Quando assediado estava de Ílio o forte altivo
E ruiu; e quando as mil árduas vicissitudes,   8.790
Também, da travessia errática aturamos,
Onde cada um de si só cuida, habitualmente.
Também aqui do ativo grupo o mesmo espero;
Quem seja o servo, não; como serve, o amo indaga.[31]
Cala-te, então, e delas já não escarneças.   8.795
Se custodiaste bem, na ausência da ama, a casa,
És digna de louvor; mas ei-la que regressa:
Retrai-te, pois, a fim de não seres passível
De algum castigo em vez de merecido prêmio.

FÓRQUIAS

Nobre prerrogativa é da abençoada esposa   8.800
Do augusto soberano a ameaça aos seus domésticos;
Em longos anos de sagaz governo a aufere.
Já que, reconhecida, o posto antigo agora[32]

---

[31] Literalmente Helena diz que o amo não deseja saber quem é o servo, mas tão somente como ele serve.

[32] O antigo fragmento de "Helena", redigido por Goethe no ano de 1800, chegava até o verso anterior. Com esta linha, portanto, o poeta dá início à conti-

Reassumes de rainha e de dona de casa,
Apanha as rédeas afrouxadas, e governa.   8.805
Sim, do tesouro e de nós todas toma conta.
Mas me protege, a mim, a anciã, da mó de tontas,
Que, ao pé do cisne de beleza que és, tão só
Mal emplumados e grasnantes gansos são.

CORIFEIA

Quão feia assoma, junto ao Belo, a Fealdade!   8.810

FÓRQUIAS

Como, junto à Razão, assoma inepta a Inépcia!

*(Daqui em diante replicam as Coristas individualmente,
saindo do Coro uma por uma)*[33]

1ª CORISTA

Dá do Pai Érebo notícias, de Mãe Noite.[34]

---

nuação do manuscrito. A imagem do "cisne de beleza", com que Fórquias caracteriza em seguida Helena, além de aludir a sua concepção pelo "cisne" divino, contrasta com a imagem dos desgraciosos e "grasnantes gansos" (as Coristas).

[33] Os treze versos subsequentes seguem o modelo da chamada "esticomitia" (do grego *stichos*, "linha, verso", e *mythos*, "discurso" — portanto, um diálogo que se desdobra verso a verso), empregada sobretudo por Eurípides. Abre-se assim a etapa mais drástica na troca de acusações entre Fórquias e as Coristas. A "munição" para essa batalha verbal será tomada à mitologia.

[34] Érebo, nascido do Caos, personifica as trevas primordiais no início dos tempos. Hederich assinala em sua enciclopédia mitológica que Érebo teria gerado

Diante do palácio de Menelau em Esparta

FÓRQUIAS

Fala de Cila, tua prima-irmã carnal.[35]

2ª CORISTA

Sobe-te mais de um monstro à árvore genealógica.

FÓRQUIAS

Para o Orco, vai! teus consanguíneos lá procura!   8.815

3ª CORISTA

São para ti por demais jovens os que o habitam.

FÓRQUIAS

Trata de seduzir Tirésias, o decrépito.[36]

---

com a Noite a "velhice", a "morte", a "discórdia", a "miséria" e a "inveja". O próprio Mefisto apresentou-se na primeira cena "Quarto de trabalho" como "parte da escuridão" (v. 1.350) e Fausto o chamou em seguida "estranho ser que o caos fez".

[35] Cila era uma bela donzela que fora transformada pela feiticeira Circe num monstro marinho, com a parte inferior do corpo cingida por cabeças de seis cães ferozes, que devoravam tudo o que estivesse ao alcance. Na *Odisseia* (canto XII), o "flagelo" Cila arrebata e devora seis robustos companheiros de Odisseu.

[36] Ao adivinho cego Tirésias foi dado sobreviver a várias gerações humanas (de cinco a nove, segundo diferentes versões). Na enciclopédia de Hederich consta que esse adivinho, exortado a decidir a controvérsia entre os deuses a respeito de quem sentia mais prazer no ato sexual, se o homem ou a mulher, atribuiu nove partes a Juno e apenas uma a Júpiter.

4ª CORISTA

A ama de Órion já foi a tua tataraneta.[37]

FÓRQUIAS

Vejo que Harpias te criaram na imundície.[38]

5ª CORISTA

Com que alimentas macilência tão cuidada?   8.820

FÓRQUIAS

Com sangue não, de que te mostras tão sequiosa.[39]

---

[37] Órion era um gigante caçador que, por ter tentado violar Ártemis, foi desterrado para o firmamento sob a forma de constelação. Hederich escreve que o nascimento desse caçador mítico se deve a Hirieu, que implorou aos deuses por um filho. Estes urinaram no couro de um boi que lhes fora sacrificado e ordenaram a Hirieu que o mantivesse enterrado por dez meses. Decorrido o prazo estipulado, o couro desenterrado trouxe à luz esse gigante cuja ama, segundo a injúria da Corista, teria sido a tataraneta de Fórquias.

[38] Monstros pré-olímpicos, representados como mulheres providas de asas ou aves com cabeça feminina e garras afiadas. Diz a mitologia que essas figuras monstruosas devoraram os mantimentos e iguarias do rei Fineu, defecando sobre o que restou.

[39] No canto XI da *Odisseia* é narrado que as sombras do Hades só conseguiram falar após beber de uma cova que Odisseu enchera de sangue, o líquido de que a Corista, segundo Fórquias, se mostra tão sequiosa.

Diante do palácio de Menelau em Esparta

6ª CORISTA

Voraz cadáver, tu, faminta de cadáveres!

FÓRQUIAS

Dentes vampíricos tua boca cínica enchem.

CORIFEIA

Ver-se-á fechada a tua se eu disser quem és.

FÓRQUIAS

Nomeia-te primeiro e o enigma está solvido.[40]   8.825

HELENA

Sem ira, mas aflita entre vós me interponho,
Da altercação vedando a cólera injuriosa!
Nada de mais nocivo encontra o amo e senhor
Do que a discórdia surda entre leais servidores.
De suas ordens já não torna a ele, harmonioso,   8.830
O eco na forma de atos logo executados.
Mas ruge ao seu redor, manhoso e efervescente,
Deixando-o confundido e a repreender num vácuo.[41]

---

[40] Está implícito que tanto a Corifeia como Mefisto-Fórquias são oriundos de mundos ínferos — a primeira, como parte do séquito de Helena, emergiu do Hades; e o segundo, do inferno.

[41] Engalfinhados em "discórdia surda", os criados não executam as ordens do "amo e senhor" (no caso, Helena), que também acaba se desorientando.

Não é só isso. Em vossa fúria imoderada
De imagens de terror as sombras conjurastes;   8.835
Assaltam-me, e, aturdida, eu própria, arrebatada
Me sinto ao Orco, as pátrias plagas não obstante.[42]
Memória é? desvairou-me uma alucinação?
Fui tudo isso? É o que sou? Ainda o serei? Fantasma
De sonho e de pavor dos que destroem cidades?[43]   8.840
Fremem as jovens; tu, porém, anciã velhíssima,
Serena me ouves; dize-me algo de sensato.

FÓRQUIAS

Quem recorda anos de ventura longa e múltipla,
Dos Deuses tem, no fim, por sonho o dom mais alto.[44]
No andar da vida, tu, contemplada além do auge,   8.845
Só encontraste amantes ébrios de desejo,
Logo inflamados para todo ato de audácia.
Cedo já te colheu de Teseu a lascívia,[45]
Varão magnífico, ele, um Hércules possante.

---

[42] Embora sob a luz do sol e pisando as terras pátrias, Helena sente-se impelida ao lugar a que pertencem as "imagens de terror" conjuradas, isto é, ao Orco.

[43] Helena questiona, portanto, a sua identidade enquanto imagem "de sonho e de pavor" dos guerreiros gregos que, na narração de Homero, devastaram a cidade de Troia na guerra provocada por sua beleza.

[44] Isto é: quem recorda anos marcados por venturas múltiplas (por sorte diversa e mutável), acaba considerando um "sonho" mesmo o dom mais alto dos deuses.

[45] Iniciando a sequência dos homens que à vista de Helena se tornaram "ébrios de desejo", Fórquias menciona o herói ático Teseu (comparado a "um Hércules possante"), que a raptou ao vê-la dançando no templo de Diana ou Ártemis.

Diante do palácio de Menelau em Esparta

HELENA

Raptou-me, esguia e tenra corça de dez anos,[46]   8.850
E encarcerou-me na mansão de Afídno, na Ática.

FÓRQUIAS

Pouco após, por Castor e Pólux libertada,
De heróis de escol te requestou a multidão.[47]

HELENA

Mas, meu favor secreto, admito-o, entre eles todos,
Pátroclo obteve, a imagem viva de Peleu.[48]   8.855

FÓRQUIAS

No entanto o poder pátrio a Menelau te uniu,
Desbravador do mar e do lar sustentáculo.

---

[46] No manuscrito definitivo do *Fausto II*, a indicação de idade diz "treze anos", mas algumas edições, começando com a de Erich Schmidt (Weimar), substituíram-na por "dez anos", valendo-se da "permissão" que o poeta outorgou a Eckermann em 17 de março de 1830 (ver nota ao v. 7.426).

[47] Fórquias diz que Helena, depois de ser libertada por seus irmãos, os dioscuros Castor e Pólux, foi disputada por uma "multidão" de grandes heróis.

[48] O próximo nome na longa lista dos homens que se envolveram com Helena é, segundo o depoimento da mesma, Pátroclo, companheiro inseparável de Aquiles, o filho do rei Peleu e da deusa Tétis.

HELENA

Da filha lhe entregou, como do reino, a guarda.
Da conjugal união Hermione foi o fruto.[49]

FÓRQUIAS

Mas quando, ausente, conquistou de Creta a herança, 8.860
Na solidão surgiu-te o mais belo dos hóspedes.[50]

HELENA

Por que recordas hoje esta semiviuvez
E a horrível perdição que pra mim dela adveio?

FÓRQUIAS

Essa jornada a mim, Cretense livre nata,
Valeu o cativeiro e longa escravidão.[51]   8.865

---

[49] Segundo a lenda, o rei Tíndaro escolheu Menelau entre as dezenas de pretendentes à mão de Helena. Dessa união nasceu Hermione (ou Hermíone), que ficou como filha única do casal.

[50] O formoso Páris, que a levou para Troia enquanto o esposo Menelau se encontrava em Creta.

[51] Fórquias inventa um passado para si, apresentando-se como cretense que nascera livre, mas que acabou sofrendo as consequências da jornada militar de Menelau à ilha de Creta: aprisionada por este, teria sido trazida a Esparta como cativa, justamente para exercer a função de intendente do palácio.

HELENA

Mas promoveu-te a intendente, a cidadela
Confiando-te, e o tesouro audazmente adquirido.

FÓRQUIAS

Que abandonaras tu, rumo a Ílio, a urbe torreada,
E a inexauríveis gozos e êxtases de amor.

HELENA

Não os evoques! de árduas mágoas derramou-se-me   8.870
A amarga imensidão por sobre a fronte e o peito.[52]

FÓRQUIAS

Mas narram que em visão dúplice apareceste,
Pois foste vista em Ílio e no Egito igualmente.[53]

HELENA

Não me atordoes de todo o senso alucinado;
Neste momento, até, ignoro quem eu seja.   8.875

---

[52] Mais uma das inúmeras construções com hipérbato que caracterizam este terceiro ato: Helena diz aqui, em sintaxe direta, que a imensidão de árduas mágoas se derramou sobre o seu peito e fronte.

[53] Segundo uma lenda tardia, aproveitada por Eurípedes em seu drama *Helena*, Páris teria levado para Troia apenas o espectro de Helena criado pela deusa Hera, enquanto a verdadeira ficou vivendo no Egito, até que Menelau a reconduzisse de volta a Esparta.

FÓRQUIAS

Dizem mais que: deixando o reino vão das sombras,[54]
Aquiles vinculou-se a ti, ardorosamente!
Que antes te amara já, contra a ordem do destino.

HELENA

Eu, como sombra, vinculei-me a ele, outra sombra.
Um sonho foi, dizem-no as próprias palavras;   8.880
Desmaio, e sombra torno-me eu, para mim mesma.

(Cai nos braços do semicoro)

CORO

    Cala, ah, cala-te!
    Tu, pérfida, de língua e olhos pérfidos!
    Que hão, de entre o único dente, os hórridos
    Lábios de exalar! que hálito   8.885
    Esse horrífero abismo de fauce!

    Pois o malévolo, com ar de benévolo,
    Lobo mau sob o alvo velo de ovelha,
    Tenho eu por terrífico mais que a tríplice

---

[54] Alusão à lenda segundo a qual Aquiles e Helena teriam deixado o "reino das sombras" e vivido juntos em Feras, onde geraram o menino Eufórion (ver nota ao v. 7.435). Embora atordoada e prestes a perder os sentidos, Helena confirma essa união de "ídolos" ("sombra" corresponde no original a *Idol*, palavra alemã derivada do latim *idolum*, que por sua vez vem do grego *eidolon*: imagem, ídolo, sombra, ilusão, fantasmagoria).

Fauce do cão de três cabeças.[55]   8.890
Temerosas, cá escutamos:
Como, onde, quando ainda irrompe
Desse abismo
A perfídia monstruosa à espreita?

Eis que ao invés de palavras letíficas,[56]   8.895
De ânimo, e íntimo, suavíssimo alento,
Todo o passado é o que estás remexendo,
Mais que os bens, dele os males,
E obscureces a um só tempo,
Com o esplendor do atual momento,   8.900
Do porvir igualmente
O auroreal clarão de esperança.

Cala, ah, cala-te!
Para que a alma da Rainha,
Ora a fugir, prestes, já,   8.905
Se sustente, ainda ampare
A figura única, a máxima
Que a luz do sol jamais alumiou.

(Helena tornou a si e está novamente de pé no centro)

---

[55] Alusão a Cérbero, o monstruoso cão de três cabeças postado como guardião na entrada do Hades.

[56] O adjetivo "letíficas" refere-se ao mitológico rio Letes, de cujas águas os mortos bebiam para suprimir todas as lembranças da vida terrena. Em vez de "palavras letíficas", que proporcionariam esquecimento, Fórquias não cessa de remexer o passado sombrio, ressaltando — de acordo com a acusação das Coristas — mais os "males" do que os "bens".

FÓRQUIAS

Das fugazes nuvens surge, fúlgido astro deste dia,
Que enublado, já, encantava e impera, agora,
[esplandecente. 8.910
Como o mundo se abre, lindo, ao teu olhar,
[vê-te ele, linda.
Tenha o rótulo, eu, de feia, sei, embora, amar o Belo.[57]

HELENA

Quando, trêmula, ora surjo do imo vácuo da vertigem,
Ainda o seu repouso almejo, pois tão lassos sinto os membros:
Cumpre entanto a uma rainha, cumpre a todos
[os mortais, 8.915
Dominar-se, armar-se de ânimo, ante algum perigo
[ou ameaça.

FÓRQUIAS

Em teu brilho e majestade, eis que te ergues ante nós;
Teu olhar nos diz que ordenas: o que ordenas? fala, pois.

HELENA

Reparai de vossa briga às pressas o fatal descuido;
Preparai um sacrifício, como mo ordenara o rei. 8.920

---

[57] Fórquias parece enveredar agora por um discurso conciliador; na verdade, porém, as imagens de claridade e desanuviamento com que passa a lisonjear Helena apenas preparam o golpe decisivo que irá desfechar em seguida.

Diante do palácio de Menelau em Esparta

FÓRQUIAS

Tudo em casa se acha pronto, trípede, urnas, faca afiada,
Para o incensamento, o asperges; falta só indicar a vítima.[58]

HELENA

Não me disse o rei qual era.

FÓRQUIAS

Não to disse? Oh! não funesto![59]

HELENA

De que horror te sentes presa?

FÓRQUIAS

Tu, Rainha, és a indicada!

HELENA

Eu?

---

[58] Fórquias menciona aqui todos os utensílios necessários para o ritual do sacrifício: "asperges" designa o momento de aspersão da água lustral, de purificação. No original, Fórquias substantiva os verbos: "Para o aspergir, para o incensar". O objetivo é insinuar que a vítima que falta é justamente Helena (e as suas acompanhantes).

[59] O segundo "não" deste semiverso tem função de substantivo e corresponde, no original, a *Jammerwort*, "palavra deplorável".

FÓRQUIAS

Sim; e estas!

CORO

Altos deuses!

FÓRQUIAS

Cais pelo aço do machado.   8.925

HELENA

Trágico, ah, mas pressentira-o eu, ai de mim!

FÓRQUIAS

É inevitável.

CORO

Ah! e nós? que nos sucede?

FÓRQUIAS

Morre ela, é de nobre morte;
Mas lá dentro, da alta trave que o arco do telhado ampara,
Como os tordos na arapuca, em fila haveis de bambalear.[60]

---

[60] Alusão à terrível vingança executada por Telêmaco, no final do canto
XXII da *Odisseia*, contra as criadas infiéis de Penélope: como tordos ou pombos

(Helena e o Coro quedam-se em atitudes de pasmo e horror,
num grupo bem ordenado e expressivo)

FÓRQUIAS

Espectros vós!...[61] Quedais-vos rijas como estátuas,   8.930
No pavor de deixar a luz, que não é vossa.
Os homens como vós, todos também espectros,
Do dia e sol tampouco abdicam de bom grado;
Mas rogo algum, ninguém da hora fatal os salva;
Sabem-no todos, e a pouquíssimos agrada.   8.935
Estais perdidas, basta! À obra, pois, sem demora!

(Bate as mãos;
surgem no portal vultos de anões embuçados,
que executam com presteza as ordens enunciadas)[62]

Para cá! lúgubres, esféricos monstrengos!
Causar dano e prejuízo é mesmo o vosso gosto!

---

que morrem enredados numa armadilha, elas são dependuradas no alto de uma abóbada e "ainda esperneiam um pouco com os pés, mas não por muito tempo".

[61] Como Helena e todas as moças do Coro vieram do Hades, isso justifica chamá-las de "espectros".

[62] Uma vez que não pode dar suas ordens às moças do Coro, Fórquias traz ao palco ajudantes de seu mundo nórdico, os quais contudo se apresentam com máscaras (mitologicamente neutros). Palavras de Goethe a Eckermann em 21 de fevereiro de 1831: "Quando os franceses se derem conta de Helena e perceberem o que podem tirar daí para o teatro deles! Estragarão a peça tal como é; mas a utilizarão de maneira inteligente para a finalidade deles, e isso é tudo o que se pode esperar e desejar. Eles certamente juntarão a Fórquias um coro de monstros, tal como indicado em uma passagem".

Que o altar portátil, de hastes de ouro, aqui se erija;
Sobre o beiral de prata, o afiado aço cintile,   8.940
Os odres de água enchei, haverá que lavar
Do sangue derramado a negra, horrenda mácula.
Sobre o pó estendei tapete suntuosíssimo,
Para que em pompa real a vítima se ajoelhe
E envolta em ricos véus, se bem que degolada,[63]   8.945
Condignamente, logo após, baixe ao sepulcro.

CORIFEIA

Meditando, a Rainha ao lado aqui se queda,
E como erva ceifada, as raparigas vergam;
Mas julgo ter, por dever santo, eu, a mais velha,
Trocar contigo, a anciã provecta, umas palavras.   8.950
Experiente és, sagaz, benévola te julgo,
Por mais que te injuriasse a injusta mó de tontas.
Dize-nos se ainda vês um meio de salvar-nos.

FÓRQUIAS

Dizê-lo é fácil: da Rainha, só, depende
Salvar-se, e vós, também, com ela, em suplemento.   8.955
Mas urge decisão tão rápida quão firme.

---

[63] No original, Fórquias dá a entender que Helena será enrolada no suntuoso tapete para ser baixada condignamente ao sepulcro (ainda que com a cabeça separada do corpo).

Diante do palácio de Menelau em Esparta

CORO

Ah, mais sábia das Sibilas, Parca veneranda, tu,[64]
As tesouras de ouro fecha e o dia e a salvação proclama;
Pois sentimos, cambaleantes, no ar flutuantes, já os membros,
Que na dança com mais gosto ondulariam,

[repousando   8.960
Ao seio, após, do bem-amado.

HELENA

Elas que tremam! Sinto eu mágoa, temor, não;
Mas, se um recurso tens, gratas te ficaremos.
A índole sábia e previdente, no impossível
Ainda o possível vê; dize, pois, o que sabes.   8.965

CORO

Dize e fala, oh, dize-o logo; como a salvo nos poremos
Dos cruéis, horrendos nós, que ameaçam, qual mortífero aro,
Nos cingir o colo ebúrneo — que, ai de nós, já os pressentimos,
A asfixiar-nos, sufocar-nos, a não ser que tu te apiedes,
Reia, augusta mãe dos deuses.[65]   8.970

---

[64] Movidas pela intenção de escapar da morte supostamente planejada por Menelau, o Coro passa a lisonjear Fórquias, apostrofada como a mais sábia entre as profetisas da Antiguidade (as Sibilas) e a mais veneranda das Parcas (Átropos, que cortava o fio da vida com uma tesoura; ver nota ao v. 5.305).

[65] Reia (Ops para os latinos) é a esposa de Saturno (ou Cronos) e mãe de Júpiter (Zeus) e outros olímpicos — portanto, a grande mãe dos deuses, chamada por Hederich "Magna Mater Deum".

FÓRQUIAS

Tendes paciência para ouvir o curso extenso
Da narração com calma? Histórias várias são.

CORO

Paciência temos! Escutando, em vida estamos.[66]

FÓRQUIAS

Quem, apegado ao lar, resguarda haveres nobres,
E sabe abetumar do augusto átrio a estrutura[67]   8.975
E do ímpeto da chuva isolar o telhado,
Feliz fruirá da vida o curso longo e próspero.
Mas quem, com passo temerário e fugidio,
Do umbral transpõe de leve e à toa o marco santo,[68]
Este, quando regressa, o sítio antigo encontra,   8.980
Mas transformado tudo, e até talvez destruído.

---

[66] Isto é, ouvindo pacientemente o "curso extenso da narração" de Fórquias, as Coristas preservarão a vida (ou ficarão sabendo como escapar à morte que se aproxima com Menelau). Katharina Mommsen, que estudou detalhadamente a influência das *Mil e uma noites* sobre a tragédia goethiana, enxerga neste verso mais uma alusão ao livro árabe, ou seja, à situação fundamental de Sherazade, que só conserva a vida narrando ininterruptamente histórias ao seu esposo sultão.

[67] No original, o elogio de Fórquias àquele que sabe construir uma casa sólida fala neste verso em abetumar ou cimentar "os muros da alta morada".

[68] O "marco santo" do umbral designa, apoiando-se na crença popular, a fronteira entre o espaço seguro e familiar da casa e o mundo exterior hostil.

Diante do palácio de Menelau em Esparta

HELENA

Por que nos vens com tais sentenças repisadas?
A história narra, sem mexeres no que ofende.

FÓRQUIAS

Histórico é, não é nenhuma exprobração.
Corsário ousado, Menelau, de enseada a enseada   8.985
Vogava, o litoral saqueando e as ilhas todas,
Trazendo o espólio que ali dentro se acumula.
Dez longos anos diante de Ílio consumou;
Não sei quantos levou a viagem de regresso.
No entanto, que ficou aqui do paço augusto   8.990
De Tíndaro, ao redor, do reino, que ficou?

HELENA

Tão enraizado tens o hábito da invectiva,
Que não podes mover sem repreensão os lábios?

FÓRQUIAS

Anos inúmeros ficou abandonado
O val montês que sobe ao norte, atrás de Esparta,   8.995
Ao Taígeto encostado,[69] onde, ainda arroio lépido,
O Eurotas corre abaixo, e após, por nosso vale
À larga entre os juncais fluindo, alimenta os cisnes.

---

[69] Atingindo 2.400 metros em seu cume mais elevado, o Taígeto é uma cadeia de montanhas no Peloponeso, nas cercanias do rio Eurotas.

Naquele val montês, das trevas cimerâneas[70]
Irrompeu povo ousado, e lá se radicou,   9.000
Erigindo um torreante, inexpugnável burgo,
De onde a gente e o país molestam à vontade.

HELENA

Puderam realizá-lo? Incrível se afigura!

FÓRQUIAS

Tiveram tempo, vão talvez lá uns vinte anos.[71]

HELENA

Bandidos são? Confederados? Um é o chefe?   9.005

---

[70] No canto XI da *Odisseia*, Homero refere-se ao mítico povo "cimério" ou "cimerâneo", que habitava os extremos do rio Oceano, numa terra envolta em névoas que os raios do sol jamais atravessavam. Essa alusão mitológica sugere a origem nórdica do "ousado povo" que, na versão de Fórquias, radicara-se no vale próximo.

[71] Isto é, dez anos durante os quais Menelau percorrera os mares com a sua frota, amealhando riquezas (mas deixando Helena e a filha sozinhas em casa), e os dez anos do cerco a Troia. Fórquias dá a entender que durante essas duas décadas erigiu-se a fortaleza de Fausto, nas proximidades do palácio de Menelau. Como observam os comentadores, essa vizinhança das construções homérico-clássica e medieval-romântica fundamenta-se em relatos de viagem estudados por Goethe, em especial os que descrevem a fortaleza de Mistra, fundada no século XIII na região do Taígeto. No início desse século, cavaleiros francos e normandos penetraram na península do Peloponeso sob o comando de Gottfried de Villehardouin e submeteram a região à suserania do Reino da França. Vale observar que, embora "fantasmagórico", este ato incorpora elementos históricos.

FÓRQUIAS

Não são bandidos, não, todavia um é o chefe.
Não o incrimino, embora me haja visitado.[72]
Podendo tudo obter, com pouco satisfez-se,
De livre dádiva o chamou, não de tributo.

HELENA

Como parece?[73]

FÓRQUIAS

Nada mal! a mim me agrada.   9.010
É um homem vivo, resoluto, bem formado,
Sensato como é raro havê-los entre os gregos.
Tacham de bárbaros tal povo, mas duvido
Seja um só deles tão feroz como heróis nossos
Que, ante Ílio, agiram à maneira de antropófagos.[74]   9.015
Honrando-lhe a grandeza, nele confiaria!
Quanto a seu paço! este devíeis ver com os olhos!
Outra cousa é que a rude e tosca alvenaria

---

[72] Subentende-se que a visita teve a finalidade de recolher "livres dádivas" — mas mesmo assim Fórquias não "incrimina" o líder do intrépido povo (isto é, Fausto).

[73] A pergunta característica de Helena, voltada — conforme as insinuações de Fórquias (v. 8.869) — a "inexauríveis gozos e êxtases de amor".

[74] No canto XXII da *Ilíada* (vv. 345-54), Aquiles desabafa toda a sua cólera diante do agonizante Heitor: a sede de vingança é tamanha que, como diz, poderia destroçar os membros do inimigo (e assassino de Pátroclo) e devorá-los crus.

Que ciclopicamente antepassados vossos,
Como Ciclopes, amontoaram, pedras brutas   9.020
Em pedras brutas ao acaso despenhando.[75]
Lá, tudo é a prumo, regular, de nível tudo.
De fora é vê-lo; ao céu se eleva, arremessado!
Tão rígido, ajustado, límpido como o aço.
Subir lá — ora! o pensamento, até, escorrega!   9.025
E dentro é a vastidão de pátios circundados
De construções de toda espécie e uso. Lá vedes
Colunas e arcos e arcozinhos e balcões
E galerias, para espiar por dentro e afora,
Também brasões.

CORO

Brasões que são?[76]

FÓRQUIAS

                 Ajax no escudo   9.030
Cobra enroscada não levava? Bem o vistes.

---

[75] Como observa Albrecht Schöne, as edificações de cidades do Peloponeso como Micenas ou Tirinto consistiam de pedras tão colossais que, para o mito, os seus construtores só poderiam ter sido os Ciclopes (apresentados ao mesmo tempo como os ancestrais de Helena e dos gregos).

[76] Os brasões surgiram na Europa apenas na época das cruzadas. Schöne observa que os da linhagem franco-germânica foram incrustados nos portais de entrada da fortaleza medieval de Mistra. Para ilustrar na sequência o seu excurso sobre heráldica, Fórquias recorre às imagens nos escudos de Ájax (na verdade, um dragão) e dos sete combatentes do cerco a Tebas, como descritas na tragédia de Ésquilo *Sete contra Tebas*.

Diante do palácio de Menelau em Esparta

Sim, e os Sete ante Tebas, cada qual trazia
No escudo efígies ricas, prenhes de sentido.
Lua e astros na noturna abóbada celeste,
Heróis lá víeis; deusa, escada, espada, archotes,   9.035
E o mais que cruelmente ameaça as boas cidades.[77]
Tais símbolos, também, ancestralmente herdados,
Traz nossa grei de heróis em rica e áurea cromática.
Águias lá vedes, leões, garras também, e bicos,
Chifres de búfalo, asas, caudas de pavão,   9.040
E riscas de ouro, azuis, argênteas, negras, rubras.
Fileira após fileira ondula aquilo tudo
Em salas, vastas como o mundo, ilimitadas;
Podeis dançar lá!

CORO

Como? Há lá quem dance?

FÓRQUIAS

Se há![78]

Uma hoste loura de mancebos florescentes.   9.045
Aroma igual de juventude, emanava-o
Só Páris, quando ousou achegar-se à Rainha.

---

[77] Cidades "boas" no sentido de abastadas e poderosas.

[78] Na tradução este verso é segmentado em três partes, ao passo que no original Goethe o divide apenas em dois hemistíquios. A equivalência do número de versos no original e na tradução será restabelecida logo a seguir.

HELENA

Sais do papel; conclui! Dize a última palavra![79]

FÓRQUIAS

A última a dizes tu. Dize um sim claro e firme,
E te circundo já com aquele burgo.

CORO

                              Oh dize   9.050
O curto Sim! Salva-te a ti, e a nós também!

HELENA

Quê! do rei Menelau temerei que se exceda
A ponto de infligir-me cruelmente dano?

FÓRQUIAS

Como ele mutilou teu Deífobo atrozmente,
De Páris, morto em luta, o irmão, já esqueceste?[80]   9.055

---

[79] Helena dá a entender que a uma intendente não cabe fazer tal observação sobre a aproximação erótica do "perfumado" Páris. No original, *Du fällst*, o verbo correspondente a "sair", preenche a estrutura métrica e rítmica da última frase de Fórquias.

[80] Deífobo era filho do rei troiano Príamo e de Hécuba; irmão, entre outros, de Heitor (o primogênito) e Páris (o caçula). Quando este morreu, atingido por uma flecha de Filoctetes, Deífobo arrebatou para si a bela Helena, o que levou Menelau a mutilá-lo "atrozmente" após a queda de Troia.

Diante do palácio de Menelau em Esparta

Que, pertinaz, do mano a viúva pretendendo,
Lograra o teu favor? Orelhas e nariz
Cortou-lhe e mais o mutilou. Vê-lo era horror.

HELENA

Fez-lhe isso a ele, e o fez pelo amor que me tinha.

FÓRQUIAS

E far-te-á o mesmo a ti, pelo ódio que a ele teve.   9.060
É a formosura indivisível; por destruí-la
Faz quem toda a possuiu, qualquer partilha odiando.[81]

(Ouvem-se trombetas à distância,
o Coro *queda-se num sobressalto)*

Como o som da trombeta, estrídulo, lacera
Até a medula o ouvido, assim se crava o ciúme
No peito do varão, o qual jamais olvida   9.065
O que possuíra e após perdeu, já não possui.

CORO

Do clarim o som não ouves? vês o relampear das armas?

FÓRQUIAS

Sê, meu amo e rei, bem-vindo, de bom grado presto contas.[82]

---

[81] Literalmente: "Indivisível é a beleza; aquele que a possuiu por inteiro/ Prefere destruí-la, amaldiçoando toda partilha".

[82] Com a finalidade de impelir Helena e as troianas do Coro para dentro da

CORO

Ah, e nós? que nos sucede?

FÓRQUIAS

Já o sabeis: à vista tendes
Dela a morte; a vossa ocorre. Não, já não podeis
[ser salvas.   9.070

(Pausa)

HELENA

Pensei no mais urgente a que atrever-me possa.
Maligno espírito és, anciã, no íntimo o sinto,
E temo que todo o bem convertas em mal.
Contudo vou seguir-te àquele paço agora.
O mais eu sei. No entanto, o que a Rainha oculta   9.075
No mais recôndito, imo seio, impenetrável
Mistério para todos seja. Anciã, precede-nos!

CORO

Oh! com que ânimo lá vamos,
Célere o passo;
No encalço a Morte,   9.080
De novo ante nós

---

fortaleza de Fausto, Fórquias intensifica a sua tática de intimidação e age como
se a chegada do vingativo Menelau fosse iminente.

De íngremes muros
Os impérvios redutos![83]
Guardem-nos como o fizera
De Ílio a cidadela impávida,   9.085
Que no fim tão só
Ao mais pérfido ardil sucumbiu.[84]

*(Espalham-se neblinas, envolvem o fundo do palco,
também o primeiro plano, de acordo com o gosto)[85]*

Como? ah, mas como?
Manas, vede em volta!
Não era, ah! límpido o dia?   9.090
Sobem alvas faixas nubíferas
Do sagrado flux do Eurotas.
Já sumida à vista se acha
A orla amena coroada de juncos.
Nem os livre-altaneiros,   9.095
Suave-aquáticos cisnes,
Deslizando nas ondas,
Já nem a eles vejo!

---

[83] A perspectiva de encontrar refúgio na fortaleza medieval anima sobremaneira as moças do Coro: já veem diante de si a proteção de "inexpugnáveis muralhas" de uma "fortificação altaneira" (*ragender Feste*).

[84] Alusão ao ardil do cavalo de Troia que, como narrado no final do canto
VIII da *Odisseia*, ao fim de dez anos de cerco trouxe a vitória aos gregos.

[85] Rubrica endereçada diretamente ao diretor e cenógrafos, como se depreende sobretudo da expressão "de acordo com o gosto" (*nach Belieben*). Com
essa mudança de cenário muda também o estado de espírito das Coristas, que
acreditam ter caído numa armadilha mortal.

Mas, ah! mas ouço-os,
Toando os ouço ao longe,   9.100
Toando rouco, áspero tom!
Dizem, pressago, ai! de morte.[86]
Ah, também a nós, em vez
Do auspício áureo da salvação
Não prediga a morte no fim,   9.105
Nós, de colos alvo-esguios
De cisne, ah! e a nossa Rainha,
A do cisne oriunda!
Ai de nós, ai, míseras!

Tudo à roda encobriu-se   9.110
Já de densa neblina.
Pois nem uma a outra ainda vemos!
Que sucede? Andamos, voejamos?
Ou apenas flutuamos
Leves, alípedes, sobre o solo?   9.115
Nada vês? Não é Hermes quem plana[87]
Diante de nós? Não fulge e acena o cetro
De ouro, a mandar, a instar que regressemos

---

[86] Alusão à crença popular de que com o seu canto os cisnes pressagiavam a morte próxima. Ouvindo os "livre-altaneiros" cisnes, as moças acreditam que o anúncio profético é dirigido a elas, "de colos alvo-esguios de cisne" e à Rainha "do cisne oriunda" (ou seja, do cisne-Zeus).

[87] O deus Hermes (Mercúrio para os latinos) — calçado com sandálias aladas, com um chapéu de abas largas (o pétaso) e empunhando um bastão dourado (o caduceu) — exercia também a tarefa de conduzir os mortos para o Hades, como ocorre com as almas dos pretendentes no último canto da *Odisseia*.

Diante do palácio de Menelau em Esparta

Ao inóspito, lúgubre, alvo-pálido,
De impalpáveis espectros prenhe,   9.120
Ao pejado, ao eterno vácuo do Hades?

Sim, de súbito escurece; a névoa esvai-se, mas sem brilho;
Surgem muros pardos, ruços, cor de muros ao olhar,
Rijos nossa vista obstruindo. É um sítio? é alguma
                              [cova funda?[88]
Pavoroso em todo caso! Manas, somos, ah! cativas,   9.125
Mais cativas do que nunca!

---

[88] Esvaindo-se as névoas, as moças troianas se veem cercadas por lúgubres muros pardacentos (ruços), que lhes obstruem a visão. "É um pátio? É fosso profundo?", perguntam-se literalmente neste verso.

Pátio interior de uma fortaleza

O espaço diante do palácio de Menelau, na antiga Esparta, transforma-se agora no pátio interno de uma fortificação, circundado, como diz a rubrica cênica, por "suntuosas e fantásticas edificações medievais". Uma vez que Helena e as moças troianas continuam sujeitas à presumível ameaça do rei Menelau (a qual impulsiona a ação) e não se deslocam espacialmente, Goethe preserva neste ato — que tem o estatuto estético e ontológico de "peça dentro da peça" — as unidades aristotélicas de ação e espaço. Contudo, a terceira dessas unidades (o tempo) é submetida a um tratamento verdadeiramente "fantasmagórico", pois de maneira alguma o poeta procurou circunscrever a duração da peça a "um período do sol, ou pouco excedê-lo", conforme prescrevia Aristóteles no capítulo V de sua *Poética*. Nada menos do que três milênios são sugeridos nessa "fantasmagoria clássico-romântica" que se estende em seu tríptico cênico, como diz ainda a já mencionada carta de outubro de 1826 a Wilhelm von Humboldt, "desde a derrocada de Troia até a tomada de Missolungui" (cidade grega em que Lord Byron veio a falecer em 1824, encerrando-se assim o seu engajamento na luta de libertação do povo grego contra o domínio turco).

Esse assombroso decurso temporal irá passar nesta cena pela Idade Média europeia (indiciada, no nível das formas literárias, pelo verso rimado da lírica amorosa entre os séculos XII e XIV), já que o cavaleiro Fausto surge inserido num contexto histórico medieval, apenas se deslocando geograficamente a Esparta — e não à época clássica de Helena. Para obter tal efeito dramático, Goethe vale-se de um acontecimento relacionado à Quarta Cruzada (iniciada em 1202), transformando-o contudo num motivo literário de elevada densidade simbólica: o fato de cavaleiros francos e normandos, sob o comando da dinastia Villehardouin, terem penetrado no Peloponeso e fundado no ano de 1249, num local próximo à velha Esparta, a fortaleza de Mistra, que se converteu na sede do ducado de Acaia.

Nesse encrave da Idade Média em terreno da Antiguidade clássica, Fausto vivencia ao lado de Helena um momento de plenitude, que faz olvidar o passado, desconsiderar o futuro e fruir inteiramente o presente. É quando a rima, desconhecida na Antiguidade grega, ganha relevo no diálogo que espelha, estilisticamente, o enlace entre os amantes. Instruída "romanticamente" por Fausto, Helena irá unir-se ao amado também pela rima: "Olvida o espírito a era, o tempo, a idade,/ Só na hora está —" e a bela grega complementa: "Nossa felicidade". Desse modo, a fusão de aspiração romântico-medieval com a quinta-essência de plenitude, harmonia e perfeição greco-antiga encontra expressão métrica na transição do verso do drama clássico (trímetro jâmbico, tetrâmetro trocaico) para o moderno verso alemão rimado de cinco acentos.

Se Fausto vivencia nessa oportunidade um momento ao qual poderia dizer "Oh, para! és tão formoso!" (v. 1.700), por que Mefisto não exibe então o contrato firmado na segunda cena "Quarto de trabalho" e declara-se vencedor da aposta? Porque Mefisto atua aqui como uma espécie de consciência histórica e, mais do que todos, mostra-se ciente da dimensão fantasmagórica deste ato — "peça dentro da peça" em que as cláusulas e condições do pacto ou aposta encontram-se como que suspensas.

Além disso, a felicidade vivenciada por Fausto nas duas últimas cenas do ato não se configura de modo algum como um "estirar-se num leito de lazer", uma aceitação hedonista "do próprio Eu" (v. 1.695) em meio a prazeres e gozos. Esse momento de máxima ventura é ao mesmo tempo utópico e atemporal, pois Fausto adentra uma Arcádia que antes de tudo, conforme formulado por Erich Trunz, revela-se enquanto íntima paisagem espiritual: a felicidade que Mozart terá experimentado ao concluir o *Don Giovanni*, ou o velho Goethe, ao perceber que conseguiria completar a obra de sua vida. Por isso, Mefisto não pode declarar-se vencedor no contexto dessa "fantasmagoria clássico-romântica", mas terá de esperar até a tragédia do colonizador para jactar-se da vitória e trazer à baila o "título firmado em sangue". [M.V.M.]

(Cercado de suntuosas e fantásticas edificações medievais)

CORIFEIA

Tolice e irreflexão, da mulher fiel imagem!
Joguetes, vós, do instante efêmero, do vento
Da boa e má fortuna! A ambas jamais sabeis

Equânimes opor-vos. Contradiz, violenta,   9.130
Uma à outra, sempre, e a estas todas.[1] Na alegria,
Na dor, tão só chorais, rides em tons idênticos;
Silêncio, ora! e aguardai o que o critério augusto
De nossa ama ordenar por si como por nós.

HELENA

Pitonisa, onde estás?[2] Como quer que te chames,   9.135
Dessas abóbadas sombrias surge. Foste
Ao chefe-herói lendário anunciar minha vinda
A fim de que me acolha hospitaleiramente;
Eu to agradeço, mas logo ante ele introduze-me!
Só o fim da caminhada almejo, só repouso.   9.140

CORIFEIA

Debalde estás, Rainha, olhando ao teu redor;
Sumiu-se a esdrúxula visão; talvez ficasse
Na névoa, lá de cujo seio aqui chegamos,
Como, eu não sei, celeremente, sem que andássemos.
Perdida ande, talvez, no estranho labirinto   9.145

---

[1] A corifeia repreende a leviandade e inconstância das coristas, "joguetes do instante efêmero" que sem cessar se contradizem entre si ("uma à outra" e a estas duas contradizem, por sua vez, todas as demais).

[2] Helena dirige-se a Fórquias, que se manterá afastada por quase trezentos versos, até a parte final da cena; chama-a de "Pitonisa", no sentido de vidente ou feiticeira. (Píton era o nome do dragão que assolava a região de Delfos, matando homens e animais; Apolo abateu-o com suas flechas e instituiu um santuário nesse lugar, onde a Sibila de Delfos, ou Pitonisa, pronunciava oráculos.)

Pátio interior de uma fortaleza

Do burgo que de cem torreões tornou-se um todo,[3]
Procurando o amo a quem real saudação transmita.
Mas vê, lá, no alto, em pórticos, arcadas,
Em galerias, a correr daqui, de lá,
Célere já se move inúmera criadagem,   9.150
Prenúncio de condigno e hóspito acolhimento.

CORO

Oh gosto a afluir-me ao coração! Lá vede
Com que recato altivo movimenta
Um juvenil-formoso grupo o rítmico,
Simétrico cortejo! Ordenou quem   9.155
Surgir tão rápido, em perfeito estilo,
A grei magnífica desses mancebos?
Que admiro mais? É da marcha o donaire?
Os cachos enquadrando as níveas testas
Ou as faces gêmeas, rubras como pêssegos,   9.160
E como tais, macio-aveludadas?
Mordê-las, quem mo dera, mas, sem que o ouse,
Já que num caso análogo — dizê-lo
É horror — se encheu de cinza a boca.[4]

---

[3] Isto é, a fortaleza medieval erigida com "construções de toda espécie e uso" (v. 9.027).

[4] Referência à chamada "maçã de Sodoma", repleta de sementes pulverulentas — o nome remete à cidade bíblica junto ao Mar Morto, soterrada em cinzas após a tentativa de seus habitantes de abusar dos anjos enviados por Deus (*Gênesis*, 19: 5).

Mas os mais belos 9.165
Vêm vindo aqui;
Eles que trazem?
Trono e degraus,
Tapete e assento,
Véus, reposteiros 9.170
De baldaquins.
Núbleos, se abaulam
Como coroas
Sobre a testa da Rainha.
Convidada, ascendeu 9.175
Já ao rico dossel.
Perto chegai-vos;
Sobre os degraus
Alas formai.
Digna, oh condigna, ah três vezes condigna 9.180
Tal acolhida, abençoada seja!

(Tudo o que o Coro recita, realiza-se simultaneamente)

FAUSTO *(Terminada a descida do longo cortejo
de pajens e escudeiros, ele aparece no alto da escada
em traje de corte de cavaleiro da Idade Média,
e desce os degraus com dignidade solene)*

CORIFEIA *(contemplando-o atentamente)*

Se a esse varão os deuses, como às vezes fazem,
Não outorgaram transitoriamente, apenas,
Por prazo efêmero, o admirável porte, a amável
Presença e nobre compostura, triunfará 9.185

Pátio interior de uma fortaleza

Em tudo o que empreender, seja em combate másculo,
Seja em guerra mirim com as damas mais formosas.
Deveras é ele a muitos outros superior
Que altamente estimados vira eu própria.
Com reverente, majestoso passo, avisto   9.190
O príncipe. A ele o teu olhar volve, ó Rainha!

FAUSTO *(aproximando-se,*
com um personagem acorrentado ao seu lado)[5]

Em vez de soleníssima acolhida,
Da recepção festiva a que jus fazes,
Em ferros trago o servidor, que falho
Em seu dever, do meu roubou-me o gozo.   9.195
Ante a ilustríssima princesa ajoelha-te,
E a confissão lhe faze de tua culpa.
Excelsa dama, é o homem, este, de única
Visão, à torre superior preposto,
Para espreitar, atento, o arco dos céus   9.200
E a área terrestre, tudo o que se mova
Da serrania ao vale até este paço;

---

[5] Fausto, "em traje de corte de cavaleiro da Idade Média", traz consigo o chamado "verso branco" não rimado e de cinco acentos (decassílabos na tradução de Jenny Klabin Segall). Ao encontro do trímetro jâmbico usado por Helena vem, portanto, o verso típico do drama clássico alemão, delineando-se assim um solene enlace "clássico-romântico" também dos sistemas métricos. Com os versos brancos, Fausto amolda-se ao discurso não rimado da rainha grega, mas lhe encurta o padrão métrico em um pé ou compasso (duas sílabas, na tradução). Helena acolhe essa aproximação com cortesia digna e, ao retomar a palavra, reduz também em um compasso a sua fala.

Seja o flux dos rebanhos, ou talvez
Algum exército. Se a uns protegemos,
O outro enfrentamos. Hoje, que descuido!   9.205
Chegas: não o proclama ele; falhou
A insigne recepção a tão sumo hóspede
Devida. Em pena máxima incorreu.
Indigno da existência se mostrou.
No sangue, já, de morte merecida   9.210
Havia de jazer; mas só tu punes,
Só tu agracias, como te aprouver.[6]

HELENA

Já que tão alto encargo me conferes
De juiz e soberano, ainda que a título,
Ao que presumo, de experiência seja —   9.215
Do juiz exerço o máximo dever,
O de o acusado ouvir. Podes falar!

O VIGIA DA TORRE, LINCEU[7]

Ah, que eu morra! não, que eu viva!
Deixai que de joelhos caia!

---

[6] Isto é, o vigia da torre, homem de visão acurada, negligenciou o dever de anunciar a aproximação da Rainha e, desse modo, subtraiu ao castelão Fausto o dever de propiciar "insigne recepção a tão sumo hóspede". Após ouvir a confissão de "culpa" do vigia, Helena deverá proferir a condenação ou absolvição.

[7] Em grego, o "de olho de lince". Na segunda parte da tragédia Goethe usa alguns nomes antigos (Eufórion, Filemon, Baucis); assim designa ao vigia ou sentinela da fortaleza o nome de um dos argonautas dotado de visão incomparavel-

Da mulher-deusa cativa,   9.220
Que a alma toda se me esvaia.

Espreitava o alvor a leste
Precursor do dia azul,
Quando em resplandor celeste
Me surgiu o sol no sul.   9.225

Ao invés do val, da serra,
Deslumbrou-me o sul o olhar,
Ao invés do céu, da terra,
Vi-a, ela, a mulher sem par.

Da visão raio igual tenho   9.230
Ao do lince em alto galho;
Mas, ora, em surgir me empenho,
Qual de um sonho obscuro, falho.[8]

De nortear-se havia um homem?
De vigiar torre e portal?   9.235
Névoas vêm, névoas se somem,
Surge divindade tal!

---

mente aguçada. (No quinto ato o atalaia do "Palácio" do colonizador Fausto também se chamará Linceu.) Atingido pelas "flechas" desferidas pela beleza de Helena, "a exímia atiradora" (como diz Fausto adiante), Linceu fala em versos que ci-
tam a poesia amorosa praticada nas cortes medievais, a chamada *Minnedichtung*
ou *Minnesang* (no médio-alto-alemão, *minne* significa o amor cortês). Este trecho, conforme observam os comentadores, desperta associações com as canções
amorosas do trovador Heinrich von Morungen (1150-1222). Também ressoam reminiscências da lírica de Francesco Petrarca (1304-1374).

[8] Deslumbrado pela beleza da mulher que surgiu ao sul, diz Linceu neste
verso que precisou empenhar-se para emergir de "sonho profundo, obscuro".

Arrancado da penumbra
Aspirei-lhe o fulgor brando;
A beleza que deslumbra,   9.240
Olhos e alma deslumbrando.

Esqueci corneta e alarme,
Do vigia a austera faina;
Tua ameaça é aniquilar-me —
Mas toda ira o encanto aplaina.[9]   9.245

HELENA

Não devo eu castigar o mal que eu trouxe.
Que rija sina, ai de mim, me persegue,
De eu perturbar em toda parte a alma dos homens
A ponto de eles não pouparem nem a si,
Nem ao mais que há no mundo de sagrado;   9.250
A seduzir, raptar, guerrear aqui e acolá,[10]
Semideuses, heróis, deuses, demônios,
Levaram-me eles, cá e lá errante ao léu.
Sendo uma, o mundo perturbei; mais, dúplice;[11]
Tríplice, quádrupla, amontoo infortúnios.   9.255

---

[9] "Encanto" corresponde, no original, a "beleza".

[10] Com a palavra "seduzir", Helena pode estar aludindo a Páris; "raptar", a Teseu; "guerrear", a Menelau. No original há também *entrückend* (gerúndio do verbo *entrücken*, no sentido de "arrebatar"): talvez a divindade que arrebatou a verdadeira Helena para o Egito (ver nota ao v. 8.873).

[11] "Dúplice" significa o seu espectro levado por Páris a Ílio. "Tríplice" alude ao seu retorno a Esparta, quando trouxe infortúnio às troianas do Coro; "quádrupla" pressupõe a ameaça de morte que acarretou agora a Linceu, na fortaleza de Fausto.

Pátio interior de uma fortaleza

Afasta este pobre homem, põe-no livre!
De culpa é isento a quem os deuses cegam.

FAUSTO

Rainha, a um tempo só, contemplo, atônito,
A exímia atiradora e o alvo atingido;
O arco que a flecha enviou, ferido aquele,   9.260
Dardo após dardo agora em mim acerta.
Sinto-os já, sussurrantes, a cruzarem-se,
Alígeros, pelo castelo e espaço.
Hoje que sou? De súbito em rebeldes
Meus fiéis transformas, tornas vulneráveis   9.265
Meus muros. Temo já que o meu exército
Só à dama invicta e víctrice obedeça.
Que me resta, a não ser render-me a ti,
E o mais que eu, iludido, meu julgava?
Sim, que aos teus pés, livre e fiel te proclame,[12]   9.270
Permitas, ó Rainha!, que, ao surgir,
Logo granjeou para si bens e trono.

LINCEU (com um caixote,
seguido de portadores carregando outros)

       Vês-me, ó Rainha, regressar!
       Mendiga um rico um mero olhar.
       Paupérrimo ao te ver se sente,   9.275
       E rico principescamente.

---

[12] Os adjetivos "livre e fiel" referem-se a Fausto, que assim rende preito à Rainha invicta e vitoriosa (ou "víctrice", conforme a tradução).

Que sou! que era antes? que fazer?
Que desejar? que requerer?
Que vale o olhar mais penetrante?
Cega-o ainda mais tua luz radiante.   9.280

Quando aqui viemos ter do Oriente,
Selou-se o fado do Ocidente.
Hostes sem fim, hordas sem conta,
Nunca o fim viam os da ponta.

Caindo um, de pé outro estava,   9.285
Lança em mão, outro ainda avançava;
Cada dez por mil reforçados,
Milhares mortos, ignorados.

Afluía o inexorável bando,
Reino após reino avassalando;   9.290
E onde hoje, eu, senhorial mandava,
Roubava outro amanhã, saqueava.

Valia a rápida olhadela;
Raptava este a mulher mais bela,
Via outro o touro — era só levá-lo,   9.295
Não se deixava um só cavalo.

Mas tinha eu o mais raro em mira,
Aquilo que ainda ninguém vira;
E o que também outro possuía,
Tornava-se-me erva bravia.   9.300

Seguia com apurada vista
Só de tesouros a áurea pista,
Cofres, baús, o seu conteúdo,
Para mim transparente tudo.

Pátio interior de uma fortaleza

E ouro aos montões acumulara; 9.305
Mas mais fulgente é a gema rara:
Só esmeraldas dignas são
De verdejar-te ao coração.

À tua concha auricular
Ondule a gota oval do mar;[13] 9.310
Mas dos rubis morra o fulgor,
Murcha-os de tua face a flor.

E assim, tesouro imenso e rico,
Rainha, ao teu altar dedico;
De mais de uma batalha rubra, 9.315
A safra aos teus pés o chão cubra.

Caixões de ferro aqui arrasto,
De outros tenho ainda um montão vasto;
Concede-me seguir-te a via,
E te encho a real tesouraria. 9.320

Pois à tua luz mal se ilumina
O trono, já se verga, inclina,
Razão, poder, força e riqueza,
Ante o astro de única beleza.

---

[13] Deitando aos pés de Helena os tesouros conquistados e pilhados pelo exército de Fausto, Linceu fala metaforicamente neste verso da "pérola": a "gota oval" que deve ondular, conforme o original, "entre a orelha e a boca" da bela mulher. Em seguida vem uma hipérbole típica do elogio à dama na lírica trovadoresca (e ainda do período Barroco): o empalidecer da pedra preciosa perante as faces da mulher.

Tudo isso firme tinha, e meu; 9.325
Agora, esparso, é tudo teu.
Julgava-o nobre, rico e válido,
Vejo hoje que era sonho pálido.

O que eu possuía, fez-se em nada,
Erva árida, murcha, ceifada. 9.330
Oh, com um teu olhar sereno,
Restitui-lhe o valor em pleno!

FAUSTO

Rápido, afasta o espólio audaz de guerra,
Punido, não, mas nem assim premiado.
Já dela é tudo o que encerra este paço: 9.335
Supérfluo é oferecer-lhe parte: Vai-te!
Tesouro após tesouro alinha em ordem:
Aos olhos arma a esplêndida visão
De inédita riqueza! Abóbadas cintilem
Qual céu de estrelas, criem-se imagens 9.340
Paradisíacas de vida inânime![14]
Ante os seus passos que se desenrolem
Esplêndidos tapetes; chão macio
De encontro a seus pés venha; a seu olhar,
Só os deuses não cegando, brilho máximo! 9.345

---

[14] Inânime ou inanimada — isto é, imagens paradisíacas do ouro e pedras preciosas.

Pátio interior de uma fortaleza

LINCEU

> Fácil é do amo o comando,[15]
> Fá-lo-á o servo até brincando.
> Sobre bens e sangue real,
> Reina formosura tal.
> Mansa está já toda a armada,   9.350
> Bota e inerte toda espada.
> Ante a aparição de escol,
> Frio e opaco até o sol;
> Ante o brilho da visão,
> Tudo nada e tudo vão.   9.355

(Sai)

HELENA *(a Fausto)*

> Desejo conversar contigo, mas,
> Sobe ao meu lado! O assento vago pede
> Do amo a presença, a assegurar-me o meu.

FAUSTO

> Primeiro digna-te, suma princesa,

---

[15] No original, "fraco", mas exatamente no sentido de "fácil", pois como se trata de servir à beleza superior de Helena, a execução das ordens de Fausto será tarefa leve, lúdica. Erich Trunz observa que a esse pensamento do dever voluntário, do jogo, corresponde a forma dos versos: obedecendo a convenções, mas também lúdica; rimas paralelas, dançantes e jubilosas — um "excesso no regrado, tanto na forma como no conteúdo".

Admitir meu fiel preito;[16] que, de joelhos,   9.360
Eu beije a mão que me eleva ao teu lado;
De teu reino infinito a co-regência
Me outorgues, e em mim um servo aufiras,
Guardião e admirador, tudo em um só!

HELENA

Prodígios múltiplos vejo e ouço, atônita,   9.365
Quisera eu tantas cousas perguntar.
Contudo indago porque soou a fala
Do homem estranha ao meu ouvido, e amena.
Parece um tom a outro amoldar-se, e quando
Uma palavra à orelha se aconchega,   9.370
Segue-se-lhe outra, que a primeira afaga.[17]

FAUSTO

Apraz-te ouvir dos nossos a linguagem,
Também o canto é certo deliciar-te,
Que a fundo o ouvido e o espírito contenta.
Mas o melhor é o exercitarmos logo,   9.375
Já que o diálogo o provoca e atrai.

---

[16] O compromisso medieval-cavaleiresco de devotar-se à dama eleita, cumprido aqui com o gesto cerimonial de beijar-lhe a mão e outorgar-lhe o poder de mando.

[17] No discurso arrebatado de Linceu, Helena ouviu pela primeira vez versos rimados e, assim, pede agora elucidação a Fausto. "Amoldar-se" corresponde no original a *sich gesellen*, que no médio-alto-alemão significa também o encontro amoroso — desse modo, ela descreve a sua impressão da sonoridade rimada com metáforas eróticas.

HELENA

Como hei de, à fala, eu dar tão linda nota?

FAUSTO

É fácil quando do íntimo nos brota.[18]
E quando de saudade a alma transborda,
Procuras, vês...

HELENA

quem com o êxtase se acorda.   9.380

FAUSTO

Olvida o espírito a era, o tempo, a idade,
Só na hora está...[19]

---

[18] Literalmente: "É muito fácil, tem de vir do coração". O velho Goethe retoma assim um postulado central na poética do século XVIII, em especial do movimento "Tempestade e Ímpeto", que vigorou aproximadamente entre os anos de 1767 e 1785 ("coração" é a palavra mais recorrente em seu romance *Os sofrimentos do jovem Werther*). Em um poema do volume *Divã ocidental-oriental*, Goethe já tematizara o advento da rima, seguindo uma antiga lenda persa, como símbolo do Eros rejubilante, do encontro amoroso — no caso, entre o soberano sassânida Behramgur e sua escrava Dilaram: "Behramgur, dizem, inventou a rima...".

[19] Neste segundo lance do jogo rímico e erótico entre os representantes do clássico e do romântico, "hora" corresponde a "presente". Aqui Fausto diz literalmente que agora o "espírito" não olha para a frente, não olha para trás: "Somente o presente —" e espera o complemento rimado da mulher.

HELENA

nossa felicidade.

FAUSTO

Caução, tesouro é, prêmio e possessão.
Quem há de confirmar-mo?

HELENA

Minha mão.

CORO

Quem a mal lhe levaria,   9.385
À nossa ama, ela outorgar
Graças ao senhor do burgo?
Confessá-lo é: somos todas
Nós cativas, como o fomos
Desde a queda ignominiosa   9.390
De Ílio, já, e da aflitiva,
Labiríntica, árdua viagem.

Quando a amores de homens dadas,
Pouco escolhem as mulheres,[20]
São porém conhecedoras.   9.395
Como a alvos loiros pastores

---

[20] Embora sejam "conhecedoras", as mulheres, diz aqui o Coro, muitas vezes não estão em condições de escolher a quem conferir a posse do próprio corpo.

Pátio interior de uma fortaleza

Quiçá a negro-hirsutos faunos,
Dependendo da ocasião,
Sobre os seus túrgidos membros,
Posse idêntica conferem.   9.400

Perto e perto mais assentes,
Um a outro encostados já,
Joelho a joelho, espádua a espádua,
Mão em mão vão se embalando,
Sobre o áureo trono   9.405
E seu resplendor macio.
Não se priva a Majestade,
De dar aos olhos do povo
De seus íntimos prazeres
O espetáculo livre e arrogante.   9.410

HELENA

Tão longe sinto-me e tão junto a ti,[21]
E digo arrebatada: Eis-me! eis-me aqui!

FAUSTO

Treme-me a voz, mal posso respirar;
É um sonho, somem-se tempo e lugar.

---

[21] Se por um lado Helena intui a distância que a separa do castelão nórdico, sente-se por outro lado tão íntima deste que passa a empregar de moto próprio a rima recém-conhecida.

406   Terceiro ato

HELENA

Tão desgastada sinto-me e tão nova,   9.415
Unida a ti, o estranho, a toda prova.

FAUSTO

Não negues um destino único e inebriante!
Ser é dever, e fosse um só instante.[22]

FÓRQUIAS *(entrando impetuosamente)*[23]

Soletrai lições de amor,
Saboreai-lhe, amando, o teor,   9.420
Desfolhai do idílio a flor,
Mas para isso o tempo é escasso.
Tremor surdo não sentis?
Da trompa o eco não ouvis?

---

[22] Fausto pronuncia aqui a fatídica palavra "instante" (ou "momento", *Augenblick*), presente na formulação do pacto e da aposta na segunda cena "Quarto de trabalho": "Se vier um dia em que ao momento/ Disser: Oh, para! és tão formoso!". No entanto, a exclamação permanece sem consequências (assim como a plenitude da felicidade de Fausto na cena seguinte), o que revela que as condições do acordo com Mefistófeles estão suspensas nesta "fantasmagoria clássico--romântica".

[23] Após longa ausência, Mefisto-Fórquias vem imiscuir-se na cena pondo fim ao idílio amoroso com a notícia da perigosa aproximação de Menelau. O jogo de rimas praticado pelos amantes é ironizado enquanto "namorico", como sugere o verbo alemão *tändeln*, um soletrar em "cartilhas de amor" (*Liebesfibeln*): "Mas para isso o tempo é escasso", diz ainda Fórquias impondo a consciência da história e da temporalidade que os amantes procuravam abolir.

Pátio interior de uma fortaleza

Chega a morte a grande passo.   9.425
Menelau marcha veloz,
Com legiões cai sobre vós;
À árdua luta arma teu braço!
Pelo vencedor cercado,
Qual Deífobo estraçoado,[24]   9.430
Hás de expiar o doce abraço.
Hão de as jovens bambalear,
Para a Rainha, já, no altar
Se acha afiado o mortal aço.

FAUSTO

Temerária intrusão! penetra aqui, importuna;[25]   9.435
Até em perigos vedo o ímpeto irrefletido.
Se ao mais belo emissário as más-novas enfeiam,
As trazes com prazer, tu, a feia entre as feias.
Mas desta vez nada consegues; hálito oco
Abale os ares. Não existe aqui perigo,   9.440
E até o perigo ameaça vã pareceria.

---

[24] Alusão à terrível mutilação de Deífobo perpetrada por Menelau, como vingança por ter aquele se apoderado de Helena após a morte de Páris (ver nota ao v. 9.054).

[25] Apenas neste momento da cena Fausto reveste a sua fala com o trímetro jâmbico característico de Helena; é como se as palavras de segurança e tranquilização que dirige à Rainha devessem ser expressas no verso que lhe é familiar. Ao assumir o comando logo em seguida e passar instruções aos seus subordinados, recorrerá ao verso rimado de quatro acentos (octossílabos, na tradução).

*(Sinais, explosões ressoando das torres, trombetas e cornetas,
música marcial; desfile de formidáveis forças armadas)*[26]

FAUSTO[27]

Não, logo o círculo verás
De heróis a quem a audácia rege:
Jus ao favor das damas faz
Só quem com mão forte as protege.　　　9.445

*(Aos chefes militares, que se destacam
das colunas e se aproximam)*

Com ímpeto incontido e forte,
Penhor de vitória inconteste,
Vós, brotos juvenis do Norte,
Vós, flora varonil do Leste.

---

[26] As "explosões" que ressoam parecem constituir um anacronismo, já que armas de fogo (e, portanto, peças de artilharia) apareceram apenas no século XIV. Em seus comentários para a edição de Munique, Dorothea Hölscher-Lohmeyer observa que Goethe não se limita aqui apenas ao período histórico da Quarta Cruzada e da construção da fortaleza de Mistra (1249), mas condensa os mais de 150 anos de dominação dos francos no Peloponeso no momento da atuação de Fausto. No espaço de tempo desse amálgama histórico entre o Ocidente e a Antiguidade, o "uso de peças de artilharia já não constituía nenhuma raridade".

[27] Em versos rimados de quatro acentos (em ritmo jâmbico no original), Fausto irá enrijecer e "temperar" o ânimo e o moral dos seus chefes militares para rechaçar a propalada investida de Menelau e partir em seguida para uma guerra de conquista de todo o Peloponeso, cujas regiões são explicitadas nos vv. 9.466--73 (Goethe, em carta de dezembro de 1827: "Preciso conhecer bem a Grécia, já que eu a distribuí").

409　　　　　　　　　　　　　　　　Pátio interior de uma fortaleza

Raiando fogo, irradiando aço,[28]   9.450
Terra após serra e mar transpondo,
Marchais, já estremece o espaço,
Passais, do solo ecoa o estrondo.

Pilos nos viu desembarcando;[29]
Já não existe o ancião Nestor,   9.455
E dos reis gregos qualquer bando
Varre este exército ao redor.

Destas muralhas repeli
Desde já Menelau ao mar;
Vogue, erre, roube, espreite ali,   9.460
Foi seu destino e o soube amar.

Mas como duques vos saúdo;[30]
De Esparta a soberana o ordena;
No centro aos pés ponde-lhe tudo,
Em volta assumi posse plena.   9.465

---

[28] Quanto a esta segunda estrofe e ao "romantismo" temperado em fogo e aço do chefe militar Fausto, Albrecht Schöne reproduz um comentário feito pelo poeta Gottfried Benn em carta de julho de 1948: "e depois a lírica tipo S.S. no 'Pátio interior de uma fortaleza', verso 9.450 e seguintes — 'raiando fogo, irradiando aço' — passagem extremamente curiosa".

[29] Importante cidade portuária do Peloponeso, vizinha a Esparta; ao longo de três gerações, Pilos foi governada pelo sensato Nestor, que teria atingido a idade de 99 anos. Como este já não existe há muito, o exército ágil e "solto" (das ungebundne Heer) de Fausto poderá avassalar os pequenos reinos da região.

[30] Elevando os chefes militares à condição de "duques", Fausto diz que a conquista do Peloponeso (e sua submissão à rainha de Esparta) reverterá em ganho dos próprios ducados recém-criados. Nos comentários à mencionada edição de Munique, Hölscher-Lohmeyer menciona modelos históricos para esse ato feu-

Germano! sobre ti recaia
Guardar os golfos de Corinto.
Godos, vós! penhascais de Acaia
Cercai com férreo, marcial cinto.

Franco, à Élida! Saxão, é armares   9.470
Messênia com defesa sólida!
Normando, limpa tu os mares,
E reconstrói a magna Argólida.

Cada um, no lar, lá viva à farta,
O imigo externo só persiga;   9.475
Mas sobre todos trone Esparta,
Da soberana sede antiga.[31]

Lá vos verá, fruindo a abundância
Do chão que o bem-estar produz;
E aos pés vir-lhe-eis, vós, com confiança,   9.480
Buscar sanção, direito e luz.

---

dal de investidura dos novos duques (assim, por exemplo, a atribuição da Messênia aos saxões dever-se-ia ao desembarque, nesta região da Grécia, do rei anglo-saxão Ricardo Coração de Leão durante a Terceira Cruzada, entre 1189 e 1192). "No conjunto quíntuplo das tribos, Fausto nomeia [a seguir] aqueles que se apoderaram do território do antigo Império Romano e tomaram posse da herança da Antiguidade — as cinco nações culturais europeias: nos germanos, os alemães; nos godos, os espanhóis; nos francos, os franceses; nos saxões, os ingleses; nos normandos estabelecidos na Sicília, os italianos."

[31] Esparta volta a ser, como em tempos remotos, a sede da rainha Helena, a qual reina agora sobre uma nova constituição histórica: uma "Europa unida na ideia de antiga humanidade", segundo Hölscher-Lohmeyer. O sujeito do verso seguinte é a rainha Helena: "Lá [ela] vos verá, fruindo a abundância".

Pátio interior de uma fortaleza

*(Fausto desce, os nobres formam um círculo ao seu redor,
para ouvir-lhe de mais perto as ordens e direções)*

CORO

> Quem pra si cobiça a mais bela,
> Que antes de tudo cuide
> De em tempo útil de armas prover-se;
> Se soube com arte obter pra si   9.485
> Deste mundo o alvo máximo,
> Com sossego não o possui:
> Seduzem-lho hábeis sedutores,
> Raptam-lho ousados raptadores;
> Trate, prudente, de impedi-lo.   9.490
>
> Eis por que louvo o nosso príncipe,
> Mais do que outros o prezo,
> Ele, que tão brioso e sisudo,[32]
> Soube aliar-se aos valentes que o ouvem,
> Cada aceno acatando.   9.495
> Com ânimo fiel cumprem-lhe as ordens,
> Cada qual em próprio proveito,
> Como em preito grato ao senhor,
> Glória e honra altíssimas ambos granjeando.
>
> Pois quem ao amo poderoso   9.500
> A arrebataria agora?

---

[32] Conforme observa Schöne, o Coro retoma com a expressão "brioso e sisudo" (literalmente, "corajoso, inteligente") um antigo *topos* do "elogio do soberano": a concepção de que a fusão de sabedoria e coragem (ou firmeza) (*sapientia et fortitudo*) constitui a grandeza daquele que governa.

Pertence-lhe, a ele, concedamo-lha,
Mormente nós, a quem com ela
Dentro cercou com as mais firmes muralhas,
Por fora com o exército mais possante.   9.505

FAUSTO

Os dons com que a legião de heróis
Premiaste — a cada um terra rica —
De alto valor são; sigam, pois!
No centro o nosso império fica.[33]

Proteja-te entre espúmeos jorros   9.510
Da maresia, a esparsa tropa:
Semi-ilha, tu, por leve arco de morros
Presa à última haste montanhês da Europa.[34]

Terra que um sol de único esplendor banha,
A cada tribo os dons viva outorgando,   9.515
À nossa Rainha agora ganha,
Que cedo contemplou já, quando

---

[33] Após proceder à distribuição das províncias do Peloponeso aos chefes militares, Fausto irá concentrar-se no elogio da região central, Arcádia — na verdade uma topografia e paisagem de modo algum exuberantes, mas que graças sobretudo à poesia pastoral de Virgílio transformou-se na utopia de uma natureza idílica e de felicidade plena, afastada de todos os sofrimentos e contradições da História.

[34] A "esparsa tropa" (isto é, os chefes militares distribuídos ao redor) deverá proteger a "semi-ilha" ("não ilha", no original, no sentido de península) do Peloponeso, ligada às montanhas da Macedônia ("última haste montanhês da Europa") por estreita faixa de terra (o istmo de Corinto: "leve arco de morros").

Pátio interior de uma fortaleza

Fulgente entre o múrmur da cana
Do Eurotas, da casca irrompeu,
E dos irmãos, da mãe ufana,   9.520
A luz do olhar nublou com o seu.[35]

Terra estendida ora a teus pés
Em sua mais rica florescência,
Ao mundo de que Rainha és,
À tua pátria, ah, dá-lhe preferência![36]   9.525

E inda que o sol, sobre o escarpado casco
Dos montes trace oblíquo, pálido arco,
Surge esverdeado já o penhasco;
Cabra silvestre rói seu quinhão parco.

Do arroio ao riacho águas fluem,
                    [cristalinas,   9.530
Brilham prado, agro, já, verde-esmeralda;
Sobre a cadeia ondeante das colinas,
Lã alva dos rebanhos se desfralda.

Com andar manso, córneo, esparso gado
Beira do precipício orlas abruptas;   9.535
Abrigo há para todos preparado,
A rocha abaúla-se em mil grutas.

---

[35] Nova alusão ao nascimento de Helena às margens do rio Eurotas: sob o murmúrio da vegetação de juncos e caniços, ela teria eclodido do ovo concebido por Leda após a cópula com Zeus, que assumira a aparência de cisne. Sua beleza "nublou" de imediato a "luz do olhar" da sua mãe e dos irmãos Castor e Pólux.

[36] Todo o círculo terrestre, isto é, o mundo todo, pertence agora a Helena; no entanto — pela exortação de Fausto — ela deve dar preferência a sua nova pátria: esta Arcádia que é pintada, nos versos seguintes, "no âmbito de Esparta".

Protege-os Pã. São das ninfas de vida,[37]
Fresco-úmidas cavernas a morada,
E, ávido, impele à esfera mais subida,   9.540
Tronco após tronco a fronde entrerrameada.

Serôdias matas são: rijos carvalhos,
Haste em haste encravando, erguem-se a prumo,
E brinca, alando aos céus esguios galhos,
Com o doce lastro, o ácer, prenhe de sumo.   9.545

Serve à sua sombra à criancinha o leite
Materno, e ao anho o tépido da ovelha;[38]
Da fruta, o sol no val doura o deleite,
E da árvore oca escorre mel de abelha.[39]

Herda-se aqui o bem-estar: 9.550
Sorriso o lábio e olho irradia;
Cada qual imortal é em seu lugar,
Saúde ostentam e alegria.

---

[37] Pã como deus dos pastores e dos rebanhos. Originário da Arcádia, o seu culto sempre o associou às ninfas (o atributo "de vida" reforça o procedimento goethiano de vivificar essa paisagem árcade, que aspira às esferas mais elevadas).

[38] De modo literal, diz Fausto nestes versos que "maternalmente", em círculo sereno e umbroso (em virtude do carvalho e do ácer, ou bordo, acima mencionados), "jorra o leite tépido pronto para criança e ovelha" (na tradução, o leite materno para a "criancinha" e o da ovelha para o "anho").

[39] Fausto impregna a sua Arcádia de concepções ligadas não apenas à Idade de Ouro da Antiguidade clássica (cantada por Hesíodo, Teócrito, Virgílio, Ovídio), mas também à "terra prometida" a Moisés, "terra boa e vasta, terra que mana leite e mel" (*Êxodo*, 3: 8).

E cresce o infante à luz do dia brando,
Aspirando à paterna força e ação;   9.555
Atônitos paramos, indagando,
Se homens ou se deuses são.

Vivera entre os pastores já Apolo,
Assemelhara-se a ele um dos mais belos;[40]
Onde a natura obra em sagrado solo,   9.560
Dos mundos todos encadeia os elos.

(Sentado ao lado de Helena)

Assim te foi a ti, foi-me a mim dado;
Do Deus supremo o teu ser sente oriundo!
Atrás de nós esvai-se o passado,
Tão só pertenças ao primevo mundo.[41]   9.565

---

[40] Segundo a lenda, Apolo foi enviado por Zeus, como punição por ter abatido os Ciclopes, a prestar servidão por um ano ao rei Admeto, apascentando o seu gado nas planícies tessálicas. Na observação de Albrecht Schöne, aquele "dos mais belos" que ao pastor Apolo se assemelhara pode ser uma alusão ao mítico pastor Dáfnis, semideus dotado de beleza incomum.

[41] Na concepção mítica de Hesíodo (*Os trabalhos e os dias*), o "primevo" (ou primeiro) mundo associa-se à Idade de Ouro, em que os homens não conheciam preocupações materiais, nem doenças ou velhice (quando chegava o momento da morte, apenas adormeciam serenamente). Essa idade mítica se deu sob o reinado de Cronos (Saturno, nas *Metamorfoses* de Ovídio: livro I, vv. 89-112). Sendo Helena filha da rainha Leda e de Zeus (ou Júpiter), ela não pertence rigorosamente ao "primevo mundo"; no entanto, na Arcádia imaginada por Fausto (nova pátria de Helena), voltam a reinar as condições da Idade de Ouro.

Não paires em castelos encerrada!
Em viço eterno de que nada a aparta,
Para encher de delícia a nossa estada,
Vive ainda Arcádia no âmbito de Esparta.[42]

Vieste a solo abençoado ter; eis onde   9.570
O fado mais sereno a ti se augura!
Tronos transformam-se em dosséis de fronde,
Raie-nos, livre, a arcádica ventura![43]

---

[42] Nesta penúltima estrofe, o verbo "vive" corresponde no original a *zirkt*, no sentido do "espraiar-se" da Arcádia ao redor de Esparta ("no âmbito").

[43] Nestes versos de Fausto (que assoma como uma espécie de "demiurgo poético") consuma-se a conversão do "pátio interior de uma fortaleza" nessa paisagem utópica em que os mundos dos deuses e dos humanos se enlaçam do modo mais puro (v. 9.561) e onde a felicidade do casal "clássico-romântico" — sob caramanchões ou "dosséis de fronde" em que se transformaram os "tronos" — será "arcadicamente livre" (*arkadisch frei*).

Bosque frondoso

A esta terceira e última cena do "ato de Helena" Goethe não chegou a atribuir um título específico, como nas duas anteriores ("Diante do palácio de Menelau em Esparta" e "Pátio interior de uma fortaleza"). Por isso, as edições do *Fausto* oscilam basicamente entre três designações: "Bosque frondoso" (*Schattiger Hain*), como trazem as edições de Erich Trunz e Dorothea Hölscher-Lohmeyer; "O cenário transforma-se por completo" (*Der Schauplatz verwandelt sich durchaus*), conforme a opção de Ulrich Gaier; ou ainda "Arcádia" (*Arkadien*), como aparece nas edições de Albrecht Schöne, Ernst Beutler e Erich Schmidt, em consonância com a paisagem mencionada (v. 9.569) e descrita no final da cena anterior.

Goethe encarrega agora Mefisto-Fórquias da abertura da cena, com versos que fazem ecoar a antiga comédia grega, não só pela métrica, mas também na interpelação aos espectadores, os barbudos "que embaixo à espera estais". E após despertar as moças troianas de mágico e longo sono, Fórquias, num procedimento característico do teatro épico, procede ao relato dos acontecimentos que se deram nesse meio-tempo: o idílio de amor vivenciado pelos "amos" em meio à utópica paisagem árcade (furnas, grutas, caramanchões) e o nascimento de um menino — "geniozinho nu, sem asas, faunozinho sem bruteza" — que logo principia a saltar para o alto e tocar a abóbada da gruta.

Trata-se do "filho amado" (v. 9.722) que vem coroar o enlace dos protagonistas dessa "fantasmagoria clássico-romântica", e traz o sonoro nome de Eufórion (em grego, "o de pés leves" ou "o que traz frutos"). Mais uma vez, Goethe colheu a sugestão na enciclopédia mitológica de Hederich, em cujo verbete "Eufórion" se lê: "Filho de Aquiles e Helena, o qual foi gerado por estes nas ilhas bem-aventuradas e veio ao mundo com asas".

Em Goethe este atributo transforma-se na imagem grandiosa das "asas da poesia", estabelecendo-se assim uma correspondência de Eufórion com o "mancebo-guia" (*Knabe Lenker*) que se apresenta, no entrudo carnavalesco do Palatinado Imperial (terceira cena do primeiro ato), como alegoria da poesia (ver nota à rubrica anterior ao v. 5.521). Foi o próprio poeta, em palavras registradas por Eckermann em 20 de dezembro de 1829, que delineou essa aproximação: "Eufórion não é um ser humano, mas apenas um ser *alegórico*. Nele encontra-se personificada a *Poesia*, a qual não está presa a nenhum tempo, a nenhum lugar e a nenhuma pessoa. O mesmo espírito a quem apraz depois ser Eufórion, surge agora como o mancebo-guia, e nisso ele se mostra semelhante aos espectros que podem estar em toda parte e aparecer a qualquer hora".

Contudo, se Eufórion nasceu também do propósito goethiano de contribuir para a superação da "cisão apaixonada entre clássicos e românticos", é coerente que sua figura tenha sido dotada de traços mais específicos, que o revelam antes de tudo como alegoria da poesia *moderna*. Tanto seu surgimento como toda sua atuação nesta terceira cena estão envolvidos em verdadeiro sortilégio musical, que se desenvolve entre as rubricas "Da gruta ressoa encantadora melodia de instrumentos de corda. [...] Daqui em diante até a marcação 'pausa', música com todas as vozes" e — após o elogio fúnebre pronunciado pelo Coro — "Pausa total, a música cessa". Neste longo trecho da cena (entre os vv. 9.679 e 9.938), a linguagem assume por vezes um caráter de libreto, o estilo torna-se operístico e as estrofes configuram-se como duetos e tercetos, mais adequadas para cantores e cantoras (conforme sugestão do próprio Goethe) do que propriamente para atores e atrizes.

Morto Eufórion, os traços da poesia moderna implicados em sua figura alegórica se tornarão mais nítidos: a rubrica referente ao "vulto conhecido" sugere tratar-se, como já assinalado, de Lord Byron, para Goethe "o maior talento do século". Em 5 de julho de 1827, expressou perante Eckermann a sua visão do poeta inglês e o motivo que o levou a inseri-lo nesta cena do *Fausto*: "Como representante do período poético mais recente eu não podia usar nenhum outro senão ele. Byron não é antigo e não é romântico, mas é como o próprio dia presente. Eu precisava de alguém assim. De resto, ele veio inteiramente a calhar em virtude de sua natureza insaciável e de sua tendência bélica, que o fez sucumbir em Missolunghi".

Foi, portanto, a morte do grande poeta engajado na luta de libertação grega que consolidou para Goethe a ideia de erigir-lhe um monumento justamente na parte do *Fausto* que se desenrola na Grécia. Valendo-se do procedimento alegórico, procurou espelhar a trajetória de Byron na *hybris* e consequente morte de Eufórion, encaminhando assim a inflexão de *tragédia* a este terceiro ato.

Antes, porém, configura-se aquele momento de felicidade ao qual Fausto poderia dizer as fatídicas palavras acordadas com Mefistófeles: "Oh, para! és tão formoso!". De maneira sintomática o velho Goethe situa esta condição num espaço por assim dizer extraterritorial (fora do mundo estritamente moderno ou burguês),

420   Terceiro ato

ao lado da mais bela representante da antiga Hélade e numa dimensão mágica, constituída pela confluência de Antiguidade, Idade Média, Renascimento e Modernidade. Quanto a essa insólita mescla de épocas históricas, Eckermann observava ao poeta, em conversa datada de 29 de janeiro de 1827, as dificuldades de se compreender as referências alegóricas, sobretudo na "parte moderna, romântica" do terceiro ato, pois "meia história universal constitui o pano de fundo, o tratamento de tão vasto assunto é apenas alusivo e coloca enormes exigências ao leitor". Goethe respondeu enfatizando a dimensão plástica dos acontecimentos cênicos, que saltariam aos olhos de maneira imediata. E se a massa dos espectadores poderia encontrar prazer nas aparições concretas sobre o palco, "ao iniciado não escapará ao mesmo tempo o sentido mais elevado, como se dá com a *Flauta mágica* [de Mozart] e coisas semelhantes".

Uma bela confirmação dessa confiança do poeta na força de suas imagens e na capacidade receptiva dos futuros leitores e espectadores do *Fausto* encontra-se numa série de cartas que o historiador suíço Jacob Burckhardt (1818-1897) dirigiu a seu aluno Albert Brenner, em 1855. Num momento em que predominava uma postura de recusa à impregnação alegórica e a uma suposta inconsistência ético-moral da obra publicada havia pouco mais de dois decênios, Burckhardt aconselhava o jovem aluno a abrir-se intuitivamente à beleza das imagens poéticas, a antes perder-se e errar pelo *Fausto* do que almejar encontrar "verdades inabaláveis". E em toda a segunda parte da tragédia, observava o historiador, "está espalhada uma profusão de coisas sublimes e a evocação de Helena encontra poucos paralelos na poesia de todos os tempos". [M.V.M.]

*(O cenário transforma-se por completo. Caramanchões
fechados encostam-se a uma fileira de grutas cavadas nos rochedos.
Bosque frondoso estende-se às circundantes escarpas rochosas.
Fausto e Helena não são vistos.
O Coro está espalhado ao redor, em grupos, dormindo)*[1]

FÓRQUIAS

Não sei há quanto tempo as raparigas dormem;
Se puderam sonhar com o que eu vi claramente,   9.575
Com os próprios olhos, também desconheço.
Desperto-as, pois. Surpreender-se-á esta juventude;
E adultos, vós, também, que embaixo à espera estais,[2]

---

[1] Esta rubrica indica a concretização fantasmagórica da Arcádia imaginada por Fausto no final da cena anterior. Tal paisagem circunscrita por caramanchões, grutas e arvoredos frondosos é, de certo modo, o oposto da vista panorâmica que se descortinará no início do próximo ato. Os componentes paisagísticos
mencionados nesta rubrica constituem também motivos frequentes nos desenhos
de Goethe. Conforme observa Erich Trunz, ao elemento ótico-visual, que delineia
um mundo da fantasia íntima, associa-se o tempo, caracterizado de maneira altamente condensada. Goethe teria desenvolvido esse princípio estilístico da con-
densação temporal a partir da Antiguidade, como se depreende de uma passagem
de seu estudo sobre Eurípides: "Deve-se permitir ao poeta que ele concentre muita
coisa num breve espaço de tempo. Nesse ponto, seria possível apresentar exemplos mais antigos e mais modernos que mostram que o representado de maneira
alguma poderia acontecer em um determinado tempo e, no entanto, acontece".

[2] Esta interpelação de Fórquias ao público segue o modelo da antiga comédia, cuja plateia era constituída exclusivamente de homens "adultos" (no original,
Goethe escreve "vós, barbudos"). Procedendo a uma espécie de narração épica dos
acontecimentos que se deram durante o sono das coristas, Fórquias rompe a ilusão cênica e dirige-se ao mesmo tempo às personagens e ao público.

Ao ver a solução enfim de tais prodígios.
Depressa! a cabeleira sacudi! os olhos   9.580
Limpai do sono e ouvi-me, sem pestanejar!

CORO

Narra pois, relata, conta, de fantástico o que ocorre,
Dar-nos-á prazer maior ouvir o que há de mais incrível;
Pois nos causa tédio, enfado, o olharmos sempre
                                    [estes rochedos.

FÓRQUIAS

Mal abris os olhos, jovens, já estais sentindo o tédio?   9.585
Pois ouvi-me: aqui, na alfombra, em furnas, grutas,
                                    [outorgou-se
Proteção silvestre e asilo ao sonho idílico de amor
De nosso amo e nossa dama.

CORO

                Quê? Lá dentro?

FÓRQUIAS

                            Segregados
Do universo, a atendê-los, tão somente a mim chamaram.
Penhorada, lá, quedei-me, e como cabe aos confidentes,
Eu olhava de outro lado, cá e lá andando, em busca
De raízes, cascas, musgo, ciente de seus dons balsâmicos,
E destarte a sós ficaram.

CORO

Como falas! Hão de achar-se espaços cósmicos lá dentro?
Bosque e prado, lagos, riachos? Fábulas estás tecendo.   9.595

FÓRQUIAS

Néscias, vós! sem dúvida! ora! fundos são, ignotos, ainda,
Salas e áreas, pátios, cortes, que eu, atenta, já explorei.
Mas de súbito ouço um riso a ecoar no seio de amplas grutas;
Olho ali; dos joelhos mátrios salta aos do homem belo infante,
Corre à mãe, ao pai retorna; beijos, mimos,
                                        [brincadeiras,   9.600
Sons pueris de afeto e afagos, gritos de êxtase ouço
                                        [e encanto,
Que, a alternar-se, me entontecem.
Geniozinho nu, sem asas, faunozinho sem bruteza,
Salta sobre o solo firme, mas o solo reagindo
Arremessa-o para a altura, e logo após uns dois,
                                        [três saltos,   9.605
Já da abóbada o arco atinge.

Chama-o ansiosa a mãe e exclama: Salta a miúdo
                                        [e o quanto queiras,
Mas de voar te guardas, filho, o livre voo te é interdito.
Vigilante o pai o adverte: Jaz no solo a força elástica
Que te impele para cima; teu pé roce o chão, apenas,   9.610
Força e impulso em ti já sentes, qual Anteu,
                                        [filho da Terra.[3]

---

[3] Neste verso aparece novamente uma alusão à figura mítica do gigante

De ângulo a ângulo da rocha, pedra a pedra, ele assim pula,
Como bola que, impelida, elástica, ressalta no ar.

Mas de súbito se some, em fenda de áspera garganta,
Já se teme que perdido. A mãe se aflige,
                          [ampara-a o pai.   9.615
De ombros dou, ansiosa, e espero. Mas que nova aparição!
Jaz tesouro oculto lá? De ondulantes, flóreas vestes,
Revestiu-se com donaire.
Fitas voejam-lhe dos braços, de seu peito ondulam franjas.
Alça em mãos a lira de ouro, como um Febo
                          [diminuto,[4]   9.620
Sobre a aresta do penhasco, queda-se ele, prazenteiro.
Nós pasmamos; a abraçarem-se um ao outro os pais jubilam.
Pois que lhe ilumina a fronte? Brilha, e não se sabe o que é;[5]
Mimo de ouro é o que flameja? Ou é do espírito
                          [o halo fúlgido?
Com que graça assim se move, já na infância
                          [a prenunciar-se   9.625
Mestre a vir de todo o Belo, a quem melodias

Anteu, cuja força emanava do contato de seus pés com a "mãe-terra" (ver nota
ao v. 7.077).

[4] Conta o mito que o deus Hermes, logo após o nascimento, construiu a
primeira lira com o casco de uma tartaruga e tripas de boi, dando-a em seguida
a Febo Apolo, o deus das artes poéticas. Em seu relato épico sobre o nascimento
de Eufórion, Fórquias passa do trímetro jâmbico para um ritmo mais caudaloso,
que no original se assenta numa métrica de oito pés ou compassos (mas entre-
cortados por versos com a metade da extensão, que criam pontos de repouso).

[5] Mais tarde, o brilho que lhe ilumina a fronte será especificado enquanto
"auréola que sobe ao céu como um cometa".

Fluem das veias, e destarte é que hoje haveis
[de ouvi-lo e vê-lo,
Para admiração perene e encantamento da alma e espírito.

CORO

De prodígio a isso chamas,
Filha de Creta?[6]   9.630
Nunca ao didático-poético
Verbo prestaste ouvido?
Nunca da Iônia escutaste,
Nem da Hélade, tampouco,
O heroico, divinal enredo   9.635
De lendas ancestrais?

Tudo o que ainda sucede
Na época hodierna,
É tão só pálido eco
De épicos dias de antanho;   9.640
Não se compara o que narraste
Ao que a fábula amena,
Mais crível que a verdade,
Já cantou do filho de Maia.[7]

---

[6] O Coro apostrofa Fórquias como "filha de Creta" em consonância com o relato que esta fizera sobre o seu passado cretense na cena "Diante do palácio de Menelau em Esparta" (ver nota ao v. 8.865).

[7] Se pouco antes Fórquias caracterizou Eufórion como um "Febo diminuto", o Coro irá desdobrar agora o mito de Hermes, filho de Zeus e da Ninfa (ou Plêiade) Maia. Comparada à "fábula (mentira, no original) amena" desse mito mais fidedigno do que a "verdade", a história moderna de Eufórion irá empalidecer, segundo a visão do Coro.

426   Terceiro ato

Esse infante mimoso e forte,   9.645
Recém-nascido, apenas,
Na alva maciez da fralda envolve,
Prende em anéis de ricas faixas,
O enxame tonto e tagarelo
Das aias que nada pressentem.   9.650
Mas com jeito e vigor extrai
Já o malandrozinho
Flexíveis, elásticos membros
Com arte pra fora, e o purpúreo,
Rígido invólucro deixa   9.655
Abandonado em seu lugar;
Como a lépida borboleta
Que da opressão da larva
Ágil escapa e asas desfralda,
Para transpor, voejante, o éter   9.660
Banhado de raios de sol.[8]

Assim ele, o mais hábil sempre,
Pra que, dos ladrões e malandros
E os traficantes todos,
Demo sempre propício seja.   9.665

---

[8] O fato de o recém-nascido Hermes ter-se livrado de imediato de fraldas e faixas leva à comparação com o advento da borboleta a partir da "opressão da larva". Goethe escreveu um estudo sobre o "desenvolvimento das asas na borboleta *Phalaena grossularia*", fenômeno que considerava, como observa Schöne, "o mais belo" de toda a natureza orgânica. A metamorfose da larva em borboleta, passando pelo estado de crisálida, constitui um símbolo central do *Fausto* e é relacionado de maneira irônica (ao Baccalaureus da cena "Quarto gótico"; ver nota ao v. 6.729), trágica (ao próprio Eufórion, v. 9.897) e de maneira místico-esperançosa (à enteléquia de Fausto; ver nota ao v. 11.981).

Logo o consegue com o recurso
De habilíssimas artes.
O tridente do Rei dos Mares
Rouba, e subtrai do próprio Marte
A espada de dentro da bainha.   9.670
De Febo também a arbaleta e o dardo,
De Hefesto rouba ele as tenazes;
Roubaria até de Zeus, o Pai,
O raio, se o fogo não temesse.
Triunfa de Eros, no entanto,   9.675
Ludibriando-o na luta livre.
Também de Afrodite, que o afaga,
Do colo rouba o cinto de ouro.[9]

*(Da gruta ressoa encantadora melodia de instrumentos
de corda. Todos ficam atentos e aparentam em breve
íntima emoção. Daqui em diante até a marcação "pausa",
música com todas as vozes)*

---

[9] Como observam os comentadores, os versos que explicitam as "habilíssimas artes" de Hermes seguem o relato feito por Hederich no verbete de sua enciclopédia mitológica dedicado a Mercúrio (o correspondente latino de Hermes): "Nem bem havia nascido, já roubou o tridente de Netuno; de Marte [Ares] tirou a espada da bainha; de Apolo, o arco e as flechas; de Vulcano [Hefesto], a sua tenaz; do próprio Júpiter [Zeus], o cetro; e se não temesse o fogo, teria subtraído a este também o raio. E exatamente no dia em que nasceu, desafiou Cupido [Eros] para a arte do ringue, passou-lhe uma rasteira e subjugou-o, portanto, com sucesso; e, uma vez que Vênus [Afrodite, ou Cípria, como escreve Goethe] alegrou-se com o acontecido e tomou-o no colo, ele logo subtraiu-lhe o cinto". Com essa paráfrase ritmada do verbete de Hederich, Goethe presta-lhe aqui significativa homenagem.

FÓRQUIAS

Sons ouvis de suave mel?
Ponde as fábulas de lado!   9.680
Vossos deuses, seu tropel,
Já são sombras do passado.[10]

Nega-se-lhes compreensão,
Mas sublime estro não falte!
Deve vir do coração,   9.685
O que os corações exalte.[11]

(Retira-se para os rochedos)

CORO

Se te movem, criatura
Hórrida, esses tons de encanto,
A nós de alegria pura,
Enternecem até o pranto.[12]   9.690

---

[10] Enlevada pela "encantadora melodia" que anuncia a chegada de Eufórion, Fórquias exorta as coristas a se livrarem das fábulas mitológicas e do "tropel" dos antigos deuses.

[11] Após dizer que ninguém mais quererá compreender as coristas com suas velhas fábulas, Mefisto-Fórquias, ligado antes ao mundo moderno, refere-se ao estro (o gênio artístico) "mais sublime" da harmoniosa poesia que chega com Eufórion, a qual emana "do coração" — e deve, por seu turno, exaltar os "corações".

[12] Profundamente comovido pelos "tons de encanto" que dominam a cena e acolhendo a exortação anterior de Fórquias, o Coro das troianas enverada agora pelos melodiosos versos rimados de sete sílabas empregados por aquela. O epí-

Bosque frondoso

Que do sol a luz se esvaia!
Encontramos, na alma imerso,
Quando em nós a aurora raia,
O que nos nega o universo.

(Helena, Fausto, Eufórion, no traje acima descrito)

EUFÓRION

Ao ver saltos infantis,   9.695
Vós também vos alegrais;
Quando eu rio, pulsa feliz
Vosso coração de pais.[13]

---

teto "criatura hórrida" elucida-se mais tarde pela referência à "coerção de espíri-to" (v. 9.963) imposta por Fórquias.

[13] A entrada em cena de Eufórion vem acompanhada do motivo do salto, da impulsão para o alto, tal como já fora anunciado por Fórquias: "Salta sobre o solo firme" (v. 9.604). No original, tal motivo desponta neste terceiro verso da estrofe (*springen*, pular, saltar), ao passo que a tradutora já o desloca para o inicial ("saltos infantis"). Goethe procurou espelhar (e também reforçar) os movimentos executados por Eufórion sobre o palco no ritmo de seus versos, em consonância com a observação de Fórquias de que as "melodias" lhe fluem das "veias" (v. 9.626) — literalmente: "movem-se pelos membros". De maneira consequente, o ritmo impresso às estrofes de Eufórion faz com que os versos terminem a cada vez num descenso (tésis, correspondente à sílaba átona), que sugere o seu retorno ao chão: *Nun laßt mich hüpfen,/ Nun laßt mich springen* ["Deixai-me pular,/ Deixai-me saltar"]. Esses passos saltitantes irão, contudo, mover-se rumo ao salto extático e, por fim, à audaciosa (e fatal) tentativa de voo: "Não, já não quero/ Pairar no chão". Desse modo, os seus últimos versos confluirão não mais para o movimento rítmico de descenso, mas sim para o ascensional (ársis, correspondente à sílaba tônica): *Gönnt mir den Flug!* ["Permiti-me o voo!"]. Serão estas as suas últimas pala-

HELENA

> Ao unir dois, se reveste
> De delícia humana o amor; 9.700
> Mas para êxtase celeste
> Molda um três encantador.

FAUSTO

> Forma um todo, então, perfeito:
> Minha és, sou teu; do enlace
> Nos vincula o liame estreito, 9.705
> Para sempre perdurasse![14]

CORO

> De anos já, ventura nobre
> Na aura meiga da criança,
> Este par de bênçãos cobre.
> Como me comove a aliança![15] 9.710

---

vras, e o momento descensional aparecerá apenas na exclamação do Coro motivada pela sua queda: *Ikarus! Ikarus!*

[14] No original, Fausto exclama neste verso que "não poderia mesmo ser de outro modo!". Reverberam aqui, mais uma vez, as palavras do pacto, o que é captado com percuciência pela tradutora: "Para sempre [este momento de felicidade] perdurasse!".

[15] Literalmente, e formulados numa ordem direta, os versos do Coro dizem que a ventura nobre (ou regozijo) de muitos anos, [passados] na aura meiga da criança, acumula-se sobre este par.

EUFÓRION

Deixai que aos saltos,
Que de um só lance,[16]
Atinja os altos,
O éter alcance!
Por flâmeo anelo   9.715
Sou devorado.

FAUSTO

O arrojo em que ardes
Calma, sossega![17]
De um mal te guardes,
Desgraça cega   9.720
Não nos subtraia
O filho amado!

EUFÓRION

Não, já não quero
Pairar no chão;

---

[16] Literalmente, como já assinalado: "Deixai-me pular,/ Deixai-me saltar".
Portanto, o ritmo típico de Eufórion, com sua dinâmica elasticidade. A tendência
do jovem para o voo ilimitado, a aspiração em direção às alturas, ao incondicional, manifesta-se num crescendo.

[17] A exortação do "pai" no sentido da moderação, da observância dos limites. Os pressupostos "fantasmagóricos" deste ato e, sobretudo, os seus princípios
estilísticos recobrem a leve comicidade dos papéis desempenhados agora por Fausto (o pai que procura controlar o filho e, depois, consolar a mulher) e Helena (a
mãe apreensiva e chorosa).

Terceiro ato

Soltai o cabelo,   9.725
Largai-me a mão!
Largai-me as vestes!
É tudo meu.

HELENA

Rogo, ah!, que penses
Em quem te trouxe,   9.730
A quem pertences!
Que dor se fosse
Destruído o vínculo,
Teu, seu e meu.

CORO

Da união desfaz-se,   9.735
Temo, o apogeu![18]

HELENA E FAUSTO

Freia, imprudente!
Se amas teus pais,
O afã fervente
De atos fatais!   9.740
Do bosque e prado
Frui o recreio.

---

[18] O Coro pressente que a "união" logo (*bald*) irá se desfazer.

EUFÓRION

Por vosso agrado
Eu me refreio.

*(Deslizando entre o Coro
e arrastando-o para a dança)*

Na ronda das gentis   9.745
Meninas me entrelaço.
A melodia ouvis?
Acerto o ritmo e o passo?

HELENA

Sim, dás-te bem com elas;
Da ronda das donzelas   9.750
Integra a gentil arte.

FAUSTO

Já terminada a visse!
Jamais tal criancice
Levei em boa parte.[19]

*(Eufórion e Coro, dançando e cantando,
movimentam-se em figuras entrelaçadas)*

---

[19] Fausto manifesta o seu descontentamento (e preocupação) com a ciranda tresloucada que Eufórion encetou agora com as moças do Coro: tal "criancice" (*Gaukelei*, no original, também no sentido de um jogo ilusório) não lhe agrada ou não lhe cheira bem.

CORO

Quando com leve andar   9.755
Célere acodes,
Quando os cabelos no ar
Rindo sacodes;
Quando entre nós deslizas,
De leve o solo pisas,   9.760
Na órbita te entrelaças,
Flóreas imagens traças:
Não te esforçaste em vão,
Criatura benquista;
Já não há coração   9.765
Que te resista.

(Pausa)

EUFÓRION

Sereis corcinhas,
Brincá-lo é ali!
Por entre vinhas,
Prestes fugi.   9.770
A caça sois,
Sou o caçador.[20]

---

[20] Eufórion propõe agora uma brincadeira de perseguição: ele próprio no papel de "caçador" e as coristas no de "caça", isto é, de "corcinhas" (ou, no original, "corças céleres, de pés leves"). O substantivo "vinhas", que na tradução rima com "corcinhas", não aparece nesta estrofe do original, mas na próxima estrofe de

CORO

A caça almejas?
É fácil a arte!
Nem ágil sejas! 9.775
Só a abraçar-te,
É que aspiramos,
Visão em flor!

EUFÓRION

Entre arvoredos,
Alto, aos rochedos! 9.780
Do que é fácil desisto,
Gosto algum traz;
Só o que conquisto
Pela força me apraz.[21]

HELENA E FAUSTO

Que ímpetos, que petulância! 9.785
Jamais há de moderar-se.
Qual da trompa é a ressonância,
Enche o ar com clangor tremendo.
Que tumulto e gritaria!

Eufórion as moças são exortadas a correrem pelos "arvoredos", "rochedos" e "cepas" ("videiras").

[21] Eufórion exprime o desejo de violentar uma das coristas (designada adiante como "a mais bravia"), pois só lhe "apraz" o que conquista pela força.

CORO *(entrando uma por uma rapidamente)*

> Com desdém de nós zombando,   9.790
> Junto a nós passou correndo
> E de todo o vivo bando,
> Cá arrasta a mais bravia.

EUFÓRION *(carregando uma jovem nos braços)*

> Trago a ríspida pequena;
> Dominei-a, a meu prazer.   9.795
> Com seu gênio me deleito,
> Cinjo ao meu o arisco peito,
> Beijo a boca esquiva em cheio,
> Forte arbítrio patenteio.[22]

A JOVEM

> Vai-te! A nós também pertence   9.800
> Ânimo e vigor da mente;
> Qual o vosso, não se vence
> Nosso brio facilmente.
> Dócil julgas-me a teu rumo,
> À mercê do braço teu?   9.805
> Pois detém-me, e eu te consumo,
> Louco, para gáudio meu!

(Desfaz-se em chamas e ardendo sobe para o alto)

---

[22] Literalmente: "Dou demonstração de força e vontade".

Segue a etéreas redondezas,
Segue a rijas profundezas,
O alvo que se esvaneceu![23]   9.810

EUFÓRION *(sacudindo as últimas chamas)*

Que apertado o maciço,
De pedras, fosso, arbusto!
Que tenho a ver com isso,
Sou jovem e robusto.
Vagas há, trovejantes,   9.815
Ventos há, tumultuantes;
Ao longe ouço ambos já,
Quisera eu estar lá.

(Aos saltos sobe sempre mais alto pelos rochedos)

HELENA, FAUSTO E CORO

Sobes qual silvestre cabra,
Sem que a queda te amedronte?   9.820

EUFÓRION

Alto mais, para que se abra
À distância outro horizonte![24]

---

[23] Desafiando Eufórion a segui-la às alturas e às "rijas profundezas" (no original, "etéreos ares" e "pétreas grutas"), a moça "em chamas" já preludia o motivo da ascensão e queda de Ícaro.

[24] Literalmente: "Tenho de subir cada vez mais alto,/ Tenho de mirar cada vez mais longe". Assim se lhe descortina um outro, amplo horizonte, e Eufórion

Sei onde estou! no centro
Da ilha! estou-lhe adentro!
De Pélops é a ilha, sim!   9.825
Da terra e mar afim.[25]

CORO

Se não páras, feliz,
Na montanha e florestas,
Vem colher nos gradis
Ricas uvas em cestas.   9.830
Figos no outeiro; à beira,
Maçãs de ouro e de mel;
À terra hospitaleira
Permanece, ali, fiel!

EUFÓRION

Sonhais sonhos de paz?   9.835
Sonhe a quem praz.
Guerra, glória, ressoe!
Vitória, atroe![26]

---

reconhece encontrar-se no centro da península do Peloponeso — ou ilha de Pélops (como se chamava um dos filhos de Tântalo).

[25] Trata-se, portanto, da península rica em baías e ligada igualmente ao
mar e à terra.

[26] Desprezando os "sonhos de paz" enaltecidos pelo Coro, Eufórion faz ressoar agora o motivo da guerra. No original, ele refere-se ao processo de reconhecimento dos soldados entre si mediante senha e "contrassenha" (*Losungswort*):
guerra-vitória.

439   Bosque frondoso

CORO

Quem na paz acalenta
Da árdua guerra a procura,   9.840
Para sempre se isenta
Da esperança e ventura.

EUFÓRION

Aos que esta terra fez
Em luta e intrepidez,
Despendendo altos brios   9.845
E o próprio sangue em rios,
Brioso, altaneiro,
Invicto peito,
Traga ao guerreiro
Glória e proveito![27]   9.850

---

[27] Os versos desta estrofe constituem no original — ainda mais do que na tradução — um dos momentos estilisticamente mais ousados da tragédia, formulados numa sintaxe elíptica e anacolútica. É como se Eufórion, que do alto da montanha galgada reconhece agora a situação política da Grécia sob o domínio turco, abandonasse também o solo seguro de construções gramaticais mais "normais" e compreensíveis. Os gregos são aqueles "que esta terra fez" e que passam de um "perigo" (*Gefahr*) a outro: do domínio otomano à guerra na qual Eufórion, à semelhança de Lord Byron, pretende agora engajar-se. A estes — assim se poderia interpretar o sentido das palavras de Eufórion — o brado "guerra-vitória" fortaleça o altaneiro "peito" ("sentido", no original) e, portanto, "traga glória e proveito ao guerreiro" (no original: "a todos os combatentes", isto é, aos gregos e aos voluntários das diversas nacionalidades).

Terceiro ato

CORO

Vede aonde subiu, que altura!
Mas não diminui no espaço,
Qual guerreiro de armadura
Brilha, qual de bronze e de aço!

EUFÓRION

Nem o mar, nem bastião térreo,   9.855
Cada um só de si consciente![28]
Do varão é o peito férreo,
Torre rija e permanente.
Se viver livre ambicionas,
Arma-te: e ao combate avança!   9.860
Virgens tornam-se amazonas,
E um herói cada criança.

CORO

Sagrada poesia,[29]
Ale-se à etérea via!

---

[28] Almejando juntar-se aos combatentes pela liberdade grega, Eufórion experimenta-se como força autônoma, "só de si consciente", e que portanto não necessita de nenhum "bastião terreno" (conforme formula a tradução).

[29] No momento em que Eufórion está prestes a extrapolar o âmbito da Arcádia e adentrar a realidade histórica da guerra, o Coro apostrofa-o como "sagrada poesia" (no sentido, segundo a observação de Hölscher-Lohmeyer, da pura idealidade da arte) e exorta-o ao mesmo tempo a alçar-se aos céus e a fulgir como o mais belo astro.

Bosque frondoso

Fulge o astro deslumbrante, 9.865
Distante e mais distante!
E ainda assim chega a nós,
Ainda se lhe ouve a voz.
Eternamente encante!

EUFÓRION

Não vim criança! Em armas surge 9.870
Já o mancebo! Com ousadia
À obra arrojada o afã o urge,
Que no espírito já cria.
Avante!
Lá adiante 9.875
Abre-se da glória a via!

HELENA E FAUSTO

Mal chamado para a vida,
Na alva de auspiciosos passos,
Já, de altura desmedida,
Vibras com mortais espaços.[30] 9.880
Como! e nós aqui,
Nada somos para ti?
São um sonho os doces laços?

---

[30] Novamente, a apreensão dos pais com a soberba do "mancebo" que, "mal chamado para a vida", já aspira — como diz literalmente o original —, "de degraus vertiginosos, a espaços cheios de dor".

EUFÓRION

E sobre o mar ouvis trovoada,
De vale a vale atroando ali?　　　　　9.885
No pó, armada contra armada,
Do mortal lance o frenesi?
E que a morte
Nos exorte![31]
Isso entende-se por si.　　　　　9.890

HELENA, FAUSTO E CORO

Que pavor, que dor cruciante!
Como! é a morte tua sorte?

EUFÓRION

Devo eu me quedar distante?
Lida e ansiar também suporte!

OS PERSONAGENS ANTERIORES[32]

Orgulho e arrojo em brasas!　　　　　9.895
Fatal é o saldo.

---

[31] A aspiração por liberdade transforma-se em disposição para a morte; no original, Goethe rima "morte" (*Tod*) com "mandamento" (*Gebot*), no exato sentido de exortação.

[32] Respondendo à determinação de Eufórion de partilhar "lida e ansiar" dos gregos oprimidos, "os anteriores", isto é, Fausto, Helena e o Coro, pressagiam o "saldo fatal" da combinação de "soberba e perigo".

Bosque frondoso

EUFÓRION

Sim! — e um par de asas[33]
No éter desfraldo!
Devo ir-me, além! é lá!
Deixai-me voar!

9.900

(Arremessa-se nos ares, as vestes sustentam-no por um instante,
um fulgor envolve sua cabeça e segue-o um raio de luz)

CORO

Ícaro, Ícaro, ah![34]
Mortal pesar!

---

[33] Como assinalado no comentário a esta cena, Goethe pôde ler na enciclo-pédia mitológica de Hederich que Eufórion, o filho de Aquiles e de Helena, "veio ao mundo com asas". O motivo do voo desdobra e intensifica o motivo que acom-panhou a entrada em cena de Eufórion (o "saltar e pular") e, ao mesmo tempo, desperta reminiscências de antigas aspirações de Fausto, a exemplo do v. 1.075: "Do solo, ah! me pudesse alar alguma asa!". Mas, como anunciara Fórquias, o novo Eufórion chegou ao mundo na condição de "geniozinho nu, sem asas", e a assun-ção obstinada do papel mítico tem consequentemente desfecho trágico. Sintati-camente solto no início do verso, esse "Sim!" configura-se como uma exclamação da alma em êxtase, a qual parece replicar apenas a poderes invisíveis.

[34] O brado do Coro acompanha e elucida a tentativa de voo e a queda de Eufórion repetindo o grito que escapa a Dédalo, segundo o relato de Ovídio no canto VIII das *Metamorfoses* (vv. 231-32), ao presenciar a queda do filho: "'Meu Ícaro', exclama ele, 'Ícaro!', exclama ele, 'onde estás? Onde devo agora procurar--te no mundo?'". O poeta latino narra em seu *epos* a história de Dédalo e seu fi-lho Ícaro, mantidos como prisioneiros no labirinto de Creta pelo rei Minos. Dé-dalo constrói então asas para a fuga, colando-as com cera aos próprios ombros e

(Um mancebo formoso se despenca aos pés dos pais; julgamos reconhecer no morto um vulto conhecido; todavia a matéria corporeal se desvanece imediatamente, sobe a auréola ao céu como um cometa, o traje, o manto e a lira ficam no solo)[35]

HELENA E FAUSTO

> Segue-se à alegria
> Logo o mais cruento dó.

VOZ DE EUFÓRION *(das profundezas)*

> Na vala negra e fria, 9.905
> Mãe, não me deixes só!

(Pausa)

---

aos do filho. Ícaro, contudo, movido pela *hybris*, ignora as advertências paternas e aproxima-se demasiadamente do sol, de modo que o calor derrete a cera que prendia o seu "par de asas" e ele despenca no mar.

[35] A forma plural "julgamos" corresponde no original a "julga-se", que parece remeter ao Coro que em seguida irá entoar o canto fúnebre em homenagem a Eufórion e ao "vulto conhecido", isto é, Lord Byron, o qual, liderando uma tropa de quinhentos soldados arregimentados e financiados por ele mesmo (com elmos fabricados segundo o modelo homérico), veio em socorro à cidade sitiada de Missolunghi, mas sucumbiu à febre no dia 19 de abril de 1824, aos 36 anos de idade. Numa carta de setembro de 1827, Goethe explicava que a "auréola" (termo pouco comum em alemão) era uma "palavra usual na língua francesa, indicando o brilho sagrado ao redor das cabeças de pessoas divinas ou divinizadas. Esse brilho já aparece em velhas pinturas de Pompeia, circundando as cabeças divinas. Também não faltam nas antigas sepulturas cristãs".

CORO *(canto fúnebre)*[36]

> Só, não! — onde quer que pares,
> Segue-te a aura que te banha.[37]
> Se fugiste aos térreos ares,
> Nossa alma ainda te acompanha.   9.910
> Lástimas vãs não nos levas,
> Invejar-te é o nosso anelo,
> Na hora clara e na de trevas,
> Foi teu estro nobre e belo.

---

[36] Na longa conversa datada de 5 de julho de 1827, já mencionada, Goethe observava a Eckermann que o Coro, no momento deste canto fúnebre, saía de seu papel: "antes disso, ele se manteve continuamente em estilo antigo, ou também não negou em nenhum momento a sua jovem natureza feminina; aqui, porém, ele de repente torna-se sério e altamente reflexivo, pronunciando coisas em que jamais pensou antes e também nunca poderia ter pensado". E após uma intervenção do seu interlocutor, Goethe continuou: "Muito me admirará o que os críticos alemães irão dizer a respeito. Pergunto-me se terão liberdade e ousadia suficientes para passarem por cima disso. Para os franceses, a razão será um obstáculo e eles não irão considerar que a fantasia tem suas próprias leis, as quais a razão não consegue e não deve alcançar".

[37] No original, literalmente: "Pois nós acreditamos conhecer-te". Se no verso anterior o Coro abre o seu elogio fúnebre retomando as palavras evanescentes de Eufórion ("nicht allein", "não me deixes só") e integrando-as em outro padrão rítmico, neste verso o Coro remonta à rubrica imediatamente anterior: "julgamos reconhecer no morto um vulto conhecido". Dois meses após a morte de Byron, Goethe escreveu as palavras: "O mais belo astro do século poético desapareceu. Aos que ficam impõe-se o dever de manter sempre presente, nos círculos maiores e menores, a sua memória imperecível". À medida que a homenagem póstuma se desenvolve, os traços do poeta inglês vão se sobrepondo cada vez mais, na imagem do pranteado, aos de Eufórion.

Para os térreos bens nascido,   9.915
De alta origem, brioso ardor,
Cedo a ti mesmo perdido,
Ah! ceifado em tua flor!
Do universo hauriste as dores,
Penetraste da alma o Eu,   9.920
Das mais belas fruíste amores
E teu canto foi só teu.

Mas, indômito, correste
A enredar-te em fatal teia;
E, violento, assim rompeste   9.925
Da moral e norma a peia.
No alto intuito se redime
Já no fim o ardente zelo;
Aspiraste a um quê sublime,
Mas não te foi dado obtê-lo.   9.930

Quem o obtém? — Questão sombria
A que foge o augúrio, quando
Todo um povo, em negro dia,
Emudece, em dor sangrando.
Canto fresco entoai! O colo   9.935
Reerguei, que tão prostrado!
Pois de novo os gera o solo,
Como sempre os tem gerado.[38]

---

[38] Após aludir a diversos detalhes da biografia e da obra byroniana (tal como Goethe as via), o Coro aponta, na última estrofe, para os limites da condição humana: quem obtém o sublime? Mas, em seguida — após a referência à dor de todo um povo (durante 21 dias Byron foi pranteado na Grécia) —, vem a passagem

(Pausa total. A música cessa)

HELENA *(a Fausto)*

> Confirma-se um fatal e velho dito em mim:
> Da boa fortuna e da beleza a aliança é efêmera.[39]   9.940
> Desfez-se o frágil nó do amor como o da vida;
> Pranteando ambos, de ti magoada me despeço,
> E pela última vez me lanço nos teus braços.[40]
> Perséfone, a ambos nós, meu filho e a mim, acolhe!

*(Abraça-se com Fausto, a matéria corporeal de Helena
se esvanece, o traje e o véu ficam nos braços de Fausto)*

---

da morte para a vida: a exortação a entoar novas canções e a levantar a cabeça, "Pois de novo os gera o solo,/ Como sempre os tem gerado". No penúltimo verso, Goethe deixa o pronome "os" sintaticamente solto, podendo ser relacionado pelo leitor aos cantos que brotam continuamente do solo ou, 94 versos acima, "aos que esta terra fez em luta e intrepidez".

[39] Voltando ao verso característico da tragédia grega (trímetro jâmbico), Helena vê novamente o seu destino submetido a uma ordem superior. Literalmente, o "velho dito" constata que "felicidade e beleza não se unem por muito tempo". Os manuscritos do *Fausto* revelam onze variantes para este verso, todas elas opondo entre si os conceitos de beleza e felicidade. Como apontam os comentadores, Goethe remonta aqui a uma passagem da comédia de Calderón de la Barca *El Purgatorio de San Patricio*, escrita por volta de 1634: "Polonia desdichada [referência à filha do rei irlandês]/ Pension de la hermosura celebrada/ Fué siempre la desdichada;/ Que no se avienen bien belleza y dicha".

[40] Não é apenas o "frágil nó" do amor e da vida que está desfeito, mas também o da forma poética em que se consuma a união entre Helena e Fausto. Despedindo-se do cavaleiro nórdico e pronta a retornar ao Hades de Perséfone, a Rainha faz rimar ainda, de maneira quase imperceptível (e não captada pela tradução), os pronomes dativos *dir* ("a ti", isto é, "nos braços, a ti") e *mir* ("em mim").

Terceiro ato

FÓRQUIAS *(a Fausto)*

Agarra-te ao que ainda te sobrou! 9.945
Não vás largar do traje. Já demônios
Estiram sôfregos as pontas para
Levá-lo ao Tártaro. A ele atêm-te, firme!
Já não é a deusa que perdeste,
Mas é divino. O inestimável dom 9.950
Aproveitando, eleva-te nos altos!
Por sobre o vulgo há de levar-te, rápido
Pelo éter, quanto tempo te mantenhas.
Rever-me-ás, longe, ah, bem longe daqui![41]

(Os trajes de Helena dissolvem-se em nuvens que envolvem
Fausto, o elevam para as alturas e passam adiante)

FÓRQUIAS *(levanta do solo o vestido, o manto*
e a lira de Eufórion, adianta-se para o proscênio,
ergue ao alto as exúvias e fala)[42]

É o que encontrei: feliz achado! 9.955
Sumiu-se a flama, de outro lado.

---

[41] Retomando o verso branco, Mefisto-Fórquias exorta Fausto a agarrar firme o traje deixado pela "deusa", o qual, reminiscência material do idílio arcádico, seria "divino". É este traje que, transformado em "nuvens" (e fazendo as vezes do manto mágico de Mefisto), tira Fausto desse terreno fantasmagórico, transportando-o à paisagem montanhosa do quarto ato — "longe, ah!, bem longe daqui!".

[42] "Exúvia" é a parte da epiderme eliminada por certos animais artrópodes (como as serpentes) após a muda. Em sentido figurado, refere-se aos despojos de um guerreiro — ou a vestimentas, instrumentos, armas etc. tomados a alguém.

Contudo o mundo não lamento.
Para iniciar poetaços basta o resto,
Do ciúme e inveja instar o alento;
E o traje ao menos lhes empresto, 9.960
Não podendo emprestar-lhes o talento.[43]

(Senta-se no proscênio, encostada a uma coluna)

PANTALIS

Vamos, meninas! Livres nós da velha bruxa
Tessália, a sua coerção de espírito e outras mágicas!
Do estrépito confuso e múltiplo dos sons
Que turba e enleia o ouvido e o senso íntimo mais![44] 9.965
Baixar é ao Hades! Já a Rainha aviou-se abaixo
Com majestoso passo; as pegadas lhe sigam
As suas servas fiéis. Havemos de encontrá-la
Ao trono da deidade inescrutável do Orco.[45]

---

[43] Completa-se neste verso a alusão irônica a poetas epigonais, reunidos em corporações artesanais em que impera a "inveja" (*Handwerksneid*). Extinguindo-se a "flama" de Byron, Mefisto-Fórquias parece apontar para o fim de um período áureo da poesia. Schöne cita neste contexto as palavras escritas por Heinrich Heine em 1831: "Minha velha profecia do fim do período artístico, que se iniciou no berço de Goethe e se encerrará no seu ataúde, parece perto da realização".

[44] Pronta a seguir os passos da Rainha ao Hades, a corifeia Pantalis refere-se à intendente do palácio como "velha bruxa tessália" em virtude da "coerção de espírito" e demais feitos mágicos que partiram de Mefisto-Fórquias nessa fantasmagoria clássico-romântica. Assim, ela também se despede aliviada da influência encantatória da música moderna, estranha à sensibilidade helênica e, por isso, confundindo o "ouvido" e mais ainda o "senso íntimo".

[45] No original, Pantalis diz neste verso que "nós a encontraremos junto ao

CORO

Seja onde for, praz-lhes serem rainhas;   9.970
Estão no Hades, até, por cima.
Juntam-se altivas a seus pares
Na intimidade com Perséfone.
Mas nós, no último plano
De campinas de asfódelos,   9.975
A esguios álamos agregadas
E aos estéreis salgueiros,
Que passatempo temos?
Piar como morcegos,
Sussurros, espectrais, insípidos![46]   9.980

PANTALIS

Quem não granjeou renome algum, nem ao que é nobre
Aspira, parte faz dos elementos; ide-vos![47]

---

trono da inescrutável", em nova alusão a Perséfone ou Prosérpina, a deusa dos
mundo ínferos.

[46] Nesta descrição do Hades feita pelo Coro, Goethe inseriu vários elementos tomados à *Odisseia* de Homero: as campinas de asfódelos (espécie de planta liliácea típica da região mediterrânica), álamos e salgueiros, assim como o silvo dos morcegos a que são comparados, no último canto da epopeia, os gritos das almas dos pretendentes conduzidas por Hermes.

[47] Com estas palavras, a corifeia Pantalis abre a derradeira parte da cena e do ato, que irá mostrar o destino das moças troianas. Goethe preludia assim concepções próprias sobre formas de existência *post mortem*, em especial o conceito, tomado a Aristóteles e Leibniz, de enteléquia, que será desdobrado na última cena da tragédia ("Furnas montanhosas"), em que se dá a ascensão da "parte imor-

Almejo eu só à minha Rainha unir-me; a par
Do mérito, fieldade é o que preserva o ser.

(Sai)

TODAS

À luz do dia fomos restituídas.   9.985
Pessoas já não somos,
Sabemo-lo, o sentimos,
Mas nunca ao Hades baixaremos.
A natureza sempre viva
A nós, espíritos,   9.990
Reivindica, e nós, a ela.[48]

---

tal" de Fausto sob o influxo do "Eterno-Feminino". Com a data de 1º de janeiro de
1829, Eckermann anotava as seguintes palavras do velho poeta: "Eu não duvido
de nossa permanência, pois a Natureza não pode prescindir da enteléquia. Mas
não somos imortais sempre do mesmo modo, e para se manifestar futuramente
como grande enteléquia é preciso que antes já se tenha vivido como tal".

[48] A fidelidade que faz Pantalis, agora como "grande enteléquia", acompanhar Helena ao Hades não se estende às moças do Coro, que decidem permanecer sob a luz do dia e integrar-se aos "elementos". Na sequência, o Coro irá divi-
dir-se em quatro grupos de ninfas, numa coreografia que desperta reminiscências de antigos mistérios cultuais. Buscando elucidar o teor desta estrofe, Albrecht Schöne reproduz as seguintes palavras pronunciadas por Goethe numa
conversa de janeiro de 1813: "Contudo, as mônadas são por natureza tão indes-
trutíveis que no próprio momento da dissolução elas não cessam ou perdem a sua
atividade, mas nesse mesmo instante dão prosseguimento a esta. Cada mônada
ingressa na esfera a que pertence: na água, no ar, na terra, no fogo, nas estrelas;
sim, o alento que as transporta contém ao mesmo tempo o segredo de sua determinação futura".

UMA PARTE DO CORO[49]

Nós, no trêmulo murmúrio de mil hastes sussurrantes,
Das raízes atraímos, tronco acima, a seiva viva
Para a rama; já com folhas, já com múltiplas corolas,
Cachos flútuos adornamos, para que, livres,

[medrem no ar. 9.995
Cai a fruta, logo acodem povo e gado, na alegria,
Vindo às pressas, aos apertos, apanhando, saboreando,
E ante nós se verga tudo, como ante os primeiros deuses.

UMA OUTRA PARTE[50]

Nós, ao fúlgido, áqueo espelho, lá, aos pés do penhascal
Ondulando em vagas suaves, meigas nos

[aconchegamos, 10.000

---

[49] O primeiro grupo de coristas transforma-se em ninfas das árvores e bosques, as chamadas dríades. Deixando cair frutos maduros, elas atraem a si homens e animais, alegrando-se ao vê-los se curvarem ao chão como "ante os primeiros deuses". (Vale notar que o botânico alemão Carl Friedrich Philipp von Martius, 1794-1868, designou uma das cinco regiões geográficas em que dividiu a flora brasileira como "dríade".)

[50] O segundo grupo transforma-se em ninfas dos rochedos e montanhas, as oréades: em suaves ondas "sonoras" (assim se subentende o substantivo "ondas", *Wellen*, ou "ondulando", na tradução) elas aconchegam-se "ao fúlgido, áqueo espelho" de paredes rochosas (ou "aos pés do penhascal", como formula a tradução). Na enciclopédia de Hederich se lê que "Eco" era uma ninfa especialmente tagarela e, por isso, foi transformada por Juno em pedra, "de tal modo que dela não restou senão a voz, e mesmo assim apenas o suficiente para que pudesse repetir as últimas palavras ou sílabas do que era pronunciado diante dela".

Dando ouvido a todo som. Ao canto da ave, aiar da frauta,
Tonitruante voz de Pã, replica rápido eco nosso.
Se sussurra, sussurramos, se troveja, a nossa atroada
Troa, e em duplo, triplo estrondo abala os ares ao redor.[51]

UMA TERCEIRA PARTE[52]

Nós, irmãs, ligeiras mais, ao longe com os ribeiros
[fluímos, 10.005
Pois atrai-nos no horizonte a ondeante linha azul
[dos morros.
Sempre abaixo e mais abaixo, em curso meândrico regamos
Ora o prado, ora a pastagem, ora um flórido jardim.
Lá ao longe no-lo indica a esguia copa dos ciprestes,
Quando por sobre a orla da água e o panorama,
[ao éter se alam. 10.010

UMA QUARTA PARTE[53]

Ide aonde vos leve o rumo; nós rodeamos, envolvemos,

---

[51] O original refere-se à "terrível voz de Pã", o deus que, segundo a enciclopédia de Hederich, integrava o exército de Baco (ou Dioniso) e, "com seus trompetes e outros instrumentos, também com o seu grito, fazia com que as montanhas duplicassem tudo com o eco", de tal modo que os inimigos "se punham em fuga e deixavam a vitória a Baco".

[52] Este grupo "mais ligeiro" de coristas troianas converte-se em ninfas das fontes e das águas, as náiades. Fluindo em curso "meândrico" (adjetivo derivado de sinuoso rio da Ásia Menor, chamado em grego de *Maíandros*), regam prados, pastagens, o "jardim ao redor da casa" e os ciprestes que ao longe, com sua copa esguia, indicam a ação fertilizante das náiades.

[53] A quarta e última parte das coristas transforma-se em ninfas das vinhas

A colina toda culta em que verdeja à estaca a cepa.
A toda hora, lá, do dia, o amor do vinhadeiro empenha
Zelo máximo e árdua lida, seja dúbio, embora, o êxito.
Ora a pá usa, ora a enxada, cava, poda, amarra,
                              [empilha, 10.015
Invocando os deuses todos, mas mormente
                    [o Deus do Sol.[54]
Baco, esse molenga ocioso,[55] pouco liga ao servo fiel;
Reclinado em grutas, bosques, folga com o mais jovem fauno.
O que para mil visões da meia embriaguez requer,
Sempre em cântaros e em odres e ânforas lhe é
                              [conservado, 10.020
Ao redor de grutas frescas, desde os tempos
                    [mais remotos.
Mas havendo os deuses todos, e mormente Hélios provido
De calor, sol, luz e orvalho, da áurea fruta a cornucópia,
Tudo anima-se onde obrava, silencioso, o vinhateiro.
Há sussurros na ramada, a marulhar de estaca
                              [a estaca. 10.025

---

e da viticultura, as mênades (ou "leneanas", que deriva de Leneu, um dos nomes de Dioniso). A pantomima que executam sobre o palco configura-se como espécie de "bacanal", no sentido etimológico do termo, e excede amplamente as três anteriores. A esse respeito, as seguintes palavras de Goethe dirigidas ao Chanceler von Müller em julho de 1827: "O último Coro no ato de Helena está mais desenvolvido do que os demais apenas porque toda sinfonia aspira a terminar brilhantemente com o concurso de todos os instrumentos".

[54] Isto é, Hélios, a quem o vinhateiro ora para o êxito da safra.

[55] Baco, na mitologia romana o deus correspondente a Dioniso, é geralmente representado como jovem indolente (daí "molenga ocioso", na tradução) e com um rosto afeminado.

Cestas chiam, baldes rangem, sob o peso arquejam tinas,
Em caminho à grande cuba e à dança rude no lagar.[56]
E destarte aos pés se calca a rica, sumarenta safra;
Escumosa, espúmea, ferve em repulsivo esmagamento.
E atordoa o brônzeo toar de címbalos, metais,

[o ouvido,   10.030
Pois Dioniso se revela: surge ele, ébrio,

[dos mistérios;[57]
Cercam-no os de pés de cabra, gira, tonto, com as caprípedes.
De Sileno, solta orneio estrídulo a orelhuda besta.
Nada poupam: pés fendidos pisam normas e decência;
Rodopiantes, cambaleantes, tino e ouvido

[se atordoam.   10.035
Ébrios taça e jarra apalpam, miolo e pança

[empanturrando;

---

[56] Os frutos que em cestos, baldes, tinas chegam ao lagar serão pisoteados em "dança rude" pelos lagareiros, no primeiro processo da produção do vinho: o "repulsivo esmagamento" referido dois versos abaixo.

[57] Nos versos anteriores, o quarto Coro de ninfas celebrou o zelo amoroso do vinhateiro na cultura da uva, na vindima (ou colheita) e, por fim, nos lagares. Destes "mistérios" surge agora o próprio Dioniso, o deus ébrio e orgiástico. Em seu séquito são mencionados os sátiros ("caprípedes", pois dotados, entre outros atributos, de pés de cabra ou bode), bamboleando com as "caprípedes" e, no meio destes, o feio e velho sátiro Sileno, representado habitualmente sobre um burro ou mula ("orelhuda besta") de que, em virtude de sua embriaguez, está sempre prestes a cair. O motivo final desta cena, desdobrada pelas coristas que Mefisto-Fórquias já havia chamado de "ébrias, ou ménades em fúria" (ver nota ao v. 8.772), conflui portanto para a representação de um desenfreado tumulto (ou "bulha", conforme opta a tradutora) das bacantes, que culmina na exortação ditirâmbica a se esvaziarem às pressas "os odres velhos".

Cuida inda um ou outro da ordem, mas aumenta
[a bulha, já que
Pra guardar-se o mosto novo, à pressa os odres velhos
[vazam!

(Cai o pano. Fórquias ergue-se gigantesca no proscênio,
mas desce dos coturnos, retira o véu e a máscara
e aparece como Mefistófeles, para, caso houver necessidade,
comentar a peça no epílogo)[58]

---

[58] Em encenações do início do século XIX, o "pano" ou cortina (*Vorhang*) a que se refere esta rubrica costumava descer, entre o palco propriamente dito e o proscênio (junto à ribalta), para marcar o intervalo entre os atos. Adentrando agora o proscênio, localizado fora do espaço da ficção teatral, a intendente do palácio desfaz-se dos coturnos (calçados de madeira e de sola alta, usados pelos antigos atores trágicos), afasta de si véu e máscara (geralmente presa na ponta de um bastão) e mostra-se como o "ator" Mefistófeles.

Quarto ato

Alta região montanhosa

Estruturada em três segmentos, esta cena que abre o penúltimo e mais breve ato do *Fausto II* faz ressoar, já em seu título, uma alusão ao "monte muito alto" a que o diabo, em sua terceira tentativa de sedução, conduziu Cristo, oferecendo-lhe "todos os reinos do mundo com seu esplendor" (*Mateus*, 4: 8). Oferta semelhante é descortinada agora a Fausto por um Mefistófeles que, retomando sob vários aspectos o diálogo da aposta na segunda cena "Quarto de trabalho", assume claramente o papel de "tentador" e busca aliciar o pactuário com figurações das magnificências do poder secular e de prazeres sensuais. Mais uma vez, porém, as palavras de Mefisto passam ao largo do "afã supremo" de Fausto, da alta aspiração que parece eternamente invulnerável ao afrouxamento hedonista num "leito de lazer".

Sob a data de 13 de fevereiro de 1831, Eckermann registra o seguinte comentário de Goethe referente a este quarto ato que — com suas imagens da esfera estatal em torno do Imperador, dos príncipes-eleitores, comandantes militares, soldados e também dos desdobramentos da guerra civil — seria redigido, como conclusão de sua "ocupação principal" (*Hauptgeschäft*), nos subsequentes meses de maio a julho: "Este ato tem novamente um caráter todo próprio, de tal modo que, como um pequeno mundo fundamentado em si mesmo, não toca o restante e apenas mediante uma tênue relação com o anterior e o posterior se integra ao todo".

Fundamentado, por seu turno, "em si mesmo", o monólogo inicial de Fausto (que Goethe reveste do antigo trímetro da tragédia grega, indiciando assim a tradição cultural em que se inserira o terceiro ato) assenta-se, com a sua simbologia de nuvens, nos estudos meteorológicos desenvolvidos pelo poeta a partir de 1815, estimulado pela nomenclatura das formas de nuvens estabelecida pelo cientista e meteorologista inglês Luke Howard (1772-1864), que em 1803 publicara o seu *Essay on the modification of clouds*.

Aos três tipos de nuvens cientificamente descritos por Howard (estrato, cúmulo e cirro), o próprio Goethe buscou acrescentar um quarto tipo, para o qual sugeria a designação de *paries*, em virtude da semelhança com uma "parede" nubígena. É precisamente este tipo (que, no entanto, acabou sendo refutado pelos meteorologistas como "ilusão óptica") que se delineia no final da primeira estrofe, aglomerando-se no oriente "qual montanhês geleira" e espelhando "a nobre evocação de horas efêmeras". A alusão ao fantasmagórico e efêmero idílio do terceiro ato é inequívoca, e já vinha prefigurada na imagem das vestes de Helena que se metamorfoseiam nas nuvens que envolvem Fausto e, sob a forma compacta do tipo "cúmulo", o trazem à "alta região montanhosa" da abertura do quarto ato.

Contudo, se esta nuvem evoca a Fausto, numa sequência de metamorfoses, três grandes figuras femininas da mitologia antiga — primeiramente a deusa romana Juno, em seguida Leda e, por fim, a sua filha Helena —, a "suave faixa de névoa" que se apresenta na segunda estrofe sob a forma de "cirro" (ou "estrato-cirro") é inequivocamente a nuvem de Margarida (Gretchen): evoca não apenas a história amorosa da primeira parte da tragédia (imagem do "fugidio bem da juventude"), mas também antecipa de modo tênue e sutil — à medida que "ao alto se ala adentro do éter,/ E de meu fundo ser leva o melhor consigo" — a derradeira cena (que então já estava redigida) "Furnas montanhosas", quando a Mater Gloriosa exorta a penitente "outrora chamada Gretchen" a alar-se "à mais alta esfera" e conduzir assim a ascensão de Fausto.

Concluído esse monólogo de abertura, o segundo segmento cênico principia-se com a chegada de Mefisto, munido das lendárias botas de sete-léguas e trazendo consigo o chamado "verso madrigal", ao cume da montanha em que se encontra o solitário Fausto. Tem início então uma contenda geológica entre o "vulcanismo" de Mefisto e o "netunismo" de Fausto, constituindo-se assim, mais uma vez, "uma tênue relação com o anterior", isto é, a disputa travada, na "Noite de Valpúrgis clássica", entre Anaxágoras ("Vapor de fogo engendrou essa rocha!") e Tales ("Tudo, tudo é da água oriundo!!"). Mas também nessa moderna plasmação mito-poética de teorias científicas contemporâneas talvez se possa vislumbrar um leve vínculo com o posterior, ou seja, o império "netunista" que Fausto irá arrancar ao mar (porém como que "a ferro e fogo") e o novo reino do Imperador, o pretenso "mundo regenerado" (*frisch geschaffne Welt*, v. 10.283) oriundo dos abalos sísmicos e vulcânicos da guerra civil.

Em relação ao surgimento da crosta terrestre os cientistas dividiam-se, na passagem do século XVIII para o XIX, em duas correntes opostas. Em torno do conceituado mineralogista e geólogo Abraham Gottlob Werner (1740-1817) constituiu-se a escola dos "netunistas", que explicavam os fenômenos geológicos como espécie de "sedimentações" de um oceano primordial que foi paulatinamente recuando. Já o "vulcanismo" (ou "plutonismo"), que tinha em Alexander von Humboldt (1769-1859) o seu nome mais proeminente, relacionava a gênese das rochas a um "fogo central" no interior da terra e à ação de lavas primordiais. A tendência de Goethe por desenvolvimentos lentos e paulatinos, por metamorfoses orgânicas, o fez aliar-se de forma decidida à escola netunista. Via assim com crescente desalento a expansão da corrente oposta, sobretudo após a morte de A. G. Werner, com quem mantinha estreitas relações. A publicação, em 1823, do tratado geológico de Alexander von Humboldt "Sobre a estrutura e atividade dos vulcões em diferentes regiões da terra", elaborado durante suas viagens científicas pela América do Sul, provocou em Goethe, como observa Albrecht Schöne, profundo abalo, levando-o às raias do desespero. Sua última palavra a respeito dessa questão foi pronunciada numa carta de outubro de 1831, dirigida a seu amigo Zelter: "Que as montanhas do Himalaia tenham se alçado do solo a uma altura de 25.000 metros e, tão imóveis e orgulhosas, fendam os céus como se não houvesse acontecido nada, isso está além dos limites da minha cabeça, nas sombrias regiões em que se aninham as transubstanciações, e o meu sistema cerebral teria de ser inteiramente reorganizado — o que seria pena — se houvesse necessidade de se encontrar espaço para esses milagres".

Vislumbrando uma analogia estrutural entre as revoluções geológicas que teriam dado origem à superfície terrestre e as convulsões políticas (como a que se deflagra em Paris em julho de 1830), Goethe aferrou-se, até o final da vida, a um "netunismo" que se constituiu em componente fundamental de sua postura decididamente antirrevolucionária. E é justamente tal relação estrutural entre a dimensão geológica e a política que encaminha o último segmento desta cena: do alto da controversa montanha, Fausto e Mefistófeles ouvem o som dos tambores e de música marcial. Chegou o momento do "vulcanismo" político, no qual Mefistófeles enxerga a ocasião bem-vinda para propiciar a Fausto a concretização de sua recente aspiração colonizadora. Acompanhados dos "três valentões" alegóricos recrutados por Mefisto, descem aos contrafortes da montanha e chegam até a tenda do Imperador, de onde se descortina uma vista panorâmica sobre a formação dos exércitos inimigos e, logo em seguida, os desdobramentos da guerra civil. [M.V.M.]

(Tremendos escarpados de rochedos)

*(Desce uma nuvem que se pousa sobre
uma das saliências. A nuvem se divide)*

FAUSTO *(surge dela)*

Aos pés mirando as mais profundas solidões,
Piso meditativo as bordas destes cimos,   10.040
Abandonando a nuvem que tão suavemente
Por sobre terra e mar à luz do sol me trouxe.
De mim se afasta aos poucos, sem que se desmanche.
De sua massa enfunada o rumo ao Leste tende,
E segue-lhe assombrado o meu olhar a rota.   10.045
Divide-se em seu curso e ondeante, multiforme,
Adquire um molde. — Sim! a vista não me engana! —
Em leito ensolarado e níveo, se reclina,
Gigântea, divinal figura de mulher,
Juno evocando à nossa vista, Leda, Helena;   10.050
Flutua-me ante o olhar seu majestoso encanto.
Desloca-se, ah! informe e túrgida; no Oriente
Qual montanhês geleira ao longe jaz, e espelha,
Radiosa, a nobre evocação de horas efêmeras.

Mas como um sopro afaga-me, ainda, amena e fresca,
A fronte e o peito, uma difusa, suave faixa.
Trêmula e leve, alto e mais alto se ala e funde-se
Num todo. É uma visão de encanto que me ilude?
Do fugidio bem da juventude a imagem?
Tesouros juvenis jorram-me do imo peito,   10.060

Que em vibração etérea o amor de Aurora evoca,[1]
O êxtase do primeiro olhar, o qual de súbito
A alma penetra e que tesouro algum iguala.
Cresce em beleza espiritual o ameno vulto;
Não se esvanece, e ao alto se ala adentro do éter,   10.065
E de meu fundo ser leva o melhor consigo.

(Surge uma bota de sete-léguas, seguida por outra.
Mefistófeles desce delas. As botas afastam-se rapidamente)[2]

MEFISTÓFELES

Bem, isto é andar mui bem andado![3]
Mas deu em ti que pasmaceira?
Descer a este ermo descarnado
De escancarada pedranceira?   10.070
O ponto é outro, mas não me é o sítio estranho,
Pois do inferno era a própria base antanho.

---

[1] Alusão de Fausto a seu antigo e agora já remoto amor por Gretchen. — Aurora como a deusa romana do alvorecer, da própria "aurora", corresponde à deusa grega Eos que pertence, como filha de Hipérion e Tia, à primeira geração divina, a dos Titãs.

[2] Motivo oriundo dos contos maravilhosos alemães, como aparece, por exemplo, na história do "querido Rolando" (*Der Liebste Roland*) coligida pelos irmãos Grimm. Atribuindo a Mefistófeles esse apetrecho nórdico e mágico (com o qual se percorrem sete léguas a cada passo), Goethe confere à sua entrada em cena um caráter burlesco e algo grotesco.

[3] Mefistófeles dá a entender neste verso que mesmo as botas de sete-léguas não puderam acompanhar o transporte nubígeno (isto é, formado por nuvens: *meiner Wolke Tragewerk*) utilizado por Fausto.

Alta região montanhosa

FAUSTO

Nunca à míngua andas de invenções absurdas;
Chegas-te aqui pra que tais lendas urdas!

MEFISTÓFELES *(com seriedade)*

Deus o Senhor — sabe-se a causa[4] — quando   10.075
Do éter nos exilou à atra profundeza
Em que arde fogo cêntrico, abraseando
Voraz conflagração em torno acesa,
Vimo-nos lá, na luz exagerada,
Em situação incômoda e apertada.   10.080
Pôs-se a tossir toda a mó dos demônios,
Do alto e baixo a expelir bofes medonhos;[5]
O inferno encheu de enxofre, ácido e azia,
Deu isso um gás! monstruoso em demasia,
Até que em breve, apesar de robusta,   10.085
Rebentou afinal a térrea crusta.

---

[4] No original, Mefisto declara-se informado — "também sei muito bem por
quê" — sobre as razões que levaram Deus a expulsar das alturas os anjos caídos e
lançá-los às profundezas. Na *Segunda Epístola de Pedro* (2: 4) é dito, com efeito,
que "Deus não poupou os anjos que pecaram, mas lançou-os nos abismos tenebrosos do Tártaro, onde estão guardados à espera do Julgamento". Albrecht Schöne observa a respeito dessa queda dos anjos que a escolástica medieval fez dessas indicações bíblicas "um 'Prólogo no céu' à 'tragédia' no paraíso, isto é, à queda dos primeiros seres humanos, à qual se alude repetidamente no *Fausto*".

[5] No original, a vulgaridade do "vulcanismo" mefistofélico fica mais explícita: os demônios começaram todos juntos a tossir e "assoprar" não só por cima
(isto é, pela boca), mas também "por baixo".

A cousa agora está por outro bico:
O que antes era a base, hoje é o pico.
Daí o ensino lógico é oriundo:
Virar-se para o mais alto o mais fundo;   10.090
Pois escapamos da opressiva esfera,
À integração no ar livre da atmosfera.
É segredo óbvio, muito bem guardado,
Pois aos povos não foi tão cedo revelado. (*Ef.* VI, 12)[6]

FAUSTO

Por que, nem de onde, indago. Em mudez nobre[7]   10.095
A montês massa o seu enigma encobre.
Quando em si se esculpiu a natureza,
Arrematou o globo com pureza;
Com píncaros e abismos se encantou,
Rochas, montanhas, morros alinhou;   10.100

---

[6] Primeira indicação explícita que Goethe deu às inúmeras alusões e referências bíblicas no *Fausto*. A correspondente passagem na *Epístola de Paulo aos Efésios* (que o autor assinalou a lápis no manuscrito da tragédia) diz: "Pois o nosso combate não é contra o sangue nem contra a carne, mas contra os Principados, contra as Autoridades, contra os Dominadores deste mundo de trevas, contra os Espíritos do Mal, que povoam as regiões celestiais". A remissão de Mefistófeles a esta passagem bíblica pode estar conotando uma expansão de seu "vulcanismo" revolucionário, fundamentado em atritos, abalos e combates, para a esfera místico-religiosa.

[7] À explosiva doutrina geognóstica de Mefistófeles, Fausto contrapõe imagens de um "netunismo" mais suave: a massa montanhosa em "mudez nobre", o globo terrestre arrematado com "pureza", o alinhamento de "rochas, montanhas, morros", "elos de colinas" em "queda suave para o vale".

Em elos de colinas decompôs-se,
Que em queda suave para o vale trouxe.
Por seu prazer tudo verdeja e cresce,
De absurdos torvelinhos não carece.

MEFISTÓFELES

Julgais que é claro! Mas quem lá presente   10.105
Se achava, o sabe diferentemente.
No abismo túrgido vi-me ainda, quando
Fervia em vórtices de fogo e lava;
Moloque,[8] a rocha uma a outra martelando,
Da massa ao longe, o entulho arremessava.   10.110
De quintais ainda o solo cheio jaz;
Tal impulsão, não há quem esclareça;
Vê-se disso o filósofo incapaz;[9]
Lá a rocha jaz, fique a jazer em paz;
Bastante já quebramos a cabeça. —   10.115
Somente o ingênuo povo cria
Firmes noções em sua lógica sã;
Cedo extraiu disso a sabedoria:
Cabe a honra do milagre a Dom Satã.

---

[8] Ídolo dos amonitas no Antigo Testamento (*Levítico*, 18: 21). Aparece também no *Paraíso perdido* (I, 392) de Milton e no *Messias* (II, 352) de Klopstock — neste último, um *epos* bíblico em vinte cantos publicado entre 1748 e 1773, Moloque erige com os "Príncipes do Inferno" uma barreira de montanhas como proteção contra Jeová.

[9] Isto é, os filósofos ou estudiosos da Natureza, entre os quais Mefisto se inclui em seguida ao afirmar que "bastante já quebramos a cabeça".

O andarilho, a empunhar bastão de fé,   10.120
À Ponte, à Foz do Diabo,[10] arrasta o pé.

FAUSTO

Do diabo vale a pena ver também
Em que conceito a natureza tem.

MEFISTÓFELES

Tanto faz! Seja ela o que for, imponho
Só um ponto de honra: estava lá o demônio!   10.125
Somos pessoal de intuitos colossais;
Violência, convulsões! vês os sinais! —[11]
Mas, para que o ouças: ainda que o previsse,
Nada te aprouve em nossa superfície?
Viste de etéreas, infinitas trilhas   10.130
Os reinos do Universo e suas maravilhas. (*Mat.* IV)[12]

---

[10] No original, "Pedra do Diabo", "Ponte do Diabo": designações geográficas que Goethe conhecia de suas escaladas ao monte São Gotardo, nos Alpes suíços. O "bastão de fé" (ou antes "muleta", *Krücke*) do andarilho deve dar-lhe a entender, em explicação supersticiosa, que o "milagre" geológico que tem diante de si é, na verdade, obra do diabo.

[11] Schöne aponta para uma analogia entre o "sinal" erigido pelos demônios "vulcanistas" (tumultos, absurdos, violência) e o arco-íris instituído por Deus como "sinal da aliança" com todos os sobreviventes do Dilúvio (*Gênesis*, 9: 12).

[12] A referência explícita a esta célebre passagem do *Evangelho de Mateus*, em que o diabo propõe a Cristo uma espécie de "pacto", evidencia a importância que Goethe quis atribuir à subsequente cena da tentação de Fausto nessa "alta região montanhosa". *Mateus*, 4: 8: "Tornou o diabo a levá-lo, agora para um mon-

Mas insaciável como és, nada atiça
Um teu desejo, uma cobiça?

FAUSTO

Pois sim! atrai-me grande intento.
Adivinha-o!

MEFISTÓFELES

        Já te contento.   10.135
Escolheria uma metrópole graúda,
Onde o habitante um a outro gruda,[13]
Entre arcos, vielas, frontões, becos,
Feira de couves, nabos secos,
Bancas nas quais hordas nefandas   10.140
De moscas pastam gordas viandas,
Em qualquer tempo a gente lá há de
Ver podridão e atividade.
Depois, ruas e vastas praças,
A darem-se ares de ricaças;   10.145

---

te muito alto. E mostrou-lhe todos os reinos do mundo com seu esplendor e disse-lhe: 'Tudo isso te darei, se, prostrado, me adorares'".

[13] No original, esta passagem apresenta uma estrutura sintática um tanto truncada e elíptica: Mefistófeles escolheria uma capital, "no centro, o horror da alimentação dos burgueses" (ou cidadãos, habitantes). Os comentadores apontam aqui para uma analogia com vivências do menino Goethe, evocadas na autobiografia *Poesia e verdade*, referentes ao centro de sua cidade natal Frankfurt: "Lembro-me também como, a cada vez, fugia horrorizado das bancas de carne contíguas [à feira desasseada e apinhada de gente], estreitas e feias".

E, onde portal algum limita,
Subúrbios numa área infinita.[14]
Rodando em coches folgaria
Lá em ruidosa correria,
Por entre o vaivém desordeiro   10.150
Do espesso humano formigueiro.
Montado, ou andando eu lá por dentro,
Seria eu sempre a mira, o centro,
Por mil aclamado altamente.

FAUSTO

Tal alvo não me satisfaz!   10.155
Folgar-se-á em que o povo aumente,
Que a seu contento se alimente,
Que até se instrua, forme a mente —
E criar rebéis é o que se faz.[15]

---

[14] A visão de Mefistófeles atém-se agora aos portões que, junto com as muralhas defensivas, comprimiam o centro mais antigo da cidade (Frankfurt, por exemplo), para além dos quais a metrópole continuava a espraiar-se em seus subúrbios ilimitados.

[15] Fausto rejeita essas imagens que o colocam como figura central de tal metrópole moderna, que lembraria uma Londres ou Paris, porque conjectura que os seus habitantes — instruindo-se e formando a mente — poderiam converter-se por fim em rebeldes. Desse modo, parece delinear-se a tendência à ação absolutista e autocrática (hostil a todo germe de rebeldia) que se concretizará no ato subsequente. Sobretudo aos leitores contemporâneos, essas palavras reforçariam a concepção de que um dos pressupostos centrais da rebelião contra o *Ancien Régime* foi o esclarecimento e a instrução de amplas parcelas da população fran-

MEFISTÓFELES

Construiria um castelo, após, grandioso,   10.160
No campo, para o meu repouso.[16]
Florestas, morro, áreas sem fim,
Formando esplêndido jardim.
Ao pé do bosque, verde alfombra,
Além doando luz e sombra,   10.165
Cascata a fluir, flóreos lauréis e buchos
Orlando artísticos repuxos
Que ao alto lançam jato argênteo e esguio,
Que em mil miudezas logo escorre a fio.
Erguendo inda às mulheres mais formosas   10.170
Casinhas íntimo-amorosas,
Passava um bom tempinho, então,
Em tão gentil, sociável solidão.
Eu disse: às damas; faze por lembrá-lo!
Das belas no plural só falo.   10.175

---

cesa durante o Iluminismo. A esse respeito, a seguinte anotação do genial afo-
rista G. C. Lichtenberg (1742-1799): "A Revolução Francesa como obra dos filósofos; mas que salto do *cogito ergo sum* até o primeiro ressoar do *à la Bastille* no
Palais Royal".

[16] No original, Mefisto fala de um castelo "para o prazer" (*zur Lust*), onde
Fausto poderia então comprazer-se (ou "repousar") em meio às "mulheres mais
formosas": fantasias que também evocam o estilo absolutista francês e que encontrarão certa correspondência no "palácio" do autocrata e solitário ancião do
quinto e último ato.

FAUSTO

Moderno e mau! Sardanapalo![17]

MEFISTÓFELES

Qual será pois essa ânsia tua?
Decerto algo é de ousado e belo.
Já que tão próximo pairas da lua,[18]
Para ela atrai-te o teu anelo?   10.180

FAUSTO

Em nada! Este âmbito terreno
Tem para a ação espaço assaz.
Realizo nele o intuito em pleno,
De esforço e arrojo sou capaz.

MEFISTÓFELES

A auferir glórias te destinas?   10.185
Vê-se que andaste com heroínas!

---

[17] Nome grego do rei assírio Assurbanipal (668-626 a.C.). Segundo antigas lendas, o concupiscente e efeminado Sardanapalo se comprazia numa vida em meio a luxo extremo e extravagâncias sexuais. Em 1821, Lord Byron escreveu a sua tragédia *Sardanapalus*, dedicada a Goethe.

[18] Provável alusão à nuvem que trouxe Fausto a esta "alta região montanhosa" e, em chave irônica, também uma eventual alusão aos seus antigos devaneios alados ("lunáticos", na visão sarcástica de Mefisto): "Do solo, ah! Me pudesse alar alguma asa!" (v. 1.074).

Alta região montanhosa

FAUSTO

Poder aufiro, posse, alto conteúdo!
Nada é a fama; a ação é tudo.

MEFISTÓFELES

No entanto encontrar-se-ão poetas,
Que, a alçarem tuas gloriosas metas,   10.190
Inflamem com chavões patetas.[19]

FAUSTO

Nada, a ti, disso se revela.
Que sabes do homem, do que anela?[20]
Teu ser de aguda, hostil pesquisa,
Sabe do que o homem precisa?   10.195

---

[19] Esta sequência de três versos de Mefistófeles faz ressoar, em chave irônica, aquilo que o poeta dissera, em sua dicção idealista, no "Prólogo no teatro" sobre a missão de enaltecer e difundir os feitos humanos e legá-los à posteridade: "Quem a coroa verde enrama/ Que do merecimento a glória sela?/ Quem firma o Olimpo, à união os deuses chama?/ O gênio humano, que no poeta se revela" (vv. 154-7).

[20] Fausto remonta ao argumento que lançara contra Mefistófeles, na segunda cena "Quarto de trabalho" (vv. 1675-7), portanto antes do início da "tragédia amorosa": "Que queres tu dar, pobre demo?/ Quando é que o gênio humano, em seu afã supremo/ Foi compreendido pela tua raça?". Indagação semelhante é feita agora, conforme observa Erich Trunz, cinco versos antes do início da "tragédia do colonizador", preludiada pelas palavras: "Percorreu meu olhar o vasto oceano".

474   Quarto ato

MEFISTÓFELES

Cumpra-se pois tua fantasia!
O alcance de teu sonho me confia.

FAUSTO

Percorreu meu olhar o vasto oceano;
Cresce, e em si mesmo se encapela, alto;
Logo após se desmancha e ao vasto plano   10.200
Da orla, se lança em tumultuoso assalto.
Amuou-me. O gênio livre, independente,
Preza o direito e o seu lugar à luz,
Mas a arrogância, a exaltação fremente,
Só mal-estar no espírito produz.   10.205
Julguei-o acaso, e firmei bem o olhar:
A onda estacou, para depois recuar;
Após vencê-la, a vaga ignora a meta;
Chega a hora, a brincadeira reenceta.

MEFISTÓFELES *(ad spectatores)*

Que grande novidade aí se dá!   10.210
Sei disso há mais de cem mil anos já.

FAUSTO *(continua apaixonadamente)*

Vem, sorrateira, todo canto invade,
E espalha, estéril, a esterilidade.
Cresce, incha, rola, se desfaz, e alaga
A árida vastidão da inútil plaga.   10.215
Impera onda após onda, agigantada!

Alta região montanhosa

Para trás volta e não realizou nada.
E me aborrece aquilo! é-me um tormento!
O poder vão do indômito elemento![21]
Ousou transpor meu gênio a própria esfera;   10.220
Lutar quisera aí, vencer quisera!

E pode ser. — Se flutuante ele é,
Onde há um morro, amolda-se-lhe ao pé;
Por mais que em incessante flux se agite,
Qualquer elevação lhe impõe limite;   10.225
Qualquer baixada o atrai possantemente.
Criei plano após plano então na mente,
Por conquistar o gozo soberano
De dominar, eu, o orgulhoso oceano,
De ao lençol áqueo impor nova barreira,   10.230
E ao longe, em si, repelir-lhe a fronteira.
Consegui passo a passo elaborá-lo.
Eis meu desejo, ousa tu apoiá-lo!

---

[21] No original, esse "poder vão do indômito elemento" não apenas aborrece e atormenta Fausto, mas — como ele diz literalmente no verso anterior — "poderia atemorizar-me até o desespero!". O esforço do homem em dominar o poder "indômito" da Natureza, que começa a se delinear como a nova "aspiração" de Fausto, foi também objeto de reflexões teóricas de Goethe. Em seu *Ensaio de uma teoria meteorológica* (1825), que se refere explicitamente às inundações que em fevereiro de 1825 assolaram a região costeira do Mar do Norte, lê-se: "Os elementos, portanto, devem ser vistos como adversários colossais, contra os quais teremos de lutar eternamente e que só poderemos dominar, em casos isolados, mediante a mais alta força do espírito, mediante coragem e astúcia. [...] O mais elevado, contudo, que o pensamento pode alcançar nesses casos é perceber o que a Natureza traz em si mesma como lei e regra para se impor ao elemento desenfreado e escapo à lei".

476   Quarto ato

(Rufar de tambores e música marcial, distante,
vindo do fundo da plateia, do lado direito)

MEFISTÓFELES

É fácil! — Do tambor ao longe ouves o som?

FAUSTO

Guerra outra vez! não o acha o sábio bom.   10.235

MEFISTÓFELES

Na guerra ou paz, sagaz sempre é o conceito:
De todo ensejo extrair-se um proveito!
É olhá-lo, espiá-lo assim que se revela;
Fausto, é a ocasião: tens de apegar-te a ela!

FAUSTO

Poupa-me estas charadas, rogo.   10.240
De que se trata? explica-o logo.

MEFISTÓFELES

Pude avaliar, em meu percurso cá,[22]
Que o bom do imperador num grande apuro está.
Lembras-te dele. Quando o divertimos,
Riqueza espúria às mãos lhe conduzimos;[23]   10.245

---

[22] Isto é, atravessando as terras imperiais com as botas de sete-léguas.

[23] Referência de Mefisto aos acontecimentos desdobrados na quarta cena

477   Alta região montanhosa

Do mundo ainda se cria dono,
Pois jovem acedera ao trono.
E aprouve-lhe a tese indevida,
Que poderia andar a par,
Ser bom e de se desejar: 10.250
Reinar e estar gozando a vida.[24]

FAUSTO

Grande erro. A quem é dado que comande,
Ventura pode achar só no comando:
Num alto intuito o peito se lhe expande,
Ninguém percebe o que está planejando.   10.255
O que ao mais fiel no ouvido tem soprado,
Com pasmo o mundo vê realizado.
Assim sempre será o ente lendário,
O Altíssimo —; gozar torna ordinário.[25]

---

do primeiro ato ("Parque de recreio"), isto é, a implementação do seu plano econômico baseado no papel-moeda sem lastro (os "papéis mágicos" na expressão do bobo da corte).

[24] Em uma de suas *Máximas e reflexões* (a de número 101 na edição de referência publicada em 1907 por Max Hecker) encontra-se a seguinte formulação de Goethe sobre essa "tese indevida": "Reinar e gozar a vida não podem caminhar lado a lado. Gozar a vida significa pertencer a si e aos outros em regozijo; reinar significa fazer benefícios a si e aos outros no mais sério sentido".

[25] O "Altíssimo" (*der Allerhöchste*) refere-se aqui àquele que encontra a "ventura" apenas "no comando" — no original, Fausto o designa ainda como "o mais digno" (*der Würdigste*). O adjetivo "ordinário" (*gemein*) deve ser entendido, no contexto desta estrofe, menos em sentido moralmente pejorativo do que no de comunhão "em regozijo" com os outros.

MEFISTÓFELES

Não é ele assim! O gozo — e como! — fruía; 10.260
Caía o reino entanto na anarquia;
Pequenos, grandes, nele hostilizavam-se,
Irmãos matavam-se, expulsavam-se,
Guerreavam entre si burgos, cidades,
Grêmios, nobreza, em ódio e inimizades, 10.265
Congregações, arcebispado em briga;
Bastava a gente olhar-se, era inimiga.
Morte e assassínio nas igrejas, diante
Das portas da cidade, assaltos ao viandante.
E em cada qual crescia a valentia: 10.270
Pois defender-se era a vida. — Assim é que ia.

FAUSTO

Ia — a mancar, cair, rolar no chão
De pés para o ar, despencar de roldão.

MEFISTÓFELES

Ninguém ousava denunciar o mal,
Cada um queria ser, podia ser o tal. 10.275
Tornava-se o mais vil senhor de monta.
Mas houve a quem passasse enfim da conta.
Gente capaz se ergueu, armou o levante,
Clamou: Senhor é quem a paz garante.
O imperador é inerte nesta fase. 10.280
Eleja-se outro: dê-nos nova base,
Em que cada um seguro viva,

Numa era nova, sã, ativa,
Em que com a paz a lei se case.

FAUSTO

A frades soa.

MEFISTÓFELES

Influíam na balança,[26]   10.285
A garantir a bem nutrida pança.
Mais que outros lá meteram-se no fim:
Quando cresceu, sagraram o motim;
E o Imperador, espero que lhe valha!,
Retrai-se aqui, talvez para a última batalha.   10.290

FAUSTO

Lamento-o, tão bondoso e dado ele era.

MEFISTÓFELES

Veremos em que dá; quem vive, espera.
Cumpre livrá-lo desse estreito vale!
Salvo uma vez, por cem vezes já vale,
Caem dados como à sorte praz lançá-los;   10.295
Se lhe sorrir, terá também vassalos.

---

[26] Ou seja, os "frades" mencionados por Fausto no primeiro segmento do verso.

*(Atravessam o maciço médio e contemplam
a disposição do exército no vale. Debaixo repercute
o rufar de tambores e música guerreira)*

MEFISTÓFELES

A posição vejo bem escolhida;
Com o nosso auxílio, é sorte garantida.

FAUSTO

Em tal caso a esperança é pouca:
Que sai disso? Ilusão, burla oca.   10.300

MEFISTÓFELES

Ardil guerreiro, que o combate vença!
Em teu nobre objetivo pensa;[27]
Sê firme, e acata-me os conselhos.
Conserva-lhe hoje o território e o trono,
E auferirás do Imperador, de joelhos,   10.305
Da praia o feudo em rico abono.

FAUSTO

Bem, já fizeste o que o equivalha;
Ganha também uma batalha.

---

[27] Mefisto exorta o cético Fausto a não perder de vista o seu desejo, formulado há pouco, em relação ao "vasto oceano". A vitória do Imperador na batalha iminente poderá propiciar-lhe o terreno necessário para o cumprimento de sua
nova aspiração, isto é, o "feudo de ilimitada praia" (conforme o original).

MEFISTÓFELES

Não, tu a ganhes, um por dez!
Sem mais, generalíssimo és.   10.310

FAUSTO

Ora, que encargo este, estupendo!
Comandar onde nada entendo!

MEFISTÓFELES

Cuidados ao Estado-Maior deixas.
O marechal não terá queixas.
Previ da guerra o caótico aparelho,   10.315
Logo formei novo Conselho[28]
Com íncolas da primeva serra:
Quem sua força usa, jamais erra.

FAUSTO

Não vejo lá armas brilhando?
Dos montes convocaste o bando?[29]   10.320

---

[28] Trocadilho com as palavras *Kriegsunrat* (na tradução: o "caótico" aparelho da guerra) e *Kriegsrat* ("conselho" de guerra). Goethe emprega os termos *Un-
rat* e *Rat* no sentido que possuíam até o início do século XVIII: o primeiro como
"desorientação, desconcerto, confusão" e o segundo, conforme a definição do dicionário de Adelung, no sentido de "ajuda ou apoio para uma empresa".

[29] Literalmente, o "povo das montanhas", referindo-se aos "íncolas" (os primitivos homens da "primeva serra") recrutados por Mefisto.

482   Quarto ato

MEFISTÓFELES

Não, mas juntei, dessa assistência,
Qual Pedro Quince, a quinta-essência.[30]

(Surgem os três valentões) (2 Sam. XXIII, 8)[31]

MEFISTÓFELES

Lá chegam meus rapazes, prestes;
De assaz variada idade, aliás,
Variado equipamento e vestes;   10.325
Com eles, mal não passarás.

---

[30] Referência à peça de Andreas Gryphius (1616-1664) *Absurda comica. Oder Herr Peter Squentz* (1657). Nessa peça do barroco alemão, inspirada na comédia shakespeariana *Sonhos de uma noite de verão* (e em sua personagem "Peter Quince"), o herói apresenta individualmente os membros "diletantes" de sua companhia teatral, do mesmo modo como Mefistófeles faz desfilar aqui, um a um, os truculentos membros de sua "assistência" ou "cambada" (*Prass*).

[31] Com esta nova indicação bíblica, Goethe alude aos três "valentes" do rei Davi, os quais lhe asseguraram a vitória sobre os filisteus e a restauração de seu reinado: Isbaal (que "brandiu a sua lança matando oitocentos de uma só vez"), Eleazar (que "combateu os filisteus até que a sua mão adormeceu e ficou colada à espada [...] e o exército retornou após ele, mas só para apoderar-se dos despojos") e Sama (que "se pôs no meio do campo [de lentilhas] e o defendeu, e venceu os filisteus"). Assim, Goethe estabelece uma correspondência entre esta guerra civil imperial e a mítica batalha narrada no segundo livro do profeta Samuel, mas ao mesmo tempo reverte esse paralelo para uma dimensão perversa e negativa, marcada exclusivamente pela agressividade, ganância e avareza.

Alta região montanhosa

(Ad spectatores)

Vê cada criança, hoje, eufórica,
No arnês de cavaleiro, um trunfo;[32]
E a turba ali sendo alegórica,
Maior será o seu triunfo.

10.330

MATA-SETE[33] *(jovem, armado de leve, trajes coloridos)*

Se houver quem a me olhar se arroje,
Dou-lhe com o punho na bocarra;
E também o poltrão que foge
Pelo cabelo o Mata-Sete agarra.

PEGA-JÁ[34] *(viril, bem armado, ricamente trajado)*

Rixas vazias, mera troça!

10.335

Perde-se o dia assim. Mister
É pegar tudo o que se possa,
Para após fique o mais que houver.

---

[32] "Alfinetada" de Goethe na popularidade de que gozavam então romances e peças que exaltavam romanticamente as virtudes e os feitos cavalheirescos da Idade Média.

[33] No original, o nome do primeiro personagem dessa "turba alegórica" significa "arruaceiro, brigão". Ele se apresenta como a encarnação da agressividade juvenil.

[34] "Pega-já" ou, literalmente no original, "Tem-já" (*Habebald*, do verbo *haben*, "ter, possuir", e *bald*, "já, logo") mostra-se como a corporificação da ganância ou do desejo de posse do adulto.

TEM-QUEM-TEM[35] *(idoso, fortemente armado, trajes sóbrios)*

Nada de bom lucras com isso!
Dos bens é rápido o sumiço: 10.340
Da vida leva-os a enxurrada.
Pegar é bom, mas conservá-lo é o galho!
Deixa-o por conta do rufião grisalho,
E de ti ninguém tira nada.

(Descem todos mais abaixo)

---

[35] Entra em cena agora a personificação alegórica da avareza (ou desejo de conservação) do idoso, cujo nome significa em alemão "Segura-firme". No momento de recolher os despojos da guerra, ainda se juntará a essa "turba alegórica" a "vivandeira" *Eilebeute* ("Rápido-ao-Saque", "Corre-ao-Saque" ou ainda, conforme a tradução de Jenny Klabin Segall, "Sus-ao-Saque"), nome que Goethe tomou à tradução luterana do livro de Isaías (8: 1-3).

Nas montanhas do primeiro plano

Na alta montanha da cena anterior, Fausto revelou a Mefistófeles o objeto de sua mais recente aspiração: "Por conquistar o gozo soberano/ De dominar, eu, o orgulhoso oceano,/ De ao lençol áqueo impor nova barreira,/ E ao longe, em si, repelir-lhe a fronteira" (vv. 10.228-31). Na realidade violenta da guerra civil, que irá deflagrar-se nesta cena, Mefisto enxerga a oportunidade bem-vinda para conduzir Fausto ao enfrentamento da tarefa titânica de submeter o mar e colonizar extensões de terra ocupadas até então pelas águas. Enquanto, porém, a doação a Fausto do feudo costeiro irá limitar-se a uma breve e acerba menção do Arcebispo na cena seguinte ("Cedeste ao homem malfadado/ Do reino as praias"), os meios que levam a esse fim − isto é, os desdobramentos militares − estendem-se por 438 versos.

Para tornar sensíveis ao leitor e espectador eventos que dificilmente se poderiam representar sobre o palco de maneira direta, o velho Goethe, largamente experimentado em técnicas cênicas, lança mão de sinalizações acústicas, de relatos de emissários ou mensageiros que retornam da frente dos combates e ainda da antiga técnica da *teichoscopia*, em que observadores em posição elevada − tradicionalmente no alto de uma muralha (*teichos*, em grego), mas também de uma torre ou, como no caso em questão, de uma colina − fazem chegar ao público o que se passa além dos domínios do palco. Desse modo, Goethe encena na imaginação ou no "palco íntimo" do leitor lances bélicos que se embasam em sólidos conhecimentos no campo da teoria militar, adquiridos como presidente da comissão de guerra do ducado de Weimar (nos anos de 1779 a 1786), como participante (e relator) da *Campanha da França em 1792*, e ainda através de leituras de obras militares assim como do contato pessoal com inúmeros dignitários dos exércitos europeus (inclusive Napoleão Bonaparte).

Contudo, além de deslocamentos táticos verificados em batalhas napoleônicas (como a de Jena em 1806 ou a de Kulm em 1813), também podem ter entrado na configuração desta cena − como demonstram comentadores e intérpretes − descrições fabulosas de combates, feitas por Plutarco (por exemplo, no capítulo XXVIII da biografia de Timoleão), assim como mirabolantes episódios militares vivenciados pela personagem de Fausto nos livros publicados em 1587, 1674 e 1725 – na visão de Albrecht Schöne, seria esta a derradeira influência da lenda popular fáustica sobre a tragédia de Goethe.

Em seus textos e comentários ao *Fausto II*, no volume XVIII da edição de Munique publicado em 1997, Dorothea Hölscher-Lohmeyer observa que Goethe, no que diz respeito a estratégias e táticas de combate, tecnologia armamentista, formação das tropas etc., resume e condensa em uma única época a história militar europeia desde o final da Idade Média até a Restauração. De maneira mais específica, Ralf-Henning Steinmetz, em artigo publicado em 1994 no *Anuário Goethe* ("Guibert und Carl von Österreich. Krieg und Kriegswissenschaft im vierten Akt von 'Faust II'") ["Guibert e Carl von Österreich. Guerra e ciência da guerra no quarto ato do 'Fausto II'"], demonstrou a presença, neste penúltimo ato da tragédia goethiana, de dois manuais militares com orientações opostas: *Grundsätze der Strategie* [Princípios da estratégia], publicado em 1814 pelo arquiduque austríaco Carl von Österreich (de quem Goethe, que o conhecia pessoalmente, recebeu um exemplar com dedicatória) e um manual mais antigo, porém mais avançado e debatido amplamente na época, não apenas em círculos militares mas também em jornais e salões: *Essai général de tactique* (1770-72), do teórico militar francês (e mestre de Napoleão) Antoine Hyppolite Guibert.

A disposição inicial das tropas imperiais sob o comando do "Generalíssimo" (o posicionamento defensivo integrado às condições topográficas do *terrain*) assim como a subsequente investida da sua ala direita (apoiada pela "ponta" da falange) contra o flanco esquerdo do inimigo – essa primeira movimentação tática estaria colocando em cena orientações desdobradas por Carl von Österreich no manual acima mencionado. O êxito da manobra parece assegurado, o que leva Mefistófeles à exclamação: "Maravilha é, bem nos valha!/ Foi, por nós, ganha a batalha!". A comemoração mostra-se precipitada, pois o comandante do Anti-Imperador (seguindo táticas propostas por Guibert) reage deslocando o grosso de suas tropas sobre a esquerda do inimigo, visando à conquista do estratégico "passe estreito" do desfiladeiro. As ousadas manobras inspiradas pelo *Essai général de tactique*, do mestre teórico de Napoleão, revelam sua superioridade sobre as orientações conservadoras do estrategista e comandante em chefe austríaco. Desalentado, o Imperador dá a guerra por perdida ("Mau fim de um profano afã!/ Foi vossa arte toda vã") e o Generalíssimo entrega o bastão de comando.

É o momento em que entra em cena a magia de Mefistófeles, substituindo-se à representação realista da guerra civil. De sua posição no alto da colina, ele

488   Quarto ato

lança mão de recursos fantásticos, que revertem a vantagem das tropas do Anti-Imperador. Entretanto, o que o velho Goethe parece oferecer ao leitor sob a aparência da feitiçaria mefistofélica é a alegorização de invenções marcantes (e mesmo de técnicas então incipientes) na "arte bélica": a utilização planejada da força aquática, como na guerra de libertação dos holandeses contra o domínio espanhol (as inundações ilusórias provocadas pelas "Ondinas"); o emprego da pólvora (o "singular chamejo" que acompanha o deslocamento da falange ou os "mil fogos-fátuos" ofuscantes qual "raio ígneo"); a comunicação à distância (corvos de Mefistófeles); truques de guerra psicológica (o barulho ensurdecedor produzido pelo "povo das montanhas"). Além disso, o recurso aos antigos arsenais e "criptas" do reino parece delinear outra irônica alfinetada do velho Goethe na exaltação romântica do passado medieval alemão, manipulada como propaganda oca nas guerras antinapoleônicas.

A intervenção mágico-alegórica de Mefistófeles decide a batalha em prol do Imperador, abrindo caminho não só à doação do feudo costeiro a Fausto mas também à restauração do reino, representada na cena seguinte. Contudo, o pretenso "mundo regenerado" que resulta do "vulcanismo" político se mostrará como uma formação estatal altamente problemática, uma vez que a restauração ultraconservadora apenas intensifica as mazelas e contradições sociais que levaram à guerra civil. [M.V.M.]

(Rufar de tambores e música guerreira vindo de baixo.
Armam a tenda do Imperador)

(Imperador. Generalíssimo. Soldados da guarda)[1]

GENERALÍSSIMO

    É plano válido ainda, que entre   10.345
    As bordas desse vale estreito,

---

[1] "Generalíssimo" (*Obergeneral* — ou ainda *Oberfeldherr*, conforme indica-

O exército em seu todo se concentre.
Possa valer-nos o conceito.[2]

IMPERADOR

Ver-se-á em que dá. Mas eu me amuo
Com a semifuga, com o recuo.   10.350

GENERALÍSSIMO

Vê, Príncipe, à direita o nosso flanco!
O plano é ideal: pouco íngreme o barranco.[3]
Mas se é o acesso aos nossos vantajoso,
Para o inimigo é traiçoeiro e penoso.
O solo ondeante o nosso abrigo cria;   10.355
Não ousa advir, lá, sua cavalaria.

IMPERADOR

Merece loas o conceito,
Que à prova põe aí o braço e o peito.

ção cênica adiante, no início das operações militares) como o comandante supremo das tropas imperiais. "Soldados da guarda" corresponde a *Trabanten*, no sentido de "guarda-costas" (ou "satélites") do Imperador (no século XV o substantivo *Trabant*, provavelmente derivado do tcheco *drabant*, designava um lansquenê ou soldado de infantaria).

[2] Literalmente: "Espero firmemente que a escolha nos seja bem-sucedida", isto é, a estratégia de concentrar o exército no vale.

[3] No original, o Generalíssimo fala aqui em *Terrain*, termo técnico frequente em tratados militares da época, como os de Guibert e Carl von Österreich, já citados anteriormente.

GENERALÍSSIMO

No espaço vão que o central prado abrange,
Vês, pronta a combater, nossa falange.[4]   10.360
Brilha o aço na atmosfera[5] que ilumina
A luz do sol entre a auroreal neblina.
Do sólido quadrado ondula a trama!
Arde em milhares do heroísmo a flama.
Nisso avalias o poder da massa;   10.365
A força do inimigo hoje desfaça!

IMPERADOR

Ver quadro tão formoso enfim me é dado.
Um tal exército vale dobrado.

GENERALÍSSIMO

Não há, da esquerda, o que se comunique:
Há heróis no paredão que se ergue a pique.   10.370

---

[4] *Phalanx* (que Goethe ainda emprega no masculino) como termo técnico para um corpo de infantaria com formação compacta e tetragonal: o "sólido quadrado" mencionado em seguida. Ideal para combates em terrenos planos ou pouco íngremes, como esse "prado central" do vale.

[5] No original, o Generalíssimo refere-se às "lanças" afiadas e longas (*Piken*) da infantaria. A respeito deste verso, Schöne lembra uma visão descrita por Goethe em seu relato sobre a *Campanha na França em 1792*: "Ao meio-dia surgiu então um clarão solar e refletiu-se em todas as espingardas. Permaneci sobre uma elevação e vi aproximar-se o brilho daquele rio de armas resplandecentes".

No penhascal reflexo de armas brilha;
Guardam do passo estreito a essencial trilha.[6]
Sinto-o; aqui falha o ímpeto adversário,
Na imprevisão do encontro sanguinário.

IMPERADOR

Falsos parentes![7] Sobem rumo aos cimos;   10.375
Irmãos diziam-se, eram tios, primos.
Crescia o seu orgulho e desrespeito,
Roubando a força ao cetro, ao trono o preito.
Em desunião o reino devastaram,
E unidos, contra mim se rebelaram.   10.380
A multidão vacila na incerteza,
Depois flui aonde a arrasta a correnteza.

GENERALÍSSIMO

Desce apressado o morro, pelo corte,
Um nosso enviado: oxalá tenha tido sorte!

---

[6] Isto é, as armas que reluzem no "penhascal" guardam essa "essencial tri-lha" — ou, como diz o original, "a importante passagem da estreita garganta" (ou "desfiladeiro"). Katharina Mommsen, em seu ensaio "*Fausto II* como testamento político do estadista Goethe" (1989), relaciona esse lance tático do Generalíssimo à batalha de Jena, em 1806, entre as forças napoleônicas e prussianas.

[7] Referência a parentes infiéis ou a traidores que se dirigiam ao Imperador como "tio, primo, irmão" (*Oheim, Vetter, Bruder*), tratamento corrente entre os príncipes.

PRIMEIRO EMISSÁRIO

De ousadia e de hábil arte,   10.385
Na tarefa nos valemos,
Penetrando em toda parte;
Mas reforços não trazemos.
Muitos que, para contigo,
Juram fé leal, preito eterno,   10.390
Culpam, da inação, perigo
Popular, fermento interno.[8]

IMPERADOR

Conservar-se a si mesmo, o egoísmo prega,
Dever, fé, honra, inclinação renega.
Não percebeis, pois, que chegando a hora,   10.395
O incêndio do vizinho vos devora?[9]

GENERALÍSSIMO

Desce o segundo, mal arrasta o passo,
Treme-lhe o corpo todo de cansaço.

---

[8] No original, este verso do emissário é um tanto elíptico, e tem um estilo militarmente lacônico: "Contudo, desculpa para a inação:/ Fermento interno, perigo popular".

[9] Alusão ao hexâmetro de Horácio *Nam tua res agitur, paries cum proximus ardet* (*Epístolas*, I: 18, 84): "Pois está em perigo a tua casa, quando a parede do vizinho pega fogo" (tradução de Paulo Rónai).

SEGUNDO EMISSÁRIO

> Foi de início por nós visto
> Caos confuso e correria; 10.400
> De repente, de imprevisto,
> Novo Imperador surgia.
> Povo aflui de toda parte,
> Todos põem-se em marcha, ordeiros;
> A aclamar falso estandarte, 10.405
> Tudo acorre. — Vis carneiros!

IMPERADOR

Esse Anti-Imperador surge em bem meu:
Sinto hoje, sim, que o Imperador sou eu.
Como soldado envergara a couraça,
De ação gloriosa, o rumo ora me traça. 10.410
Em toda festa, ainda que esplandecente,
A mim faltava-me o perigo ausente.
Jogos de anéis queríeis, mas meu seio
Almejava as bravuras do torneio;[10]
Não me pusésseis à guerra empecilho, 10.415
Já do heroísmo ornar-me-ia o brilho.

---

[10] Nos "jogos de anéis" os competidores, em pleno galope e empunhando uma lança, tinham de acertar um ou mais anéis dependurados. Já no "torneio" cavaleiros revestidos de armadura mediam forças com uma lança mais pesada, buscando derrubar o oponente da sela. Para evitar ferimentos, ao Imperador só era permitido participar dos "jogos de anéis".

Fremiu meu peito altivo e independente
Ao me espelhar no reino incandescente.[11]
Veio, contra mim, o fogo com violência;
Era ilusão, mas foi grande a aparência.   10.420
Da glória hauri visão confusa e vasta;
Recupere, ora, uma omissão nefasta!

(Os arautos são enviados para o desafio ao Anti-Imperador)

(Fausto, de couraça, com capacete semiabaixado.
Os Três Valentes, armados e trajados como antes)[12]

FAUSTO

Eis-nos, espero sem que se repreenda;
A previsão sempre se recomenda.[13]
Sabes que a grei montês, em ler a escrita   10.425
Da natureza e rochas, é erudita.

---

[11] O Imperador se recorda aqui do incêndio ilusório (a prestidigitação chamejante deflagrada na arca de Pluto-Fausto) no final da cena "Sala vasta", que tivera então o efeito de fortalecer a sua autoconfiança.

[12] Provavelmente para não ser reconhecido como o coautor do plano econômico fracassado (cena "Jardim de recreio"), Fausto se aproxima do Imperador com a viseira do elmo semiabaixada. Desse modo ele poderá apresentar-se também como enviado do Sabino de Nórcia.

[13] Literalmente: "Mesmo fora de apuro, a previsão (ou cuidado) sempre valeu". Fausto, que ainda na cena anterior amaldiçoara a guerra (v. 10.235), entra agora em ação (impelido pelo desejo de conquistar o feudo da região costeira) sem a companhia de Mefistófeles. Na sequência, buscará convencer o Imperador de que as forças que lhes virão em socorro, durante os desdobramentos bélicos, são atribuíveis à "magia branca" (*magia naturalis*) e não à magia negra demoníaca.

Nas montanhas do primeiro plano

Gênios, alheados já de há muito à terra plana,
Votam-se à serra e à profundez serrana;
De labirínticas, abismais bases,
Extraem metálicas essências, ricos gases.   10.430
Fundindo e decompondo, os põem à prova.
Têm por alvo o inventarem coisa nova.
Moldam com leve toque espiritual
Translúcidas figuras de cristal;
E após, em seu silêncio e enigma eterno,   10.435
Vislumbram a atuação do mundo externo.[14]

IMPERADOR

Disso já ouvi falar, e creio em ti,
Meu bravo, mas que tem com isto aqui?

FAUSTO

O Sabino de Nórcia, o necromante,[15]
É servo teu, o mais fiel e constante.   10.440

---

[14] Alusão à cristalomancia, que já tivera menção na cena "Diante da porta da cidade" (ver comentário ao v. 878). Fausto atribui agora esse recurso de feitiçaria aos novos aliados do Imperador, os membros da "grei montês" (ou "povo da montanha"): duendes, gnomos (segundo Paracelsus, também silfos e pigmeus), responsáveis pelos minérios, gases (as "metálicas essências" referidas por Fausto) e tesouros subterrâneos.

[15] Buscando dissimular ao Imperador a ação da "bruxaria" mefistofélica e introduzir de modo plausível a si e a seus ajudantes mágicos, Fausto recorre a uma história que será retomada ainda nesta cena (vv. 10.603-19) pelo próprio Imperador e, pela perspectiva do Arcebispo, no final da cena seguinte (vv. 10.987-90). Um mágico de Nórcia, nos montes Sabinos, havia sido condenado em Roma à foguei-

Outrora o ameaçara fado horrendo!
Línguas de fogo aos seus pés acorrendo,
Feixes de lenha a arderem abraseados,
Com pez sulfúreo e enxofre entremeados;
Nem Deus, nem homem, nem Satã o salvariam;   10.445
Rompeu o Imperador grilhões que já ardiam.
Em Roma foi. Votou-te a vida e a morte;
Só dedicado a teu poder e sorte.
Sim, desde então, a si mesmo esqueceu,
Os astros só consulta em favor teu.   10.450
De te assistirmos, deu-nos o alvo urgente;
Do espírito da serra a força é ingente.
Lá a natureza livre e onipotente cria;
Cegueira clerical chama-o de bruxaria.

IMPERADOR

Quando saudamos os joviais convivas,   10.455
Que ledos vêm gozar reuniões festivas,

---

ra. Nessa mesma época acontecia, também em Roma, a coroação do Imperador. Como este, após a cerimônia, tinha a prerrogativa de perdoar um condenado, sua escolha acaba recaindo sobre o mágico. Eternamente grato e sabendo agora dos apuros do Imperador, o sabino envia-lhe ajuda. Goethe inspirou-se para essa história em passagens da autobiografia de Benvenuto Cellini (1500-1571), que ele traduziu para o alemão em 1796 (publicada em edição revista em 1803). Em sua *Vita*, Cellini fala de "Mestre Cecco", da região de Nórcia (famosa por casos de bruxaria), queimado em Florença, no ano de 1327, por causa de nigromancia e ainda no século XVI fortemente presente na imaginação popular. (Na edição de Weimar, assim como na de Hamburgo e em várias outras, lê-se *Nekromant*, equívoco cometido por Eckermann ao substituir o correto *Negromant*, que corresponde ao italiano *negromante*.)

Nas montanhas do primeiro plano

Se nos praz cada qual, que, a romper alas,
Faz força e enche o apertão das salas.
Bem-vindo mais, o bravo ante nós surge
Que chega à hora em que assistir-nos urge, 10.460
Na madrugada que, pressaga, avança,
Com o fado a erguer sobre nós a balança.[16]
Mas que nesta hora de elevado alcance,
Da espada a vossa briosa mão descanse,
Honre hostes, que marchando estão, a fim 10.465
De combater por mim, ou contra mim.
Por si vale o homem! Quem o trono almeja,
Dessa honra pessoalmente digno seja!
Sim! e esse espectro erguido contra nós,
Que de amo e Imperador se arroga a voz, 10.470
Que de duque feudal usurpa o cunho,
Arroje-o à morte, hoje, meu próprio punho!

FAUSTO

Por mais que de altos feitos se careça,
Senhor, erro é empenhares a cabeça.
Não te ornam o elmo a cimeira e o penacho? 10.475
Guardam a fronte que nos alça o brio macho.
Sem a cabeça, há no corpo o que valha?
Se ela cochila, todo o resto falha.
Quando algo a fere, está tudo ferido,
Se sara logo, tudo ressurgido. 10.480

---

[16] No original: "Porque sobre ela (a pressaga madrugada ou hora matutina) atua a balança do destino".

Protege-a o braço em ímpeto espontâneo,
Erguendo o escudo, salvaguarda o crânio;
Cumpre a espada o dever sem que balance;
Veloz, se esquiva ao golpe e dobra o lance;
O pé também concorre à luta, e o colo   10.485
Do opoente derrotado pisa ao solo.

IMPERADOR

Quisera, assim, em minha ira abatê-lo;
Mudar-lhe a fronte altiva em escabelo.[17]

ARAUTOS *(regressam)*

Honra alguma ou homenagem,
Nos tem sido lá prestada;   10.490
Da marcial, nobre mensagem,
Riram-se qual de piada.
"Foi-se o Imperador. No vale
Estreito em eco se desfez.
Se lembrá-lo ainda vale,   10.495
Diz a lenda: — Era uma vez."[18]

---

[17] O Imperador faz ressoar aqui uma imagem presente na primeira estrofe do Salmo 110: "Oráculo de Iahweh ao meu senhor:/ 'Senta-te à minha direita,/ até que eu ponha teus inimigos/ como escabelo de teus pés'".

[18] Favorecendo involuntariamente o conselho de Fausto ("Senhor, erro é empenhares a cabeça"), o Anti-Imperador rechaçou o desafio para o duelo e escarneceu da mentalidade obsoleta do Imperador, preso ainda a rituais cavalheirescos de épocas passadas. Se, pouco antes, o Imperador se referira ao seu adversário como "espectro" (v. 10.469), este o vê agora como personagem de um "conto

FAUSTO

O afã dos teus se vê realizado,
Firmes e fiéis encontram-se ao teu lado.
Briosos veem o opoente entrar em cena;
O ensejo te é propício, ataque ordena.   10.500

IMPERADOR

É a hora em que ao comando renuncio.

(Ao Generalíssimo)[19]

Príncipe, o alto encargo te confio.

GENERALÍSSIMO

A ala direita, pois, entre em ação!
Que a esquerda adversa, ora em plena ascensão,
Ainda antes que ao desfiladeiro aceda,   10.505
Ante o ímpeto da lealdade ceda.

FAUSTO

Permite que este bravo alegre
Se incorpore em fileiras tuas,

---

maravilhoso ou da carochinha" (*Märchen*), com o seu típico gesto verbal do "era uma vez".

[19] Como já observado, Goethe usa aqui a designação *Oberfeldherrn* (no dativo), assim como antes dos versos 10.519 e 10.537 (que, no entanto, algumas edições, como a de Weimar e a de Hamburgo, substituem por *Obergeneral*).

Quarto ato

Que nelas com valor se integre,
E posto assim, faça das suas.   10.510

(Aponta para a direita)

MATA-SETE *(adianta-se)*

Quem me mostrar a cara, adeus, maxila!
Ambos os queixos lhe descolo;
Se der-me as costas, já lhe oscila,
Sobre a espádua, o sangrento colo.
Com ferro e clava, se comigo   10.515
Dos teus houver golpes de arromba,
Logo um após outro o inimigo
Afogado em seu sangue tomba.[20]

(Sai)

GENERALÍSSIMO

Nosso centro a falange siga
Para investir a ala inimiga,   10.520
Pois nosso ataque, no outro lado,
Seu plano já tem abalado.[21]

---

[20] No original, Goethe faz com que os "golpes de arromba" do truculento Mata-Sete agridam também o ritmo jâmbico dos versos desta estrofe. Literalmente ele diz aqui ao Generalíssimo: "E se os teus homens investirem então/ Com espada e clava, assim como eu devasto,/ Logo um após outro [...]".

[21] Nesta estrofe, a supressão, por Jenny Klabin Segall, de advérbios e adjetivos presentes no original torna o texto da tradução mais conciso, o que se reflete na extensão dos versos. Em tradução literal: "Que a falange siga ligeiro o

FAUSTO *(apontando para o do meio)*

Este também, te obedeça o comando.
[Ágil é, consigo tudo arrastando.]22

PEGA-JÁ *(adianta-se)*

Junte a tropa ao marcial arrojo   10.525
Também a sede do despojo.
Pra todos num só alvo implica:
Do César falso a tenda rica.
De lá muito em breve o desloco:
A testa da falange eu toco.23   10.530

SUS-AO-SAQUE24 *(vivandeira, aconchegando-se a ele)*

Sem que a ele me una o himeneu,
Este é o bem mais querido meu.

---

nosso centro,/ Prudente e com toda força invista contra o inimigo;/ Pois lá, um pouco à direita, encarniçadas,/ As nossas forças já abalaram o seu plano".

22 Num dos manuscritos em que se baseia a edição de Weimar (provavelmente a base, por sua vez, desta tradução), falta o verso *Er ist behend, reißt alles mit sich fort*, como se pode ler na edição de Hamburgo. A tradução aqui proposta é fiel ao sentido do original, preservando a métrica decassilábica e a rima adotadas pela tradutora.

23 Literalmente: "Eu me integro à ponta da falange".

24 Como já observado na nota ao v. 10.323, surge agora a vivandeira "Sus--ao-Saque" — *Eilebeute* em alemão, nome que remonta à tradução luterana do *Livro de Isaías* (8: 1-3). (Na *Bíblia de Jerusalém* lê-se: "Então Iahweh me disse: Põe--lhe o nome de Maer-Salal Has-Baz [Raubebald-Eilebeute, em Lutero: algo como Roubalogo-Rápido-aos-Despojos], porque, antes que a criança saiba dizer 'papai'

A safra é para nós madura![25]
A mulher, quando agarra, é dura;
Nada há que em saque e roubo a abale;   10.535
Eia! à vitória! e tudo vale.

(Saem ambos)

GENERALÍSSIMO

Cai sobre a nossa esquerda a ação prevista
De sua direita. A ordem é que resista.[26]
Antes que o passo estreito tomem,
Defender-se-á homem por homem.   10.540

FAUSTO *(acena para a esquerda)*

Senhor, mais deste aceitai o suporte:
Convém que aos fortes se una mais um forte.

TEM-QUEM-TEM *(adianta-se)*

Não se afobe a ala esquerda tanto!
A posse, onde eu estou, garanto.

---

e 'mamãe', as riquezas de Damasco e os despojos de Samaria serão levados para o
rei da Assíria".)

[25] No original lê-se "outono" neste verso, mas no sentido de "safra" ou "colheita" dos despojos de guerra.

[26] Como primeira manobra tática, o inimigo investe contra o flanco esquerdo das tropas imperiais na tentativa de conquistar a passagem estreita pelos rochedos. O Generalíssimo ordena resistir a esse "início furioso" (*dem wütenden Beginn*).

Nas montanhas do primeiro plano

Comprova-se onde o velho se acha;   10.545
O que em mãos tem, raio algum racha.[27]

(Sai)

MEFISTÓFELES *(descendo do alto)*[28]

Vede, no fundo, de atras fendas,
De cada garganta escarpada,
Está surgindo gente armada,
Abarrotando estreitas sendas.   10.550
Têm do elmo, arnês e escudo a farda,
Baluarte são da nossa retaguarda.
Aguardai que ao furor se juntem.

(Baixinho, para aqueles que sabem)[29]

De onde isto vem, não me perguntem.
Eu trabalhei à minha moda,   10.555

---

[27] Em consonância com o seu instinto de "posse", Tem-Quem-Tem, já entrado nos anos e por isso se intitulando "o velho", garante aqui a conservação da passagem disputada.

[28] Com a intenção de propiciar a Fausto o feudo costeiro, Mefistófeles deixou-lhe a iniciativa do primeiro contato com o Imperador. Somente agora, descendo pelo "maciço médio" de onde contemplaram a disposição dos exércitos no final do primeiro ato, ele chega aos contrafortes dessa região montanhosa.

[29] Num dos manuscritos do *Fausto*, esta rubrica cênica diz ainda *ad spectatores*. A indicação posterior "para aqueles que sabem" está voltada sobretudo ao leitor, que imagina Mefistófeles dirigindo-se em voz baixa ao público: "De onde isto vem, não me perguntem".

As criptas esvaziei à roda;[30]
Via-os, em pé, corcéis montando,
Donos do mundo ainda bancando.
Guerreiros, reis, Césares já não sois!
Casquinhas ocas, sim, de caracóis.   10.560
Mais de um espectro as revestiu já, na comédia
De reavivar um pouco a Idade Média.
Inda que haja diabretes por detrás,
Efeitozinho a coisa ainda hoje faz.

(Alto)

Vê como a turma se enfuria;   10.565
Esbarra um no outro ao som da lataria!
Dos estandartes voejam lá farrapos;
De ar fresco precisavam estes trapos.
Prestes cá vemos velho povo,
No afã de se imiscuir no embate novo.   10.570

*(Tremenda percussão de trompas ressoa do alto.
No exército inimigo nota-se marcante deslocação)*

FAUSTO

Obscureceu-se o horizonte,
Tão só lá, no alto, ainda, no monte

---

[30] "Criptas" corresponde neste verso a "salas de armas" (*Waffensäle*), isto é, os antigos arsenais ou armarias do reino. A opção da tradutora esclarece-se com os versos seguintes: os "antigos donos do mundo" encontram-se sepultados nas criptas sobre "corcéis" ou "em pé", revestidos de armaduras. Além disso, no final da cena Fausto irá referir-se às "armas ocas" oriundas das "criptas das salas".

Nas montanhas do primeiro plano

Clarão purpúreo se reflete;
Sangrentos brilham os fuzis;[31]
Rocha, mata, o éter cor de giz,   10.575
O céu inteiro se intromete.

MEFISTÓFELES

Sustenta-se o flanco, o direito;
Mas vejo entre eles, dominante,
O Mata-Sete, o hábil gigante,
Que atarefado age a seu jeito.   10.580

IMPERADOR

De início vi erguido um braço.
Vejo ora dúzias pelo espaço;
Leis naturais isto é negar!

FAUSTO

Sabes da névoa, quando trilha,
Em faixas, costas da Sicília?[32]   10.585

---

[31] *Gewehre*, no original, em geral traduzido como "espingardas". O dicionário de Adelung, obra de consulta para Goethe, define *Gewehre* como aprestos militares de ferro, "os quais chamamos, num registro mais alto, de armas". O brilho "sangrento" pode estar se referindo às baionetas na ponta desses "fuzis", designação genérica também para espingardas, carabinas, mosquetes etc.

[32] Segundo observação de Albrecht Schöne, as palavras de Fausto nesta estrofe apoiam-se no livro de Athanasius Kirchner *Ars magna lucis et umbrae* (Roma, 1646), comentado por Goethe em sua *Doutrina das cores*. Kirchner relata sobre reflexos atmosféricos (miragens) nas costas sicilianas, os quais produziam a ilusão de cidades e jardins oscilantes em meio ao ar vaporoso: "É portanto notó-

Lá, a oscilar na luz solar,
Ao centro da atmosfera alada,
Em véus difusos espelhada,
Surge uma imagem singular:
Cidades no éter estremecem,
Jardins estranhos sobem, descem,
Visão após visão turba o ar.

10.590

IMPERADOR

É crítico isso! Em fogo raia
A ponta de toda azagaia.
Nas lanças da falange vejo
Dançar um singular chamejo.
Demais aquilo é espectral!

10.595

FAUSTO

Perdão, senhor, vestígios são de obscuros
Espíritos sumidos, imaturos,
Meros reflexos dos Dioscuros,
Por quem os nautas juram os esconjuros.
Concentram cá seu ímpeto final.[33]

10.600

---

rio que as miragens se originam de modo natural, sendo que imagens variadas das coisas se apresentam aos homens, sem qualquer intervenção ou mesmo fantasmagoria de demônios, como certos sinais miraculosos".

[33] Fausto relaciona os reflexos luminosos que inquietam o Imperador ao chamado "fogo de Erasmo" (*Elmsfeuer*), também conhecido como "fogo de santelmo" — fenômenos luminosos que se produzem, em atmosfera eletricamente carregada (durante tormentas), nos mastros de navios, como descrito por Vasco da Gama nos *Lusíadas* (Canto V, 18ª estrofe): "Vi, claramente visto, o lume vivo/ Que

IMPERADOR

Dize-me pois a quem devemos
Ir a natura a tais extremos,
Por nós, num prodígio especial?   10.605

MEFISTÓFELES

Quem, a não ser o Mestre sem segundo
Que em peito leal teu fado abraça?[34]
Perturba-lhe a alma até o mais fundo,
De quem te agride, a odiosa ameaça.
Salvar-te, agradecido, almeja,   10.610
Ainda que dele a ruína seja.

IMPERADOR

Estavam-me aclamando a pompa nova;
Agora eu era Alguém. Quis pô-lo à prova,
E, sem mais, na hora achei cavalheiresco
Fazer à barba branca o dom do ar fresco.[35]   10.615

---

a marítima gente tem por santo". Já observado e descrito na Antiguidade (na *História natural* de Plínio, por exemplo), esse fenômeno recebeu a sua designação da crença que o atribuía a São Elmo (ou Erasmo), santo padroeiro dos marinheiros do Mediterrâneo. Dois desses reflexos eram chamados de Castor e Pólux (os "Dioscuros") e auguravam uma travessia bem-sucedida.

[34] Isto é, o nigromante de Nórcia, de quem Mefistófeles exalta a fidelidade incondicional ao Imperador.

[35] O Imperador retoma a história introduzida anteriormente por Fausto e relata de sua perspectiva o ato, após a coroação, de conceder liberdade ("ar fresco") ao nigromante (designado metonimicamente como "barba branca").

Do clero, é fato, um prazer estraguei,
E seu favor com tal não conquistei.
Agora, anos depois, o efeito
Verei de um prazeroso feito?

FAUSTO

A boa ação traz seara rica; 10.620
Dirige ao alto o teu olhar!
Algum sinal te quer enviar:
Logo ver-se-á o que significa.[36]

IMPERADOR

Uma águia plana na atmosfera,
Segue-a de um grifo a ameaça fera. 10.625

FAUSTO

O augúrio em tal vejo auspicioso:
É o grifo um bicho fabuloso.
Esquecer-se-ia ele a ponto tal,
De se medir com a águia-real?[37]

---

[36] Em correspondência com os antigos augúrios representados pelo voo das aves (*signum ex avibus*), o nigromante de Nórcia encenará agora, segundo a ficção de Fausto, uma batalha aérea entre a águia imperial (a ave heráldica do Sacro Império Romano-Germânico) e o grifo, a representação alegórica do Anti-Imperador.

[37] "Real" aqui no sentido de "verdadeira, autêntica, genuína" (*echt*), em contraposição ao quimérico e "fabuloso" grifo.

Nas montanhas do primeiro plano

IMPERADOR

Em largos círculos se espaçam!   10.630
Rondam-se, antes que as forças meçam,
Um contra outro já se arremessam,
Gargantas, peitos espedaçam.

FAUSTO

Vês que o êxito o vil grifo frauda;
Roto, esguelhado, ele, num ai,   10.635
Baixada a leonina cauda,
Na mata some-se, em que cai.

IMPERADOR

Como é apontado, seja feito!
Pasmado, o estranho augúrio aceito.

MEFISTÓFELES *(virado para o lado direito)*[38]

De cem golpes o progresso   10.640
Força o opoente ao retrocesso,
Em luta árdua e imperfeita,
Rompe para a sua direita,
E o recuo assim abala
De sua esquerda a essencial ala.   10.645

---

[38] Isto é, voltado para a investida, até aqui vitoriosa, da ala direita das tropas imperiais.

Da falange nossa, a ponta,
Viva, como o raio pronta,
No lugar fraco se entrosa. —
E, qual vaga tempestuosa,
Um campo e outro lá esbraveja,   10.650
Furibundo, na peleja.
Maravilha é, bem nos valha!
Foi, por nós, ganha a batalha!

IMPERADOR *(no lado esquerdo, a Fausto)*[39]

Lá vai mal! O nosso posto
Se acha inteiramente exposto.   10.655
Não se veem pedras lançadas,
Rochas vejo já escaladas,
De outras, no abandono as bordas.
Vê como adversárias hordas,
Perto chegam já, ligeiro,   10.660
E entram no desfiladeiro.[40]
Mau fim de um profano afã!
Foi vossa arte toda vã.

(Pausa)

---

[39] No lado esquerdo da colina, de onde contemplam os deslocamentos bélicos e também observam o contra-ataque do inimigo em direção ao estratégico "desfiladeiro".

[40] O Imperador diz neste verso que o inimigo "talvez já tenha conquistado o desfiladeiro", pois as tropas destacadas para protegê-lo não oferecem nenhuma resistência, nem sequer "se veem pedras lançadas".

Nas montanhas do primeiro plano

MEFISTÓFELES

Vêm meus dois corvos voando cá,[41]
Que novas não trarão de lá?   10.665
Vai tudo mal naquela frente.

IMPERADOR

Que há com essas malditas aves?
Suas velas negras de atras naves[42]
Fogem pra cá da luta ardente.

MEFISTÓFELES *(aos corvos)*

Sentai-vos junto ao meu ouvido.   10.670
Quem vos tem, não está perdido;
Vosso conselho é consequente.

---

[41] Como observam alguns comentadores, Goethe atribui ao demônio nórdico Mefistófeles os dois corvos (*Huginn*, "pensamento", e *Muninn*, "memória") que acompanhavam Odin (o deus germânico da guerra), pousados sobre os seus ombros e sussurrando-lhe conselhos. (Por esses corvos já perguntara a bruxa na cena do rejuvenescimento de Fausto; ver nota ao v. 2.491).

[42] Conforme o imaginário popular, o Imperador vê nos corvos um sinal de mau agouro. Quanto às suas asas comparadas a velas negras, Albrecht Schöne lembra o mito de Teseu, narrada por Hederich em sua *Enciclopédia*, leitura assídua de Goethe: ao retornar à pátria, o herói grego se esquece de substituir as velas negras pelas brancas, conforme combinado com seu pai Egeu, em caso de vitória sobre o Minotauro. Acreditando, à vista das velas negras, que o filho fora morto pelo monstro, o velho Egeu se suicida atirando-se ao mar.

FAUSTO *(ao Imperador)*

Sabes de pombos, cuja rota
Os traz da região mais remota.
Seu ninho, e a cria, eis seu destino;   10.675
É aquilo, com variante, aliás:[43]
Pombos-correios servem à paz,
Na guerra entra o correio corvino.

MEFISTÓFELES

Lá prenuncia-se um desastre,
Quero esperar que não se alastre.   10.680
Na escarpa estão nossos heróis,
De outras vejo escalada a face.
Se o passo ali se conquistasse,
Ver-se-ia a gente em maus lençóis.

IMPERADOR

Destarte vejo-me traído!   10.685
À rede tendes me atraído;
Pasma-me ver como me envolve!

MEFISTÓFELES

Ânimo! O caso ainda se solve.

---

[43] Isto é, aqui é diferente, pois os corvos, ao retornar do campo de batalha (onde também se alimentam de cadáveres), servem à guerra, ao passo que os pombos, que retornam ao ninho e ao local de alimentação, são mensageiros em tempo de paz.

De astúcia se use em tais extremos!
É duro o fim, mas na obra nossa   10.690
Seguros mensageiros temos.
Ordenai que ordenar eu possa.

GENERALÍSSIMO *(que chegou nesse ínterim)*

Foste te aliar com este pessoal,
Todo o tempo o levei a mal,
A mágica a sorte embaralha.   10.695
Revirem eles o recuo;[44]
Quem a iniciou, finde a batalha,
O meu bastão te restituo.[45]

IMPERADOR

Conserva-o até que haja o registro,
Talvez, de eventos menos torvos.   10.700
Põe-me a fremir, do homem sinistro,
O laço familiar com os corvos.

(A Mefistófeles)

Outorgar-te o bastão não posso;
Não te convém ele, a meu ver.
Trata do salvamento nosso!   10.705
Aconteça o que acontecer.

---

[44] Literalmente, o general diz neste verso: "Não sei reverter mais nada nesta batalha".

[45] O "bastão" enquanto atributo e símbolo do cargo, como em relação ao arauto no início da cena da mascarada carnavalesca ("Sala vasta").

(Retira-se à tenda com o Generalíssimo)

MEFISTÓFELES

Pois que o proteja o bastão oco!
Ser-nos-ia ele de uso pouco,
Sinais de cruz havia lá.

FAUSTO

Que é que se faz pois?

MEFISTÓFELES

Feito está! —   10.710
Bem, primos negros, prestes à obediência,
Ao lago, no alto, rogai às Ondinas[46]
Que evoquem de suas águas a aparência.
Por intricadas artes femininas,
Elas abstraem do Ser o Parecer,   10.715
E cada um jura que é o Ser.

(Pausa)

---

[46] Espíritos elementares relacionados à água, como na invocação feita por Fausto na primeira cena "Quarto de trabalho" (v. 1.274) para esconjurar a aparição de Mefistófeles. Às "ondinas" (chamadas em seguida de "ninfas ou donzelas da água", *Wasserfräulein*) é atribuído aqui o dom de "separar o Parecer do Ser" e iludir assim os olhos humanos com a "aparência" de uma inundação.

FAUSTO

Terão elas de nossos corvos
Haurido a adulação aos sorvos;
Lá já começa a marulhar.
Em rochas áridas do monte   10.720
Surge, abundante, veloz fonte;
Virou-lhes a vitória azar.

MEFISTÓFELES

Surpresas dessas que lhes valham!
Até os mais bravos se atrapalham.

FAUSTO

Possante corre o arroio e o riacho alarga,   10.725
Dobrados lançam penha abaixo a carga,
Da correnteza o vasto raio avança;
De súbito a um planalto raso ruma,
Por todo lado aquilo ruge e espuma,
E na valada, por degraus se lança.   10.730
Que adianta resistência heroica? A vasta
Torrente, em seu percurso, tudo arrasta.
Até a mim me arrepia o turbilhão.

MEFISTÓFELES

Nada vejo eu da aquática mentira,
Do olhar humano, só, perturba a mira,   10.735

516   Quarto ato

E me divirto com a alucinação.[47]
Aos montes, de tropel, a área despejam,
Pensam que a afogar-se estejam,
Enquanto em terra firme arquejam,
E como que a nadar, no chão rastejam   10.740
Na mais risível confusão.

(Os corvos regressam)

Hei de louvar-vos junto ao sumo Mestre;[48]
Mas para que vossa arte mais se adestre,
Correi à forja incandescente,
Lá a grei de anões, nunca indolente,   10.745
Da rocha e do metal chispas expele.
Requerei, com discurso persuasivo,
Fogo de estouro, fúlgido, explosivo,
Para que no auge o seu pavor revele.
Relâmpagos, quando à distância raiam,   10.750
Estrelas que, instantâneas, do alto caiam,
Em noites de verão se veem.
Porém coriscos que entre a mata oscilam,
E estrelas que em solo úmido sibilam,
Isso nunca ainda viu alguém.   10.755
Sem mais delonga aquilo sai;
Pedi primeiro, e após mandai.

---

[47] Literalmente: "Somente olhos humanos se deixam enganar" (mas não a visão dos demônios).

[48] Com o epíteto de "sumo Mestre", Mefistófeles pode estar se referindo a Satã, ou então ao nigromante de Nórcia, apresentado antes como o agente oculto dos prodígios que se dão em prol do Imperador.

Nas montanhas do primeiro plano

(Os corvos afastam-se. Acontece o prescrito)

MEFISTÓFELES

Ao inimigo treva densa!
A cada passo o medo o vença!
Mil fogos-fátuos na penumbra, 10.760
Raio ígneo que de vez deslumbra![49]
Tudo isto já é belo e bom,
Mas falta um pavoroso som.

FAUSTO

A oca armação da cripta fria
No ar livre nova força cria.[50] 10.765
Repica, estala lá adiante,
Num mágico tom dissonante.

MEFISTÓFELES

Sim! Nada os cavaleiros refrearia;
Retumba a fidalgal pancadaria
Como em saudosa era de outrora. 10.770
Coxotes são, braçais genuínos;

---

[49] Esse novo aspecto da guerra fantasmagórica (ou psicológica) movida por Mefistófeles surge como resultado da intervenção dos anões e duendes malhando rochas e metais em sua subterrânea "forja incandescente". Em guerras do século XVIII já era comum recorrer-se a artifícios que produziam clarões, estrondos, fumaça e vapor ("mil fogos-fátuos") para ofuscar e intimidar o inimigo.

[50] Entra em ação agora o exército fantasma de Mefisto, constituído pelas "armas ocas" recolhidas nos antigos arsenais (as "criptas das salas") do reino.

518 Quarto ato

Dos Guelfos e dos Gibelinos[51]
A eterna luta se acalora.
No senso hereditário estáveis,
Continuam irreconciliáveis,   10.775
E o estrondo ecoa ao longe e afora.
Em festa nossa isso é lendário:[52]
O que vale é o ódio partidário
Levado ao derradeiro horror;
Com atroador clamor de pânico,   10.780
Num tom estrídulo, satânico,
No vale ecoa aterrador.

(Tumulto bélico na orquestração,
passando finalmente para alegres músicas militares)[53]

---

[51] Como já na cena de abertura do primeiro ato ("Sala do trono", ver nota ao v. 4.845), também aqui a referência a Guelfos e Gibelinos, os partidos rivais surgidos na Itália do século XIII e ligados respectivamente ao poder papal e aos imperadores germânicos, tem função tipificadora, exprimindo o "ódio partidário" que se herda de uma geração a outra (em "senso hereditário") e renova agora, preservado nas "armas ocas", a "eterna luta".

[52] Isto é, "em todas as festas do demônio" (*bei allen Teufelsfesten*). Em seguida, ao falar desse "ódio partidário" que "no vale ecoa aterrador", Goethe, visando provavelmente enfatizar a reciprocidade do ódio, constrói um neologismo ao duplicar a partícula *wider* (preposição que significa "contra", "adverso a") no adjetivo *widerwärtig*, "repugnante" (v. 10.780).

[53] Após o "rufar de tambores e música guerreira" que, "vindo de baixo", abrem a cena, e a "tremenda percussão de trompas" ressoando "do alto" (logo antes do v. 10.571), Goethe mobiliza agora este derradeiro recurso acústico para sinalizar a vitória das forças imperiais, apoiadas por Fausto e Mefistófeles, sobre as tropas do Anti-Imperador.

Nas montanhas do primeiro plano

Tenda do Anti-Imperador

Após as disputas entre Fausto e Mefistófeles na alta montanha da cena de abertura do quarto ato e os lances da guerra civil, desdobrados em boa parte entre as "Montanhas do primeiro plano", este, que é o mais breve ato do *Fausto II*, fecha-se com a cena da restauração do reino, redigida em julho de 1831, portanto, a última da tragédia a ser finalizada, conforme anota Goethe em seu diário no dia 22 de julho: "A ocupação principal (*Hauptgeschäft*) levada a cabo. Último *Mundum*. Tudo passado a limpo e encadernado".

Com a redação desta cena perfaz-se um arco que remonta à infância do autor, abarcando assim nada menos do que 75 anos. Pois o verso alexandrino, que reveste a pomposa fala do Imperador e dos príncipes-eleitores, é o mesmo dos primeiros exercícios poéticos do menino Goethe. Além disso, em 1764 o adolescente vivenciou de perto a festa da eleição e coroação, em Frankfurt, do Imperador José II, descrita no quinto livro da autobiografia *Poesia e verdade* com grande riqueza de detalhes, muitos dos quais entraram na configuração deste ato estatal encenado ao ar livre, em meio às instalações suntuosas da "Tenda do Anti-Imperador". Entraram nesta cena, sobretudo, as normas e cerimônias prescritas pela "Bula de Ouro" (ou "Bula Áurea", *Goldene Bulle*), a constituição do Sacro Império Romano-Germânico entre os anos de 1356 e 1806, com a qual Goethe, também na adolescência, se familiarizou por intermédio da convivência com Johann Daniel Olenschlager, que em 1766 publicou uma edição comentada desta Bula (ver o comentário à cena "Sala do trono", no primeiro ato).

Promulgada pelo Imperador Carlos IV, a Bula de Ouro indicava, entre os dignitários laicos com direito a voto na eleição do Imperador, o príncipe-eleitor da Saxônia (que assumia o título de "grão-marechal" ou "marechal-mor"), o rei da Boêmia ("escanção-mor"), o margrave de Brandenburgo ("camareiro-mor") e o conde palatino da região renana ("mordomo-mor"). Entre os príncipes eclesiásticos, estipulava em três os votantes: os arcebispos de Colônia, Treves (*Trier*) e da Mogúncia (*Mainz*), sendo que este último acumulava ainda o posto de Arquichanceler e possuía a prerrogativa de decidir situações de impasse. Goethe transpõe esta constelação para a cena que se desenrola na "Tenda do Anti-Imperador", mas condensando a tripla representação eclesiástica na figura única do Arcebispo da Mogúncia (e "Chanceler-Mor"), cujo poder torna-se assim mais saliente.

Da Bula de Ouro, que Goethe leu pela última vez em junho de 1831, advêm ainda as expressões da antiga linguagem jurídica que vincam esta cena, como os vários impostos e "contribuições" (aduana, censo, dízimos, dons, peagem, renda etc.) que os senhores feudais impingiam à população. O travo de crítica social na representação da pilhagem do Estado, perpetrada pelos "grandes" do reino (sobretudo pelo Arcebispo), é inequívoco e não destoa da ironia com que detalhes da suntuosa e obsoleta coroação de 1764 são descritos no quinto livro, redigido em 1811, da autobiografia *Poesia e verdade*: "O novo regente arrastava-se nas vestes descomunais com as joias de Carlos Magno como num disfarce, de tal modo que ele próprio, olhando de tempos em tempos para o pai, não podia abster-se de um sorriso. A coroa, que deveria ter sido bastante enchumaçada, descaía de sua cabeça como um telhado saliente. A dalmática, a estola, por mais bem ajustadas e cosidas que estivessem, de modo algum ofereciam uma aparência favorável". E nessa mesma chave irônica são registrados ainda outros elementos das cerimônias que "por um momento faziam reviver o império alemão, praticamente soterrado por tantos pergaminhos, papéis e livros". Quanto aos príncipes, é observado que encarnavam interesses conflitantes e, como também se verifica nesta cena de fecho, "só estavam de acordo no tocante à intenção de limitar o novo soberano ainda mais do que o antigo; que cada um se comprazia na sua influência apenas na medida em que esperava conservar e ampliar os seus privilégios e assegurar ainda mais a sua independência". Como observa Albrecht Schöne, ao olhar de historiador de Goethe "não passou de modo algum despercebido que a Bula de Ouro, ao reforçar o poder territorial dos soberanos locais, selou a débil fragmentação do império".

A cerimônia suntuosa, mas também obsoleta e artificial, desenrolada na "Tenda do Anti-Imperador" encontra o seu equivalente formal no verso alexandrino que, em sua afinidade com brilho retórico, *pathos* e afetação principesca, foi especialmente cultivado no barroco alemão. No original, Goethe emprega por vezes esse verso de maneira intencionalmente forçada e canhestra, com rimas sentimentais, e pontilhando a fala empoada e oca das personagens com eventuais tropeços métricos. A declamação erodida do Imperador, esteada num metro então já anacrônico, afina-se assim com a retomada de uma constituição estatal também historicamente ultrapassada, sugerindo que a restauração ultraconservadora já contém em si o fermento para uma futura guerra civil.

Esse longo e pomposo trecho em alexandrino vem precedido de versos mais breves (octossilábicos na tradução) e rimados em parelha, pelos quais falam Pega--Já, Sus-ao-Saque e ainda, como pretensos guardiões da ordem, os soldados ou arqueiros do Imperador. Em seu amplo estudo sobre *A simbologia do "Fausto II"* (*Die Symbolik von "Faust II"*, 1943), Wilhelm Emrich aponta para um contraste entre esses dois blocos da cena "Tenda do Anti-Imperador": à degradação da dignidade imperial, perpetrada por Pega-Já e Sus-ao-Saque, contrapor-se-ia a restauração da ordem e das instituições do Estado. Já Albrecht Schöne interpreta o ataque inicial ao espólio do Anti-Imperador como espécie de preliminar, na esfera da "arraia-miúda", ao saque em grande estilo levado a cabo pelo Arcebispo — uma política de rapina delineada já na cena "Passeio" do *Fausto I*, com a referência ao robusto "estômago" da Igreja: "'Tragou países, em montão,/ E nunca teve indigestão;/ A Igreja só, beatas mulheres,/ Digere ilícitos haveres'" (vv. 2.836-41).

Como modelo histórico contemporâneo para esta cena conclusiva do quarto ato costuma-se considerar a restauração, em 1814, da monarquia dos Bourbons (Luís XVIII) no trono francês, em cujo bojo a Igreja católica pôde recuperar terras e privilégios perdidos com a Revolução de 1789. [M.V.M.]

(Um trono, instalação pomposa)

(Pega-Já, Sus-ao-Saque)

SUS-AO-SAQUE

Chegamos pois aqui primeiro!

PEGA-JÁ

Corvo algum voa tão ligeiro.[1]

---

[1] Pega-Já parece pensar aqui menos nos corvos de Mefistófeles do que na

SUS-AO-SAQUE

Vê! espólio aos montões! É raro!   10.785
Onde começo? Onde é que paro?

PEGA-JÁ

Abarrota o recinto inteiro!
Não sei o que apanhar primeiro.

SUS-AO-SAQUE

Trar-me-á o tapete bom proveito,
Costuma ser tão ruim meu leito.[2]   10.790

PEGA-JÁ

Eis uma clava de metal,[3]
Que tempos não desejo tal!

---

atração que objetos reluzentes (como os metais a serem pilhados) exercem sobre esses pássaros. Assim, ressoa também neste verso a locução alemã "roubar como um corvo" (*stehlen wie ein Rabe*).

[2] Tapete (*Teppich*) entendido, conforme o verbete no dicionário de Adelung, em sentido amplo, como guarnição de tecido para o chão, paredes, mesas, altares, poltronas e também "leitos".

[3] Bastante difundida na Europa desde a Idade Média até o século XV, "clava" ou maça (*Morgenstern* no original: literalmente, "estrela da manhã") designava uma arma constituída por uma pesada bola dentada na extremidade de um cabo ou corrente.

524   Quarto ato

SUS-AO-SAQUE

Orlado de ouro o manto rubro!
Um velho sonho aqui descubro.[4]

PEGA-JÁ *(apanhando a arma)*

Solve isto tudo num instante,   10.795
Mata-se alguém e vai-se adiante.
Com tudo o que hás empacotado,
Nada de bom tens ensacado.
Deixa os tarecos onde estão,
A caixa pega lá no chão!   10.800
Da tropa é o soldo! Em tal se adentre
A gente! Ouro é o que têm no ventre.

SUS-AO-SAQUE

Que peso tem! É de assombrar.
Não a posso abrir nem levantar.

PEGA-JÁ

Vamos, depressa, o corpo abaixa!   10.805
Coloco-te no lombo a caixa.

---

[4] O vermelho ou "rubro", de acordo com prescrições da época, estava reservado para vestimentas de reis, nobres, juízes e altos dignitários. O "velho sonho" da vivandeira Sus-ao-Saque, que finalmente se realiza nesta pilhagem, indicia o seu desejo de ascensão social.

SUS-AO-SAQUE

Ai de mim, ai!, desgraça minha!
A carga me escangalha a espinha.

(A caixa cai e se abre na queda)

PEGA-JÁ

Jaz aqui de ouro uma montanha —
Avia-te, o acervo todo apanha!   10.810

SUS-AO-SAQUE *(acocorada)*

Tudo num ai, no colo,[5] e avante!
O que couber será bastante.

PEGA-JÁ

Depressa, aí! vamos, no duro!

(Ela se levanta)

Desgraça! o avental tem um furo!
Para onde andas de cargas cheias,   10.815
Tesouros ao redor semeias.

---

[5] Isto é, os objetos da pilhagem são amontoados no avental dobrado em forma de saco.

SOLDADOS DA GUARDA *(de nosso Imperador)*[6]

Que procurais neste local?
Vasculhais no tesouro real?

PEGA-JÁ

Meteu-se em tudo nosso arrojo:[7]
Queremos parte do despojo.   10.820
São, da guerra, usos consagrados,
E somos também nós soldados.

SOLDADOS DA GUARDA

Dos nossos não é isso padrão:
O ser soldado e ser ladrão;
Quem ser do Imperador almeja,   10.825
Soldado honesto e reto seja.

PEGA-JÁ

Conhece-se esta retidão;
Seu título é: Contribuição.[8]

---

[6] Os guarda-costas armados já mencionados na cena anterior. Albrecht Schöne aponta no pronome possessivo "nosso" — referindo-se certamente ao Imperador vitorioso — uma curiosa transgressão das regras do gênero dramático.

[7] Pega-Já diz literalmente: "Expusemos nossos membros" (no sentido de "arriscamos a nossa pele").

[8] Pagamentos que os comandantes militares extorquiam das populações de regiões ocupadas, com a finalidade de evitar saques e desapropriações força-

Todos estais no mesmo pé:
Dá cá! do ofício a senha é. 10.830

(A Sus-ao-Saque)

Arrasta o que tens, vamos indo,
Não se é hóspede aqui bem-vindo.

(Saem)

PRIMEIRO SOLDADO DA GUARDA

Por que não tens tão logo dado
Murro dos bons no descarado?

SEGUNDO

Falhou-me a força para tal, 10.835
A dupla era tão espectral.

TERCEIRO

Tinha ante a vista uma luz brava,
A bruxulear. Nem enxergava.

QUARTO

Pois não sei como é que o comente!
O dia todo foi tão quente, 10.840

---

das. Praticada pelos poderosos, essa "extorsão", argumenta Pega-Já, chama-se "retidão"; praticada pelos soldados rasos, que caem sobre os despojos de guerra, é
"ladroagem".

Tão abafado e opressivo,
Morto um, caído, outro em pé, vivo.
A gente às cegas se golpeava,
E o opoente logo ao chão tombava.
Velava o olhar névoa vermelha,[9]   10.845
Silvo e zunido enchia a orelha.
Aqui'stais vós, e aqui'stou eu,
Sem se saber como se deu.

(Entra o Imperador com quatro altos dignatários.
Os soldados da guarda afastam-se)

IMPERADOR

Esteja ele onde for! vencemos a batalha;[10]
Na planície o inimigo em pânico se espalha.   10.850
Eis o trono vazio, o ilícito tesouro,
Em tapetes envolto, enchendo o logradouro.
Com a guarda de honra, ali, de nossos fiéis soldados,
Já aguardamos, nós, dos povos os enviados.

---

[9] Referência às artimanhas mágicas (que o próprio soldado da guarda todavia desconhece) mobilizadas por Mefistófeles durante a guerra. O original fala apenas em "véu" (*Flor*), mas que no contexto pode significar também "névoa".

[10] Começa aqui o longo trecho de 193 versos redigido inteiramente em alexandrino. No original, o primeiro hemistíquio deste verso de abertura não se refere diretamente ao "inimigo" (como dá a entender a tradução com o pronome "ele"), mas diz: "Seja então como for!". Esta formulação indicia um assunto já em curso (provavelmente a participação de forças "escusas" nas batalhas), que o Imperador retoma agora de uma perspectiva atenuadora, de quem "coloca panos quentes".

Por todo lado chega a nós grata mensagem,   10.855
Do reino em paz render à coroa homenagem.
Se houve hoje em nossa luta uns toques de magia,
No fim valeu-nos só a própria valentia.
Nas guerras vale o acaso às vezes por troféu;
Sangue inunda o inimigo, ou pedras caem do céu.[11]   10.860
De cavernas ribomba um horroroso estrondo,
Que nos anima e nele influi pavor hediondo.
Vencido, alvo se vê de escárnios e labéus;
Soberbo, o vencedor louva o propício Deus.
E o povo coro faz: ressoa em preces santas   10.865
Louvai Deus, o Senhor! de milhões de gargantas.[12]

---

[11] Procurando dissimular a ajuda de forças demoníacas, o Imperador recorre a uma crendice popular que lhe permite interpretar a derrota do "inimigo" como vontade dos céus. No *Dicionário da superstição alemã* (*Handwörterbuch des deutschen Aberglaubens*, 10 vols., 1927-42), a "chuva de sangue" é associada a "terremotos e queda de meteoros — como sinal miraculoso do céu, que anunciava ou a ira da divindade ou guerra e, por extensão, uma outra desgraça ameaçadora ao Estado".

[12] Palavras iniciais, na tradução de Lutero, do antigo hino cristão *Te Deum laudamus* ("Louvamos-te Deus"), atribuído a Santo Ambrósio (340-397). Goethe dá a entender aqui que esse hino de louvor é entoado sobre um campo de batalha coberto de cadáveres. A intenção crítica é inequívoca, e a esse respeito Albrecht Schöne cita a resposta de Goethe (numa conversa em março de 1830, anotada pelo seu jovem amigo Frédéric Soret) a um bispo inglês que o acusara de ter levado muitos jovens ao suicídio com o seu *Werther*: "O senhor fala assim também dos grandes deste mundo que, com uma penada e com os exercícios estilísticos de seus diplomatas, enviam centenas de milhares ao campo de batalha, mandam matar oitenta mil pessoas e instigam os seus súditos ao assassinato, roubo, estupro e ainda a outros crimes pérfidos? Em face disso tudo, o senhor entoa um *Te Deum!*".

Mas o devoto olhar levo em supremo preito,
O que antes era raro, agora ao próprio peito.
Pode um monarca moço esperdiçar seu dia,
Com os anos o valor do momento avalia.   10.870
Eis por que com vós quatro ilustres, firmo o laço,
Para que vingue em bem do Reino, Corte e Paço.

(Ao primeiro)

Príncipe, a ti se deve a posição sagaz
Do exército, e na crise, a arremetida audaz.
Lida na paz conforme o instar do tempo a alçada!   10.875
Sê meu Grão-Marechal, a ti confiro a espada.[13]

GRÃO-MARECHAL

Teu exército leal, findo o interno levante,
Garante de teu reino a fronteira distante.
Concede-nos então, armarmos, no átrio vasto
De teu burgo ancestral, da festa o áureo repasto.   10.880

---

[13] O Imperador dá início à concessão dos mais altos títulos honoríficos (acompanhados de funções simbólicas) aos príncipes-eleitores que lhe mantiveram fidelidade durante a guerra civil. Num dos manuscritos de Goethe, a palavra *Marschall* (marechal) vem precedida do prefixo *Erb*, compondo o significado "marechal hereditário" (*Erbmarschall*). Já o prefixo *Erz*, como consta nesta edição, corresponde em português a *arc* (*Erzbischof*: Arcebispo) ou *arqu*, o que levaria a "arquimarechal" e, por extensão, "arquicamareiro", "arquimordomo", "arquiescanção", "arquichanceler", termos que a tradutora contorna coerentemente pelo antepositivo "Grão" e pelo pospositivo "Mor".

Tenda do Anti-Imperador

Saúda-te o aço fiel, branco ao teu lado o empunho,[14]
Do preito à Majestade eterno testemunho.

IMPERADOR *(ao segundo)*

Tu, que és valente, e a um tempo ameno e delicado,
Sê Camareiro-Mor; o encargo é complicado.
Chefia a Imperial Casa, e seu pessoal governa: 10.885
Maus servos vejo, havendo entre eles briga interna.
Teu alto cargo e exemplo ensine aos serviçais
Como se agrada ao Amo, à Corte e a todos mais.

CAMAREIRO-MOR

Senhor, glória é acatar teu juízo soberano:
Dar sempre auxílio aos bons e aos maus não causar dano.
Ser sem astúcia franco, e sem traição sereno!
Se o coração me vês, estarei pago em pleno.
No idear-se aquela festa, eu posso fazer coro?
Estendo-te ao festim rica bacia de ouro,
Teus anéis guardo,[15] e assim como a pura onda fria 10.895
Refresca tua mão, teu olhar me extasia.

IMPERADOR

Demais sério ainda estou pra que em festas me integre.
Mas seja! Traz também proveito o ensejo alegre.

---

[14] Isto é, a espada que o Imperador acaba de conferir-lhe e que será empunhada durante o solene banquete da vitória.

[15] Isto é, os anéis que o Imperador deverá tirar antes de mergulhar as mãos na "bacia de ouro".

(Ao terceiro)

Para Mordomo-Mor do Império é a ti que escolho.
Sobre quinta, aves, caça, hás de trazer o olho.   10.900
Provê, pois, ao sabor das sazões e seu giro,
O cardápio imperial ao gosto que prefiro.

MORDOMO-MOR

Seja um jejum austero o meu dever mais grato,
Até que te deleite um saboroso prato.
Copa e cozinha a mim unir-se-ão na procura   10.905
Do produto incomum, da fruta prematura.[16]
Mas não te atrai na mesa o exótico que traz:
Simples e substancial é o que te satisfaz.

IMPERADOR *(ao quarto)*

Prevalecendo aqui de festas o critério,
Sê tu, jovem herói, Escanção-Mor do império.   10.910
Às nossas cavas, pois, devota o teu carinho,
Que as abarrote o mais fogoso e velho vinho.
Mas que em calma alegria estaques tu, contente,
Sem que no ensejo oferto, excesso algum te tente!

---

[16] Literalmente, o Mordomo-Mor propõe-se aqui, unido aos serviçais da cozinha, a "providenciar o distante" (o "produto incomum") e "apressar as estações" (a "fruta prematura"). Talvez uma mera fórmula cerimonial, pois em seguida ele dirá que ao Imperador não atraem o distante ("exótico") e prematuro.

ESCANÇÃO-MOR

Meu amo, é onde se tem confiança em quem é jovem,
Que em breve a homem feito os dias o promovem.
Preparo-me eu também àquela grande festa;
Da mesa o rico ornato o meu serviço apresta,
De taças de ouro e prata a fúlgida beleza.
Mas para ti a mais linda escolho: de Veneza   10.920
Um límpido cristal de que emana euforia,
Que alça o sabor do vinho, e jamais inebria.[17]
Há quem se fie em tal milagre por demais:
Do Imperador protege a sobriedade mais.

IMPERADOR

Do que em hora solene eu vos dei a fiança,   10.925
Dos lábios meus haveis ouvido com confiança.
A palavra imperial garante é de seu dom;
Mas para confirmá-la, um texto nobre é bom.
Firma imperial requer para o formal registo,[18]
E o homem certo, a entrar em hora certa, avisto.   10.930

(Entra o Arcebispo [Chanceler-Mor])[19]

---

[17] Segundo uma crença medieval, determinados cristais de Veneza possuíam a propriedade miraculosa de intensificar o sabor do vinho, acusar eventual veneno misturado à bebida e prevenir a embriaguez.

[18] Para dar forma legal às nomeações e concessões, o Imperador dispõe-se a assinar agora o documento preparado e selado na chancelaria.

[19] Esta indicação cênica possui fundamentação histórica, pois a Bula de

IMPERADOR

Quando, em seu fecho, enfim a abóbada descansa,
Dá-nos, de para sempre erguer-se, a segurança.[20]
Quatro príncipes vês. Foi nosso afã, de início,
Provermos do Palácio e nossa Corte o ofício.
Mas do Reino é zelar-se o organismo integral,   10.935
E de vós Cinco adoto o número por tal.
Sobre amplo território ostentai vosso mando,
De vossas possessões desde hoje o marco expando:
Da herança dos infiéis que o Imperador traíram,
Que, hoje, a vós, meus fiéis, as terras se confiram;   10.940
E o direito também, de, conforme a ocasião,
As ampliardes por troca, herança e aquisição.[21]
O direito, outrossim, da justiça exercei:
Em terra vossa haveis de instituir, vós, a lei.
E do juízo final tereis o privilégio,[22]   10.945

Ouro determinava que o Arcebispo da Mogúncia deveria ocupar também o cargo de Chanceler-Mor (ou Arquichanceler).

[20] Isto é, quando a abóbada "descansa" por fim na pedra de fecho (metaforizando a assinatura imperial no documento preparado pelo Chanceler-Mor), então construiu-se seguramente para a eternidade (ou "dá-nos a segurança de erguer-se para sempre").

[21] As prerrogativas concedidas aos príncipes-eleitores encontram a sua fundamentação histórica nas determinações da Bula de Ouro. Neste verso, "herança" corresponde a *Anfall*, que significava a obtenção de bens ou territórios por herança, matrimônio ou carta de doação.

[22] Isto é, os súditos não terão a possibilidade de recorrer, junto aos tribunais imperiais, das sentenças proferidas nos domínios sob jurisdição dos príncipes-eleitores (*Privilegium de non appelando*).

Tenda do Anti-Imperador

Sem que haja apelação de vosso Foro egrégio.
Caibam-vos feudo, aduana, peagem, censo bruto,
Também das minas, sal, e da moeda o tributo.[23]
Pois à vossa lealdade e valor em abono,
Alcei-vos ao degrau mais próximo do trono.   10.950

ARCEBISPO

De todos nós te exprimo a gratidão profunda!
O poder que nos dás em poder teu redunda.

IMPERADOR

Mas que honra ainda maior vos seja concedida.
Por meu reino ainda vivo, e tenho amor à vida;
Linha augusta ancestral, contudo, à mente traça   10.955
Que em meio às glórias de hoje há do porvir a ameaça.
Quando, de dar o adeus aos que amo, tempo for,
Será vosso dever nomear meu sucessor.
Coroado o erguei no altar, ungido do óleo santo,
E então termine em paz, o que hoje custou tanto.[24]   10.960

---

[23] Após conferir aos príncipes o direito de "feudo" (*Lehn*), "aduana" (*Zoll*), "peagem" (*Geleit*) e "censo bruto" — no original, "impostos", *Steuer*, e porcentagens sobre o arrendamento de terras (em dinheiro, *Zins*, ou espécie, *Beth*) —, o Imperador delega-lhes agora o monopólio sobre a exploração de recursos naturais e do sal assim como a prerrogativa de cunhar moedas.

[24] Consciente da "linha augusta ancestral" (isto é, o curso das sucessões no trono), o Imperador prevê agora a eleição ordenada e pacífica do seu sucessor pelos príncipes presentes, para que "termine em paz" o que começou em meio aos tumultos "vulcânicos" da guerra civil.

CHANCELER-MOR

Com jeito humilde, mas orgulho no ser fundo,
Rendem preito a teus pés príncipes-mores do mundo.
Enquanto sangue vivo em nossas veias flua,
Corpo somos que move uma palavra tua.[25]

IMPERADOR

E confirmem no fim, por toda a era futura,   10.965
Do que determinei, o teor e a assinatura.[26]
Ainda que a terra doada em tudo livre esteja,
Imponho a condição que indivisível seja.
Por mais que amplieis o que hoje eu vos hei outorgado,
Dos filhos, em seu todo o herde o primeiro-nado.[27]   10.970

CHANCELER-MOR

Para a glória do império e em bem nosso encaminho
Tão insigne estatuto agora ao pergaminho;

---

[25] Antiga metáfora política do "corpo estatal" constituído pela cabeça (o soberano) e pelos membros (os súditos).

[26] Isto é, o documento providenciado pelo Chanceler-Mor e a assinatura imperial. Conforme observa Ulrich Gaier em seus comentários, o assentamento textual da constituição do Sacro Império começa com a Bula de Ouro, que assinala assim o início da história e do desenvolvimento moderno do direito constitucional. O acontecimento correspondente no tempo de Goethe foi a nova ordem europeia estabelecida pelo Congresso de Viena em 1815 e a formação da Liga dos principados alemães, com 35 estados soberanos.

[27] A indivisibilidade dos principados e o direito de primogenitura estavam estabelecidos no capítulo XXV da Bula de Ouro.

Selagem, cópia e o mais cabe à chancelaria.
Dá tua augusta firma à ata a imperial valia.

IMPERADOR

E agora eu vos dispenso, a fim de que balance   10.975
No espírito, cada um, do grande dia o alcance.

(Saem os dignatários temporais)

O SACERDOTE *(permanece e fala em tom enfático)*

O Chanceler se foi, quedou-se o Bispo aqui.[28]
Gravíssima advertência é o que o conduz a ti,
Por quem temor paterno o coração lhe abala.

IMPERADOR

Em hora tão feliz, que há de temer-se? Fala!   10.980

ARCEBISPO

Que mágoa amarga é a minha ao ver, na hora de paz,
Tão consagrada fronte aliada a Satanás!
Nada, pela aparência, o trono te solapa,
Mas é a Deus desafio, e ao Santo Padre, o papa.
Julgando, ao saber dela, esta ímpia culpa tua,   10.985

---

[28] Palavras que explicitam o cargo duplo exercido por sua pessoa. Se até agora o Chanceler comportou-se como leal, submisso e prestativo servidor do Imperador, toma a palavra agora o inflexível Arcebispo e apresenta rispidamente suas exigências.

Fulgor sagrado cai que o reino e a ti destrua.[29]
Lembra ainda o haveres tu, no júbilo primeiro
De tua coroação, salvo o vil feiticeiro;[30]
Para mal dos cristãos, ter tão nefanda raça
Granjeado da coroa o ato inicial da graça. 10.990
Mas bate o peito em tempo, e do êxito nefário
Trata de restituir um óbolo ao santuário.
O extenso monte em qual se erguia a tua tenda,
E em que os gênios do mal te instruíram na contenda,
Onde prestaste ouvido ao Príncipe do inferno, 10.995
Institui para o bem e a glória do Ente Eterno.
Montanhas, mata densa, em seus limites vastos,
Alturas a formar contínuos verdes pastos,
Lagos de pescaria e mil ribeiros frescos,
Correndo vale abaixo em curvas e arabescos, 11.000
E os campos, prados, tudo enfim que o vale abraça:
Mostra-te arrependido e auferirás tua graça.

IMPERADOR

Quão fundo o meu error infausto a alma me aterra!
Fixa os limites tu, em que a expiação se encerra.

ARCEBISPO

Seja pois de teu erro o espaço profanado, 11.005
Ao culto do Senhor tão logo proclamado.

---

[29] Isto é, o Imperador e seu reino seriam fulminados pela excomunhão.

[30] Nova alusão à história do nigromante de Nórcia, introduzida por Fausto na cena anterior (ver nota ao v. 10.439).

Tenda do Anti-Imperador

Muros já visualizo, a erguerem-se até o foro;
Sol matinal em breve a iluminar o coro.[31]
Amplia-se, crescendo, o alto edifício em cruz,
A nave, ao se alongar, nos crentes dita induz![32]   11.010
Já afluem pelo portal ao serviço divino;
Tange por morro e vale a grave voz do sino,
A ressoar da alta torre ao firmamento erguida,
Que ao penitente traz perdão e nova vida.
De tão magna ocasião — não tarde, ah!, seu momento! —
Será tua presença o mais belo ornamento.

IMPERADOR

Meu máximo afã voto a essa obra augusta e pia,
Que, a alçar Deus o Senhor, o meu pecado expia.
É o meu desejo ardente! Ao céu praza benzer-mo.

ARCEBISPO

Promove o Chanceler da legal forma o termo.[33]   11.020

IMPERADOR

Prepara a ata imperial; seja a área à igreja doada,
Com funda devoção será por mim firmada.

---

[31] Tradicionalmente a construção de uma igreja começava com o coro, voltado para leste (iluminado, portanto, pelo "sol matinal"). Em seguida, passava-se à edificação da nave central e transversal.

[32] Literalmente: "A nave alonga-se, eleva-se para a alegria dos crentes".

[33] O príncipe eclesiástico é absorvido neste momento pela figura do príncipe secular: "Como chanceler promovo agora conclusão e formalidade".

ARCEBISPO *(já na saída para retirar-se, torna a voltar)*

À obra, enquanto surge, e ao passo em que se estenda,
Votas mais coimas, dons, dízimos, censo e renda,[34]
Para sempre. O mantê-la alto custo registra,   11.025
Sujeito a ônus pesado é o órgão que a administra.
Para a edificação no inculto logradouro,
Do espólio, aqui, da guerra, entregas parte de ouro.[35]
Haverá precisão também de materiais:
Madeira a vir de longe, ardósia, cal, e o mais.   11.030
Povo os carretos traz; todo sermão lho ensina;
Para auferir da igreja a graça e a luz divina.

(Sai)

IMPERADOR

É pesada e onerosa a falta em que caí;
Traz-me a grei feiticeira imenso dano aí.

ARCEBISPO *(tornando a voltar, com profunda reverência)*

Perdão, Senhor. Cedeste ao homem malfadado   11.035

---

[34] Após ter-se despedido e afastado, o Arcebispo retorna para exigir novos recursos para a construção da catedral: contribuições e impostos que príncipes feudais faziam incidir sobre a posse ou arrendamento de terras (*Landsgefälle*). Aos impostos mencionados acima (ver nota ao v. 10.948) pelo próprio Imperador, o Arcebispo acrescenta aqui o "dízimo" (*Zehnt*), a décima parte da colheita, do gado, lã e demais produtos naturais.

[35] A ganância do Arcebispo se volta agora para o ouro que pertencia ao Anti-Imperador.

Do reino as praias. Mas, o interdito é seu fado,
Se não doares também, do território extenso,
À santa igreja os dons, dízimos, renda e censo.[36]

IMPERADOR *(aborrecido)*

A terra ainda imersa em fundo mar está.

ARCEBISPO

Quem está com o direito, espera, e a hora virá.   11.040
De tua magna palavra a anuência só requeiro!

IMPERADOR *(só)*

Destarte só faltava eu doar o reino inteiro.

---

[36] A insaciabilidade do Arcebispo o faz avançar agora sobre as terras que Fausto pretende conquistar ao mar. Para alcançar o seu objetivo, ameaça o futuro colonizador do feudo ainda submerso com a excomunhão (o "interdito") e, ao mesmo tempo, sugere ao Imperador que este poderá impedir o anátema se, arrependido, conceder já à Igreja os futuros "dons, dízimos, renda e censo" sobre as extensões doadas. Esboçada e parcialmente desenvolvida nos *paralipomena*, a cena da doação do feudo costeiro acabou não entrando no texto final, limitando-se a essa breve referência do Arcebispo. A renúncia, que alguns intérpretes atribuem a um declínio da força criadora do velho Goethe, deve-se a uma necessidade interna da tragédia: para evitar a inclusão de Fausto entre os saqueadores do reino e também em função do interesse do Imperador em abafar o apoio que recebeu do "homem malfadado". Nesse sentido, as doações aos príncipes (e, sobretudo, a aceitação das extorsões praticadas pelo Arcebispo) podem ser vistas como suborno para o silêncio.

Quinto ato

Região aberta

Sob a data de 2 de maio de 1831, Eckermann registrava em seu caderno de conversações as seguintes palavras: "Goethe alegrou-me com a notícia de que nestes dias praticamente conseguiu concluir o início, que ainda estava faltando, do quinto ato do *Fausto*. 'Também a intenção dessas cenas', disse ele, 'remonta a mais de trinta anos; era de tal importância, que nunca perdi o interesse, mas tão difícil de realizar que eu recuava de medo. Bem, por meio de muitos artifícios, entrei novamente no ritmo, e se a sorte for favorável, escrevo agora o quarto ato de uma tacada só'".

Redigida em abril de 1831, esta cena inicial, localizada numa "região aberta", descortina aos olhos do leitor — após um intervalo temporal que se deve calcular em décadas — a gigantesca obra de drenagem que Fausto vem executando nas terras costeiras que lhe foram doadas pelo Imperador. E como já ocorrera na cena "Nas montanhas do primeiro plano", também aqui recorre Goethe à antiga técnica da *teichoscopia*, agora mediante o relato que Filemon e Baucis fazem, do alto de uma duna, ao Peregrino que retorna ao local em que naufragara muitos anos atrás, para contemplar boquiaberto as profundas transformações operadas na região.

Com esse salto temporal que deixa implícita a magnitude da intervenção humana sobre a Natureza, o velho Goethe parece trazer o império fáustico de um contexto da baixa Idade Média à incipiente era das máquinas, que acompanhava com máxima atenção. No caso específico das novas técnicas em que se baseia o projeto colonizatório de Fausto (construção de canais, arroteamento de novas terras, obras de drenagem), pode-se recorrer mais uma vez a Eckermann e citar o seu testemunho de 21 de fevereiro de 1827 sobre o interesse do poeta pelos planos de construção dos canais do Panamá, de Suez e do Reno-Danúbio: "Gostaria de viver ainda essas três grandes coisas, e por causa delas certamente valeria a pena suportar mais uns cinquenta anos neste mundo".

Se na vida real Goethe não pôde vivenciar a concretização desses projetos, no plano simbólico permite ao seu Fausto realizar "obras miraculosas" (ou "portentos", na expressão de Filemon e Baucis), em que se inscrevem as condições sociais, econômicas e políticas da moderna era industrial. Avultando agora na tragédia traços decisivos da moderna dialética do progresso (pelo menos em seus estágios iniciais), recuam para um segundo plano as imposições colocadas pelo Arcebispo na cena anterior – não se pronuncia mais nenhuma palavra a respeito dos mencionados impostos e tributos ou da construção da catedral gótica. Também não se esboça nenhum empenho em subjugar o "poder vão do indômito elemento" (v. 10.219) em prol da segurança e do bem-estar dos seres humanos. Em vez disso, afloram os traços destrutivos do projeto colonizatório de Fausto, sobretudo em relação ao casal de anciãos que parece habitar a região desde tempos imemoriais. Já os seus nomes despertam a lembrança de um mundo idílico, mas que se mostra em vias de extinção, com as duas tílias ancestrais, a cabana e a capela corroídas pelos anos. Embora ínfima, é uma esfera de vida que questiona radicalmente o poderoso império em que está encravada, e Goethe elaborou essa relação de oposição de maneira admiravelmente sutil, começando pelos nomes tomados às *Metamorfoses* de Ovídio, em uma lenda cujo sentido se inverterá nesta cena de abertura.

Um resumo do episódio narrado por Ovídio no capítulo VIII de seu *epos* encontra-se na enciclopédia de Hederich, *Gründliches Lexikon mythologicum* (1724). Conta-se aí como Baucis e Filemon, já em idade avançada, viviam satisfeitos e em paz em sua miserável cabana. "Certa vez em que Júpiter e Mercúrio percorriam o país disfarçados, para ver como as pessoas viviam, não houve ninguém que os acolhesse, exceto esses anciãos. Serviram àqueles com todos os seus recursos e possibilidades, até que por fim perceberam que os seus convidados deviam ser deuses, pois o vinho que lhes ofereciam jamais diminuía. Finalmente, deram-se a conhecer e exortaram os dois idosos a segui-los, pois uma insólita desgraça atingiria o país. Assim fizeram eles e, acompanhando os deuses, subiram uma montanha de onde puderam ver como toda a região abaixo fora coberta por água, à exceção de sua cabana, que então foi transformada num magnífico templo de mármore. Quando Júpiter lhes ordenou por fim que fizessem um pedido, desejaram então tornar-se sacerdotes do novo templo e, ainda, que um não vivenciasse a morte do outro. Assim lhes foi concedido; e quando narravam certa vez às pessoas o que se passara com eles e com a terra submersa, foram ambos transformados ao mesmo tempo em árvores, Filemon num carvalho, Baucis numa tília; essas árvores ficavam diante do templo mencionado e por longo tempo foram veneradas com todas as honras. Essa lenda ensina que a divindade se agrada muito da hospitalidade e que de forma alguma deixa de recompensá-la; mas, além disso, que ela abençoa pessoas pias e de bom coração, exaltando-as e coroando-as com honras e imortalidade, por mais pobres e humildes que possam ser."

Embora Goethe tivesse negado uma influência direta desta lenda na concepção de seu casal de idosos, o leitor atento que ele desejava para o seu *Fausto* — sensível a "gestos, acenos e leves alusões" — poderá perceber o adensamento simbólico que já a simples escolha dos nomes traz para as três primeiras cenas do ato. Os motivos clássicos da hospitalidade, do sentimento religioso, da inundação ("Os elementos estão conjurados conosco/ E tudo marcha para a destruição", dirá literalmente Mefisto nos vv. 11.549-50), das duas árvores e da morte comum foram todos aproveitados por Goethe, mas invertendo-se a lição de recompensa explicitada por Ovídio.

Em seus comentários à edição de Hamburgo, Erich Trunz enfatiza a presença do motivo religioso nesta abertura de um ato que culmina com a ascensão da alma de Fausto nas "furnas montanhosas": a prece do Peregrino, a devoção dos idosos e seu recolhimento à capela, para contemplar o "último pôr do sol", assim como o traço oposto da impiedade que vem do palácio (v. 11.131). Lembrando ainda um paralelismo sugerido por Goethe, em seu romance de velhice *Os anos de peregrinação de Wilhelm Meister*, entre histórias dos vários povos (e, portanto, da antiga tradição grega e judaica), Trunz vislumbra uma possível correspondência com a visita de Deus e seus dois anjos ao velho casal Abraão e Sara (*Gênesis*, 18): "Estes acolhem os visitantes de maneira tão hospitaleira quanto Filemon e Baucis. Aqui se segue uma inundação catastrófica; lá, a destruição de Sodoma e Gomorra. Goethe conhecia, na Bíblia ilustrada de Merian, a impressionante gravura em cobre da visita a Abraão e Sara; e como a sua memória visual conservou durante toda a vida tais motivos, é possível que também aqui atue o motivo bíblico no sentido daquela afinidade sugerida nos *Anos de peregrinação*". [M.V.M.]

PEREGRINO

São as velhas tílias, sim,
No esplendor da anciã ramagem.
Torno a achá-las, pois, no fim   11.045
De anos de peregrinagem!
Sim, é a casa, é este o lugar;
Abrigou-me ali a fortuna,
Quando o tempestuoso mar
Me lançou naquela duna!   11.050
O bom par que, com desvelo,
Me acolhera, eu ver quisera,
Mas, hoje ainda hei de revê-lo?
Tão idoso então já era!
Gente cândida e feliz!   11.055
Bato? chamo? — Eu vos saúdo!
Se a ventura sempre fruís,
De fazer o bem em tudo.

BAUCIS *(avozinha muito idosa)*

Forasteiro, entra de leve!
Não despertes meu esposo;   11.060
Ao ancião dão vigor breve
Longas horas de repouso.

PEREGRINO

Se és, mãezinha, a que percebo,
Com o esposo te bendigo
Pela vida do mancebo,   11.065
Por vós salvo, em dia antigo.

548   Quinto ato

Baucis és, que a inanimado
Lábio a vida restaurou?

(Surge o esposo)

Filemon, tu, que, arrojado,
Meu tesouro à onda arrancou?   11.070
Vosso fogo, o eco argentino
Da sineta na negrura,
Transformaram o destino
Da terrífica aventura.[1]

Mas, deixai que eu vá mirar   11.075
Do mar vasto o arco indistinto;
Quero prosternar-me, orar,
Tão opresso o peito sinto.

(Dirige-se para a extremidade da duna)

FILEMON *(para Baucis)*

Corre, a mesa põe num canto
Flóreo do jardim, na sombra;   11.080
Deixa-o ir, silenciar de espanto,
O que avista, o olhar lhe assombra.

---

[1] Ou seja, ao acender um fogo na praia e tocar o pequeno sino, Filemon salvou não apenas a vida do náufrago que agora retorna, mas também os seus pertences.

(Ao lado do Peregrino)

O que te lesara assim,
De onda após onda a voragem,
Vês mudado hoje em jardim, 11.085
Vês frondosa, idônea imagem.[2]
Velho, já, eu não podia
Como dantes, ajudar,
E, como o vigor se me ia,
Ia se afastando o mar. 11.090
Servos, sob ativo mando,[3]
Fosso abriram, dique e valo,
Do mar o áqueo reino enfreando
Para a gosto dominá-lo.
Campo e prado vês, em flora, 11.095
Bosque, aldeia, agro, campina! —
Mas, vem refrescar-te agora,
Já que o sol no céu declina. —

---

[2] No original Filemon diz: "Vedes uma imagem paradisíaca", utilizando o adjetivo (*paradiesisch*) que aparecerá no último monólogo de Fausto, em que este exprime sua visão de um "povo livre" vivendo em "solo livre". Uma vez que o Peregrino parece de fato silenciar "de espanto" perante a nova paisagem, são as palavras do ancião que transmitem ao leitor ou espectador, mediante a técnica da *teichoscopia*, uma descrição da assombrosa intervenção de Fausto sobre toda essa região costeira.

[3] O ancião fala neste verso, literalmente, de "servos intrépidos" (*kühne Knechte*) de "argutos" ou "inteligentes senhores" (*kluger Herren*). Já parece delinear-se aqui o confronto sub-reptício de Goethe com o pensamento político de Saint-Simon, o que leva Fausto a exclamar, em seu último discurso, que "um espírito" (ou um "cérebro") basta para "mil mãos".

Vogam naus, longe, a caminho
Do noturno abrigo, já!   11.100
Eis como a ave ruma ao ninho,
Pois agora o porto é lá.[4]
Assim vês, só no horizonte,
A orla azul do infindo oceano,
Na área plana, até o monte,   11.105
Denso povoamento humano.

(Os três à mesa, no jardinzinho)

BAUCIS

Mudo estás, e do alimento
Nada tens na boca posto?[5]

FILEMON

Quer informes do portento;
Narra-o tu, que é de teu gosto.   11.110

BAUCIS

Foi portento, com certeza!
Não me deixa ainda hoje em paz;

---

[4] Isto é, ao "longe", onde outrora dominava o mar alto e agora se veem naus atracando no novo porto avançado.

[5] No original, o substantivo "boca" (*Mund*) vem acompanhado do adjetivo *verlechzt*, empregado aqui no sentido de "sequioso": subentende-se a imagem do visitante "boquiaberto", sequioso ou ávido por explicações para o "portento" que tem diante dos olhos.

Já que em toda aquela empresa
Certo que nada me apraz.

FILEMON

Pecaria o Imperador   11.115
Que lhe doara a beira-mar?[6]
Um arauto, com clangor,
Não surgiu, para o anunciar?
Junto às dunas, lá, foi onde
Deram o primeiro passo;   11.120
Barracões! — Mas, entre a fronde,
Surgiu logo um rico paço.[7]

BAUCIS

Golpes sob o sol ressoavam,
Mas em vão; em noite fria
Mil luzinhas enxameavam,[8]   11.125
Diques vias no outro dia.

---

[6] Ao contrário da desconfiança que Baucis, jazendo jus àquela ancestral homônima que sofrera a inundação de seu país, demonstra em relação às novas terras conquistadas à água, Goethe atribui ao seu Filemon certa credulidade ingênua perante a autoridade (o Imperador e agora também o novo colonizador) e as obras miraculosas que tem diante dos olhos.

[7] "Paço" empregado aqui como sinônimo de "palácio", que já aparece contraposto a "barracas" ou "tendas" (*Zelte*) assim como a "barracões" ou "choupanas" (*Hütten*), preludiando a oposição que recrudescerá na próxima cena, intitulada justamente "Palácio".

[8] O testemunho visual de Baucis descortina sub-repticiamente ao leitor ou espectador imagens do processo de industrialização que, baseado sobretudo na

Carne humana ao luar sangrava,[9]
De ais ecoava a dor mortal,
Fluía ao mar um mar de lava,
De manhã era um canal.   11.130
Ímpio ele é, nossa cabana
E agro, teima em cobiçá-los;[10]
Da riqueza ele se ufana,
Trata-nos como vassalos.

FILEMON

Tem-nos, todavia, oferto   11.135
Na área nova terra rica!

---

máquina a vapor (desenvolvida por James Watt em 1782-84), acarreta transformações profundas na indústria têxtil, mineração, construção de estradas, arroteamento de terras, hidráulica etc. Goethe acompanhou atentamente essa nova fase da subjugação das forças da natureza pelo homem e a tematizou também em seu romance de velhice, *Os anos de peregrinação de Wilhelm Meister*. Nesta passagem do *Fausto*, a anciã Baucis expressa a sua perplexidade e profunda desconfiança com os enigmáticos reflexos da atividade da maquinaria durante a madrugada (o enxame de "luzinhas", o "mar de lavas" que fazia surgir pela manhã um novo "canal") e sugere tratar-se de algo demoníaco.

[9] Numa anotação de 10 de fevereiro de 1829, Eckermann relata o interesse que despertou em Goethe a construção do porto de Bremen, acompanhada de elevada taxa de vítimas. Albrecht Schöne refere-se ainda, nesse contexto, a um relato, publicado em 1782, de Friedrich von Brenkenhof que, a mando de Frederico o Grande, conduziu trabalhos de drenagem numa região da Prússia ocidental: a construção de um canal de apenas 36 km custou a vida de 1.500 pessoas.

[10] Baucis parece aludir à transgressão, pelo "ímpio", também do nono mandamento: "Não cobiçarás a casa do teu próximo".

BAUCIS

Foge ao solo aguado e incerto,[11]
Nos teus altos firme fica!

FILEMON

Vamos do alto da capela
Do sol poente ver o adeus;   11.140
Soar o sino em paz singela
E nos fiar no eterno Deus!

---

[11] Num dos manuscritos lê-se neste verso, em vez de *Wasserboden* (substantivo formado por *Boden*, "solo", e *Wasser*, "água", traduzido adequadamente como "solo aguado e incerto"), *Wasserboten*, "mensageiros [*Boten*] da água", isto é, os arautos que Fausto envia das terras conquistadas ao mar para propor ao casal de anciãos a troca de propriedade. A grande maioria das edições do *Fausto* traz *Wasserboden*; contudo, a edição de Frankfurt, preparada por Albrecht Schöne, opta por *Wasserboten*.

Palácio

Após a abertura junto ao modesto mundo dos anciãos Filemon e Baucis (igrejinha, choupana e pequeno jardim), o ato desloca-se para o suntuoso palácio de Fausto, cercado por vasto parque ornamental e um grande canal de traçado retilíneo. Também este espaço é habitado por um ancião, mas muito diferente dos que se apresentaram na cena anterior: um ancião solitário, irascível, despótico, obstinado, cobiçoso... Palácio e cabana encontram-se, portanto, em uma relação de oposição, que Goethe modulou em conformidade com um antigo *topos* da tradição ocidental, que remonta, entre outros, a Horácio e Virgílio: a choupana em que o humilde lavrador repousa num sono sereno dos esforços do dia a dia e, na esfera oposta, a habitação do poderoso ímpio, em que se aninham a apreensão, o temor e a insônia. Conforme observam Albrecht Schöne e Ulrich Gaier em seus comentários, esse antigo *topos* experimentou uma significativa atualização política no tempo de Goethe, com a palavra de ordem lançada pelos revolucionários franceses em 1792: *Guerre aux châteaux! Paix aux chaumières!* ("Guerra aos palácios! Paz às choupanas!").

A mesma antinomia entre a suntuosa e a humilde habitação desdobra-se na relação entre o palácio de Fausto e os barracões e tendas em que se amontoam seus operários. Nesse âmbito Schöne lembra ainda formulações que o jovem Karl Marx, doze anos após a morte de Goethe, desenvolvia no capítulo de seus *Manuscritos econômico-filosóficos* (1844) dedicado ao "trabalho alienado": "O trabalho produz obras miraculosas para os ricos, mas produz despojamento para o operário. Produz palácios, mas apenas grotões para o operário".

Uma outra variante da oposição entre palácio e cabana está implícita na história bíblica a que Mefistófeles, voltando-se aos espectadores, alude no final da cena, quando sai com os três valentes camaradas para cumprir a ordem de "pôr de lado" os anciãos. Trata-se da história, narrada no capítulo 21 do primeiro *Livro dos Reis*, da vinha de Nabot que, por situar-se "ao lado do palácio de Acab, rei de Semaria", é cobiçada por este: "Cede-me tua vinha para que eu a transforme numa horta, já que ela está situada junto ao meu palácio; em troca te darei uma vinha melhor, ou, se preferires, pagarei em dinheiro o seu valor". Nabot, contudo, recusa-se a vendê-la ou trocá-la para não cometer ato desagradável aos olhos de Deus: "Iahweh me livre de ceder-te a herança dos meus pais!". A recusa faz o rei mergulhar num estado de prostração, até que sua mulher Jezabel arma uma intriga que leva ao apedrejamento e eliminação de Nabot. [M.V.M.]

(Vasto parque, canal largo de traçado reto)[1]

(Fausto, em idade bíblica, caminhando imerso em meditação)[2]

LINCEU, O VIGIA *(pelo porta-voz)*[3]

A luz cai; ainda, em curso suave,
Rondam uns barcos o pontal,

---

[1] *Ziergarten*, no original: algo como jardim ou parque "ornamental", que Goethe entendia como um espaço de traçado geométrico e regular, ao estilo francês (e, portanto, em oposição à aparente espontaneidade do jardim inglês). Como observa Albrecht Schöne, as indicações cênicas "Palácio, vasto parque, canal largo de traçado reto" indiciam não apenas o domínio e manipulação do homem sobre a Natureza, mas também a condição social daquele que, "imerso em meditação", passeia pelos domínios do parque: "Pois os contemporâneos de Goethe entendiam a liberdade de estilo do jardim inglês como demonstração de liberdade política antifeudal — e, ao contrário, os antigos jardins de plano arquitetônico geométrico e regular, cujo paradigma era o parque de Versailles, como símbolo de uma ordem social absolutista".

[2] No original, Goethe escreve apenas "na mais avançada idade"; mas Eckermann registra, sob a data de 6 de junho de 1831, as seguintes palavras: "O Fausto, tal como aparece no quinto ato, disse ainda Goethe, deve ter, segundo a minha intenção, exatamente 100 anos de idade e eu não estou seguro se não seria bom explicitar isso com toda clareza em algum lugar".

[3] Como já acontecera no terceiro ato da tragédia (cena "Palácio interior de

556   Quinto ato

Apresta-se uma grande nave   11.145
Para aportar, cá, no canal.[4]
Voam flâmulas de cor da vela,
Dos mastros rígidos da escuna;
És do barqueiro a boa estrela,
Na idade mima-te a fortuna.[5]   11.150

(Toca a sineta na duna)[6]

FAUSTO *(num sobressalto)*

De novo! esse tilim maldito!
Qual tiro pérfido ressoa;
Meu reino à vista é infinito,
Por detrás, só desgosto ecoa;

---

uma fortaleza"), também aqui o atalaia ou vigia da torre (*Turmwächter*), no palácio de Fausto, recebe o nome de Linceu (o de olho de lince), como se chamava um dos argonautas dotado de visão extraordinariamente aguçada. O retorno do nome não significa que se trata da mesma personagem, mas se deve antes à coincidência de função. Nesta cena, o uso do "porta-voz" — isto é, de um alto-falante ou megafone — pode estar conotando a surdez já avançada do velho amo.

[4] Neste relato, Linceu fala primeiro em "navios" e, em seguida, num grande "bote ou barco" (*Kahn*, traduzido por "nave"). Uma vez que os navios só podiam chegar até o novo porto (avançado mar adentro), a carga e a tripulação alcançavam a praia navegando pelo canal, em embarcações menores.

[5] A apóstrofe pode estar dirigida à "grande nave" ou ao "canal", expressando-se a alegria do marinheiro por ter escapado dos perigos da viagem marítima, ou então ao Fausto "na mais alta idade", em cuja figura, como diz o original com conotação bíblica, o barqueiro "se louva bem-aventurado".

[6] No final da cena anterior, Filemon anunciara o desejo de tocar o pequeno sino. Compreende-se, portanto, que esta cena tem lugar logo após aquela.

Maldoso, fere e me espezinha: 11.155
Meu alto império é uma ilusão;
A arca das tílias, a igrejinha,
O colmo pardo, meus não são.
E se eu quisesse lá folgar,
Traz sombra alheia tédio em si,   11.160
Aflige a mente, aflige o olhar;[7]
Oh! visse-me eu longe daqui!

O VIGIA *(como dantes)*

Que alegre a rica nau desliza
Ao noturnal frescor da brisa!
Em cúmulos como amontoa   11.165
Os fartos bens da popa à proa!

*(Galé magnífica, ricamente carregada
de produtos variados de regiões exóticas)*

---

[7] *Ist Dorn den Augen, Dorn den Sohlen*, em tradução literal: "É espinho para os olhos, espinho para as solas [dos pés]". Essa linguagem imagética com que Fausto exprime a sua intenção de expulsar o casal de anciãos tem por referência uma passagem do Antigo Testamento (*Números*, 33: 50-6) em que Iahweh ordena aos israelitas tomar a terra de Canaã, expulsar os habitantes e destruir as suas imagens de culto: "Contudo, se não expulsardes de diante de vós os habitantes da terra, aqueles que deixardes entre eles se tornarão espinhos para os vossos olhos e aguilhões nas vossas ilhargas". Além de lembrar as remotas origens de uma história de deportações e massacres, a alusão bíblica sugere, no contexto desta passagem, que o substantivo "sombra", no verso anterior, deve ser entendido no plural, referindo-se a Filemon e Baucis, e não apenas à "igrejinha", como pressupõe a forma singular que aparece nesta tradução.

(Mefistófeles. Os três valentes camaradas)

CHORUS

Eis-nos no porto,
Aqui estamos.
Salve o patrão!
O amo saudamos![8]   11.170

(Desembarcam. A carga é levada para a terra)

MEFISTÓFELES

Vencemos, pois, com brilho a prova,
Alegres, se o amo a empresa aprova.
Com duas naus desamarramos,
No cais com vinte hoje atracamos.
Dos nossos feitos vês, à larga,   11.175
O prêmio em nossa rica carga.
Mar livre o espírito liberta,[9]
Dissipa a hesitação incerta.

---

[8] Irrompendo na cena com versos curtos em tom de fanfarronice, os "três valentes camaradas" usam o substantivo *Patron*, que no dicionário de Johann Christoph Adelung, obra de consulta assídua para Goethe, é definido como "proprietário de navio" ou "o responsável pela supervisão do navio e de sua carga".

[9] Mefisto parece arremedar neste verso, com o seu habitual cinismo, o momento afirmativo dos grandes empreendimentos marítimos, como se observa, por exemplo, no canto V da epopeia camoniana. Mas logo em seguida ele irá explicitar o verdadeiro motor da empresa náutica que expande o império de Fausto: "Tens força, tens, pois, o direito. [...]/ Conhece-se a navegação!/ Comércio, piratagem, guerra,/ Trindade inseparável são".

Palácio

Rápido lance, sangue frio,
Um peixe tens, tens um navio,   11.180
E se em três rumas mar em fora,
O quarto apanhas sem demora;
É para o quinto ruim o efeito;
Tens força, tens, pois, o direito.
Sem Como a gente ao Quê se aferra;[10]   11.185
Conhece-se a navegação!
Comércio, piratagem, guerra,
Trindade inseparável são.

OS TRÊS VALENTES CAMARADAS

Não cumprimenta!
Não agradece!   11.190
Como se a carga
Nada valesse!
Cara enfastiada[11]
É o que o amo faz;
O real tesouro   11.195
Não lhe apraz.

---

[10] Em tradução literal: "Pergunta-se pelo quê, e não pelo como". O que importa, sugere Mefistófeles num sentido "maquiavélico", é "o que" se conquista (e não "como").

[11] A expressão "enfastiada" (*widerlich*, no original, adjetivo empregado aqui no sentido de "repugnada") não se deve à repulsa pela pirataria conduzida por Mefistófeles, mas sim — como virá à tona em seguida — à resistência de Baucis e Filemon em ceder a sua pequena propriedade.

MEFISTÓFELES

> Não aguardeis
> Prêmio que farte,
> Pois já tirastes
> Vossa parte. 11.200

OS CAMARADAS

> Só como amostra
> Aquilo fica;[12]
> Queremos parte
> Igual e rica.

MEFISTÓFELES

> No alto ordenai, 11.205
> De sala em sala,
> Os ricos bens
> Em vasta escala.
> Logo ele irá
> Vê-los de perto, 11.210
> A computar
> Seu valor certo
> E com largueza
> Manifesta,
> Dar à flotilha 11.215

---

[12] No original, os "valentões" dão a entender que a parte que lhes coube é apenas a recompensa pelo "longo tempo" — *Langeweil*, no sentido de *lange* ("longo") *Weile* ("período") — passado no mar.

Festa após festa.
Vêm amanhã as ledas aves,[13]
Tomo conta eu de homens e naves.

(A carga é transportada para fora)

MEFISTÓFELES *(a Fausto)*

Com fronte austera e rijo porte[14]
Me ouviste a tua magna sorte.   11.220
Coroou-se da alta ciência a obra,
Submisso, à terra o mar se dobra;
E em franca união, da costa, adota
As naus para a longínqua rota.
Ordena, pois, pra que teu braço[15]   11.225
Abranja o mundo deste paço.
Daqui surgiu o plano inteiro,
Ergueu-se um barracão primeiro;

---

[13] Conforme observa Albrecht Schöne, tais aves "ledas" (ou "coloridas", como diz o original) podem significar os "navios" ancorados no porto distante, ou então os "marinheiros", ou ainda, em sentido concreto, "pássaros exóticos", trazidos de longe. Mas podem significar também, considerando que Mefisto está anunciando uma festa, "aves-prostitutas" (*Hurenvögel*) em vestes coloridas: o verbo alemão *vögeln*, derivado do substantivo *Vogel* ("ave" ou "pássaro"), significa "copular" e é empregado para humanos em sentido grosseiro ou mesmo chulo.

[14] No original, Mefisto refere-se à "fronte austera" e ao "olhar sombrio" com que o colonizador irascível ouve a sua "magna sorte".

[15] No original, Mefistófeles usa duas vezes neste verso o advérbio "aqui" ("Dize então que aqui, aqui deste palácio"), preparando o acesso de ira de Fausto logo a seguir contra "este aqui maldito".

Gravou-se um fosso, uma comporta,
Onde hoje o remo as ondas corta.   11.230
Dos teus o suor, teu gênio e arrojo,
Da terra e mar traz-te o despojo.
Daqui é que —

FAUSTO

            Esse aqui maldito!
É o que me deixa irado e aflito.
Contigo, esperto e apto, é que falo;   11.235
Ofende e fere-me em excesso;
Não me é possível aturá-lo,
E envergonhado é que o confesso:
Das tílias quero a possessão,
Ceda o par velho o privilégio!   11.240
Os poucos pés que meus não são[16]
Estragam-me o domínio régio.
Lá quero armar, de braço em braço,
Andaimes sobre o vasto espaço,
A fim de contemplar, ao largo,   11.245
Tudo o que aqui fiz, sem embargo,
E com o olhar cobrir, de cima,
Do espírito humano a obra-prima,

---

[16] Literalmente, no original: "As poucas árvores, que minhas não são". Evidencia-se que por trás do ódio de Fausto está um fenômeno de poder político: o menor enclave, um elemento mínimo de autonomia, questiona e estraga-lhe o "domínio régio".

563   Palácio

Na vasta e sábia ação que os novos
Espaços doou ao bem dos povos.[17]   11.250

Na posse, assim, mais nos assalta
Mágoa e ânsia pelo que nos falta.
Das tílias o hálito, e perfume,[18]
Bafo de cripta e igreja assume.
Do poderoso o arbítrio férreo[19]   11.255
Estaca ante um recanto térreo.
Como livrar-me desse fardo!
Toca a sineta, e em cólera ardo.

MEFISTÓFELES

Vê-se que deve tal agrura
Encher-te a vida de amargura.   11.260
Quem o nega! A um ouvido nobre
Repugna o som desse vil cobre.

---

[17] O último monólogo de Fausto já é preludiado neste verso que exprime o projeto de conquistar "novos espaços" para o "bem dos povos". Contudo, há que apontar o elemento da contradição, que desmascara a racionalização do seu ato: para isso, ele precisa expatriar o casal de idosos enraizado nesta terra.

[18] No original, Fausto refere-se também ao som da sineta (*des Glöckchens Klang*) que, junto com o "hálito das tílias", o envolve como "em igreja e cripta". Pode-se perguntar aqui se essas referências não estariam sugerindo uma premonição de sua morte próxima.

[19] Neste verso, Goethe segmenta o substantivo alemão *Willkür* ("arbitrariedade") em *Kür* ("decisão", "escolha") e *Willens* ("da vontade"). Como observa Erich Trunz, a palavra "arbitrariedade" é evitada e ao mesmo tempo enfatizada. O sentido do verso é captado com precisão pela tradutora.

E o malfazejo tilim-tlim,
Nublando o céu, se mete assim
Em cada evento, com emperro,   11.265
Desde o batismo até ao enterro,[20]
Como se entre tlin-tlins a vida
Fosse sonho e ilusão perdida.

FAUSTO

A resistência, a teimosia,
O esplendor todo me atrofia,   11.270
E é só com ira e a muito custo
Que me conservo ainda justo.[21]

MEFISTÓFELES

Que cerimônia, ora! e até quando?
Pois não estás colonizando?[22]

---

[20] No original, Mefistófeles alude ao batismo de maneira irônica: "Do primeiro banho até ao enterro".

[21] Atormentado há tempos pelo repique da sineta vizinha, Fausto se declara já cansado de ser justo com o casal de anciãos que resiste à expansão de seus domínios.

[22] No episódio bíblico aludido por Goethe, Jezabel diz ao rei contrariado pela recusa de Nabot em ceder a sua pequena propriedade: "Pois não és tu que governas Israel?". O verso de Mefisto faz ecoar essa remota exortação ao uso da força, sendo que o verbo "colonizar" significava, no vocabulário da economia política contemporânea, a apropriação violenta de terras e possessões alheias.

565   Palácio

FAUSTO

Bem, vai; põe-nos enfim de lado! —[23]   11.275
Sabes da bela quintazinha
Que aos velhos reservado tinha.

MEFISTÓFELES

A gente os pega e os bota lá,
De novo em pé ver-se-ão num já;
Compensa o susto e a violência   11.280
À farta a nova residência.

(Apita estridentemente)

(Surgem os Três)

MEFISTÓFELES

Anda, à obra que o nosso amo ordena!
Para amanhã a festa acena.

---

[23] A tradução corresponde exatamente ao sentido indeterminado da ordem que Fausto profere aqui a Mefistófeles e aos seus "valentões": *und schafft sie mir zur Seite!* — colocai-os de lado, afastai-os de minha vista, o que pode ou não conotar a orientação de eliminá-los. Em todo o contexto do diálogo entre Fausto e Mefistófeles, este verso aparece como o único "solto", isto é, sem rima. Quis Goethe enfatizar assim a gravidade dessa exortação? De qualquer modo, a expressão "pôr de lado" não deixa claro, conforme observado, tratar-se de uma ordem de execução, como fará Mefistófeles em seguida. Deve-se considerar ainda que a referência atenuante de Fausto à "bela quintazinha" oferecida aos anciãos surge somente após a pausa indiciada pelo travessão.

OS TRÊS

O velho amo acolheu-nos mal,
Dê uma festa sem igual.   11.285

MEFISTÓFELES *(ad spectatores)*

Já se deu o que aqui se dá,
De Naboth houve a vinha já. *(1 Reis* XXI)[24]

---

[24] Esta última referência explícita de Goethe ao Antigo Testamento pode estar indiciando não apenas um remoto caso semelhante de desapropriação e assassínio ("De Naboth houve a vinha já"), mas também — considerando-se o conjunto do capítulo 21 do primeiro *Livro dos Reis* — a vingança que se segue ao ato de violenta arbitrariedade: na sequência do episódio bíblico, o profeta Elias dirige-se a Acab para anunciar-lhe o castigo: "Mataste e ainda por cima roubas! [...] Porque te deixaste subornar para fazer o que é mau aos olhos de Iahweh, farei cair sobre ti a desgraça".

Noite profunda

As duas primeiras cenas do ato mostraram, sob a luz do pôr do sol, a "região aberta" em que se localiza a cabana de Baucis e Filemon e, em seguida, os extensos jardim e canal em torno do palácio do colonizador. Reina agora a escuridão, mas o espaço é ainda o palácio e assim continuará até a penúltima cena da tragédia, pois é em seu átrio que se deve imaginar o sepultamento de Fausto. Como nas cenas localizadas no palácio imperial do primeiro ato, ou ainda diante do palácio de Menelau no terceiro ato, também aqui várias entradas no mesmo espaço constituem um agrupamento cênico coerente e amarrado.

Do alto da torre de vigia ouve-se agora a célebre "canção de Linceu", composta em abril de 1831 e considerada a quinta-essência da religiosidade mundana de Goethe: "Felizes meus olhos,/ O que heis percebido,/ Lá seja o que for,/ Tão belo tem sido!".

Mas a canção se insere, em flagrante contraste, entre o sinistro acontecimento anunciado por Mefistófeles ("De Naboth houve a vinha já") e a sua perpetração, de modo que o louvor lírico da beleza e da harmonia da criação se converte em lamento elegíaco: "O que a vista deliciava/ Com os séculos se foi".

Em seguida, aparece Fausto sobre um balcão, numa altura intermediária, e os seus versos articulam uma racionalização do crime: a construção de um belvedere para se contemplar o avanço ininterrupto de sua empresa colonizatória. Por fim, surge mais embaixo Mefisto com os seus três sicários, e em versos paratáticos, numa cadência surda e acelerada, ouve-se o relato frio e cínico da eliminação dos anciãos recalcitrantes.

Em seus comentários a esta cena, Erich Trunz ressalta na figura de Linceu o momento da contemplação pura, que se constitui como antítese ao frenético agir do colonizador: "Fausto é ativo, mas permanece junto a Mefisto. Linceu é apenas visão, mas não pode ajudar. Ele enaltece a Natureza e lamenta o que vê no mundo dos humanos. Também o mundo de Fausto não poderia ser constituído de modo a que Linceu pudesse enaltecê-lo? Para que a ordenança ativa e soberana pudesse ser incluída nesse grandioso contemplar afirmativo ela teria de oferecer uma imagem tal como a pinta mais tarde o monólogo final (vv. 11.559-86). Fausto como soberano: ação e realidade, mas nenhuma beleza. Linceu: beleza e realidade, mas nenhuma ação. O monólogo final de Fausto: ação e beleza, mas nenhuma realidade". [M.V.M.]

LINCEU, O VIGIA *(cantando na torre do castelo)*

> A ver destinado,
> À torre preposto,[1]
> Vigia jurado,　　　　　　　　　　　　11.290
> O mundo é meu gosto.
> Contemplo distante
> E próximo observo
> O luar no levante,
> O bosque, a ave e o cervo.　　　　　　11.295
> Assim vejo em tudo
> Beleza sem fim,
> E, como me agrada,
> Agrado-me a mim.
> Felizes meus olhos,　　　　　　　　　　11.300
> O que heis percebido,

---

[1] No original, o vigia Linceu inicia este canto com os versos "Para ver nascido,/ Para olhar destinado", explicitando a diferença, tão cara ao pensamento de Goethe, entre a mera percepção visual do "ver" (*sehen*) e o "olhar" ou "mirar" (*schauen*) que busca penetrar na essência dos fenômenos. Também Otto Maria Carpeaux, em suas explanações sobre Goethe (*História da literatura ocidental*, vol. III, p. 1.620), enxerga nesses versos uma espécie de quinta-essência ou balanço final da experiência de vida do poeta, a expressão do "equilíbrio que o fez tirar a conclusão de sua vida: 'tudo o que chegaram a ver esses olhos felizes, como quer que tenha sido — foi bom'".

Lá seja o que for,
Tão belo tem sido!

(Pausa)

Mas nem sempre para o gozo
Velo o mundo desta altura;   11.305
Com que horror mais espantoso
Me confronto na negrura!
Chispas vejo que faíscam
Pelas tílias, lá, na treva,[2]
Raios fúlgidos coriscam,   11.310
Que o ar atiça e à roda leva.
Ah! no bosque a casa arde,[3]
Que em musgo úmido se erguia;
Urge auxílio! ali, que não tarde!
Esperança vã, baldia!   11.315
O parzinho venerando,
Sempre ao fogo tão atento,
Preso, e em fumo e em brasa arfando!
Que agonia, que tormento!
Fulge a choça em luz purpúrea   11.320
Dentro do atro entulho externo;

---

[2] No original, Linceu fala neste verso em chispas que faíscam "pela dupla noite das tílias". A imagem deve-se possivelmente ao fato de as duas árvores, recortadas perante o pano de fundo da cabana em chamas, apresentarem-se aos olhos do vigia como especialmente negras (antes, portanto, de serem elas mesmas atingidas pelo fogo).

[3] No original, Linceu transmite a visão de chamas que ardem de dentro para fora: "Ah!, o interior da choupana arde".

Salvem-se esses bons da fúria
Do tremendo, ardente inferno!
Flâmea língua se esparrama
Pelas hastes, pela rama; 11.325
Galhos, crepitando e ardendo,
Ruem em rápida ignição.
Olhos meus, ah! que estais vendo!
Por que tenho tal visão!
A capela cai em ruínas 11.330
Sob a alta haste despencada.
Serpenteiam chamas finas
Pelo cume da ramada.
Nos pés ocos corre a lava,
Rubro ardor raízes rói. — 11.335

(Longa pausa, canto)[4]

O que a vista deliciava
Com os séculos se foi.[5]

---

[4] Em seu alentado estudo *A colônia de Fausto* (*Fausts Kolonie*, Würzburg, 2004), Michael Jaeger interpreta esta segunda e "longa" pausa no canto de Linceu como sinalização da ruptura irreparável com a milenar tradição clássica e judaico-cristã simbolizada por Baucis e Filemon. A interrupção faz resplandecer por um instante não só a ruína dos anciãos e a tragédia de Fausto, mas sobretudo a catástrofe provocada por uma modernidade inexorável e intrinsecamente destrutiva: "No mar de chamas descrito por Linceu consomem-se os vigamentos que sustentam a edificação da cultura europeia" (p. 414).

[5] Após a "longa pausa" vêm então os versos conclusivos de Linceu, os quais podem estar se referindo tanto às velhas tílias agora carbonizadas (e, com elas, os "séculos" de sua existência) como à cabana e à pequena capela, símbolos do velho mundo representado por Baucis e Filemon.

FAUSTO *(no balcão, virado para as dunas)*

Do alto ouço um canto lamuriento.
Cumpriu-se a ordem; choro vão!
Geme o guarda; eu também lamento $\qquad$ 11.340
No íntimo a irrefletida ação.
Mas que das tílias só subsista
Tronco semicarbonizado,
Para uma ilimitada vista,
Ergue-se um belveder, ao lado.[6] $\qquad$ 11.345
Lá, também vejo o novo lar
No qual, com proteção honrosa
E em paz serena, o velho par
Tranquilo o fim da vida goza.

MEFISTÓFELES E OS TRÊS *(embaixo)*

Aqui a galope pleno estamos; $\qquad$ 11.350
Perdão! por bem não o arranjamos.
Batemos rijo e forte à entrada,
Porém, não nos foi facultada;[7]

---

[6] *Luginsland*, no original: substantivo derivado do verbo *lugen* ("espiar", "mirar"), *ins* ("no") e *Land* ("país", "campo", "terra" etc). Trata-se de um mirante ou belvedere (substantivo italiano, incorporado pela língua portuguesa, composto pelo verbo *vedere*, "ver, olhar") em forma de torre, do qual se poderá observar toda a região ao redor, inclusive – nos planos de Fausto – o pedaço de terra que teria oferecido ao casal de anciãos.

[7] Albrecht Schöne vislumbra neste verso uma possível alusão sarcástica de Mefisto às palavras de Cristo, "batei e vos será aberto" (*Mateus*, 7: 7). De qualquer modo, entrando Mefisto "às brutas" – conforme se lê no *Grande sertão: veredas,*

Batendo, sacudindo em vão,
A rota porta fez-se ao chão;   11.355
Ameaçador, soou nosso brado,
Sem que nos fosse ouvido dado.
Isso é, ninguém, é de se ver,[8]
Nos quis ouvir, quis atender;
Mais cerimônia, então, não fiz,   11.360
Deles livramos-te num triz.
Não sofreu muito o par vetusto,
Caiu sem vida, já, com o susto.
Um forasteiro, lá pousado,
E que lutar quis, foi prostrado.   11.365
Na curta ação da luta brava,
Carvão, que à roda se espalhava,
Palha incendiou. Ardendo vês,
Lá, a fogueira desses três.

FAUSTO

Não me entendeste? Falei alto!   11.370
Quis troca, não quis morte e assalto.
O golpe irrefletido e atroz
Amaldiçoo, e todos vós!

---

de Guimarães Rosa ("Diabo é às brutas, Deus é traiçoeiro") — estabelece-se expressivo contraste com a chegada suave do Peregrino.

[8] No original, Mefisto diz aqui: "E como acontece em caso tal", sendo que Goethe grafa o verbo "acontece" (*geschieht*) como *geschicht*, derivado de "história", *Geschichte* — reforçando talvez o sentido da velha história de Nabot, que aqui se repete.

Quinto ato

CORO

O velho brado repercuta:
Rende obediência à força bruta!   11.375
E se lhe obstares a investida,
Arrisca o teto, os bens e a vida.

(Saem)

FAUSTO *(sobre o balcão)*

Somem-se os astros na neblina,
Do fogo baixo o ardor declina;
Um ventozinho úmido o abana,   11.380
Fumo e vapor traz que lhe emana.
Mal ordenado, feito o mal! —
Que vem voando em voo espectral?[9]

---

[9] Da fumaça da cabana, capela e tílias destruídas pelo fogo, assim como dos três corpos carbonizados, vêm voando, em "voo espectral", as alegorias ("quatro mulheres grisalhas") que se apresentam a Fausto na abertura da cena seguinte. Como observa Erich Trunz, a ligação intrínseca entre o aniquilamento do mundo de Baucis e Filemon e os acontecimentos da subsequente cena "Meia-noite" é estabelecida pela rima entre este último verso e o imediatamente anterior, "Mal ordenado, feito o mal! —" (literalmente: "Ordenado depressa, executado demasiado depressa! —"), palavras com que Fausto parece reprovar apenas a perpetração, demasiado precipitada, do assassinato dos idosos.

Meia-noite

Surgida da fumaça que se evola do massacre perpetrado contra Baucis e Filemon, a cena "Meia-noite" tem início ao ar livre, com a aproximação das quatro figuras alegóricas; logo, porém, se desloca para o interior do palácio, aonde a Apreensão se insinua pelo buraco da fechadura. No vocabulário do velho Goethe, o termo "meia-noite" é empregado muitas vezes não só como marcação da cesura entre dia e noite, mas sobretudo enquanto cifra da abolição do tempo. No quinto ato da tragédia assinala-se assim, com esta cena "Meia-noite", o momento em que adentram o palco acontecimentos que parecem desenrolar-se no íntimo de Fausto, encaminhando a sua morte e, por conseguinte, a anulação do relógio e a queda do ponteiro, como explicitarão versos posteriores no "Grande átrio do palácio".

As personagens que primeiro entram em cena são caracterizadas por Goethe como "quatro mulheres grisalhas", as quais parecem lembrar mensageiros celestes que no teatro religioso medieval procuravam conduzir o pecador ao arrependimento. Portanto, afastando-se de um princípio fundamental de sua estética clássica, o velho poeta lança mão aqui do procedimento alegórico, uma vez que as figuras surgem, sem a mediação simbólica do particular, enquanto personificações de grandes conceitos abstratos, como acontece nos mistérios da Idade Média, nos autos ibéricos (forma mobilizada, entre nós, por José de Anchieta), ou ainda no drama barroco alemão, tal como estudado por Walter Benjamin.

Dentre essas quatro alegorias sobreleva a figura da Apreensão (*Sorge*, no original, traduzível também por "preocupação" ou "cuidado"), com a qual Fausto já se confrontara na cena de abertura ("Noite") da primeira parte da tragédia: "Cria no fundo peito a apreensão logo vulto,/ Nele obra um sofrimento oculto,/ A paz turba e a alegria, irrequieta, a abalar-se;/ Continuamente assume algum novo disfarce;/ [...] Tremes com tudo o que não acontece,/ E o que não vais perder, já vives a prantear" (vv. 644-51).

Em sua enciclopédia mitológica, Hederich escreve sob a palavra latina *Cura* tratar-se de "uma deusa da apreensão (*Sorge*) e da inquietação"; já as *Curae* (no plural) seriam "as deusas da vingança dos antigos", as quais eram as primeiras a perturbar a consciência culposa dos homens.

Outra provável fonte para a concepção desta cena foi apontada por Wolfgang Wittkowski no ensaio "Goethe, Schopenhauer und Fausts Schlussvision" ["Goethe, Schopenhauer e a visão final de Fausto"], publicado em 1990 no *Goethe Yearbook*: os vultos alegóricos da Penúria (*Mangel*), Apreensão e Privação (*Not*) remontariam também à leitura que fez Goethe da primeira parte, publicada em 1818, de *O mundo como vontade e representação* de Arthur Schopenhauer, que por sua vez foi um leitor entusiasta do *Fausto I*. No parágrafo 57 desta obra, Schopenhauer caracteriza a vontade de viver como "aspiração constante, sem finalidade e sem descanso", a qual gera um sofrimento ontológico. "Os esforços ininterruptos para banir o sofrimento fazem apenas com que este abandone a sua aparência original de penúria (*Mangel*), privação (*Not*), preocupação (*Sorge*) com a conservação da vida. Se [os esforços humanos] lograrem, o que é muito difícil, recalcar o sofrimento sob esta aparência, ele logo se anuncia de volta sob mil outras figuras diversas, de acordo com a idade e as circunstâncias". E se tais figuras voláteis e cambiantes não conseguem penetrar de imediato "na consciência humana", a "substância da apreensão" (*Sorgestoff*) nelas encarnada permanece à espreita "em sua região extrema [da consciência], como uma figura de névoa (*Nebelgestalt*) escura e despercebida".

O enceguecimento de Fausto, provocado pelo bafejo da "figura de névoa" da Apreensão, constitui um dos pontos mais controversos da tragédia. O colonizador recusa-se terminantemente a reconhecer o poder de sua antagonista e reage à cegueira com a afirmação titânica da vontade de ação e de sua luz interior: "A noite cai mais fundamente fundo,/ Mas no íntimo me fulge ardente luz". As chamadas leituras perfectibilistas (Ernst Beutler, Wilhelm Emrich, Emil Staiger, entre outros), que interpretam a aspiração fáustica como ascensão constante a esferas cada vez mais elevadas, puras, aperfeiçoadas, vislumbram nesses versos — em consonância com o círculo hermenêutico da correspondência de sentido entre a parte e o todo — uma vitória de Fausto sobre a Apreensão, já que ele teria convertido a cegueira num ganho íntimo. Nessa chave interpretativa, Emrich observava que a cegueira significaria então a "mais profunda e benfazeja graça", uma vez que "supera a morte porque não mais permite que se veja o aspecto casual, real e fragmentário da ação, mas antes remete Fausto à eterna força criadora de seu íntimo". Também Erich Trunz tende, neste passo da tragédia, à leitura perfectibilista, observando que a "grandeza de Fausto" prevalece sobre as trágicas ilusões que cercam os seus últimos momentos: "comprimido em si mesmo, o seu ser mostra-se, no novo monólogo, no mais puro aspecto".

Já Albrecht Schöne acena com a possibilidade de ler os versos pronunciados pelo ancião cego envoltos em ressalva irônica do próprio Goethe — como testemunho, portanto, dos equívocos do colonizador que perdeu os vínculos com a realidade: "Ele explica aqui o próprio enceguecimento como a noite que vai penetrando cada vez mais fundo e, pouco depois, toma os Lêmures pelos seus *servos* [*obreiros*, na tradução de Jenny Klabin Segall] arrancados do sono; confunde a cova, que eles lhe cavam em meio à escuridão, com o grande canal de drenagem e, em face da morte iminente, agarra-se à gigantesca obra de vida supostamente em avanço contínuo (da qual, contudo, Mefisto já prognosticou o aniquilamento)". [M.V.M.]

(Surgem quatro sombrios vultos de mulher)

PRIMEIRA

Meu nome é a Penúria.

SEGUNDA

O meu é a Insolvência.[1]

---

[1] No original, o segundo vulto feminino a adentrar a cena apresenta-se como *Schuld*, que pode ser entendido tanto no sentido de falta moral (*culpa*) como de débito ou dívida material (*debitum*). Alguns comentadores (entre eles, Wilhelm Emrich e Emil Staiger) interpretam-no naquela primeira acepção, enquanto culpa. Entretanto, no dicionário de Adelung (1808) o substantivo *Schuld* é definido como "toda obrigação (*Verbindlichkeit*) que se deve a um terceiro", sobretudo no sentido de tributos em dinheiro, cereais ou prestação de serviços. Como essa alegoria se inclui entre as três (junto com a Penúria e a Privação) que nada podem contra um "rico", o sentido de *debitum* parece ser aquele visado por Goethe, justificando-se portanto a opção da tradutora por "Insolvência": a vultosa dívida ma-

TERCEIRA

O meu é a Apreensão.

QUARTA

O meu é a Privação. 11.385

AS TRÊS

Fechou-se o portal, não podemos entrar;
De um rico é a mansão, não devemos entrar.

PENÚRIA

Lá torno-me em sombra.

INSOLVÊNCIA

Lá torno-me em nada.

PRIVAÇÃO

Desviam de mim lá a vista mimada.

APREENSÃO

Irmãs, não podeis, não deveis vós entrar; 11.390
Mas entra a Apreensão junto ao hálito do ar.[2]

---

terial praticamente impossível de se solver, acarretando assim penúria, privação e
esgotamento físico (excesso de trabalho) e psíquico.

[2] No original, a Apreensão esgueira-se para dentro do palácio pelo "bura-

(A Apreensão desaparece)

PENÚRIA

Sombrias irmãs, afastai-vos daqui.

INSOLVÊNCIA

Seguindo-te os passos conchego-me a ti.

PRIVAÇÃO

Pegada a teus pés te acompanho o alvo e a sorte.

AS TRÊS

Estrelas se ocultam, voam nuvens adiante!   11.395
De trás, lá de trás! lá, distante, distante,
Lá vem nossa irmã, lá vem ela, a — — — Morte![3]

FAUSTO *(no palácio)*

Vi quatro vindo, apenas três têm ido;
De seu discurso, obscuro era o sentido,
Confusamente soou, qual — sorte,   11.400
Lúgubre rima ecoou-lhe — morte.

---

co da fechadura", o qual, segundo a superstição popular, seria um dos pontos de
entrada para poderes mágicos, demônios e espíritos de toda espécie.

[3] Como em alemão o substantivo "morte" é masculino, as três mulheres grisalhas (Privação, Insolvência e Penúria) referem-se à aproximação do "irmão". A
"lúgubre rima" percebida a seguir por Fausto se dá diretamente entre *Not* (Privação) e *Tod* (Morte).

Toava oco, surdo, espectralmente incerto.
Até o ar e a luz inda não me hei liberto.
Pudesse eu rejeitar toda a feitiçaria,
Desaprender os termos de magia,   11.405
Só homem ver-me, homem só, perante a Criação,
Ser homem valeria a pena, então.[4]

Era-o eu, antes que as trevas explorasse;
Blasfemo, o mundo e o próprio ser amaldiçoasse.[5]
Hoje o ar está de espíritos tão cheio,   11.410
Que não há como opor-se a seu enleio.
Se um dia te sorri, radioso e são,
Prende-te a noite em teias de visão;
Voltas do campo, alegre, entre a frescura,[6]

---

[4] Os comentadores e intérpretes que veem na trajetória de Fausto um aperfeiçoamento humano contínuo, um movimento ascendente no sentido do humanismo ou mesmo do socialismo utópico, encontram nesta passagem um significativo ponto de apoio para essa leitura "perfectibilista". Esboços preliminares desses versos revelam, no entanto, a intenção de Goethe em abafar ou relativizar a sugestão de que Fausto tenha se libertado, ou esteja efetivamente se libertando, da influência de Mefisto. Num dos manuscritos ele afirma já ter "há muito tempo afastado a magia, desaprendido voluntariamente os termos de feitiçaria" (*Magie hab ich schon längst entfernt/ Die Zauberfrevel williglich verlernt*). Na versão definitiva, após outras formulações intermediárias, Goethe substitui esse "há muito tempo" (*längst*) pelo mero desejo, talvez inalcançável, expresso no modo condicional: "Pudesse eu rejeitar toda a feitiçaria,/ Desaprender os termos de magia".

[5] Provável alusão às maldições que proferiu, na segunda cena "Quarto de trabalho" (vv. 1.591-606), contra si próprio, contra o mundo e mesmo as virtudes cristãs: "Maldita fé, crença e esperança!/ E mais maldita ainda a paciência!".

[6] Isto é, um campo no frescor da primavera ou — no contexto da empresa

Grasna uma ave, e que grasna? Desventura.   11.415
Superstição te envolve em malha aziaga:
Adverte, se anuncia, ocorre, indaga.
E vês-te só, e em ti temor advém.
A porta range, e sem entrar ninguém.

(Estremecendo)

Há alguém lá?

APREENSÃO

A resposta é: sim, há!   11.420

FAUSTO

E tu, quem és então?

APREENSÃO

Sou quem está.

FAUSTO

Pois sai!

APREENSÃO

Estou lá onde devo estar.

---

colonizadora de Fausto — um campo (*junge Flur*) recém-conquistado ao mar. Na
sequência, Fausto alude à antiga superstição que interpreta o grasnido ou crocito
de corvos, gralhas etc. como anúncio de desgraça e morte.

FAUSTO *(primeiro irritado, depois calmo, para si mesmo)*

Calma, exorcismo algum vás pronunciar.[7]

APREENSÃO

Não pudesse o ouvido ouvir-me,
Na alma inda eu toaria firme;   11.425
Sob o aspecto mais diverso,
Violência imensa exerço.
No mar, terra, em qualquer plaga,
Companheira negra, aziaga,[8]
Sem procura sempre achada,   11.430
Entre afagos maldiçoada. —
Nunca a Apreensão tens conhecido?

FAUSTO

Pelo mundo hei tão só corrido;
A todo anelo me apeguei, fremente,
Largava o que era insuficiente,   11.435
Deixava ir o que me escapava.
Só desejado e consumado tenho,
E ansiado mais, e assim, com força e empenho

---

[7] Como deixa claro a indicação cênica que introduz este verso, Fausto está falando aqui consigo mesmo e não com a Apreensão. De certo modo, já é um ensaio do seu desejo de "rejeitar toda a feitiçaria" — no caso, o esconjuro ou "exorcismo" que poderia afastar o espectro da Apreensão.

[8] Literalmente, "companheira eternamente angustiante" — *ängstlich*, no sentido de inquietante, amedrontador, que produz medo ou angústia (*Angst*).

Quinto ato

Transposto a vida; antes grande e potente,
Mas hoje vai já sábia, lentamente.   11.440
O círculo terreal conheço a fundo,
À nossa vista cerra-se o outro mundo;
Parvo quem para lá o olhar alteia;[9]
Além das nuvens seus iguais ideia!
Aqui se quede, firme, a olhar à roda;   11.445
Ao homem apto, este mundo acomoda.[10]
Por que ir vagueando pela eternidade?
O perceptível arrecade.[11]
Percorra, assim, o trânsito terreno;
Em meio a assombrações ande sereno,   11.450
No avanço encontre ele êxtase ou tormento,
Insatisfeito embora, hoje e a qualquer momento![12]

---

[9] Afirmações semelhantes já fizera Fausto durante o diálogo com Mefisto travado na segunda cena "Quarto de trabalho": "Que importam do outro mundo os embaraços?/ Faze primeiro este em pedaços,/ Surja o outro após, se assim quiser! Emana desta terra o meu contento,/ E este sol brilha ao meu tormento" (vv. 1.660-70). Afastando aqui, com inquebrantável energia, toda e qualquer preocupação com o além, o ancião reprova no verso seguinte o homem que "ideia" (ou imagina, fantasia, engendra) acima das nuvens seres iguais a si — ou, invertendo-se a expressão bíblica, à sua imagem e semelhança.

[10] Literalmente, Fausto diz neste verso que ao homem ativo ou capaz (*dem Tüchtigen*) "este mundo não é mudo". Até certo ponto, é a visão do próprio Goethe, que numa conversa com Eckermann, a 25 de fevereiro de 1824, rejeitava especulações excessivas sobre o além e a eternidade: "Um homem capaz, porém, que já aqui pretende valer alguma coisa e, por isso, tem de aspirar, lutar e atuar diariamente, deixa em paz o mundo futuro e procura ser ativo e útil neste mundo".

[11] Literalmente: "O que ele [o homem apto] reconhece, se deixa agarrar", nova exortação à conquista deste mundo apreensível pelos sentidos.

[12] Fausto apresenta, portanto, a "insatisfação" como força propulsora de

APREENSÃO

Quem possuo é meu a fundo,[13]
Lucro algum lhe outorga o mundo;
Ronda-o treva permanente,   11.455
Não vê sol nascente ou poente;
Com perfeita vista externa[14]
No Eu lhe mora sombra eterna,
E com ricos bens em mão,
Não lhes frui a possessão.   11.460
Torna em cisma azar, ventura,
Morre à míngua na fartura;
Seja dor, seja alegria,
Passa-as para o outro dia,
Do futuro, só, consciente,   11.465
Indeciso eternamente.

---

toda atividade humana (e não apenas de sua condição atual), não importando se o homem encontra em sua marcha "êxtase ou tormento".

[13] Em seus comentários, Albrecht Schöne reproduz palavras do professor de medicina Frank Nager (*Der heilkundige Dichter. Goethe und die Medizin* [O poeta terapêutico. Goethe e a medicina], 1990) sobre esta estrofe em que a Apreensão, num atordoante tom de ladainha, fala de seu poder sobre os seres humanos: estariam presentes aqui "todos os sintomas clínicos clássicos que caracterizam o estado psíquico depressivo: obscurecimento de ânimo e visão pessimista, pensamento destrutivo e negativo, incapacidade de cumprir mesmo as menores obrigações do cotidiano, paralisia da mente, indolência interior e exterior, fixação neurótica, lentidão de todas as funções, excesso de cerimônias, indecisão paralisante, ações cumpridas pela metade, incapacidade de enfrentar o momento presente, achaques colaterais, distúrbios de sono, irradiação negativa sobre as outras pessoas".

[14] No original, a Apreensão refere-se nestes versos aos sentidos exteriores: fisiologicamente "perfeitos", mas tomados pelas trevas.

FAUSTO

Para! assim não me pegarás!
Não quero ouvir-te a absurda lábia.
Seria ladainha tal capaz
De perturbar até a razão mais sábia.   11.470

APREENSÃO

Deve ele ir-se? deve vir?
Não lhe cabe decidir;
Sobre aberta e chã vereia[15]
Meios passos cambaleia.
Mais a fundo se perdendo,   11.475
Tudo mais disforme vendo,
A si e a outros molestando,
Haurindo o ar e sufocando;
Respirando ainda e qual morto,
Sem descanso, sem conforto.   11.480
Um rolar contínuo, assim,
Renunciar, dever, sem fim,
Ora folga, ora opressão,
Semissono e alívio vão,
Prendem-no em martírio eterno,   11.485
E o preparam para o inferno.[16]

---

[15] "Vereia", variação de "vereda", corresponde no verso a *Weg* (empregado no genitivo, *Weges*): "caminho, rota, trilha etc.". Aquele que perdeu a capacidade de decidir-se, diz aqui a Apreensão, avança cambaleante e a meios passos.

[16] O "rolar" ou giro contínuo das coisas, o qual prepara para o inferno aquele de quem a Apreensão se apoderou, é especificado nestes versos que falam

FAUSTO

Cruéis fantasmas, eis como tratais
As míseras humanas criaturas;
Até a hora quotidiana transformais
Em malha horrenda de fatais torturas.   11.490
Dos demos é árduo libertar-se o ser humano,
Não há como romper-se o rijo, abstrato elo;
Mas teu poder, tão tredo quão tirano,
Não vou jamais, ó Apreensão, reconhecê-lo.[17]

APREENSÃO

Prova-o; já que eu, com maldição,   11.495
De ti me aparto como vim!
A vida inteira os homens cegos são,
Tu, Fausto, fica-o, pois, no fim!

(Ela o bafeja)[18]

---

da alternância angustiante de folga e opressão, de semissono e alívio vão, e —
formulação mais hermética — da renúncia ao que produziria prazer e da obrigação de cumprir o que repugna ("Renunciar, dever, sem fim" ou, conforme o original, "Um renunciar doloroso, um dever repugnante").

[17] Nesta passagem Fausto afirma que não reconhecerá o poder da Apreensão, por maior e mais insidioso (*schleichend*, também no sentido de traiçoeiro ou
"tredo") que este seja.

[18] Em consonância com a suposição, bastante difundida na mitologia e nas
superstições, de que o hálito ou bafejo de seres demoníacos libera forças invisíveis e destrutivas, Albrecht Schöne sugere aqui uma inversão do "hálito de vida"
que Deus insufla nas narinas do primeiro homem, modelado com a "argila do sono", para torná-lo um ser vivente (*Gênesis*, 2: 7).

FAUSTO *(enceguecido)*

A noite cai mais fundamente fundo,
Mas no íntimo me fulge ardente luz;   11.500
Corro a pôr termo ao meu labor fecundo;
Só a voz do amo efeito real produz.
De pé, obreiros, vós! o povo todo!
Torne-se um feito o que ideei com denodo.
Pegai da ferramenta, enxadas, pás!   11.505
Completai logo o traçamento audaz.
Esforço ativo, ordem austera,
O mais formoso prêmio gera.
A fim de aviar-se a obra mais vasta,
Um gênio para mil mãos basta.[19]   11.510

---

[19] "Gênio" corresponde no original a "espírito" (*Geist*), sugerindo ambos os termos o sentido de "cabeça" ou "mente" — metonímia do "amo" cuja voz "efeito real produz", como proclamado oito versos acima. Num estudo original publicado em Nova York no ano de 1935 ("Julirevolution, St. Simonismus und die Faustpartien von 1831"), Gottlieb C. L. Schuchard demonstrou que estes versos (assim como outras passagens do quinto ato) têm como pano de fundo um confronto intenso do velho Goethe com o socialismo utópico de Saint-Simon. Reagindo à cegueira com a afirmação titânica da vontade — em consonância, como mostra Schuchard, com uma das divisas do teórico francês ("*il suffit de vouloir, et nous voulons*": "basta querer, e nós queremos") — e explicitando enérgica ideologia da ordem, do esforço coletivo e do progresso dirigido por uma única mente, Fausto apoia-se de maneira sub-reptícia nas palavras que Saint-Simon faz os operários de seu *Système industriel* dizer aos *chefs de l'industrie*: "Vós sois ricos, nós somos pobres; vós trabalhais com a cabeça, nós com os braços; destas diferenças fundamentais resulta que somos e devemos ser os vossos subordinados".

Grande átrio do palácio

"Quem se me opôs com força tão tenaz,/ Venceu o tempo, o ancião na areia jaz": com estas palavras Mefistófeles irá sumariar nesta cena, diante do corpo recém--tombado do centenário Fausto, a trajetória daquele que várias décadas antes escarnecera da possibilidade de vivenciar a plena satisfação neste mundo, de encontrar um momento de felicidade e fruição ao qual pudesse dizer: "Oh, para! és tão formoso!".

Sob o comando de Mefistófeles, as figuras espectrais dos Lêmures marcham até o adro do suntuoso palácio e começam a escavar a cova de seu proprietário. Este, cegado pela Apreensão e, por isso, orientando-se pelo tato, ouve o tinido das pás (mavioso aos seus ouvidos, ao contrário do sino de Baucis e Filemon) e, inspirado pelo suposto avanço de sua obra colonizadora, arroja-se a mais um discurso titânico, que será o derradeiro. Sobre esses 28 versos pronunciados pelo colonizador em idade bíblica — um novo Moisés a quem é dado contemplar no momento da morte a sua Terra Prometida (a visão utópica de um povo livre trabalhando numa terra livre) — a filologia goethiana levantou um verdadeiro maciço de exegeses, muitas delas de cunho eminentemente político-ideológico.

Para a leitura marxista da tragédia de Goethe, o discurso final de Fausto constitui evidentemente um momento privilegiado. Todavia, enquanto Georg Lukács, em seus *Estudos sobre o Fausto* de 1940, limita-se a caracterizar esse monólogo como "a forma mais elevada e decidida da recusa subjetiva ao princípio demoníaco" (identificado com a dinâmica capitalista), intérpretes posteriores procuraram estreitar os laços entre a última visão fáustica e as análises empreendidas por Marx. "A fala final de Fausto é uma profecia do marxismo", afirma categoricamente Nicholas Boyle em seu ensaio de 1983 "The Politics of Faust II: Another Look at the Stratum of 1831". E Thomas Metscher — para citar apenas um entre dezenas de exemplos possíveis — enfoca em seu estudo "Fausto e a economia" (1976) o substrato social-histórico da tragédia de Goethe, acentuando o aspecto da representação "da ideologia burguesa no processo de transição para a socialista". Metscher aponta ainda para o aparecimento da classe operária como "massa disponível" neste quinto ato da tragédia e estabelece uma relação entre os

Lêmures, que portam as ferramentas dos trabalhadores da obra de drenagem, e a imagem do "espectro do comunismo", que abre o *Manifesto* de Marx e Engels, publicado dezesseis anos após a conclusão do *Fausto II*.

No entanto, tendências críticas mais recentes subordinam inteiramente os traços utópicos e "progressistas" que assomam nas derradeiras manifestações de Fausto às marcas sombrias também disseminadas pelas cenas do quinto ato: a ordem de enviar imediatamente, em plena madrugada, os obreiros escravizados às frentes de trabalho (v. 11.503); a afirmação autocrática de que "um espírito" deve comandar "mil mãos" (v. 11.510); o regozijo do colonizador com a multidão que lhe presta corveia (v. 11.540); a ordem ao capataz Mefisto de recrutar à força e sob engodo mão de obra para a drenagem do charco (v. 11.554). À luz de passagens como estas, Michael Jaeger, em seu estudo *A Colônia de Fausto* (2004), contrapõe-se decididamente tanto às interpretações marxistas desenvolvidas em torno da ideia do progresso tecnológico e material ou do otimismo histórico, que estariam implícitos nesse quinto ato, como à análise de Heinz Schlaffer (referida no comentário à cena "Sala vasta" do primeiro ato) sobre o potencial crítico das alegorias goethianas em relação à moderna sociedade capitalista: "Aqui então Goethe e Marx, assim se poderia variar a tese de Schlaffer, começam a 'se comentar mutuamente' no sentido de uma contradição fundamental", constata Jaeger à página 614 de seu livro.

Inclinando-se igualmente à leitura que ressalta o pessimismo histórico que permeia várias passagens desse quinto ato, Albrecht Schöne observa, enfocando o monólogo final, que Goethe cercou "as últimas palavras de Fausto com decididas reservas e as obscureceu com profunda ironia e desesperança".

Para a compreensão aprofundada do monólogo derradeiro de Fausto talvez seja útil conhecer, mesmo em tradução literal, algumas etapas preliminares de sua elaboração. Originalmente, como revelam os *paralipomena* correspondentes, o monólogo estendia-se por apenas nove versos, abrindo-se com a insistência do colonizador sobre a "obra do cavado" (ironizada por Mefistófeles a meia-voz nos vv. 11.557-8): "Do cavado, que se estende pelos brejos/ E por fim alcança o mar./ Conquisto espaço para muitos milhões/ E então quero viver entre eles,/ Pisar em solo e terra próprios./ Posso dizer então ao momento:/ Oh, para! és tão formoso!/ Os vestígios dos meus dias terrenos/ Não perecerão em éones" (em uma tradução literal).

Numa variante posterior do monólogo percebe-se, entre outras particularidades, a intenção do poeta em trabalhar sobre a referência a "solo e terra próprios". Goethe acrescenta assim o advérbio *wahrhaft* ("verdadeiramente"), que reforça a sugestão de propriedade sobre o espaço que lhe fora doado como feudo: "Pisar em solo e terra verdadeiramente próprios". Mas numa versão subsequente, já expandida para os 28 versos do texto canônico, o novo atributo (*wahrhaft*) acarreta a substituição do adjetivo "próprio" (*eigen*) por "livre": "Um tal povoamento (ou "bulício", *Gewimmel*) gostaria de ver,/ Pisar em solo e terra verdadeiramente livres". E no passo que leva à formulação definitiva, a imagem de uma terra "livre" não só continua prevalecendo sobre o aspecto da propriedade e do domínio (indiciado antes pelo adjetivo "próprio", *eigen*), mas é intensificada por Goethe, na medida em que se dispensam agora o advérbio "verdadeiramente" assim como o substantivo "solo" (*Boden*, que em alemão é mais ligado ao aspecto da posse): "Um tal povoamento gostaria de ver,/ Pisar em terra livre com povo livre", exprime então Fausto a sua mais alta aspiração social, em face da qual poderia pronunciar por fim as palavras fatídicas, acordadas na aposta com Mefistófeles: "Oh, para! és tão formoso!".

Quatro vezes assomam no monólogo de Fausto os termos "livre" e "liberdade" (vv. 11.564, 11.575, 11.580). Para os contemporâneos de Goethe essa ocorrência despertava, como observa Albrecht Schöne, associações concretas com a libertação dos servos da gleba na Prússia, com a declaração de independência dos Estados Unidos e, sobretudo, com a Revolução Francesa, sobre a qual escrevia Hegel em 1802 que havia depurado o conceito e a palavra *liberdade* de "seu vazio e indeterminação". Mas o povo livre com que sonha Fausto é também um povo consciente dos perigos que o cercam, que concebe a sua existência como condicionada pela luta incessante com os elementos, as ameaças do mar em recobrar os seus direitos: "Lá fora brame, então, a maré./ E, se para invadi-la à força, lambe a terra,/ Comum esforço acode e a brecha aberta cerra".

Para Erich Trunz o termo "liberdade", sobre o qual tanto insiste o colonizador em seus últimos versos, deve ser entendido no contexto específico deste quinto ato da tragédia: "A palavra 'livre' significa aqui, antes de tudo: livre de Penúria, Insolvência, Apreensão, Privação (esta é a ligação implícita com a cena anterior), mas também livre de magia. É a imagem do ser humano, como ele deve ser. [...] Os habitantes dos pôlderes sabem-se condicionados: precisam cuidar do dique e cultivar o solo; somente então serão livres. Fausto gostaria de participar dessa liberdade, como o líder deles. Isso é dito textualmente. O elemento político pode estar também em jogo — livre da coação de uma ordem feudal opressiva — mas não é o mais importante e está contido naquela acepção. Também quanto ao termo *povo* cumpre atentar ao uso goethiano da palavra, o qual, tributário do século XVIII, é diferente do emprego atual, marcado pelo Romantismo e pelo século XIX. *Povo* significa para Goethe, na maioria das vezes, simplesmente uma multidão de pessoas [...] O que Fausto tem em mente nesta passagem é uma multidão de homens livres. E o solo é livre porque não pertence a nenhum outro além dele mesmo, e os habitantes podem usufruir daquilo que cultivam. [...] Nessa medida é um desdobramento do desejo 'Pudesse eu rejeitar toda feitiçaria' (v. 11.404). Enquanto nos cálculos de Mefistófeles todo o território drenado será engolido novamente pelo mar, Fausto acredita empreender um feito para todos os tempos, como sempre de maneira superlativa. Mas ele tem apenas a *presciência* disso. Ele não frui o fato de já ter drenado considerável extensão do mar, ele pensa apenas nos projetos maiores, que em espírito já vê realizados diante de si. É esse o seu último momento: aspiração, movimento em direção de algo, não é de forma alguma posse e gozo". [M.V.M.]

(Archotes)

MEFISTÓFELES *(à frente, como superintendente)*[1]

> Entrai! entrai! fúnebres servos!
> Vós, lêmures frementes,
> Remendos de ossos, tendões, nervos,[2]
> De algures semi-entes.

---

[1] A rubrica cênica não explicita claramente se Mefisto atua de fato, neste quinto ato, como "superintendente" (ou "capataz", "chefe": *Aufseher*) da imensa obra colonizadora de Fausto ou se ele apenas está usurpando esse papel (como no primeiro ato, em relação ao posto de "bobo da corte").

[2] Edições mais recentes do *Fausto* (como as de Albrecht Schöne e Ulrich Gaier) trazem neste verso, em lugar de "ossos, tendões, nervos", apenas "ligamentos e ossos" (*Ligamenten und Gebein*). Essa alteração remonta a um trabalho de restauração dos manuscritos da tragédia, realizado em 1990-91, quando se evi-

LÊMURES *(em coro)*[3]

> Aqui nos tens tão logo à mão,   11.515
> E, se entendemos certo,
> De um território amplo é questão,
> Que nos será oferto.
>
> Paus aguçados, ei-los cá,
> Grilhões para a medida;[4]   11.520

---

denciou que uma tira de papel com o verso *Aus Ligamenten und Gebein* ("De ligamentos e ossos"), destinada por Goethe a ser colada sobre a variante anterior, constituía provavelmente a versão definitiva.

[3] Designação, na antiga Roma, para os espíritos ou espectros dos mortos, que se esconjuravam na festa dos "Lemuria", nos dias 9, 11 e 13 de maio. Goethe familiarizou-se com essas entidades mitológicas mediante os seus estudos de arte antiga, e em 1812 publicou o ensaio "O túmulo da bailarina", em que descreve imagens de Lêmures no baixo-relevo de um túmulo na cidade italiana de Cumae. Também pôde ler, na enciclopédia mitológica de Hederich, que a aparição dos Lêmures em uma casa, rondando-a e fazendo barulho, significava que alguém estava prestes a morrer. Em consonância com esse detalhe, o tinido das pás, picaretas e demais ferramentas, que nesta cena chega aos ouvidos de Fausto, é devido à abertura de sua própria cova — e não em solo consagrado (indispensável, segundo a crendice popular, para a salvação da alma), mas no próprio átrio do palácio. Convocados por Mefistófeles, os Lêmures surgem com as ferramentas dos construtores dos canais, diques, cavados etc., o que também permite concebê-los como espectros dos operários mortos durante o trabalho, conforme o relato de Baucis: "Carne humana ao luar sangrava,/ De ais ecoava a dor mortal,/ Fluía ao mar um mar de lava,/ De manhã era um canal".

[4] Como as estacas aguçadas (os "paus" mencionados no verso anterior), esses "grilhões" ou correntes constituíam a instrumentária para a medição, divisão ou demarcação de terrenos — a agrimensura que na época de Goethe procedia segundo a chamada técnica da "triangulação". Albrecht Schöne observa que o lei-

Grande átrio do palácio

A razão deste apelo, já
Por nós foi esquecida.

MEFISTÓFELES

Não cuida de arte esta encomenda;
Serve, ao medir, vosso contorno![5]
Ao longo o mais longo entre vós se estenda,   11.525
Cortais, vós outros, o gramado em torno;
Como se fez pra nossos pais,
Um quadro oblongo aprofundais!
Do paço rico ao fosso estreito,[6]
Acaba mesmo desse jeito.   11.530

LÊMURES *(cavando com gesticulações motejadoras)*

Quando era vivo e moço e amava,
Lembro quão doce era isso;

---

tor contemporâneo podia associar a mensuração de terras aqui delineada com o
famoso levantamento topográfico da França realizado por César-François Cassini
de Thury, cuja *Carte de la France 1: 86.400*, concluída em 1789, serviu de base
para a reestruturação revolucionária do país em 83 *Départements*.

[5] Isto é, para a abertura do túmulo de Fausto, Mefistófeles rejeita, como
sendo supérflua ou artificial (*künstlerisch*), a mensuração mediante estacas, correntes etc. Propõe antes que as medidas do mais alto dos Lêmures sirvam como
contorno para a abertura do túmulo.

[6] No original, Mefistófeles diz literalmente que tudo termina mesmo de
maneira "assim estúpida" (*so dumm*), isto é, "Do palácio à casa estreita": da suntuosa e ampla residência do colonizador à exígua cova que os Lêmures vão abrir.
De certo modo, este verso volta a repercutir a oposição, trabalhada nas primeiras
cenas do ato, entre palácio e choupana.

Quinto ato

Onde alegria havia e canto,
Dançava, eu, movediço.

A treda idade me atingiu   11.535
Com seu bordão em certo;
No umbral do túmulo esbarrei,
Por que é que estava aberto?[7]

FAUSTO *(saindo do palácio, tateando os umbrais da porta)*

Como o tinido dos alviões me apraz!
É a multidão, que o seu labor me traz,[8]   11.540
Consigo mesma irmana a terra,

---

[7] A exemplo da canção entoada por Mefistófeles na cena da morte de Valentim (ver nota ao v. 3.680), os versos pronunciados aqui pelos Lêmures, de forma zombeteira ("com gesticulações motejadoras", conforme a rubrica), constituem uma livre adaptação da canção do coveiro no início do quinto ato do *Hamlet* (cena da abertura da cova de Ofélia, quando vem à luz o crânio de Yorick). Goethe apoiou-se na versão que consta da coletânea *Reliques of Ancient English Poetry*, publicada em 1765 por Thomas Percy. Nesta versão, a primeira e a terceira estrofe dizem: "I lothe that I did love,/ In youth that I thought swete:/ As tyme requires for my behove,/ Me thinkes they are not mete.// For age with stealing steps,/ Hath clawed me with his crowch/ And lusty life away he leapes,/ As there had ben none such".

[8] Após sair tateando do palácio, o colonizador centenário (e agora cego) dá início à sua última fala na tragédia. No original, este verso rima com o seguinte ("Consigo mesma irmana a terra") e não com o anterior. Goethe constrói assim uma rima entre os verbos *frönen*, grafado na época como *fröhnen* e que significava prestar trabalho pesado e ilícito (ou mesmo "corveia"), e *versöhnen*, reconciliar ou "irmanar", referido aqui à terra conquistada ao mar — e pacificada, irmanada "consigo mesma" — mediante as obras de drenagem. Goethe, portanto, combina a semelhança de som com uma discrepância de sentido.

Em rija zona o mar encerra,
Às ondas põe limite e freio.

MEFISTÓFELES *(à parte)*

Por nós estás zelando em cheio
Com tuas docas, teus açudes;[9]   11.545
Netuno, o demo da água, não iludes,
E já lhe aprontas o festim.
À ruína estais mesmo fadados; —
Conosco os elementos conjurados,
E a destruição é sempre o fim.   11.550

FAUSTO

Chefe![10]

MEFISTÓFELES

Eis-me aqui!

---

[9] Em seu prognóstico agourento, Mefisto refere-se neste verso, ao lado dos "diques" (*Dämmen*) da obra fáustica, também a *Buhnen*, termo técnico que designa as barreiras construídas mar adentro (ao passo que os diques correm paralelamente à orla marítima).

[10] No original retorna o mesmo termo (*Aufseher*) traduzido no início da cena como "superintendente". Não fica inteiramente claro se Mefisto foi investido mesmo dessa função ou se, conforme já apontado, apenas insinuou-se no lugar do verdadeiro capataz. A primeira alternativa pressupõe que Fausto permanece até o fim associado ao mal, como intuíra Baucis: "Já que em toda aquela empresa,/ Certo que nada me apraz". Já a segunda leitura delinearia o seu empenho efetivo em "rejeitar toda a feitiçaria,/ Desaprender os termos de magia", conforme as palavras expressas na cena "Meia-noite" (v. 11.404).

FAUSTO

Com rogo e mando,
Contrata obreiros às centenas,
Promete regalias plenas,
Paga, estimula, vai forçando![11]
De dia em dia deixa-me informado   11.555
De como se prolonga a obra do cavado.

MEFISTÓFELES *(a meia-voz)*

Trata-se, disso tive a nova,
Não de um cavado, mas da cova.[12]

FAUSTO

Do pé da serra forma um brejo o marco,
Toda a área conquistada infecta;   11.560
Drenar o apodrecido charco,
Seria isso a obra máxima, completa.[13]

---

[11] Fausto explicita aqui os duvidosos métodos empregados no recrutamento de trabalhadores: pagar, estimular ou atrair sob engodo (*locke*) e pressionar (*presse bei*: trazer para cá, *herbei*, sob pressão).

[12] No original, o trocadilho se estabelece entre os substantivos *Graben* (o novo "fosso" que, na imaginação de Fausto, ajudará a "drenar o apodrecido charco") e *Grab*, a "cova" que os Lêmures estão escavando sob o comando de Mefisto. O verbo comum a ambos os substantivos (portanto, etimologicamente ligados) é *graben* ("escavar, revolver a terra"), do qual derivou o francês *graver* (e, por extensão, "gravar" em português).

[13] Estendendo-se ao "pé da serra" ou da cadeia de montanhas (*am Gebirge*), esse terreno pantanoso — que se formou portanto terra adentro, além da bar-

Espaço abro a milhões — lá a massa humana viva,
Se não segura, ao menos livre e ativa.
Fértil o campo, verde; homens, rebanhos,   11.565
Povoando, prósperos, os sítios ganhos,
Sob a colina que os sombreia e ampara,
Que a multidão ativa-intrépida amontoara.
Paradisíaco agro, ao centro e ao pé;[14]
Lá fora brame, então, até à beira a maré.   11.570

---

reira de diques (provavelmente junto à antiga linha de dunas) — ameaça empestar e, consequentemente, destruir todo o trabalho já realizado. Dréna-lo seria então, na derradeira visão de Fausto, a sua conquista mais elevada (*das Höchsterrungene*), e é esse o objetivo que atribui implicitamente à escavação do imenso fosso, a "obra do cavado". (Valeria lembrar aqui, retornando à acima mencionada instrumentalização ideológica desse monólogo final, que Walter Ulbricht, secretário--geral do partido comunista da Alemanha oriental entre 1950 e 1971, refere-se em seu discurso "Ao conjunto da nação alemã!", de 1962, às "forças reacionárias na República Federal da Alemanha e em Berlim ocidental" como um "pântano de exploração capitalista, um foco de política bélica e revanchista e um pântano de corrupção desavergonhada. Esse pântano, que chega até as fronteiras de nossa Alemanha socialista, impede a asseguração da paz e infecta a atmosfera, precisa ser drenado".) Como fundamento para a concepção dessas imagens do monólogo, os comentadores apontam leituras específicas de Goethe (como o *Panorama de toda a técnica hidráulica*, obra em dois volumes publicada em 1796 por Johann Georg Büsch) e observações concretas, como a sua viagem pela região alagadiça do Pontino, os brejais cuja drenagem se inicia, sob ordem papal, já durante a Baixa Idade Média, mas que é finalizada apenas no governo de Mussolini. (A travessia pelos pântanos pontinos é narrada por Goethe na sétima parte de sua *Viagem à Itália*, sob a data de 23 de fevereiro de 1787.)

[14] Mais para o interior de suas possessões (*im Innern*), ao pé da "colina" levantada pela "multidão ativa-intrépida" (provável metáfora para os poderosos diques), Fausto imagina uma terra "paradisíaca", utilizando o mesmo adjetivo empregado por Filemon na cena de abertura deste ato (ver nota ao v. 11.086).

Quinto ato

E, se para invadi-la à força, lambe a terra,
Comum esforço acode e a brecha aberta cerra.
Sim! da razão isto é a suprema luz,[15]
A esse sentido, enfim, me entrego ardente:
À liberdade e à vida só faz jus,   11.575
Quem tem de conquistá-las diariamente.
E assim, passam em luta e em destemor,
Criança, adulto e ancião, seus anos de labor.
Quisera eu ver tal povoamento novo,
E em solo livre ver-me em meio a um livre povo.   11.580
Sim, ao Momento então diria:
Oh! para enfim — és tão formoso!
Jamais perecerá, de minha térrea via,
Este vestígio portentoso! —[16]

---

[15] No original, Goethe emprega neste verso um termo técnico da lógica, *Schluss* ("conclusão"), que lhe era corrente desde os seus tempos de estudante (ver a sátira de Mefisto ao *Collegium Logicum*, na cena com o estudante, e a nota ao v. 1.911). Em seus comentários, Erich Trunz observa que Fausto emprega este termo técnico (que corresponde a *syllogismus, ratiocinatio, conclusio*) como antigo erudito, dando-lhe contudo um novo sentido; "pois não é a conclusão lógica ao fim de uma cadeia racional de premissas, mas sim 'a última conclusão da verdade', portanto, uma sentença que se encontra ao fim de sua experiência e sabedoria de vida, e que decorre dessa experiência como a conclusão lógica decorre das premissas. O seu conteúdo é uma imagem do ser humano que *conquista* para si, *diariamente, vida* e *liberdade* — uma imagem que somente agora se tornou nítida para Fausto".

[16] No original, Fausto diz que os vestígios de seus dias terrenos não desaparecerão nem mesmo em "éones" (*Äonen*, em alemão), termo de origem grega, *aion*, que designa incomensuráveis períodos de tempo. Uma palavra característica do colonizador visionário e hiperbólico, mas não — como observa Erich Trunz

Na ima presciência desse altíssimo contento,   11.585
Vivo ora o máximo, único momento.

(Fausto cai para trás,
os Lêmures o amparam e o estendem no solo)[17]

MEFISTÓFELES

Jamais se satisfaz, vão lhe é qualquer contento,
Miragens múltiplas corteja ansiado;
Ao último, oco, insípido momento,
Tenta apegar-se ainda o coitado.   11.590
Quem se me opôs com força tão tenaz,

— de Goethe: "Aqui o poeta coloca-se ironicamente de lado. Enquanto Fausto fala de eternidade, a morte, e com ela a derrocada de sua obra, estão bem próximas. Enquanto ele fala de 'comum esforço', há ao seu redor uma 'multidão' submetida à corveia, engodada e pressionada. Contudo, a sua visão é grandiosa e nobre".

[17] Anunciada anteriormente pelo coro alegórico da Privação, Insolvência e Penúria ("Lá vem nossa irmã, lá vem ela, a — — — Morte!") e pelo trocadilho irônico que Mefistófeles acaba de fazer, a morte de Fausto não parece dever-se apenas ao fato de ter pronunciado as palavras que, pela aposta firmada na segunda cena "Quarto de trabalho", poria fim à sua existência. Pode-se pensar, em relação a um centenário, numa *causa mortis* natural. Característico talvez da relação de recalque de Goethe com a morte (não viu os corpos de amigos como Schiller e Karl August e nem da mulher Christiane Vulpius) é o fato de a palavra ser inteiramente contornada nesta cena da morte (como na rubrica: "cai para trás") e aparecer uma única vez na cena seguinte da inumação ("Perdeu a velha morte o efeito pronto", v. 11.632). Albrecht Schöne lembra neste contexto palavras do octogenário Goethe sobre uma pintura representando um sepultamento: "E agora, por fim e para completar, ainda um morto, um cadáver; mas eu não vou estatuar a morte".

Venceu o tempo, o ancião na areia jaz.
Para o relógio —

CORO

Para! Qual meia-noite está calado.
Cai o ponteiro.

MEFISTÓFELES

Cai. Está, pois, consumado.[18]

CORO

Passou.

MEFISTÓFELES

Passou! palavra estúpida!   11.595
Passou por quê? Tolice!
Passou, nada integral, insípida mesmice!
De que serve a perpétua obra criada,
Se logo algo a arremessa para o Nada?[19]

---

[18] Mefisto e o coro dos Lêmures retomam palavras pronunciadas por Fausto ao selar a aposta: "Pare a hora então, caia o ponteiro./ O Tempo acabe para mim!". Contudo, à alusão blasfema de Mefisto às últimas palavras de Cristo ("Está consumado!", *João*, 19: 30), os Lêmures irão contrapor o seu "passou", que por sua vez irá provocar exacerbada reação de Mefisto.

[19] Por ocasião de sua primeira aparição na cena "Quarto de trabalho", Mefisto já se caracterizara enquanto princípio niilista e destrutivo: "O Gênio sou que sempre nega!/ E com razão; tudo o que vem a ser/ É digno só de perecer". Neste

Pronto, passou! Onde há nisso um sentido?   11.600
Ora! é tal qual nunca houvesse existido,
E como se existisse, embora, ronda em giro.
Pudera! o Vácuo-Eterno àquilo então prefiro.

---

final de cena, diante dos restos mortais de seu "tenaz" opositor, ele proclama o "Vácuo-Eterno" (ou o Vazio-Eterno, *das Ewig-Leere*) como princípio universal e, assim, radicaliza ainda mais o seu niilismo, negando agora realidade ao próprio ser — antes apenas "digno de perecer": se toda a Vida é, sem exceção e inexoravelmente, arremessada para o "Nada", como propõe aqui a lógica mefistofélica, é como se "nunca houvesse existido" — *As there had ben none such* ("Como se tal não tivesse sido"), conforme se lê igualmente num dos versos da canção shakespeariana adaptada por Goethe.

Inumação

Entre as grandiosas imagens da morte de Fausto, impregnadas de trágica ironia, e a ascensão de sua alma ou parte "imortal" (*Unsterbliches*) pela região das "furnas montanhosas", sob o empuxo do "Eterno-Feminino", Goethe inseriu esta cena que, mais do que qualquer outra, ilustra a referência à tragédia (na mencionada carta de 17 de março de 1832 a Wilhelm von Humboldt) como "esses gracejos muito sérios" (*diese sehr ernsten Scherze*).

O título "Inumação" parece concernir em primeiro lugar aos restos mortais de Fausto; o verdadeiro conteúdo desta cena é, porém, o destino de sua parte "imortal", que se evola do corpo e torna-se alvo de intensa disputa entre anjos e demônios. Trata-se, com efeito, de motivo frequente na literatura medieval (e também no período renascentista e da Contrarreforma), objeto de representação séria em peças litúrgicas, nos mistérios e também nos autos ibéricos, gênero este representado, sobretudo, por Juan Del Encina e Gil Vicente (autor de *O auto da alma*, por exemplo, encenado provavelmente em 1508).

Contudo, a influência decisiva para a elaboração desta cena não provém da literatura, mas sim da pintura, mais precisamente de um conjunto de afrescos no claustro do cemitério de Pisa intitulado *Il trionfo della morte*. Pintados por volta de 1360 por vários artistas (entre os quais Andrea Orcagna, discípulo de Giotto), esses afrescos foram reproduzidos em Florença, entre 1812 e 1822, em uma série de 40 gravuras sob o título *Pitture a fresco del Campo Santo di Pisa intagliate da Carlo Conte Lasinio*. Goethe possuía em sua coleção particular algumas dessas reproduções, entre elas o *Trionfo della morte*, em que as almas, sob a forma de pequenas figuras humanas, saem da boca dos mortos e são disputadas por anjos e demônios. Na parte superior da gravura vê-se ainda uma batalha aérea entre diabos de chifres retos e recurvos, aparelhados com gigantescas asas de morcego, e belos anjos que, concentrando-se mais à direita, levam consigo as almas redimidas, enquanto aqueles arremessam suas presas para dentro de um turbilhão de chamas que se ergue de uma cratera vulcânica.

Goethe também conhecia o motivo a partir da lenda apócrifa em torno da morte e da assunção de Moisés, cujo corpo, conforme aludido na *Epístola de São*

Judas, teria sido reclamado inicialmente pelo diabo, mas por fim — após altercação com o arcanjo Miguel — arrebatado aos céus por este.

Todavia, se, por um lado, o velho poeta recorreu a esses antigos modelos literários, artísticos e religiosos para a configuração da penúltima cena da tragédia, deu-lhes, por outro lado, um tratamento predominantemente irônico, de tal modo que a justa final entre os Anjos do Bem e do Mal pela alma de Fausto avulta também como paródia de uma peça litúrgica. Nem sequer fica faltando o tradicional requisito da monstruosa "goela" do Inferno, que os diabos de chifres retos e curvos trazem para o palco obedecendo a ordens de Mefisto. Espécie, portanto, de *Intermezzo* burlesco imediatamente antes do desfecho da tragédia na paisagem mística e sublime das "Furnas montanhosas", a cena "Inumação" lembra ainda, desviando o olhar da tradição cristã para o antigo teatro grego, o chamado "drama satírico": designado a partir do coro dos "sátiros", demônios da fecundidade no séquito de Dionísio, esse gênero (preservado integralmente apenas na peça *O ciclope*, de Eurípides) costumava seguir-se como epílogo alegre e jocoso à tragédia grega clássica.

Aos olhos dos contemporâneos de Goethe o "drama satírico" (o "gracejo muito sério") que aqui se desenrola devia certamente aparecer como obsceno e altamente ofensivo, pois Mefisto e seus ajudantes não apenas são contemplados com os traços grotescos que a tradição teatral costumava atribuir ao Anjo do Mal (como se observa também em peças do padre Anchieta, o diabo Guaixará na *Festa de São Lourenço*, Lúcifer e Satanás no auto *Na vila de Vitória*); Goethe vai mais longe no ousado jogo desta penúltima cena e faz com que Mefisto seja acometido, à vista dos "apetecentes" Anjos, de arrepios homossexuais. É a maneira pela qual o amor irradiado pelo "ataque" das pétalas de rosa atua sobre Mefisto, obrigado a assumir por fim o antigo papel do diabo burro, luxurioso e logrado. Enquanto lamenta, em suas duas derradeiras estrofes, a derrota sofrida nesta cena (e, por conseguinte, a frustração de todos os esforços despendidos ao longo de anos e décadas), os Anjos ascendem levando consigo a essência imortal de Fausto.

Prepara-se, desse modo, a transição para a próxima e última cena da tragédia, a escalada pelas furnas rochosas imantadas pelo amor divino, um arriscado passo dramático que Goethe procurou fundamentar, entre outros apoios, na doutrina do teólogo grego Orígenes (185-254), mais precisamente, como ainda se verá, em sua concepção da "apocatástase" (*apokatastasis panton*), a "recondução" à fonte primordial de todos os entes e seres, inclusive Lúcifer e os demais anjos caídos, que também emanaram de Deus.

606   Quinto ato

O recurso do velho Goethe à doutrina origenista não se pautou, evidentemente, pela finalidade de conferir à tragédia um caráter religioso-confessional (e, muito menos, por proselitismo), mas sim porque aquela lhe facilitou o retorno à moldura metafísica esboçada no "Prólogo no céu" e a concepções então explicitadas pelo "Altíssimo". Ao negar ao Mal a categoria de absoluto e eterno, o origenismo proporcionou a Goethe subsídios teológicos para a configuração dos acontecimentos que se abrirão nas "Furnas montanhosas", isto é, a recondução da essência imortal de Fausto à esfera divina, apesar de todos os erros, faltas e desgraças derivados de seu inquebrantável titanismo terreno: o aniquilamento de Margarida e toda a sua família, o massacre de Baucis e Filemon, ou ainda o sacrifício de vidas imposto por sua obra colonizadora.

Em larga extensão, esta cena é dominada pelos monólogos de Mefisto, articulados, como de costume, nos chamados versos madrigais. Enfeixados em estrofes de três a vinte versos, com padrões métricos variáveis (tanto no número de sílabas quanto na distribuição dos acentos) e esquema livre de rimas (por vezes incorporando até mesmo versos soltos, não rimados), os madrigais mostram-se como que talhados para o discurso mefistofélico, o seu palratório cínico e mordaz que desemboca não raro em conclusões niilistas.

Contrastando com essa forma maleável (já a caminho do verso livre moderno), Goethe introduz aqui a expressão lírica que dominará toda a cena seguinte: os versos breves e etéreos entoados pelos Anjos, trazendo também à lembrança o coro de Páscoa que, com o seu ritmo encantatório, demovera Fausto, no final da primeira cena "Noite", da ideia do suicídio.

Às seis intervenções do Coro dos Anjos nesta cena, as edições do *Fausto* preparadas por Albrecht Schöne e Ulrich Gaier acrescentam uma sétima, inserida imediatamente após o verso 11.831 — cortando ao meio, portanto, o monólogo final de Mefisto. Essa derradeira manifestação dos Anjos encontra-se em dois manuscritos da tragédia, mas não na versão final, a chamada *Reinschrift*, que Goethe mandou encadernar em agosto de 1831 e que serviu de base para a publicação póstuma. Trata-se de uma estrofe de nove versos, omitida aparentemente por mero descuido (o manuscrito apresenta uma mudança de tinta no ponto em que deveria entrar a estrofe). Os cinco primeiros versos dessa estrofe tematizam a interação de "amor" (*Liebe*) e "graça" (*Gnade*), que aparecem não apenas como substantivos, mas também se qualificando mutuamente em função adjetiva. O sexto e sétimo versos apresentam estrutura sintática de difícil compreensão: *Fielen der Bande/ Irdischer Flor*, formulação elíptica que sugere terem se desprendido de

Fausto os laços ou os vínculos (*Bande*) terrenos como um leve véu (*Flor*). Por fim, os dois últimos versos preludiam o motivo das "nuvens" (*Wolken*), que será desdobrado na subsequente cena de encerramento.

Acompanhada da rubrica cênica *Engel, indessen entschwebend* (Anjos, nesse meio-tempo evolando-se no ar), essa estrofe diz no original: "*Liebe, die gnädige,/ Hegende, tätige,/ Gnade die liebende/ Schonung verübende/ Schweben uns vor./ Fielen der Bande/ Irdischer Flor/ Wolkengewande/ Tragt ihn empor*". Em tradução literal: "Amor, misericordioso,/ Acalentando, atuante,/ Graça, amante,/ Proteção doando/ Pairam à nossa frente./ Se caíram os laços/ Como véu terreno/ Vestes de nuvens/ Transportai-o para cima". [M.V.M.]

LÊMUR *(solo)*

> Quem tem tão mal construído a casa,[1]
> Com picaretas, pás? 11.605

LÊMURES *(coro)*

> Mudo hóspede em talar de cânhamo,[2]
> Não a desprezarás.

---

[1] Goethe retoma nesta abertura de cena a sua adaptação da canção do coveiro no quinto ato do *Hamlet*. Trata-se agora da terceira e última estrofe na tragédia shakespeariana — glosada por Goethe a partir da coletânea *Reliques of Ancient English Poetry*, de Thomas Percy: "*A pikeax and a spade,/ And eke of shrowding shete,/ A howse of clay for to be made,/ For such a guest most mete*". Goethe acrescenta novos versos à sua adaptação e cria um jogral entre o canto-solo de um Lêmure (ou Lêmur) e o coro.

[2] Versos independentes do modelo inglês. "Mudo" corresponde, no original alemão, a *dumpf*, apático, embotado. O "talar de cânhamo" indicia uma mortalha rústica, de baixa qualidade. As cadeiras e mesas mencionadas em seguida constituem provável referência à mobília do palácio, "emprestada a curto prazo". Em

LÊMUR *(solo)*

Quem fez da sala pouco caso?
Cadeiras, mesas, onde estão?

LÊMURES *(coro)*

Foi emprestada a curto prazo;   11.610
Há dos credores multidão.

MEFISTÓFELES

O corpo jaz e à fuga o espírito se apronta;
O título, ei-lo aqui: firmado em sangue, e idôneo; —[3]
O mal é que hoje em dia, há métodos sem conta,
Para se subtrair as almas ao demônio.   11.615
Por modo antigo a gente ofende,
Não há, por novo, quem nos recomende;[4]
A sós teria o feito dantes,
Hoje preciso de ajudantes.

---

seus comentários, Ulrich Gaier associa a "multidão dos credores" aos vermes que
fazem o corpo retornar à terra, como sendo algo apenas emprestado.

[3] Isto é, aquelas poucas "linhas" do documento (*titulus*) do pacto ou aposta, o qual Fausto assinara com o próprio sangue (v. 1.737) e que Mefisto pretende agora resgatar na presumível condição de vencedor.

[4] Mefistófeles provavelmente está lamentando neste verso que também
por modos ou métodos mais modernos (como cobrar o resgate de um "título") o
diabo não é bem-vindo (e tampouco pode valer-se de recomendações: "não há
quem nos recomende"). Já por modo antigo, como vir buscar a alma de um pac-
tário com raios, trovões, exalações de enxofre etc., o diabo hoje em dia ofende e
escandaliza.

É que, pra nós, tudo vai mal! 11.620
Direito antigo, uso tradicional,
Não pode mais fiar-se a gente em nada.
Surgia, outrora, com o supremo alento,[5]
Vigiava-a, e, zás! nas garras, a contento,
Qual veloz rato a via aprisionada. 11.625
Vacila, hoje, em deixar o podre abrigo,
Do vil cadáver a morada repelente;
Os elementos, em mútuo ódio imigo,
No fim a expelem oprobriosamente.
E ainda que horas, dias, me ande atormentando, 11.630
Surge a fatal questão: por onde? como? quando?
Perdeu a velha morte o efeito pronto;[6]
Defunto ou não? até isso me põe tonto;
Quanta vez não espiei a massa rija e fria —
Era ilusão, vibrava inda, algo se movia. 11.635

(Fantásticos gestos giratórios de exorcismo)[7]

---

[5] Literalmente, diz Mefisto neste verso que outrora a alma saía (abandonava o corpo) com o último suspiro.

[6] As queixas de Mefisto têm como pano de fundo, conforme observam comentadores (Albrecht Schöne, Ulrich Gaier), discussões contemporâneas, motivadas por casos de morte aparente que vieram à tona no século XVII, sobre o momento preciso de comprovar-se o óbito e estabelecer a data do enterro. Desse debate participou também o Dr. Christoph Hufeland, médico particular de Goethe (ver nota ao v. 2.349), que em 1791 publicou o estudo *Sobre a imprecisão da morte e o único meio infalível para se convencer de sua realidade e tornar impossível o sepultamento de pessoas vivas*. Com o argumento de que apenas a decomposição do corpo pela putrefação daria certeza irrefutável nessa questão, o Dr. Hufeland preconizou com êxito a abertura de um necrotério em Weimar.

[7] Literalmente, esta indicação cênica significa algo como "fantásticos ges-

Vinde pra cá! dobrai o passo, à frente!
Senhores, vós, do real, diabólico feitio,[8]
Do corno reto, vós, e vós, do curvo, esguio!
Trazei, também, do inferno a goela incandescente.[9]
De fato o inferno tem mil goelas, e em seu fogo   11.640
Traga conforme a classe, o posto e as honrarias;
Contudo, no porvir, no derradeiro jogo,
Não ligaremos mais àquelas ninharias.[10]

(Abre-se, à esquerda, a goela monstruosa do inferno)

---

tos de esconjuro, à maneira de um chefe de ala". Goethe emprega aqui o substantivo *Flügelmann*, chefe de fila (ou ala: *Flügel*, em alemão), geralmente o soldado mais alto de uma divisão, que mostrava aos demais os movimentos a serem executados. Mefistófeles realiza, portanto, uma gesticulação de cunho militar, que deve servir como orientação e modelo aos demônios arregimentados que logo surgirão em cena.

[8] Para designar os "senhores" dos cornos retos e recurvos, Mefisto alude no original à expressão *von echtem Schrot und Korn*, que em alemão possui significado bastante positivo: caracteriza alguém da "velha cepa", da "gema", uma pessoa de "torcer e não quebrar". Goethe cria assim um neologismo mediante a fusão de "demônio" (*Teufel*) com *Schrot* (literalmente, cereal triturado) e *Korn* (cereal em grão): os senhores do "real, diabólico feitio".

[9] A "goela" ou a "fauce" hiante do Inferno constituía requisito frequente em peças e mistérios religiosos da Idade Média. Como que investindo os seus "ajudantes" da função de técnicos cênicos, Mefisto conclama-os a instalarem sobre o palco a tradicional "goela" do Inferno.

[10] Isto é, Mefisto prevê (e teme para breve) a abolição do ingresso no Inferno por "goelas" diferentes, segundo a condição social das almas: "a classe, o posto e as honrarias". No original, o sujeito desses dois versos finais não é a primeira pessoa do plural, mas o pronome impessoal "se": "não se ligará mais".

A fauce se abre, enorme, e da abismal garganta,
Vejo jorrar caudais de fogo em fúria, 11.645
E no fundo, entre a brasa e o fumo que alevanta,
A urbe ígnea em perenal conflagração purpúrea.[11]
Sobe, até a beira, a maré rubra, acesa,
Danados, pra salvar-se, a nado afluem à foz;
Mas, colossal, tritura a flâmea hiena a presa, 11.650
E têm de retrilhar a estrada quente e atroz.
Muito há de oculto inda nos cantos, mil horrores;
Em tão exíguo espaço esse pavor medonho!
Fazeis bem em encher de assombro os pecadores;
Pois julgam que é ilusão, tão só, mentira e sonho. 11.655

*(Dirigindo-se aos demônios rechonchudos,
de chifres retos e curtos)*

Eh vós, das panças de barril, ventas purpúreas!
Biltres dos rígidos, maciços colos nus!
Que ardeis em pez oleoso e exalações sulfúreas,
Olhai bem se algo a fósforo reluz:
Isso é a almazinha, esquiva, alada psique, 11.660
Torna-se verme vil, perdendo as asas;
Pois arrancai-lhas pra que o selo meu lhe aplique,
E ponde-a fora, em turbilhão de brasas!

Vigiai bem a região mais baixa,[12]
Vis odres, tal dever vos cabe; 11.665

---

[11] "Cidade das chamas", no original: alusão à *città del fuoco* de Dante, como no *Inferno* (X, 22), em que se dá o encontro com Farinata e Cavalcanti.

[12] Conclamando os diabos gordos (apostrofados com grotescos epítetos: "panças de barril", "vis odres" etc.) a vigiar a eventual fuga da alma pelas "regiões

Se é esse o lugar em que se encaixa,
É o que ninguém ao certo sabe.
Também no umbigo ela à vontade está —
Cautela, ou vos escapa ainda por lá.

(Para os demônios esquálidos de chifres longos e recurvados)[13]

Cabos de fila, espetos bufos e gigantes!   11.670
Batei o ar, em constante expectativa!
Visem bem o alvo as vossas garras rapinantes,
Para apanhardes a voadora fugitiva!
Do velho lar, na certa, sente enjoo.
E o gênio logo tenta abrir pelo alto o voo.[14]   11.675

(Resplandor do alto, à direita)[15]

---

baixas", Mefisto refere-se a esta logo acima (v. 11.660) no diminutivo e ainda como "psique" (*Psyche*), que em grego significa "alma" e também "borboleta".

[13] Nesta estrofe, Mefistófeles dá ordens aos diabos compridos e esquálidos (ou macilentos, ressequidos: *dürr*), instando-os a vigiar uma possível fuga da alma pelo alto. No original, são apostrofados também como *Firlefanze*, que desde Lutero significa "tolos, parvos" (daí o adjetivo "bufo" na tradução); é também um nome de diabo na tradução da *Divina Comédia* publicada em 1826 por Adolf F. Carl Streckfuss, muito apreciada por Goethe.

[14] Se perante os diabos gordos Mefisto denominou a alma como "psique", agora ele a chama, diante desses "espetos bufos e gigantes", de "gênio", sobre o qual escreve Hederich em sua enciclopédia: "o gênio de um ser humano não é outra coisa senão a sua alma (*Animus*)".

[15] "Resplandor" corresponde no original ao substantivo *Glorie*, que em português (glória) também tem entre os seus significados, conforme assinala o dicionário *Houaiss*, o de "representação pictórica do Céu" e o de "auréola, halo, resplendor que simboliza a santidade". Na teoria cênica é também o "lugar elevado e iluminado em que surge um céu aberto, com os seres divinos". O fato desse res-

LEGIÃO CELESTE

Flui, hoste angélica,[16]
Da órbita célica,
Em suave adejo:
Falhas perdoando,[17]
Pó reavivando; 11.680
Dita nascente,
Graça a todo ente,
Fluindo, manando,
Do almo cortejo!

MEFISTÓFELES

Ouço tons díssonos, tinidos repelentes, 11.685
Vem do alto com importuno brilho e dia;[18]
Medíocre função, digna de adolescentes,
Tal como o bigotismo hipócrita o aprecia.

---

plandor aparecer aqui à direita não é casual — em suas lições práticas reunidas no volume *Regeln für Schauspieler* [Regras para atores], Goethe escreve que pessoas distintas ou veneráveis devem estar sempre à direita: "Quem estiver do lado direito deverá por isso mesmo fazer valer o seu direito e não ser empurrado contra os bastidores, mas permanecer firme no seu lugar". (Na sequência, Mefisto será "impelido para o proscênio" pelos Anjos que assomam da direita.)

[16] Esta autodenominação "hoste angélica" corresponde no original a *Gesandte*, que significa "emissário, mensageiro", mas que também traduz literalmente a palavra grega *Angelos*.

[17] Literalmente, exprime-se aqui a exortação para "perdoar os pecadores"; e, em seguida, "reavivar o pó", isto é, despertar os mortos para a nova vida.

[18] Isto é, a luz ou o brilho da "Glória", que irrompe nesta cena noturna.

Sabeis como em perversas horas planejamos
Da espécie humana a ruína e a perdição;   11.690
O mais iníquo que inventamos,
É o que convém à sua devoção.[19]

De manso vêm, beatões! é com tais troças,
Que muitos, já, nos foram surrupiados!
Guerreiam-nos com próprias armas nossas;   11.695
Demônios são também, mas embuçados.[20]
Perder, aqui, seria opróbrio eterno;
Junto ao sepulcro, e firmes, pelo inferno!

CORO DOS ANJOS *(espalhando rosas)*[21]

    Do alto frutuosas,
    Rútilas rosas!   11.700

---

[19] Os comentadores interpretam este "mais iníquo" de diferentes maneiras. Trunz faz um apanhado de importantes posições na filologia fáustica: "Düntzer: 'Os pecados mais malignos'. Erich Schmidt: 'Alusão ao hermafroditismo'. Witkowski: 'Os tormentos das almas no inferno'. Beutler: 'Crucificar o Filho de Deus'. Buchwald: 'A condição de castrado'. Erler: 'Provável alusão aos corais sacros ainda famosos no tempo de Goethe, cujos cantores eram castrados'".

[20] Distorção teológica típica de Mefistófeles: os anjos não são demônios "embuçados", mas estes é que são anjos caídos, como já se delineara no "Prólogo no céu" (ver nota ao v. 344).

[21] Como se evidenciará na cena seguinte, são as rosas que os Anjos receberam das mãos das sagradas e amorosas Penitentes (v. 11.942). Esse motivo simbólico das rosas (provenientes do amor divino e, por isso, aniquilando o elemento terreno e intensificando o espiritual) irá percorrer os demais versos pronunciados pelos Anjos. Breves, ligados por um ritmo "deslizante" e plenos de sonoridade encantatória, esses versos lembram o Coro dos Anjos e o Coro dos Discípulos na parte final da cena "Noite" (ver nota à rubrica anterior ao v. 737).

Voantes, flutuantes,
Vivificantes,
Semeai, alíferas,
Hastes frondíferas!
Verde e purpúreo,[22]   11.705

Traga o murmúrio
Do hálito verno,
A essa alma, o augúrio
Do Éden eterno.

MEFISTÓFELES *(para os satanases)*

Recuais? estremeceis? do inferno isso é uso, então?   11.710
Deixai que espalhem, e firmai as frentes.
Cada um a postos! sem hesitação!
Julgam com semeaduras florescentes
Poder gelar demônios quentes;

---

[22] Em sua *Teoria das cores* (especialmente nos parágrafos 794-6 e 915-9) Goethe discorre sobre o significado simbólico e místico do verde e do purpúreo, que pertenceriam àquelas cores complementares que "contêm em si a totalidade do espectro colorido". No original, essas cores são mencionadas na segunda estrofe, junto com o brotar da primavera (o "hálito verno"), o que evidencia a liberdade que se permitiu Jenny Klabin Segall na tradução desses versos etéreos, em que o sentido parece importar menos do que a sonoridade. Contudo, na primeira versão deste último ato, publicada em 1949, lê-se nesta segunda estrofe: "Verde e purpúreo,/ Transmita o hálito verno/ Ao que ali jaz, o augúrio/ Do Éden eterno". (Na "transcriação" de Haroldo de Campos, os versos pronunciados pelos Anjos excedem sistematicamente, com exceção de duas estrofes, o número de versos no original goethiano: nesta cena cabem aos Anjos 55 versos no original e 66 na versão "transcriada".)

Isso se funde à vossa exalação! 11.715
Bufai, soprai!²³ — Basta, basta, é demais!
Esvai-se o voo ante bafejos tais. —
Menos violência! segurai fauces e trombas!
Foi demais forte o bafo, com mil bombas!
Nunca há entre vós quem as medidas guarde! 11.720
Não só se funde, isso flameja, torra-se, arde!
Vem voando cá com venenosos raios;
Firmai-vos, todos juntos! enfrentai-os! —
Vai-se o vigor, todo o ânimo despejam!
Os demos o insinuante e estranho ardor farejam. 11.725

ANJOS

Chamas balsâmeas,
Pétalas flâmeas,
Bênção influindo,
O éter imbuindo
De auras de amor. 11.730
Do alto a voz vera
Da etérea esfera,
Na áurea hoste gera
Brilho e luz aonde for!

---

[23] No original, Mefisto confere aqui aos demônios — em consonância com a ordem de "soprar" (*pusten*) — o epíteto de *Püstriche*, como eram chamados, em antigas esculturas, espíritos que vertiam fogo pela boca. Quatro versos antes, Mefisto usara o epíteto "moscardo" (*Gauch*): "Cada moscardo em seu posto!".

Inumação

MEFISTÓFELES

Oh danação! Malditos incapazes! 11.735
De pé sobre a cabeça estão os satanases,
E, reboleando às cambalhotas,
Despenham-se no inferno, à fé![24]
Valha-vos o devido banho quente, idiotas!
Mas eu daqui não tiro o pé. — 11.740

(Debatendo-se em meio às rosas esvoaçantes)

Zus, fogos-fátuos! Tu, que lá reluzes,
Pilhado, a gelatina imunda te reduzes.[25]
Teimas em voar? Fora, de chofre! —
Grudou-se à minha nuca a arder qual pixe e enxofre.

CORO DOS ANJOS

O que vos é alheio,[26] 11.745
Do espírito afastai.

---

[24] Neste verso, Goethe exprime-se de maneira mais crassa do que a tradutora: os diabos despencam "de bunda" no inferno — ou "de culatra", como diz Haroldo de Campos; já João Barrento traduz: "Caem de cu no inferno aberto".

[25] Trunz e Schöne apontam neste verso uma reminiscência de um estudo sobre "fogos-fátuos" (que Mefisto compara às pétalas em chamas) publicado em 1812 numa revista científica (*Journal für Chemie und Physik*). O seu autor, R. L. Ruhland, apresenta a tese, então já amplamente refutada, de que os fogos-fátuos, uma vez apanhados (*gehascht*, como escreve Goethe), se reduzem a uma "massa gelatinosa, semelhante a ovas de rã, um tanto pegajosa e que, como a matéria de estrelas cadentes e bólides, propaga um cheiro de enxofre".

[26] Apesar do que poderia fazer supor o pronome oblíquo "vos", os Anjos

O que vos turba o seio,
Do íntimo rejeitai.
Se inda assim, se introduz,
Firme ânimo o reduz. 11.750
Só a quem ama, o amor[27]
Leva à perene luz!

MEFISTÓFELES

A fronte me arde, o peito, o corpo em fogo cruento,[28]
Um suprademoníaco elemento!
Pior do que do inferno o fogo mais tremendo! — 11.755
Por isso aos ais viveis gemendo,
Pobre amantes vós, que espreitais, desprezados,
A bem-amada com pescoços deslocados!

E eu! Que há para que o olhar ali derive?
Com ela sempre em mortal luta estive,[29] 11.760

---

continuam nesta estrofe a exprimir a sua mensagem sem dirigir-se aos demônios
— só uma única vez voltam-se diretamente àqueles, em versos mais longos e "pro-
saicos" (vv. 11.778-9) do que nos Coros. Como traço fundamental da próxima cena
veremos as figuras exprimirem diretamente as suas mensagens, sem dirigir-se uns
aos outros.

[27] Implicitamente delineia-se aqui a exclusão de Mefistófeles desse "elo
universal" promovido pelo Amor e, ao mesmo tempo, o acolhimento da "parte ou
elemento imortal" de Fausto.

[28] Literalmente, diz Mefisto neste verso arder-lhe "a cabeça, o coração, o
fígado", expressões metafóricas para o entendimento, o sentimento e a sensualidade, já que na superstição ou crença popular o fígado (*Leber*) aparecia por vezes
como a sede da volúpia sexual.

[29] O pronome "ela" neste verso elucida-se a partir do verso anterior, em que

E odiei-lhe sempre o aspecto. Que há comigo?
Têm-me embebido eflúvios estranháveis?
Vejo-os com gosto, esses mancebos adoráveis;
Que me retém? Nem praguejar consigo! —
E se me ilude a mim tão falso enleio,   11.765
Quem, doravante, há de ser o imbecil?
Esses espertalhões que odeio,
Vejo-os manando o encanto mais sutil! —

Dizei-me, lindos jovens, pois:
Também da geração de Lúcifer proviestes?   11.770
Quisera vos beijar, tão sedutores sois,
Julgo que em boa hora aqui viestes.
Tão natural me sinto e grato,
Como se amigos velhos fôsseis e bem-vindos;
Chegais sensuais, mansinhos, como gato,[30]   11.775
E cada vez mais lindamente lindos;
Oh vinde perto, oh concedei-me um vosso olhar!

ANJOS

Aqui estamos: que te obriga a recuar?
Estamos perto; fica, se o puderes.

(Os Anjos, em movimento envolvente, ocupam o palco todo)

Mefistófeles se interroga sobre o porquê de voltar compulsivamente a cabeça para "aquele lado" ou "aquela parte" (*jene Seite*) em que estão os Anjos.

[30] Sobre a associação entre sensualidade e gatos, ver a nota ao v. 3.655.

Quinto ato

MEFISTÓFELES *(que se vê impelido para o proscênio)*

Tratais-nos de malditos feiticeiros,   11.780
Enquanto sois os bruxos verdadeiros,
Pois seduzis vós homens e mulheres. —
Maldita, incômoda aventura!
É isso, do amor, a elementar essência?
Meu corpo todo em brasas se tortura,   11.785
Mal sinto, já, da nuca a incandescência. —[31]
De cá flutuais, de lá; baixai para o meu plano,
As formas agitai de modo mais mundano;
De fato, o aspecto austero em vós é lindo,
Mas, quisera uma vez, tão só, vos ver sorrindo!   11.790
Ser-me-ia um gosto eterno, nunca visto dantes.
Digo: do modo pelo qual se olham amantes,
Dos lábios é um jeitinho, tão somente.
Alto marmanjo, és tu quem mais me agrada;
Não te orna o ar sonso de padreco em nada,   11.795
Olha pra mim algo lascivamente!
Podíeis sem desonra andar mais nus, aliás;
As amplas vestes são supradecentes;
Desviam-se — assim vistos, por detrás! —[32]
São os malandros por demais apetecentes!   11.800

---

[31] Mefisto dissera anteriormente (v. 11.744) que as pétalas ardentes se haviam grudado à sua nuca; agora ele não sente mais essa dor localizada porque o "corpo todo", tomado pelo desejo homossexual, "em brasas se tortura".

[32] Ao se desviarem, os Anjos voltam as costas e, portanto, as nádegas a Mefistófeles.

CORO DOS ANJOS

Vertei claridade,
Chamejos benditos!
Redima os precitos
A luz da verdade!
Já beatos e salvos,   11.805
Afluindo a áureos alvos;
Libertos do Mal,
No elo universal![33]

MEFISTÓFELES *(tornando a si)*

Como é? — qual Jó, em chagas e úlceras me acho,[34]
Como um rufião, que a si próprio repele,   11.810
Mas triunfa ainda assim quando vê bem quem é ele,
E em si confia e na linhagem dele;
A salvo estão os nobres símbolos do diacho;
Ficou o malefício à flor da pele;[35]

---

[33] O conceito de "elo universal" (*Allverein*), no qual todos serão venturosos (*selig*), "libertos do mal", provém de Orígenes, já citado no comentário a esta cena, cuja doutrina da "recondução de todas as almas a Deus" (*apokatastasis panton*) constitui um dos fundamentos do ato seguinte, o último da tragédia.

[34] De maneira um tanto grotesca, Mefisto se vê agora na pele de Jó, ferido por Satanás "com chagas malignas, desde a planta dos pés até o cume da cabeça" (*Jó*, 2: 7).

[35] Isto é, apenas na superfície da pele, razão pela qual Mefisto "triunfa" a seu modo (em analogia antitética com o triunfo final de Jó, que confia na sua "linhagem") e diz a salvo "os nobres símbolos do diacho", em analogia antitética a versos posteriores dos Anjos referentes a Fausto: "O nobre espírito está salvo/ Do mundo atro dos demos". (Conforme observa Albrecht Schöne, o primeiro signifi-

Das chamas se acha enfim extinto o odioso voo   11.815
E, como é justo, todos vós amaldiçoo!

CORO DOS ANJOS

> Santa flamância!
> Quem se lhe entranha,
> Junto aos bons, ganha
> Mística aliança.   11.820
> Louve-se a esfera
> Da hoste adoranda!
> Limpa a atmosfera,
> A alma se expanda!

(Elevam-se às alturas, levando a alma imortal de Fausto)[36]

MEFISTÓFELES *(olhando em volta de si)*

Que é isso? — Aonde se foram? Voaram? Como!   11.825
Tomou-me de surpresa esse imaturo bando![37]

------

cado para a palavra "rosa", *Rose*, registrado pelo dicionário de Adelung dizia justamente "inflamação na superfície do corpo humano", conhecida também como "fogo sagrado".)

[36] No original, Goethe escreve *Unsterbliches*, o elemento ou a parte "imortal" de Fausto. Em esboços preliminares desses versos encontra-se "enteléquia", termo tomado à filosofia de Aristóteles. É sobretudo esta rubrica cênica que estabelece a ligação com a cena seguinte, que irá mostrar a ascensão da parte imortal de Fausto.

[37] "Imaturo" corresponde no original a *unmündig*, que designa alguém que ainda não atingiu a "maioridade" ou permanece submetido, como registra o dicionário de Adelung, à proteção do pai (no caso dos Anjos, Deus) ou tutor.

Inumação

Foi-se o tesouro! Ao alto a súcia carregou-mo!
Eis por que andaram este túmulo rodeando!
Foi-me abstraída a posse única e rara,
A alma sem par, que se me penhorara: 11.830
Raptaram-na, com sutil contrabando.[38]

E pra dar queixa agora, aonde, a quem me dirijo?
De quem meu bom direito exijo?
Logrado em tua idade vês-te!
Passas mal, e além disso o mereceste!   11.835
Pudera! fiz asneira grossa,
Tanto aparato, e em vão, tudo esbanjado!
Vulgar luxúria, absurdo amor se apossa
Do Satanás empezinhado.[39]
E se essa farsa infantil, tola e oca,   11.840
O esperto e prático embrulhou assim,[40]
De fato a parvoíce não é pouca
Que dele se apossou no fim.

---

[38] O verbo usado por Mefistófeles neste verso (*paschen*, mas no particípio e acrescido da partícula *weg*, "embora": *weggepascht*) tem precisamente o sentido de "contrabandear". O advérbio *pfiffig* significa "de maneira finória".

[39] "Empezinhado", isto é, coberto com pez, traduz literalmente o adjetivo alemão *ausgepicht*, particípio do antigo verbo *auspichen*, lambuzar com pez, piche (*Pech*). Significa, em sentido figurado, uma pessoa muito experiente e astuta.

[40] Achando-se por fim no antigo e cômico papel do diabo logrado, o "esperto e prático" Mefisto (*Klugerfahrne*, "astutamente experiente") deplora agora ter-se envolvido com a coisa "infantil e tola", o que parece referir-se não apenas à derrota sofrida nesta cena da "inumação", mas a todos os serviços, diligências e esforços despendidos com a finalidade de apoderar-se da alma de Fausto.

Furnas montanhosas, floresta, rochedo

No magnífico prólogo que Goethe faz desenrolar-se nas alturas celestes, Mefisto explicitara a intenção de arrastar Fausto para a sua "estrada". O "Altíssimo", por seu turno, prontificou-se a deixar-lhe o caminho livre para a tentativa: "Enquanto embaixo ele respira/ Nada te vedo nesse assunto;/ Erra o homem enquanto a algo aspira". Mas também não deixou de advertir que "o homem de bem", mesmo em meio à obscuridade de sua aspiração, "da trilha certa se acha sempre a par". E lançou ainda a promessa de trazer o seu servo Fausto à luz.

Chegou o momento de cumprirem-se tais palavras, e nas "furnas montanhosas" desta cena de encerramento veremos Fausto — ou o ser outrora assim chamado — irromper pelas luminosas esferas celestes, cercado pelos versos de delicadas Penitentes, pelos cantos de Infantes Bem-Aventurados e de Anjos que anunciam redenção a todo aquele que sempre se esforça aspirando.

Apontamentos e esboços deixados por Goethe revelam sua intenção original de concluir a tragédia com um "Epílogo no céu", motivado por uma espécie de recurso impetrado por Mefistófeles contra a ação pretensamente ilícita dos Anjos ao arrebatar-lhe a alma de Fausto. Nesse epílogo, a sentença final sobre tal litígio metafísico seria proferida então não mais pelo "Altíssimo", mas sim por Cristo, na condição de regente do império celeste (*Reichsverweser*). Contudo, a fantasia criadora de Goethe enveredou por outros caminhos e, provavelmente em dezembro de 1830, decidiu-se por esse novo desfecho, marcado por imagens de ascensão, aperfeiçoamento e intensificação espiritual, as quais provavelmente passaram a exprimir com maior precisão as intuições religiosas do poeta octogenário. Surgiu assim a cena *Bergschluchten*, traduzida aqui, de maneira fiel e expressiva, como "Furnas montanhosas" (e "Barrocais" por Agostinho D'Ornellas, "Desfiladeiros" por João Barrento, e transcriada como "Passos íngremes na montanha" por Haroldo de Campos).

É uma cena vincada, sobretudo, por personagens e concepções da fé católica, que Goethe mobiliza todavia como uma espécie de "mitologia" — termo que emprega ao descrever, em resenha sobre a coletânea de canções populares *A trompa mágica do menino*, uma imagem da Virgem Maria: "Bonita e delicada, tal como os católicos, com suas figuras mitológicas, sabem entreter e instruir o público devoto de modo bem prático". E em palavras registradas por Eckermann em 6 de junho de 1831, Goethe falava do risco, ao redigir esta cena "em que se caminha para o alto com a alma de Fausto", de perder-se em concepções vagas se não tivesse conferido às suas "intenções poéticas" firmeza e forma circunscritiva mediante figuras católico-cristãs "firmemente delineadas" (*scharf umrissen* — a mesma expressão que usa em 1826 para elogiar as personagens do além criadas por Dante).

Conforme levantam os comentadores, elementos de várias fontes concorreram para a configuração das místicas imagens conclusivas da tragédia. Em primeiro lugar, mais uma vez, um afresco no claustro do cemitério de Pisa, cuja reprodução em gravura constava da coleção particular de Goethe. Intitulado *Gli anacoreti nella Tebaide*, o afresco exibe uma paisagem montanhosa povoada de monges eremitas absortos em orações e intensos exercícios espirituais, em meio a cavernas e esguias árvores por onde rondam leões mansos. A parte inferior do afresco é delimitada pelo curso ondeante de um rio ("Jorra a onda da onda oriunda") e, por cima, vê-se a abóbada celeste fechando-se sobre esse cenário representativo do cristianismo primitivo — como diz o título, trata-se da região de Tebas no Alto Egito, onde se estabeleceram os primeiros anacoretas, em parte refugiando-se das perseguições aos cristãos.

Reminiscências de uma carta que Wilhelm von Humboldt dirigiu a Goethe no ano de 1800 parecem ter entrado igualmente na elaboração da cena. Em sua maior parte, a carta consiste na descrição de impressões de uma viagem a Montserrat, nas imediações de Barcelona, concentrando-se sobretudo nos monges que, dispersos pelas encostas íngremes das montanhas ("alguns se viam literalmente flutuando no ar"), levavam "a sua vida de eremitas e santos". Com seus "eternos exercícios de devoção e fraquezas corporais" eram chamados, acrescenta Humboldt em espanhol, "*gente retirada e desengañada*", e esclarece em seguida "que *desengaño* tem quase sempre um ressaibo patético, é a palavra solene do poeta quando um sentimento de exaltação arrebata a alma, puxando-a da vanidade das alegrias terrestres para as alturas do céu".

Por fim, Humboldt diz ainda ter presenciado em Montserrat "o mais grandioso e magnífico espetáculo de nuvens de que posso lembrar-me", e com grande plasticidade descreve o seu movimento ao redor dos picos montanhosos e pela planície, o denso avolumar-se das nuvens ao entardecer, o seu fluxo circular e lento nas regiões mais baixas e o esgarçamento nas mais altas: "Desse mar de brumas alçavam-se ao céu puro, de maneira delicada e leve, nuvens alongadas e flocadas". A 15 de setembro de 1800, respondia Goethe: "Com a descrição de Montserrat o senhor nos proporcionou um grande prazer. A exposição está muito bem escrita e a gente não consegue tirá-la da imaginação. Desde então, sem que eu me dê conta, encontro-me na companhia de um ou outro de seus eremitas".

Afora essas sugestões imagéticas mais imediatas, concepções oriundas dos vastos conhecimentos de Goethe no âmbito teológico e filosófico também contribuíram para enformar a derradeira cena da tragédia. Jochen Schmidt, em seu livro sobre o *Fausto* (*Goethes Faust*, 2001), destaca como o fulcro central das "Furnas montanhosas" uma concepção neoplatônica tributária sobretudo de Pseudo-Dionísio Areopagita, mais precisamente do seu tratado, redigido por volta do ano 500, *Sobre a hierarquia celeste*. A aparição dos anacoretas, em seguida dos Anjos e Infantes Bem-Aventurados, por fim das mulheres Penitentes, acompanharia a organização hierárquica celestial concebida por aquele teólogo neoplatônico, considerado o fundador da mística ocidental. Para Schmidt, é também neste ponto que se evidenciariam as afinidades mais relevantes do *Fausto* com a *Divina Comédia*, inspirada, entre outras fontes, na tradição que tem o seu ponto de partida em Dionísio Areopagita: "Já Dante configura as 'ordens' dos anjos hierarquicamente graduadas e também vai conduzindo a ação para cada vez mais alto — primeiro no Purgatório e, em seguida, passando pelas nove esferas celestes até chegar ao empíreo. Goethe pôde encontrar em Dante os piedosos pais, os coros angelicais, os infantes, as penitentes, as mulheres e, acima de tudo e de todos, a Rainha do Céu. Não que a *Divina Comédia* represente algo como um segundo mundo espiritual, no qual Goethe tenha se inspirado para o final do seu *Fausto*; trata-se antes do mesmo mundo espiritual neoplatônico, determinado pela representação de Eros, que se intensifica e vai se alçando ao mais elevado, e ao mesmo tempo pela concepção da 'hierarquia celeste'".

Enquanto, porém, o enfoque de Jochen Schmidt sobre a cena final do *Fausto* detém-se pormenorizadamente no tratado *Sobre a hierarquia celeste* e na tradição neoplatônica, Albrecht Schöne, desenvolvendo teses de comentadores anteriores, remonta ao teólogo grego Orígenes, um dos mais importantes Padres da Igreja. Na perspectiva de Schöne, o elemento verdadeiramente estruturador das "Furnas montanhosas" seria a doutrina origenista, em particular sua concepção de "apocatástase", que, fundamentada em certas passagens do Novo Testamento (*Primeira Epístola aos Coríntios*, 15: 28; *Epístola aos Efésios*, 1: 10), sustenta a ideia de que no final dos tempos todos os seres que um dia emanaram de Deus serão conduzidos de volta a essa fonte primordial. Embora condenada pela ortodoxia católica já no quinto concílio ecumênico do ano de 553, a escatologia origenista jamais desapareceu do pensamento teológico, e na Alemanha do final do século XVII conheceu verdadeiro *revival*, em grande parte devido à sua recepção por Gottfried Arnold (1660-1714), figura de proa do pietismo alemão que em 1700 publicou a volumosa obra *Unpartheiische Kirchen- und Ketzerhistorie* [História imparcial da Igreja e dos hereges]. Goethe a leu pela primeira vez ainda na adolescência, durante um período de convalescença em Frankfurt, e assim familiarizou-se com a doutrina herética de Orígenes, guardando-lhe grande simpatia pelo resto de sua vida.

De maneira pormenorizada, Albrecht Schöne demonstra como vários versos desta cena final apoiam-se em formulações desenvolvidas por Orígenes em sua obra *Dos princípios* (*Peri Archon*), tal como reproduzidas e comentadas por Arnold. Mas ainda para além dessa intertextualidade, Schöne detecta uma estrutura homológica entre as representações escatológicas de Orígenes (as infinitas *mansiones* que a alma, em seu processo de purificação e aperfeiçoamento, tem de percorrer durante incomensuráveis espaços temporais) e a coreografia final da tragédia de Goethe, de modo que todos os movimentos e ações referidos nestas "Furnas montanhosas" se dariam nas trilhas preestabelecidas da apocatástase origenista.

As imagens empregadas por Goethe no fechamento da tragédia não se esgotam, contudo, na constituição de uma dimensão teológica. Irisadas e ambíguas, elas permitem também (ao lado dos vocábulos relacionados ao movimento ascensional, a fenômenos de transformação e intensificação) uma leitura morfológico-científica, inspirada pelos estudos meteorológicos, em especial sobre o sistema de nuvens, que o poeta passou a desenvolver na velhice, a partir do contato com o cientista inglês Lucke Howard (ver o comentário à cena "Alta região montanhosa"). Nessa perspectiva, a cena da ascensão pelas "furnas montanhosas" – na sequência, pelas sucessivas esferas celestes (as *mansiones* referidas por Orígenes) – configurar-se-ia como uma espécie de "teatro meteorológico", conforme observa Albrecht Schöne ao retomar sugestões de um estudo publicado em 1927 por Karl Lohmeyer ("O mar e as nuvens nos dois últimos atos do *Fausto*"). Desse modo, as indicações cênicas "região baixa", "região mediana", "atmosfera superior" revelar-se-iam também enquanto termos técnicos das ciências naturais, tal como aparecem nos diários em que Goethe registrava suas medições atmosféricas e meteorológicas, assim como observações relativas à metamorfose das nuvens: as mutações entre os tipos "estrato", "cúmulo" e "cirro", até a volatilização final deste

628   Quinto ato

último tipo nas regiões superiores, quando passa então a dominar, como escreve o poeta-cientista, "um azul profundo em toda a atmosfera".

Ao aproximar o texto da cena "Furnas montanhosas" a fenômenos meteorológicos relacionados ao sistema de nuvens, Goethe ao mesmo tempo confere plasticidade poética à concepção panteísta que o ensinou, segundo suas próprias palavras, "a enxergar, de maneira irrevogável, Deus na Natureza, a Natureza em Deus" — uma concepção que, conforme afirma o poeta, constitui-se no "fundamento de toda a minha existência".

O primeiro verso do longo poema "Testamento", escrito por Goethe em fevereiro de 1829, diz: "Ser algum pode desintegrar-se em nada!". Também como uma espécie de "testamento" pode ser considerada esta cena final do *Fausto*, pois a ela confluíram certamente especulações e reflexões do poeta octogenário sobre a própria morte. Goethe associava suas intuições sobre a continuidade *post mortem* da existência ao conceito de "enteléquia", que absorvera de suas leituras de Aristóteles e relacionara depois à filosofia monadológica de Leibniz. Nos anos de velhice, Goethe pronunciou-se em diversas ocasiões a respeito de suas intuições sobre a transcendência. As seguintes palavras, por exemplo, são relatadas pelo chanceler Friedrich von Müller, no livro em que registrou suas conversações com o poeta: "Por mais que a terra, com os seus milhares e milhares de fenômenos, atraia o ser humano, ele não deixa, contudo, perscrutando e anelando, de levantar os olhos para o céu, que se fecha em abóboda sobre ele em espaços incomensuráveis, porque ele sente em seu íntimo, de maneira profunda e clara, que é um membro daquele reino espiritual, ao qual não podemos recusar a nossa crença. Nesse pressentimento reside o segredo da eterna aspiração rumo a uma meta desconhecida, é como que o elemento impulsionador de nosso meditar e perscrutar, o delicado laço entre poesia e realidade". E em março de 1827, numa carta dirigida a outro amigo de velhice (Carl F. Zelter), Goethe se expressava nos seguintes termos: "Continuemos a atuar até que, convocados mais cedo ou mais tarde pelo espírito do mundo, retornemos ao éter! E que então o Ser eternamente vivo não nos recuse novas atividades, análogas àquelas nas quais já nos experimentamos. [...] A enteléquia-mônada precisa manter-se em atividade incansável; se esta se lhe converte numa segunda natureza, então não lhe poderá faltar ocupação por toda a eternidade. Perdoa estes pensamentos abstrusos! Mas desde sempre a gente tem se perdido nessas regiões, tem tentado comunicar-se com tais expressões num campo em que a razão não basta e onde não se deseja que impere a desrazão". Também Eckermann registra semelhantes reflexões de Goethe, a exemplo destas palavras de 4 de fevereiro de 1829: "A convicção de nossa permanência brota para mim do conceito de atividade; pois se até o fim de minha vida eu atuar de maneira incansável, a Natureza estará obrigada a atribuir-me uma outra forma de existência logo que a atual não puder mais conservar-se ao meu espírito".

É forçoso observar, contudo, que em nenhum momento Goethe estende tais "pensamentos abstrusos" ao colonizador centenário. Até o fim este permanece voltado, com inquebrantável energia, à imanência histórica: "À nossa vista cerra-se o outro mundo;/ Parvo quem para lá o olhar alteia;/ Além das nuvens, seus iguais ideia". Também seria temerário afirmar que a ascensão da "enteléquia de Fausto" (como Goethe formulara originalmente) tenha sido franqueada pela sua "atividade" — sempre incansável, até mesmo avassaladora, mas por isso mesmo deixando atrás de si um rastro de sangue. O fundamento que propicia o desfecho redentor da tragédia assenta-se, como foi visto, em outras fontes, especialmente as especulações escatológicas de Orígenes. No entanto, tais concepções, assim como as imagens e figuras católicas mobilizadas nesta cena "Furnas montanhosas", não são senão metáforas, meios impróprios para conotar uma finalidade própria — símbolos, enfim, em que o velho poeta procurou vazar suas derradeiras intuições sobre algo apostrofado pelo Chorus Mysticus como "indescritível". Desse modo, delineia-se um acontecimento que, subtraindo-se à vista e à linguagem, está destinado a desdobrar-se além do "Finis" que suspende essa grande liturgia final dominada pela palavra "Amor" — a força que, como se formula no último verso da *Divina Comédia*, "move o sol e as demais estrelas". Dirigir o olhar para além desse limiar seria aprofundar-se nos domínios da mística, e para lá Goethe dirige apenas um leve aceno com os versos conclusivos do Chorus Mysticus. [M.V.M.]

(Ermo)

(Anacoretas santos dispersos sobre as alturas, estendidos entre despenhadeiros)[1]

---

[1] Personagens e coreografia desta abertura de cena (monges eremitas nos primeiros tempos do cristianismo e sua distribuição pelas alturas dos despenha-

CORO E ECO

Freme o verdor na serra,
Crava-se a rocha em terra,   11.845
Silva à raiz se aferra,
Mata alta mata encerra.
Jorra a onda da onda oriunda,
Sombra em caverna afunda.
Mansos, com passo amigo,   11.850
Rondam leões nosso abrigo,
Sítio a orações votado,
Cume do amor sagrado.

PATER ECSTATICUS *(flutuando acima e abaixo)*[2]

Do êxtase eterno ardor,
Férvida união de amor,   11.855

---

deiros) já estavam prefiguradas, como mencionado anteriormente, no afresco do cemitério de Pisa e na descrição de Montserrat feita por Wilhelm von Humboldt. A resposta do eco ao coro dos eremitas pode ser imaginada como uma duplicação do final de cada verso: "Freme o verdor na serra" — "na serra"; "Crava-se a rocha em terra" — "em terra" etc. Desse modo, a sonoridade também parece reforçar dinamicamente o entrelaçamento dos elementos referidos na estrofe: rochas, ondas, raízes, caules, matas e florestas oscilantes.

[2] Abrindo a sequência dos Patres, aparece em primeiro lugar o Pater Ecstaticus (ou Extaticus, conforme aparece na edição de Albrecht Schöne), caracterizado em particular pelo dom do êxtase e pela levitação, fenômeno este descrito por Goethe no relato sobre a sua "segunda estadia em Roma", no capítulo dedicado à vida de São Felipe Néri. As designações desses "Pais" não constituem livre invenção do poeta, mas foram tomadas à tradição medieval-católica, que as atribuiu, entre outros, a Santo Antônio, São Bernardo e São Francisco de Assis. Os

Flâmeo penar do seio,
Célico, espúmeo enleio.
Fogos, abrasem-me,
Clavas, arrasem-me,
Setas, lancinem-me, 11.860
Raios, fulminem-me!
Tudo o que passa,
Vão se desfaça,
Brilhe o imortal fulgor
Do astro do eterno amor. 11.865

PATER PROFUNDUS *(região baixa)*[3]

Como, a meus pés, rocha abismal
Domina abismos mais nos baixos,
Como à voragem torrencial
Afluem mil cristalinos riachos,
Como seu próprio vigor, 11.870
Eleva o tronco na atmosfera,

---

exercícios "extáticos" deste primeiro Pater (que evidentemente não se confunde com nenhum santo em particular) referem-se a instrumentos de martírio mencionados com frequência em relatos hagiográficos: setas, lanças e clavas. Observe-se também que já no segundo e no último verso proferidos pelo Pater Ecstaticus soa a palavra fundamental desta última cena, que no original recorre catorze vezes: amor.

[3] Também em relação a este segundo Pater, o cognome indicia a sua característica fundamental: a ligação com as regiões profundas da Natureza (rochas e abismos, águas torrenciais, serras e mata etc.), de onde clama ao amor divino (*De profundis clamo ad te, Domine*) para que lhe apazigue os pensamentos ("de minha alma a sede aplaca") e lhe ilumine o coração.

Assim é o onipotente amor
Que tudo cria, tudo opera.

Fragor tremendo me circunda,
Tal qual tremessem serra e mata,   11.875
Mas, em profícua ação se afunda
Ao precipício a catarata,
Chamada a aguar o vale ameno;
O raio que, ígneo, resvalara,
A limpar o ar que acre veneno   11.880
E miasmas do solo exalara —

Núncios de amor são! Vozes trazem
De que, ao redor, perpétuo, cria.
O fundo ser também me abrasem,
Onde a razão, nublada, fria,   11.885
Atada à percepção mais fraca,
Se exaure em dor que, ardente, a mina.
Deus, de minha alma a sede aplaca!
Meus pensamentos ilumina!

PATER SERAPHICUS *(região mediana)*[4]

Que áurea nuvenzinha plana   11.890
Entre a ondulação dos pinhos?

---

[4] O atributo deste Pater revela a sua afinidade com os serafins, que na escala de anjos concebida na Idade Média pertencem, ao lado dos querubins, à ordem mais elevada. O seu domínio localiza-se na região mediana e consequentemente uma de suas funções é promover a mediação entre os Infantes Bem-Aventurados, que carecem de experiência mundana, e a realidade terrena.

Sinto a vida que lhe emana?
São os jovens geniozinhos.

CORO DOS INFANTES BEM-AVENTURADOS

Dize-nos, Padre sereno,[5]
Onde estamos, somos quem?   11.895
Gratos vês-nos, tão ameno
De toda existência é o bem.

PATER SERAPHICUS

Seres! Meia-noite nados,[6]
Alma e senso ainda dormentes,

---

[5] Conforme apontam os comentadores, Goethe recorre aqui a concepções do místico sueco Emanuel Swedenborg (1688-1772), que em sua obra *Arcana coelestia* [Segredos celestiais] afirmava que crianças natimortas ou logo falecidas necessitavam, no outro mundo, de orientação e ensinamentos suplementares, uma vez que não puderam adquirir experiência terrena. No original, os Infantes Bem-Aventurados apostrofam o seu interlocutor de "pai", significado literal de Pater.

[6] Antigas crenças populares teciam diversas especulações em torno das crianças nascidas à meia-noite: ou encarnavam mau agouro, ou eram contempladas com o dom de prever o futuro e desvendar segredos, ou — superstição mais difundida — faleciam logo após o nascimento. Vários comentadores falam assim, a propósito deste verso, em crianças que morreram sem o batismo cristão: inocentes, portanto, mas marcadas enquanto seres humanos com o pecado original. Albrecht Schöne considera, contudo, que esses seres "logo aos pais arrebatados" (mas para "ganho" dos Anjos) receberam o sacramento do batismo, que em certos casos podia ser dispensado já durante o nascimento ou mesmo antes. (No canto XXXII do *Paraíso*, Dante localiza tais infantes ao redor do trono de Deus, onde pairam e entoam cantos.)

Logo aos pais arrebatados,   11.900
Ganho dos celestes entes.
Quem vos ama, etéreos filhos,[7]
Percebeis; chegai-vos, pois!
Mas os árduos térreos trilhos
Ignorais, felizes sois!   11.905
Vinde no órgão do qual raia
Minha terrenal visão,
Como a vossa própria usai-a,[8]
Contemplai esta região!

(Acolhe-os em si)

Árvores são, são rochedos,   11.910
Quedas de água, que em remoinho
Troante caem por pedras, bredos,
Encurtando o árduo caminho.

---

[7] "Quem vos ama" corresponde no original a "um amante", cuja presença é intuída ou percebida pelos Infantes. Parece tratar-se de uma referência a Fausto, que na cena "Cárcere" prostrara-se diante de Gretchen com as palavras: "O teu amante aos teus pés jaz" (v. 4.451).

[8] Goethe recorre novamente a uma concepção de Swedenborg, que na mencionada obra (*Arcana coelestia*, parágrafo 1.880) relata a seguinte experiência: "Quando a visão interior me foi facultada pela primeira vez e os anjos e espíritos viram, por intermédio dos meus olhos, o mundo e tudo aquilo que existe no mundo, ficaram muito espantados e disseram que isso era o portento dos portentos". Goethe familiarizou-se na juventude com a mística de Swedenborg (três de seus livros constavam na biblioteca paterna) e em diversas cartas aludiu a essa concepção de que um espírito podia incorporar outros espíritos e emprestar-lhes a visão interior.

INFANTES BEM-AVENTURADOS *(de dentro)*

Majestoso isso é, imenso,
Mas, sombrio ao nosso olhar,   11.915
De pavor nos enche o senso.
Deixa-nos, bom pai, voltar!

PATER SERAPHICUS

Retornai à luz superna,[9]
Crescei sempre em graça rica,
Onde em forma pura, eterna,   11.920
De Deus a aura fortifica.
Pois dos gênios o alimento
No éter livre, só, se alcança:
Do perene amor portento,
Que ala à bem-aventurança.   11.925

CORO DOS INFANTES BEM-AVENTURADOS
(circundando os píncaros mais altos)

As mãos enlaçai
Em ronda nos ares,
Com júbilo entoai
Sagrados cantares!

---

[9] No original o Pater Seraphicus orienta os Infantes a ascender a um círculo mais elevado, onde os espera o verdadeiro "alimento" dos espíritos: o amor "que ala à bem-aventurança". Após a contemplação, mediante os olhos emprestados, de árvores, rochedos, quedas-d'água em "remoinho troante", essa orientação parece ir ao encontro do anelo dos meninos bem-aventurados por imagens mais luminosas e delicadas.

Celestes sinais   11.930
Segui no almo enlace,
O Ser que adorais[10]
Vereis face a face.

ANJOS *(planando na atmosfera superior,*
levando a alma imortal de Fausto)

O nobre espírito está salvo
Do mundo atro dos demos: 11.935
Quem aspirar, lutando, ao alvo,
À redenção traremos.[11]
E se lhe houvera haurir de cima,
Do amor a graça infinda,
Dele a suma hoste se aproxima   11.940
Com franca boa-vinda.

---

[10] Alusão à visão beatífica de Deus, como se formula no *Evangelho de São Mateus* ("Bem-aventurados os puros de coração, porque verão a Deus", 5: 8) e em outras passagens bíblicas.

[11] Em suas *Conversações com Goethe*, num registro datado de 6 de junho de 1831, Eckermann reproduz toda esta estrofe dos anjos ascendendo com a parte "imortal" de Fausto, destaca com espaçamento os dois versos em que declaram poder redimir todo aquele que sempre se esforça aspirando ("Quem aspirar, lutando, ao alvo,/ À redenção traremos") e afirma ter-lhe dito o poeta que aí estaria a chave para a salvação de Fausto. Em consonância com tais palavras, muitas edições da tragédia trazem esses dois versos com espaçamento maior, ou entre aspas, em negrito etc., embora Goethe, num manuscrito de próprio punho, não os tenha destacado de modo algum. Albrecht Schöne questiona em sua edição a autenticidade dessa afirmação de Eckermann e observa ainda que o uso goethiano do verbo "redimir" (*erlösen*) está muito distante do sentido cristão da "redenção" pela morte na cruz, significando antes um desprender-se dos confusos enredamentos terrenos, um libertar-se do "fardo terrenal" (v. 11.973).

OS ANJOS MAIS JOVENS

Rosas, que a fé expiatória[12]
De almas salvas espalhara,
Foram lanças da vitória;
Consumou-se a ação preclara,   11.945
Da alma eterna houve a conquista.
Pôs-se em fuga a horda malquista,
De anjos maus limpou-se a arena;
Em vez de ânsias da Geena,
Os feriu amor mordaz;   11.950
Até o Mestre-Satanás
Em pungente amor soçobra.
Jubilai! findou-se a obra!

OS ANJOS MAIS PERFEITOS

De alçar o térreo resto
O fardo nos é dado,   11.955
E fosse ele de asbesto,[13]
Não é imaculado.

---

[12] Os Anjos mais jovens recapitulam aqui acontecimentos da cena anterior (vv. 11.699-824): as rosas que os auxiliaram na vitória sobre Mefisto e sua horda satânica vieram, portanto, como diz o original, das mãos de "amorosas e santas Penitentes".

[13] Enquanto os Anjos mais jovens rejubilam-se com a conquista da alma, os mais perfeitos pensam no longo caminho de depuração que esta tem ainda pela frente. Para reforçar a magnitude da tarefa, dizem que o "térreo resto" de Fausto não seria puro mesmo se constituído de "asbesto", isto é, um mineral incombustível que, quando exposto ao fogo, desprende todas as impurezas sem contudo alterar-se em sua substância. Goethe familiarizou-se com o asbesto em seus es-

Se o espírito amalgama
Com força os elementos,
Anjo nenhum destrama   11.960
Os firmes ligamentos
Da íntima essência dual[14]
Do entrelaçado par:
Só o amor eternal
O pode separar.   11.965

OS ANJOS MAIS JOVENS

Nublando nas alturas,
Na alva aérea,
Sinto almas puras,
Em vida etérea.
A nuvem se esclarece!   11.970
Vívida hoste aparece
De infantes beatos,
Livres do fardo terrenal,[15]

---

tudos de mineralogia; como se revela aqui, muitas vezes construiu metáforas poéticas a partir de seus conhecimentos científicos.

[14] Com tal força o espírito de Fausto amalgamou "elementos" materiais e espirituais que os Anjos declaram-se agora impotentes para separá-los: essa tarefa só é possível ao "amor eternal". Albrecht Schöne enxerga aqui uma alusão a processos alquímicos de depuração, que segrega o elemento impuro de turvações terrenas (culpas) e o desprende da substância "pura" da enteléquia.

[15] Literalmente, no original: "Livres da pressão da terra", isto é, da pressão atmosférica existente na terra, que diminui na "atmosfera superior" (onde planam os Anjos com a enteléquia de Fausto). A imagem parece mostrar-se como metáfora meteorológica para o "fardo terrenal", do qual se desprende a "nuvenzinha" (*Wölkchen*) dos Infantes beatos.

Bailando na atmosfera,
Que aspiram gratos   11.975
Nova aura e luz vernal
Da empírea esfera.
No umbral das perfeições celestes
Seja ele unido a estes,
Em beata espera!   11.980

OS INFANTES BEM-AVENTURADOS

Com júbilo o acolhemos
No estado de crisálida;[16]
Da angélica hoste obtemos
Destarte fiança válida.
O véu de flóculos se esvaia[17]   11.985
Que ainda lhe envolve a essência!

---

[16] O dicionário de Adelung, que Goethe costumava consultar, define "estado de crisálida" como a fase de um inseto que "se segue ao estado da lagarta e precede de imediato o estado do inseto plenamente desenvolvido". Goethe emprega, portanto, o velho símbolo da alma como "borboleta" (ver nota ao v. 11.660) e ilustra o estado presente de Fausto, silencioso e passivo, antes da intervenção do amor divino. Numa carta a Schiller, datada de agosto de 1796, Goethe escreve ser a metamorfose da crisálida (ou pupa) em borboleta "o mais belo fenômeno que conheço no mundo orgânico".

[17] Flocos ou "flóculos" (*Flocken*) no dicionário de Adelung: "todo tufo ou penacho de matéria leve e solto que ao menor sopro sobe aos ares". No contexto dessas imagens que mostram Fausto enredado em seu casulo como crisálida, a exortação de abrir o invólucro soltando os flocos (no original: "Desprendei os flocos") visa propiciar a irrupção da borboleta. (Schöne vislumbra neste verso também uma metáfora meteorológica: o esgarçamento de uma nuvem — cúmulo — em flocos e sua metamorfose no tipo mais etéreo de cirro.)

Grande e magnífico já raia,
Em célica existência.

DOCTOR MARIANUS *(na mais alta, translúcida cela)*[18]

É imensa a vista aqui,
O ser se exalta e apura.   11.990
Fluem vultos feminis ali,
Flutuando à altura.
Ao centro, a Altíssima, no véu
Fulgente de astros, é Ela!
Rainha esplêndida do Céu,   11.995
Em glória se revela.

(Extasiado)

Soberana-mor do mundo!
Deixa-me no azul etéreo,
No arco celestial, profundo,
Contemplar o teu mistério!   12.000
Vê o que imo e suave encanta

---

[18] Num dos manuscritos lê-se PATER MARIANUS nesta rubrica cênica. Em dezembro de 1830, Goethe fez a seguinte solicitação ao bibliotecário da Universidade de Jena: "Se bem me lembro, na Idade Média um teólogo erudito adquiriu o título de Doctor Marianus pela sua veneração à Virgem Maria e pela eloquente exaltação dogmática da mesma; uma informação mais detalhada a esse respeito muito me alegraria". Enquanto a designação de Pater remete aos santos do cristianismo primitivo, Doctor associa-se a místicos e teólogos medievais, como Duns Scot e Anselmo de Canterbury, devotos de Maria. Alguns comentadores do Fausto (Ulrich Gaier, por exemplo) aproximam esta última figura masculina, que em sua cela "mais alta e pura" se destaca dos Patres nas regiões inferiores, de São Bernardo (Bernard de Clairveaux), o último guia de Dante em sua ascensão a Deus.

Furnas montanhosas, floresta, rochedo

A alma do varão,
E o que te oferece em santa,
Rapta exultação.[19]

Firme e invicto o brio em nós   12.005
Quando, augusta, ordenas;
Calma-se o ardor, logo após,
Quando nos serenas.
Virgem cândida, perfeita,
Mãe de claridade,   12.010
Soberana Nossa Eleita,
Suma divindade.[20]

Nuvens a envolvem,
Leves, fluentes,
Frágil povinho   12.015
De penitentes,
Estão-lhe aos joelhos,
O éter haurindo,
Graça usufruindo.

Tu, que imaculada és,   12.020
A ti é outorgado
Virem-te em confiança aos pés,
As que têm errado.

---

[19] A expressão correspondente no original é "sagrado prazer de amor", que insinua a presença também do "amor terreno" na grande liturgia amorosa que atravessa toda essa cena final.

[20] No original, algo como "semelhante a deuses" — a mesma expressão empregada por Fausto em relação a Helena: "O eterno ser, a deuses comparável" (v. 7.440).

Arrastadas na fraqueza,
Falham; quem, a sós, 12.025
Dos desejos frágil presa,
Lhes desprende os nós?
Que pé pisa sem falhar
Chão liso e traiçoeiro?
A quem não seduz olhar,[21] 12.030
Bafo lisonjeiro?

MATER GLORIOSA *(surge planando)*[22]

CORO DAS PENITENTES[23]

Elevas-te, ó Rainha,

---

[21] Literalmente: "A quem não atordoa olhar e saudação,/ Bafo lisonjeiro?". Foi o que aconteceu a Gretchen, como se exprime em versos de sua canção junto à roca de fiar: "O seu sorriso,/ E olhar gentil,// De sua voz/ O som almejo,/ Seu trato meigo,/ Ai, e seu beijo!" (vv. 3.396-401).

[22] Goethe conhecia muitas imagens da Madona, entre as quais a *Ascensão de Maria* pintada por Tiziano, a qual descreve em sua *Viagem à Itália* como uma "deusa" com os olhos voltados não para os céus, mas para baixo. Em um texto de 1946 (*Goethe con una scelta delle liriche nuovamente tradotte, parte seconda*), Benedetto Croce aponta possíveis reminiscências, neste passo da tragédia, de uma imagem da *Mater Gloriosa* pintada em 1595 por Benedetto Caliari, que Goethe conheceu provavelmente em 1790, na *Chiesa del Soccorso* em Veneza, pertencente então à *Casa del Soccorso*, uma instituição de caridade (também chamada *Le Penitenti*) para "moças perdidas". A pintura mostra a *Mater Gloriosa* pairando sobre nuvens e cercada pelos Anjos, com os olhos piedosamente postos sobre um grupo de Penitentes ajoelhadas; mais próxima da "Rainha do Céu", vê-se a *Magna peccatrix* (identificável pelo frasco, ou "bacia", de aromas) intercedendo pelas grandes pecadoras abaixo.

[23] O coro se abre com uma apóstrofe de cinco versos à Mater Gloriosa. Em

À perenal mansão;
Ouve-me, ó Virgem Minha,
Ó fulgida visão,   12.035
Ó Mãe de Compaixão!

MAGNA PECCATRIX (*São Lucas* VII, 36)[24]

Pelo amor que aos joelhos santos
De teu Filho, Homem e Deus,[25]
Derramou balsâmeos prantos,
Não obstante os fariseus;   12.040
Pelo aroma que a bacia
Largamente gotejou,
Pela trança que, macia,
Os pés sacros enxugou —

MULIER SAMARITANA (*São João* IV)[26]

Pelo poço ao qual o gado   12.045

---

seguida, estendendo-se por 24 versos, formula-se com admirável maestria artística a primeira parte de um pedido à Virgem, estruturado em três cantos-solo que se introduzem com a fórmula: "Pelo amor...", "Pelo poço...", "Pela cova...".

[24] A grande pecadora que, segundo o *Evangelho de Lucas*, vai à casa de um fariseu onde Jesus comia, banha-lhe os pés com lágrimas, enxuga-os com os cabelos, cobre-os de beijos e unge-os com bálsamo: "Por essa razão, eu te digo, seus numerosos pecados lhe estão perdoados, porque ela demonstrou muito amor".

[25] Literalmente: "De teu Filho, transfigurado em Deus". Somente neste verso e em referências feitas pelas duas outras Penitentes (vv. 12.048 e 12.054), Cristo é mencionado nesta cena final.

[26] Trata-se da mulher da Samaria, a qual, por ocasião de seu encontro com

Já antanho Abrão levara,[27]
Pelo jarro que o sagrado
Lábio do Senhor tocara;
Pelo manancial divino,
Que, de lá, brotou fecundo, 12.050
E em curso eterno, cristalino,
Ao redor irriga o mundo —

MARIA AEGYPTIACA (*Acta Sanctorum*)[28]

Pela cova consagrada
A que o Salvador baixou,

Jesus, já tivera cinco maridos e vivia então extraconjugalmente com um sexto. No poço de Jacó, numa cidade chamada Sicar, Jesus lhe pede água (infringindo o resguardo dos judeus perante os samaritanos) e diz: "Aquele que bebe desta água terá sede novamente; mas quem beber da água que eu lhe darei, nunca mais terá sede. Pois a água que eu lhe der tornar-se-á nele uma fonte de água jorrando para a vida eterna".

[27] Goethe emprega o nome anterior do patriarca, antes de ser rebatizado por Deus: "E não mais te chamarás Abrão, mas teu nome será Abraão, pois eu te faço pai de uma multidão de nações" (*Gênesis*, 17: 5). Theodor W. Adorno comenta sobre este verso: "No luminoso âmbito do nome exótico, a figura familiar do Antigo Testamento, coberta por incontáveis associações, transforma-se repentinamente no príncipe de tribo nômade-oriental. A recordação fiel desse príncipe é vigorosamente subtraída à tradição canonizada". No original, a tendência arcaizante da linguagem manifesta-se ainda no substantivo *Bronn*, antiga forma poética de *Brunnen* (fonte, poço) e no advérbio *weiland*, traduzido adequadamente como "antanho".

[28] Na coletânea latina de vidas de santos e mártires publicada em Antuérpia, em 1675, narra-se a história de uma egípcia chamada Maria (canonizada como Santa Maria Egipcíaca) que ganhava a vida como prostituta em Alexandria;

Pelo braço que da entrada,   12.055
Exortante, me expulsou;
Pelos anos de expiação
Que passei no árduo deserto,
Pelo adeus que, em rapta unção,
Gravei sob o céu aberto —   12.060

AS TRÊS[29]

Tu que a grandes pecadoras
Não recusas caridade,
Penitências redentoras
Elevando à Eternidade,[30]
Dá também a essa alma amante,   12.065
Que falhou só uma vez,
Que da falta era ignorante,
Teu perdão, tuas mercês.

---

partindo em peregrinação à Terra Santa, paga a passagem entregando o corpo ao barqueiro. Uma força invisível impediu-lhe a entrada na Igreja do Sepulcro em Jerusalém, o que a levou a suplicar a intercessão da Virgem Maria. Esta lhe permitiu o acesso à cruz do Senhor e ordenou-lhe uma expiação de 47 anos no deserto, onde ela, pouco antes da morte, gravou na areia o pedido por um sepultamento cristão.

[29] Somente agora, com esta oração principal entoada novamente em coro, irá completar-se o pedido iniciado 24 versos antes.

[30] Albrecht Schöne vê neste verso um outro indício da doutrina de Orígenes, cuja concepção de "apocatástase" pressupõe um processo de aperfeiçoamento que se estende por eternidades, intensificando-se continuamente — no original goethiano, o "ganho" (*Gewinn*) de "penitências redentoras".

UNA POENITENTIUM
(outrora chamada Gretchen. Apegando-se a ela)[31]

> Inclina, inclina,
> Ó Mãe Divina,   12.070
> À luz que me ilumina,
> O dom de teu perdão infindo!
> O outrora-amado
> Já bem-fadado,[32]
> Voltou, vem vindo.   12.075

INFANTES BEM-AVENTURADOS
(aproximando-se em movimento circular)

> Supera-nos, possante,
> Dele a estatura, já;

---

[31] "Uma das Penitentes", como se traduz esta rubrica formulada com o caso genitivo (num esboço de próprio punho, Goethe usa a forma UNA POENITENTUM, própria do latim medieval dos humanistas). A frase "outrora chamada Gretchen" constitui a última intervenção do poeta no manuscrito encadernado, feita provavelmente em janeiro de 1832. Esse adendo, desnecessário para a identificação da Penitente, vem reforçar a metamorfose de felicidade que se processa em Gretchen, do mesmo modo como a Mater Dolorosa da cena "Diante dos muros fortificados da cidade" transfigurou-se na Mater Gloriosa desta cena final.

[32] Os quatro primeiros versos desta estrofe estabelecem significativa relação retrospectiva com a prece de angústia e desespero balbuciada por Gretchen "diante dos muros fortificados da cidade", inspirada por sua vez no hino *Stabat Mater dolorosa*. Aqui, porém, tudo passa por uma metamorfose de felicidade e bem-aventurança e o "outrora-amado" está retornando "bem-fadado", ou — como diz o original — "não mais turvado" (ou seja, depurado das culpas e faltas acumuladas ao longo de sua trajetória terrena). Com isso, cumprem-se e intensificam-se as palavras de Gretchen na cena "Cárcere": "Hei de ver-te ainda" (v. 4.585).

Furnas montanhosas, floresta, rochedo

O nosso zelo amante
À larga premiará.
Para nós se perdeu[33]   12.080
Cedo o terrestre estar;
Mas este aprendeu,
Há de nos ensinar.

A PENITENTE *(outrora chamada Gretchen)*[34]

Em meio ao coro transcendente,
De si mal tem ciência o ente novo,   12.085
A vida eterna mal pressente,
Já se assemelha ao santo povo.
Vê, como todo nó terreno
Despeja com a matéria humana,
E das etéreas vestes pleno   12.090
Vigor da juventude emana![35]
Concede-me orientar-lhe a espera,
Cega-o ainda a nova luz que o banha.

---

[33] No original, os Infantes dizem terem sido afastados cedo do "coro dos viventes".

[34] Nesta rubrica, Goethe emprega o artigo definido feminino "a" (*die*) antes de "uma penitente", sugerindo assim a fusão do artigo indefinido "uma" (*eine*) e "penitente" num único substantivo. Realça-se assim essa nova manifestação daquela *una poenitentium* "outrora chamada Gretchen". Trata-se de uma pequena sutileza linguística, mas de difícil transposição para o português ("a mesma penitente" seria uma aproximação possível).

[35] Albrecht Schöne refere-se aqui à concepção de Santo Agostinho (*De civitate Dei*, XXII, 15), segundo a qual os ressuscitados recobrariam a aparência e o ser que possuíram na juventude.

MATER GLORIOSA

Vem! ala-te à mais alta esfera![36]
Se te pressente, te acompanha. 12.095

DOCTOR MARIANUS *(prosternado em adoração)*

Implorai o olhar divino,
Frágeis penitentes,
E ao sol do redentor destino,
Vinde, renascentes!
Quem em tua luz caminha, 12.100
Louve, adore-te a mercê;
Virgem, Mãe, Deusa-Rainha,[37]
Misericordiosa sê!

---

[36] Nestes dois únicos versos que pronuncia, a Mater Gloriosa retoma e completa pela rima o par de versos que ficou solto e aberto na estrofe anterior de Gretchen (os oito primeiros rimam entre si de modo alternado ou, usando uma expressão significativa para o contexto, "em cruz"). A rima indicia assim o movimento da "Mãe Divina" em direção à prece da Penitente, desempenhando papel análogo ao que tivera no diálogo de amor entre Fausto e Helena no "Pátio interior de uma fortaleza" (vv. 9.377-84).

[37] Após dirigir-se, nos quatro primeiros versos, às "frágeis Penitentes" (*alle reuig Zarten*, no original: construção típica da linguagem goethiana da velhice, que significa algo como "todas as que se arrependem com alma delicada"), Doctor Marianus implora agora à Mater Gloriosa atribuindo-lhe, neste penúltimo verso, os três epítetos tradicionais da liturgia católica (*Virgo, Mater, Regina*) e, por fim, junto com o pedido de mercê, a designação incomum de "deusa", correspondente, porém, à sua expressão anterior "semelhante a deuses" (ver nota ao v. 12.012).

Furnas montanhosas, floresta, rochedo

CHORUS MYSTICUS[38]

> Tudo o que é efêmero é somente
> Preexistência;[39]   12.105
> O Humano-Térreo-Insuficiente
> Aqui é essência;[40]

---

[38] Originalmente esta indicação cênica dizia CHORUS IN EXCELSIS, em alusão à fórmula litúrgica *Gloria in excelsis Deo*, derivada do *Evangelho de Lucas* (2: 14): "Glória a Deus no mais alto dos céus". Enquanto esta designação ainda situa o coro final (do qual não se sabe mais quem lhe confere voz) na topografia e no movimento ascensional das "furnas montanhosas", a sua substituição por Chorus Mysticus parece conduzi-lo a uma dimensão misteriosa e inapreensível.

[39] A concepção de que tudo na vida terrena é efêmero, transitório, mas ao mesmo tempo símile (ou "preexistência", como formula a tradutora) da dimensão divina, remete também, conforme observa Schöne, às palavras de Paulo (*Primeira Epístola aos Coríntios*, 13: 12): "Agora vemos em espelho e de maneira confusa, mas, depois, veremos face a face". Esta concepção fundamental da cosmovisão goethiana aparece ao longo de toda a sua obra e num texto de 1825, *Ensaio de uma teoria meteorológica* (ver nota ao v. 4.726), encontrou a seguinte formulação: "O verdadeiro, idêntico ao divino, jamais se deixa apreender por nós de maneira direta. Nós o contemplamos apenas como reflexo, como exemplo, símbolo, em fenômenos particulares e afins. Nós o percebemos como vida incompreensível e, contudo, não podemos renunciar ao desejo de compreendê-lo. Isto vale para todos os fenômenos do mundo apreensível".

[40] No original, esta parelha de versos diz apenas, como mencionado acima, que "o insuficiente [*Das Unzulängliche*] torna-se aqui acontecimento". Erich Trunz comenta: "Aquilo que na terra é *insuficiente*, incompleto, torna-se lá completo; é este o acontecimento já delineado nos versos 11.964 e 12.099". Para uma tal leitura do substantivo "insuficiente" aponta a maioria dos comentários; Ernst Beutler, por exemplo, escreve: "Diante do trono do Juiz, Fausto é insuficiente, mas a sua redenção se consuma, torna-se acontecimento mediante a graça". Jochen Schmidt, no entanto, interpreta esse "insuficiente" goethiano no sentido de "inacessível",

650   Quinto ato

O Transcendente-Indefinível
É fato aqui;[41]

aquilo que não é "alcançável" com conceitos humanos. Já Albrecht Schöne acena com a possibilidade de relacionar estes dois versos ao próprio desenrolar da peça sobre o palco: "Nesse sentido, a própria cena 'Furnas montanhosas' seria então insuficiente — um sucedâneo apenas e incompleto em face do *indescritível* [*Das Unbeschreibliche*] que aqui se consuma. Isso corresponderia ao desfecho da *Divina Comédia* de Dante, em que, após a oração de São Bernardo a Maria, invocada como 'Virgem, Mãe' e 'Rainha', fala-se por fim que o poeta não consegue apreender em sua insuficiente linguagem humana aquilo que de indescritível contempla na luz eterna (*Paraíso*, XXXIII, v. 121). — '*Tudo o que é efêmero*', do qual diz o Chorus Mysticus ser apenas um *símile*, incluiria assim a obra de arte constituída pela linguagem humana".

[41] Literalmente: "O indescritível/ Aqui se efetua". Trunz observa sobre esta terceira parelha: "Uma vez que a linguagem humana não basta para designar o divino, resta apenas, como indicação, um elemento negativo, o *indescritível*" — e lembra ainda que em seu ciclo de poemas *Divã ocidental-oriental* (1819), Goethe caracteriza a ascensão a esferas mais altas como "passagem da linguagem humana para a expressão supralinguística". Outros comentadores, como E. Beutler, veem no *indescritível* uma referência direta à graça. Embora Goethe não tenha empregado apóstrofo neste antepenúltimo verso, a maioria das edições traz *Hier ist's getan*. A justificativa para tal intervenção seria a necessidade de estabelecer plena harmonia rítmica e métrica entre os versos desta estrofe, aqui em particular entre os versos 12.109 e 12.111 (mas repetindo também o apóstrofo no v. 12.107). Trunz: "Nessa estrutura não pode haver nenhuma irregularidade, nenhum tropeço. Somente quando na fala essa harmonia torna-se som, a forma simboliza o desfecho, a depuração, que se intensifica ao longo de toda a cena e faz soar aqui o seu derradeiro acorde". No entanto, Schöne restitui a forma original visada por Goethe (*Hier ist es getan*) e refuta a propalada necessidade de harmonia: "A irregularidade métrica, mediante a qual Goethe suspendeu de maneira tão claramente consciente a simetria plana desses versos corais, faz pleno sentido. O esbarrar exatamente nesta passagem, silencioso e retardador, avulta como expressão linguística inserida com grande sensibilidade rítmica, um indício de que nesta última

O Feminil-Imperecível

Nos ala a si.[42]

12.110

FINIS[43]

cena se trata de fato do *indescritível*, de algo arrebatador e inapreensível mesmo para o Chorus Mysticus".

[42] A última palavra pronunciada pelo Chorus Mysticus é o advérbio *hinan* ("acima" ou "para cima"). Em tradução literal: "O Eterno-Feminino/ Puxa-nos para cima". O poema encerra-se assim com a reverberação de um último acorde no movimento ascensional que atravessa toda esta cena, desde as palavras iniciais dos santos anacoretas nas regiões baixas até a prostração do Doctor Marianus, na cela mais pura e elevada, perante a Mater Gloriosa que exorta a Penitente Gretchen a alar-se a esferas ainda superiores. Remetendo-se à concepção goethiana de "polaridade" e "intensificação", entendidas como as duas grandes forças motrizes de toda a Natureza, Albrecht Schöne vislumbra nessa referência conclusiva do Chorus Mysticus ao "Eterno-Feminino" um amálgama de tendências complementares em uma totalidade humana: "Enquanto na ação interna da *tragédia* o elemento ativo, violento, sempre aspirando e errando, é representado como um 'Eterno-Masculino', o amor salvífico, prestimoso, que doa a graça, revela-se aqui no *símile* do *Eterno-Feminino*".

[43] Somente aqui, ao término da obra que o acompanhou por mais de sessenta anos, Goethe usa essa designação característica de pergaminhos da Antiguidade e manuscritos da Idade Média. Com este FINIS acabou selando também todo o seu trabalho de vida — e isso justamente no final da cena que desenrola perante os olhos do leitor, ou do espectador, com os meios "insuficientes" da linguagem, a superação da finitude humana.

Quinto ato

Bibliografia de referência

A bibliografia sobre o *Fausto* de Goethe já ultrapassou amplamente os 10 mil títulos e há muito não pode mais ser abarcada
em pesquisas individuais. As obras abaixo relacionadas constituem assim uma pequena fração desse maciço exegético, mas é
também uma amostra representativa, pois traz estudos de primeiro plano, como a maioria dos que são discutidos no corpo das notas e dos demais textos que acompanham a tradução de Jenny
Klabin Segall. Também as edições comentadas constituem hoje,
decorridos 175 anos da morte de Goethe, um número considerável, que evidentemente não se restringe às que contribuíram para
a elaboração do aparato crítico presente neste volume. No entanto, também aqui a relação abaixo distingue-se por sua representa-
tividade, seja pelo significado histórico de uma edição como a de
Heinrich Düntzer (1813-1901), publicada originalmente em 1850
(e aperfeiçoada com as sucessivas reedições), o ainda hoje valio-
so comentário de Georg Witkowski (1863-1939), que aparece
pela primeira vez em 1906, ou as edições exponenciais de Erich
Trunz (1905-2001), cuja primeira versão é de 1949, e de Albrecht
Schöne (1925), que surge em 1994 e desde então vem se amplian-
do e aperfeiçoando a cada reedição.

A indicação de ano, nos títulos a seguir, não corresponde necessariamente às primeiras edições, mas sim àquelas a que se teve
acesso durante a elaboração deste trabalho. A indicação de editora se faz apenas nas obras em língua portuguesa.

Marcus Vinicius Mazzari

EDIÇÕES COMENTADAS

(em ordem alfabética segundo os nomes dos responsáveis)

BEUTLER, Ernst. *Gedenkausgabe der Werke Goethes* (Edição comemorativa), vol. 51. Zurique, 1950.

BOHNENKAMP, Anne; HENKE, Silke; JANNIDIS, Fotis. *Johann Wolfgang Goethe: Faust — Historisch-kritische Edition*, <http://www.faustedition.net/> (edição em formato digital). Frankfurt am Main/Weimar/Würzburg, 2018.

DÜNTZER, Heinrich. *Goethes Faust. Erster Teil*. Leipzig, 1899.

_____. *Goethes Faust. Zweiter Teil*. Leipzig, 1900.

ERLER, Gotthard. *Berliner Ausgabe* (BA, Edição de Berlim), vol. 8. Berlim/Weimar, 1990.

GAIER, Ulrich. *Erläuterungen und Dokumente — Faust: Der Tragödie Zweiter Teil*. Stuttgart, 2004.

_____. *Goethes Faust-Dichtungen. Ein Kommentar*, 3 vols. Stuttgart, 1999.

HECKER, Max. *Faust. Der Tragödie zweiter Teil*, in: *Goethes Werke*, vol. 13. Leipzig, 1937.

_____. *Urfaust — Faust. Ein Fragment. — Faust. Der Tragödie erster Teil*, in: *Goethes Werke*, vol. 12. Leipzig, 1937.

HÖLSCHER-LOHMEYER, Dorothea e HENCKMANN, Gisela. *Letzte Jahre. 1827--1832 [Faust II]. Münchener Ausgabe* (MA, Edição de Munique), vol. 18.1. Munique, 1997.

LANGE, Victor. *Weimarer Klassik. 1798-1806 [Faust I]. Münchener Ausgabe* (MA, Edição de Munique), vol. 6.1. Munique, 1986.

SCHMIDT, Erich. *Jubiläumsausgabe der Werke Goethes* (Edição de Jubileu), vols. 13-14: *Faust*, Teil I/II. Stuttgart/Berlim, 1903 e 1906.

_____. *Weimarer- oder Sophienausgabe* (Edição de Weimar ou da Grande Duquesa Sofia), vol. 14: *Faust I*, Lesarten; vol. 15: *Faust II*, Lesarten. Weimar, 1888.

SCHÖNE, Albrecht. *Frankfurter Ausgabe* (FA, Edição de Frankfurt), vols. 7/12. Frankfurt, 1999.

_____. *Faust. Texte und Kommentare* (Deutscher Klassiker Verlag). Frankfurt, 2005.

TRUNZ, Erich. *Der Tragödie erster und zweiter Teil. Urfaust* (Sonderausgabe). Munique, 1986.

_____. *Hamburger Ausgabe* (HA, Edição de Hamburgo), vol. 3. Munique, 1998.

WITKOWSKI, Georg. *Goethes Faust*, vol. 2: *Kommentar und Erläuterungen*. Leiden, 1950.

_____. *Goethes Faust*, vol. 1: *Erster und zweiter Teil — Urfaust — Fragment — Helena — Nachlass*. Leiden, 1949.

BIBLIOGRAFIA SECUNDÁRIA

ADORNO, Theodor W. "Zur Schlußszene des Faust", in: *Gesammelte Schriften*, vol. 11, Rolf Tiedemann (org.). Frankfurt, 1974.

ALEWYN, Richard. "Goethe und die Antike", in: *Probleme und Gestalten*. Frankfurt, 1974.

ARENS, Hans. *Kommentar zu Goethes Faust I*. Heidelberg, 1982.

_____. *Kommentar zu Goethes Faust II*. Heidelberg, 1989.

ATKINS, Stuart. *Goethe's Faust: a Literary Analysis*. Cambridge, Mass., 1958.

BARRENTO, João. "Introdução", in: *Fausto*. Lisboa: Relógio D'Água, 1999.

_____. *Goethe: o eterno amador*. Lisboa: Bertrand, 2018.

BAUER, Manuel. *Der literarische Faust-Mythos*. Stuttgart: J. B. Metzler, 2018.

BERMAN, Marshall. *Tudo o que é sólido desmancha no ar*. São Paulo: Companhia das Letras, 2007.

BEUTLER, Ernst. *Essays um Goethe*. Zurique/Munique, 1980.

BINDER, Wolfgang. *Goethes Faust: "Und was der ganzen Menschheit zugeteilt ist"*. Giessen, 1944.

BINSWANGER, Hans-Christoph. *Geld und Magie. Deutung und Kritik der modernen Wirtschaft anhand von Goethes Faust*. Stuttgart, 1985.

BLOCH, Ernst. "Figuren der Grenzüberschreitung; Faust und Wette um den erfüllten Augenblick", *Sinn und Form* 8 (1956). Também em *Das Prinzip Hoffnung* (cap. 49), Gesamtausgabe, vol. 5.2, Frankfurt, 1959.

BOERNER, Peter e JOHNSON, Sidney. *Faust through Four Centuries: Retrospect and Analysis*. Tübingen, 1989.

BÖHM, Wilhelm. *Faust der Nichtfaustische*. Halle, 1933.

BOHNENKAMP, Anne. *"... das Hauptgeschäft nicht ausser Augen lassend". Die Paralipomena zu Goethes Faust*. Frankfurt, 1994.

BOYLE, Nicholas. "The Politics of Faust II: Another Look at the Stratum of 1831", *Publications of the English Goethe Society* 52 (1982).

BUCHWALD, Reinhard. *Führer durch Goethes Faustdichtung*. Stuttgart, 1964.

BURDACH, Konrad. "Faust und Moses" in: *Sitzungsberichte der königlich-preussischen Akademie der Wissenschaften*. Berlim, 1912.

CAMPOS, Haroldo de. *Deus e o Diabo no Fausto de Goethe*. São Paulo: Perspectiva, 1981.

CARPEAUX, Otto Maria. *História da literatura ocidental*, vol. 3. Rio de Janeiro: Edições O Cruzeiro, 1966.

CREUZER, Friedrich. *Symbolik und Mythologie der alten Völker besonders der Griechen*. Leipzig/Darmstadt, 1821.

D'ORNELLAS, Agostinho. "Prefácio do tradutor", in: *Fausto: tragédia de Goethe*. Coimbra: Atlântida Livraria Editora, 1958.

ECKERMANN, Johann Peter. *Gespräche mit Goethe in den letzten Jahren seines Lebens* (Otto Schönberg, org.). Stuttgart, 1998.

EIBL, Karl. *Das monumentale Ich: Wege zu Goethes Faust*. Frankfurt, 2000.

EMRICH, Wilhelm. *Die Symbolik von "Faust II"*. Wiesbaden, 1978.

ENGELHARDT, Michael von. *Der plutonische Faust. Eine motivgeschichtliche Studie zur Arbeit am Mythos in der Faust-Tradition*. Frankfurt, 1992.

_____. "Fausto en América", in: Dietrich e Marlene Rall (orgs.), *Letras comunicantes. Estudios de literatura comparada*. Frankfurt/Cidade do México, 1996.

GAIER, Ulrich. *Fausts Modernität. Essays*. Stuttgart, 2000.

HAMM, Heinz. *Goethe und die französische Zeitschrift "Le Globe". Eine Lektüre im Zeichen der "Weltliteratur"*. Weimar, 1998.

HEISENBERG, Werner. "Goethes Naturbild und die technische Welt", *Goethe-Jahrbuch* 84 (1967).

HENKEL, Arthur. "Erwägungen zur Philemon- und Baucis-Szene im 5. Akt von Goethes Faust II", *Études Germaniques* 38 (1983).

HERRMANN, Helene. "Faust und die Sorge", *Zeitschrift für Ästhetik und allgemeine Kunstwissenschaft* 31 (1937).

Historia von D. Johann Fausten (edição crítica do texto publicado por Johann Spies em 1587). Stuttgart, 1999.

HOLANDA, Sérgio Buarque de. "Prefácio" ao *Fausto* de J. W. v. Goethe. São Paulo: Instituto Progresso Editorial, 1949.

HÖLSCHER-LOHMEYER, Dorothea. "Auf dem Hochgebirg. Faust II: Die erste Szene des 4. Aktes", *Jahrbuch der Deutschen Schillergesellschaft* 25 (1981).

HOLTZHAUER, Helmut. *Werk, Leben und Zeit Goethes in Dokumenten*. Berlim, 1969.

HOUAISS, Antonio. "Prefácio", in: *Fausto* de J. W. v. Goethe. São Paulo: Martins, 1970.

JAEGER, Michael (org.). *"Verweile doch" — Goethes Faust heute. Blätter des deutschen Theaters*. Berlim, 2006.

JAEGER, Michael. *Fausts Kolonie: Goethes kritische Phänomenologie der Moderne*. Würzburg, 2004.

_____. *Global Player Fausto oder Das Verschwinden der Gegenwart. Zur Aktualität Goethes*. Berlim, 2008.

_____. *Wanderers Verstummen, Goethes Schweigen, Fausts Tragödie*. Würzburg: Königshausen & Neumann, 2014.

JANTZ, Harold. *Goethe's Faust as a Renaissance Man: Parallels and Prototypes*. Princeton, 1951.

Jenny K. Segall — 1982: 15° aniversário de falecimento. Associação Museu Lasar Segall/Biblioteca Jenny K. Segall. São Paulo, 1982.

KAISER, Gerhard. "Goethes Faust und die Bibel", *Deutsche Vierteljahrsschrift* 58 (1984).

_____. "Noch einmal: 'Das Unzulängliche/ Hier wird's Ereignis' (Faust 12.106 f.)", *Zeitschrift für deutsche Philologie* 115 (1996).

_____. *Ist der Mensch zu retten? Vision und Kritik der Moderne in Goethes "Faust"*. Friburgo, 1994.

KELLER, Werner (org.). *Aufsätze zu Goethes "Faust I"*. Darmstadt, 1974.

_____ (org.). *Aufsätze zu Goethes "Faust II"*. Darmstadt, 1992.

KELLER, Werner. *Johann Wolfgang von Goethe: "Urfaust", "Faust: ein Fragment", "Faust I" — Ein Paralleldruck* (2 vols.). Frankfurt, 1985.

KERÉNYI, Karl. "Das ägäische Fest. Eine mythologische Studie", in: *Humanistische Seelenforschung*. Wiesbaden, 1978.

KLETT, Ada M. *Der Streit um 'Faust II' seit 1900*. Iena, 1939.

KOMMERELL, Max. *Geist und Buchstabe der Dichtung*. Frankfurt, 1991.

KOSELLECK, Reinhart. "Goethes unzeitgemässe Geschichte" *Goethe-Jahrbuch* 110 (1993).

LOHMEYER, Karl. "Das Meer und die Wolken in den beiden letzten Akten des 'Faust'", *Jahrbuch der Goethe-Gesellschaft* 13 (1927).

LUKÁCS, Georg. "Faust-Studien", in: *Goethe und seine Zeit*. Berna, 1947.

LÜTZELER, Paul Michael. "Goethes Faust und der Sozialismus. Zur Rezeption des klassischen Erbes in der DDR", *Jahrbuch für deutsche Gegenwartsliteratur* 5 (1975).

MANDELKOW, Karl Robert (org.). *Goethe im Urteil seiner Kritiker. Dokumente zur Wirkungsgeschichte Goethes in Deutschland (1773-1982)*. Munique, 1975-1984.

MANN, Thomas. *Gesammelte Werke in 12 Bänden*, vol. 9 (I. Reden und Aufsätze). Oldenburg, 1960.

MATTENKLOTT, Gert. "Das Monströse und das Schöne. Zur Mummenschanz im Faust II mit einem Rückblick auf die Aufklärung", *Text & Kontext* 9.2 (1981).

MAY, Kurt. *Faust 2. Teil. In der Sprachform gedeutet*. Munique, 1962.

MAZZARI, Marcus Vinicius. *A dupla noite das tílias: história e natureza no Fausto de Goethe*. São Paulo: Editora 34, 2019.

METSCHER, Thomas. "Faust und die Ökonomie", in: *Vom Faustus bis Karl Valentin. Der Bürger in Geschichte und Literatur*. Argument-Sonderband 3 (1976).

MEYER, Augusto. "Tradução do Fausto", *Correio da Manhã*, Rio de Janeiro, 27/3/1949.

MICHELSEN, Peter. *Im Banne Fausts. Zwölf Faust-Studien*. Würzburg, 2000.

MIETH, Günter. "Fausts letzter Monolog: Poetische Struktur einer geschichtlichen Vision", *Goethe-Jahrbuch* 97 (1980).

MÖBUS, Frank. *Von "Faust" zu Faust. Wechselspiele zwischen Fiktion und Faktizität*. Göttingen, 1999.

MOMMSEN, Katharina. "'Faust II' als politisches Vermächtnis des Staatsmannes Goethe", *Jahrbuch des Freien Deutschen Hochstifts*, 1989.

_____. *Goethe und 1001 Nacht*. Frankfurt, 1981.

MOMMSEN, Momme. "Zu Vers 7.782", *Jahrbuch der Goethe-Gesellschaft*, 1951.

MOMMSEN, Wilhelm. *Die politischen Anschauungen Goethes*. Stuttgart, 1948.

NAGER, Frank. *Der heilkundige Dichter. Goethe und die Medizin*. Zurique/Munique, 1990.

NEGT, Oskar. *Die Faust-Karriere. Vom verzweifelten Intellektuellen zum gescheiterten Unternehmer*. Göttingen, 2006.

OSTEN, Manfred. *"Alles veloziferisch"* — *oder Goethes Entdeckung der Langsamkeit*. Frankfurt, 2003.

PESTALOZZI, Karl. *Bergschluchten*. Basileia: Schwabe, 2012.

PICKERODT, Gerhart. "Nachwort", in: *Faust*. Berlim/Weimar, 1978.

POLITZER, Heinz. "Der blinde Faust", *German Quarterly* 49 (1976).

QUINTELA, Paulo. "Prefácio", in: *Fausto: primeira e segunda partes* (tradução de Agostinho D'Ornellas). Lisboa: Relógio D'Água, 1987.

ROHDE, Carsten; VALK, Thorsten; MAYER, Mathias. *Faust-Handbuch: Konstellationen, Diskurse, Medien*. Stuttgart: J. B. Metzler, 2018.

RÓNAI, Paulo. "Teatro: monumento de uma tradutora", *Jornal do Brasil*, Rio de Janeiro, 23/3/1974.

ROSENKRANZ, Karl. "Der zweite Theil des *Faust*", in: *Göethe und seine Werke*. Königsberg, 1847.

ROSENTHAL, Erwin Theodor. "Prefácio", in: *Fausto* de J. W. v. Goethe. Belo Horizonte/São Paulo: Itatiaia/Edusp, 1981.

SCHADEWALDT, Wolfgang. *Goethestudien: Natur und Altertum*. Zurique, 1963.

SCHINGS, Hans-Jürgen. *Klassik in Zeiten der Revolution*. Würzburg: Königshausen & Neumann, 2016.

SCHLAFFER, Heinz. *Faust Zweiter Teil. Die Allegorie des 19. Jahrhunderts*. Stuttgart, 1981.

SCHMIDT, Jochen. *Goethes Faust. Erster und Zweiter Teil: Grundlagen — Werk — Wirkung*. Munique, 2001.

SCHÖNE, Albrecht. "'Das Unzulängliche/ Hier wird's Ereignis' (Faust 12.106 f.)", *Sprachwissenschaft* 19 (1994).

_____. *Götterzeichen Liebeszauber Satanskult*. Munique, 1982.

_____. *Der Briefschreiber Goethe*. Munique: C. H. Beck, 2015.

SCHUCHARD, Gottlieb C. L. "Julirevolution, St. Simonismus und die Faustpartien von 1831", *Zeitschrift für deutsche Philologie* 60 (1935).

SCHWEITZER, Albert. *Goethe. Vier Reden*. Munique, 1950.

SCHWERTE, Hans (Hans Ernst Schneider). *Faust und das Faustische. Ein Kapitel deutscher Ideologie*. Stuttgart, 1962.

SPENGLER, Oswald. *Der Untergang des Abendlands. Umrisse einer Morphologie der Weltgeschichte*. Munique, 1988.

STAIGER, Emil. *Goethe* (3 vols.). Zurique, 1952-1959.

STEINMETZ, Ralf-Henning. "Goethe, Guibert und Carl von Osterreich. Krieg und Kriegswissenschaft im vierten Akt von 'Faust II'", *Goethe-Jahrbuch* 111 (1994).

VOSSKAMP, Wilhelm. "'Höchstes Exemplar des utopischen Menschen': Ernst Bloch und Goethes Faust", *Deutsche Vierteljahresschrift* 59 (1985).

WEIZSÄCKER, Carl Friedrich von. "Einige Begriffe aus Goethes Naturwissenschaft", in: *Hamburger Ausgabe*, vol. 13. Munique, 1998.

WITTKOWSKI, Wolfgang. "Goethe, Schopenhauer und Fausts Schlussvision", *Goethe Yearbook* 5 (1990).

ZABKA, Thomas. *Faust II: Das Klassische und das Romantische. Goethes "Eingriff in die neueste Literatur"*. Tübingen, 1993.

Obras de consulta geral

A Bíblia de Jerusalém. São Paulo: Paulus, 1980.

Adelung, Johann Christoph. *Versuch eines vollständigen grammatischkritischen Wörterbuches der hochdeutschen Mundart.* Leipzig, 1774--1786 (5 vols.).

Brockhaus Enzyklopädie. Wiesbaden, 1966.

Curtius, Ernst Robert. *Europäische Literatur und lateinisches Mittelalter.* Tübingen, 1993.

Dicionário Houaiss da Língua Portuguesa. Rio de Janeiro: Objetiva, 2004.

Die Bibel (mit Apokryphen und Wortkonkordanz zur Lutherübersetzung). Stuttgart, 1994.

Encyclopedia Britannica. Chicago/Londres *et al.*, 1967.

Goethe, Johann Wolfgang von. *Goethes Werke in 14 Bänden.* Hamburgo, 1998.

Goethe. Handbuch, vol. 2 (Theo Buck, org.). Stuttgart/Weimar, 1996.

Goethes Briefe (Hamburger Ausgabe in vier Bänden. Textkritisch durchgesehen und mit Anmerkungen versehen von Karl Robert Mandelkow). Hamburgo, 1967.

Goethe-Wörterbuch (Academia das Ciências da RDA, Academia das Ciências de Göttingen e Academia das Ciências de Heidelberg, org.). Stuttgart, 1978.

Grande Enciclopédia Portuguesa e Brasileira. Lisboa/Rio de Janeiro: Editorial Enciclopédia, 1960.

Grimal, Pierre. *Dicionário da Mitologia Grega e Romana.* Rio de Janeiro: Bertrand Brasil, 2000.

Handwörterbuch des deutschen Aberglaubens (Hanns Bächtold-Stäubli, org.). Berlim/Leipzig, 1927-1942.

Hederich, Benjamin. *Gründliches mythologisches Lexicon.* Darmstadt, 1996.

Kindlers Neues Literaturlexikon in 22 Bänden. Colônia, 2001.

Larousse du XXe. Siècle (Paul Augé, org.). Paris, 1928.

LAUTENBACH, Ernst. *Lexikon Goethe Zitate. Auslese für das 21. Jahrhundert aus Werk und Leben*. Munique, 2004.

Lexikon der Goethe-Zitate (Richard Dobel, org.). Munique, 1995.

LINK, Stefan. *Wörterbuch der Antike*. Stuttgart, 2002.

WILPERT, Gero von. *Goethe Lexikon*. Stuttgart, 1998.

EDIÇÕES DA TRADUÇÃO DO *FAUSTO* REALIZADA POR JENNY KLABIN SEGALL

Fausto: primeira parte. São Paulo: Companhia Editora Nacional, 1943.

Fausto: primeira parte revista e quinto ato da segunda parte. Prefácio de Sérgio Buarque de Holanda; introdução ao quinto ato da segunda parte de Ernesto Feder. São Paulo: Instituto Progresso Editorial, 1949.

Fausto: primeira e segunda partes (2 vols.). Prefácio de Antonio Houaiss. São Paulo: Martins, 1970.

Fausto. Prefácio de Erwin Theodor Rosenthal. Belo Horizonte/São Paulo: Itatiaia/Edusp, 1981.

Fausto: uma tragédia — Primeira parte (edição bilíngue). Apresentação, comentários e notas de Marcus Vinicius Mazzari; ilustrações de Eugène Delacroix. São Paulo: Editora 34, 2004; 7ª ed., 2020.

Fausto: uma tragédia — Segunda parte (edição bilíngue). Apresentação, comentários e notas de Marcus Vinicius Mazzari; ilustrações de Max Beckmann. São Paulo: Editora 34, 2007; 6ª ed., 2020.

OUTRAS TRADUÇÕES INTEGRAIS DO *FAUSTO* PARA O PORTUGUÊS

Fausto: tragédia de Goethe. Tradução de Agostinho D'Ornellas. Lisboa: Typographia Franco-Portugueza, 1867 (primeira parte) e 1873 (segunda parte). Nova edição, organizada por Paulo Quintela, Coimbra: Atlântida Livraria Editora, 1958.

Fausto. Tradução de João Barrento. Lisboa: Relógio D'Água, 1999.

Sobre o autor

Johann Wolfgang Goethe nasceu no dia 28 de agosto de 1749 em Frankfurt am Main, na época uma cidade-Estado com cerca de 30 mil habitantes. Seu pai, Johann Kaspar Goethe, que começara a vida como simples advogado, logo alcançou o título de Conselheiro Imperial e, ao casar-se com Katharina Elisabeth Textor, de alta família, teve acesso aos círculos mais importantes da cidade.

Seguindo o desejo paterno, Johann Wolfgang iniciou os estudos de Direito em Leipzig, aos 16 anos. Nesse período, que se estende de 1765 a 1768, teve aulas de História, Filosofia, Teologia e Poética na universidade; ocupou-se de Medicina e Ciências Naturais; tomou aulas de desenho e frequentou assiduamente o teatro. Simultaneamente, iniciava-se na leitura dos clássicos franceses e escrevia seus primeiros poemas. No curso de uma doença grave, volta em 1768 para a casa dos pais em Frankfurt. Enquanto se recupera, é atraído pela alquimia, a astrologia e o ocultismo, interesses que mais tarde se farão visíveis no *Fausto*. Dois anos depois, transfere-se para Estrasburgo, onde completa os estudos de Direito. Lá se aproxima de Johann Gottfried von Herder, que o marca profundamente com sua concepção da poesia como a linguagem original da humanidade.

Em 1772, já trabalhando em Wetzlar como advogado, apaixona-se por Charlotte Buff, noiva de um amigo. Nessa época, escreve a peça *Götz von Berlichingen*, de inspiração shakespeariana, que alcança grande repercussão, e começa a redigir o *Fausto*. No outono de 1774, publica *Os sofrimentos do jovem Werther*, romance que obtém enorme sucesso e transforma o jovem poeta em um dos mais eminentes representantes do movimento "Tempestade e Ímpeto", que catalisava as aspirações da juventude alemã da época.

No ano seguinte, após um turbulento noivado com Lili Schönemann, moça da alta burguesia, Goethe rompe repentinamente o compromisso e aceita o convite do jovem duque de Weimar para trabalhar em sua corte na pequena cidade, que contava então com 6 mil habitantes.

Como alto funcionário da administração, o escritor rebelde desdobra-se em homem de Estado. Apesar da pouca idade, é nomeado membro do Conselho Secreto de Weimar e, nos anos seguintes, se incumbiria da administração financeira do Estado, da exploração dos recursos minerais, da construção de estradas e outras funções. No centro de sua vida em Weimar está a figura de Charlotte (esposa do barão von Stein), com quem mantém uma relação de afeto duradoura que, entretanto, nunca ultrapassa os limites do decoro.

Ao mesmo tempo, Goethe constrói para si uma rotina de trabalho que o impede de se perder no caos dos múltiplos deveres e interesses. Só isso explica como, ao lado dos encargos administrativos, o poeta tenha encontrado tempo para prosseguir no *Fausto* e iniciar vários projetos literários, ao mesmo tempo que, como seu personagem, estende sua sede de conhecimento a vários domínios, entre eles as Artes Plásticas, a Filosofia, a Mineralogia, a Botânica e outras ciências.

Dez anos depois, no entanto, saturado com o ambiente intelectual alemão e a monotonia de suas relações na corte, põe em prática um plano há muito arquitetado: com nome falso, parte de madrugada para a Itália, sem sequer se despedir de seus amigos. Inicia-se assim uma temporada de quase dois anos, na qual o poeta assimila os valores clássicos da Antiguidade, e que está registrada nas cartas e notas de diário que compõem *Viagem à Itália*, cuja primeira parte seria publicada em 1816 e a segunda, em 1829.

Quando retorna a Weimar, em 1788, Goethe afasta-se de Charlotte von Stein e abandona as tarefas ministeriais mais imediatas. No ano seguinte, nasce seu filho August, único a sobreviver dentre os vários que teve com a florista Christiane Vulpius, a quem só irá desposar oficialmente em 1806. Mas o acontecimento de maior impacto na vida intelectual de Goethe nesses anos será a amizade que estabelece com Friedrich Schiller (1759-1805), que ensinava História na Universidade de Iena, e que duraria até a morte deste.

Em 1790, assume a superintendência dos Institutos de Arte e Ciências de Weimar e Iena e, no ano seguinte, a direção do Teatro de Weimar, estreitando assim seus laços com a arte dramática. Não por acaso, em seu célebre romance de formação *Os anos de aprendizado de Wilhelm Meister* (de 1796, ao qual se seguiria *Os anos de peregrinação de Wilhelm Meister*, publicado em duas partes, em 1821 e 1829), a ação se desenvolve entre os membros de uma companhia de comediantes.

Com uma capacidade de renovação constante, Goethe publicaria ainda, entre muitas outras obras de interesse, o poema épico *Hermann e Dorothea* (1797), a primeira parte do *Fausto* (1808) e o romance *As afinidades eletivas* (1809), os estudos de óptica de *A teoria das cores* (1810), em que se contrapõe a Newton, a autobiografia *Poesia e verdade* (redigida em partes, entre 1811 e 1831) e uma coletânea de cerca de 250 poemas amorosos, o *Divã ocidental-oriental* (1819), em que se nota o interesse pela poesia persa e por outras culturas.

Nas décadas finais de sua vida, Goethe cercou-se de um grande número de colaboradores, ao mesmo tempo que sua residência atraía visitantes de toda a Europa. Os relatos desses encontros são contrastantes, ora acentuando o caráter caloroso e interessado do escritor, ora descrevendo-o como um homem insensível, sempre fora do alcance dos demais.

Mas, como observou Walter Benjamin, o grande fenômeno dos últimos anos de sua vida "foi como ele conseguiu reduzir concentricamente a uma última obra de porte — a segunda parte do *Fausto* — o círculo incomensurável" de seus estudos e interesses. Nesse poema se encontram filosofia da natureza, mitologia, literatura, arte, filologia, além de ecos de suas antigas atividades com finanças, teatro, maçonaria, diplomacia e mineração. Após sessenta anos de trabalho no *Fausto*, Goethe conclui a segunda parte da tragédia poucos meses antes de sua morte, a 22 de março de 1832, em sua residência na praça Frauenplan, em Weimar.

Sobre a tradutora

Jenny Klabin Segall nasceu a 15 de fevereiro de 1899 em São Paulo, segundo dos quatro filhos de Berta e Mauricio Klabin, imigrantes judeus de origem russa que haviam chegado ao Brasil no final do século XIX. Em 1904, a família se muda para Berlim e mais tarde para Genebra, onde permanece até 1909. Em Berlim, Jenny conhece o pintor russo Lasar Segall, então com 15 anos, que abandonara a cidade natal de Vilna para prosseguir seus estudos de arte na Alemanha. Os dois irão se reencontrar no final de 1912, no Brasil. Em nosso país, Segall expõe seus quadros em Campinas e, sendo irmão de Luba Segall Klabin, tia de Jenny — a quem o pintor dá aulas de desenho nessa temporada — frequenta a casa da família Klabin, na Vila Mariana.

Em São Paulo, Jenny aprofunda a educação que iniciara em escolas alemãs e suíças, tendo aulas com professores particulares e tornando-se fluente em francês, inglês e alemão. Em 1923, após uma estadia de três anos na Europa com a família, Jenny volta ao Brasil. Nesse mesmo ano, Segall, então casado com sua primeira mulher, alemã, instala-se definitivamente em nosso país. Aqui o casamento logo se desfaz, com sua esposa retornando à Europa. Mas o pintor decide permanecer e adquire nacionalidade brasileira. Dois anos depois, a 2 de junho de 1925, Jenny Klabin e Lasar Segall casam-se em São Paulo.

A partir de 1926 o casal inicia um período de viagens entre São Paulo, Berlim e Paris, cidades onde nascem seus filhos, Mauricio em 1926 e Oscar em 1930. Em 1932, o casal retorna ao Brasil, fixando residência na Vila Mariana, em casa projetada pelo arquiteto russo Gregori Warchavchik, casado com Mina Klabin, irmã de Jenny. No início dos anos 30, os casais Segall e Warchavchik participam ativamente da SPAM — Sociedade Pró-Arte Moderna, levando adiante os ideais de renovação e rebeldia do Modernismo de 22.

Em meados dessa década, Jenny Klabin Segall inicia sua longa atividade literária, traduzindo por interesse próprio obras fundamentais da literatura universal. Além do *Fausto* integral (partes I e II), de Goethe, trabalho já por si monumental, traduziu ainda *Escola de maridos*, *O marido da fidalga*, *As sabichonas*, *Escola de mulheres*, *O tartufo* e *O misantropo*, de Molière; *Ester*, *Atalia*, *Andrômaca*, *Britânico* e *Fedra*, de Racine; e *Polieucto*, *O Cid* e *Horácio*, de Corneille. Traduções pautadas por um espírito de profundo respeito ao texto original e que lhe valeram múltiplos elogios.

Após a morte de Lasar Segall em 2 de agosto de 1957, Jenny abandona a atividade literária para se dedicar exclusivamente à organização do acervo do pintor, realizando diversas exposições na Europa, com a cooperação do Itamaraty, no intuito de recolocar a obra e o nome do marido no mundo da arte ocidental. Simultaneamente dedica-se à criação de um museu que preservasse sua obra, negando-se a dispersá-la no mercado de arte. Em meados da década de 60, retoma seu trabalho literário, completando a tradução do *Fausto II*, de há muito aguardada pelos críticos. A 2 de agosto de 1967, Jenny Klabin Segall tem um enfarte, vindo a falecer três dias depois. Em setembro do mesmo ano, é inaugurado por seus filhos o Museu Lasar Segall, hoje incorporado ao IPHAN — Instituto do Patrimônio Histórico e Artístico Nacional, fruto, em grande parte, de seus esforços.

Sobre o organizador

Marcus Vinicius Mazzari nasceu em São Carlos, SP, em 1958. Fez o estudo primário e secundário em Marília, SP, e ingressou no curso de Letras da Universidade de São Paulo em 1977. Concluiu o mestrado em literatura alemã em 1989 com uma dissertação sobre o romance *O tambor de lata*, de Günter Grass. Entre outubro de 1989 e junho de 1994 realizou o curso de doutorado na Universidade Livre de Berlim (Freie Universität Berlin), redigindo e apresentando a tese *Die Danziger Trilogie von Günter Grass: Erzählen gegen die Dämonisierung deutscher Geschichte* [A Trilogia de Danzig de Günter Grass: narrativas contra a demonização da história alemã]. Em 1997 concluiu o pós-doutorado no Departamento de Teoria Literária e Literatura Comparada da Universidade de São Paulo, com um estudo sobre os romances *O Ateneu*, de Raul Pompeia, e *Die Verwirrungen des Zöglings Törless* [As atribulações do pupilo Törless], de Robert Musil.

Desde 1996 é professor de Teoria Literária e Literatura Comparada na Universidade de São Paulo. Traduziu para o português textos de Adelbert von Chamisso, Bertolt Brecht, Gottfried Keller, Günter Grass, Heinrich Heine, Jeremias Gotthelf, J. W. Goethe, Karl Marx, Thomas Mann e Walter Benjamin, entre outros. Entre suas publicações estão *Romance de formação em perspectiva histórica* (Ateliê, 1999), *Labirintos da aprendizagem: pacto fáustico, romance de formação e outros temas de literatura comparada* (Editora 34, 2010), *A dupla noite das tílias: história e natureza no Fausto de Goethe* (Editora 34, 2019) e a co-organização da coletânea de ensaios *Fausto e a América Latina*

(Humanitas, 2010). Elaborou comentários, notas, apresentações e posfácios para a obra-prima de Goethe: *Fausto: uma tragédia — Primeira parte* (tradução de Jenny Klabin Segall, ilustrações de Eugène Delacroix, Editora 34, 2004; nova edição revista e ampliada, 2010) e *Fausto: uma tragédia — Segunda parte* (tradução de Jenny Klabin Segall, ilustrações de Max Beckmann, Editora 34, 2007). É um dos fundadores da Associação Goethe do Brasil, criada em março de 2009, e atualmente coordena a Coleção Thomas Mann, editada pela Companhia das Letras.

Em 2021 foi agraciado com a "Medalha de Ouro Goethe" pela Goethe-Gesellschaft de Weimar.

Este livro foi composto em Sabon e Rotis, pela Bracher & Malta,
com CTP e impressão da Bartira Gráfica e Editora
em papel Chambril Book 70 g/m^2 da Sylvamo
para a Editora 34, em junho de 2022.